BASTEI
LÜBBE

DON COLDSMITH

SCHNEE VOGEL

Historischer Roman über die ersten Wikinger in Amerika

Ins Deutsche übertragen von Michaela Link

BASTEI LÜBBE

BASTEI LÜBBE TASCHENBUCH
Band 13 889

Erste Auflage: Mai 1998
Zweite Auflage: Oktober 1998
Dritte Auflage: Juni 1999

Sie finden uns im Internet unter
http://www.luebbe.de

Deutsche Lizenzausgabe 1997
Bastei-Verlag Gustav H. Lübbe GmbH & Co.,
Bergisch Gladbach
Originaltitel: Runestone
Lektorat: Isolda Pflaum-Weidlitsch /Dr. Edgar Bracht
Titelbild: Archiv für Kunst und Geschichte, Berlin
Umschlaggestaltung: Agentur Karl Kochlowski, Köln
Satz: KCS GmbH, Buchholz / Hamburg
Druck und Verarbeitung: 47286
Groupe Hérissey, Évreux, Frankreich
Printed in France
ISBN 3-404-13889-9

Der Preis dieses Bandes versteht sich einschließlich der gesetzlichen Mehrwertsteuer

Für Greg Tobin, meinen Lektor und Freund, ohne dessen Ermutigung, Interesse und Zuversicht dieses Projekt vielleicht nie verwirklicht worden wäre.

PROLOG

1

Elchfrau erreichte den Gipfel der Anhöhe und blieb stehen, um wieder zu Atem zu kommen. Sie schaute hinter sich, um festzustellen, ob ihr Sohn noch Schritt halten konnte. Für ein Kind von sieben Sommern, dachte sie, hatte er sich gut gehalten. Es war wirklich ein Jammer. Mit das Schlimmste nach dem Zusammenbruch ihrer Welt war der Gedanke, daß sie Hirschmaus niemals zum Manne heranreifen sehen würde. Er würde diese Tragödie vielleicht überleben, obwohl sie bezweifelte, daß auch nur ein einziger von ihnen durchkommen würde. Sollte er jedoch am Leben bleiben, würden Fremde ihn großziehen, er müßte als Gefangener bei diesen kriegerischen Haarlosen aufwachsen. Er würde niemals die Glückseligkeit der Geheiligten Hügel und der Hochgrasprärie erfahren, die Erregung großer Jagden vom Rücken eines prächtigen Büffelpferdes aus.

Um ihrer selbst willen traf sie die Tragödie gar nicht so tief. Ihr Leben war ohnehin vorüber. Es hatte vor drei Tagen geendet, als die Haarlosen ihre Sippe überfallen hatten. Ihr Ehemann, Der Weit Schießt, war als einer der ersten gefallen. Sie hatte nicht einmal genug Zeit gehabt, um seinen Tod zu betrauern oder seinen Leichnam vorzubereiten. Das tat ihr leid; sie würde später um ihn trauern. Das heißt, wenn sie noch lebte. Sie würde versuchen, Hirschmaus so lange wie nur möglich zu schützen. Am Ende würde sie, falls noch Zeit blieb, um ihren Mann trauern. Wenn nicht … nun, dann würde sie statt dessen zu ihm gehen. Die Ironie eines solchen Gedankens entlockte ihr ein grimmiges Lächeln.

Hirschmaus, der sein kleines Bündel tapfer auf dem Rücken trug, mühte sich den Hang hinauf. Er wirkte erschöpft. *Wir sind alle erschöpft,* dachte sie. *Wenn wir doch nur ausruhen könnten!* Aber Fährtensucher trieb sie in mörderischem Tempo unerbittlich weiter. Manches Mal während dieser vergangenen drei Tage hatte sie Fährtensucher gehaßt. Aber in ihren vernünftigeren Augenblicken wußte sie, daß sie nur dank seiner Fähigkeiten überhaupt noch lebten.

Sie waren die einzigen Überlebenden. Zumindest glaubte sie das. Die Haarlosen waren gnadenlos in ihrem Gemetzel gewesen. Die ganze Gruppe ihres Stammes, elf Familien, war bei dem Massaker umgekommen. Sie hätten sich niemals so weit von ihrem Hochgrasland entfernen dürfen, dachte sie. Aber was hätten sie sonst tun sollen? Eine schlimme Zeit im Jahr, keine Büffel ... Zumindest die Jagd in dem halbbewaldeten Land im Nordosten war einigermaßen erfolgreich gewesen. Sie hatten Hirsche und Elche erlegt – genug Vorrat für den Winter.

Sie hatten geschwankt, ob sie hier im Schutz der Krüppeleichen überwintern oder lieber in ein vertrauteres Gebiet zurückkehren sollten, um sich nach Möglichkeit dem Rest ihres Stammes anzuschließen. Aber das spielte jetzt natürlich keine Rolle mehr. Sie waren überfallen worden, und die Haarlosen schienen auf ihre völlige Vernichtung ausgewesen zu sein. Selbst junge Frauen, jüngere und hübschere als sie, waren erschlagen und skalpiert worden. Das war auch der Grund, warum sie nur wenig Hoffnung hatte, daß man sie verschonen würde, und sei es auch nur, um sie als Sklavenfrau zu halten. Sie hoffte jetzt nur noch auf die Möglichkeit, ein oder zwei Haarlose mit sich zu nehmen, wenn sie hinüberging. Das würde ihr helfen, ihren Mann zu rächen.

Geistwandler, der die Nachhut bildete, kam nun ebenfalls keuchend den Pfad herauf. Der alte heilige Mann war der vierte Überlebende. Seine Medizin besaß angeblich große Kraft, größere möglicherweise als die jedes anderen heiligen Mannes des Stammes, seit Rotes Pferd vor einigen Generationen den weißen Büffelumhang zurückgeholt hatte. Es wurde behauptet, Geistwandler könne auf dem Wasser gehen. Elchfrau hatte das nie so recht geglaubt. In seiner Jugend vielleicht, aber das war lange her. Jetzt leuchtete der Schnee vieler Winter auf seinem Haupt, deren Kälte im Zögern seines Schrittes sich bemerkbar machte. Geistwandler hielt sie bei ihrer Flucht auf, vielleicht noch mehr als der kleine Hirschmaus. Er hatte darauf gedrängt, ihn zurückzulassen.

»Meine Medizin wird mich schützen.«

»Nein, Onkel«, hatte Fährtensucher mit seinem stillen Lächeln beharrt. »Vielleicht werden wir deine Medizin noch brauchen, um *uns* zu retten.«

Es war nobel, wie der junge Mann sich dem Alten gegenüber benahm, dachte Elchfrau, wenn auch vielleicht nicht übermäßig klug.

»Du solltest dich selbst in Sicherheit bringen«, hatte sie Fährtensucher gesagt, in jener ersten schrecklichen Nacht, in der sie sich in einer Felsspalte versteckt hatten.

»Nein, wir müssen zusammenbleiben«, hatte er entschlossen erwidert. Und damit war die Diskussion beendet gewesen.

Also waren sie zusammengeblieben, vier Menschen, Flüchtlinge in einem fremden Land.

»Es tut mir leid wegen deiner Frau und deiner Kinder«, sagte sie zu ihm.

»Und mir tut es leid um deinen Mann. Der Weit Schießt war mein Freund.«

»Ich weiß. Wir müssen um sie trauern.«

»Ja ... später.«

Fährtensucher hatte während ihrer Rasten die Verstecke raffiniert mit Eichenzweigen unsichtbar gemacht.

»Wir werden ein kleines Stück nach Süden gehen, um die Haarlosen zu verwirren«, hatte er ihnen erklärt. »Dann wenden wir uns nach Westen, und von dort gehen wir zurück in unser eigenes Land.«

»Das ist gut«, hatte Geistwandler ihm beigepflichtet.

Aber es war nicht gut gewesen. Irgendwie hatten die Haarlosen schon am nächsten Tag festgestellt, daß einige von ihnen überlebt hatten, vielleicht durch die verwelkten Eichenblätter vor den Büschen, die ihr Versteck beschirmt hatten. Seitdem waren ihnen die Verfolger dicht auf den Fersen. Fährtensucher hatte seine ganze Kunst aufwenden müssen, um sie bis hierher zu bringen. Sie waren lange durch das eisige Wasser eines Baches gewatet, um ihre Spuren zu verwischen.

Auch Geistwandler war durchs Wasser gewatet, aber Elchfrau hatte den Verdacht, daß seine Kräfte schwanden. Der Bach führte sie noch weiter in die falsche Richtung, weiter nach Südosten.

Als sie endlich aus dem Wasser auf einen Felsen geklettert waren, hatte Fährtensucher keine Zweifel, ihre Verfolger abgeschüttelt zu haben.

Aber er hatte sich geirrt. Als er an diesem Nachmittag noch einmal den Weg über den sie gekommen waren, ausgekundschaftet hatte, war er schon nach kurzer Zeit eilig wieder zu den anderen zurückgekehrt.

»Sie kommen«, hatte er mit grimmiger Stimme erklärt. »Ihr Fährtensucher ist gut ... besser, als ich dachte.«

»*Aiee!*« hatte Elchfrau leise ausgerufen. »Es ist vorbei!«

»Noch sind wir nicht tot«, war Fährtensuchers Entgegnung gewesen. »Kommt!«

Sie waren weiter gegangen, müde und hungrig, immer weiter in die falsche Richtung. Manchmal wäre Elchfrau gerne stehengeblieben, um sich auszuruhen und Kraft für den letzten Kampf zu sammeln. Aber Fährtensuchers stille Zuversicht hätte einen solchen Ausgang der Dinge nicht zugelassen.

Er ist davon überzeugt, daß wir entkommen werden! Wenn ein solcher Mann ihre Flucht führte, konnte sie nichts Besseres tun als ihm zu folgen, sowohl um ihrer selbst als auch um ihres Sohnes willen. Also hatte sie sich weitergeschleppt, obwohl jeder Muskel nach einer Ruhepause geschrien und gegen die grausamen Qualen ihres Marsches aufbegehrt hatte. Und wenn schon ihr junger Körper sich gegen die Strapazen auflehnte, um wieviel schwerer mußte es da für den alten Geistwandler sein?

»Wie steht es mit dir, Onkel?« fragte sie, als er sie schließlich schwer atmend einholte. ›Onkel‹, war der Ausdruck, mit dem ihr Stamm jedem männlichen Erwachsenen, der älter war als man selbst, Respekt bezeugte.

Er lächelte kläglich.

»Ich bin hier«, sagte er. »Viel mehr aber auch nicht.«

Fährtensucher zeigte mit dem Finger nach vorn. Vor ihnen lag ein ebenes, grasbewachsenes Tal und jenseits davon, im

Südosten, eine Kette bewaldeter Hügel. Fährtensucher blickte in die Sonne.

»Dieses Tal können wir noch vor Einbruch der Nacht durchqueren«, erklärte er. »In den Hügeln da drüben werden wir einen Platz finden, wo wir uns verstecken können. Heute nacht können wir uns ausruhen.«

Und was dann? dachte Elchfrau, aber sie sagte nichts.

»Ich werde den Weg, den wir gekommen sind, noch einmal überprüfen«, sagte Fährtensucher. »Geht ihr schon voraus, ich hole euch wieder ein.« Er zeigte auf den fernen Gebirgskamm. »Ihr müßt auf diesen Engpaß zuhalten.« Dann wandte er sich um, legte den Lauf seines Steinschloßgewehres in die Armbeuge und lief den Weg, den sie gerade mit Mühe bewältigt hatten, wieder hinunter.

Zumindest fiel ihnen jetzt in der Ebene das Gehen leichter. Sie fanden einen Wildpfad, der ungefähr in die Richtung führte, in die sie wollten, und folgten ihm. Die *falsche,* dachte sie bei sich. Und in die Hügel sollten sie gehen? Wäre es nicht besser, sich dem letzten Kampf auf offenem Gelände zu stellen, wie es sich für die Bewohner der Prärie gehörte?

Ihr Stamm versteckte sich nicht zwischen Bäumen und Felsen. Aber, soviel mußte sie zugeben, sie lebten noch. Fährtensucher hatte bisher mit seiner Taktik Erfolg gehabt. Die Menschen ihres Stammes waren zum Überleben geboren, bereit zu tun, was getan werden mußte, um am Leben zu bleiben. Und Fährtensucher war ein überaus bemerkenswerter Mann. Sie hatte gewußt, welchen Respekt ihr Mann seinem Freund entgegengebracht hatte, und begann jetzt langsam zu verstehen ... aber das spielte nun keine Rolle mehr. Sie führte den alten Mann und den kleinen Jungen durch das grasbewachsene Tal auf die fernen Hügel zu.

Die Schatten wurden schon länger, als Fährtensucher wieder zu ihnen stieß. Elchfraus Herz war nicht mehr ganz so schwer wie noch am vergangenen Abend, und das erstaunte sie. Ihre schlimme Lage war nicht besser geworden, aber irgendwie gab seine Anwesenheit ihr Kraft und Mut.

»Kommt«, sagte er einfach und übernahm wieder die Führung ihrer kleinen Gruppe, die Anhöhe hinauf über den nur schwach erkennbaren Wildpfad, der in die Hügel führte.

»Verfolgen sie uns immer noch?« fragte sie, obwohl sie die Antwort schon kannte.

Fährtensucher nickte, sagte aber nichts weiter.

Im Schatten der Bäume war es ein wenig kühler. Sie bahnten sich am Rand eines Hohlweges entlang ihren Weg nach oben, als Fährtensucher plötzlich mit einem überraschten Ausruf stehenblieb.

»Was ist?« fragte sie.

»Ich weiß nicht«, sagte er langsam. »Etwas ...« Er spähte vorsichtig in die Sassafrasbüsche.

»Gefahr?« fragte sie.

»Nein, nein. Etwas anderes. Ein anderer Geist vielleicht. Wartet hier.«

Er teilte die Büsche und war verschwunden. Sie warteten ungeduldig. Irgendwo in der Ferne hörte Elchfrau das Plätschern von Wasser. Kein großer Strom ... eine Quelle möglicherweise. Ihr Gesang war einladend.

Die Büsche teilten sich wieder, und Fährtensucher trat mit einem erfreuten Gesichtsausdruck zu ihnen.

»Es ist gut!« stellte er fest. »Ein alter Pfad, eine Höhle, Wasser. Kommt.« Er drückte die Zweige für sie zur Seite. »Folgt dem Weg«, sagte er. »Ich werde unsere Spuren verwischen. Versucht, so wenig wie möglich zu berühren.«

Elchfrau ging den beiden anderen voran einen steilen, felsigen Hang hinunter. Es war wie eine andere Welt, feucht und moosig. Farne sprossen aus Felsspalten, und Flechten schmückten die grauen Steine, die die Wände eines kleinen Canyons formten. Hier standen Eichen und Nußbäume und Pflanzen, die sie nicht kannte. Vögel sangen im Blätterwerk, und wieder vernahm sie den Gesang des Wassers irgendwo über sich. Der Pfad war steil und machte mehrfach eine ganze Kehrtwendung.

Am Ende der Schlucht sah sie die Höhle. Ein schwerer Steinsims überspannte die Felsen, die den Eingang bildeten, und darunter war der Grund zu einer Grube vertieft. Ein Mensch konnte unter diesem Dach, wie es schien, beinahe aufrecht stehen. Die Höhle maß mehrere Schritte in der Breite, und sie konnte auch die hintere Wand erkennen. Sie kämpfte das Gefühl nieder, in der Falle zu sitzen – ein Gefühl, das ein Kind der offenen Prärie an einem solchen Ort unweigerlich überfällt. Sie würden hier zumindest für den Augenblick Zuflucht und Schutz finden. Elchfrau ging auf die Höhle zu, und die anderen folgten ihr. Vielleicht hatte Fährtensucher ja irgendeinen Plan, was sie als nächstes tun sollten. Wenigstens würden sie heute nacht Ruhe finden. Ganz gleich, was morgen geschah.

Sie ließ ihr Bündel fallen und sank auf den sandigen Boden der Höhle. Hirschmaus kroch in ihre Arme, und sie wiegte ihn sanft hin und her.

2

In einiger Entfernung in der Richtung, aus der die Flüchtlinge gekommen waren, stand der Kriegertrupp und wartete auf die Rückkehr ihres Spähers. Fünfzehn Krieger mit rasierten Köpfen hockten auf dem Boden, scherzten und plauderten, um sich die Zeit zu vertreiben.

»Ihr Fährtensucher muß gut sein«, meinte einer.

»Das jedenfalls behauptet unserer«, bestätigte ein anderer.

Es trübte die Freude über ihren Sieg, daß bei ihrem Überfall auf das Lager der Eindringlinge vier von ihnen geflohen waren. Schlimmer noch, Der Alles Sieht, ihr eigener Späher, hatte ihnen berichtet, daß ein alter Mann, eine Frau und ein Kind dabei waren.

Im allgemeinen war nichts dagegen einzuwenden, ein oder zwei Überlebende entkommen zu lassen, damit sie ihre Geschichte weitererzählen konnten. Es war eine Abschreckung für andere, die sich mit dem Gedanken trugen, in ihr Gebiet einzudringen. Aber in diesem Falle war es eine Frage des Prinzips. Sie würden ihr Gesicht verlieren, wenn sie sich von einer Frau, einem Kind und einem alten Mann überlisten ließen. Und das ging nun schon seit drei Tagen so! Es kam nicht in Frage, die Flüchtlinge einfach ziehenzulassen. Außerdem war dem Fährtensucher der Eindringlinge natürlich ein langsamer Tod bestimmt. Vielleicht würden sie einen von den anderen laufen lassen, die Frau vielleicht, damit sie ihrem Stamm die Warnung überbringen konnte. Aber vielleicht auch nicht.

Irgend jemand grunzte und zeigte auf den Späher. »Der Alles Sieht kommt zurück!«

»Ja! Ho, Der Alles Sieht! Sollen wir jetzt angreifen oder besser am Morgen?«

Der Späher kam den Hügel herunter, und auf seinem Gesicht lag ein ernster Ausdruck.

»Meine Freunde«, begann er, »die Dinge haben sich geändert. Sie sind in den Canyon des Wahnsinnigen gegangen.«

Ein erstauntes Murmeln erhob sich. *Wußten* die Flüchtlinge das denn nicht? Sie waren natürlich Fremde hier und hatten vielleicht keine Ahnung ... Schwarzer Bär, ihr Anführer sprach: »Darüber müssen wir erst beraten, meine Brüder. Wir werden hier lagern und heute nacht Kriegsrat halten. Vielleicht kommen sie ja morgen früh wieder heraus.«

3

Elchfrau hob einen leeren Wasserschlauch auf.

»Ich werde die Wasserschläuche füllen, bevor es dunkel wird«, meinte sie und griff bereits nach dem nächsten.

Hirschmaus war eingeschlafen. Er lag auf dem Umhang seiner Mutter und schlief den tiefen Schlaf des Unschuldigen.

»Ich gehe mit dir«, erbot sich Fährtensucher und stand auf. »Es könnte Gefahr drohen.«

Überall droht Gefahr, dachte sie. Aber es war eine aufmerksame Geste. Er mußte an seinem Schmerz genauso schwer zu tragen haben wie sie. Schwerer vielleicht noch ... Fährtensuchers ganze Familie war tot.

»Vielen Dank«, murmelte sie.

Sie gingen einen dunklen Weg hinunter, in die Richtung, aus der der Gesang des Wassers kam. In der Höhle befand sich eine dürftige Quelle, aber sie suchte einen tiefen, klaren Teich, in dem sie die Schläuche füllen konnte. Ah ja, da drüben gab es eine breite Ausbuchtung des Rinnsals, das sich durch den Canyon schlängelte. Der Teich war kaum zwei Schritte breit, aber kalt und einladend. Sie tranken aus zusammengelegten Händen und füllten anschließend die Wasserschläuche. Elchfrau spritzte sich noch etwas Wasser über Gesicht und Hals.

Danach fühlte sie sich etwas besser. Sie hob den Kopf und sog die Luft scharf ein.

»Sieh doch!«

Fährtensucher hatte instinktiv Kampfhaltung angenommen und seine Axt aus dem Gürtel gezogen. Aber das war unnötig. Elchfrau zeigte auf eine riesige Steinplatte. Sie schien von einer höheren Stelle der Schlucht herabgestürzt zu sein. Dieses Ereignis mußte schon lange zurückliegen, denn Gebüsch hatte die Platte seitlich umwachsen. Sie war quadratisch geformt, vielleicht drei Schritte breit und zwei hoch, und stand, ein wenig abgestützt, aufrecht da. Sie war nicht nur ziemlich breit und hoch, sondern auch sehr dick, ungefähr so dick wie ein Männerarm.

Die Oberfläche war beinahe vollkommen glatt. Es gab noch andere ganz ähnliche Steine im Canyon, und doch unterschied sich dieser von ihnen. In seine Oberfläche waren zahlreiche Linien geritzt. Keine tiefkerbigen Kratzer, die auf einigen anderen Steine zu sehen waren und von den unerbittlichen Naturgewalten vergangener Zeitalter herrührten, sondern Zeichen, die ein vernunftbegabtes Wesen in den Stein gemeißelt haben mußte. Und doch ganz fremdartig, dachte Elchfrau.

Das hier waren keine Felszeichnungen der Alten, keine Bilder von Tieren und Jägern, von Sonne und Mond. Mit solchen Dingen war ihr Stamm vertraut, die gab es auch in ihrem Gebiet.

Was sie hier vor sich hatte, waren gerade Linien, alle in Reihen, aber zu verschiedenen Mustern zusammengefügt. Die beiden traten näher, um sich den Stein genauer anzusehen und die Zeichen zu berühren. Ein jedes war ungefähr handbreit, und die eingeritzten Kerben gingen sehr tief.

»Sieh nur«, sagte Elchfrau. »Der Stein muß schon sehr alt sein. Aus den Kerben wachsen schon Flechten.«

Fährtensucher nickte. Das war ihm natürlich auch aufgefallen.

Elchfrau starrte den Stein noch immer voller Ehrfurcht an. »Kannst du seinen Geist spüren?« flüsterte sie. »Er ist sehr anders.«

»Ja. Hol Geistwandler her, Elchfrau. Er muß sich das ansehen, bevor es dunkel wird.«

Sie eilte davon, und die Gedanken in ihrem Kopf überschlugen sich. Es war lächerlich, sagte sie sich, diesem zufälligen Fund solche Bedeutung beizumessen. Irgendwie schien dieser Stein sogar noch wichtiger zu sein als ihr unmittelbar bevorstehender Tod. Sie schüttelte verwirrt den Kopf.

Geistwandler fand die Sache zuerst nicht sehr interessant, aber er spürte sofort ihre Erregung. Er erhob sich und folgte ihr. Elchfrau hatte ihr Kind geweckt, denn sie wollte ihren Sohn nicht allein lassen, nicht einmal, wenn sie sich nur ein kurzes Stück von ihm entfernten. Die vier stellten sich vor den Stein. »Erklär es uns, Onkel«, forderte Fährtensucher ihn ehrerbietig auf. »*Was ist das?*«

Geistwandler streckte vorsichtig die Hand aus, um seine Finger über die Oberfläche gleiten zu lassen, zog sie dann jedoch hastig wieder zurück, als sei der Stein glühend heiß.

»*Aiee*«, murmelte er bei sich. Dann strich er abermals über die Kerben und zog wie zuvor die Hand hastig zurück.

»Der Geist hier ist sehr stark«, sagte er, an niemand Bestimmtes gewandt.

»Ja«, pflichtete Fährtensucher ihm bei. »Ich habe ihn schon dort oben auf dem Weg gespürt. Könnten es die Alten sein?«

Geistwandler ließ sich Zeit mit der Antwort, schüttelte dann aber entschieden den Kopf. »Nein, die sind es nicht.«

»Vielleicht ein sogar noch älterer Stamm?« Fährtensucher ließ nicht locker.

»Nein, nein. Nicht *älter.* Nun, vielleicht doch. Aber auf jeden Fall *anders.* Diesem Geist bin ich noch nie zuvor begegnet.«

Der alte Mann sah seine Gefährten an.

»Dies ist ein mächtiger Geist«, erklärte er ihnen. »Ich kenne ihn nicht. Aber irgend jemand vor langer Zeit ... er, der diese Zeichen eingemeißelt hat, vielleicht ... Irgend jemandem war dieser Ort sehr wichtig.«

»Wem, Onkel?« wollte Elchfrau wissen.

»Ich weiß es nicht. Dieser Geist ist mir völlig fremd.«

Die anderen waren erstaunt. Geistwandler wußte doch angeblich alles.

Aiee, wenn selbst *er* ratlos war ... wer mochte es sein, der vor langer Zeit an eben dieser Stelle gestanden und den Fels bearbeitet hatte, um diese bedeutsamen Zeichen zu schaffen? Warum besaß der Geist, der hier verweilte, solche Macht? Welcher Natur war er?

Irgendwie hatte Elchfrau das Gefühl, daß sie, wüßte sie nur eine Antwort auf diese Fragen, die ihnen bald bevorstehende Katastrophe abwenden konnte.

»Was sollen wir tun, Onkel?« fragte sie Geistwandler.

Der heilige Mann schüttelte den Kopf. Ihr ganzes Leben lang hatte sie ihn noch nie so müde und besiegt erlebt.

»Ich weiß es nicht«, sagte er. »Aber laß mich beten und meine Führer fragen. Vielleicht kann ich etwas über diesen fremden Geist herausfinden.« Er schien sich zu straffen und größer zu werden und gewann einen Teil seiner Würde zurück. »Es muß vor langer Zeit gewesen sein ...«, überlegte er.

Geistwandler spürt es auch, dachte sie. *Wenn wir nur mehr über denjenigen wüßten, der den Stein behauen hat ...*

4

In dieser Nacht schmiegten sie sich in ihrer kleinen Höhle eng aneinander, das heißt, die drei von ihnen, die sich dort zur Ruhe gelegt hatten. Fährtensucher schien überhaupt nicht zu schlafen. Jedesmal, wenn Elchfrau aus schierer Erschöpfung eingedöst war, schreckte sie mit einem Ruck hoch, weil sie sich für ihre Nachlässigkeit schämte. Und jedesmal lag Hirschmaus in tiefem Schlaf neben ihr, und das fahle Mondlicht, das in die Schlucht drang, spielte über sein friedliches Gesicht.

Jedesmal sah sie sich nach den anderen um. Der heilige Mann lag, die Knie an den Bauch gezogen, in der Haltung eines Kindes im Mutterleib neben ihr. Sie hätte gern gewußt, ob seine Träume ihm etwas erzählten, das ihnen in dieser hoffnungslosen Situation Trost bieten konnte.

Einmal erhob sie sich, um ihre müden Glieder zu schütteln. Sie hatten nicht gewagt, ein Feuer zu entzünden, und sie froren in dieser Nacht, obwohl es erst Spätsommer war. Schon bald stand ihnen der Mond der Fallenden Blätter bevor, eine der schönsten Zeiten im Jahr, wie sie fand. In dieser Jahreszeit hatte sie geheiratet. ›*Aiee*‹, soviel war seitdem passiert. Sie und ihr Mann, Der Weit Schießt, hatten zu jeder Jahreszeit mit Dankbarkeit der Errichtung ihres Wigwams gedacht. Es war gut gewesen. Jetzt war es vorüber …

Sie bewegte sich steif, beugte die Knie, um den Blutkreislauf wieder in Gang zu bringen, und tastete sich durch die Höhle. Vor ihr bewegte sich etwas, und sie ging, die Hand auf dem Messer an ihrer Hüfte, in die Hocke.

»Schhht … schhh …« Ein Flüstern, zwei oder drei Schritte entfernt. »Ich bin es, Fährtensucher. Ist etwas nicht in Ordnung?«

»Nein, nein«, sagte sie leise.

»Was sollte schon nicht in Ordnung sein?« fragte sie mit einem trockenen Kichern.

»Ah, ich weiß auch nicht«, gab Fährtensucher zurück.

Er saß auf einem großen, gräulichen Steinblock. Sie überlegte, ob er wohl die ganze Nacht dort gehockt hatte oder unruhig um ihre Höhle herumgestrichen war. Sie trat neben ihn und setzte sich ganz in seiner Nähe auf einen anderen Felsblock.

»Sag mir, Fährtensucher, haben wir überhaupt eine Chance?« fragte sie ernst.

Er schwieg eine Weile. *Früher war er immer so schnell bei der Hand, wenn es darum ging, anderen Mut zu machen,* dachte sie. Aber jetzt war die Zeit gekommen, den Tatsachen ins Auge zu sehen. Sie begriff, daß er dem kleinen Hirschmaus nicht unnötig hatte Angst machen wollen. Das rechnete sie ihm hoch an.

»Ich danke dir, daß wir noch immer am Leben sind«, sagte sie.

»Da gibt es nichts zu danken«, entgegnete Fährtensucher schnell. »Wir tun, was wir tun müssen.«

»Also wegen …«

»Ja«, fiel er ihr ins Wort, »ich habe dir deine Frage noch nicht beantwortet.«

Wieder verfiel er in Schweigen, und während sie wartete, wurde sie ein wenig ungeduldig.

»Elchfrau, Gefährtin meines Freundes«, begann er ernst, »du siehst, wie die Dinge stehen. Ich kann dich nicht täuschen, und ich *will* es auch nicht. Aber ja, solange wir leben, gibt es immer die Hoffnung, daß das auch so bleibt. Das einzige, was uns diese Hoffnung nehmen kann, ist unser Tod, und soweit ist es noch nicht. Und wie wir die Chance, die uns noch bleibt, nutzen … das bestimmt darüber, ob wir leben oder sterben werden.«

Er hielt inne, und irgendwie wurde Elchfrau das Gefühl nicht los, daß er sie für ihre mangelnde Hoffnung getadelt hatte. *Er spricht nicht davon, ob wir eine Chance haben, sondern davon, wie wir sie nutzen sollen,* dachte sie.

»Noch ist es nicht an der Zeit, den Totengesang anzustimmen«, sagte er schroff. »Wenn sie kommt, werden wir ihn voller Stolz singen. Aber jetzt noch nicht.«

Sie dachte an die Worte des Totengesanges, den sie so viele Male als Schwur benutzt hatten, im Kampf zu sterben, wenn ihre Sache hoffnungslos gewesen wa

Erde und Himmel bestehen in Ewigkeit,
aber heute ist ein guter Tag zum Sterben.

Und doch schien Fährtensucher auch jetzt noch echte Hoffnung zu haben. Nun, bisher hatte er sie tatsächlich alle am Leben erhalten. Und was er sagte stimmte. Man hat bis zu dem Augenblick eine Chance, da der Tod einen tatsächlich übermannt.

Nein, dachte sie gereizt, *es ist töricht, sich solchen Gedanken hinzugeben. Morgen früh, wenn die Haarlosen angreifen, wird es vorüber sein.*

»Du hast es auch gespürt, nicht wahr?« unterbrach Fährtensucher ihre trüben Gedanken. »Den seltsamen Geist dieses Ortes?«

Seine Frage überraschte Elchfrau, aber sie verstand, was er meinte. Sie hatte lange in der Höhle wach gelegen und voller Staunen über die Zeichen auf der Steinplatte nachgedacht. Hier waren sie, vier Menschen, denen der sichere Tod drohte (nun, der *beinahe* sichere Tod), und die Kratzer auf diesem uralten Stein schienen irgendwie wichtiger zu sein. *Warum?* Was hatte es mit diesen Zeichen auf sich, mit diesem Ort, der sie alle in seinen Bann geschlagen hatte?

»Wir alle haben es gespürt«, sagte sie ruhig. »Hast du gesehen, wie der heilige Mann den Stein berührt hat, ganz so, als sei er glühend heiß? Was ist hier, Fährtensucher?«

»Ich weiß es nicht. Der Geist dieses Ortes hat mich heute hierhergeführt. Es muß ein mächtiger Geist sein, Elchfrau. Der heilige Mann spürt das auch.«

»Ja, aber hat er irgendeine Bedeutung für uns?« fragte sie.

Noch während sie diese Worte aussprach, wurde ihr klar, daß sie genau das glaubte. Wieder erstaunte sie die seltsame Geistmacht, die sie alle hier wahrnahmen. Die *Bedeutung* des Ortes und der Zeichen.

»Ich habe irgendwie den Eindruck«, sagte Fährtensucher nachdenklich. »Und wenn er für uns keine Bedeutung hat, dann hatte er sie zumindest für denjenigen, der die Kerben in den Stein geritzt hat. So, jetzt geh und sieh zu, daß du etwas Schlaf bekommst. Morgen ist ein großer Tag.«

Ja, dachte sie, *ein guter Tag zum Sterben.*

Laut sagte sie: »Ich werde jetzt eine Weile Wache halten. Du brauchst auch Schlaf.«

Fährtensucher lachte leise auf.

»Nein, geh du zu deinem Sohn. Ich bleibe wach.«

Elchfrau begriff, daß es sinnlos war, mit ihm zu streiten. Sie stand auf und ging zurück zur Höhle. Ihr Sohn schien sich nicht von der Stelle gerührt zu haben. Der alte Geistwandler murmelte im Schlaf irgend etwas vor sich hin, und sie hoffte, daß seine Nachtvisionen gut waren. *Aiee,* wie um alles in der Welt sollten sie *gut* sein?

Sie legte sich neben ihr Kind und schlang ihren Umhang um sich. Hirschmaus bewegte sich etwas, wachte aber nicht auf. Elchfrau bezweifelte, daß sie schlafen konnte, hoffte aber doch, etwas Ruhe zu finden. Sie würde ihre Kraft brauchen, wenn der Morgen kam, damit sie im Hinübergehen die Geister von so vielen Haarlosen mit sich nehmen konnte, daß ihr Mann stolz auf sie war. Fährtensuchers Versicherung, daß sie durchaus eine Chance hatten zu entkommen, begann in der Kälte der Vernunft bereits zu verblassen.

Trotzdem dachte Elchfrau über den Schöpfer der Zeichen auf dem Stein nach. Was hatte ihn getrieben, einen so mächtigen Geist zurückzulassen, einen Geist, der viele Menschenleben überdauert hatte? War er glücklich gewesen? Traurig? Verzweifelt? *Vielleicht,* dachte sie, kurz bevor der Schlaf sie überwältigte, *vielleicht ist er hier gestorben und hinübergegangen.*

Egal … Ihre Gedanken trübten sich, wurden schwer. Vielleicht würde sie mehr erfahren, wenn auch sie die Andere Seite erreichte. Vielleicht konnte sie mit ihm sprechen und herausfinden, warum die Gegenwart des Geistes hier so stark war. Sie sank in Schlaf.

Seltsame und erschreckende Träume suchten sie auf; vielleicht hatten sie mit dem Geheimnis zu tun, das diesen Ort umgab. Träume von großen Kanus, in denen viele Menschen saßen, Männer, deren Aussehen ihr völlig fremd war. Eine Gestalt tauchte immer wieder auf, ein hochgewachsener Krieger mit dem weißen Haar eines alten Mannes. Und doch schien er nicht alt zu sein, sondern jung und stark. Sie wußte, daß es eine Vision war, noch während sie träumte, aber sie konnte ihr nicht entrinnen. Sie war erschreckend, diese Vision. Vor allem, als der altjunge Krieger sich vor ihren Augen in einen Wolf zu verwandeln schien, der laut aufheulte, als er sich in eine Schlacht auf Leben und Tod stürzte, eine Schlacht, in der er ungezählten Feinden gegenüberstand.

Entsetzt wachte sie auf. Geistwandler murmelte wie zuvor leise vor sich hin, und sie fragte sich, ob der heilige Mann wohl einen ähnlichen Traum hatte. Vielleicht würde Geistwandler besser verstehen, was er zu bedeuten hatte.

TEIL 1

1

Nils Thorsson stand am Steven und sah zu, wie sich das andere Schiff seinen Weg durch graugrünes Wasser pflügte. Der Bug ließ zu beiden Seiten eine Spur weißer Gischt zurück, während das Schiff vor dem Wind lief. Mit einem Knochen zwischen den Zähnen laufen, nannten die alten Männer das. Ein herrliches Gefühl, diese entfesselte Fahrt eines gut gebauten Schiffes, die an einen Vogel im Flug erinnerte, zu beobachten.

Kein Wunder, daß ihm die *Nordmaid* wie ein lebendiges Wesen erschien, wenn er ihre anmutigen Linien und den auf und ab wippenden großen Drachenkopf an ihrem Bug bewunderte. Ein kräftiger Wind blähte das rotweiße Segel.

Die zwei Schwesterschiffe schossen Seite an Seite vorwärts. Die *Schneevogel,* auf deren Deck er stand, hatte einen winzigen Vorsprung.

Die Reise war soweit recht gut verlaufen. Nur ein einziges Mal, seit sie Grönlands Südküste hinter sich gelassen hatten, waren die Männer an die Riemen geschickt worden, was Nils für unnötig hielt. Er argwöhnte, daß der Kommandant, Helge Landsverk, dies nur angeordnet hatte, um den Eifer und den Mut der Besatzung auf die Probe zu stellen. Jedes Schiff verfügte über zweiunddreißig Ruderer, und jeder einzelne von ihnen war eigens für diese Reise ausgewählt worden. Sie hatten sich wacker geschlagen, und schon bald hatte eine auffrischende Brise es ihnen gestattet, wieder Segel zu setzen und vor dem Wind zu fahren.

Er konnte das Beben der federnden Planken unter seinen Füßen spüren, als sich ihnen eine etwas größere Welle entgegenstellte. Das Schiff schien einen Augenblick lang den Kopf zu heben und sich dann wieder seiner Aufgabe entgegenzusenken. Wie schon so oft fühlte er, daß Leben in dem eleganten Rumpf pulsierte, daß die *Schneevogel* ein atmendes Geschöpf mit eigenem Geist war, der mit dem seinen in Verbindung zu stehen schien. Nils fragte sich, ob jeder Mann diese Art geistiger Verbundenheit mit einem guten Schiff empfand. Wahrscheinlich nicht. Aber einige Männer taten es wohl doch. Das konnte er an dem Funkeln in den Augen alter Männer sehen, wenn sie von ihren lang vergangenen Erlebnissen auf hoher See erzählten.

Und warum hatte ein Schiff einen ganz anderen Geist als ein anderes? Diese beiden zum Beispiel. Die *Schneevogel* und die *Nordmaid* waren einander so ähnlich, wie der Schiffsbauer mit all seinem Können es nur hatte bewerkstelligen können, und doch wußte jeder, daß sie völlig verschieden waren. Keines war besser oder schlechter als das andere, nur eben anders. Vielleicht ähnlich, wie zwei Frauen verschieden sein mochten, dachte er. Beide schön und begehrenswert, und doch unterschiedlich.

Die *Schneevogel* trotzte stets den Wellen, als fordere sie das Meer zum Kampf auf, als suche sie den Wettstreit, als wolle sie die Legionen des Meeresgottes Aegir heraufbeschwören und einen Streit mit ihnen vom Zaune brechen. Mit ihrer ganzen Wildheit gab sie sich dem Kampf hin. Vielleicht war es nur etwas in dem gemalten Auge des Drachenkopfes über dem Bug, das unverkennbar einen stolzen, hochmütigen Ausdruck zeigte. Aber nein, es war mehr als das. Dieses Schiff besaß tatsächlich einen solchen Geist.

Die *Nordmaid* dagegen war von gesetzterem Temperament. Vielleicht verlieh ihre Verantwortung als Flaggschiff des Kommandanten ihr eine reifere Würde.

Nils entdeckte die pfeilgerade Gestalt Helges, der an den Bugriemen stand. Er kannte Landsverk, seit sie beide Jungen gewesen waren. Dieser Freundschaft hatte Nils auch zu verdanken, daß er jetzt die *Schneevogel* befehligte.

Es war ein großes Abenteuer, das sein Freund ihm da angeboten hatte. Helge Landsverk war trotz seiner Navigationskünste von den atemberaubenden Heldentaten eines älteren Verwandten, Leif Eriksson, überflügelt worden. Leif hatte bereits eine Expedition angeführt, deren Route sie jetzt folgten, und er hatte in dem neuen Land auch schon eine Kolonie gegründet. Vinland hatte Leif sie genannt, wegen der unendlich vielen Weinreben, die dort gediehen.

Einige glaubten, es sei ein neuer Kontinent, so groß wie Europa vielleicht. Diese Auffassung war es, auf die Helge seinen Ehrgeiz gründete. Sollte Leif ruhig die Meere erkunden, Kolonien auf den Inseln errichten und die neue Religion, von der er so besessen war, verbreiten. Er, Helge Landsverk, würde sich auf dem westlichen Kontinent selbst breitmachen, würde dieses Vinland, das so aufregend zu sein schien, erobern. Wenn es dort Trauben gab, dann würde dort auch Getreide wachsen. Voller Bewunderung sprach er von Thorwald Eriksson, Leifs jüngerem Bruder, den ähnliche Ideen antrieben.

Nils hatte den jungen Eriksson einmal kennengelernt, einen hochtrabenden, ehrgeizigen jungen Mann, der etwa so alt war wie er selbst. In der leidenschaftlichen Entschlossenheit Thorwald Erikssons ließ sich unschwer das Erbe des Wikingerblutes ausmachen, das durch seine Adern rann. Es hieß, so erinnerte Nils sich, daß Thorwald seinem Vater sehr ähnlich sei, dem unbezähmbaren Erik dem Roten. Vielleicht ähnelte er sogar dem *alten* Thorwald, Eriks Vater, der nach Island geflohen war, um einer Anklage wegen Mordes zu entgehen.

Ja, es gab wohl kaum Zweifel, daß der junge Thorwald Eriksson, wäre er ein oder zwei Generationen eher geboren worden, an vorderster Front derer gekämpft hätte, die auf Wikingerfahrten gingen, um an allen Küsten und auf allen Inseln Angst und Schrecken zu verbreiten.

Es war aufregend, Helge zuzuhören, wenn er seine Geschichten vom Meer erzählte und seine Augen im Licht der qualmenden Öllampe auf dem Tisch funkelten.

»Thorwald ist jetzt irgendwo da drüben«, hatte Helge ihm erzählt.

»Wo? In Vinland?«

»Ja!«

Landsverks Gesicht war von Wein und Erregung gerötet, als er die tiefen Fjorde beschrieb und die klaren, kalten Gewässer der Küsten. Nils war verwirrt.

»Du bist dort gewesen?« fragte er.

»Nein, nein. Weiter als bis Grönland bin ich noch nicht gekommen. Aber Vinland ist noch besser, Nils. Ich habe mit

Thorwald gesprochen. Dort gibt es weit ins Meer reichende Landspitzen und geschützte Häfen. Ein Land, das nur darauf wartet, besiedelt zu werden.«

»Gibt es denn keine Menschen dort?«

»Nein. Keine zivilisierten jedenfalls. Nur ein paar Skraelinge.«

»Skraelinge?«

»Ja. Primitive. Barbaren. Kein Problem für moderne Waffen.«

Nils ignorierte die schwache Warnung, die sich in den Tiefen seines Gewissens meldete, ignorierte den Verdacht, daß sein Freund eine Gelegenheit zum Kämpfen förmlich herbeisehnte. Auch ihn erregten die Möglichkeiten, die sich ihm plötzlich boten.

Seine Erregung wuchs noch, als Helge ihm seinen Plan einer von Helges Vater finanzierten Erkundungsexpedition näher erläuterte. Man hoffte, Handelsbeziehungen anknüpfen zu können. In seinem halbbetrunkenen Zustand kam es Nils gar nicht in den Sinn, daß die Aufnahme von Handelsbeziehungen sich kaum mit Überfällen, Unterwerfung der Einheimischen und der Gründung einer Kolonie vereinbaren ließe. Nach etlichen weiteren Bechern Wein und Erinnerungen an Kindheitstage hatte Nils Landsverks Angebot, die *Schneevogel* zu befehligen, angenommen. Er wandte allerdings – wenn auch nicht besonders leidenschaftlich – ein, daß er nicht viel von Navigation verstehe. Das spiele keine Rolle, hatte Helge seinen Einwand abgetan: »Die Navigation werde ohnehin ich übernehmen, und du wirst eine tüchtige Mannschaft hinter dir haben.«

Ende Mai waren sie dann von Stadt aus in See gestochen. Und nun fand er sich hier, fern von Norwegen, damit beschäftigt, Erfahrungen als Seemann und Navigator zu sammeln, während er der nächsten Etappe ihrer Reise entgegensah. Und er war begeistert.

Sie hatten ihre Fahrt bisher zweimal kurz unterbrochen, zuerst in Island und später an der Südspitze Grönlands, wo es eine blühende Kolonie gab. Bei beiden Gelegenheiten hatten sich die Seeleute ein paar Tage lang von dem Stampfen und Schlingern des Bootes auf dem Atlantik erholt und Vorräte für die nächste Etappe ihrer Reise an Bord genommen. Die leichten, schnellen, aber dennoch seetüchtigen Schiffe boten nur wenig Platz dafür, auch die Mannschaft war auf engem Raum zusammengepfercht. Selbst größere Boote als ihre beiden hatten kaum mehr als das Allernötigste und ein paar Waren für den Handel geladen.

Das größte Problem auf einer langen Seereise war natürlich die Wasserversorgung. Mittschiffs standen einige Fässer, die bei jeder Gelegenheit aufgefüllt wurden.

Landsverk winkte Nils vom anderen Schiff aus zu und zeigte voraus. Ein Wal durchbrach die Wasseroberfläche, und eine Fontäne schoß hoch in die Luft, bevor das Tier wieder abtauchte. Es war so nahe gewesen, daß die Männer sein gewaltiges Auge hatten sehen können. Einen Moment lang hatte der Blick des Ungeheuers auf den Eindringlingen geruht, bevor es wieder im Meer verschwunden war.

Sie hatten schon vorher Wale gesichtet, östlich von Grönland. Es war ein erschreckendes Erlebnis gewesen, diese Geschöpfe näherkommen zu sehen, ein Moment des Entsetzens, während der Geist noch versuchte, deren Ungeheuerlichkeit zu erfassen. Länger als das Schiff hätte ein solches Tier mit einem einzigen Zucken seines Schwanzes die ganze Expedition vernichten können. Es war nach wie vor nur ein schwacher Trost, daß niemand jemals von einem Angriff eines solchen Giganten auf ein Schiff gehört hatte.

Als der gewaltige, glänzend graue Leib in die Tiefe davonglitt, waren sie wieder allein auf See. Svenson, der Rudergänger, hatte sich von einem Vertreter ablösen lassen und kam jetzt auf Nils zu.

»Hast du den gesehen?« fragte Nils.

»Aye. Großes Tier!« Svenson grinste.

»Die erstaunen mich immer wieder. Ich rechne einfach nie mit ihnen.«

»Stimmt. Man gewöhnt sich nie an diese Kolosse.«

Die Männer standen am Bug und blickten wachsam über das Meer, aber der Wal tauchte nicht noch einmal auf. Svenson zog seinen Umhang fester um sich.

»Beim Hammer Thors, was für ein Wind! Das wird eine kalte Nacht.«

Nils nickte belustigt. Svenson trug ein Kruzifix um den Hals, ein Symbol für seine Bekehrung. Trotzdem hielt er sich bei allem, was Meer und Wetter betraf, immer noch an seine alten Götter. Solche Gewohnheiten sitzen tief.

»Sven«, fragte er, »bist du schon einmal in Vinland gewesen?«

»Ja, natürlich.«

»Wie viele Tage noch?«

Der alte Seemann kicherte.

»Du wirst ungeduldig, Junge.«

Sein Blick glitt über den Himmel und den Horizont, als suche er nach einem Zeichen.

»Vielleicht zwei, vielleicht drei Tage.«

Nils nickte abermals.

»Gibt es dort einen Hafen?«

»Ja. Die Küste dort ist ganz ähnlich wie bei uns zu Hause. Fjorde, tiefe Meeresarme. Als ich dort war, legten sie gerade ein Dock an.«

»Das ist gut.«

»Ja. Macht die Sache viel einfacher.«

Dann wandte Svenson sich abrupt ab und ging zurück zum Achterschiff, um das Steuerruder wieder zu übernehmen. Er überließ seine Verantwortung niemals lange einem anderen. Das, so vermutete Nils, gehörte zu den Eigenschaften, die Sven zu einem guten Rudergänger machten. Der scharfe Wind sandte Nils einen Schauer über den Rücken, und er zog seinen Wolfsumhang bis zu den Ohren hoch. Sogar die untergehende Sonne sah frostig und wäßrig aus. Svenson hatte recht. Ihnen stand eine kalte Nacht bevor.

2

Die Kolonie duckte sich an einen grasbewachsenen Abhang an der Nordküste. Nils wunderte sich über die ungeschützte Lage der kleinen Niederlassung, begriff dann aber schnell deren Vorzüge. Der kleine Hafen öffnete sich zu einem tiefen

Kanal, der reichlich Platz zum Manövrieren bot. Ein gutes Stück weiter im Norden ragte eine gewaltige Landspitze ins Meer, die anscheinend hoch genug war, um ein gewisses Maß an Schutz vor den Winterstürmen zu bieten.

Die Landmasse, auf der die Kolonie lag, erstreckte sich jetzt im Sommer in üppigem Grün nach Süden, so weit das Auge reichte. Die Bäume, Wiesen und gewellten Hügel wirkten viel gastlicher als die kahlen Hänge Islands oder auch Grönlands.

Natürlich, sie befanden sich auch weiter südlich. Während der letzten Nächte war ganz offensichtlich gewesen, daß der Polarstern viel tiefer stand als in nördlicheren Regionen. Svenson hatte die von erfahrenen Seeleuten angewandte Methode zur Abschätzung der eigenen Position vorgeführt. Dazu hatte er sich mit dem Kopf nach Süden an Deck auf den Rücken gelegt, die Knie angewinkelt und angezogen und schließlich eine Faust mit emporgerichtetem Daumen auf das rechte Knie gelegt.

»So«, hatte er gesagt. »Wenn man so weit nach Süden gekommen ist, ist der Polarstern nicht weit vom Daumen entfernt. Weiter nördlich ist er ein gutes Stück weiter weg, höher am Himmel.«

Es leuchtete ein und war so einfach, daß Nils sich wunderte, daß er noch nie von dieser Methode gehört hatte. Natürlich, er war bisher auch noch nie gezwungen gewesen, seine Position einzuschätzen. Der größte Teil seiner Erfahrungen als Seemann bezog sich auf Fahrten entlang der Küste, unter Landsicht.

Auf dem offenen Meer war die Einschätzung der Richtung noch wichtiger als die Beurteilung der Position. Bei klarem Wetter war das kein Problem, denn dann konnte man sich an der Sonne orientieren. Mittags zeigte der Schatten eines Stockes pfeilgerade nach Norden. Des Nachts wies der Polarstern ihnen die Richtung. Bei trübem Wetter war es schwieriger, vor allem, wenn der gewohnte Wind fehlte. Dann wurde die ganze Welt zu einem gesichtslosen, stumpfen Grau. Nils konnte sich noch gut erinnern, wie ihn zum ersten Mal das Grauen der *hafvilla* überfallen hatte, jenes panikartige Gefühl, auf See die Orientierung verloren zu haben. Ihm war nichts anderes übrig geblieben, als Ruhe zu bewahren, bis er am westlichen Horizont den roten Streifen des Sonnenunterganges hatte sehen können.

Bei dieser Expedition waren sie bisher jedoch von solchen Schwierigkeiten weitgehend verschont geblieben. Das Wetter hatte mitgespielt, und abgesehen von ein oder zwei kalten Nächten war es eine bequeme Überfahrt gewesen.

Sie steuerten unter vollen Segeln von Nordosten in den Kanal, kreuzten dem fernen Hafen entgegen und holten dann die Segel ein, um das Boot zum Hafenbecken zu rudern.

Drei Frachtschiffe lagen etwas abseits der Hafenanlage auf Reede, dickbauchige *Knorrs*, die im Vergleich zu den windschnittigen Drachenschiffen schwer und träge waren. Sie erinnerten Nils an drei fette Säue, die mit der Schnauze einen Trog durchwühlten. Dann sah er sie sich genauer an, diesmal mit den Augen eines Seemannes. Die Schiffe waren gut gebaut, ihre massiven Laderäume so konstruiert, daß sie mittschiffs Vieh und andere Fracht laden konnten. Davor und dahinter war wahrscheinlich die Mannschaft untergebracht. Therfinn Karlzefni hatte in diesen Schiffen seine Siedler hergebracht, etwa hundertsechzig Männer und Frauen, die in dieser fremden Erde, die Leif Eriksson Vinland genannt hatte, Wurzeln schlagen sollten.

Im Hafenbecken wiegte sich ein elegantes Boot mit schlanken Linien auf dem Wasser. Seine leuchtende Farbe, die im Sonnenlicht glitzerte, bot einen atemberaubenden Anblick. An Deck waren Männer mit den nie endenden Arbeiten beschäftigt, die zur Wartung eines seetüchtigen Bootes gehörten. Nils wollte Svenson nach dem Boot fragen, aber der alte Seemann kam ihm zuvor.

»Eriksson ist hier«, brummte er.

»Leif Eriksson?«

Es wäre eine große Ehre, den berühmten Entdecker persönlich kennenzulernen.

»Nein, Thorwald. Kennst du ihn?«

»Eigentlich nicht. Ich bin ihm nur einmal begegnet.«

»Ein bißchen verrückt«, bemerkte Svenson und konzentrierte sich wieder auf das Steuerruder.

Verrückt oder nicht, dachte Nils, der Mann ist auf jeden Fall interessant. Schon der bloße Gedanke, Karten von unbekannten Küsten zu zeichnen, ließ sein Herz höher schlagen.

Vor ihnen vollendete die *Nordmaid* eine Wende und steuerte auf die Anlegestelle zu. Svenson legte sein Steuerruder um, und die *Schneevogel* folgte. Jetzt füllten sich die Hafenanlagen langsam mit Menschen, die den sich nähernden Booten zuwinkten. Die Ankunft von Schiffen aus der Heimat war gewiß ein großes Ereignis für die hier auf sich gestellten Siedler.

Hinter dem Anlegeplatz konnte er die Handvoll Gebäude sehen, die das Dorf Straumfjord bildeten. Drei von ihnen waren anscheinend gewöhnliche nordische Langhäuser, zeitweise Unterkünfte für jeweils mehrere Familien. Wenn die Kolonie sich erst richtig etabliert hatte, soviel wußte Nils bereits, würde jedes Paar in einiger Entfernung vom Zentrum sein eigenes Haus bauen. Flüchtig überlegte er, ob das Zusammenleben von fünfzig oder mehr Menschen in einem einzigen Haus der Romantik wohl förderlich sei. Er konnte sich kaum vorstellen, eine Frau zu lieben, wenn er wußte, daß Dutzende anderer Paare in der Dunkelheit lauschten. Aber die würden natürlich dasselbe Problem haben.

Ein vertrautes Geräusch drang an seine Ohren, das Klirren eines Schmiedehammers auf einem Amboß. Einen Augenblick später verrieten ihm die gelegentlichen Qualmwölkchen und Funken den Standort der Schmiede. Er hätte gern gewußt, ob man hier Eisenerz abbaute oder ob man es von daheim holen mußte. Nun, das würde er sicher herausfinden.

Auf der Wiese hinter dem Dorf grasten Schafe, die von einer Handvoll junger Männer bewacht wurden. Nils fiel auf, daß die Tiere ziemlich eng zusammengehalten wurden. Das war eigentlich nicht üblich. Er fragte sich, ob die Hirten das aus Furcht vor Überfällen taten oder weil sie sich vor wilden Tieren in acht nehmen mußten. Er hatte keine Ahnung, welche Arten hier zu finden waren. Wölfe? Wahrscheinlich. Vielleicht auch Bären oder sogar irgendeine Rasse der großen Katzen, die man andernorts beobachtet hatte. Wieder einmal wurde ihm klar, wie wenig sie über dieses neue Land wußten.

Möglicherweise drohte sogar Gefahr von den Eingeborenen. Wie hatte Helge sie genannt? Skraelinge, ja, das war es.

Helge hatte sie als Barbaren bezeichnet. Die hohe Palisade aus Baumstämmen, die das Siedlungsgebiet einzäunte, war ebenfalls sehr verdächtig. Wie mochten diese Eingeborenen im Vergleich zu denen Südeuropas und der Inseln Britanniens sein? Einige von denen konnten ja ziemlich gefährlich werden. Gab es hier ebenfalls verschiedene Stämme, so wie es bei den Schotten der Fall zu sein schien? Ah, das würde er später herausfinden.

Die *Nordmaid,* deren Segel mittlerweile eingeholt waren, ging sachte an der Uferbefestigung längsseits. Am Ufer fingen einige Männer die vom Schiff ausgeworfenen Leinen auf und vertäuten sie fachgerecht an den Stützpfählen des Kais. Ein Hurra am Ufer tat kund, daß das Boot angelegt hatte; es wiegte sich an seinen Leinen sanft in der Dünung.

Nils sah, daß am Kai kein Platz mehr für die *Schneevogel* war. Er wandte sich zum Rudergänger um, aber wieder einmal hatte Svenson erraten, was er wollte, noch bevor er ein Wort sagen konnte. Ein kräftiger Zug am Steuerruder, und das Schiff reagierte beflissen mit einer leichten Kursänderung. Nils hatte seine Zweifel bezüglich dieses Manövers, aber Sven war schließlich schon einmal hier gewesen. Er mußte es wissen ... ah ja, dort am Ufer standen Säulen aus sorgfältig aufgestapelten Steinen, die die Anlegestelle kennzeichneten. Die Leute hatten diesen Küstenabschnitt wahrscheinlich benutzt, bevor der Kai gebaut worden war.

Svenson wußte, was als nächstes zu tun war. Er legte das Ruder abermals um, und die *Schneevogel* lief schräg auf den sandigen Strand zu. Dann drehte er bei, so daß sich das Heck ebenfalls dem Ufer näherte. Als sie schließlich den Strand längsseits hatten, war ein schlurfendes Geräusch zu hören, und dann ein leises Zischen. Die Unterseite des Rumpfes glitt sanft über den sandigen Boden. Das unablässige Schaukeln hatte aufgehört, das Boot stand still. Nils schwankte immer noch. Er würde eine Weile brauchen, bis er sich wieder an festen Boden unter den Füßen gewöhnt hatte.

Nils sprang mit ein paar anderen von Bord, watete an Land, während er die Vorleine hinter sich herzog, und belegte sie an einem Poller. Die *Schneevogel* lag, soweit ein schneller Blick das zeigte, ganz gut – im Augenblick auf Grund, aber bei

Flut würde sie freikommen. Er fürchtete diese Anlegemanöver an einer fremden Küste. Ein verborgener Felsbrocken, sogar ein relativ kleiner, konnte das leichte Drachenschiff aufschlitzen und die dünne Beplankung von vorn bis achtern vom Rumpf reißen. Aber wahrscheinlich waren seine Befürchtungen grundlos gewesen. Karlzefnis Schiffe benutzten diesen Landeplatz, seit die Siedlung bestand.

Die Leute aus der Kolonie schwärmten nun ausgelassen und mit lautem Hallo zum Strand hinunter. Nils drehte sich um und winkte ihnen zu. Seltsam, wie sehr diese Menschen das Abenteuer liebten. Er betrachtete sie, die mitten in der unwirtlichen Wildnis eine Kolonie gegründet hatten, als Abenteurer. Sie ihrerseits hielten ihn, den Herrn eines Entdeckerschiffes, für einen aufregenden und verwegenen Menschen.

Einige Männer wateten in die Brandung, um die *Schneevogel* zu begutachten und ihre Hände über die Planken des geschmeidigen Rumpfes gleiten zu lassen. Ein Boot brachte in jeder nordischen Seele eine besondere Saite zum Klingen. Vielleicht war es das. Er erinnerte sich an die endlosen Geschichten vom Meer, die sein Großvater ihm erzählt hatte.

Als kleines Kind hatten sie ihn fasziniert. Der alte Mann war sehr gebildet gewesen und hatte Nils' Allgemeinwissen ungemein bereichert. Der Alte hatte zu Lebzeiten viele Veränderungen mitangesehen. Die neue Religion, die Ablösung des alten Runenalphabets durch das neue ... Er hatte versucht, Nils beide beizubringen ... und dann die veränderte Weltanschauung, das Ende der auf Raub und Plünderung bedachten Wikingerzüge und den Beginn der Ära, in der es um Entdeckung und Besiedlung fremder Länder und um Handel mit anderen Völkern ging. Aber vor allem hatte er seinem begierig lauschenden jungen Zuhörer seine Liebe zum Meer vermittelt.

»Ein Mann ohne Boot ist ein Mann in Ketten«, hatte der Alte einmal gesagt.

An ihn mußte er denken, jetzt, als er die Aufregung jener Männer sah, die ihre Finger liebevoll über die Flanken der *Schneevogel* gleiten ließen.

Ein Paar blauer Augen riß ihn jedoch jäh in die Wirklichkeit zurück. Die junge Frau stand ganz still am Strand und lief nicht mit den anderen laut rufend und aufgeregt zu ihnen. Sie stand nur da und sah ihn an, kühl und selbstbewußt. Sie war groß und wohlproportioniert, von beinahe männlicher Erscheinung. Schon wie sie dastand, ließ ihre Beweglichkeit ahnen. Sie erinnerte an eine Katze, die alle Muskeln angespannt hat, um jeden Augenblick zum Sprung ansetzen zu können. Das Mädchen ging ein oder zwei Schritte beiseite, um einem Mann mit einer schweren Last Platz zu machen. Ihre geschmeidigen Bewegungen verstärkten den Eindruck von latenter Energie. Er konnte sich ihren geschmeidigen Körper vorstellen, den jetzt ein grober Umhang über ihren wohlgeformten Schultern verbarg. Ihr Haar von der Farbe reifen Weizens fiel in sanften Wellen wie eine leuchtende Garbe über ihre Schultern.

Am meisten faszinierte ihn jedoch ihre Seele, die aus ihren himmelblauen Augen strahlte. Es fiel im nicht schwer zu glauben – zumindest einen Augenblick lang –, daß diese Frau einzig und allein an den Strand gekommen war, um ihn, Nils Thorsson, willkommen zu heißen.

Er wandte sich abrupt ab, als ihm bewußt wurde, daß er sie anstarrte. *Thorsson,* ermahnte er sich, *du bist zu lange auf See gewesen.*

Aber, entgegnete sein zweites Ich, die junge Frau schien nichts dagegen zu haben. Vielleicht würde er sie später ja kennenlernen.

3

Am Abend gab es eine große Feier mit Tanz und Gesang, die bis tief in die Nacht dauerte. Das Festmahl konnte wegen des offensichtlichen Mangels an Vorräten nicht allzu üppig ausfallen, aber dadurch ließen sich die Feiernden nicht verdrießen. Es wurde auch eine bescheidene Menge Wein getrunken – zum Teil aus den Beständen der Neuankömmlinge. Der Wein, den die Siedler in ihrem ersten Jahr hier aus wilden

Trauben gewonnen hatten, fand trotz seiner Jugend großen Anklang. Die Seeleute schätzten ihn besonders und bewunderten seinen kräftigen Geschmack, der sich deutlich vom europäischen unterschied.

Die Frauen schienen ganz versessen darauf zu sein, mit den Ankömmlingen zu tanzen und ihnen den Abend so angenehm wie möglich zu machen, und die Seefahrer ließen sich nicht lange bitten. Nils bemerkte einige eifersüchtige Blicke von Ehemännern. Da es in den engen Grenzen der Kolonie kaum Gelegenheit gab, vom rechten Weg abzukommen, schien in dieser Hinsicht keine echte Gefahr zu bestehen. Alle freuten sich ihres Lebens und tanzten bis zur absoluten körperlichen Erschöpfung, was sicherlich schon dazu beitragen würde, jedem unerlaubten Stelldichein einen Riegel vorzuschieben.

Außerdem war Nils sicher, daß eine solche Kolonie überwiegend, wenn nicht sogar zur Gänze aus verheirateten Paaren bestand. Zumindest hätte er das so angeordnet, wenn er für deren Organisation verantwortlich gewesen wäre. Auf diese Weise konnte man viele Schwierigkeiten vermeiden. Hatte er nicht auch neulich in Stadt von zwei Frauen gehört, die mit Leif Erikssons Schiff zurückgekehrt waren, nachdem ihre Männer bei einem Kampf mit den Eingeborenen den Tod gefunden hatten?

Er beendete einen Tanz mit einer verführerischen Rothaarigen. Nils setzte sich auf eine Bank, atemlos, erhitzt vom Wein und der Anstrengung und sexuell erregt von ihrer körperlichen Nähe. Seine Gedanken und sein Blick waren eine Spur verschwommen, wie im Traum, als er plötzlich die blauäugige junge Frau vor sich sah. Sie wirbelte mit einem der Seeleute über die Tanzfläche, und als sie einmal laut auflachte, entblößte sie eine Reihe weißer, ebenmäßiger Zähne. Sie warf den Kopf in den Nacken, und ihr im Feuerschein schimmerndes Haar bot einen betörenden Anblick.

Seine erste Empfindung war Eifersucht auf den Mann, der sie in den Armen hielt. Die nächste, die ernüchternde Feststellung, daß sie hier in der Kolonie einen Ehemann haben mußte, und gleich darauf ein tiefer Widerwille, daß *überhaupt* irgend jemand das Bett dieses wunderschönen Geschöpfes teilen durfte. Es war ein seltsames Gefühl, diese Mischung aus Groll und Eifersucht, einem Mann gegenüber, den er überhaupt nicht kannte. Zudem bezog sich diese Eifersucht auf eine Frau, der er erst einmal begegnet war, mit der er noch kein einziges Wort gewechselt hatte. Lächerlich, sagte er sich.

Trotzdem wurde er, während er den Tänzern zusah, seiner Phantasie kaum Herr. Immer wieder stellte er sich vor, diesen geschmeidigen jungen Leib neben sich im Bett zu spüren. Er schüttelte den Kopf, um sich von diesen Gedanken, die ihn in übelste Schwierigkeiten bringen konnten, zu befreien. Sie hatten tatsächlich lange Zeit auf See zugebracht. Einige der Seeleute würden gewiß ein kleines Techtelmechtel mit der einen oder anderen Siedlerfrau anknüpfen.

Etwas angewidert von sich selbst und eindeutig aus der Fassung gebracht, erhob er sich, um das Fest zu verlassen. Er stand ein wenig unsicher auf den Beinen, war müde und angenehm betrunken und wollte sein Lager aufsuchen. Nils war immer ein Einzelgänger gewesen – er war gern allein, um nachzudenken. Er nahm seine Decken und seinen Wolfspelzumhang und suchte sich ein abgelegenes Plätzchen in der Nähe der Holzpalisade.

Er schlief schon fast, als er durch die fröhlichen Geräusche des Festes Schritte hörte. Irgendein anderer Seemann war auf der Suche nach einer Stelle, an der er seine Gewänder ausbreiten konnte, und Nils ärgerte sich über diese Störung seiner Einsamkeit. Er kehrte dem Neuankömmling den Rücken zu und zog seinen Umhang bis zu den Ohren hoch.

Fast im gleichen Augenblick fühlte er jedoch die aufregende Berührung eines weichen Körpers. Erschrocken drehte er sich um. Die Sterne spendeten nur schwaches Licht, aber er konnte erkennen – und spüren –, daß es eine Frau war, die sein Lager mit ihm teilen wollte. Dann begriff er. Nicht irgendeine, sondern die bezaubernde, blauäugige junge Frau, die er zuerst am Ufer und später beim Tanz gesehen hatte. Ohne weiteres hob sie seine Decke an und drängte sich an ihn. Beinahe gleichzeitig küßte sie ihn.

Vielleicht lag es an der Überraschung, dem Wein oder den langen Wochen auf See, aber dieser Kuß fühlte sich an wie kein anderer zuvor. Er war warm, feucht, fordernd und doch auch weich und gefügig; er verweilte auf seinen Lippen und peinigte ihn mit dem verhaltenen, kaum wahrnehmbaren Spiel einer forschenden Zunge, bevor die junge Frau sich von ihm löste.

»Nils Thorsson«, stellte sie fest.

Ihre Stimme war tief und von verführerischer Heiserkeit.

»Ja«, stieß er erregt hervor. »Und?«

»Würdest du etwas für mich tun?« flüsterte sie ihm ins Ohr.

Er hätte am liebsten laut gerufen: »Alles!«, konnte sich aber gerade noch rechtzeitig beherrschen.

»Was willst du?«

Sie schmiegte sich an ihn, rieb ihre Knie an seinen Oberschenkeln und umfing seine Brust mit ihrem Arm. Ihr Atem strich warm und sinnverwirrend über sein Ohr.

»Nimmst du mich mit?«

Bevor er antworten konnte, gab sie ihm noch einen Kuß, einen längeren, tieferen voll süßer Verheißung. Seine Hände liebkosten ihren Körper, zogen sie näher an sich, aber sie schob ihn mit sanfter Gebärde weg.

»Nimmst du mich mit?«

Er hielt verwirrt inne. Die junge Frau gab ihm widersprüchliche Signale, reizte ihn und hielt ihn gleichzeitig auf Distanz. Dieser Umstand half ihm, in die Wirklichkeit zurückzufinden.

»Hast du keinen Mann?« fragte er unverblümt.

Sie zuckte die Achseln.

»Er ist ein Nichts. So interessant wie ein Sack Mehl.«

Sie lehnte sich an ihn.

»Er weiß nicht, wie man eine Frau behandelt.«

Groll flackerte in Nils auf. Er konnte sich keinen Mann vorstellen, der diese Frau nicht wie eine Göttin behandeln würde. Er umarmte sie und wiegte sie sanft hin und her.

»Für dich würde ich ihn sofort verlassen!« flüsterte sie.

Auf ihren Wangen glitzerten Tränen.

»Aber«, protestierte Nils, »ich breche doch gerade erst zu der Entdeckungsreise auf.«

»Dann nimm mich mit!«

»Nein nein, das wäre unmöglich.«

»Du magst mich nicht«, schmollte sie und tat so, als wolle sie sich von ihm abwenden. »Wenn du mich wirklich liebtest, würdest du mich mit dir nehmen.«

»Aber ich kenne dich doch kaum!«

Sie schmiegte sich enger an ihn und küßte ihn noch einmal, bis sein Herz raste und sein Atem wieder in kurzen, erregten Stößen ging. Die junge Frau war abwechselnd fordernd und abweisend … Jetzt knabberte sie an seinem Ohrläppchen und trieb ihn vor Verlangen beinahe in den Wahnsinn.

»Du *könntest* mich besser kennenlernen«, flüsterte sie. »Besser als mein ungehobelter Klotz von einem Ehemann. Bitte, hilf mir.«

Nils war hin und her gerissen von Mitleid und Begierde. Er hätte dieser verzweifelten jungen Frau, die in einer unglücklichen Ehe gefangen zu sein schien, wirklich gern geholfen. Warum verließ sie ihren Mann nicht einfach? Das war nach nordischem Brauch durchaus erlaubt.

Nur daß sie, rief er sich ins Gedächtnis, nirgendwo hingehen konnte, es sei denn, sie verließ die Kolonie. Und das war natürlich völlig unmöglich, außer sie nahm eines der Schiffe, die in unregelmäßigen Abständen in Straumfjord vor Anker gingen. Und was hatte sie als Gegenleistung anzubieten? Sie besaß nichts, das heißt, nichts außer sich selbst. Ihren Körper. Diesen herrlichen, begehrenswerten Körper, der sich jetzt unter dem Wolfspelzumhang an ihn drängte.

Nils war ohnehin ein mitfühlender Mensch, und das Unglück dieser Frau ging ihm zu Herzen. Derjenige zu sein, an den sie ihre Bitte richtete, empfand er als eine große Ehre und ungeheuer schmeichelhaft. Er hatte das Gefühl, ihr helfen zu *müssen*. Außerdem waren die versprochenen Belohnungen so verlockend. Er zog sie fester an sich und küßte sie, wobei er sich nach Kräften bemühte, seinen Atem unter Kontrolle zu halten.

»Ich kann dich jetzt nicht mitnehmen«, flüsterte er, »aber wenn ich zurückkomme …«

Sie schob ihn von sich.

»Du wirst nie zurückkommen!« schluchzte sie, und wieder traten Tränen in ihre Augen.

»O doch, doch, das werde ich. Wenn wir die Erkundung

beendet haben, werden wir auf dem Weg nach Hause hier vorbeikommen.«

»Wirklich? Du wirst mich holen kommen?«

Sofort versiegten ihre Tränen.

»Ja«, versprach Nils.

Er versuchte, die leisen Warnungen, lieber langsam und vorsichtig vorzugehen, zu ignorieren. Er küßte sie noch einmal lange und leidenschaftlich, und sie reagierte mit gleicher Inbrunst. Ganz sanft ließ er seine Hände über ihren Leib gleiten. Es war ihm gerade gelungen, die weiche Haut eines wohlgeformten Beines zu berühren, als sie plötzlich seine Hand wegstieß und sich aufsetzte.

»Nein!« sagte sie heiser. »Nicht jetzt. Das Risiko ist zu groß. Später wird es besser scin.«

Sie küßte ihn kurz, aber innig, und sprang auf, glättete ihre Röcke und wandte sich zum Gehen.

»Später«, beteuerte sie.

Dann warf sie ihm eine Kußhand zu und war verschwunden.

Nils lag im schwachen Sternenschein da und sah ihr nach. Er war durch und durch verstört, atmete nach wie vor schwer, und in seinen Lenden hatte sich der dumpfe Schmerz unerfüllten Begehrens breitgemacht. Noch schlimmer war jedoch der Zweifel. Hatte sie nur mit ihm gespielt? Machte sie sich ein Vergnügen daraus festzustellen, wie weit sie gehen konnte, ohne etwas zu geben? Er war wütend und enttäuscht.

Als sein Zorn sich abkühlte, setzte sein Verstand wieder ein. Er wollte das Verhalten der jungen Frau unbedingt rechtfertigen. Sie war verzweifelt, sonst wäre sie niemals mit einem solchen Vorschlag an einen Fremden herangetreten. Und da sie nur eines zu bieten hatte, mußte sie damit haushalten, bis sie sicher sein konnte, daß der Handel abgeschlossen war. In diesem Lichte betrachtet war ihr Verhalten zumindest verständlich, was die Sache für ihn nicht angenehmer machte. Trotzdem kehrte sein Mitleid für sie langsam zurück. Er hoffte, sich ihres Vertrauens würdig erweisen zu können.

Ihr Versprechen ließ ihn nicht los. ›Später.‹ Wieviel später und unter welchen Umständen? Es gab noch viele unbeantwortete Fragen. Wieder und wieder dachte er an die Inbrunst ihres Kusses, die Wärme ihres jungen Körpers und die erregende Verlockung ihres Atems an seinem Ohr.

Rastlos erhob er sich und ging zurück zu den Feuern, wo eine kleiner werdende Schar nach wie vor lachte und sang und der Wein immer noch floß. Aber er entdeckte die junge Frau nicht, und die Feier war ohne sie nicht dieselbe. Sogar der Wein hatte seinen Wohlgeschmack eingebüßt. Enttäuscht wandte er sich ab.

Zurück auf seinem Lager war er schon fast eingeschlafen, als ihm ein seltsamer Gedanke kam. Er kannte nicht einmal ihren Namen, den Namen dieser blauäugigen Göttin, die sich erboten hatte, sein Bett zu teilen.

4

»Was ist mit den Skraelingen?« wollte Helge wissen.

Eriksson und Karlzefni tauschten ernste Blicke.

»Ja, die könnten zum Problem werden«, gab der Siedler zu. »Sie haben uns auch schon angegriffen.«

Thorwald Eriksson war direkter.

»Man muß sie bekämpfen!« stellte er unumwunden fest. »Ihnen etwas von unserem Stahl zu schmecken geben! Jeder Nordmann ist ein ganzes Dutzend von diesen Barbaren wert.«

»Aber es gibt verschiedene Arten von Skraelingen, verschiedene Stämme«, wandte Karlzefni ein. »Einige sind ängstlich, andere kampflustig. Sie haben wilde Kämpfer. Man kann sie nicht alle in einen Topf werfen, Thorwald.«

»Sie alle bluten und sterben«, gab Thorwald zurück. »Das muß man ihnen klarmachen.«

Karlzefni schien, was diese Vorgehensweise betraf, seine Zweifel zu haben. Diplomatisch wechselte er das Thema.

»Wo willst du von hier aus hin?« fragte er Eriksson.

»Nach Süden, denke ich, und zwar längs der Küste. Und was ist mit euch, Helge?«

»Wir sind noch zu keinem Entschluß gekommen«, antwortete Landsverk. »Was meinst du, Nils?«

Nils warf einen Blick auf die groß skizzierte Karte auf dem Tisch.

»Ist das eine Bucht oder ein Golf?« fragte er und zeigte auf eine bestimmte Stelle. »Ja«, entgegnete Karlzefni. »Die Landspitze auf der anderen Seite des Kanals verläuft in südwestlicher Richtung. Wir wissen aber nicht, wie weit sie reicht. Es könnte eine große Insel sein, aber wir haben sie noch nicht bis zum anderen Ende erkundet. Odin sagt, sie münde in Süßwasser.«

»Odin?« fragte Nils verwirrt.

Karlzefni kicherte.

»Ja, ein alter Skraeling. Er ist letztes Jahr halb verhungert hier angekrochen gekommen. Sieht so aus, als seien andere Skraelinge hinter ihm her. Ein anderer Stamm oder so etwas. Er ist sehr hilfreich. Und kommt auch schon einigermaßen mit unserer Sprache zurecht.«

»Er spricht Nordisch?«

»Ja, ein wenig. Versteht uns wahrscheinlich besser als wir ihn.«

»Warum wird er Odin gerufen?« wollte Helge wissen.

»Oh. Irgend jemand hat ihn so genannt, weil er nur noch ein Auge hat. Wie der Gott, du weißt doch? Der Name ist ihm geblieben.«

»Aber was ist das für eine Geschichte über Süßwasser?« erkundigte sich Thorwald.

»Ach das. Ja, Odin behauptet, dieser Golf führe zu Süßwasser, zu einem großen Fluß.«

»Sehr ihr?« rief Thorwald. »Ein neuer Kontinent.«

»Bist du an diesem Fluß gewesen, Thorwald?« fragte Helge.

»Nein, ich habe die Westküste des Landes, auf dem wir uns jetzt befinden, abgefahren. Aber ich glaube, das da drüben ist der Kontinent. Ich werde es herausfinden.«

»Dann gehst du also nach Süden?«

»Ja. Und anschließend nach Westen. Vielleicht habt ihr ja Lust, euch diesen Fluß anzusehen, von dem der Skraeling erzählt.«

»Vielleicht«, meinte Helge nachdenklich. »Was hältst du davon, Nils?«

»Es würde auf jeden Fall helfen, diese Landkarte zu vollenden«, pflichtete Nils ihm bei und zeigte auf die großen, weißen Flecken unerkundeter Gebiete auf der Zeichnung. »Karlzefni, können wir diesen Skraeling, Odin, mitnehmen?«

»Nein!« fuhr der Siedler sie an. »Ich brauche ihn vielleicht noch als Dolmetscher.«

Sofort ließen sie diesen Gedanken fallen. Es gab noch weitere Diskussionen über ihre Pläne, die Vorräte und das Wasser. Thorwald Eriksson bekundete die Absicht, am nächsten Tag bei Flut auszulaufen.

»Karlzefni«, fragte Nils plötzlich, »wer ist die große Frau mit den blauen Augen und dem blonden Haar?«

Der Siedler kicherte.

»Ah, du hast Ingrid kennengelernt!«

»Ingrid?«

»Ja. Die kannst du mitnehmen, statt Odin.«

Die anderen lachten, und Nils spürte, wie er errötete. Er wünschte, er hätte sich nicht nach dieser Frau erkundigt. Anscheinend war sie bestens bekannt. Aber da er die Sache nun einmal angefangen hatte, konnte er sie genausogut zu Ende bringen.«

»Wer ist sie denn? Hat sie einen Ehemann?«

»Natürlich. Olaf, den Böttcher, den armen Bastard. Ein guter, hart arbeitender Bursche, der es nicht verdient, so behandelt zu werden.«

»Wie behandelt zu werden?«

»So, wie sie ihn eben behandelt. Wie Dreck. Sie ist wie eine läufige Hündin. Hat sie dich gebeten, sie mitzunehmen? Hab' ich mir doch gedacht. Die Frau macht nur Ärger. Ist hinter den Männern her wie ein Hund hinter einem Knochen.«

Nils war verlegen und ein wenig wütend darüber, daß das Weibsbild ihn derart in seinen Bann geschlagen hatte. Aber nein, jede Geschichte hatte zwei Seiten. Er dachte an die Tränen, die flehentlichen Bitten und die innige Wärme ihrer Küsse. Die junge Frau war tatsächlich in Schwierigkeiten, und er hatte versprochen, ihr zu helfen. Nach ihrer Rückkehr, bevor sie nach Norwegen aufbrachen, würde er sein Versprechen einlösen. Er freute sich schon, sie wiederzusehen, mit ihr zu reden und ihr zu versichern, daß er die ehrliche Absicht habe, sie mitzunehmen. Er würde versuchen, sie vor seiner Abreise zu finden. Aber in der Zwischenzeit hatte er andere Dinge zu erledigen.

Thorwald und Helge sprachen gerade über Navigation, als Nils seine Aufmerksamkeit wieder auf das Gespräch richtete. Helge untersuchte einen kleinen Gegenstand, den Thorwald ihm gereicht hatte.

»Er kann sogar bei bewölktem Himmel nach Norden finden«, beharrte Thorwald.

»Aber wie? Wie funktioniert er?« fragte der verwirrte Helge. Thorwald hatte gerade einen flachen, ovalen Stein aus einem weichen Lederbeutel gezogen. Er war von einem stumpfen Grau, aber beinahe durchscheinend, als Helge ihn zwischen Daumen und Zeigefinger ins Licht hielt.

»Was ist das? Ich verstehe nicht, wovon ihr redet«, sagte Nils erstaunt.

»Ein *Sonnenstein*«, erklärte Thorwald. »Er sieht die Sonne, auch wenn wir es nicht können. Kommt, ich zeige es euch.«

Die vier Männer gingen ins Freie.

»So«, meinte Eriksson, »man kann es besser demonstrieren, wenn der Himmel bewölkt ist, aber gebt trotzdem genau acht.«

Er hielt den Stein um Armeslänge über den Kopf, um seine Oberfläche der Sonne auszusetzen. Es gab nichts Besonderes zu sehen, nur daß er anscheinend einige ihrer Strahlen hindurchließ. Dann begann Thorwald langsam, seinen Arm zu drehen. Thorwald ergriff abermals das Wort, und diesmal klangen Eifer und Erregung aus seiner Stimme.

»Jetzt müßt ihr ihn genau beobachten!«, sagte Thorwald erregt, als sich die lange Achse des Ovals einer nordsüdlichen Position näherte.

Der Stein nahm einen Blauton an, der an Intensität zuzunehmen schien, während Thorwald seinen Arm langsam, ganz langsam weiterkreisen ließ. Als er direkt nach Norden zeigte, war die blaue Färbung zu einem Glühen geworden, und der Stein wirkte wie ein lebendiges Wesen. Karlzefni bekreuzigte sich.

»Magie!« murmelte er.

»Nein«, widersprach ihm Thorwald Eriksson, »keine Magie. Der Stein ist nach Norden ausgerichtet, genau wie der Polarstern. Die Sonne sagt ihm, wann er richtig liegt.«

»Und er funktioniert sogar bei bewölktem Himmel?« fragte Helge.

»Ja, sogar noch besser, weil es keine Schatten gibt. Man braucht nur genug Tageslicht, um den Stein benutzen zu können.«

Thorwald war begeistert vom Erfolg seiner kleinen Demonstration.

»Versteht ihr jetzt, welche Erleichterung das für die Navigation bedeutet?«

Auch Helge war jetzt Feuer und Flamme.

»Wo bekomme ich einen solchen Stein?« wollte er wissen.

Thorwald kicherte.

»Helge Landsverk, ich schenke dir diesen hier als Andenken an deine erste Reise zum Kontinent Vinland. Benutze ihn wohl!«

Helge war überwältigt von Thorwalds Großzügigkeit.

»Aber ich ... du ...«, stammelte er.

Thorwald fegte seine Einwände mit einer knappen Handbewegung beiseite.

»Nein nein, er gehört dir. Ich habe noch einen.«

Auch Nils war beeindruckt von dem Geschenk. Er beschloß, nach seiner Ankunft in Stadt festzustellen, ob er sich ebenfalls einen Sonnenstein beschaffen konnte.

Helge legte den Stein behutsam in den Lederbeutel zurück, und die vier Männer verabschiedeten sich, um sich wieder ihren jeweiligen Pflichten zuzuwenden. Nils hielt Karlzefni zurück.

»Könnte ich mit dem Skraeling, diesem Odin, sprechen?« bat er.

Der Siedler sah ihn einen Augenblick lang argwöhnisch an, dann lächelte er.

»Natürlich. Komm mit.«

Er führte ihn zwischen den Langhäusern hindurch und zeigte auf eine primitive Hütte, die nicht einmal hoch genug war, um aufrecht darin zu stehen. Sie lehnte an der Außenwand einer Schafhürde. Nils konnte sich nicht vorstellen, daß ein Mensch in dieser Behausung den Winter überleben würde.

»Geh nur, rede mit ihm«, meinte Karlzefni. »Aber du kannst ihn nicht mitnehmen.«

Der Skraeling hockte vor der sonnigen Seite der Hütte auf dem Boden und bearbeitete ein Stück Knochen oder Elfenbein mit einem kleinen, spitzen Messer. Er blickte auf, als Nils näher trat.

Odin war überhaupt nicht alt; das bemerkte Nils sofort. Ein hartes Leben und der ständige Kampf mit den Elementen hatten ihm eine ledrige, runzlige Haut beschert. Aber in seinem einen Auge stand ein Funkeln, das ungeheures Interesse an seiner Umgebung und Neugier verriet. Mehr als das, der Blick des Skraelings bohrte sich tief in seine Seele. Nils war für einen Augenblick fassungslos, denn er hatte nicht damit gerechnet, in diesem bettlergleichen Flüchtling einen so mächtigen Geist zu entdecken. Nun hatte er einen Mann von Intelligenz und Scharfblick vor sich, trotz des zerlumpten Aussehens und den schlecht sitzenden Fellen.

»Du bist Odin?« fragt Nils.

Es folgte langes Schweigen, bis der Barbar schließlich nickte.

»So nennt man mich hier. Wie nennt man dich?«

»Ich bin Nils Thorsson. Ich möchte dich nach der Bucht fragen, dem anderen Ende dieses Landes.«

»Ja?« fragte der Einäugige geduldig.

»Nun, ich... du bist dort gewesen?«

»Natürlich. Das ist mein Zuhause.«

»Du bist nicht von hier?«

»Nein. Ich wurde gefangengenommen und hierhergebracht, vor vielen Wintern. Ich bin entkommen.«

»Diese Skraelinge hier, sind das deine Feinde?«

Odin breitete vielsagend die Hände aus.

»Was ist ein Feind? Vielleicht ein Freund, den du nie kennengelernt hast. Es gibt viele Stämme.«

»Aber sie haben dich gefangengehalten?«

»Ja, und mir ein Auge ausgestochen. Aber manchmal waren sie auch gut zu mir.«

Nils fand diese Gelassenheit schwer verständlich, daher wechselte er das Thema.

»Ich habe gehört, daß es dort Süßwasser geben soll, einen Fluß vielleicht. Direkt am Ende dieses Meeresarmes.«

»Ja.«

»Wie viele Tage sind es bis zur Mündung des Flusses?«

»Wie schnell reist du?«

Angesichts dieser unverschämten Frage entflammte Nils' Zorn. Er beruhigte sich jedoch wieder, denn ihm wurde klar, daß der andere Mann zu Recht gefragt hatte. Er lächelte.

»Ich weiß nicht, wie ich es dir am besten erkläre. Schneller als einige Boote jedenfalls.«

Der Skraeling nickte verständig.

»Vielleicht muß man so oft schlafen«, sagte er und hielt die Hände mit ausgestreckten Fingern in die Höhe.

Zehn Tage, dachte Nils. Ein sehr tiefer Golf.

»Ist es ein großer Fluß?« fragte er.

Der Mann nickte langsam und schien plötzlich tief in Gedanken versunken.

»Er kommt aus dem Süßwassermeer geflossen«, fuhr er nach einer Weile fort.

Nils war verwirrt. Karlzefni hatte nichts von einem See gesagt. Er mußte die Bedeutung der Worte dieses Mannes mißverstanden haben. Eine große Wassermenge? Groß genug, um als Meer bezeichnet zu werden? Mit neuem Interesse stellte er weitere Fragen, bekam aber nur wenig aus dem anderen heraus. Der Skraeling ließ sich nicht davon abbringen, immer wieder von einem Meer im Landesinneren zu sprechen, und er beharrte auch darauf, daß es sich dabei um Süßwasser handle. Nils tat die Unterscheidung zwischen See und Meer als ein sprachliches Problem ab; die Behauptung, daß dieses Meer nur eines von vielen sei, betrachtete er einfach als Übertreibung.

»Du gehst dahin?« fragte Odin, und in seinem Auge leuchtete starkes Interesse auf.

Nils zuckte mit den Achseln.

»Vielleicht. Wer weiß?«

Er hatte sich während ihrer Unterhaltung hingesetzt, stand jetzt aber wieder auf.

»Vielen Dank«, sagte er unsicher.

Odin nickte nur.

Nils wandte sich zum Gehen; das Gespräch hatte ihn seltsam beunruhigt. Er war auf der Suche nach Antworten gewesen und hatte viel erfahren. Oder nicht? Eine verrückte Geschichte über zwei Meere, eines mit Süßwasser und das andere mit Salzwasser – und beide durch einen Fluß miteinander verbunden? Wahrscheinlich eine Eingeborenenlegende, entschied er.

Aber die Begegnung mit dem Skraeling war ihm sehr nahe gegangen. Der Geist dieses Mannes hatte ihm imponiert, und das unheimliche Gefühl, daß Odin seine Gedanken lesen konnte, ließ ihn einfach nicht mehr los. Je länger er darüber nachdachte, um so stärker wurde dieses Gefühl. Und nach einer Weile war er schließlich davon überzeugt, daß der Skraeling bei ihrem Gespräch mehr in Erfahrung gebracht hatte als er.

5

Nils hatte Olaf Knutsson, den Böttcher, am zweiten Tag seines Aufenthalts in Straumfjord kennengelernt. Er suchte ihn auf, weil er für die *Schneevogel* noch ein oder zwei Fässer für Wasservorräte kaufen wollte. Zum Teil aber auch, das mußte er zugeben, weil er neugierig auf den Ehemann von Ingrid war. Zunächst einmal konnte er nur staunen, daß dieser Mann es überhaupt geschafft hatte, eine Frau wie die blauäugige Göttin für sich zu gewinnen. Das rötliche Haar des Mannes stand genau wie sein Bart in alle Richtungen vom Kopf ab, struppig und glanzlos wie das ungestriegelte Winterfell eines Pferdes. Aber es paßte zu seiner dünnen Gestalt und seinen Kleidern, die ebenso ungepflegt wirkten. Er war von Kopf bis Fuß von Holzstaub und Sägespänen bedeckt. Natürlich ging der Mann seinem Geschäft nach. Aber Nils wurde den Verdacht nicht los, daß sich einige der größeren Sägespäne schon vor einer geraumen Weile in Olafs Haar und Bart festgesetzt hatten. Er bezweifelte, daß er jemals anders ausgesehen hatte als unordentlich und zerrupft. Wieder stiegen Eifersucht und Groll in ihm auf, Groll darüber, daß dieser Mann mit einer so vollkommenen Frau das Bett teilen durfte.

Aber gleichzeitig empfand er Anerkennung für die Vollkommenheit der Arbeit, die dieser Böttcher leistete. Die scharfe Schneide seines Messers schabte dünne Locken von dem Eichenholz, die wie lebendige Geschöpfe auf einen wohlduftenden Haufen vor Olafs Füßen herabfielen. Nils beobachtete, wie die Dauben ineinandergefügt und die Reifen genau an die richtige Stelle gehämmert wurden, treffsicher und akkurat. Es bestand kein Zweifel, dieser Mann war ein Künstler seines Faches.

Die Begegnung hatte Nils' Meinung über den Böttcher von Grund auf verändert. Vorher hatte er den Mann, dessen Bett Ingrid teilte, beneidet. Jetzt tat er ihm leid. Das Leben dieses ungepflegten, hart arbeitenden Mannes mußte eine einzige Enttäuschung sein. Sein Bett war zweifellos alles andere als paradiesisch, sondern so kalt und deprimierend, wie das Bett eines Mannes nur sein konnte. Schlimmer wahrscheinlich. Diesen herrlichen Körper neben sich und doch unerreichbar zu wissen, mußte eine unfaßbar schreckliche Qual sein.

Bestimmt wußte Olaf, daß jeder über ihn lachte, weil seine Frau ihm beständig Hörner aufsetzte. Er sah nicht aus wie ein Mann, der sie deswegen schlagen würde. Nein, statt dessen hatte er sich in seine Arbeit verkrochen. Nils respektierte sein großes Talent.

Ingrid selbst bekam er während seiner letzten Tage in Straumfjord ebenfalls gelegentlich zu Gesicht. Gewöhnlich jedoch nur aus der Ferne. Er konnte nicht umhin, ihre Anmut zu bewundern, den Schwung ihrer Hüften beim Gehen. Meist zürnte er ihr, denn mittlerweile war er sicher, daß sie nur versucht hatte, ihn zu benutzen. Vielleicht richtete sich sein Zorn auch gegen sich selbst, denn eigentlich war er furchtbar verlegen, daß diese Frau, deren Ruf in der ganzen Kolonie bekannt war, ihn so gründlich hatte täuschen können.

Aber wenn sich ihre Blicke gelegentlich trafen, waren die Gefühle, die in ihm aufwallten, von gänzlich anderer Art. Dann konnte er nicht glauben, daß die Gerüchte über sie auch nur einen Funken Wahrheit enthielten. Wenn er in dieses engelsgleiche Gesicht schaute, sah er nur ein erschrockenes Kind von unbestreitbarer Reinheit, das dringend Hilfe brauchte. Von dort aus war es nur ein winziger Schritt bis zu der Schlußfolgerung, daß er, Nils Thorsson, der einzige war, der sie ihr geben konnte. Und er hatte es ihr versprochen. Die Erinnerung an die Belohnung, die sie ihm in Aussicht gestellt hatte, war noch immer sehr stark.

Seine Niedergeschlagenheit wollte jedoch nicht weichen. Nur ein einziges Mal hatte er Gelegenheit, mit ihr zu sprechen. Es war nach Einbruch der Dunkelheit, er bog gerade um die Ecke eines Langhauses, als sie plötzlich vor ihm stand. Anscheinend hatte sie diese Begegnung geplant, denn außer ihr war niemand zu sehen. Sie trat aus dem Schatten und warf sich in seine Arme, verletzlich und doch auch ein wenig fordernd. Er küßte sie leidenschaftlich, und sie erwiderte seine Inbrunst, bis sie ihn auf die gleiche ernüchternde Art wie beim ersten Mal von sich stieß.

»Du hast schlimme Dinge über mich gehört«, meinte sie traurig.

»Nein, ich ... es spielt keine Rolle«, stammelte er.

»Du nimmst mich trotzdem mit? Jetzt, wenn du losfährst?«

»Nicht jetzt.«

Sie würden in zwei Tagen aufbrechen, bei Flut. Thorwald Erikssons Schiff war bereits in See gestochen, und die *Schneevogel* hatte am Kai dessen Platz eingenommen, damit man sie leichter beladen konnte.

»Nicht auf dieser Fahrt«, wiederholte Nils. »Wir werden die Landspitze hinaufsegeln, die Bucht erkunden und anschließend hierher zurückkehren. Dann komme ich dich holen.«

»Aber ich könnte für euch kochen«, flehte sie und drängte sich verführerisch an ihn.

Es war offenkundig, daß sie ihm mehr als die Dienste einer Köchin anbot. Mit einiger Mühe rief er sich die alte Seefahrerweisheit in Erinnerung, daß eine Frau an Bord eines Schiffes Unglück bedeutet.

»Nein«, sagte er entschlossen.

Sie küßte ihn noch einmal, bevor sie in die Dunkelheit verschwand, und dieser Kuß war so erregend wie alle vorherigen. Dennoch spürte er ihren Ärger darüber, daß er die versprochene Erlösung auf später verschob.

»Bis dahin«, wisperte sie, und ihre Hände liebkosten ihn noch, als sie sich bereits abwandte.

Er fragte sich, wie lange Helge Landsverk seine Erkundungsfahrt wohl auszudehnen gedachte.

Zwei Tage später – die Langschiffe sollten mit der Flut auslaufen – kamen viele Siedler zum Hafen hinunter, um ihnen Lebewohl zu sagen. Die Sonne stieg gerade am östlichen Horizont auf, als die *Nordmaid* ihre Leinen löste und die Ruderer sie aus dem Hafen manövrierten. Das Segel wurde gehißt, und das Schiff lief schon nach kurzer Zeit vor dem Wind und ließ weißen Schaum im Kielwasser hinter sich. Vom Ufer aus hörten sie den begeisterten Beifall der Menge.

Nils ließ das andere Schiff als erstes die Hafeneinfahrt passieren und Fahrt aufnehmen, bevor er ihm folgte. Er suchte die Gesichter der Menschen am Ufer ab, suchte nach einem Paar leuchtend blauer Augen. Irgendwie erwartete er, daß Ingrid es schaffen würde, ihm einen bedeutungsvollen Blick zuzuwerfen, vielleicht einen unsichtbaren Kuß nachzusenden, während er ins Unbekannte aufbrach. Statt dessen war sie nicht einmal zum Hafen gekommen. Obwohl er wußte, daß dies durchaus vernünftig war, ärgerte es ihn doch, erzürnte es ihn sogar, als ihm dämmerte, daß er geradezu erwartete, ja vielleicht sogar hoffte, daß sie sich unvernünftig benehmen würde. Konnte es sein, daß ein Teil ihrer Anziehungskraft in ihrem aufreizenden Benehmen lag?

Er versuchte, das Mädchen aus seinen Gedanken zu verbannen. Das Schiff glitt in den Kanal, und Svenson stand wie immer unerschütterlich auf seinem Posten. Als das leuchtende rotweiße Segel gehißt wurde, blähte der Wind es mit einem lauten Knall. Die *Schneevogel* schien einen richtiggehenden Satz nach vorn zu machen. Ein leises Zittern durchlief die Planken, als sei sie plötzlich erwacht und bereit zu neuen Abenteuern.

Nils sah sich nach Svenson um, der mit breitem Lächeln das Steuerruder umlegte. Er war froh, wieder auf See zu sein.

Landsverk hatte beschlossen, der Küste zu folgen, aber weit genug in die Bucht hinauszusegeln, um gefährliche Untiefen zu meiden. Als die beiden Drachenschiffe auf Kurs waren, flog die Küste zu ihrer Rechten förmlich an ihnen vorbei, felsige Steilufer und flache Strände, bewaldete Hänge und Wiesen. Zweimal glaubte Nils, in der Ferne ein Rauchfähnchen auszumachen. Zwar waren sie augenblicklich wieder verschwunden, reichten jedoch, um auf die Gegenwart von Menschen schließen zu lassen. Er konnte nicht umhin, an die Skraelinge zu denken und sich zu fragen, ob sie auf welche treffen würden.

»Wenn ihr keine Skraelinge zu Gesicht bekommt«, hatte Karlzefni sie gewarnt, »liegt das daran, daß sie euch beobachten.«

Dieser Gedanke bereitete Nils einiges Unbehagen. Vielleicht sahen jetzt schon dunkle Augen von einem Versteck aus, wie die Drachenschiffe die Bucht hinaufjagten?

Sie kamen gut voran, schafften ein hervorragendes Tagespensum bei günstiger See. Spät am Nachmittag ließ der Wind ein wenig nach. Es war Zeit, nach einem Platz Ausschau zu halten, an dem sie die Nacht verbringen konnten, so daß Helge näher ans Ufer heranfuhr und die Geschwindigkeit verlangsamte, während er die Küste in Augenschein nahm. Schließlich gab er das Signal und zeigte auf eine geschützte Bucht mit Felsformationen, die auf tieferes Wasser hinwies. Dort würden sie die Nacht verbringen.

Die Langschiffe hatten nur wenig Tiefgang und konnten sich daher in viel seichteres Wasser vorwagen als die bauchigen *Knorrs,* aber es war immer klug, achtsam zu sein. Mit eingeholten Segeln ruderten sie vorsichtig in die Bucht hinein, hielten Ausschau nach verborgenen Felsen und loteten immer wieder die Tiefe aus.

»Gehen wir an Land?« wollte jemand wissen.

»Ich glaube nicht«, antwortete Nils. »Wir kennen uns hier nicht aus. Aber wir werden die Entscheidung des Kommandanten abwarten.«

Damit war die Frage, ob sie an Land gehen sollten oder nicht, auch schon erledigt. Ein andermal vielleicht, denn sie sollten eine gewisse Strecke zurücklegen und den Verlauf der

Küste in ihre Karten einzeichnen, nicht die Landmasse erkunden. Sie waren erst einen Tag unterwegs. Was sie jetzt suchten, war lediglich ein Platz für die Nacht.

Als die Schiffe vor Anker lagen, zogen die Seeleute ihre Decken und Schlafsäcke heraus, um sich niederzulassen, bevor es dunkel wurde. Einige Hartgesottene nahmen ein Bad in dem kühlen Wasser, und Nils sah ihren Späßen belustigt zu.

»Kapitän«, rief ein Seemann aus dem Lagerraum. »Hier ist ein blinder Passagier!«

Nils wurde wütend, fuhr herum und stürzte, ärgerlich vor sich hin murmelnd, nach vorn. Jetzt wußte er, warum er Ingrid in der Morgendämmerung nicht am Hafen entdeckt hatte. Sie war bereits an Bord gewesen. Das konnte er ihr nicht verzeihen. Die Männer würden glauben, er habe sie dazu angestiftet. Und schlimmer noch, er mußte sie beschützen und für sie sorgen, und das Ergebnis würden Unruhe und Disziplinlosigkeit sein. Das konnte die ganze Expedition gefährden. Verflucht, wie konnte sie nur erwarten, daß er einen so törichten Schritt billigen würde? Eine Frau ... bedeutet Unglück!

Er sprang vom Deck in den Lagerraum hinunter, fest entschlossen, wüste Beschimpfungen auf das Mädchen loszulassen. Einige seiner Männer standen in dem schwindenden Licht da und starrten auf die zusammengekrümmte Gestalt, die sich halb unter den Vorräten verbarg. Am Boden hockend, ängstlich und offensichtlich in Erwartung von Schlägen, spähte der blinde Passagier furchtsam von einem zum anderen und schien verzweifelt nach einem freundlichen Gesicht zu suchen.

Nils' Unterkiefer klappte erstaunt herunter. Der Flüchtling, der sich da hinter einem Wasserfaß versteckte, war nicht Ingrid. Es war keine Frau. Es war Odin, der einäugige Skraeling.

6

Nils Thorsson schäumte vor Wut.

»Was? Im Namen Odins, was ...«, schrie er den Mann an.

Er hielt inne, als er sich des lächerlichen Widerspruchs bewußt wurde, und versuchte, seine Beherrschung wiederzuerlangen, bemühte sich, seine Wut zu unterdrücken und seiner Stimme einen ruhigen Klang zu geben.

»Was in Gottes Namen tust du hier?« fragte er.

Es kam keine Antwort. Der Skraeling saß einfach nur da und starrte ihn mit seinem traurigen Auge an. Er schien keine Furcht mehr zu verspüren, nur Gleichgültigkeit.

»Gibt es irgendeinen Grund«, rief Nils, »warum ich dir nicht einfach die Kehle durchschneiden und dich an die Fische verfüttern sollte?«

Einige Seeleute hatten den Skraeling ergriffen, um ihn aus dem Frachtraum zu zerren, aber Nils gebot ihnen Einhalt.

»Antworte mir!« verlangte er.

»Ja, es gibt einen Grund«, entgegnete Odin gelassen.

»Und wie soll der aussehen? Deine Zeit ist knapp, Skraeling, verflucht sei deine Seele!«

Der Man breitete die Hände zu einer Geste der Resignation aus.

»Wenn ich tot bin, kann ich euch nicht helfen.«

Nils wurde langsam ruhiger.

»Und wie kannst du uns helfen?«

»Ich kann euch an den Ort bringen, an den ihr wollt. Ich spreche die Sprachen vieler Stämme.«

Ja. Nils hatte schon fast vergessen, daß er versucht hatte, sich den Skraeling als Führer auszuborgen. Aber, und das war das Schlimmste, jetzt würde Karlzefni annehmen, er habe den Mann geraubt. Warum, fragte sich Nils, warum war er nur so dumm gewesen? Damit mußte er Karlzefnis Argwohn geweckt haben. Würde Karlzefni ihnen jemals glauben, daß Odin ohne sein Wissen an Bord der *Schneevogel* gegangen war? Nun, dieses Problem lag in weiter Zukunft. Für den Augenblick genügte es vollauf, einfach dafür zu sorgen, daß der Mann keinen Schaden anrichten konnte. Es ging nur darum, daß ein blinder Passagier eine Störung darstellte, eine Verletzung der Sicherheit des Schiffes. Das konnte ernste Folgen haben.

»Laßt ihn los«, sagte er etwas gefaßter. »Gebt ihm etwas zu essen und einen Platz zum Schlafen.«

»Ich habe meine eigenen Vorräte«, erwiderte Odin schlicht.

Verflucht, es war wirklich schwierig, diesem Mann lange zu zürnen!

»Sag mir eines«, meinte Nils nun, »du behauptest, mehrere Sprachen zu beherrschen?«

»Ja.«

Also hatte ich recht, dachte Nils bei sich, *das ist kein ungebildeter Wilder.* Aber eine Sache störte ihn. Jetzt, nachdem sich die Wogen ein wenig geglättet hatten, wiederholte er eine frühere Frage.

»Aber warum, Odin? Warum hast du dir ausgerechnet mein Schiff ausgesucht? Was hast du zu gewinnen?«

Odin starrte ihn einen Augenblick lang an.

»Ich wollte nach Hause. Du warst der erste, der verstanden hat.«

»Der was verstanden hat?«

Wieder kam diese fragende Geste der ausgebreiteten Hände.

»Daß ich ein Mensch bin.«

Nils war peinlich berührt. In Wahrheit hatte er den Skraeling keineswegs verstanden. Er hatte ein minderes, wildes, nichtmenschliches Wesen in ihm gesehen. Er war vielleicht freundlich zu ihm gewesen, aber doch nur, um mehr und bessere Informationen aus ihm herauszuholen. Der Mann hatte sein Verhalten mißverstanden. Nun, er sah keine Notwendigkeit, dieses Mißverständnis aufzuklären. Mit Honig fing man eben mehr Fliegen als mit Essig. Er wandte sich ab.

Das nächste Mal, als er den Skraeling sah, hockte Odin, in eine angeregte Unterhaltung mit Svenson vertieft, neben dem Steuerruder. In gewisser Weise, fand Nils, ähnelten die beiden Männer einander. Er nahm sich vor, Sven später nach seinem Eindruck zu befragen.

Helge Landsverk war natürlich wütend. Zuerst gab er Nils

die Schuld an dem Vorfall. Er tobte, schrie und erging sich in allen möglichen Drohungen, begriff aber schon bald, welchen Nutzen sie aus der Anwesenheit des Skraelings ziehen konnten. Schließlich verflog seine Wut, und er murmelte nur noch – über die Entfernung zwischen den beiden Schiffen hinweg unhörbar – vor sich hin.

»Vergiß nicht, du trägst die Verantwortung für ihn«, rief Helge schließlich über das Wasser, um klarzustellen, daß er in jedem Fall das letzte Wort hatte.

Nils nickte und winkte ihm zu. Er hatte mittlerweile erkannt, daß sich das Ganze als überaus glückliche Fügung entpuppen konnte.

Schon am nächsten Morgen bewegte Odin sich unauffällig auf dem ganzen Schiff und zeigte intelligentes Interesse an dessen Handhabung. Fasziniert sah er zu, wie die Ruderer die Schiffe aus der Bucht manövrierten. Er nahm die Dollen genauestens in Augenschein, als versuche er, die Hebelwirkung zu verstehen, die durch diese Einrichtung ermöglicht wurde. Als das große Segel schließlich in seiner ganzen rotweißen Pracht entfaltet wurde, verschlug es dem Skraeling schier den Atem. Er grinste breit und nickte Svenson begeistert zu, als die *Schneevogel* wieder Fahrt aufnahm.

Odin ging nach achtern und beobachtete eine Weile den Rudergänger bei der Arbeit, bis Nils ihn zu sich winkte. Sie standen am Bug und beobachteten, wie die Küste zu ihrer Rechten an ihnen vorbeiglitt.

»Was liegt vor uns?« wollte Nils wissen.

Der Skraeling zuckte die Achseln.

»Immer das gleiche. Noch fünf oder sechs Mal schlafen.«

»Und was kommt dann?«

»Der Fluß.«

»Ja, das hast du mir bereits erzählt. Und der führt uns zu diesem Meer?«

Odin nickte. »Ihr könnt den Fluß hinaufsegeln.«

»Segeln? Mit den Drachenschiffen? Dann ist der Fluß also ziemlich breit?«

»Ja. Ihr könntet fünf oder sechs Mal schlafen auf dem Fluß.«

»*Nachdem* wir den Fluß erreicht haben?«

Der Skraeling nickte abermals. »Bis zum Sprechenden Wasser.«

Nils entging die tiefere Bedeutung dieses Namens.

»Und dort lebt dein Volk?«

»Ich weiß nicht. Irgendwo. Es sind viele Winter vergangen.«

»Deine Leute sind Jäger? Fischer? Was?«

»Beides. Wir pflanzen große Kürbisse an und Bohnen.«

»Ihr benutzt Boote?«

»Ja. Aber nicht solche. Fellboote. Zwei, drei Leute.«

Nils nickte und verfiel in Schweigen. Es gab so vieles, was er gern erfahren hätte, und er wußte nicht, was er zuerst fragen sollte.

Odin behielt die Küste im Auge und wies sie gelegentlich auf eine geographische Besonderheit hin. Wieder entdeckten sie zwei oder dreimal in der Ferne Rauch, was vor allem den Skraeling sehr interessierte. Dann sichteten sie am Nachmittag am Ufer ein Dorf. Jeder, der nicht etwas anderes zu tun hatte, starrte es neugierig an.

Die Wohnstätten schienen aus Baumstämmen zu bestehen und verfügten über Strohdächer, ein wenig anders also als die vertrauten nordischen Langhäuser. Selbst aus so großer Entfernung konnten sie die Menschen erkennen, die aufgeregt zum Ufer zusammenliefen, um die Schiffe vorbeifahren zu sehen. Nils überlegte, ob Helge Landsverk wohl Land ansteuern würde, um Kontakt mit den Eingeborenen aufzunehmen, aber die *Nordmaid* setzte ihre stolze Fahrt ungerührt fort. Das Dorf blieb hinter ihnen zurück und war schließlich außer Sichtweite. Odin hatte nichts gesagt, sondern nur dagestanden und ans Ufer gestarrt.

»Deine Leute?« fragte Nils.

Odin schien aus einem Tagtraum zu erwachen.

»Nein. Wir sind mit ihnen verwandt, aber anders.«

Eine vergeudete Chance, dachte Nils. Langsam machte er sich doch ein wenig Sorgen, ob Helge die ganze Expedition richtig anging. Den Mann schien eine vorwärtstreibende Rastlosigkeit zu erfüllen, der Drang, zu erkunden und zu erobern. Nils befürchtete, daß dieser Drang nicht von dem rechten Maß an Vorsicht und Vernunft begleitet wurde. Dieses Dorf zum Beispiel hätte ein großer Vorteil für die Zukunft sein können. Es wäre gut, einen Hafen an dieser Küste zu haben, und Verbündete, mit denen man Handel treiben konnte. Die Abweichung vom Kurs hätte sie weniger als einen halben Tag gekostet und ihnen einen Platz verschafft, an dem sie für die Nacht ankern konnten. Vor allem wenn man bedachte, daß sie jetzt sogar einen Dolmetscher an Bord der *Schneevogel* hatten.

Am nächsten Tag rollte dann die Nebelbank heran. Bislang hatten sie nur günstiges Wetter gehabt. Der Nebel war undurchdringlich und lag dicht über dem Wasser, so daß eine Weiterfahrt unmöglich wurde. Der Wind blies schwach und unbeständig, und nach kurzer Zeit hatten sie jedes Gefühl für Richtung verloren.

Mit lauten Rufen hielten sie den Kontakt zwischen den beiden Schiffen lange genug aufrecht, um die Segel einzuholen und an die Ruder zu gehen, so daß sie sich dichter zusammenschließen konnten. Jetzt mußten sie abwarten, bis sich der Nebel gehoben und der Himmel geklärt hatte, denn es war zu riskant, sich bei schlechter Sicht durch unbekanntes Wasser zu bewegen.

Die *Nordmaid* kam längsseits, und ein Seemann warf der *Schneevogel* ein Tau zu. Das würde sie vor der Gefahr bewahren, auseinanderzudriften. Es gab viele alte Seemannsgeschichten über Schiffe, die einander im Nebel verloren hatten und von denen eines auf Nimmerwiedersehen verschwunden war. Diese Geschichten und die ständige Drohung der *hafvilla* ließen die Gesellschaft des anderen Schiffes tröstlich erscheinen. Die Männer scherzten und unterhielten sich lautstark mit dessen Besatzung, während sie sanft auf den Wellen hin und her geschaukelt wurden. Nils hätte Helge gern nach dem Dorf gefragt, und ob es nicht vernünftig sei haltzumachen, sobald sich eine neue Gelegenheit bot. Es schien ihm jedoch unziemlich, sich darüber von einem Schiff zum anderen zu unterhalten, noch dazu in Hörweite der Mannschaft. Statt dessen sprachen sie über dies und das und befanden übereinstimmend, daß sich der Nebel wahrscheinlich nicht vor dem nächsten Morgen heben würde.

»Der Sonnenschein«, sagte Helge plötzlich. »Wir können es ja mal versuchen!«

Er zog den Stein aus seinem Beutel. Die Mannschaft scharte sich um ihn und sah ihm interessiert zu. Obwohl Nils selbst den Stein nicht sehen konnte, wußte er zweifelsfrei, wann dieser nach Norden zeigte. Ein hörbares Aufkeuchen ging durch die Reihen der Männer an Deck.

»Er funktioniert!« stieß Helge hervor und zeigte mit dem Finger in die Richtung, die der Stein ihm gewiesen hatte. »Das ist Norden. Das Land liegt dort drüben.« Er wies in eine andere Richtung.

Nils war begeistert. Das bedeutete einen großen Vorteil für die Schiffe, die den Ozean befuhren.

»Was ist das?« fragte der verwirrte Skraeling.

»Nichts«, tat Nils seine Frage ab.

Dann besann er sich eines Besseren.

»Es ist ein Stein«, erklärte er. »Ein Sonnenstein. Er kann uns sagen, wo Norden liegt.«

Das eine Auge des Mannes weitete sich beträchtlich.

»Wie das?«

»Ich weiß nicht«, antwortete Nils gereizt. »Er wird blau, wenn man ihn nach Norden richtet.«

»Zauber?«

»Vielleicht.«

Eine solche Antwort mußte einem ungebildeten Wilden genügen, fand er. Gleichwohl entging es ihm nicht, daß Odin die Bedeutung des Sonnensteins erfaßt hatte. In den kommenden Wochen sollte er jedoch noch Grund haben, für dieses Verständnis dankbar zu sein.

7

»Das Sprechende Wasser«, bemerkte Odin nur.

Nils lauschte, und über der Stille der Wildnis erhob sich ein leises Wispern. Wasser, das seicht dahinplätscherte. Zuvor war der Fluß breit und tief gewesen, aber hier bahnte er sich seinen Weg über einen felsigen Hang. Jetzt erst verstand er Odins Worte. Sie konnten, hatte der Skraeling gesagt, bis zum Sprechenden Wasser segeln. Von hier aus würden die Schiffe nicht weiterkommen.

Sie waren jetzt schon seit einigen Tagen auf dem Fluß, einem schönen, majestätischen Strom. Die Bucht war schmaler geworden, und eines Morgens hatten sie zu ihrer Überraschung festgestellt, daß sie auf dem Süßwasser eines tiefen, klaren Flusses segelten. Seinem Lauf waren sie bis zu diesen Stromschnellen gefolgt. Jetzt schien es, als müßten sie umkehren. Die Schiffe lagen mit zusammengerollten Segeln ruhig da, während die Männer an Bord versuchten, ihren nächsten Schritt zu planen. Nils hatte eine Idee.

»Odin«, fragte er, »kennst du diesen Ort?«

»Ja.«

»Deine Leute fahren in Fellbooten über diesen Fluß, sagst du?«

Der Skraeling nickte.

»Wie kommen sie über die Stromschnellen, das Sprechende Wasser?«

»Sie gehen drum herum.«

»Sie tragen die Boote?«

»Ja. Genau.«

Er zeigte auf einen ausgetretenen Pfad, der vom Wasser in die Wälder führte. Es würde sie einen halben Tag kosten, wenn sie einen Spähtrupp beauftragten, auf diesem Weg die Stromschnellen zu umgehen und die Gegend dahinter zu erkunden. Odins Loblied über den oberen Flußlauf und das Land seines Volkes war unmißverständlich gewesen.

Nils manövrierte sein Schiff näher an die *Nordmaid* heran, um die Sache mit Helge zu besprechen.

»Ja, natürlich!« rief Landsverk aufgeregt.

Helges Begeisterung war mit jedem Tag gewachsen. Manchmal bereitete Nils der Überschwang seines Freundes ein bißchen Sorge. Wenn Gefühle über ein klares Urteil siegten, konnte es irgendwann dazu kommen, daß in einer kritischen Situation die falsche Entscheidung getroffen wurde. Trotzdem freute sich Nils über die Gelegenheit, ein kleines Stückchen dieses Landes zu erforschen.

Die Vorbereitungen waren kurz. Sie konnten nahe genug an die Küste herankommen, um die Planken auszulegen. Sowohl Nils als auch Helge würden sich der kleinen Expedition anschließen, die ansonsten aus Odin und einem Dutzend gut bewaffneter Männer bestand. Der größte Teil ihrer Leute würde bei den Schiffen bleiben.

Jahrhundertelange Benutzung durch Männer, die Boote trugen, hatte zu der besten und einfachsten Route geführt, dem Weg des geringsten Widerstandes. Der Hang war nicht besonders steil, der Weg zwischen den Kiefern leicht begehbar, breit und offen. Nils wunderte sich, daß er nicht deutlich länger war. Zwei oder drei Bogenschußlängen später standen sie auf offenem Gelände über den Stromschnellen.

An dieser Stelle verbreiterte sich der Fluß zu einem See, der sich kühl und klar flußaufwärts in die Ferne erstreckte. Odin war so zufrieden mit sich, als hätte er diesen See persönlich geschaffen.

»Seht ihr? Es ist genau, wie ich gesagt habe!«

»Deine Leute leben hier?« fragte Nils.

»Weiter flußaufwärts. Manchmal kommen sie allerdings so weit herunter.«

»Und dieser Fluß bleibt jetzt so, wie er ist, wie ein See?« wollte Landsverk wissen.

Nils fühlte sich etwas unwohl. Er haßte diese Verbissenheit, die er jetzt in Helges Augen sah.

»Ja«, antwortete der Skraeling. »Man muß viele Nächte schlafen.«

Und viele Tage reisen. Dies war gewiß ein bemerkenswertes Land, dachte Nils. Eine ungewohnte Landschaftsform mit einem großen Fluß, der im Meer mündete.

»Wir können es schaffen!« bemerkte Helge Landsverk plötzlich.

»Was schaffen?«

»Den Fluß erkunden!«

»Helge, wir haben keine Boote.«

»Wir werden eines der Schiffe hierherbringen.«

»Bist du verrückt geworden?« entfuhr es Nils.

»Nein! Sieh nur. Ein breiter Weg, niedrige Hügel. Dort drüben fällen wir einen Baum und noch einen dort, wo der Weg eine Biegung macht, und benutzen sie, um das Schiff hierherzurollen. Wir haben genug Männer, um ein Schiff mit Seilen und Hebeln bewegen zu können.«

Landsverk strahlte, und Erregung flackerte in seinen Augen auf. Wieder meldete sich eine warnende Stimme in Nils zu Wort. Dennoch, wie aufregend, wenn es ihnen gelingen würde, ein Schiff auf diese wunderschöne, breite Wasserfläche zu hieven.

»Vielleicht«, sagte er vorsichtig, »vielleicht wäre es zu schaffen.«

»Wir werden es schaffen!« entgegnete Helge entschieden.

Sofort wandte er sich zum Gehen und blieb nur hier und dort kurz stehen, um einen Baum zu markieren, der gefällt werden sollte, um den Weg passierbar zu machen. Es war nicht schwer, sich von Helges Überschwang mitreißen zu lassen. Einige Männer betätigten sich bereits als Holzfäller, und ihre Äxte hallten durch den Wald, in dem man solches Geräusch noch nie zuvor gehört hatte, zumindest nicht, von modernen Werkzeugen verursacht, dachte Nils bei sich. Nach allem, was er gehört hatte, besaßen die Skraelinge nur primitive Steingeräte. Er warf einen Blick auf Odin, der genauso gespannt schien wie alle anderen. Das, so überlegte Nils, war es, was einen guten Führer ausmachte. Helge konnte die Männer dazu anspornen, ihr Bestes zu geben, mehr aus sich herauszuholen, als von ihnen zu erwarten war. Helge hatte große Ähnlichkeit mit Thorwald Eriksson oder mit Thorwalds Bruder Leif, die beide zu großen Dingen fähig waren. Nils verstand nicht, was es war, diese vorwärtstreibende Kraft, die die Männer dazu brachte, das Unmögliche in Angriff zu nehmen und es auch zu schaffen, aber sein Freund Helge Landsverk verfügte über diese Kraft.

Gegen Abend waren die Bäume gefällt und behauen, die Stämme in kurze Stücke gehackt, damit man sie als Rollen benutzen konnte. Die *Nordmaid* wurde sanft ans Ufer gedrängt, wo man sie für die Nacht beließ. Sie lag immer noch mehr im Wasser als auf dem Strand. Die gesamte Ladung brachte man an Land, um den Transport des Bootes zu erleichtern. Wasserfässer würden nicht nötig sein, so daß man sie in der Nähe der *Schneevogel* an Land zurücklassen konnte.

Andere Vorräte sollten über den Pfad transportiert und an Ort und Stelle wieder eingeladen werden. Seile und Winden wurden an den entsprechenden Stellen befestigt und für die Aufgabe vorbereitet, die beim ersten Morgenlicht in Angriff genommen werden sollte.

Nils schlief in jener Nacht nur wenig. Abgesehen von der Aufregung des kommenden Tages hatte er viel nachzudenken. Seine Zweifel bezüglich der schönen Ingrid waren verflogen. Er hatte es geschafft, eine vernünftige Erklärung für die Behandlung zu finden, die sie ihrem Mann angedeihen ließ, und ihren Ruf als bloßes Geschwätz abzutun. Die Tatsache, daß sie es versäumt hatte, sich von ihm zu verabschieden, war schließlich ein vernünftiger Entschluß gewesen. Voller Sehnsucht erinnerte er sich an ihren warmen Leib und ihre sanften, fordernden Küsse. Wieder einmal fragte er sich, wie lange es dauern würde, bis die Expedition wieder in Straumfjord eintraf und er sein Versprechen einlösen und sie aus ihrer unerträglichen Lage befreien konnte. Schließlich schlief er aus reiner körperlicher Erschöpfung ein.

Zur selben Zeit erreichte ein Läufer in einiger Entfernung ein Dorf und eilte auf ein Langhaus zu, in dem drei Stammesälteste warteten. Er blieb kurz stehen und versuchte, wieder zu Atem zu kommen, während die Ältesten ihm grüßend zunickten, sich setzten und ihre Pfeifen anzündeten.

»Wir haben sie beobachtet«, begann Graue Eule schließlich. »Sie haben ihr Lager unter dem Sprechenden Wasser aufgeschlagen.«

»Sie sind mit zwei Booten gekommen, haben wir gehört?« fragte einer der Häuptlinge.

»Ja. Große Boote, länger als dieses Haus. Sie tragen viele Krieger, siebzig vielleicht.«

»Wer sind diese Männer? Was wollen sie hier?«

»Das wissen wir nicht. Heute haben sie Bäume gehauen.«

»Bäume gehauen?«

Ein verständnisloses Murmeln erhob sich.

»Ja. Entlang des Weges, der um das Sprechende Wasser führt«, berichtete Graue Eule.

Er schwieg verlegen.

»Schwarzvogel und ich, wir glauben, daß sie die großen Boote über diesen Weg bringen wollen.«

»Aber wie?«

Der Späher zuckte mit den Achseln.

»Manchmal scheinen diese Boote, die sehr lang und schmal sind, viele Beine zu haben, wie eine Raupe. Vielleicht werden sie über den Weg kriechen.«

Irgend jemand kicherte ungläubig, und Graue Eule schwieg erneut verlegen. Der Stammesälteste sah die anderen an.

»Was soll geschehen?« fragte er. »Sollen wir mit diesen Fremden reden?«

Einen Augenblick lang herrschte absolute Stille.

»Sie haben nichts getan, was uns verraten könnte, was sie vorhaben?« fragte einer.

»Nein, sie reisen nur«, antwortete Graue Eule. »Gestern haben sie einen Hirsch getötet, weil sie Fleisch brauchten.«

»Wie? Wie haben sie ihn getötet?«

»Mit einem Pfeil«, antwortete Graue Eule.

»Dann sind ihre Waffen wie unsere?«

»Vielleicht. Ihre Äxte schneiden schnell.«

»Beobachten wir sie noch eine Weile«, meinte ein anderer. »Laßt uns sehen, ob sie diese großen Boote um das Sprechende Wasser herumtragen können.«

»Das ist gut«, sagte der Älteste. »Dann sind wir uns einig?«

Die anderen nickten.

»Dann beobachtet weiter«, wies er Graue Eule an, »bis wir ihre Pläne kennen. Aber zuerst müßt ihr essen und schlafen.«

Müde und hungrig wandte Graue Eule sich um und ging auf sein eigenes Wigwam zu.

8

Seile strafften sich und Winden knirschten, als die *Nordmaid* sich wie ein gewaltiger Seedrache aus dem Wasser schob, um an Land zu kriechen. Die Seeleute zogen und zerrten, zählten einstimmig bis drei, um jeden Ruck miteinander abzustimmen. Kleine Schweißrinnsale tröpfelten von muskulösen Armen und Schultern.

Helge Landsverk war überall zugleich, am Bug und am Heck, stimmte mit ein, wenn die Männer zum nächsten Ruck anzählten, und stemmte, wenn es nötig war, auch seine eigene Schulter gegen den Rumpf. Einige Männer arbeiteten mit kurzen Hölzern, die sie als Hebel benutzten, während andere an den Seilen zogen. Die behelfsmäßigen Baumstammrollen drehten sich langsam, und das Drachenschiff kroch vorwärts, den Hügel hinauf und durch die Bäume.

Die Windenblöcke wurden immer ein gutes Stück vor dem Boot an den Bäumen befestigt. Wenn man alle Seile benutzte, die Winden schnell genug entfernte und ein Stück weiter voraus wieder anschlug, sobald das Boot hoch genug heran war, konnte man es ziehen, ohne auch nur einen Augenblick anzuhalten.

Es war fast Mittag, als sie eine ebene Stelle erreichten und Landsverk den Befehl gab, eine Pause einzulegen. Die Stimmung war hervorragend. Anfänglich mochten einige gezweifelt haben, daß es wirklich möglich war, das Schiff auf die andere Seite der Stromschnellen zu befördern, obwohl die Zweifler mit ihrer Meinung hinterm Berg gehalten hatten. Jetzt herrschte ausnahmslos triumphierende Zuversicht. Sie hatten gesehen, daß er tatsächlich in die Tat umgesetzt werden konnte, dieser Plan, den Landsverk sich in den Kopf gesetzt hatte. Hatten sie nicht schon ein Drittel des Weges zurückgelegt?

Am Nachmittag wurde das Gelände schwieriger, der Pfad steinig und uneben. Einige Felsbrocken konnten weggerollt werden, aber andere waren einfach zu groß. Immer wieder mußten sie die Position der Rollen ändern, während die Männer sich mit aller Kraft in die Seile legten und mit Hilfe der

Hebel versuchten, das Schiff ruhig zu halten. Und dann waren da natürlich auch die Stümpfe der gefällten Bäume, die jetzt wie scharfkantige Zähne aus der Erde ragten, jederzeit bereit, die Unterseite der *Nordmaid* aufzureißen.

Eine kleine Senke mußten sie mit zwei Baumstämmen überbrücken und die Rollen benutzen, um den Schiffsrumpf zu stützen, der sich an der tiefsten Stelle mannshoch über dem Boden befand. Es war ein wenig beängstigend, das Schiff in Augenhöhe zu haben. Noch während Nils sich fragte, wie sie es unter Kontrolle halten sollten, wenn es ihnen plötzlich entglitt, drang aus den Tiefe der *Nordmaid* ein knirschendes Geräusch des Protestes.

»Sie rutscht zur Seite weg!« schrie jemand.

Männer eilten herbei, um den Rumpf abzustützen, als plötzlich ein Seil riß. Sein abgetrenntes Ende sirrte wie eine knallende Peitsche durch die Männer und versetzte einigen von ihnen einen grausamen Hieb, doch die unerschrockenen Seeleute taumelten zurück an ihre Plätze. Svenson stieß seinen Holzstaken zwischen eine Rolle und den schwankenden Rumpf. Mit diesem Manöver verlangsamte er die Bewegungen des Schiffes, und irgend jemand folgte seinem Beispiel. Es schien eine Ewigkeit zu dauern, bis sie das Schiff wieder gänzlich unter Kontrolle hatten. Einer der Männer holte das gerissene Seil, um das Schiff behelfsmäßig zu sichern, bis die Winden wieder in Betrieb genommen werden konnten. Nachdem die Krise bewältigt schien, begannen die Männer, sich langsam zu entspannen.

Plötzlich ertönte ein Schmerzensschrei. Kyrre Rafn war unter dem Schiffsrumpf, in einer halb stehenden Position, eingeklemmt, seine Hand steckte zwischen dem Rumpf und einer der Rollen. Aufgrund der Schnelligkeit, mit der der Unfall vonstatten gegangen war, hatte er zuerst nichts gespürt, aber jetzt schoß eine heiße Woge des Schmerzes durch das verletzte Körperteil. Rafn schrie noch einmal, als er begriff, daß seine Hand zerquetscht war und er sie nicht herausziehen konnte. Ebensowenig konnte er aufstehen, sich setzen oder hinlegen. So blieb er, halb an der eingequetschten Hand hängend, stehen, während er vor Schmerz und Angst brüllte.

Nils ging in die Knie, um die Situation abzuschätzen. Selbst die geringste Bewegung des Schiffes wäre riskant, da es noch immer unsicher und schwankend an den Seilen hing. Es konnte weiterrutschen, und das Ergebnis wäre verhängnisvoll. Es dürfte noch einige Zeit dauern, ehe sie die Gewißheit hatten, das Schiff gefahrlos wieder in Bewegung zu setzen. Selbst dann konnten sie es nicht einfach vorwärtsrollen, denn dadurch würden sie Rafns Arm weiter zwischen den Rumpf und die Rolle hineinziehen und ihm auch den Unterarm und den Ellbogen zerquetschen. Nein, sie würden die Richtung ändern müssen und den Fortschritt der letzten Stunde aufgeben, indem sie das Schiff zurückrollten. Das war die einzige Möglichkeit, um die verkrüppelte Hand zu befreien.

»Wir holen dich hier raus, Kyrre«, redete Nils dem jungen Mann ermutigend zu.

Dann eilte er zu Landsverk, der ein kleines Stück weiter entfernt stand, um ihm Bericht zu erstatten. Dieser drängte sich entschlossen durch die wie versteinert dastehenden Seeleute, ging neben Rafn in die Hocke und erfaßte die Lage mit einem einzigen schnellen Blick.

»Wir müssen ein Stück zurück«, sagte Nils.

Helge Landsverk antwortete nicht. Er stand auf und sah die Umstehenden an. Dann trat er einen Schritt vor und nahm einem der Holzfäller die Axt aus der Hand.

»Nein!« schrie Kyrre Rafn.

Die Axt schwang blitzschnell in einem Bogen durch die Luft, Rafn schrie aus Leibeskräften und übertönte sogar noch den dumpfen Aufprall der Axt, die sich in den Baumstamm bohrte. Der Verletzte stürzte zu Boden, umklammerte den Stumpen seines Handgelenkes und versuchte verzweifelt, den Strom herausquellenden Blutes zu stoppen.

»Schafft ihn hier weg«, blaffte Helge. »Ihr zwei da, Knutsson und Ingstad, bringt ihn zurück zur *Schneevogel.* Brennt den Stumpf aus und verbindet ihn. Dann kommt wieder. Wir brauchen euch hier.«

Er wandte sich ab und gab dem erstarrten Holzfäller seine Axt zurück. Ein leises Raunen lief durch die Reihen der Männer, während die beiden genannten Seeleute dem verletzten Mann zu Hilfe eilten. Helge, der verärgert zu sein schien, sah sich noch einmal kurz um und ging dann weiter den Pfad hinauf. Nils folgte ihm.

»Gott im Himmel, Helge! Warum hast du das getan?«

Helge drehte sich zu ihm um.

»Was getan?« fragte er herausfordernd.

»Die Hand«, stieß Nils hervor. »Wir hätten das Schiff zurückrollen können.«

»Und einen halben Tag verlieren?«

»Aber Helge, der Mann ...«

»Sieh mal, Thorsson, die Hand war zerquetscht. Die konnte ihm sowieso nichts mehr nützen. Ich habe ihm geholfen, die Sache hinter sich zu bringen. Die Geschichte ist erledigt, und wir können weiter. Also, bis dahin sollten wir heute noch kommen.«

Nils nahm nicht mehr wahr, daß Helge auf eine ebene Lichtung zeigte, auf der er hoffte, die *Nordmaid* für die Nacht abstellen zu können. Er mußte unaufhörlich an die Szene denken, die sich jetzt auf dem anderen Schiff abspielte. Einer der beiden Männer, die Kyrre Rafn dort hingeschleppt hatten, würde ihm jetzt den Unterarm abbinden, während der andere einen Axtkopf im Feuer erhitzte. Die flache Seite des glühend heißen Stahls würde den Stumpf ansengen, um die durchtrennten Enden der Blutgefäße zu schließen.

Er schaute Helge an, als hätte er ihn noch nie zuvor gesehen. Konnte dies der Mann sein, mit dem er aufgewachsen war, sein Freund aus Kindertagen? Er lernte Helge Landsverk plötzlich von einer ihm bisher unbekannten Seite kennen. Grausam, pragmatisch, beinahe sadistisch. War sein Freund verrückt geworden? Vielleicht war das der Einfluß dieses seltsamen, wilden Landes. Aber nein, wahrscheinlich nicht. Es schien ihm eher, als ... fiele Helge in die Gewalttätigkeit der alten Wikingertage zurück. Vor ein oder zwei Generationen waren die Plünderer des Nordlandes völlig zu Recht für ihre Grausamkeit berüchtigt gewesen. Nils erinnerte sich jetzt, daß Helge ihm einmal von einem amüsanten Zwischenfall berichtet hatte, dessen Zeuge sein Großvater einst geworden war. Es ging dabei um gefangene Feinde, denen die Wikinger bei lebendigem Leibe die Haut abzogen, bevor sie sie vierteilten. Und während des ganzes Spektakels wurden Wetten darüber abgeschlossen, wie lange die Opfer noch leben würden. Diese Geschichte war ihm so unpersönlich erschienen, Teil einer halb vergessenen Vergangenheit.

Jetzt war sie plötzlich Wirklichkeit geworden. Es fiel Nils nicht schwer zu glauben, daß sein Freund ihm von jenen Folterungen mit ehrlicher Bewunderung erzählt hatte.

Mein Gott, dachte er, *wie bin ich nur in diese Sache hereingeraten?* Plötzlich hatte er ein wenig Angst vor seinem Freund. *Was, wenn es* meine *Hand gewesen wäre?* dachte Nils. *Hätte mein Freund dann auch so schnell zur Axt gegriffen?*

»Was starrst du mich so an?« fragte Landsverk schroff.

Mit einem Ruck kehrte Nils in die Wirklichkeit zurück.

»Wie? Oh, nichts, Helge. Ich dachte nur nach.«

»Ja«, entgegnete Helge geistesabwesend. »Nun, wir können das Schiff heute nacht hier lassen. Ebener Boden, jede Menge Platz zum Schlafen. Morgen werden wir dann ...«

Mit dröhnender Stimme wies Helge seinen Freund auf Stellen hin, die mögliche Schwierigkeiten bargen. Nils' Gedanken schweiften erneut ab. Es war, als höre er einem Fremden zu, der über Dinge redete, die keine Bedeutung für ihn hatten. Er wünschte sich von Herzen, wieder daheim in Norwegen zu sein, an Orten und bei Menschen, die er kannte. Aber in Wirklichkeit stand er auf einem neuen Kontinent, als Mitglied einer Expedition, unter der Führung eines Mannes, dessen Verstand höchstwahrscheinlich getrübt war. Nun, es blieb ihm nichts anderes übrig, als die Sache bis zum Ende durchzustehen.

»Bist du wohlauf, Thorsson?«

»Natürlich«, antwortete Nils. »Sollen wir jetzt weitermachen?«

Sie gingen zurück zu den anderen.

Nachdem die Winden, Seile und Hebel wieder bereit waren, setzten sie die *Nordmaid* erneut in Bewegung. Nils versuchte, nicht hinzusehen, als Rafns abgetrennte Hand von der Rolle fiel. Er bemerkte, wie einer der Männer sich bekreuzigte und das zerquetschte Glied aufhob, wahrscheinlich, um es später zu begraben. Das hoffte er jedenfalls. Er hatte sogar selbst daran gedacht.

Ungefähr zu dieser Zeit hörte man einen fernen Schrei

aus der Richtung, in der die *Schneevogel* lag. Langgezogen und erfüllt von unverkennbarem Schmerz und panischer Angst hallte er durch das Tal. Nils gab, wie die anderen vor, ihn nicht zu hören. Alle wußten, daß in diesem Augenblick der Stumpf von Rafns rechtem Handgelenk ausgebrannt wurde.

Die *Nordmaid* kroch schweigend weiter; der Ausdruck des Drachenauges an ihrem Bug war unverändert.

Odin, der Skraeling, schien genauso schweigsam und unverändert, und doch bemerkte Nils einen Unterschied. Der Blick auf Odins einzigem Auge war von einer neuen Wachsamkeit erfüllt, nahm jede noch so kleine Einzelheit auf und ließ sich nicht das Geringste entgehen.

9

Der Unfall hatte viele der Männer verstört, aber trotzdem herrschte am nächsten Tag ein gewisser Optimismus, als die *Nordmaid* die letzten paar Meter rollte, bevor sie ihre Brust in den See senkte. Die Männer am Ufer brachen in Jubel aus. Es war eine große Tat gewesen.

»Stellt fest, ob sie leckt!« rief Helge den beiden Männern an Bord zu.

Lange Seile am Ufer verhinderten, daß das Boot abdriftete, während sein Inneres vom Bug bis zum Heck genauestens inspiziert wurde.

»Sie sieht gut aus, Kapitän«, rief einer der Männer.

Wieder erhob sich Beifall, wenn auch etwas verhaltener als zuvor. Es wäre möglich gewesen, das Schiff zu reparieren, ja, falls nötig, sogar neu zu bauen. Die *Nordmaid* war immer noch seetüchtig, und das war wirklich eine gute Nachricht.

Landsverk gab an diesem Abend seine Pläne für die bevorstehende Reise bekannt. Sie würden sich aufteilen, die größere Gruppe sollte mit der *Nordmaid* den oberen Flußlauf erkunden, und die übrigen Männer würden bei der *Schneevogel* bleiben.

»Thorsson und ich werden mit der *Nordmaid* fahren«, ordnete er an.

Nils war erstaunt. Diese Entscheidung bedeutete, daß niemand auf der *Schneevogel* zurückblieb, der sich auf Navigation verstand. Außer Svenson natürlich, der sich in langen Jahren auf See einen großen Erfahrungschatz angeeignet hatte. Ein unangenehmer Gedanke ging Nils durch den Kopf. Nahm Helge ihn mit, weil er ihm mißtraute? Hatte Helge Angst, er könne mit der *Schneevogel* auf eigene Faust davonsegeln?

»Svenson, du kommst auch mit«, fuhr Helge fort. »Die *Schneevogel* wird nirgendwo hinfahren.«

Die Sache wurde immer beunruhigender. Offenbar wollte Landsverk jeden an Bord haben, der in der Lage war, das Schiff zu navigieren, um einen Aufbruch ohne die *Nordmaid* zu verhindern. Dieses Vorgehen konnte man bestenfalls riskant nennen. Es war durchaus möglich, daß stromaufwärts ungeahnte Gefahren lauerten. Was würde geschehen, wenn die Männer auf der *Nordmaid* nicht wiederkehrten? Die *Schneevogel* würde hier vor Anker liegen mit einer zu schwachen Mannschaft und ohne jemanden, der wirklich fähig war, sie auch nur bis Straumfjord zurückzubringen.

Außerdem bezweifelte Nils, ob es wirklich ratsam war, die Männer aufzuteilen. In der Aufregung, die der Transport des Schiffes und der Unfall mit sich brachten, hatte er dieses Problem überhaupt nicht bedacht.

Rafn schien sich recht gut zu erholen. Er würde natürlich zurückbleiben. Landsverk hatte ihm eine relativ großzügige Portion Wein zugestanden, damit er die Schmerzen besser ertragen konnte, und den größten Teil des Tages war Rafn entweder betrunken, oder er schlief. Während seiner wachen Phasen schien er verdrossen und niedergeschlagen zu sein, nahm allerdings sein Schicksal schließlich hin. Jetzt war ohnehin nichts mehr daran zu ändern.

Sie verbrachten einen ganzen Tag mit der Beladung der *Nordmaid*, trugen die Fracht auf dem Rücken über den Fußpfad und verstauten sie wieder an Bord. Es herrschte allgemeine Erregung, das Gefühl eines neuen Anfangs.

Als es am nächsten Morgen Zeit war, die Leinen loszuwerfen und Segel zu setzen, hatte Nils einen Teil seiner Begeisterung für die Entdeckungsfahrt wiedergefunden. Er hatte sich auch ausgiebiger mit Odin unterhalten. Es gebe, so erzählte der Skraeling zum wiederholten Mal, eine Reihe von Seen, die alle Teil dieses Flusses waren. Odin schien zuversichtlich, daß sie ›viele Male schlafen konnten‹, bevor der Weg für das Schiff schwierig werden würde. Die Stromschnellen, die nun hinter ihnen lagen, so versicherte er Nils, seien für eine längere Strecke das einzige größere Hindernis gewesen. Nils' Enthusiasmus war erneut entfacht, und er verdrängte den Gedanken, daß sie das Boot auf dem Rückweg abermals um die Stromschnellen herumschaffen mußten.

Langsam entwickelte er Vertrauen zu Odin. Bisher hatte der Skraeling ihnen wahrheitsgemäß und ziemlich genau vorhergesagt, was sie erwartete. Trotzdem gab es noch Männer, die dem blinden Passagier nicht sonderlich wohlgesonnen waren.

›Nur ein toter Skraeling ist ein guter Skraeling‹, lautete die allgemeine, stillschweigende Meinung.

Odin war sich dieses unterschwelligen Mißtrauens durchaus bewußt, ließ sich aber nichts anmerken. Es sah jedoch so aus, als habe er Nils zu seinem Beschützer erkoren, dicht gefolgt von Svenson als zweite Wahl. Auf unauffällige Weise schien es ihm stets zu gelingen, sich in der Nähe des einen oder anderen aufzuhalten. Nils überlegte, ob Sven dieser Umstand ebenfalls aufgefallen war. Er mußte ihn bei Gelegenheit einmal danach fragen.

Nils hatte eindeutig zu verstehen gegeben, daß Odin jetzt als Lotse der *Nordmaid* gebraucht wurde. Dies rechtfertigte seine Anwesenheit an Bord und gewährte dem Skraeling gleichzeitig ein gewisses Maß an Schutz. Trotzdem war er sich über die Motive des Mannes immer noch im unklaren. Odin hatte gesagt, er wolle nach Hause. Oder steckte noch mehr dahinter? Wenn sie sein Volk erreicht hatten, bestand durchaus die Möglichkeit … nun, in diesem Fall waren die Nordmänner ihm nicht länger von Nutzen. Sie würden eine leichte Beute für die Wilden sein. Diese Möglichkeit erschien ihm allerdings von Tag zu Tag unwahrscheinlicher. Odin war auf stille Weise hilfsbereit und schien ganz darauf bedacht zu sein, sich möglichst unauffällig zu benehmen. Nach und nach schwand Nils' Argwohn gegenüber dem Skraeling, und er glaubte nicht länger, daß der Mann sie verraten würde. Er mußte das sein, was er zu sein schien, befand Nils. Ein intelligenter Wilder, dessen Leben hart gewesen war und der in seine Heimat zurückkehren wollte.

Mit gemischten Gefühlen erinnerte er sich manchmal an Ingrid, ihre blauen Augen, ihr engelsgleiches Gesicht und ihren weichen Körper, vor allem nachts, wenn er sich seinen Umhang bis an die Ohren hochzog, um sich gegen die Kälte zu schützen. Hin und wieder fragte er sich, ob sie je an ihn dachte und wußte, daß er sie wirklich holen kommen würde. Er versuchte, ihren Ruf zu vergessen und die Tatsache, daß es, falls sie ihren Mann verließ, um sich Nils anzuschließen, unangenehmes Gerede geben würde. Nun, sollten sie doch reden und allesamt zum Teufel gehen. Er würde seine eigenen Entscheidungen treffen. Er hatte der unglücklichen jungen Frau seine Hilfe versprochen und war fest entschlossen, ihr diese auch zu gewähren. Mit diesem Vorsatz sank er gewöhnlich in Schlaf und träumte von den zärtlichen Küssen, die so verheißungsvoll gewesen waren.

Es war früh am dritten Morgen oberhalb der Sprechenden Wasser, als sie zum ersten Mal Hinweise auf Menschen entdeckten. Bereits am ersten Tag waren ihnen am Horizont im Süden winzige Rauchschwaden aufgefallen. Diese hatten sich jedoch so schnell aufgelöst, daß Nils schließlich überzeugt war, nur den Nebel gesehen zu haben, der sich über den feuchten Wäldern erhob, wenn die Sonne den Tag wärmte.

Sie kamen nur langsam voran und konnten selten einmal Segel setzen. Die Landschaft ähnelte der, die sie vor den Stromschnellen durchreist hatten, wunderschön wild und ohne jede Spuren menschlichen Lebens. Nils erwähnte dies einmal Odin gegenüber. Der Skraeling sah ihn eine Sekunde lang direkt an, das eine dunkle Auge des Mannes fragend und durchdringend.

»Aber sie beobachten uns«, sagte er leise.

Er zog seinen Umhang fester zu und wandte sich ab, um zu Svenson an die Reling zu treten.

»Warte«, rief Nils hinter ihm her. Dann gebot er sich jedoch Einhalt. Er hatte nicht die Absicht, auf so unwürdige Weise hinter dem Skraeling herzurufen. Außerdem würde Odin ihm ohnehin nicht mehr erzählen, als er wollte, und zwar dann, wenn es ihm paßte. Nils ärgerte sich ein wenig über die Sache, befand aber, daß er nichts daran ändern konnte.

Und so blieb es, doch Nils wurde das Gefühl nicht los, daß der Skraeling mehr wußte, als er zugab. Was ihn besonders verstörte, war die Tatsache, daß auch Odin besorgt zu sein schien. Heute, beschloß er, würde er herausfinden, was der Skraeling wußte. Wenn sie beobachtet wurden, wer steckte dann dahinter?

Er war kurz davor, Odin mit unerbittlichen Fragen zu bombardieren, als vom Ausguck am Bug ein Schrei ertönte. Nils schaute in die Richtung, in die der Mann zeigte. Dort, auf einer Wiese oberhalb des Strandes, sah er nebeneinander drei abgerundete, glatte Hügel. Zuerst hielt Nils sie für eine ungewöhnliche Felsformation, aber dann wurde ihm schnell klar, daß diese Hügel von Menschenhand geschaffen waren. Vielleicht so etwas wie Hütten? Nein, dafür waren sie zu klein. Er drehte sich zu Odin um, der angestrengt über das Wasser starrte.

»Odin, was …?« begann er, aber der Skraeling fiel ihm ins Wort.

»Boote.«

»Boote?«

»Ja. Aus Fellen.«

Mehr sagte er nicht dazu.

Helge ordnete an, Kurs auf die Küste zu nehmen, und bestimmte dann schnell ein Dutzend Männer für einen Landungstrupp.

Nils suchte das Gebiet nach weiteren Lebenszeichen ab, aber alles war ruhig. Als das Schiff sich näherte, widmete er sich wieder der Betrachtung der Boote. Sie schienen in Form und Größe ziemlich einzigartig, abgerundet und flach am Rumpf und von einer trüben, graubraunen Farbe.

Es stellte sich heraus, daß sie so dicht unter Land fahren konnten, daß sie das Ufer über eine Planke erreichten. Die schwer bewaffneten Männer trotteten hinter Helge über die

Bretter an den Strand und gingen auf die Boote zu. Selbst jetzt fühlt Nils sich ein wenig unwohl angesichts der kriegerischen Art und Weise, mit der Landsverk seine Leute für diesen Erkundungsgang ausgewählt hatte.

Unter einem der umgestülpten Boote bewegte sich etwas, ein Mann kroch hervor und jagte davon.

»Erschießt ihn!« rief Helge.

Ein Schwarm von Pfeilen surrte hinter dem flüchtenden Wilden her, und er stürzte mit dem Gesicht nach vorn zu Boden, wo er völlig reglos liegenblieb. *Warum*, dachte Nils, *warum hat er den Mann töten lassen?*

Plötzlich regten sich noch weitere Gestalten bei den Booten. Unter jedem tauchten vielleicht zwei oder drei Männer auf, und es kam zu einem kurzen, aber entschlossenen Kampf. Die Wilden waren mit Schwertern und Äxten niedergemetzelt, noch bevor sie Zeit hatten, ihre eigenen Bogen schußfertig zu machen. Nils gewann den Eindruck, daß sie nicht einmal im Traum damit gerechnet hatten, bei der ersten Begegnung angegriffen zu werden. Helge Landsverk befand sich mitten im Kampfgetümmel und ließ seine Streitaxt wieder und wieder niedersausen.

Ein Überlebender kroch auf der anderen Seite unter einem der Boote hervor und entfloh. Man hörte einen lauten Ausruf, und einige Männer spannten ihren Bogen, während der Skraeling geduckt und im Zickzackkurs über die Wiese rannte.

»Laßt ihn laufen!« lachte Landsverk. »Er kann den anderen erzählen, was für Kerle die Nordmänner sind.«

Der Landungstrupp nahm ein paar von den Steinwaffen der Skraelinge mit und auch ein oder zwei Bögen, mit denen sie zu Hause die Leute in Erstaunen versetzen wollten. Helge befahl auch, eines der Boote an Bord zu bringen, während er die anderen methodisch mit seiner Streitaxt zerstörte. Dann lief er mit vor Aufregung leuchtendem Gesicht und glitzernden Augen über die Planke.

»Ganz schöne Geschichte«, grölte er. »Sieben Feinde tot, ein Boot, das wir benutzen können, zwei weitere vernichtet, und wir haben nur ein paar Kratzer abbekommen.«

»Helge, war das klug?« entfuhr es Nils.

»Was? Natürlich. Wir haben unseren Ruf als Eroberer bestätigt.«

Nils wurde elend zumute. Ein Satz, den die Menschen vor einer Generation im Norden Britanniens als Gebet benutzt hatten, schoß ihm durch den Kopf.

›Gütiger Gott, bewahre uns vor dem Zorn der Nordmänner.‹ Mittlerweile hatte er nur noch historische Bedeutung, eine Erinnerung an wilde Zeiten, aber irgendwie war er für Helge Landsverk plötzlich zur Gegenwart geworden. Er sah sich als ein Anführer von Raubzügen und Überfällen. Nils begriff, daß dies keine Entdeckerexpedition war, bei der es galt, Handelskontakte zu knüpfen. Landsverk führte einen Raubzug an.

Aber zu welchem Zweck? Die alten Nordmänner hatten geplündert, kostbare Waren, Gold, Vorräte. Was konnte man diesen wilden Skraelingen schon rauben? Es gab nur eine mögliche Schlußfolgerung. Es war das Töten selbst, das Helge Landsverk Vergnügen bereitete.

Nils beobachtete seinen Freund, während sie die Planken einzogen und ablegten. Helge ging auf der *Nordmaid* wie ein gefangenes Tier auf und ab; seine Erregung war offensichtlich noch nicht befriedigt. Was würde er als nächstes tun, fragte sich Nils. Verlor er tatsächlich den Verstand?

Er sah sich nach Odin um. Der Skraeling stand an der Reling und starrte wie betäubt auf die Überreste des Gemetzels. Nils trat neben ihn. Ganz im Gegensatz zu seiner bisherigen Gewohnheit ergriff Odin als erster das Wort.

»Das ist sehr schlimm«, sagte er leise.

»Sind das deine Leute?«

Der Skraeling blickte überrascht auf.

»Nein.«

Einen Moment lang schien er verwirrt zu sein, und dann blitzte Verständnis in seinem dunklen Auge auf.

»Nein. Nein, nicht schlimm für sie, Thorsson. Schlimm für *uns.*«

Die Ratsversammlung im Dorf war kurz und entschlossen. Der Überlebende erzählte ihnen, wie seine Gefährten in Stücke gehackt worden waren, und die Stammesältesten, die im Kreis auf dem Boden hockten, sahen einander an.

»Wir verstehen immer noch nicht, was sie wollen«, sagte einer.

»Gewiß, aber sie sind bösartig und grausam«, bemerkte ein anderer. »Schwarzvogel hat gesehen, wie einer von ihnen seinem eigenen Krieger die Hand abgehackt hat.«

»Die Hand?« fragte der Späher nach, der längere Zeit nicht im Dorf gewesen war.

»Ja, Schwarzvogel hat auch gesehen, wie sie die Hand begraben haben.«

Die Geschichte stieß auf allgemeines Kopfschütteln.

»Es spielt jetzt keine Rolle mehr, was sie wollen«, meinte Krähenschwinge. »Sie sind zu gefährlich, um sie einfach nicht zu beachten.«

Zustimmendes Nicken.

»Dann sind wir uns einig?« fragte der Älteste.

Niemand widersprach, und alle Anwesenden nickten erneut zustimmend.

»So sei es«, verkündete der Stammesälteste und klopfte ein paar Tabakkrümel aus der Pfeife. »Sie müssen getötet werden.«

10

Nach dem Zwischenfall mit den Skraelingen fuhren sie noch ein ganzes Stück stromaufwärts und machten dann für die Nacht halt. Helge erspähte einen guten Landeplatz und wollte den Männern etwas Zeit geben, um sich von dem Kampf zu erholen.

Es herrschte allgemeine Belustigung, als die Seeleute nun versuchten, die Benutzung des geraubten Bootes zu erlernen. Ein Stoß mit dem Paddel führte dazu, daß es im Kreis herumwirbelte, ohne jedoch voranzukommen. Die Männer lachten, johlten, ließen sich in gespielter Hilflosigkeit absichtlich ins Wasser fallen und waren schließlich soweit, das Boot wie die anderen zu zerstören.

»Odin!« rief irgend jemand. »Hier, Skraeling! Zeig uns, wie man das verdammte Ding rudert!«

Odin bat Nils mit einem Blick um Erlaubnis und stieg ins Boot.

Wortlos tauchte er das Paddel ein, zog es in einem halben Bogen durch das Wasser und verhinderte so ein seitliches Ausbrechen des Bootes. Er ruderte weiter und demonstrierte seine Tüchtigkeit, indem er den Schwung des Bootes ausnutzte, um die Richtung zu ändern. Seine Vorstellung war so beeindruckend, daß die Zuschauer ihm halb ironisch Beifall spendeten. Auch Nils war von der Gewandtheit des Mannes überrascht.

Jetzt mußten die Männer, die vorher versagt hatten, es noch einmal versuchen. Sie tollten herum wie Kinder mit einem neuen Spielzeug und vergnügten sich, bis die Dunkelheit weitere Betätigungen unmöglich machte. Einige der Nordmänner waren bis dahin recht geschickt im Umgang mit dem neuen Seefahrzeug.

Odin schien sich, sobald er nicht mehr im Mittelpunkt der Aufmerksamkeit stand, wieder in sich selbst zurückzuziehen und war an seinem Platz außerhalb des Feuerscheins am Ufer kaum wahrnehmbar. Schließlich kehrte Ruhe im Lager ein, denn die Aufregungen des Tages hatten jeden erschöpft. Nils rollte sich in seine Decken ein, lag aber noch lange Zeit wach. Helges Verhalten verstörte ihn zutiefst. Das war nicht der Zweck der Expedition, wie er sie verstand, diese brutale Ermordung der Skraelinge. Sie ergab überhaupt keinen Sinn. Selbst wenn sie zum Plündern hierhergekommen wären, was hätten die Skraelinge schon besessen, das sie reizen konnte? Etwas getrocknetes Fleisch, ein bißchen Gemüse, ein paar Fellboote, die langsam und schwer zu steuern waren? Am Morgen mußte er mit Helge reden. Vielleicht konnte sein Freund ihm erklären, warum dieses ganze Treiben *kein* Wahnsinn war.

Dann wandte er seine Gedanken wieder der sinnbetörenden Ingrid zu. Kalt und unbefriedigt lag er da, bis er endlich einschlief. Er träumte von blauen Augen und einem traurigen, lockenden Lächeln, das um seine Hilfe flehte.

Mit einem jähen Ruck fuhr er hoch. Jemand berührte seine Schulter und flüsterte ihm eindringlich ins Ohr.

»Wach auf, Thorsson«, zischte Odin. »Sie kommen!«

»Was?« murmelte er. »Wer? ...«

Sein Verstand war noch vom Schlaf getrübt. Er schüttelte sich, um wieder klar denken zu können.

Die Welt erschien grau im fahlen Licht kurz vor der Morgendämmerung. Sein erster Blick galt dem Schiff. Es schaukelte sanft im Wasser, und der Mast und der stolze Drachenkopf waren als dunkle Schemen gegen das Grau des Himmels auszunehmen. Er drehte sich um, um die schlafenden Gestalten seiner Gefährten zu betrachten, die sich um das mittlerweile erloschene Feuer verstreut hatten. Odin versuchte nach wie vor, seine Aufmerksamkeit zu erringen.

»Thorsson«, flehte er ihn an, »wach auf. Sie kommen.«

Nils setzte sich auf.

»Wer kommt?«

»Die Skraelinge!«

Kaum hatte Odin das Wort ausgesprochen, stieß einer der Wachposten einen Warnschrei aus, einen Schrei, der fast im Keim erstickt wurde. Es wurde langsam heller, und als er sich nun mühsam hochhievte, sah Nils, daß die anderen es ihm gleichtaten; sie tasteten nach ihren Waffen und rieben sich den Schlaf aus den Augen. Er hörte das Schwirren von Bogensehnen und das leise Zischen von Pfeilen um sich herum. Erst in diesem Augenblick bemerkte er die dunklen Gestalten, die das Lager der Nordmänner umzingelt hatten und sich in geduckter Haltung vom Rand der Lichtung näherten. Jetzt wich die Stille der Dämmerung einer Explosion von Geräuschen. Die Schreie der Verwundeten und Sterbenden vermischten sich mit den Kriegsrufen der Angreifer und dem Gebrüll der Verteidiger.

Nils spürte, wie jemand an seinem rechten Ohr zog, ignorierte es aber und packte sein Schwert, um sich dem Ansturm der Skraelinge entgegenzustellen. Die meisten von ihnen schienen mit steinernen Streitäxten bewaffnet zu sein, wie sie auch die am Morgen bei den Booten getöteten Männer getragen hatten. Einer stürzte sich mit erhobener Waffe auf ihn. Er rammte sein Schwert in den weichen Unterleib des Gegners und riß es sogleich wieder heraus, um den nächsten Angreifer abzuwehren.

»Werft sie zurück!« rief Landsverk. »Greift an!«

Nils war zu sehr mit seiner Verteidigung beschäftigt, um auch nur einen Gedanken an einen möglichen Gegenangriff zu verschwenden. Als er einer durch die Luft kreisenden Axt auswich, stolperte er über irgend etwas hinter sich und stürzte der Länge nach zu Boden. Die Axt schwirrte genau über die Stelle, an der sich noch eine Sekunde zuvor sein Kopf befunden hatte. Ein anderer Mann schlug den Krieger von hinten nieder. Der sterbende Skraeling fiel auf Nils, und er kämpfte sich unter der Leiche frei. Der Schweißgeruch des anderen stieg ihm in die Nase. Er trat um sich und erhob sich mit gezücktem Schwert.

Aber plötzlich war alles ruhig. Einige der verwundeten Skraelinge schleppten sich davon. Andere lagen bewegungslos da, aber der größte Teil der Angreifer hatte sich ebenso schnell zurückgezogen, wie sie aufgetaucht waren.

»Sie kommen wieder«, sagte Odin ernst.

Nils fragte sich, wo Odin während des Kampfes gesteckt haben mochte. Die Sache war auf alle Fälle sehr riskant für ihn gewesen. Beide Seiten konnten ihn für einen Feind halten, vor allem die Nordmänner. Nils hatte keine Zweifel an Odins Tapferkeit, war allerdings etwas besorgt hinsichtlich seiner Loyalität. Andererseits hatte sich Odin noch nie eine bessere Gelegenheit geboten, sich still und leise davonzumachen, als in diesem Kampf. Und er war trotzdem noch hier.

»Sie werden wieder angreifen?« fragte Nils.

»Ja«, nickte Odin.

Helge schien geneigt, die Skraelinge zu verfolgen, gab den Gedanken jedoch bald auf. Es gab Tote und Verwundete auf ihrer Seite, um die sie sich kümmern mußten.

»Wir werden die Toten begraben«, erklärte Landsverk.

Nils trat zu ihm und zog ihn beiseite.

»Helge«, begann er vorsichtig, »Odin sagt, sie werden wieder angreifen. Sollten wir nicht besser die Toten an Bord des Schiffes bringen und unseren Weg fortsetzen?«

Helge fuhr wutentbrannt zu ihm herum.

»Thorsson, ich werde meine Entscheidungen nicht auf den Ratschlag eines einäugigen Wilden gründen.«

Und mit diesen Worten wandte er sich ab und stolzierte davon. Kurze Zeit später stellte Nils jedoch zu seiner Freude fest, daß das Urteilsvermögen seines Freundes noch nicht völlig getrübt war.

»Alle Mann an Bord«, rief Helge. »Bringt die Toten und Verwundeten mit.«

Sie waren noch nicht fertig, als ein Späher flußaufwärts deutete.

»Seht!« rief er. »Boote!«

Um eine Biegung des Flusses kamen zwei Fellboote, wie die Skraelinge sie benutzten, jedes mit drei oder vier Kriegern besetzt. Einen Augenblick später tauchte ein drittes auf, dann ein viertes und schließlich immer mehr.

»Beeilung!« rief Helge. »Fertigmachen zum Ablegen!«

Die Männer taumelten die Planke hinauf, halfen den Verwundeten und trugen die Toten.

»Bogenschützen!« bellte Landsverk, »macht euch bereit!«

Die Bogenschützen stolperten zur Reling, um auf die Boote zu zielen. Gerade als das erste in Schußweite kam, hörte man vom Ufer einen Schrei. Ein neuer Angriff! Weitere Krieger stürzten herbei und blieben nur kurz stehen, um Pfeile auf ihre Feinde abzuschießen. Nun hasteten die letzten Männer die Planke hinauf. Landsverk stand an der Reling und sah zu, wie die Skraelinge über die Lichtung liefen, ohne sich um die Pfeile zu kümmern, die ihnen entgegenschwirrten.

»Schneller, schneller«, trieb er die Nachzügler an.

»Um Gottes willen, Helge, duck dich«, schrie Nils ihn an.

Gerade in diesem Moment richtete Helge Landsverk sich zu seiner vollen Größe auf, breitete die Arme weit aus und fiel rückwärts ins Boot. Nils warf einen Blick hinunter. Sein Freund starrte ihn mit offenem Mund und voller Staunen an, durch Augen, die nie wieder sehen würden. Das Ende eines gefiederten Pfeiles ragte aus seiner Kehle.

Nils' erster Impuls war es, zu ihm hinunterzusteigen, aber er begriff schnell, daß dies sinnlos gewesen wäre. Es dauerte nur noch einen winzigen Augenblick, bis ihm klar wurde, daß jetzt er, Nils Thorsson, das Kommando hatte.

»Ablegen!« brüllte er. »An die Riemen!«

Langsam und unbeholfen begann das Schiff auf das offene Wasser zuzuhalten, während die wenigen ihnen noch verbliebenen Ruderer sich ihrer Aufgabe widmeten. Eine Handvoll Bogenschützen erwiderte den Pfeilhagel, der sowohl vom Ufer als auch von den Booten auf die *Nordmaid* niederging. Nils sah, wie einer der Bogenschützen seine Waffe fallenließ und sich umdrehte. Er hatte beide Hände über das Gesicht gelegt, und ein Pfeil ragte zwischen seinen Fingern hindurch. Der Mann wirbelte halb herum und fiel rückwärts über die Reling ins Wasser.

Nils blickte noch einmal flußaufwärts. Immer mehr Boote kamen auf sie zu. Dutzende, vielleicht Hunderte, dachte er. Sie *mußten* das Schiff in Bewegung bringen.

»Hißt das Segel!«

Während die Seeleute versuchten, die Bändsel des eingerollten Segels aufzuknüpfen, drohte ihnen bereits die nächste Gefahr. Ein Pfeil bohrte sich in das kurze Backdeck. Eine Art Pech oder eine andere leicht entflammbare Substanz haftete an dem Pfeil, der wild brannte. Das Feuer loderte zischend auf und breitete sich über die Planken des Decks aus und kroch aufwärts. Nils riß den Schaft aus dem Holz und warf ihn über Bord, bevor er sich daran machte, die Flammen auszutreten. Ein zweiter brennender Pfeil landete auf dem Deck und ein dritter im Frachtraum.

Man hörte den Aufprall weiterer Pfeile an der Außenseite des Rumpfes der *Nordmaid.* Dunkle Rauchkringel bedeuteten ihnen, daß die Beplankung des Schiffes ebenfalls Feuer zu fangen drohte.

»Hißt das Segel!« schrie Nils.

Die Ruderer fanden jetzt langsam wieder zu ihrem gewohnten Rhythmus, aber, um zu entkommen, brauchten sie die größere Geschwindigkeit, die nur das Segel ihnen bieten konnte. Mit qualvoller Langsamkeit stieg das große Segel empor und blähte sich auf. Die *Nordmaid* machte daraufhin knirschend einen Ruck nach vorn. Der Rudergänger nahm Kurs auf das offene Wasser und steuerte sie durch das Gewirr von Skraelingbooten, die rechts und links an ihren Flanken barsten, und schließlich konnte sie, immer noch an einem Dutzend Stellen brennend, den Ring der Feinde durchbrechen.

»Seile und Eimer!« rief Nils, während die Skraelinge hinter ihnen zurückblieben. »Löscht die Feuer!«

Sie fuhren quer durch das seenartige Gewässer flußabwärts. Auf diese Weise hatten sie den günstigsten Wind für das Segel. Aber es schien keine weiteren Verfolgung mehr zu geben. Die Ruderer, deren Arbeit jetzt nicht länger nötig war, wankten an Deck, um sich in die Eimerkette einzureihen. Nacheinander wurden die Feuer gelöscht. Das letzte, das unter der Krümmung des Hecks loderte, hatte sich schon fast durch die Planken gefressen, als man es entdeckte. Die *Nordmaid* würde größerer Reparaturen bedürfen, um wieder seetüchtig zu werden – wenn sie es überhaupt schafften, sie noch einmal an den Stromschnellen vorbeizuschaffen.

Wenigstens, dachte Nils, haben wir noch die *Schneevogel*. Er konnte die Überlebenden nach Hause bringen, vielleicht die Hälfte der Männer, die viele Monate zuvor so zuversichtlich von Stadt losgesegelt waren. Er mußte jetzt die Zahl der Opfer ermitteln und sich dann seinen anderen Pflichten als Kommandant zuwenden.

Eines war gewiß. Die Expedition war vorüber, und sie mußten nach Hause fahren. Sie hatten versagt.

11

Nils versammelte die Überlebenden am Ufer, neben der angesengten und mit Brandspuren übersäten *Nordmaid*. Auf der Rückfahrt durch den See hatte er genug Zeit gehabt, über ihre schlimme Lage nachzudenken. Er hatte sich einen Plan zurechtgelegt.

Jetzt hielt er inne, um ein letztes Mal nachzuzählen. Einschließlich der drei Männer, die zurückgeblieben waren, um die *Schneevogel* zu bewachen, waren sie dreiundzwanzig, dazu noch der verkrüppelte Rafn und der einäugige Skraeling, die an Bord des Schiffes keinen praktischen Nutzen hatten. Es waren nicht genug Männer an den Rudern, um das Schiff vernünftig fortbewegen zu können, aber sie würden schon zurechtkommen. Und vielleicht konnten sie, wenn sie erst Straumfjord erreicht hatten, noch ein paar Männer zusätzlich anheuern.

Er trauerte um seinen Freund Helge, schweigend, tief und sehr persönlich. Auch wenn Helge Landsverk sich in den letzten Tagen reichlich gestört verhalten hatte, war er doch sein Freund gewesen. An ihn mußte Nils immer wieder denken, nicht an den Mann, der den Überfall auf die hilflosen Skraelinge angeführt hatte, sondern an den Spielkameraden seiner Kindheit. Vor seinem inneren Auge stand das breite, jungenhafte Grinsen, der schelmische Blick in den übereifrigen dunkelblauen Augen. Übereifer, ja, das war es. Helge war ein Mann gewesen, der immer mit Übereifer nach Abenteuern und neuen Erfahrungen gierte. So war er bis zum letzten Tag seines Lebens gewesen, als er im Kampf, mit dem er seine Mannschaft und sein Schiff hatte retten wollen, gestorben war.

Welche Verantwortung, in die Fußstapfen eines solchen Mannes zu treten. Die Ungeheuerlichkeit dieser Aufgabe erschreckte Nils. Als erstes mußte er seinem Freund jedoch ein angemessenes Begräbnis verschaffen, danach die Überlebenden irgendwie nach Hause bringen.

Eines stand fest. Sie hatten jetzt, nachdem sie nur noch über ein Drittel ihrer ursprünglichen Mannschaft verfügten, einfach nicht die notwendige Kraft, um die *Nordmaid* ein weiteres Mal um die Stromschnellen herum zu bewegen. Diese Tatsache hatte ihn zu einem weiteren Teil seines Planes geführt. Sie waren kaum in der Lage, so viele Tote zu begraben, wie sie an Bord hatten – und dabei waren die Leichen vieler Gefallener erst gar nicht geborgen worden. Also bot sich an, das jetzt nutzlose Boot zur Beisetzung der Toten zu verwenden. Sie würden ihnen eine große Ehre erweisen, indem sie das Schiff als eine Art Scheiterhaufen brennen ließen. Noch eine Generation früher war dies durchaus üblich gewesen. Während er darüber nachdachte, wurde Nils klar, daß Helge Landsverk diese Art des Abschieds gut gefallen hätte. Ja, so würden sie es machen.

»Morgen«, erklärte er der versammelten Mannschaft, »werden wir die *Nordmaid* als Scheiterhaufen benutzen, um die Toten der Wikinger zu ehren. Dann werden wir auf der *Schneevogel* nach Hause segeln.«

Allgemeines Nicken war die Antwort.

»Dann laßt uns möglichst viel von der Fracht zu dem anderen Schiff bringen. Und auf dem Rückweg nehmen wir dann Zweige und totes Holz zur *Nordmaid* mit.«

Die Mannschaft machte sich an die Arbeit. Die Leichen wurden, wie es sich gehörte, auf dem Vorderdeck ausgelegt. Alles, was den Überlebenden noch von Nutzen sein konnte, wurde ans Ufer geschleppt. Dort standen andere bereit, um die Säcke, Fässer und Ballen über den Fußweg zu dem anderen Schiff zu tragen. Danach füllte man den Laderaum der *Nordmaid* mit leicht entflammbarem Material wie Stöcken, Zweigen und Ästen.

Odin half beim Transport der Fracht, obwohl er den Sinn nicht zu begreifen schien. Einmal, als er an Nils vorbeikam, blieb er einen Augenblick stehen.

»Warum machen wir das, Thorsson?«

»Die Vorräte?«

»Nein, die Toten.«

»Das Schiff mit den Toten an Bord zu verbrennen ist eine Möglichkeit, sie zu ehren.«

Odins Auge weitete sich. Offensichtlich war er nach wie vor verwirrt.

»Ist das so üblich bei euch?«

»Ja, es ist eine alte Sitte unseres Volkes.«

»Es muß viele Schiffe brauchen, um eure Toten zur Anderen Seite zu tragen.«

»Man macht es nicht immer so, Odin. Normalerweise nur für die Häuptlinge.«

Odin nickte. Das verstand er.

»Dann ehrt ihr jetzt euren Häuptling.«

»Ja.«

Odin nickte.

»Er war ein tapferer Mann«, bemerkte er. »Ein bißchen verrückt, aber tapfer. Ich werde ihn ehren.«

Jetzt begann der Skraeling, wirklich Hand anzulegen. Er holte Zweige und Äste, um den Laderaum zu füllen, trug die Fracht zum anderen Schiff und brachte auf dem Rückweg noch mehr Brennholz mit.

Die Männer liefen zwischen den Booten hin und her, emsig wie eine Ameisenkarawane. Sie kamen gut voran, und Nils schätzte, daß sie am frühen Nachmittag fertig sein würden. Es konnte nur gut sein, die Beerdigung schnellstens hinter sich zu bringen. Wenn sie bis zum Einbruch der Nacht mit der *Schneevogel* noch ein gutes Stück flußabwärts segeln konnten, um so besser.

Die Mannschaft versammelte sich am Ufer, und Nils und Svenson machten sich bereit, an Bord der *Nordmaid* zu gehen. Das geraubte Fellboot würden sie im Kielwasser hinter sich herziehen, um später mit seiner Hilfe wieder ans Ufer zu gelangen.

»Odin, du kommst auch mit«, befahl Nils. »Du kannst das kleine Boot für uns zurückrudern.«

Der Skraeling nickte und trottete hinter ihnen her. Die drei Männer zogen die Planke an Bord und kappten die Taue.

Es stand außer Frage, daß sie die *Nordmaid* allein rudern konnten. Sie mußten das Segel aufrollen und ein wenig von der frischen Brise einfangen, die glücklicherweise wehte.

Nils und Svenson taxierten den Winkel, richteten die Rah aus und zurrten die Taue fest. Dann lösten sie die Bändsel und begannen, die Segel hochzuziehen. Als sie das Ankertau kappten und die *Nordmaid* sich in Bewegung setzte, ging Svenson nach achtern an sein Steuerruder. Er wendete das Schiff und nahm Kurs auf das offene Wasser, während Nils mit einem kleinen Topf glühender Kohlen – vom Feuer am Strand – in den Frachtraum stieg.

Während er sie auskippte und Zunder und kleine Stöcke hinzufügte, hörte er leises Singen von oben. Die Flammen begannen an dem Brennholz zu züngeln, und Nils warf noch mehr Geäst aus dem Vorrat herunter. Der Rauch breitete sich aus, und seine Augen tränten, so daß er schnell und hustend hinauskletterte.

Svenson band das Steuerruder fest, um den Kurs zu halten. Das Singen oder Summen dauerte an, und als Nils sich umdrehte, sah er den Skraeling, der zwischen den Toten am Bug stand. Odin hielt die Arme hoch über dem Kopf und sang ein trauriges, gefühlvolles Lied, bei dem es sich eindeutig um einen Trauergesang in der Sprache seines Volkes handelte. Er ehrte die Toten auf seine Art.

Mittlerweile züngelten die Flammen hungrig durch die Zweige im Frachtraum und fachten sich zu immer größerem Wachstum an.

Nils konnte die Hitze von unten spüren.

»Odin! Komm!« Nils winkte den Skraeling zu sich.

Die drei Männer versammelten sich hastig an der Reling und ließen sich in das Fellboot gleiten. Odin nahm das Paddel, und Sven durchschnitt die Leine, die sie mit der *Nordmaid* verbunden hatte. Dann saßen sie einen Augenblick schweigend da und sahen zu, wie sie davontrieb. Qualm drang aus ihrem Frachtraum; er wurde jetzt dichter, da die größeren Hölzer und schließlich ihr Rumpf selbst zu brennen begannen. Fasziniert sahen sie zu, wie die sterbende *Nordmaid* mit dem Wind lief und ihre aus Toten bestehende Fracht ihrem letzten Lohn auf Erden entgegentrug.

Odin stieß einen Schrei aus, und sie drehten sich zu ihm um. Er zeigte mit dem Finger flußabwärts, und Nils' erste Reaktion war Überraschung angesichts der Entfernung, die sie zurückgelegt hatten. Er konnte die Mannschaft am Ufer kaum noch sehen. Wichtiger jedoch war der Anblick, auf den Odin sie hinwies. Eine graue Qualmwolke stieg hinter den Bäumen, jenseits des Sprechenden Wassers auf. Sie hatte starke Ähnlichkeit mit der Rauchsäule, die in der anderen Richtung davontrieb.

»Das Schiff!« rief Svenson.

»Odin, bring uns zurück!« befahl Nils.

»Nein, Thorsson, sie würden uns töten.«

»Verdammt sei deine Seele, ich werde dich selbst töten, wenn du mir nicht gehorchst!« fuhr Nils ihn an.

Der Skraeling sah ihn ruhig und entschlossen an.

»Es gibt einen anderen Weg, der um das Sprechende Wasser herumführt.«

»Dann bring uns dort hin!«

Odin griff nach seinem Paddel und begann, das Boot stromabwärts gegen die Strömung auf das andere Ufer zuzusteuern. Sie waren zu weit weg, um die am Ufer wartende Mannschaft zu erkennen. Nils konnte nicht sicher sein, ob die Männer dort den Rauch ebenfalls sehen konnten. Im Augenblick wollte er jedoch nur eines, nämlich das Schicksal der *Schneevogel* in Erfahrung bringen.

Nach einer Zeit, die ihm wie eine Ewigkeit erschien, legten sie an, und die drei sprangen aus dem kleinen Boot. Odin zog es an Land und kippte es geschickt um, bevor er einen belaubten Zweig darüber legte, um es zumindest teilweise zu verbergen. Dann machte er ihnen ein Zeichen und ging über einen kaum benutzten Wildwechsel in den Wald.

Eine Weile später traten sie, keuchend vor Erschöpfung, unterhalb der Stromschnellen wieder ins Freie. Odin streckte die Hand aus. Dort, in der Ferne, vor dem anderen Ufer lag die *Schneevogel.* Sie trieb tot im Wasser, ihr Rumpf stand von einem Ende zum anderen in Flammen. Nur einen Augenblick lang fragte sich Nils, was aus den Männern an Bord geworden sein mochte, dann begriff er, daß die Männer entweder tot waren oder versucht hatten, ans Ufer zu gelangen, wo sie zweifellos auf die Angreifer getroffen waren. Ja, es stand fest, sie waren tot.

Was die anderen betraf, hatte er seine Zweifel. Es war möglich, daß sie es geschafft hatten, eine Verteidigung zu organisieren. Möglich sogar, daß die Überlebenden sich im Wald verteilt hatten, daß einige von ihnen entkommen waren. Er verspürte den unbezähmbaren Drang, dies herauszufinden, zu ihnen zu gehen, Pläne zu schmieden und einen Weg zum Überleben zu finden.

»Hört!« Sven hielt eine Hand hoch, und die drei Männer verharrten reglos.

Fernes, erschreckendes Geschrei übertönte das leise Gemurmel des Sprechenden Wassers. Sie brauchten einen Moment, um zu erfassen, daß es Kampfgeräusche waren, laute Rufe, die unmöglich menschlichen Kehlen entstammen konnten. In Nils' Nacken stellten sich die feinen Härchen auf.

»Wir müssen ihnen helfen!« rief er.

Odin sah ihn mit einer starren Miene beinahe herablassend an.

»Du kannst ihnen nicht helfen, Thorsson«, sagte der Skraeling mitleidig. »Wir müssen versuchen, uns selbst zu helfen.«

Sie standen da und beobachteten, wie die Flammen die *Schneevogel* verschlangen. Das Gefühl, als sie die halb zerstörte *Nordmaid* zum See zurückgebracht hatten, war niederschmetternd gewesen, doch nicht vergleichbar mit dem, was er in diesem Moment empfand. Er hatte mit seiner Dummheit die ganze Expedition zum Scheitern gebracht, sein gesamtes Kommando einschließlich zweier Schiffe verloren. Eines davon hatte er sogar höchstpersönlich verbrannt, das andere buchstäblich schutzlos zurückgelassen und somit auch seinen Verlust zu verantworten.

Trotzdem dauerte es eine ganze Weile, bis ihm die gewaltigen Ausmaße dieser Katastrophe bewußt wurden. Er hatte bisher über Dinge wie Pflichtvernachlässigung nachgedacht, über den Verlust von Ansehen, der mit dem eines Schiffes einherging. Langsam begriff er, daß sie zusahen, wie ihre einzige Möglichkeit, diese Wildnis zu verlassen, in Flammen aufging. Ohne ein Schiff hatten er, Svenson und vielleicht noch andere Überlebende nicht die geringste Chance, in die Zivilisation zurückzukehren. Sie würden nicht einmal bis Straumfjord kommen. Und schlimmer noch, der größte Teil ihrer Vorräte war bereits auf der *Schneevogel* und ging jetzt vor ihren Augen in fettigem Qualm auf.

Wie konnte er nur so dumm sein? zürnte er sich selbst. Er hatte eigenhändig ein Schiff verbrannt, das sie hätte nach Hause bringen können. Jetzt saßen sie in einem unerforschten Land fest, wo man sie wahrscheinlich wie Tiere jagen und töten würde. Aus irgendeinem Grund mußte Nils an das alte Sprichwort seines Großvaters denken, das er während seiner Jugendjahre oft genug gehört hatte.

›Ein Mann ohne ein Boot ist ein Mann in Ketten.‹

12

Sie hatten die ganze Tragödie aus nächster Nähe beobachtet. Der Rumpf der *Schneevogel* war bis zur Wasserlinie heruntergebrannt, und die verkohlten Planken trieben nun mit der Strömung flußabwärts. Der Fluß, der Nils nur wenige Tage zuvor so wunderschön erschienen war, wirkte jetzt dunkel und häßlich. Seine makellose, klare Oberfläche wurde jetzt von den fettigen Überresten verbrannter Vorräte und menschlicher Leichenteile beschmutzt, aus dem glimmenden Skelett des Schiffes stieg nach wie vor schwarzer Qualm.

Skraelinge huschten am Ufer entlang und durchkämmten den Wald. Gelegentlich hörte man einen fernen Triumphschrei oder einen grellen Aufschrei des Entsetzens, der mittendrin abriß. Es gab nichts, was sie hätten tun können, auch wenn sie genau wußten, was die schreckliche Abfolge von Geräuschen zu bedeuten hatte.

Sie durchsuchten die Vorräte, die an Bord des Schiffes hätten gebracht werden sollen, und trugen sie über den Pfad davon. Oberhalb der Stromschnellen würden sie den ganzen Kram in die Boote laden, vermutete Nils.

Er war äußerst niedergeschlagen. Wäre er am anderen Ufer gewesen, hätte er wahrscheinlich jeden einzelnen Skraeling angegriffen, bis sie ihn selbst getötet hätten. Zumindest wäre er dann im Kampf gestorben, wie es sich für einen Wikinger gehörte: mit Würde und einem Schwert in der Hand, nicht feige im Unterholz versteckt, wo er mit ansehen mußte, wie sich seine Welt und seine Zukunft in schwarzen Rauch auflösten.

Ein oder zwei Mal wollte er etwas Derartiges vorschlagen, aber Odin, der damit rechnete, ließ es nicht zu. Dabei fand der Skraeling die Unterstützung Svensons. Nils war überstimmt, und die Benutzung des Bootes, mit dem er den Fluß hatte überqueren wollen, hing von Odins Fähigkeiten ab. Daher schmollte Nils nur und litt unter der Verantwortung, die einen Anführer trifft, wenn irgend etwas schiefgeht.

Sven saß reglos da, murmelte leise vor sich hin und bekreuzigte sich gelegentlich. Nils nahm an, daß er betete – wahrscheinlich nicht nur zu dem Gott am Kreuz, sondern zu jeder Gottheit in der Tradition der Nordmänner, die irgendwelchen Einfluß haben konnte. Sven schien dem Anführer, der sie in dieses Debakel hineinmanövriert hatte, nichts vorzuwerfen. Einerseits war Nils ihm dafür dankbar, aber andererseits verstärkte der Rudergänger mit diesem Verhalten seine Schuldgefühle. Im Grunde genommen waren sie beide angesichts der Tragödie, die sie erlebt hatten, wie betäubt.

Während der Abenddämmerung stand Odin plötzlich auf.

»Ich muß das Boot verstecken«, erklärte er. »Bleibt hier! Kein Feuer!«

Er verschwand im Halbdunkel, und es dauerte einen Augenblick, bis Nils begriff, daß der einäugige Skraeling tatsächlich das Kommando übernommen hatte, und Wut erfaßte ihn.

Bei Gott, das werden wir ja sehen! sagte er sich.

Odins Abwesenheit war vielleicht ein glücklicher Umstand, denn in der Zwischenzeit wurde Nils klar, daß sie, wollten sie auch nur die geringste Chance haben, dies zu überleben, absolut von den Fähigkeiten dieses Wilden abhingen.

Beklommen wartete er auf Odins Rückkehr. Konnte es sein, daß der Skraeling sie im Stich gelassen hatte, um sein Glück allein zu versuchen? Oder schlimmer noch ... Bei dem ungeheuerlichen Gedanken, der ihm nun kam, stieg Zorn in ihm auf. Würde Odin sie an den Feind verraten, um seine eigene, wertlose Haut zu retten? Es war denkbar. Er lief gereizt ein paar Schritte auf und ab.

Als die Trommeln erklangen, schien das die ganze Situation noch weiter zu verschlechtern. Ein dumpfes Dröhnen aus der Ferne, wie ein kaum wahrnehmbarer Herzschlag. Man konnte es genau genommen eher spüren als hören. Nils hatte das Gefühl, als käme es aus der Erde selbst, als bereite sich diese darauf vor, unter seinen Füßen wegzubrechen. Dann ein als Schwingung wahrnehmbarer, fallender und ansteigender Klang.

Ein Lied oder ein Gesang, soviel stand fest. Sie feierten ihren Sieg. Und die Niederlage der anderen. Das war ihm früher nie wirklich zu Bewußtsein gekommen. Wenn die eine

Seite gewinnt, hat die andere verloren. Nordmänner waren an Niederlagen nicht gewöhnt.

Er starrte in den Himmel, betrachtete die Position der sieben Sterne des Großen Bären, die ihren trägen Kreis um den Nordstern zogen. Bei Tagesanbruch mußte er einige Entscheidungen getroffen haben. Er und Svenson würden, wenn der Skraeling nicht zurückkam, nicht einmal über ein Boot verfügen. Vielleicht konnten sie zu Fuß den Fjord hinunterwandern. Es würde mühsam werden, aber er sah keinen anderen Ausweg, es sei denn, es gelang ihnen, unterwegs in einem der Dörfer ein Boot zu stehlen. Aber selbst wenn ihnen das gelang … ihre Handhabung schien so schwierig. Die ganze Situation war offenbar hoffnungslos.

Plötzlich tauchte wie aus dem Nichts eine schattenhafte Gestalt neben ihm auf. Nils zuckte zusammen.

»Odin!« flüsterte er erschrocken. »Was …«

»Scht!« kam eine leise Warnung als Antwort. »Ich habe gesehen … ich werde es dir erzählen.«

Die drei setzten sich ganz dicht zusammen, während Odin berichtete. Er hatte den Fluß überquert und die Aktivitäten der Skraelinge beobachtet.

»Sie singen, tanzen«, sagte er. »Für sie ein großer Sieg.«

»Hast du einen unserer Männer gesehen?« wollte Nils wissen.

Der Skraeling schüttelte den Kopf. »Nein. Ich muß annehmen, daß sie tot sind.«

Nils' Herz krampfte sich zusammen, obwohl er es bereits gewußt hatte. Er wünschte, er hätte ihnen helfen können.

»Und das Schiff? Das andere?«

Auch auf diese Frage kannte er die Antwort, aber er mußte sie stellen.

»Verbrannt und gesunken«, erwiderte Odin einfach.

»Was jetzt?« fragte Svenson.

»Wir versuchen, nach Hause zu kommen«, antwortete Nils so zuversichtlich er nur vermochte. Ihm war klar, daß sie für die anderen nichts mehr tun konnten. »Odin, schaffst du es, uns mit dem Boot nach Straumfjord zurückzubringen?«

»Vielleicht. Nicht jetzt.«

»Was? Wie meinst du das?«

»Die Skraelinge da.« Er streckte die Hand aus. »Wir müssen warten, bis sie weg sind.«

»Aber können wir das Boot nicht auf dieser Seite um die Stromschnellen herumtragen? Nachts? Wir können an ihnen vorbeischleichen und wieder auf dem See sein, bevor sie etwas ahnen.«

»Nein. Dieser Weg ist nicht so gut. Wir können nachts nicht genug sehen. Und am Tag können sie *uns* sehen. Wir warten.«

Wieder spürte Nils Ärger in sich aufsteigen, weil dieser Wilde die Entscheidungen für ihn traf. Aber er hatte keine Wahl. Es war nur die Wut darüber, daß der Skraeling recht hatte und er, Nils, an seiner Logik nichts auszusetzen wußte.

»Wann werden sie verschwinden?«

Der Skraeling hob die Schultern, eine für ihn charakteristische Geste, die sich im Sternenlicht fast nur erahnen ließ.

»Vielleicht heute. Vielleicht morgen.«

»Wir brauchen Essen und Waffen«, bemerkte Nils.

Sie waren schlecht ausgerüstet, denn ihr einziges Ziel hatte darin bestanden, das Begräbnisschiff in Brand zu setzen und dann zu den anderen Männern zurückzukehren. Nils versuchte, sich daran zu erinnern … Er hatte einem von ihnen sein Schwert anvertraut und besaß jetzt nur noch sein Gürtelmesser. Auch Svenson war, abgesehen von seinem Messer, unbewaffnet, und Odin hatte nur eine Klinge, die er an der Taille trug. Man brauchte nicht viel Phantasie, um zu begreifen, daß selbst so einfache Aufgaben wie die Beschaffung von Eßbarem ihnen ungeheure Schwierigkeiten bereiten würde. »Ich habe etwas mitgebracht«, sagte Odin einfach.

»*Was* mitgebracht?« wollte Nils wissen.

»Schwert. Axt … ein wenig Essen.«

»Aber wie … woher?«

Der Skraeling hob abermals die Schultern.

»Es ist große Verwirrung da drüben. Dunkel … Ich habe mitgenommen, was ich konnte.«

»Du bist an Land gegangen? Zu *ihnen*?«

Nils' Zweifel kehrten wieder zurück, eine seltsame Mischung aus Stolz angesichts der Tüchtigkeit dieses Mannes und Mißtrauen, was dessen Motive betraf.

»Natürlich. Ich sehe ihnen sehr ähnlich. Ich habe mich im Schatten gehalten. Jeder nimmt, was er kriegen kann.«

Es war logisch, aber trotzdem – welche Kühnheit! Dieser Mann war wirklich bemerkenswert, ebenso verwegen wie klug.

»Du hast auch etwas zu essen mitgebracht?«

Es war nicht von momentaner Wichtigkeit, sie waren nicht unmittelbar vom Hunger bedroht. Nils hätte jetzt, nach dem Schock der vergangenen Stunden, ohnehin nichts zu sich nehmen können, aber schon bald würden ihre Körper Nahrung brauchen. In der Zwischenzeit würde das Fasten ihre Sinne schärfen.

»Nur wenig«, bemerkte Odin knapp. Er zeigte auf ein in Felle gewickeltes Bündel, das mit einem Seil zusammengebunden war.

Nils überlegt kurz, was es enthalten mochte, aber es interessierte ihn nicht wirklich. Irgendwann mochte der Inhalt des Bündels eßbar sein oder nicht. Für den Augenblick gab es wichtigere Dinge zu bedenken. Vor allem, wie sie überleben konnten. Das Boot, hatte Odin versichert, war gut versteckt. Sie mußten warten, bis der Weg frei war, dann oberhalb der Stromschnellen den Fluß überqueren, das Boot auf dem Landweg um die Gefahrenzone herumtragen und darunter wieder zu Wasser lassen. Es schien, als müßten sie sich bezüglich des Zeitpunkts ganz auf den einäugigen Skraeling verlassen. Auch diese Tatsache quälte Nils. Er war es nicht gewöhnt, in irgendeiner Beziehung um Hilfe bitten zu müssen.

Und doch mußte er zugeben, daß Odin als einziger in der Lage war, eine solche Entscheidung zu treffen. Nur Odin konnte mit dem Boot vernünftig umgehen. Nur er konnte sich unbemerkt unter die anderen Skraelinge mischen, was er bereits bewiesen hatte, indem er sie mit Waffen und Essen versorgt hatte.

»Wie lange wird es dauern, bis sie aufbrechen?« fragte er noch mal. »Einen Tag oder zwei?«

»Vielleicht. Ich werde sie beobachten.«

Wieder dieser ohnmächtige Zorn, von jemandem abhängig zu sein, erst recht von diesem Wilden, dem er nicht völlig vertraute. Welche Motive trieben diesen Mann überhaupt an? Er hätte sie einfach im Stich lassen oder, schlimmer noch, an die Feinde verraten können, die wahrscheinlich sogar noch jetzt damit beschäftigt waren, jeden überlebenden Nordmann zu erschlagen, wenn ihre Plünderorgien ihnen Zeit dazu ließen. Und doch schien es, als versuche Odin, ihnen zu helfen. Was veranlaßte ihn dazu?

»Odin«, fragte Nils mit großer Autorität, »warum tust du das?«

»Was tue ich?«

»Uns helfen, unseren Feinden zu entkommen?«

Wieder das Achselzucken und die ausgebreiteten Hände. *Das kann Ärger geben,* dachte Nils. Es war keine Antwort, sondern ein Ausweichmanöver. Es konnte alles bedeuten.

»Sie sind auch meine Feinde«, erinnerte der Skraeling ihn. »Siehst du?« Er zeigte auf seine eingefallene Augenhöhle.

»Aber du hättest an ihnen vorbeikommen und dich auf den Heimweg zu deinem Volk machen können.«

»Ja. Ich habe darüber nachgedacht. Aber du warst gut zu mir. Du hast mich nicht den Fischen vorgeworfen.«

Nils glaubte ein Aufblitzen von Humor in Odins Auge zu erkennen. Jedesmal, wenn der Skraeling ihn ansah, hatte er das seltsame Gefühl, dieser Mann, dem nur ein einziges Auge geblieben war, könne ihm direkt in die Seele sehen. Woran lag das nur?

»Wie nennt man dich?« fragte der Skraeling unerwartet.

»Was? Du meinst meinen Namen?«

»Ja, vielleicht meine ich das. Wie soll ich dich nennen?«

»Thorsson ... Nils Thorsson.«

Der Skraeling nickte. »Thorsson ... was heißt das?«

»Ich ... nun, Thor ist einer unserer Götter. Der Donnergott. Thorsson bedeutet Sohn von Thor.«

»Also bist du ein Sohn des Donners?«

»Vielleicht. Ich schätze, das bedeutet mein Name, oder?«

»Vielleicht. So, jetzt sag mir, Sohn des Donners, was mein Name bedeutet.«

Einen Augenblick lang schwieg Nils verwirrt.

»Deine Leute nennen mich Odin«, fuhr der Skraeling fort. »Was bedeutet Odin? Das hat mir nie jemand gesagt.«

»Ah! Ich verstehe. Odin ist auch einer von unseren Göttern. Der Vater aller Götter. Der Vater Thors sogar.«

Jetzt wirkte der Skraeling ernsthaft verwirrt. »Aber warum nennt man mich dann so? Eine Ehre?«

Ungläubigkeit blitzte in seinem Auge auf, und seine Stimme klang sarkastisch.

»Nein«, antwortete Nils. Es war ihm ein wenig peinlich, obwohl er nicht recht wußte warum. »Der Gott Odin hat nur ein Auge.«

Nils war nicht sicher gewesen, wie der andere diese Erklärung aufnehmen würde, aber Odins Reaktion überraschte ihn. Der Skraeling schien entzückt zu sein.

»Ah, ich bin Odin, Vater der Götter! Das ist gut.«

Nils wollte ihm gerade verständlich machen, daß dies kaum eine Ehre bedeutete. Man hatte ihn aus Scherz so genannt, und es war ein grausamer Scherz, der sich über das Gebrechen eines Menschen lustig machte. Das war ihm vorher gar nicht richtig klar gewesen. *Das,* dachte er, *war der Grund, warum ich mich so unbehaglich fühlte, als er danach fragte.* Er suchte nach einer Entschuldigung, fand aber keine. Vielleicht noch überraschender war eine weitere Feststellung. Odin *verstand* den Witz und amüsierte sich sogar darüber. Nils erinnerte sich wieder an seine Erkenntnis, daß dieser Mann alles andere als ein unwissender Wilder war. Odin war ein kluger Mann.

»Ja«, murmelte Nils verlegen. »Es ist gut.«

13

Die Untätigkeit während des gesamten nächsten Tages machte Nils schwer zu schaffen. Wäre sein einäugiger Gefährte nicht gewesen, hätte er möglicherweise etwas Unkluges getan. Mehrmals mußte Odin ihn davon abhalten, ihre Position zu verraten.

»Nein, Thorsson! Bleib unten!«

Sie hielten sich hinter den dichten Büschen am Rand des

Flusses verborgen. Dreimal patrouillierten Boote am Ufer entlang, kreisten träge und suchten. Jedesmal verspürte Nils die Versuchung, sein Versteck zu verlassen und den Skraelingen seine Herausforderung ins Gesicht zu brüllen. Zumindest würde es dem Ganzen ein Ende machen. Einmal spannte er sogar die Muskeln an, um aufzustehen, als ein Boot mit zwei schwer bewaffneten Wilden nur einen Bogenschuß weit von ihnen entfernt vorbeitrieb. Aber eine starke Hand umklammerte mit festem Griff seinen Unterarm. Er versuchte, sich loszureißen, aber der Skraeling war überraschend kräftig. Wütend drehte Nils sich um und blickte dem Mann in sein ihm noch verbliebenes Auge. Odins Miene war streng.

»Nein!« Er schüttelte den Kopf. Dann legte er einen Finger an die Lippen, um ihm Schweigen zu bedeuten. Langsam kühlte Nils' Zorn ab, und das Boot glitt ungehindert stromabwärts.

Die Aktivitäten auf der anderen Seite des Flusses fanden kein Ende. Dutzende von Kriegern liefen mit ihrer Beute über den Pfad, der an den Stromschnellen vorbeiführte. Gelegentlich stieß ein schwerbeladenes Boot vom gegenüberliegenden Ufer ab und bewegte sich flußaufwärts, angetrieben von einem kräftigen Ruderer.

Es war offensichtlich, daß andere Krieger immer noch damit beschäftigt waren, Nordmänner aufzuspüren. Das Ausmaß ihres Erfolges ließ sich nur schwer einschätzen. Einmal erhob sich aufgeregtes Gebrüll, das auf die Entdeckung eines Flüchtlings hindeutete, aber es verstummte fast sofort wieder.

Etwa zu dieser Zeit dämmerte ihm jedoch das ganze Ausmaß ihrer Notlage. Die Betriebsamkeit auf der anderen Seite des Flusses, das Boot, das nach Überlebenden suchte, ja, sogar das Massaker selbst, hatte er wie einen fernen Traum erlebt. Fast schien es, als wäre er Zeuge von etwas gewesen, das eigentlich gar nichts mit ihm zu tun hatte.

Es ist diese unlogische Betrachtung des Lebens, die die Jungen unter uns dazu verleitet, sich für unsterblich zu halten. Aber für jeden kommt der Tag der Abrechnung, der Tag, an dem er die Wahrheit über die zerbrechliche Natur seiner fortgesetzten Existenz begreift. Es ist eine erschreckende Erkenntnis, die manche zu spät machen – möglicherweise nur einen Herzschlag, bevor die Endgültigkeit des Todes ihnen die eigene Sterblichkeit beweist. Einigen bleibt nicht einmal dieser Herzschlag Zeit, um zu begreifen.

Für Nils Thorsson war dies der Tag des Begreifens. Er ging nicht mit erhabenen Gedanken an Walhalla einher, sondern mit einem plötzlichen Verständnis, das ihn mit einem einzigen Ruck in die Gegenwart zurückriß: *Diese Krieger am anderen Ufer wollen mich töten!* Bis zu diesem Moment hatte er seine Ausbildung im Umgang mit Waffen, die Wettbewerbe und anerzogenen Talente nur als ein Spiel betrachtet. Nun waren sie brutale Wirklichkeit. *Mich!* Sein Problem hieß nicht nur noch, wie komme ich nach Hause, sondern auch, wie schaffe ich es, lange genug zu leben, um nach Hause zu kommen.

Nils schüttelte sich. Nein, er durfte nicht an einen Fehlschlag denken. Es *mußte* einen Weg geben, wenn er ihn nur fand. Solange er noch lebte, würde er ihn suchen. Und wenn es so sein sollte und dies die Zeit war, da der Tod ihn zu sich rief, dann gut. Er würde wie ein Wikinger sterben, mit einer Waffe in der Hand. Ja, wenn sie auch nur noch wenige waren und hoffnungslos in einem fremden Land festsaßen, konnte er den Skraelingen doch den Stolz demonstrieren, mit dem ein Wikinger stirbt, und er würde einige von ihnen mit hinübernehmen.

Nils sah zu Svenson. Der Seemann schlief zusammengerollt auf einem moosbewachsenen Erdhügel. Einen Augenblick lang grollte Nils ihm wegen solcher Gleichgültigkeit, kam jedoch schnell wieder zu Verstand. Sven hatte viele schlimme Dinge auf See und an Land überlebt, und seine ruhige Kraft hatte ihn aufrecht gehalten. Jetzt schonte er sie. *Ja,* dachte Nils, *wenn die Zeit kommt, wird Sven bereit sein.* Sie beide würden den Skraelingen eine unvergeßliche Lektion erteilen.

Und was würde aus Odin? Nils wußte nicht, was er von dem Mann zu erwarten hatte. Ein seltsamer, komplizierter Mensch mit vielen verwirrenden Loyalitäten. Genau genommen gab es gar keinen Grund für ihn, hier zu sein. Nils begriff absolut nicht, warum er letzte Nacht nicht einfach weitergegangen war, zurück zu seinem eigenen Volk. Es mußte so etwas wie Pflichtbewußtsein sein. Vielleicht auch Dankbarkeit für die Zuflucht und den Schutz, den die Nordmänner ihm in Straumfjord gewährt hatten. Dieser Gedanke beschämte Nils. Alles, was man dem Skraeling zugestanden hatte, war das Recht gewesen, innerhalb des Palisadenzauns zu schlafen. Das war keine große Gnade, die man mit dem eigenen Leben entgelten mußte.

Vielleicht umgab diesen Mann irgendein Geheimnis. Er hatte es immerhin geschafft, sehr schnell die Sprache der Nordmänner zu erlernen, und er sprach sie gut, auch wenn er manchmal ein wenig sparsam mit Worten umging. Außerdem hatte er ein großes Interesse an dem Sonnenstein gezeigt. Bis zu einem gewissen Grad schien der Skraeling dessen Bedeutung zu verstehen. Und es war natürlich eine große ...

Nils rollte sich zur Seite und setzte sich mit hämmerndem Herzen auf. *Der Stein! Wo war er?* Als er begriff, daß er wahrscheinlich zusammen mit den verkohlten Überresten der *Nordmaid* auf den Grund des Fjords gesunken war, erfaßte ihn Panik. Er mußte in Helges Beutel gesteckt haben, als sie die Leichen auf das Deck legten, das zu ihrem Scheiterhaufen werden sollte. *Du Idiot! Du Idiot!* verfluchte er sich.

»Was ist, Thorsson?« fragte der Skraeling, und seine Stimme war kaum mehr als ein Flüstern.

»Was? Ach nichts, Odin. Zu spät jetzt. Ich dachte nur an den Stein. Den Sonnenstein, du erinnerst dich?«

»Ach, den. Hier.«

Gleichzeitig schockiert und erstaunt sah Nils, wie der Skraeling aus seiner pelzbesetzten Robe den Lederbeutel mit dem Stein zog und ihm herüberreichte.

»Du warst so beschäftigt, daher habe ich ihn genommen«, erklärte er, »aus dem Gürtel des anderen Mannes.«

Nils' Gedanken überschlugen sich. Hatte der Skraeling gehofft, den Stein für sich behalten zu können? Wahrscheinlich. Andererseits ließ nichts an seinem Benehmen darauf schließen. In seinem Gesicht hatte sich weder Reue noch Verschlagenheit widergespiegelt. Außerdem hätte Odin jedes Wissen über den Stein leugnen können. Statt dessen hatte er ihn bei der ersten Erwähnung hervorgeholt. Auch seine sachliche Bemerkung, ›ich habe ihn genommen‹, hörte sich überhaupt nicht nach schlechtem Gewissen an. Er mußte es als seine Pflicht angesehen haben, etwas so Wertvolles aufzubewahren, bis man ihn danach fragte. *Auf dieselbe Art und Weise, wie er sich um unser Leben kümmert!* überlegte Nils. Alles war dermaßen kompliziert, daß er in seinem gegenwärtigen erschöpften Zustand nicht darüber nachdenken wollte.

»Vielen Dank. Das ist gut«, murmelte er verlegen und schämte sich für seine Verdächtigungen.

Die Schatten wurden länger, und die Skraelinge auf der anderen Seite des Flusses schienen ruhiger zu werden. Die beinahe hektische Aktivität des Tages verlangsamte sich. Auch ihre Zahl schien sich verringert zu haben. Dann wurde ihm klar, daß dies möglicherweise daran lag, daß viele mit den mit Beute beladenen Booten abgefahren waren. Heute nacht würde es in den Dörfern stromaufwärts große Feiern geben. Vorräte, Waffen und Erinnerungsstücke würden wahrscheinlich vorgezeigt und gegen andere Dinge eingetauscht werden, während die Wilden sich mit ihren Heldentaten brüsteten.

Bei Einbruch der Dunkelheit konnten sie die Feuer am anderen Ufer erkennen. *Ein Feuer wäre schön,* dachte Nils. Seine Muskeln waren von der Kälte der vergangenen Nacht immer noch steif. Er hatte keine Gelegenheit gehabt, sich Bewegung zu verschaffen und sich auf diese Weise aufzuwärmen. Gleich würden die Moskitos wieder auftauchen, um jedes Stückchen bloßer Haut zu quälen. Die winzigen Geschöpfe waren auch in der Nacht zuvor ein Ärgernis gewesen, aber die Ungeheuerlichkeit der vorangegangenen Erlebnisse hatte ihn abgelenkt. Nur für eine Weile im Qualm eines dieser Feuer stehen zu können würde ihm schon helfen.

Seltsam, daß dergleichen so wichtig werden kann, überlegte er. Die Welt um ihn herum brach zusammen, und das, was er im Augenblick am meisten begehrte, war die Wärme eines Feuers und sein Rauch, der die Moskitos vertreiben würde. Wenn große Dinge das Leben eines Menschen zerstören, klammert er sich an die kleinen Behaglichkeiten.

Der Ruf einer jagenden Eule erklang aus dem Gehölz hinter ihnen, hohl und geisterhaft in der zunehmenden Finsternis. Odin blickte schnell auf und legte sich dann wieder hin.

»Kooskooskoos«, sagte er.
»Was?«
»Kooskooskoos. Die Eule. Sie ruft ihren Namen.«
»Oh.«
Der Ruf der Eule unterschied sich zwar leicht von dem der Tiere zu Hause, aber auch ihm fiel die Ähnlichkeit auf. Und der Skraeling, dessen Welt ebenfalls im Zusammenbruch sein mußte, hatte diesen Ruf als etwas erkannt, das sich *nicht* änderte. Etwas Dauerhaftes und Verläßliches, der Fortbestand der nächtlichen Jagd, die weitergehen würde, auch wenn ihr eigenes Leben längst ein Ende genommen hatte. Es schien etwas Unvergängliches zu sein, etwas, an das man sich klammern konnte, ein verläßlicher Faktor in einer Welt, die plötzlich den Verstand verloren hatte.
Als die Dunkelheit sich vertiefte, stand Odin auf und streckte sich.
»Ich gehe nachsehen, was passiert«, verkündete er. »Wollt ihr etwas essen?«
Nils dachte einen Augenblick lang nach. Er hatte den Punkt überschritten, an dem der Hunger seinen Magen zu zerreißen drohte. Er war nicht daran gewöhnt, über den Tod nachzudenken oder über die Wichtigkeit eines Feuers und seines rauchigen Schutzes. Man hatte ihm erzählt, daß das Fasten die Sinne schärfe, daß es einen Krieger schneller und tüchtiger mache. Nun, genau das mußte er offenbar gerade erleben.
»Nein«, antwortete Nils. »Ich werde noch ein Weilchen fasten.«
Odin sah Svenson an, der ebenfalls den Kopf schüttelte. »Ich auch«, sagte er.
Irgendwie sah es so aus, als freue sich der Skraeling über ihre Antwort, eine Reaktion, die Nils verwirrte. Warum sollte ihn das interessieren? Vielleicht, weil er ihre Vorräte schonen wollte?
»Ich gehe jetzt«, bemerkte Odin. »Ich komme zurück.«
Dann schien er lautlos mit der Nacht zu verschmelzen.
Nils machte sich weniger Sorgen als in der vergangenen Nacht. Da der Skraeling einmal wiedergekommen war, bestand kein Grund zu der Annahme, daß er es nicht noch

einmal tun würde. Er verstand zwar immer noch nicht ganz warum, aber er war bereit zu akzeptieren, daß Odin sein Schicksal als mit dem ihren verknüpft betrachtete.

Nils machte sich auf eine längere Wartezeit gefaßt. Er nahm das Schwert, daß Odin in der Nacht zuvor hatte rauben können, und wog es in der Hand. *Nicht schlecht,* dachte er, *aber auch nicht das beste.* Vielleicht fand Odin ja noch eine Waffe von besserer Qualität.

Der Skraeling war fasziniert gewesen von dem ›großen Messer‹; anscheinend hatte er noch nicht viele davon zu Gesicht bekommen. Ein schweres zweischneidiges Schwert von nordischem Stil war im Kampf Mann gegen Mann eine exzellente Waffe, aber in der neuen Welt hatte es bisher wenig Verwendung dafür gegeben. Bogenschützen wären in der Schlacht, die gerade erst stattgefunden hatte, von größerem Nutzen gewesen. Wenn es eine richtige Schlacht gewesen wäre. *Ah, wie dumm von mir,* dachte Nils vielleicht zum hundertsten Mal, *mich einfach überraschen zu lassen. Und das zweimal!*

Svenson war in dem schwachen Licht kaum noch zu sehen. Neben ihm lag die Axt, die Odin mitgebracht hatte. Irgendwie erschien ihm das sehr passend. Ein Werkzeug, das vielseitig einsetzbar war. Seine große, breite Klinge konnte Bäume fällen, Baumstämme anspitzen und Feuerholz hacken. Und wenn die Zeit kam, war es eine Waffe, die man nicht unterschätzen durfte. *Genausowenig wie Sven selbst,* dachte Nils. In den vielen Jahren auf See hatte er sich das nötige Rüstzeug für die Aufgaben des Rudergängers verschafft. Außerdem war er still und verläßlich, und obwohl Nils ihn nie in einem Kampf erlebt hatte, zweifelte er nicht daran, daß der Mann einen gefährlichen Feind abgeben würde. Er konnte sich Svens Geschicklichkeit im Umgang mit einer Schlachtenaxt gut vorstellen …

Ein leises Geräusch lenkte ihn ab, und Nils ging in die Hocke, umklammerte das Heft seines Schwertes und war bereit zum Kampf.

»Ich bin es, Odin!« ertönte ein leiser Ruf.

Der Skraeling atmete schwer und wirkte erregter, als Nils ihn jemals erlebt hatte.

»Was …?« begann Nils, aber der Skraeling hieß ihn mit einer knappen Geste zu schweigen.

»Sie haben das Boot gefunden«, sagte er schnell. »Und zerhackt.«

Tiefe Mutlosigkeit erfaßte Nils. Wie sollten sie jetzt von hier fortkommen? Die Frage hatte er sich kaum gestellt, da dämmerte ihm schon die Antwort auf ein weitaus dringenderes Problem. Bevor er jedoch etwas sagen konnte, sprach Odin weiter.

»Da sie das getan haben«, fuhr der Skraeling fort, »wissen sie, daß wir hier sind. Lebendig und auf dieser Seite des Flusses. Kommt, wir müssen gehen.«

14

Der Skraeling wußte nicht, warum er das tat, kämpfte mit seinen widersprüchlichen Gefühlen. Odin führte die beiden Nordmänner voran über den schmalen Wildwechsel; immer wieder mußten sie sich unter tiefhängenden Zweigen ducken und Dornensträuchern ausweichen. Sie hatten nur wenige Augenblicke gebraucht, um ihre jämmerlich wenigen Besitztümer zusammenzuraffen und das Versteck zu verlassen, das ihnen einen Tag lang Schutz gewährt hatte. Wenn der Morgen dämmerte, mußten sie weit weg von hier sein.

Irgend etwas schien ihn dazu zu zwingen, denn es wäre einfacher gewesen, die beiden, deren Schicksal jetzt mit dem seinen verknüpft war, von vornherein sich selbst zu überlassen. Ihre Anwesenheit würde sein Überleben wahrscheinlich noch schwieriger machen.

Zuerst hatte er die Hilfe der Nordmänner in ihrem mit Palisaden bewehrten Dorf gesucht, weil er verfolgt worden war, von denselben Feinden, die ihn als Gefangenen gehalten und ihm ein Auge mit einem brennenden Stock ausgestochen hatten, um ihn nach einem Fluchtversuch Gehorsam zu lehren.

Sein zweiter Fluchtversuch war glücklicherweise erfolgreich, sonst hätte er jetzt gar kein Auge mehr. Seine Strategie bestand darin, genau in die entgegengesetzte Richtung zu fliehen, die seine Feinde erwartet hatten. Flußabwärts, fort von seinem eigenen Volk. Das verwirrte seine Verfolger zwar, aber nicht lange genug, um sie abzuschütteln. Er stahl ein Boot und machte sich auf den Weg nach Süden, obwohl er wußte, daß sie ihn einholen würden, da sie zwei Ruderer für jedes Boot hatten.

Aber dann beschloß er, die Siedlung der Fremden aufzusuchen. Er wußte nichts von ihnen außer durch Gerüchte. Einige hatten angeblich weißes Haar und hellfarbene Augen, wie man es von alten Menschen kennt, obwohl viele von ihnen recht gut sehen konnten und außerdem jung wirkten. Sie konnten nicht gefährlicher sein als die Männer, die hinter ihm her waren, es konnte nicht schlimmer sein, sich auf Gedeih und Verderb der Gnade dieser hellhaarigen Fremden auszuliefern.

Kurz vor seinen Verfolgern erreichte er das Dorf der Nordmänner. Noch heute fragte er sich, warum die Nordmänner ihn überhaupt eingelassen hatten. Vielleicht war es schlicht und ergreifend Neugier, aber worin auch immer ihre Gründe bestanden haben mochten, für ihn war es ein großes Glück. Seine Verfolger kamen schnell zu dem Schluß, daß weitere Versuche, den Flüchtling einzufangen, nutzlos waren. Sie verschwanden, kehrten dorthin zurück, woher sie gekommen waren.

Er hatte versucht, sich im Dorf der Nordmänner so gut wie möglich nützlich zu machen. Es war offensichtlich, daß ihm viele, sogar jene, die in kleinen Dingen seine Dienste in Anspruch nahmen, als minderwertigen Menschen betrachteten, beinahe als Unperson. Man nannte ihn Odin, was er bis vor kurzem nicht verstanden hatte. Es war nur ein Name, einer, auf den er schnell reagierte, um hilfsbereit und willig zu erscheinen. Das lag in seinem eigenen Interesse. Wenn diese Leute ihn verjagten, war er wieder allein und buchstäblich hilflos, getrennt von seinem Volk durch die Entfernung und die Barriere, die seine Feinde darstellten.

Er sehnte sich danach, eine Möglichkeit zur Rückkehr zu finden, aber das konnte warten. Erst mußte der rechte Zeitpunkt kommen. In der Zwischenzeit gab er sich damit zufrieden, niedrige Arbeiten zu verrichten und verhielt sich so unauffällig wie möglich. Es war ihm immer leicht gefallen, Sprachen zu erlernen, und dieses Talent kam ihm jetzt gut zustatten. Er gab vor, weniger zu verstehen, als in Wirklichkeit der Fall war. Eigentlich hatte er keinen besonderen Grund für dieses Verhalten, außer daß es ihm ein klein wenig Macht über sein Leben verlieh, die er ansonsten nicht besessen hätte. Und es versetzte ihn auch in die Lage, noch mehr zu lernen. Die Leute unterhielten sich in seiner Gegenwart, als sei er unsichtbar. Eine Unperson ...

Nachdem Thorsson in die Siedlung gekommen war, witterte Odin eine Gelegenheit, eine doppelte Chance sogar. Der junge Anführer war vernünftig und scharfsichtig, ihr Altersunterschied nur gering. Ein bißchen jünger als er mochte Thorsson sein, aber seine Unreife schien er durch Toleranz und Verständnis zum Teil wettzumachen.

Und besser noch – die beiden Schiffe der Neuankömmlinge wollten landeinwärts fahren. Dies war ein Weg, der, an seinen Feinden vorbei, zu seinem eigenen Volk zurückführte.

Odin traf seine Entscheidung mit großem Bedacht. Er wog genau ab, was er über die beiden Anführer wußte. Der eine war herrisch, verwegen und hatte ein Charisma, das seine Krieger dazu brachte, ihm ungeachtet jeder Gefahr überallhin zu folgen. Aber dieser Mann schien auch sehr impulsiv zu sein, vielleicht sogar ein wenig gefährlich. Der Anführer des zweiten Schiffes war da ganz anders.

Dieser, den er jetzt unter dem Namen Thorsson kannte, suchte ihn in Straumfjord auf und redete wie mit einem Mann und nicht wie mit einem geringeren Wesen. Thorsson war vielleicht kein glänzender Anführer, nicht so mitreißend und von Tatendrang getrieben wie der andere, aber er wirkte besonnener, ausgeglichener. Ja, das war es. Im Notfall würden seine Entscheidungen immer von Gelassenheit und Vernunft bestimmt werden. Ja, beschloß Odin, er würde sich auf dem Schiff dieses Mannes verbergen.

Nachdem man ihn als blinden Passagier entdeckt hatte, glaubte er kurze Zeit, alles sei vorüber. Er verstand den Zorn und die Drohungen nicht recht, die sich über sein Haupt ergossen. War ihm irgend etwas entgangen?

Doch bald kehrte Ruhe ein, und Odin war froh über seine Entscheidung. Hätte er sich für das andere Schiff entschieden, wäre sein Fleisch vielleicht jetzt schon Fischfutter.

Was natürlich immer noch passieren konnte.

Die Dinge hatten sich vom Schlechten zum Schlimmeren gewandelt und waren dann noch einmal schlimmer geworden. Die Verbrennung der beiden Schiffe ... ah, das war wirklich Pech gewesen. Thorsson hatte die kriegerische Natur des Feindes wahrscheinlich unterschätzt. Oder ihre Beharrlichkeit. Odin hätte es ihm sagen können. Aber nein, Thorsson hätte ihm wahrscheinlich nicht geglaubt. Einige Dinge muß man durch eigene Erfahrung lernen. Hoffentlich würde ihnen diese Erfahrung das Leben erhalten, damit sie es nutzen konnten. Erfahrungen, die man mit mit dem eigenen Leben bezahlen muß, sind gewiß wertlos, zumindest für denjenigen, der sie macht.

Odin lief weiter durch die Nacht und versuchte, die Entfernung zwischen ihnen und ihren Verfolgern zu vergrößern. Er war immer noch nicht sicher, warum er sein eigenes Leben aufs Spiel setzte, um diese beiden Männer zu retten. Vielleicht nur deshalb, weil er auch stur sein konnte. Aber er *mochte* diese Männer. Der junge Anführer würde eines Tages ein großer Mann sein, vorausgesetzt er lebte lange genug, um eine gewisse Reife zu erreichen. Odin fühlte sich verantwortlich, ihn mit sanfter Unterstützung auf den richtigen Weg zu bringen und dafür zu sorgen, daß er in die richtige Richtung steuerte.

Es war ein seltsames Gefühl, ein Gefühl, das er nicht beschreiben konnte. Wie die Sache mit dem Sonnenstein zum Beispiel. Dabei handelte es sich offensichtlich um einen ganz besonderen Gegenstand, und doch hatte Thorsson, als er so viel anderes zu bedenken hatte, ihn vergessen. Thorsson *brauchte* jemanden, der sich für ihn um solche Dinge kümmerte, und genau das hatte Odin getan.

Der andere Mann, Svenson, war eine Persönlichkeit, die Odin ebenfalls respektierte. Ein stiller Mann, der erledigte, was erledigt werden mußte, ein Mann mit großer Kraft und großen Talenten. Ein verläßlicher Krieger, wie Odin glaubte.

Eine Sache an diesem Mann war allerdings ziemlich merkwürdig. Sein Haar. Der Skraeling hatte sich an die Vielzahl der Farben, die das Haar der Nordmänner aufwies, gewöhnt. Viele waren fast weiß, so wie man es ihm erzählt hatte. Von dort aus erstreckte sich das Spektrum über alle Schattierungen von Gelb und Braun oder manchmal sogar Schwarz. Das Haar einiger hatte einen leicht rötlichen Schimmer, aber noch nie hatte Odin einen solchen Haarschopf gesehen, wie dieser Svensonmann ihn besaß. Im Gegensatz zu dem strahlenden Gelb von Thorssons Haar war er von feurigem Rot. Im Sonnenlicht schienen feurige Flammen den Kopf des Mannes zu umzingeln. Zumindest war das Odins Eindruck. Er hatte viele neue und seltsame Dinge gesehen, seit er mit den Nordmännern lebte, aber dies war vielleicht das seltsamste von allem. Abgesehen von dem Sonnenstein natürlich, den er für ein Geisterding hielt. Ein Stein, der den Weg nach Norden kannte!

Ein Geräusch in den Büschen ließ ihn innehalten. *Ich muß vorsichtiger sein*, ermahnte er sich. Er ärgerte sich über sich selbst, weil er sich völlig auf seine Gedanken konzentriert hatte, statt auf die möglichen Gefahren der Nacht zu lauschen. Solche Unvorsichtigkeit konnte ihrer aller Tod bedeuten. Irgendein kleines Tier huschte davon, ein Kaninchen vielleicht oder ein Fuchs. Odin entspannte sich.

»Was ist das?« wisperte Thorsson.

»Nichts. Irgendein kleines Geschöpf. Es ist fort. Kommt, wir müssen weiter.«

Es erfüllte ihn mit Sorge, daß sie, selbst wenn sie ihr Bestes gaben, so viel langsamer vorankamen, als es ihren Verfolgern möglich war.

»Können wir uns ein Boot suchen?« fragte Thorsson.

Odin war einen Augenblick lang geradezu erschrocken. Er hatte genau dasselbe gedacht. Der Gelbhaarige war äußerst scharfsinnig, und das war gut so. Vielleicht hatten diese beiden Männer seine Hilfe verdient. Er würde sie gern zu seinen Leuten mitnehmen, um den Nordmännern zu zeigen, wo er aufgewachsen war. Und um bei seinen Leuten mit ihnen anzugeben, vielleicht ein wenig zu prahlen und ein paar Geschichten auszutauschen. Es würde sein Ansehen gewaltig steigern.

Er hielt inne, sowohl in Gedanken als auch in seinem Schritt. Eine Idee … Ja natürlich! Jene, die sie töten wollten, gingen davon aus, daß die überlebenden Nordmänner versuchten, auf dem Seeweg in ihr Dorf zurückzukehren. Sie wußten wahrscheinlich nicht, daß ein Skraeling sie führte. Ja, das hatte schon einmal funktioniert! Auf seiner Flucht war er genau in die Richtung gegangen, die sie nicht erwartet hatten. Nun gut, sie hatten seine List irgendwann durchschaut und ihn abermals verfolgt, aber er war im Vorteil gewesen, hatte Zeit und Entfernung gewonnen.

Jetzt befand er sich in einer ähnlichen Situation, nur diesmal waren die Rollen vertauscht. Der Feind nahm an, daß die Flüchtlinge flußabwärts entkommen wollten, und genau das taten sie im Augenblick. Am Morgen würden die Fährtensucher ihnen dicht auf den Fersen sein. Aber warum sollten sie nicht einfach einen Haken schlagen?

Die Spuren verwischen und sich etwas Zeit verschaffen, um stromaufwärts zu wandern und versuchen, sein Volk zu finden. Nun gut, es war nicht die Richtung, die die Nordmänner einschlagen wollten. Aber in der Sicherheit von Odins Stamm konnten sie ihre Rückkehr in die nordische Siedlung planen.

»Was ist?« fragte Thorsson abermals, ein wenig ungeduldiger diesmal.

»Ein Plan, Thorsson. Bisher laufen wir einfach nur weg, aber ich habe einen Plan.«

»Worin besteht der?«

»Das werde ich euch später erklären. Vorerst setzen wir einfach unseren Weg fort, wie bisher. Aber wir sollten eine deutlichere Spur hinterlassen.«

»Eine *Spur*?«

»Ja. Um sie zu verwirren.«

»Also, im Augenblick verwirrst du nur *mich*!« protestierte der Nordmann.

»Ich weiß. Wir werden später umkehren und in die entgegengesetzte Richtung gehen … und versuchen, sie abzuschütteln.«

»Aber ich …«

»Ich werde es dir erklären, Thorsson, später, wenn wir Zeit

dazu haben. Aber für den Augenblick müssen wir weiter und eine Spur hinterlassen.«

Odin streckte die Hand aus, um einen Zweig abzubrechen, der vor ihm aus einem Busch ragte. Er kicherte beinahe über die Bestürzung, die sein Plan dem feindlichen Fährtensucher bescheren würde.

15

Kurz nach dem Morgengrauen kamen sie an einen kleinen Fluß. Er war kaum breiter als ein Bach und plätscherte über die felsigen Hügel, um sich in den Fjord zu ergießen. Der Skraeling schien sehr zufrieden mit seiner Entdeckung zu sein. Er ließ die beiden anderen an der Stelle, an der der Weg den Bach kreuzte, stehenbleiben.

»Laßt uns eine Weile warten«, meinte er, »bis es heller wird.«

Nils verstand ihn nicht, war aber durchaus bereit, eine kurze Pause einzulegen. Auch wenn er seine körperliche Verfassung für einigermaßen gut hielt, näherte er sich doch langsam einem Zustand absoluter Erschöpfung. Auch bei Svenson waren die Auswirkungen der beiden letzten Tage und Nächte deutlich sichtbar. Nils sah Odin mit neuem Respekt an. Bei ihrer ersten Begegnung hatte er den Eindruck gehabt, einen zerlumpten Herumtreiber vor sich zu haben, einen Wilden. Er war davon ausgegangen, der Mann habe sich den Nordmännern angeschlossen, weil er nicht in der Lage war, für sich allein zu bestehen. Es war ein vergleichsweise einfaches Leben für den Skraeling, niedere Arbeiten zu verrichten und im Gegenzug dafür bei den Siedlern betteln zu können.

Erst jetzt dämmerte Nils langsam, wie sehr er sich geirrt hatte. Dies war kein stumpfsinniger Bettler, sondern ein kluger und einfallsreicher Mann. Der Skraeling war viel jünger, als Nils zu Anfang gedacht hatte, und auch bei weitem intelligenter. Daß sie überhaupt noch lebten, hatten sie in erster Linie ihm zu verdanken.

Die Sonnenstrahlen bahnten sich nur zögerlich ihren Weg durch die Bäume, und in den Niederungen konnten sie vereinzelt noch Nebelreste ausmachen. Unter anderen Umständen wäre es ein schöner Morgen gewesen. Die Vögel sangen, und die Schönheit des steinigen Fjords schien die ungeheure Gefahr, die den drei Flüchtlingen drohte, Lüge zu strafen.

»Jetzt werde ich es euch erklären«, begann Odin. »Zunächst einmal glauben unsere Verfolger, wir hätten die Absicht, in euer Dorf zurückzukehren.«

»Aber genau das wollen wir doch!« wandte Nils ein.

»Ja, das stimmt. Und sie können uns leicht folgen, weil sie das wissen. Aber was wäre, wenn wir die entgegengesetzte Richtung einschlagen, stromaufwärts, um sie zu verwirren?«

Nils runzelte die Stirn. »Und uns auf diese Weise weiter von unserem Ziel entfernen?«

»Zuerst ja. Wir gehen zu *meinem* Volk. Dort werden wir in Sicherheit sein, und wenn die Zeit reif ist, werden wir euch zu dem Dorf eures Volkes zurückbringen. Den Fluß hinunter, mit Booten. Aber zuerst müssen wir unseren Verfolgern entkommen.«

»Woher weißt du, daß man uns folgt?« fragte Nils.

Der Skraeling kicherte. »Ich *weiß* es. Außerdem haben sie unser Boot gefunden. Sie haben es zerhackt.«

»Also, was tun wir als nächstes?« wollte Nils wissen, obwohl er noch immer nicht überzeugt war.

»Ich werde es euch zeigen. Gebt acht, was ich tue.«

Odin ging zu dem Bach und setzte seinen Fuß mit größter Vorsicht auf, so daß er überwiegend auf einem flachen Stein am Ufer stand. Nur die Spitze seines Mokassins ragte über den Stein hinaus, und als er einen Schritt nach vorn machte, berührte sie den Schlamm und hinterließ eine kaum sichtbare Spur.

»Das müßt ihr mir nicht unbedingt nachmachen«, sagte Odin. »Eine reicht, um uns zu finden. Aber jetzt schaut genau zu, was ich mache.«

Der Skraeling schritt durch das Wasser. Am anderen Ufer folgte er einige Schritte dem kaum erkennbaren Pfad, der zwischen einem dichten Gebüsch aus Farnen und Gräsern zu verschwinden schien. Nils wußte, daß er irgendwo weiter hinten wieder auftauchen würde, aber was sollte das Ganze?

Im nächsten Moment blieb Odin stehen und streckte die Arme aus, um sein Gleichgewicht zu halten. Behutsam begann er dann, rückwärts zu gehen, setzte seinen Fuß entweder genau in die feuchte Spur, die er zuvor gemacht hatte oder auf einen Fels oder ein Büschel Gras. Als er den kleinen Bach erreichte, trat er mit beiden Füßen ins Wasser und bedeutete Nils, es ihm gleichzutun.

»Jetzt du, Thorsson. Mach ein paar Spuren, aber nur bis dorthin! Und dann komm in denselben Spuren zurück!«

Das Vorgehen war jetzt klar, und die Nordmänner folgten Odins Beispiel, bevor sie wieder in den kleinen Bach stiegen. Odin drehte sich um, watete bachaufwärts und bedeutete ihnen, ihm zu folgen.

»Von jetzt an keine Spur mehr«, sagte er über seine Schulter hinweg.

Wenn das nur möglich wäre, dachte Nils, aber er wußte, was Odin gemeint hatte. Je schwächer die Spuren waren, um so länger würden jene brauchen, die sie suchten.

Das Wasser war kalt und betäubte erst die Zehen, dann die Knöchel. Nach kurzer Zeit fühlten sich Nils' Füße an wie Holzstumpen. Verbissen stapfte er hinter dem Skraeling her, fest entschlossen, sich keine Blöße zu geben. Svenson bildete die Nachhut, atmete nur ein wenig schwerer, als der Hang steiler wurde.

Odin trat noch eine Weile von einer Senke in die nächste, um ihre Spuren vom fließenden Wasser verwischen zu lassen. Schließlich kamen sie an eine Quelle, die anscheinend der Ursprung des Bächleins war. Hier schoß das klare Wasser direkt aus einem Loch im Felsen.

»An dieser Stelle dürfen wir keine Spuren hinterlassen«, mahnte Odin sie.

Er ging den anderen beiden voran, wobei er die feuchte Erde an der Quelle mied und seine Füße statt dessen auf Felsen und Grasbüschel setzte. Dann fing er an zu klettern. Wieder staunte Nils über die ungeheure Klugheit des Mannes, der sie anführte.

Sie näherten sich dem Kamm der Anhöhe, und Odin blieb

stehen, um sie noch einmal zu warnen. »Sie werden den Hügel beobachten«, bemerkte er. »Wir dürfen uns nicht gegen den Himmel zeigen.«

Sie machten eine kurze Pause, um sich nach dem Anstieg auszuruhen, und suchten dabei aufmerksam den spärlichen Wald in der Nähe des Gipfels ab. Der Ausblick war gewaltig. Man konnte ungeheuer weit sehen, sowohl stromaufwärts als auch stromabwärts. Beinahe direkt unter ihnen erstreckten sich in der Flußenge die Stromschnellen des Sprechenden Wassers. Ein letzter Rest Qualm verriet ihnen den Standort der verbrannten Schiffe. Nils verspürte abermals einen scharfen Schmerz, bedauerte den Verlust und fühlte sich schuldig wegen seines Mangels an Urteilskraft. Sein erstes und vielleicht letztes Kommando, und er hatte sein Schiff verloren.

Winzige Punkte, die sich über das Wasser bewegten, waren schnell als die kleinen Boote der Skraelinge identifiziert. Nicht so viele wie zuvor, aber Nils bemerkte eine kleine Gruppe, drei oder vier, direkt oberhalb der Stromschnellen auf *dieser* Seite des Flusses.

»Sie suchen nach uns«, sagte Odin nur.

»*Warum?*« staunte Nils laut. »Warum ist es so wichtig, ein oder zwei Männer zu finden?«

Odin sah ihn mit seinem Auge an und zuckte auf die für ihn so charakteristische Art und Weise mit den Schultern.

»Wir haben sie zuerst getötet. Sie wollen, daß unsere Leute wissen, daß so etwas niemals vergessen wird.«

»Aber wer soll davon erfahren, wenn sie uns alle töten?«

Odin nickte. »Eure Leute würden es wissen, wenn ihr nicht zurückkehrt. Aber vielleicht wollen sie einen am Leben lassen. Ihn vielleicht blenden ...« Er zeigte auf seine eingefallene Augenhöhle. »Oder ihm einen Daumen abschneiden, damit er keine Waffe mehr benutzten kann. Vielleicht würden sie ihm auch den Samen abschneiden.« Er zeigte zur Erklärung auf seine Lenden.

Nils biß bei diesem Gedanken die Zähne zusammen, aber er wußte, daß sein eigenes Volk sich den Briten gegenüber ähnlicher Greueltaten schuldig gemacht hatte. Nie war ihm in den Sinn gekommen, daß er eines Tages selbst Ziel solcher Grausamkeit sein könnte. Es war kein angenehmes Gefühl.

Wenn es um Kampf ging, dachte er an stürmische Überfälle, an Schlachten, in denen er verwegen tötete oder getötet wurde und wie ein Wikinger starb ... Diese Möglichkeit hatte er nie in Erwägung gezogen.

Odin schien sich über seine Reaktion zu amüsieren. »Vielleicht kommen wir ja mit heiler Haut davon, Thorsson«, sagte er mit einem schiefen Lächeln. »Und jetzt laßt uns weitergehen. Wir halten uns möglichst hoch oben, aber versucht, euch nicht zu zeigen. Wir nehmen diese Richtung.« Er zeigte flußaufwärts.

»Wie weit?«

»Bis zu meinem Volk?« Odin zuckte abermals mit den Schultern.

»Mit einem Boot vielleicht drei oder vier Mal schlafen. Auf diese Weise dauert es viel länger.«

Natürlich, dachte Nils. *Ein Mann ohne Boot ...*

»Vielleicht können wir ja ein Boot stehlen«, sprach der Skraeling seine Gedanken aus, »aber nicht jetzt. Sie werden das Wasser genau beobachten. Und nun laßt uns aufbrechen!«

Es war ein harter Marsch über die Gipfel und Kämme der Landspitze, und die Notwendigkeit, ungesehen zu bleiben, machte ihn noch schlimmer. Es war schon nach Mittag, als sie den Gebirgskamm erreichten, und jetzt sank die Sonne langsam dem Sund entgegen. Schon bald mußten sie nach einer Stelle suchen, an der sie die Nacht verbringen konnten. *Nun, darum soll sich Odin kümmern,* dachte Nils. *Er kennt sich in dieser Gegend aus.* Dann wurde er wieder von gemischten Gefühlen heimgesucht. Dankbarkeit für die Hilfe des Skraelings, aber auch Groll darüber, daß sie von der Tüchtigkeit des Wilden abhängig waren.

»Wartet hier«, sagte Odin. »Ich gehe ein kleines Stück voraus.«

Es war die Zeit, da die Schatten ferne Buchten und Täler mit einem Hauch von Purpur überzogen und die Stille des Abends sich über die Wasserfläche unter ihnen legte. Unter günstigeren Umständen wäre es ein atemberaubend schöner Anblick gewesen. Aber jetzt verliehen die dunkler werdenden Schatten dem ganzen Panorama etwas Bedrohliches.

»Ich habe einen Platz gefunden, an dem wir lagern können«, sagte Odin nach seiner Rückkehr. »Da vorn.«

Er hatte eine gute Wahl getroffen, das sah Nils sofort, den Vorsprung einer Felswand. An seiner breitesten Stelle war er mehrere Schritte tief, von unten nicht einsehbar, beinahe eine Bogenschußlänge lang und verjüngte sich schließlich, bis er mit der Felswand verschmolz.

Nils erkannte sofort, daß dieser Platz gut zu verteidigen war, jemand, der nur zufällig vorbeikam, würde ihn nicht bemerken. Den einzigen Zugang bot der schmale Pfad, den sie einer nach dem anderen genommen hatten. Die Klippen über ihnen schützten sie vor Angriffen von oben, und der Hang unter ihnen war zu steil, um erklettert zu werden. An der schmalen Stelle konnte ein einzelner Mann eine große Anzahl von Angreifern abwehren.

Ein großer Nachteil jedoch war der Mangel an Wasser. Es bedurfte nur eines einzigen Blickes, um festzustellen, daß das Felsplateau trocken war, nirgends auch nur die Spur von einem Rinnsal. Wäre hier jemals Wasser geflossen, hätte es im Laufe seiner vielen Generationen währenden Existenz den Felsvorsprung natürlich ausgewaschen. *Was für eine seltsame Vorstellung,* dachte Nils. *Wir können nicht beides haben. Wasser oder dieses Felsplateau, aber nicht beides.*

»Ich gehe Wasser holen«, sagte der Skraeling, dem ähnliche Gedanken durch den Kopf gegangen sein mußten. »Dort unten habe ich eine gute Quelle entdeckt.« Er zog einen leeren Wasserschlauch aus seinem Bündel.

»Laßt uns alle gehen«, meinte Sven. »Wasser trägt sich leichter im Bauch als in einem Schlauch.«

Odin lächelte und nickte, bevor er sich zum Gehen wandte. Es dauerte nicht lange, dann hatten sich alle sattgetrunken und kehrten mit einem vollen Wasserschlauch zu dem Felsvorsprung zurück.

»So, ich finde, daß wir alle etwas essen sollten«, sagte der Skraeling ernsthaft. »Wir werden unsere Kraft brauchen.«

Er holte drei dunkle, fettig aussehende Stücke von ledriger Substanz hervor und reichte den beiden anderen jedem eines davon.

»Was ist das?« fragte Nils.

»Fleisch.«

Odin begann zu kauen; auch die anderen widmeten sich dem primitiven Mahl, während die Dunkelheit sich herabsenkte und die Geschöpfe der Nacht mit ihren unverkennbaren Schreien die Schatten erfüllten.

»Sie sind zu dritt«, sagte der Fährtensucher, als er zu den wartenden Kriegern zurückkehrte. »Einer ist sehr klug.«

»Wie meinst du das, Windspäher?«

»Zwei sind Männer von den großen Schiffen. Das sehe ich an ihren Spuren. Ihre Schuhe sind anders.«

»Aber was ist mit dem anderen?«

Windspäher zuckte mit den Achseln. Diese Flüchtlinge nötigten ihm den letzten Rest seiner Talente ab, für die er berühmt war.

Es war ein interessanter Feldzug gewesen. Ihr Angriff im Morgengrauen hatte die Eindringlinge völlig überrascht. Trotzdem hatten die Weißhaarigen gut gekämpft, und es war ihnen gelungen, ihr großes Boot wieder in Bewegung zu setzen. Dann hatten sie es aus irgendeinem seltsamen Grunde verbrannt, und das nach all den Anstrengungen, die es sie gekostet hatte, es um die Stromschnellen herum zu transportieren! Dies war den Kriegern als guter Zeitpunkt erschienen, das andere Boot anzugreifen, noch bevor die Eindringlinge Zeit hatten, ihre geteilte Streitmacht wieder zu vereinen. Dieser Schritt war höchst erfolgreich gewesen und hatte ihnen eine reiche Beute und viele Kriegstrophäen eingetragen. Alles war gut gegangen, und noch viele Generationen lang würde man mit Geschichten und Liedern ihren großen Sieg feiern.

Einige der feindlichen Weißhaarigen waren in die Wälder geflohen, und sie hatten sie systematisch aufgespürt und getötet oder zum Zwecke späterer Belustigung gefangengenommen. Schließlich hatten sie eine Entdeckung gemacht. Ein kleines Boot, das von den Eindringlingen geraubt und später offensichtlich auch benutzt worden war, hatte augenscheinlich den breiten Fluß oberhalb der Stromschnellen überquert und auf der anderen Seite angelegt. Dort mußte sich mindestens ein weiterer Flüchtling verstecken. Die

Anführer der erfolgreichen Kriegergruppe baten darum, die Talente ihres besten Fährtensuchers in Anspruch nehmen zu dürfen, um die Männer zu finden, die dem Kampf entkommen waren.

Windspäher war stolz auf seine Fähigkeiten und das damit verbundene Ansehen. Er hatte fast sein ganzes Leben gebraucht, sie zu vervollkommnen, und die Herausforderung war ihm hochwillkommen.

Die Späher, die das kleine Boot gefunden und zerstört hatten, führten ihn an besagte Stelle. Schnell stellte er fest, daß die Benutzer des Bootes versucht hatten, es zu verstecken, bevor sie stromabwärts um die Stromschnellen herumgegangen waren. Offensichtlich hofften sie, zu der Siedlung ihres eigenen Volkes zurückkehren zu können. Er konnte nicht umhin, ihre Entschlossenheit zu bewundern, denn die Reise führte stromabwärts entlang der Inseln durch sehr rauhes Land und erforderte viele Tage, vor allem, wenn man sie zu Fuß zurücklegen mußte.

Es währte jedoch nicht lange, bis der Fährtensucher begriff, daß dieser Fall ungewöhnlich war. Zuerst hatten die Flüchtlinge sich kaum Mühe gegeben, ihre Spuren zu verwischen. Dann hatte es eine Weile so ausgesehen, als *hätten* sie dies versucht. Und nun, ganz abrupt waren die Spuren sehr deutlich.

Zuerst glaubte er, die Flüchtlinge wähnten sich in Sicherheit und würden deshalb unvorsichtig. Aber die Dinge schienen komplizierter zu sein. Es war ein abgebrochener Zweig, der ihn auf die Idee brachte, daß er es wahrscheinlich mit einem Experten zu tun hatte – eine Herausforderung, die Windspäher sofort annahm. Er betrachtete ihn eine ganze Weile. Irgend etwas stimmte nicht damit …

Die Bruchstelle eines im Vorübergehen abgebrochenen Zweiges zeigt die Richtung der Bewegung an. Ah! Er hätte fast angefangen zu kichern, als ihm klar wurde, daß diesen Zweig jemand vorsätzlich abgebrochen hatte, um eine Spur zu hinterlassen. Aber warum? Windspäher hatte keine Zweifel, daß es sich um ein Täuschungsmanöver handelte, dem er nun allergrößte Aufmerksamkeit schenken mußte.

Als die Spuren jäh abbrachen, war er eine Weile verwirrt. Er dachte, er hätte sie verloren, aber eine schnelle Suche enthüllte ihm, daß sie in ein dicht bewachsenes Unterholz führten und dann einfach aufhörten. Wenn die Spuren nicht weitergingen, dann mußten sie ... *zurückgehen*!

Er ließ sich auf alle viere nieder und untersuchte die deutlichen Spuren auf dem Wildwechsel.. *Ja, da!* Jemand war ein zweites Mal in seine eigene Spur getreten. Aber nicht exakt genug. Es waren zwei sich überlappende Abdrücke des Absatzes zu sehen, die nicht genau übereinstimmten. Plötzlich begriff er ... der Bach, das kleine Rinnsal, das die Felsen hinunterplätscherte. Natürlich! Schnell lief er zurück. Es wurde schon spät, und wenn er dieses Rätsel vor Einbruch der Dunkelheit lösen konnte ... nun, eine frische Spur ist immer einfacher zu lesen.

Er stand am Bach und blickte erst in die eine, dann in die andere Richtung. Die Flüchtlinge waren gewiß nicht zum Wasser hinuntergegangen, weil dort die Boote der Suchtrupps warteten. Also *nach oben!* Er begann hochzuklettern und watete von Mulde zu Mulde, als versuche er, seine Spuren zu verwischen. Und dort! Ja ... dort lag ein Stein, nicht größer als seine Faust, im seichten Wasser. Auf seiner Oberfläche wuchs ein vereinzeltes Farnbüschel. Aber der Farn war unter Wasser. Dort konnte er nicht lange überdauern, daher mußte der Stein erst vor kurzem hineingefallen sein.

Er lief weiter. Jetzt, da er die Gedankengänge der Flüchtlinge besser nachvollziehen konnte, wußte er, wonach er suchte. Trotzdem war es wahrscheinlich reines Glück, daß er die Stelle entdeckte, an der sie den kleinen Bach verlassen hatten, die Quelle, an der der Bach entsprang. Und in welche Richtung jetzt?

Es erstaunte ihn nicht besonders, daß sie schlicht und einfach umgekehrt waren, denn inzwischen hatte er sich mit den Spuren der drei Männer etwas vertraut gemacht und lernte sie langsam kennen. Zwei von ihnen gehörten zu den Eindringlingen, wobei einer etwas schwerer war als der andere; er hatte breitere Füße, die tiefere Abdrücke in dem weichen Boden hinterließen. Der dritte jedoch war wahrscheinlich derjenige, der eine so raffinierte und trügerische Spur ausgelegt hatte. Aus den Abdrücken seiner Mokassins schloß er, daß es sich *nicht* um einen Fremdling handelte. Dies war ein

Mann, der das Land kannte, einer, der hier geboren war. Sehr wahrscheinlich einer ihrer traditionellen Feinde. *Den* erwarteten ganz besondere Foltern!

Windspäher eilte zu dem Dutzend Männer zurück. Er würde von seinen Entdeckungen berichten und dann warten, bis der Mond aufging. Mittlerweile kannte er die Flüchtlinge so gut, daß er in der Lage war, sie praktisch im Dunkeln aufzuspüren. Er wußte, in welche Richtung sie sich gewandt hatten, und Wildwechsel gab es hier nur wenige. Er war zuversichtlich, daß er auf diese Weise einen ganzen Tag wettmachen konnte, und das würde dem klugen Mann eine nette kleine Überraschung bescheren.

16

»Ah, ihr Fährtensucher ist gut! Viel besser, als ich dachte«, sagte Odin traurig. »Sie sind hier!«

Er war bei Tagesanbruch fortgegangen, um die nähere Umgebung auszukundschaften, und eiligst zurückgekehrt.

»Haben sie dich gesehen?« fragte Svenson.

»Ich glaube nicht, aber ...« Er hob auf diese für ihn charakteristische Weise die Schultern. »Wer weiß? Ich hätte ja auch nicht gedacht, daß sie schon hier sind!«

»Aber wie haben sie das gemacht?« fragte sich Nils laut. »Sie müssen unsere Spuren gefunden haben, dort, wo wir umgekehrt sind. Und zwar gestern abend vor Einbruch der Dunkelheit. Dann die ganze Nacht unterwegs. Ihr Fährtensucher ist gut. Er hat erkannt, was wir vorhatten, und ist uns dann im Mondlicht gefolgt!«

»Können wir hier weg?« fragte Nils.

»Ich glaube, es ist zu spät. Ich bin den Weg, den wir gekommen sind, ein Stück zurückgegangen, und habe sie vor mir gehört. Dann bin ich sofort wieder umgekehrt. Vielleicht gehen sie an uns vorbei.«

Die Art, wie der Skraeling das sagte, machte deutlich, daß er an diese Möglichkeit selbst nicht glaubte.

»Was können wir dann tun?«

»Uns hier verstecken und sehr leise sein. Kommt, wir werden Ausschau halten.«

Odin brachte sie an eine Stelle der Felskante, an der Büsche den äußeren Rand des Vorsprungs verbargen, und bedeutete den beiden anderen, sich flach auf den Boden zu legen und keinen Laut von sich zu geben.

»Sie führen an uns vorbei.« Er streckte die Hand aus. »Vielleicht nehmen sie die Spuren auf, anstatt nach uns zu suchen. Sie wissen jetzt, daß wir versuchen, flußaufwärts zu gehen, und dem Höhenzug folgen. Und jetzt seid ganz still. Sie werden bald hier sein.«

Er hatte den Satz kaum beendet, als ein Mann aus dem Wald trat, dort, wo der Pfad zu dem grasbewachsenen Hügel unter ihnen führte. Er bewegte sich sehr flink und blieb nur einmal stehen, um einige Männer zu sich zu winken, ehe er die kleine Wiese überquerte. Nils zählte mehr und mehr gut bewaffnete Skraelinge, die unter ihnen durch das Gras schlichen. *Beim Hammer Thors,* dachte er, *ein Dutzend ... nein, vierzehn, wenn man den Fährtensucher mitzählt!* Warum schicken sie so viele Männer, um drei glücklose Flüchtlinge aufzuspüren? Er wußte die Antwort, noch während er sich die Frage stellte. An jenen, die entkommen waren, mußte ein Exempel statuiert werden. Die Skraelinge konnten sich ein anderes Vorgehen nicht leisen. Seltsam – es erinnerte Nils an das Verhalten der Nordmänner gegenüber den Briten und Walisern, und merkwürdigerweise schien dieser Umstand das Verhalten der Skraelinge zu rechtfertigen.

Jetzt blieb der Mann an der Spitze, der gerade unter ihnen vorbeigegangen war, stehen, um den Erdboden zu untersuchen. Mit erhobener Hand bedeutete er den anderen, einen Augenblick zu warten. Dann machte er vorsichtig ein oder zwei Schritte und spähte in den dunklen Wald. Er wirkte unsicher. Einige Sekunden später drehte sich der Mann, offensichtlich der Fährtensucher, um und blickte den Fels hinauf.

Einen Herzschlag meinte Nils, er blicke direkt in seine Augen, und er wagte nicht einmal zu blinzeln. Die fünfzig Schritte, die zwischen ihnen lagen, kamen Nils vor wie ein Katzensprung. Die anderen Männer entspannten sich ein wenig, während der Fährtensucher begann, aufmerksam im Kreis zu gehen; offenbar auf der Suche nach der verlorenen Spur der Flüchtlinge. Nils wußte, daß er keine finden konnte, weil keiner von ihnen diese Wiese betreten hatte. Er konnte dem Gedankengang des Skraeling-Fährtensuchers problemlos folgen: *Wenn es hier keine Spuren mehr gibt, müssen sie vor dieser Stelle abgezweigt sein.*

Ja, jetzt ging der Mann, wiederum im Kreis, zu dem Rest seiner Gruppe zurück. Er rief ihnen etwas zu und zeigte dann zu Nils' Entsetzen direkt auf den Felsvorsprung, auf dem sie lagen. Nils packte mit schwitzenden Handflächen sein Schwert und versuchte zu entscheiden, *wann* er hinunterspringen und sich mit einem Wikingerschrei auf die Angreifer stürzen sollte.

»Bleib ruhig liegen, Thorsson!« flüsterte Odin, der einen solchen Schritt vorhergesehen hatte. »Warten wir ab ...«

Unten begann eine Diskussion; einige Männer deuteten in verschiedene Richtungen, und schließlich hockten sich alle auf die Fersen, während der Fährtensucher einen weiteren Rundgang antrat. Kurz vor der Stelle, an der sie den Schutz der Bäume verlassen hatten, straffte er sich plötzlich und rief den anderen etwas zu. Es war nicht schwer zu erkennen, daß er ihre Spuren gefunden hatte. Zwei Männer sprangen auf und rannten quer über die Wiese zum anderen Ende des Felsens. Sie wollten sichergehen, daß es dort keinen weiteren Fluchtweg gab.

Nils spürte, wie die Falle zuschnappte. Er blickte auf das felsige Kliff über ihnen. Nein, auf diesem Weg war ein Entkommen unmöglich. Selbst wenn sie Stellen finden würden, an denen sie sich festhalten oder auf die sie ihre Füße setzen konnten, würde jeder Kletterer sofort von Pfeilen durchbohrt werden.

»Das ist nicht gut, Thorsson«, bemerkte Odin. »Sie haben gesagt, sie wollen hier ihr Lager aufschlagen. Sie wissen, wo wir sind.«

»Ja, das ist mir klar«, flüsterte Nils gereizt.

Jetzt stand Odin auf, so daß ihre Verfolger ihn klar und deutlich sehen konnten; er schrie den Männern unten etwas zu. Ein hektisches Treiben begann, und ein Pfeil zischte am

Kopf des Skraelings vorbei und prallte gegen den Felsen hinter ihm. Odin hob ihn auf und warf ihn verächtlich über den Rand. Dann rief er den Bogenschützen etwas zu, das nichts anderes gewesen sein konnte als die Einladung zu einem erneuten Versuch.

Im nächsten Moment trat ein Mann vor, der sich durch sein Auftreten und die Unterwürfigkeit der anderen als Führer der Gruppe zu erkennen gab. Er und Odin brüllten eine Weile aufeinander ein. Nils beschloß ebenfalls aufzustehen, was lautes Getöse auslöste. Nachdem auch Svenson sein Versteck verlassen hatte, war neuerliches Gebrüll zu vernehmen. Odin und der Anführer schrien sich weiter an, und zu guter Letzt drehte sich der Mann unter ihnen um und stieg den Hügel hinab, aber nicht bevor er den anderen mit Gesten bedeutet hatte, ihm zu folgen. Sie steuerten eine flache Stelle in der Nähe der Bäume an und schlugen ihr Lager auf.

»Was soll das Ganze?« fragte Nils.

»Er will, daß wir uns unterwerfen«, erklärte Odin ihm. »Er sagte, uns würde nichts geschehen, aber ich kenne sie.« Er zeigte auf seine blinde Augenhöhle.

»Was hast du zu ihm gesagt?« wollte Nils wissen.

Odin zuckte die Achseln, und ein leichtes, schiefes Lächeln kräuselte seine Lippen.

»Ich habe ihm gesagt, daß wir vor diesen Söhnen räudiger Hunde nicht klein beigeben und daß ihre Mütter Mist fressen.« Dann schwieg er einen Augenblick. »Wir müssen sowieso gegen sie kämpfen, Thorsson.«

»Ja, ich weiß. Es ist gut.«

Bei sich dachte er, daß sich eine solche Auseinandersetzung, ein solcher Austausch von Beleidigungen nicht allzu sehr von dem unterschied, was in einer ähnlichen Situation in seiner Heimat geschehen wäre, vielleicht irgendwo auf den Inseln. Er wünschte nur, die Sprache des Feindes zu verstehen, damit auch er sein Scherflein beitragen konnte.

»Wann werden sie angreifen?« fragte Nils.

Odin hob die Schultern. »Nicht so bald. Sie werden uns eine Weile hinhalten, damit wir Zeit haben, uns Sorgen zu machen. Aber sie können natürlich auch warten, bis wir geschwächt sind, wenn uns das Wasser ausgegangen ist.«

Das war ein scheußlicher Gedanke, einer, dem Nils bisher noch nicht ins Auge zu sehen gewagt hatte. Die Flüchtlinge waren hier zwar vorerst in Sicherheit, hatten aber keine Möglichkeit, ihre Wasser- und Essensvorräte zu erneuern. Die Zeit arbeitete gegen sie.

»Natürlich sollten wir trotzdem vorsichtig sein«, riet Odin. »Sie könnten versuchen, ein oder zwei Männer zu uns heraufzuschicken, nur um uns ein bißchen Ärger zu machen.«

Nils nickte. Gewisse Dinge waren überall gleich.

Der erste Versuch erfolgte etwas früher, als sie erwartet hatten. Svenson hielt an der schmalen Stelle, an der sie sich Zugang zu dem Felsvorsprung verschafft hatten, Wache. Es war kurz nach Einbruch der Dunkelheit, und die beiden anderen hatten sich zu einer nach den Anstrengungen der vergangenen Tage dringend benötigten Ruhepause zurückgezogen. Im Lager unter ihnen war es ebenfalls still. Sven konnte die friedlichen Gestalten erkennen, die um ihre Feuer herumlagen. Aber der alte Krieger war zu schlau, um den äußeren Anschein als Tatsache zu akzeptieren, zumal er vor einigen Minuten eine verdächtige Bewegung bemerkt hatte. Dies war eine hervorragende Gelegenheit für den Feind, eine Finte zu wagen.

Es war ziemlich dunkel, der Mond noch nicht aufgegangen, genau der richtige Zeitpunkt – nachdem das Licht des Lagerfeuers fast erloschen war. Und da er nichts sehen konnte, mußte er *horchen*.

Unbewußt beugte er sich über den Felsvorsprung und spitzte die Ohren, damit ihm kein einziges Geräusch entging. Er glaubte ... *ja!* Da war es wieder. Das Klicken eines wegrollenden Kiesels, der nur ein oder zwei Schritte entfernt über den steinigen Pfad rollte. Svenson preßte sich gegen den Fels und griff nach seiner Axt.

Er spürte, wie sich die dunkle Gestalt nur eine Armlänge vor ihm erhob, und holte aus. Sein Gegner hatte die Position des Wachpostens offensichtlich falsch eingeschätzt. Was kein Wunder war, denn Svenson hatte seinen deutlich sichtbaren Standort nach Einbruch der Dunkelheit verlassen und sich einen anderen Platz gesucht. Die Axt traf auf Fleisch und Knochen, und das erste Grunzen der Überraschung verwandelte sich in einen Todesschrei, als der Mann stürzte und den steilen Hang hinunterrollte. Es folgten leises Stöhnen und aufgeregtes Gemurmel.

Unter ihnen warf jemand trockenen Zunder ins Feuer; warmes Licht verjagte die Schatten, während einige Männer herbeigelaufen kamen.

Auch die Flüchtlinge eilten nun zu ihrem Wachposten.

»Sven! Alles in Ordnung mit dir?« rief Nils.

»Natürlich! Einer weniger, um den wir uns Gedanken machen müssen!« meinte Sven kichernd.

Sie konnten ihre Stimmen hören, während die anderen Skraelinge sich bemühten, dem toten oder sterbenden Mann zu helfen. Kurze Zeit später entbrannte erneut eine lautstarke Auseinandersetzung zwischen Odin und den Angreifern.

»Gut so«, bemerkte Odin. »Jetzt wissen sie, daß man uns fürchten muß.«

»Aber sie können immer mehr Männer herbeiholen«, wandte Nils ein.

»Natürlich, Thorsson. Das wissen sie, und wir wissen es. Aber jetzt haben wir ihren Respekt.«

Als der aufgehende Mond das hügelige Land um sie herum beleuchtete, hatten die Skraelinge ihren gefallenen Krieger bereits weggetragen. Nils war nicht sicher, ob der Mann tot war oder nicht, aber er kannte Svensons Kraft und Geschicklichkeit. Über diesen Gegner brauchten sie sich wahrhaftig keine Gedanken mehr zu machen.

Eine Sache wurde Nils Thorsson jedoch immer klarer. Es hatte nur ganz kurze Zeit gedauert, bis er eine Beziehung zu dem einäugigen Skraeling aufgebaut hatte. Zwischen Menschen, die gemeinsam kämpfen oder gemeinsam leiden, entwickelt sich ein ganz besonderes Band. Man füge einen gemeinsamen Feind hinzu, und aus einer unorganisierten Gruppe wird eine Mannschaft, eine eng zusammengeschweißte Einheit. Der Argwohn, mit dem er Odin noch einige Tage zuvor begegnet war, gehörte nunmehr der Vergangenheit an. Sogar sein Unbehagen darüber, daß Odin die

Entscheidungen für sie traf, war gewichen. Der Skraeling hatte sich seines Vertrauens würdig erwiesen.

Das schlecht zusammenpassende Trio glückloser Flüchtlinge hatte eine enorme Verwandlung erfahren. Dieser Tatsache war sich Nils zum ersten Mal bewußt gewesen, als Odin gesagt hatte: »*Wir* sollten Wache halten.« Über Nacht war das Trio zu einer kleinen Streitmacht mit einem gemeinsamen Ziel geworden. Es gab jetzt ein klares ›wir‹ und ein ebenso klares ›die anderen‹.

Nils wußte, daß auch Odin stolz auf Svensons Sieg über den Angreifer war.

Als der Mond aufging und den Hang und den Fjord unter ihnen mit seinem silbrigen Licht überflutete, kam Nils aus irgendeinem Grund eine alte nordische Legende in den Sinn. Es hieß, ein Langschiff auf unbekannten Wassern sei von Fremden angehalten worden.

›Wir wollen mit eurem Anführer sprechen‹, hatten die Fremden verlangt.

›Wir haben keinen Anführer‹, hatten die Nordmänner geantwortet. ›Bei uns sind alle gleich.‹

17

»Wann werden sie es noch einmal versuchen?« fragte Nils.

Odin zuckte mit den Schultern. »Wer weiß? Vielleicht gar nicht mehr.«

»Natürlich werden sie es versuchen«, fuhr Nils den anderen gereizt an. »Sie können uns nicht einfach hier sitzen lassen!«

Aber noch während er diese Worte aussprach, dämmerte ihm die Wahrheit. Natürlich konnten sie. Es bestand überhaupt keine Notwendigkeit, noch einmal anzugreifen; die Skraelinge konnten warten. Warten, bis der Hunger das Trio, das sie belauerten, zur Aufgabe zwang. Er fragte sich, für wie viele Tage das Essen in Odins Bündel reichen mochte. Und dann wußte er es. Es war nicht das Essen, das ihnen Probleme bereiten würde, sondern *Wasser*. Ein Mensch ist in der Lage, ziemlich lange ohne Nahrung auszukommen, nicht aber ohne Flüssigkeit – höchstens drei Tage hieß es, falls der Tod nicht zuvorkommt.

Ein stärkerer Mensch mag vielleicht etwas länger leben als ein schwächerer. Doch ohne Wasser würde man genauso sicher sterben wie ohne Luft. Ein bißchen langsamer, das ist der einzige Unterschied.

Er bekam schon Durst, wenn er nur darüber nachdachte, und mußte plötzlich schlucken. Außerdem machte dieser Umstand ihn auf die Tatsache aufmerksam, daß das getrocknete Fleisch, oder was auch immer Odin für sie geraubt hatte, wahrscheinlich genau das sein würde – *trocken*. Es würde ihren Durst nur noch verschlimmern. Vielleicht war es besser, wieder zu fasten. Er konnte Odin danach fragen. Gewiß würde der Skraeling … *Verdammt! Ich tue es ja schon wieder!* schimpfte Nils leise vor sich hin. Seine Abhängigkeit von diesem Wilden wurde immer auffälliger.

Andererseits, welche Wahl hatten sie schon? Möglicherweise konnten er und Svenson in der Wildnis irgendwie überleben, obwohl es mit Sicherheit schwierig sein würde. Angesichts eines Dutzends feindlicher Skraelinge, vielleicht sogar hundert, war es sehr wichtig, jemanden bei sich zu haben, der sowohl ihr Land als auch ihre Sitten kannte. Jemanden wie Odin. Er war schon mehrmals zu dem Schluß gekommen, daß sie diesen Mann brauchten. Er war vielleicht der Schlüssel zum Überleben.

Nils hatte den Punkt noch nicht erreicht, an dem er bereit war, die Möglichkeit, daß sie *nicht* überleben könnten, überhaupt ernsthaft in Erwägung zu ziehen. Nun gut, er hatte darüber nachgedacht, aber doch eher auf eine unpersönliche Art, Waren sie nicht immer noch am Leben? Im Laufe der vergangenen Tage hatte er sich unbewußt eine Denkweise angewöhnt, die keine Fehlschläge zuließ. Genauso wie Erfolg Erfolg gebiert, speist sich das Überleben an seiner eigenen Flamme, und wo Leben ist, ist Hoffnung. Die Frage war nicht, ob sie überleben würden, sondern *wie*.

Am dritten Tag wurde diese Entschlossenheit etwas erschüttert. Sie konnten auf dem Felsvorsprung sitzen oder liegen und die Skraelinge in ihrem behaglichen Lager weiter unten beobachten. Sie mußten allerdings etwas vorsichtig sein. Wenn sie sich zu offen zeigten, kam ein Pfeil angeflogen, der summend wie eine Hornisse sein Ziel suchte. Die Drohung war eindringlich genug, um die Köpfe einzuziehen.

Einmal schoß Odin zurück, einfach als Geste des Trotzes. Es war nicht sehr wirkungsvoll, und außerdem kostete es ihnen einen seiner kostbaren Pfeile. Trotzdem war es die Sache wahrscheinlich wert gewesen. Ihre Feinde konnten nicht wissen, wie viele Waffen die Flüchtlinge besaßen. Abgesehen von einer Axt natürlich. Svens Hieb mußte einen ziemlichen Eindruck auf die Männer gemacht haben, denn keiner hatte seither nochmals versucht, den Felsvorsprung zu erklimmen.

Nils hob einen Pfeil auf und untersuchte ihn. Er hatte die Felswand hinter ihnen getroffen und sein Schaft war gebrochen, aber man konnte ihn vielleicht reparieren. Die mit einigem Geschick zurechtgeschlagene Steinspitze war mit einem schmalen Streifen Rohleder an dessen aufgespleißtes Ende gebunden. Die Spitze des Pfeiles war mit schwarzweißgetüpfelten Federn versehen. Welcher Vogelart mochten diese Federn gehören? Zu Hause hätte er auf die einer Gans getippt. Vielleicht auch eines Reihers. Dann erinnerte er sich an die Vögel, die er in einem Pferch in Straumfjord gesehen hatte.

Große Vögel, die einem Mann bis zur Taille reichten. Ihre nackten roten Köpfe hatte ihn an die von Geiern erinnert, aber die Siedler hatten ihn beruhigt. Es seien keine Aasfresser, sondern wertvolle Vögel zur Nahrungsbeschaffung. Sie hätten starke Ähnlichkeit mit großen Hühnern, hieß es. Ihr Fleisch war im Gegensatz zu dem der Enten oder Gänse weiß. Die Siedler nannten diese Kreatur bei ihrem Skraeling-Namen, der eine Nachahmung ihres eigenen Rufes, eine Art Schluckaufgeräusch, zu sein schien.

»Sind das die Federn des Schluckaufvogels?« fragte Nils Odin.

Der Skraeling nickte, sagte aber nichts.

»Unser Volk benutzt dafür die Federn einer Gans«, erklärte Nils.

»Das tun wir manchmal auch«, meinte Odin. »Habt ihr diesen Vogel selber nicht?«

»Nein. Aber ich habe welche in Straumfjord gesehen.«

Odin nickte. »Sie lassen sich gut essen.« Er blickte auf den Schaft in Nils' Händen. »Ist die Spitze abgebrochen?« fragte er.

Nils reichte ihm den Pfeil.

»Willst du ihn zurückschießen?« erkundigte sich Nils halb belustigt.

»Nein. Vielleicht, aber ich glaube nicht. Das würde ihnen nur verraten, daß wir wenig Pfeile haben. Aber die Spitze ... ja, es ist ein Stück herausgebrochen, aber das läßt sich beheben. Ich werde sie aufbewahren.«

Odin zog sein Messer und schnitt die Rohlederstriemen ab, um die Steinspitze freizulegen. Dann hielt er sie hoch, damit Nils sie sehen konnte. Sie war aus hellem Bernstein, wohlgeformt und gut geschärft. Der Skraeling steckte sie in den Beutel, der an seiner Taille hing.

Es dauerte einen Augenblick, bis Nils die ganze Bedeutung dieser kleinen Szene klar wurde. Odin hatte eine Pfeilspitze aufgehoben, um sie später wiederzuverwenden. Daher mußte es ein ›später‹ für sie geben. *Odin glaubt nicht, daß es hoffnungslos ist!* sagte Nils sich. Wenn er jedoch geahnt hätte, was der Skraeling wirklich dachte, hätte er vielleicht nicht die Kraft gehabt weiterzumachen.

Im Moment half ihm dieser Hoffnungsschimmer jedoch, sich von der klebrigen Trockenheit in seinem Mund abzulenken. Obwohl sie nur morgens und abends ihre Zungen befeuchteten, wurde der Wasserschlauch immer flacher. Hinzu kam, daß der Feind zumindest bis zu einem gewissen Grad ihre Notlage erahnte und diesen Umstand ausnutzte. Jedesmal, wenn sie sicher sein konnten, daß die Flüchtlinge sie beobachteten, machten sie sich mit großem Getue daran, aus prallen Schläuchen zu trinken und einander ausgiebig mit Wasser zu bespritzen. Nils sah zu und fuhr sich mit der Zunge über trockene, gesprungene Lippen.

Einer der Männer unten hielt seinen Schlauch hoch und

rief ihnen etwas zu. Tropfen fielen aus seinen Haaren und von seiner Ledermontur.

Odin rief etwas zurück, und der Mann schien einen Augenblick lang verstimmt zu sein. Aber nur einen Augenblick lang. Dann machte er eine obszöne, beleidigende Geste und entleerte seinen Wasserschlauch langsam und gemächlich auf den Boden. Er brüllte etwas und lachte dann schallend, als hätte er einen guten Witz gemacht.

»Was will er?« fragte Nils.

»Er meinte, wir sollen runterkommen und das Glück ihres Wassers teilen«, antwortete Odin grimmig. »Ich habe ihm erklärt, wir bräuchten nicht soviel Wasser wie sie, um uns den Mund auszuspülen, weil wir keinen Mist fressen.«

Er schwieg einen Moment, eher er fortfuhr: »Dann sagte er, wenn wir es nicht wollten, würde er es ausgießen. Was er auch getan hat.«

Nils hatte etwas in der Art vermutet. Den qualvollen Anblick klaren, kühlen Wassers, das achtlos verschüttet wurde, konnte er kaum ertragen. Er hob die Augen, um an der bewußten Stelle vorbeizuschauen, fand das, was er zu sehen bekam, jedoch nicht besser, schlimmer sogar noch. Der tiefe, breite Fluß, der zum Meer führte, erinnerte ihn an die Fjorde seines Heimatlandes. Eine Sekunde wünschte er sich, wieder Kind zu sein, auf dem Schoß seines Großvaters zu sitzen und den Geschichten des Alten zu lauschen. Es war eine Zeit der Sicherheit und Geborgenheit gewesen. Es hatte keine Skraelinge gegeben, die versuchten, ihn zu töten. Die einzigen Greuel damals waren in den Geschichten seines Großvaters vorgekommen. Riesen, die irgendwo im Norden in großen Eishöhlen lebten. Sie hatten ihm Angst gemacht, aber schon als kleines Kind hatte er gewußt, daß sie nicht Wirklichkeit waren.

Er fragte sich, was sein Großvater von all den Entdeckungen gehalten hätte. Die Kolonien im Westen, das neu erforschte Land und der Kontinent dahinter. Skraelinge …

»Hier, steck das in den Mund! Sauge daran!« forderte Odin ihn auf.

Odin reichte Nils einen kleinen, runden Kieselstein; auch Svenson gab er einen. Nils drehte ihn zwischen den Fingern.

Nichts Ungewöhnliches daran. Nur ein Stein, glatt geschliffen in der langen Zeit, die er im Fluß gelegen hatte. Er nahm ihn in den Mund und stellte fest, daß er bei geschlossenem Kiefer zwischen seine beiden Zahnreihen paßte. Er preßte ihn mit der Zunge gegen den Gaumen. Ja, es tat wirklich gut.

»Er wird Wasser machen«, erklärte Odin ihm.

Nun ja, vielleicht ... Nils mußte zugeben, daß sich sein Mund plötzlich nicht mehr so trocken anfühlte. Vielleicht gaukelten ihm seine Sinne nur etwas vor, aber es schien wirklich zu helfen. Woher hatte Odin diese runden Steine, die man in jedem kleinen, schnell fließenden Fluß finden konnte? Hatte er sie irgendwann in den vergangenen Tagen gesammelt?

»Odin«, fragte er, »erzähl mir von diesen Steinen. Woher hast du sie?«

»Der Fluß.« Odin zeigte mit dem Kopf in die entsprechende Richtung. »Sie tragen Wasser.«

»Wasser? Wasser?«

Der Skraeling nickte ernst.

»Ihr Geist ist der Geist des Wassers«, sagte er. »Sie haben viele Leben dort gelebt. Wie sollte es anders sein?«

»Aber wie ist das möglich?«

Odin zuckte wie so oft die Achseln.

»Ich weiß es nicht, Thorsson. Ich verstehe auch das Feuer nicht, aber es wärmt mich. Vielleicht ist Geistwasser in den Steinen. Es ist nicht viel, aber es hilft.«

Damit war das Thema für ihn offensichtlich erledigt.

Die Steine brachten allerdings nur kurz Erleichterung. Einen Tag später schienen sie überhaupt nicht mehr zu wirken. Der Wasserschlauch war leer, und die ausgedörrten Kehlen des belagerten Trios schwollen langsam an. Mittlerweile fiel ihnen schon das Schlucken schwer. Bei Sonnenaufgang leckten sie etwas Tau von den Grashalmen, aber sie wußten, daß es nicht reichen würde. Nils erinnerte sich, daß er mindestens einen ganzen Tag seine Blase nicht mehr entleert hatte. Es war nicht nötig gewesen.

Und er fühlte sich zusehends schwächer. Das machte ihm

schwer zu schaffen. Wenn ihn die Verzweiflung zu übermannen drohte, stellte er sich vor, daß er, die Waffe in der Hand, in den Kampf zog. Wie ein Wikinger … Aber wenn seine Kraft dafür nicht mehr reichte, würde es schwer werden, stolz zu sterben. Außerdem mußte er feststellen, daß seine Gedanken phasenweise in Verwirrung gerieten. Auch das machte ihm Sorgen. Zu sterben war eine Sache, schwach und verwirrt zu sterben, eine ganz andere. Ein Becher kühlen, klaren Wassers wurde zum wichtigsten Gegenstand der Welt.

In seiner Phantasie sah er Odin vor sich, der die Skraelinge um Wasser bat, und die Flüchtlinge, die als Gegenleistung aus ihrem Versteck kamen und kämpften. Sobald sich die träumerische Verwirrung legte, wußte er, daß schon der Gedanke an so etwas lächerlich war.

Nein, es mußte etwas anderes sein, doch es schien nichts zu geben. Wenn er stolz in den Kampf ziehen wollte, mußte er das tun, bevor Schwäche und Verwirrung ihn überwältigten. Er überlegte kaum, was die anderen tun würden. Auch sie hatten keine Kraft mehr und redeten jetzt nur noch selten. Vielleicht sollten sie darüber sprechen … Den Feind in einem letzten glorreichen Kampf angreifen.

Nils lag wie ein Kind im Mutterleib in sich zusammengerollt da, halb schlafend oder halb betäubt, und immer wieder schwirrten solche Gedanken durch seinen Kopf. Es war gerade dunkel geworden, und er versuchte, irgendeine Entscheidung zu treffen. Was war es noch gewesen? Ach ja … den Feind angreifen. Es sollte bei Sonnenaufgang geschehen, beim nächsten wahrscheinlich. Er wußte nicht, ob er dann noch in der Lage sein würde, zu kämpfen oder auch nur zu denken. Er fragte sich, was sein Großvater getan hätte. *Großvater*, flehte er. *Hilf mir, hilf mir!*

Er erinnerte sich an dessen Geschichten. Geschichten von Heldenmut und Tapferkeit … von Kämpfen in hoffnungslosen Situationen. Berserker, die in einem tranceartigen Zustand mit übermenschlicher Kraft dazu fähig waren … *Berserker!*

Plötzlich war er hellwach und sein Geist wieder völlig klar. *Ja! Ich danke dir, Großvater,* sagte er tonlos. So, jetzt mußte er versuchen, sich zu entsinnen … Wie hatten sie sich in diesen

Zustand versetzt? In der Geschichte seines Großvaters hatten sie sich nackt ausgezogen ... Ja, es war mitten im Winter gewesen, und es hatte Schnee gelegen. Das hörte sich gut an ... Du könntest Schnee essen ... *Nein, Thorsson!* sagte er zu sich selbst. *Vergiß den Durst! Denk nach!* Die Wikingerkrieger in der Geschichte seines Großvaters hatten sich ausgezogen und waren zu Tieren geworden oder jedenfalls beinahe. Tiere mit übermenschlicher Kraft und übermenschlichem Mut, unbesiegbare, heulende Geschöpfe, die, wenn sie angriffen, schrien, als hätten sie den Verstand verloren. Diese Taktik hatte die Feinde dermaßen verstört, daß sie geflohen waren, und damit war dann alles zu Ende gewesen. Aber so wie Nils die Berserkerlegende verstand, war das nicht der eigentliche Sinn der Sache gewesen. Dieser hatte darin bestanden, einen ehrenhaften Tod zu sterben, wie ein Wikinger, der kämpft, auch wenn die Chancen gegen ihn stehen. Indem er zum Berserker wurde, verlieh ein Krieger, der praktisch gesehen bereits tot war, seinem Übergang in die nächste Welt größeren Ruhm. Er konnte mehr Feinde mit hinübernehmen.

Eine bessere Situation als seine momentane war kaum vorstellbar. Er hatte einen Punkt erreicht, an dem er sich eingestehen mußte, daß es vorbei war. Die drei Flüchtlinge hatten keine Chance zu entkommen. Sie konnten auf dem Felsvorsprung bleiben und verdursten oder den Feind angreifen und im Kampf sterben. Schon bei dem bloßen Gedanken, daß die erste Möglichkeit bedeutete, sich zusammenzurollen und hilflos zu krepieren, begann sein nordisches Blut zu kochen. Das war nicht die Art und Weise, die ein Wikinger wählen würde. Zumindest dieses Recht würde er sich bewahren, darüber zu entscheiden, wie er sterben wollte. Er würde sich auf den Schlachtenrausch konzentrieren und diesen Wilden eine Lektion erteilen. Er würde ihnen eine Schlacht liefern, die sie niemals vergaßen. Die Geschichten über seinen Mannesmut und seinen Tod würden sich die Skraelinge noch über viele Generationen hinweg an ihren Lagerfeuern erzählen.

Die Erregung, die jetzt in ihm aufstieg, erfüllte ihn wieder mit Leben. Der Drang, sich zu bewegen, zu schreien und zu tanzen, war stark. Vielleicht hatte das etwas mit dem Fasten zu tun. Er hatte nichts von dem getrockneten Essen aus Odins

Bündel zu sich genommen, weil es seinen Durst noch unerträglicher machte.

Vielleicht war das der Grund für die bemerkenswerte Klarheit seiner Sinne. Nachdem er herausgefunden hatte, was er tun mußte, schien die ganze Welt in harmonischem Einklang zu sein. Er starrte in den nächtlichen Himmel, der mit Myriaden Sternen gesprenkelt war, und meinte, nach den Sternen greifen zu können, jetzt, da er das Wesen der Dinge verstanden hatte.

Ein Nachtvogel rief, und er lächelte über dieses äußerst passende Geräusch. *Alles paßt,* dachte er und kicherte. Jetzt mußte er seine letzten Vorkehrungen treffen. Es könnte nicht mehr lange dauern, daß dann genau der richtige Zeitpunkt für seinen gewaltigen Triumph wäre. Ja, sobald die Sonne aufging, würde er beginnen.

Svenson rollte sich zur Seite und tauchte benommen aus seinem Schlaf auf. Er sah zuerst auf Odins leeren Lagerplatz und dann zu Nils, der sich erhoben hatte und zu den Sternen aufblickte.

»Was ist los?« fragte Svenson.

Nils drehte sich im schwachen Licht des abnehmenden Mondes zu ihm um.

»Sven«, flüsterte er aufgeregt, »wenn die Sonne aufgeht, werde ich mich in einen Berserker verwandeln!«

18

Sven versuchte nicht, ihn aufzuhalten oder ihm die Sache auszureden. Es war eine ehrenwerte Tat, eine stolze Art zu sterben. Außerdem handelte es sich um eine Privatsache, eine Entscheidung, die jeder einzelne für sich treffen mußte. Svenson erbot sich nicht, mit ihm zu gehen, und Nils bat ihn nicht darum. Wenn der Kampf begann, so nahm er an, würden die anderen ihm schon zur Seite stehen. Odins Pfeile konnten eine gute Wirkung erzielen, wenn er sie von dem Felsvorsprung aus auf die Kämpfer unter ihm abfeuerte. Sven würde wahrscheinlich mit der Axt auf die Skraelinge losgehen. Wenn sie taten, womit er rechnete, war es gut. Wenn nicht, dann sollte es so sein. Es würde die Legende eines mächtigen Kriegers sein, der viele von ihnen getötet hatte, bevor er selbst gefallen war, die die Skraelinge von einer Generation an die nächste weitergeben würden.

Nils wartete, bis es schon recht hell war. Die Skraelinge regten sich unten in ihrem Lager, erhoben sich schlaftrunken und taumelten ein paar Schritte in den Wald, um ihre Blasen zu entleeren. *Ich werde euch schon wach kriegen!* dachte Nils.

Als der rechte Zeitpunkt gekommen schien, trat er an den Rand des Felsvorsprungs.

»Versammelt euch hier, ihr räudigen Hundesöhne«, schrie er. »Ich werde euch die Vorstellung eures Lebens liefern.«

Er wußte natürlich, daß nur seine Leidensgenossen ihn verstehen konnten. Aber das Ergebnis war dasselbe. Die Skraelinge kamen tatsächlich den Hügel heraufgeschlendert; sie lachten und scherzten über dieses seltsame Benehmen eines der Flüchtlinge.

Odin kam von seinem Wachtposten herbeigelaufen.

»Was ist passiert?« fragte er Svenson.

Svenson zuckte die Achseln. »Das ist eine Sitte unseres Volkes. Ein Krieger entscheidet, im Kampf zu sterben.«

»Jetzt?«

»Ja.«

»Oh.«

Der Skraeling setzte sich, um zu beobachten, hielt aber seinen Bogen bereit. Außerdem befand er sich nahe genug am Rand des Felsvorsprungs, um sehen zu können, was unten vorging. Heute morgen gab es keine Pfeile. Der Feind konzentrierte sich auf die Gestalt des Fremdlings, und man war allenthalben neugierig auf dessen nächsten Schritt.

Jetzt begann Nils zu singen und zu tanzen. Er bot eine reichlich primitive Vorführung. Die Worte waren teils Drohung, teils Beleidigungen, doch überwiegend einfach sinnlos. Während er sich im Rhythmus seines selbst erdachten Tanzes wiegte, fing er an, sich zu entkleiden. Er riß die Schnüre seines Umhangs auf und schleuderte ihn von sich. Dann warf er sein Hemd über den Rand des Felsens, und es flatterte auf das

Gras darunter. Er lockerte seinen Gürtel und legte ihn etwas vorsichtiger beiseite, weil sein Kampfmesser daran befestigt war. Nachdem er sich seiner ledernen Hosen entledigt hatte trug er nur noch seine Fußlappen, die Riemen an seinen Knöcheln hielten. Sie waren jetzt nicht weiter wichtig, nichts war noch wichtig außer der Raserei und der Erregung des Augenblicks.

Nils wäre es schwer gefallen, seine Gefühle zu beschreiben. Er hätte nicht sagen können, wann oder *was* geschehen war. Er stand direkt am Rand des Felsplateaus und schrie den Männern unter ihm irgendwelche Silben zu, die er für sinnvoll hielt, obwohl er nicht wußte, was sie bedeuteten. Während er in einen monotonen Singsang verfiel, wurden die Worte der Herausforderung immer verschwommener und gingen schließlich in reinen Unfug über. Kehlige und schrille, mit Fistelstimme ausgestoßene Laute, die keiner menschlichen Kehle zu entstammen schienen. Manche klangen wie ein Knurren, andere ähnelten dem Heulen eines Wolfes gegen Ende der Verfolgungsjagd, wenn die Beute nah ist.

Angesichts dieser Verwandlung standen die Skraelinge mit offenem Mund und voller Ehrfurcht einfach nur da. Sie konnten den leeren Ausdruck in den Augen des weißhaarigen Fremden sehen. Seine helle Haut leuchtete fahl im Morgenlicht.

Nils' Reflexe funktionierten immer noch wie gewohnt, vielleicht sogar noch besser. Rein instinktiv packte er mit der rechten Hand das Schwert und umklammerte mit der linken das Gürtelmesser. Jetzt sprang er, ohne nach unten zu schauen, mit einem letzten drohenden Brüllen vom Felsvorsprung. Nils landete im Gras. Einen Augenblick kroch er auf allen vieren, um sein Gleichgewicht wiederzufinden, während sich seinen Lungen gleichzeitig ein neuerliches, tierisches Heulen entrang. Dann stellte er sich aufrecht hin, die Waffen zum Kampf bereit und wartete auf den feindlichen Angriff.

Aber nichts passierte. Die Skraelinge starrten ihn an, machten nicht die geringsten Anstalten, auf ihn loszugehen. Als sich die weißhaarige Gestalt auf sie stürzte, traten sie zurück. Er versuchte noch einmal, sie anzugreifen, aber die Skraelinge wichen seinem Ansturm einfach aus. Er stieß einen Schlachtruf aus, der von ohnmächtiger Wut gezeichnet war.

Odin war fasziniert, eine solche Zeremonie des Geistes hatte er dem Nordmann gar nicht zugetraut. Ihm war nicht klar, was er erwartet hatte. Aber wenn man die Sache mit Vernunft betrachtete, hätte der hellhaarige Thorsson tot und entleibt sein müssen, noch bevor er unten angekommen war. Natürlich wußte der Skraeling, was den Feind aufgehalten hatte. Die Männer waren genauso überrascht gewesen wie er selbst.

Seine Gedanken überschlugen sich. Die Situation war kritisch und konnte von einem Herzschlag zum anderen in eine Katastrophe umschlagen. Sie mußten etwas tun. Er sah zu Svenson, der Nils mit offenem Mund anstarrte. Er hatte nicht genug Zeit, um sich mit ihm zu beraten. Odin trat bis an den Rand des Felsens.

»Jetzt hört mir gut zu«, rief er den Skraelingen in ihrer Sprache zu. »Ihr könnt von Glück reden, daß ihr diesem heiligen Mann nichts getan habt.«

Er blickte in ihre emporgewandten Gesichter. *Gut,* dachte er. *Jetzt werden sie mir weiter zuhören.* Der nackte Nordmann dort unten schwankte ein wenig, denn die Begegnung mit dem Geist hatte ihn vollends erschöpft. Sein Heulen war jetzt weniger deutlich, und er sah etwas verwirrt aus.

»Natürlich konntet ihr nichts von seinen magischen Kräften wissen«, fuhr Odin fort, » daher wird er euch diesmal vielleicht verzeihen.«

Nervöses Kichern wurde vernehmbar.

»Dieser heilige Mann verfügt über ungeheure Macht«, erklärte Odin. »Habt ihr gesehen, wie er sich beinahe in einen Wolf verwandelt hätte, um auf allen vieren seine Jagd zu beginnen?«

»Was hast du mit diesem Mann zu tun?« fragte der Anführer.

»Ich bin sein Helfer«, rief Odin dramatisch. »Wie der andere hier, der Feuerhaarige.« Er zeigte auf Svenson. »Er trägt das Feuer für unseren heiligen Mann.«

Es entstand eine Pause, und schließlich antwortete der Anführer der Skraelinge.

»Ich glaube dir nicht. Wir haben ihn nur wegen des Geistes leben lassen. Vielleicht werden wir ihn töten, wenn er sich beruhigt hat.«

»Nur zu! Wenn ihr dieses Risiko eingehen wollt, ist das eure Sache«, meinte Odin achselzuckend. »Aber einen solch gefährlichen Geist freizusetzen ... ah, ihr müßt genauso wahnsinnig sein wie er!«

Wieder folgte nervöses Gelächter.

»Seht!« sprach Odin weiter, »wir alle wissen, wie gefährlich die Geister sind, die einen Wahnsinnigen in Besitz genommen haben. Ich bin hier oben in Sicherheit, aber ich glaube nicht, daß ihr euch diesem Geist preisgeben wollt, indem ihr den Körper tötet, in dem er lebt.«

Die Blicke der Skraelinge verrieten Odin, daß sie seinen vernünftigen Argumenten zu folgen vermochten, und er ergriff abermals das Wort.

»Ihr könnt euch nicht vorstellen, über welche Kräfte dieser Mann verfügt. Wir haben gesehen, wie er die Farbe von Steinen veränderte, indem er sie einfach in der Hand hielt. Und Feuerhaar hier kann, beseelt von der Kraft seines Herrn, ein Feuer entzünden, ohne auch nur Stöcke aneinanderzureiben.«

Diesmal war ein verächtliches Schnauben zu hören, aber die meisten der Männer schienen die Sache ziemlich ernst zu nehmen.

»Was geht da vor?« wollte der verwirrte Svenson wissen.

»Das werde ich dir später erzählen. Tu nichts, bis ich dich darum bitte, und dann genau das, worum ich dich bitte! Hast du deinen Feuermacher!«

»Ja.«

»Halt ihn bereit!«

»Wir kommen jetzt runter«, sagte er selbstbewußt zu den Männern unten, »aber zu Fuß. Wir können nicht fliegen wie unser heiliger Mann.«

Die Skraelinge nickten zustimmend, und Odin und Svenson sammelten die Kleider ihres Gefährten ein und machten sich über den schmalen Pfad auf den Weg zu dem grasbewachsenen Hügel unter ihnen. Die anderen wahrten respektvollen Abstand.

»Es ist gut«, stellte Odin fest, »daß ihr nicht versucht habt, ihm etwas anzutun. Ich schaudere bei dem Gedanken, was er vielleicht mit euch angestellt hätte.«

Der Anführer der Skraelinge starrte ihn einen Augenblick fassungslos an und sagte dann: »Ich … ich *kenne* dich! Du warst unser Gefangener … das Auge … du bist entkommen!«

»Ja«, antwortete Odin beiläufig, »das stimmt. Ich habe beschlossen, euch deswegen zu verzeihen.«

Wut verzerrte die Züge des anderen.

»*Du* verzeihst *uns*? Was, denkst du, spricht dagegen, daß wir dich gleich hier an Ort und Stelle töten?«

»Wenn du meinst, daß ihr das Risiko auf euch nehmen wollt. Aber ich vergaß … ihr habt ja noch nicht erlebt, welche Macht mein Führer hier besitzt. Ich stehe unter seinem Schutz, genauso wie Feuerhaar. Er hat sogar meinen Namen geändert. Ich bin jetzt Odin, Vater der Götter!«

Odin hatte das Gefühl, einen gewissen Eindruck zu hinterlassen, aber er brauchte jetzt eine Demonstration. Die Sache war immer noch nicht entschieden.

»Laßt mich Weißen Wolf, den heiligen Mann, ankleiden«, schlug er vor. »Manchmal ist er nach diesen Geistbegegnungen noch eine Weile ziemlich gefährlich. Ihr habt gesehen, daß er sich wie ein Wahnsinniger aufgeführt hat.«

Die feindlichen Skraelinge nickten nachdrücklich. Odin näherte sich sehr vorsichtig dem nackten Mann. Nils starrte ihn ausdruckslos an, denn die gewaltige Anstrengung seines Angriffs hatte ihn völlig entkräftet.

»Hier, Thorsson«, sagte Odin sanft. »Zieh deine Kleider an. Du hast uns vielleicht gerettet. Und jetzt beweg dich ganz langsam … und nun gib mir dein langes Messer.«

Er griff nach dem Schwert; Nils hielt es fest, wollte es nicht loslassen.

»Ich werde es dir nur einen Augenblick abnehmen, Thorsson, keine Sorge«, versicherte Odin. »Hier, dein Hemd …« Er drehte sich zu dem Anführer der Skraelinge um. »Ich brauche etwas Wasser für den heiligen Mann«, sagte er mit absoluter

Autorität. »Nach diesen Zeremonien bekommt er immer Durst.«

Der Anführer nickte und schickte einen Mann nach einem Wasserschlauch. Odin war sehr zufrieden.

»Es ist gut«, beruhigte er Nils.

»Was? Was ist passiert?« fragte dieser verwirrt.

»Ja, was?« fügte Svenson hinzu, der seine Axt immer noch fest umklammert hielt.

»Sie glauben, Thorsson sei ein heiliger Mann«, weihte Odin seine beiden Kameraden schnell ein. »Wir sind seine Helfer, also benehmt euch auch so. Ich werde euch sagen, was ihr tun müßt, und euch später erklären, was das Ganze zu bedeuten hat. Thorsson, ist mit dir alles in Ordnung?«

»Ich glaube schon ... etwas schwindelig ... müde.«

»Du kannst dich bald ausruhen. Wir brauchen noch eine Zeremonie. Kannst du den Sonnenstein vorführen?«

»Wo ist er?«

»Ich habe ihn hier. Wenn ich ihn dir gebe, mußt du diesen Trick machen, bei dem er blau wird.«

Der Krieger kehrte mit einem Wasserschlauch zurück, und Odin reichte ihn übertrieben förmlich an Nils weiter. Nils trank, da Odin ihn dazu gemahnt hatte, langsam, nahm nur kleine Schlucke.

»Der heilige Mann sagt, seine Helfer müssen auch etwas bekommen«, erklärte Odin und nahm Nils den Schlauch ab. Er nippte kurz daran und gab ihn dann Svenson.

»So, nach der Zeremonie schläft Weißer Wolf gern ein wenig; es kostet ihn große Kraft. Aber er wird euch zuvor noch ein kleines Beispiel seiner Macht geben.«

Er zog den Lederbeutel aus der Tasche und löste die Riemen übertrieben feierlich, ehe er den Sonnenstein in seine Hand gleiten ließ. Dann reichte er ihn Nils.

»Halte ihn hoch, Thorsson, damit alle ihn sehen können«, meinte er. Dann wandte er sich in der Sprache der Skraelinge wieder an ihre Feinde. »Wie ihr sehen könnt, ist dies ein flacher, grauer Stein«, rief er. »Und jetzt gebt genau acht.«

Nils drehte den Stein langsam, und als er ihn nach Norden ausrichtete, hielten die Krieger den Atem an.

»Er ist *blau*!«

»Ja, das habe ich euch doch erzählt«, sagte Odin hochmütig. »Er kann mit seinen Händen Steine verwandeln. Jetzt muß ich ihn aber bitten, sich auszuruhen. Für den Augenblick ist es genug.«

Der Anführer der Skraelinge nickte. »Wir werden hier Wache stehen«, erklärte er. »Sag deinem heiligen Mann, er solle sich keine Sorgen machen. Wir werden ihn schützen.«

Odin mußte ein Lächeln unterdrücken. Diese Sache hatte viel besser funktioniert, als er erwartet hatte. Schon jetzt überschlugen sich in seinem Kopf die Ideen für andere Zeremonien. Selbst den Namen Thorsson konnte man benutzen. Der Sohn Thors, des Donnergottes ... Natürlich war auch Weißer Wolf nicht schlecht. Aber es würde nicht schaden, den Namen, den der Nordmann bei seinem eigenen Volk trug, ebenfalls bekanntzumachen. Das jedoch würde er sich für später aufheben. Und Feuerhaar ... auch da lagen gewisse Möglichkeiten. Für die unmittelbare Zukunft würde es genügen, wenn er Svenson mit seinem Zündstein Feuer machen ließ.

Im Moment brauchten sie etwas Wasser, Essen, Erholung und Ruhe. Eine ungeheure Last fiel von ihnen ab.

Dieser Gedanke wurde jedoch ein wenig getrübt durch eine beiläufige Bemerkung des Skraeling-Anführers, bevor sie sich endgültig zur Ruhe legen konnten.

»Ihr seid natürlich immer noch unsere Gefangenen.«

19

Es war spät am Nachmittag. Als er auf die Ereignisse jenes Tages zurückblickte, mußte Nils Thorsson feststellen, daß er sich kaum noch daran erinnern konnte, wie alles geschehen war. Er entsann sich der Entscheidung, zum Berserker zu werden, und der wachsenden Erregung, während er sich bereit gemacht hatte. Der Rest war eine schleierhafte Erinnerung an lautes Geheul und den Versuch zu kämpfen. Aber seine Gegner waren immer wieder vor ihm zurückgewichen, hatten sich außer Reichweite gebracht … wie in einem Traum.

Ganz schwach erinnerte er sich an Odin, der neben ihm gestanden und die Skraelinge in ihrer Sprache angesprochen hatte. Die seltsame Macht seines Gefährten über den Feind war ihm unerklärbar.

»Es ist nicht meine Macht, Thorsson«, erklärte Odin ihm. »Du bist derjenige, der über magische Kräfte verfügt. Ich bin nur dein Helfer, genauso wie Svenson.«

Diese Mitteilung verwirrte Nils noch mehr. Meinte ihr einäugiger Kamerad es ernst, oder war dies irgendein verrückter Trick, um ihn lächerlich zu machen? Doch Odin wirkte durchaus ernst, und die Skraelinge behandelten Nils tatsächlich mit einer gehörigen Portion Respekt. Sogar mit ein wenig Furcht. Diese plötzliche Veränderung war mehr, als er verstehen konnte – diese Leute hatten noch vor wenigen Minuten die Absicht gehabt, sie zu töten, und jetzt brachten sie ihm *Ehrfurcht* entgegen?

Sie waren Gefangene. Odin sorgte dafür, daß er das, sobald er dazu in der Lage war, begriff.

»Wir sind hochgeehrte Gefangene, Thorsson«, klärte Odin ihn auf. »Deshalb dürfen wir unsere Waffen behalten. Man wird uns, solange wir ihnen nicht gefährlich werden, gut behandeln. Dich betrachtet man als heiligen Mann. Also sei vorsichtig!«

»Aber *warum*?«

Odin zuckte mit den Schultern. »Das hat sich so ergeben. Wir konnten es ihnen einreden.«

»Du meinst, du hast es ihnen eingeredet?«

»Nun, vielleicht. Zum Teil jedenfalls. Aber das, was sie denken, ist nicht wahr, oder?«

Es war eine schwierige Frage, auf die er keine Antwort hatte.

»Aber was ist mir dir und Sven?«

»Oh, wir sind deine Helfer. Ich helfe dir, die Gegenstände deiner Macht zu tragen … den Sonnenstein … deine Gewänder.«

»Ja, jetzt erinnere ich mich wieder. Du hast mich gebeten, den Stein vorzuführen. Aber wir wußten, in welcher Richtung

Norden liegt ... Und warum war es überhaupt notwendig, es ihnen zu zeigen?«

Odin kicherte. »Das war es gar nicht. Ich habe ihnen nichts von der Macht dieses Steines erzählt. Nur daß du seine Farbe verändern kannst. Daß er auch allein nach Norden findet, heben wir uns für später auf.«

Dieser Mann, das begriff Nils jetzt klar, spielte eine viel größere Rolle für ihr Überleben, als ihm bisher bewußt gewesen war.

»Und was hat Svenson bei dem Ganzen zu tun?«

»Er trägt Feuer.«

»Feuer?«

»Ja. Er hat diesen kleinen Feuermacher, wie ihr Nordleute ihn benutzt, mit Feuerstein darin.«

»Ja, aber ...«

»Jene, die du Skraelinge nennst, können nur mit Hilfe von Stöcken Feuer machen.«

Odin zeigte ihm mit den Händen, was er meinte.

»Ich verstehe immer noch nicht, Odin.«

»Nun, ich habe ihnen erzählt, daß der Feuerhaarige aus einem Stein Feuer locken kann.«

»Der Feuerhaarige?«

»Ja. Ich dachte, es wäre gut, ihnen einzureden, das sei der Grund für seine rote Haarfarbe ... Er ist der Feuerträger.«

Nils lächelte belustigt.

»Weiß Svenson davon?«

Odin warf einen kurzen Seitenblick auf Svenson, der ganz in ihrer Nähe vor sich hindöste. Die Ereignisse der vergangenen Tage hatten ihnen allen schwerste körperliche Anstrengungen abgenötigt.

»Ja, zum Teil jedenfalls. Ich habe ihm gesagt, er solle besonders gut auf den Feuermacher aufpassen.«

»Die Skraelinge haben ihn noch nicht gesehen?«

Er hatte einen Augenblick gezögert, Odin mit Skraeling anzusprechen. War das nicht unsinnig? Und wichtiger noch, konnte er es als Beleidigung auffassen?

Odin schien es jedoch gar nicht zu bemerken. »Noch nicht«, erklärte er. »Auch das habe ich mir für später aufgehoben.«

Ein schelmisches Zwinkern trat in Odins Auge. *Ihm macht das alles auch noch Spaß!* dachte Nils.

Jetzt näherte sich der Anführer der Skraelinge und wandte sich in entschlossenem, aber respektvollen Ton an Nils.

»Er möchte wissen, ob es dir besser geht«, übersetzte Odin.

Nils überlegte einen Moment. Es mußte ihm besser gehen, aber er konnte sich nicht genau daran erinnern, wie es dazu gekommen war.

»Viel besser, denke ich.«

Odin übersetzte wiederum, und Nils fing an, darüber nachzudenken, wie er diese Sache handhaben sollte.

»Sag ihm«, bat Nils Odin, »daß wir ihm für seine Hilfe danken, für das Essen und das Wasser, und daß wir am Morgen aufbrechen werden, um zu meinem Volk zurückzukehren.«

Odins Auge weitete sich. »Ich glaube, das wäre nicht klug, Thorsson. Wir brauchen Boote ...«

»Sag es ihm!«

Nils hatte das Gefühl, die Kontrolle über sein Leben zu verlieren, und er wünschte sich nichts sehnlicher, als sie wiederzuerlangen. Vielleicht würde er sich mit dieser Art von Entscheidung bei den anderen Respekt verschaffen.

Odin war über seine Bitte offensichtlich verärgert, schien sie jedoch trotzdem weitergegeben zu haben. Der Anführer der Skraelinge reagierte mit einem Schwall zorniger Worte.

»Er sagt nein«, erklärte Odin. »Er wird uns nicht gehen lassen. Er ist gekommen, um uns mitzuteilen, daß wir morgen zu *seinem* Dorf aufbrechen werden.«

Nils setzte zu einer wütenden Antwort an, begriff dann jedoch die Nutzlosigkeit eines solchen Verhaltens. Sie hatten buchstäblich keine andere Wahl.

»Wir haben anscheinend keine Wahl«, stellte er laut fest. »Sag ihm, wir kommen mit.«

Er erfuhr nie genau, wie Odin seine Antwort übermittelte, aber hätte er es erfahren, er wäre sicher überrascht gewesen. Es klang etwa so: *Sag meinem Bruder, daß wir ihm für seine Gastfreundschaft danken und die Einladung mit großer Freude annehmen.*

Das Gespräch dauerte noch eine Weile, wobei Odin nach wie vor übersetzte. Nils hatte das vage Gefühl, daß der Dolmetscher nicht nur seine, sondern auch die Worte des Skraeling-Führers seinen eigenen Wünschen entsprechend veränderte. Wissen konnte er das jedoch natürlich nicht.

Er erfuhr mehrere Dinge. Zum einen den Namen des Anführers, der für Nils aus einer bedeutungslosen Aneinanderreihung von Silben bestand und laut Odin etwa so viel wie Fliegendes Eichhörnchen bedeutete.

»Ein Eichhörnchen, das fliegt?« fragte Nils.

»Natürlich. Habt ihr bei euch zu Hause denn keine?«

Schon allein die Vorstellung erschien ihm lächerlich. Ein solches Tier konnte es einfach nicht geben. Ein Eichhörnchen mit Flügeln? Er tat das Ganze als Phantasterei ab. Seltsam fand er nur, daß die Skraelinge solchen Unfug als Namen benutzten. Aber ihm stand noch eine weitere Überraschung bevor.

»Dein Name«, sagte Odin, »ist Weißer Wolf.«

»*Weißer Wolf?* Warum das denn, in Gottes Namen?«

»Ah, du erinnerst dich nicht, Thorsson. Du hast dich beinahe in einen Wolf verwandelt, auf jeden Fall hast du geheult und getanzt wie einer. Und ohne deine Gewänder bist du weiß, nicht wahr? Deine Haut, dein Haar. Also bist du in ihrer Sprache *Weißer Wolf.* Natürlich habe ich ihnen erzählt, daß dein eigenes Volk dich Thorsson nennt, Sohn des Gottes, der über Feuer und Donner herrscht. Das ist ein Teil deiner Macht als heiliger Mann.«

Nils war nicht sicher, ober er die letzte Bemerkung verstanden hatte. Glaubte Odin tatsächlich, daß er solche Macht besaß? Oder hatte er das lediglich den Skraelingen erzählt? Es schien jedoch sinnlos, der Sache jetzt weiter auf den Grund zu gehen, und er ließ das Thema fallen. Er war immer noch ein wenig verwirrt darüber, daß sie überhaupt noch lebten. Das alles mußte geschehen sein, während er geträumt oder sich in einer Art Trance befunden hatte.

Rückblickend wurde ihm auch klar, daß er nichts anderes erwartet hatte, als bei dem Angriff auf die Skraelinge getötet zu werden. Er hatte geglaubt, daß er einige von ihnen mitnehmen würde, daß er tapfer sterben und bei diesen Wilden einen dauerhaften Eindruck hinterlassen würde. Aber das, was dann tatsächlich passiert war, hatte ihn völlig unvorbereitet getroffen. Er wußte nicht, was geschehen war, und es sah nicht so aus, als würde er es jemals erfahren. Die Skraelinge, einschließlich Odins, nahmen seine Verwandlung offenbar als ein wichtiges spirituelles Ereignis hin, das jedoch nicht völlig ungewöhnlich war. Verwandlung? War ihm wirklich etwas derartiges widerfahren? Hätte er sich *wirklich* beinahe in einen Weißen Wolf verwandelt? Das Ganze war einfach lächerlich. Und doch erinnerte er sich vage, von dem Felsen gesprungen und über die Wiese gerollt zu sein, bevor er einige Augenblicke auf allen vieren verharrt war, um den Feinden seinen Schlachtruf entgegenzuheulen. Aber ... hatte er ausgesehen wie ein Wolf? Sein Gedächtnis ließ ihn im Stich, und Odin hatte sich ebenfalls nicht festgelegt: ›Beinahe‹ ein Wolf ...

Auch Svenson war keine große Hilfe.

»Was ist passiert, Sven?« fragte Nils den Nordmann. »Du hast es gesehen.«

Svenson schüttelte nur fassungslos den Kopf.

»Ich bin mir nicht sicher, Nils. Wir alle waren sehr schwach und halb verdurstet.«

»Aber habe ich in deinen Augen wie ein *Wolf* ausgesehen?«

»Natürlich nicht. Nun ja, nicht wirklich. Du hast geheult ... Auf allen vieren ... ah, Thorsson, ich habe keine Ahnung, *was* ich gesehen habe. Wenn die Skraelinge glauben, es sei Magie gewesen ... oder Teufelswerk ...« Er hielt inne und bekreuzigte sich. »Was immer auch geschehen ist, es hat uns *gerettet*. Daran habe ich nichts auszusetzen.«

»Ich auch nicht ... aber Sven, ihr Benehmen ist so anders. Wie ist es möglich, daß sie, was auch immer passiert sein mag, einerseits als Wunder und andererseits als nichts Ungewöhnliches betrachten? Wie können sie uns Respekt und Achtung entgegenbringen und sogar ein wenig Angst und uns trotzdem als ihre Gefangenen ansehen?«

»Ich weiß es nicht, Nils. Ihre Sitten sind seltsam. Das zumindest wissen wir.« Er schwieg einen Augenblick und wechselte dann das Thema. »Glaubst du, daß noch jemand von den anderen überlebt hat?«

Darüber hatte Nils ebenfalls nachgedacht. Er würde Odin irgendwann bitten, dies in Erfahrung zu bringen.

»Vielleicht kann Odin das herausfinden«, meinte er.

Der Skraeling zauderte, änderte jedoch schnell seine Meinung. »Warum nicht? Ich werde sie fragen.«

Er schlenderte auf Fliegendes Eichhörnchen zu; die beiden Männer unterhielten sich kurz, und Odin kehrte wieder zurück.

»Er weiß es auch nicht«, berichtete er den anderen. »Zuerst hat es wohl ein paar Überlebende gegeben. Seine Leute haben sie verfolgt, aber sie waren auf der anderen Seite des Flusses.«

Er schwieg einen Moment und fuhr dann fort: »Ich glaube, eher nicht, Thorsson. Nicht lebendig. Nur wenige von deinen Leuten konnten sich in einen Weißen Wolf verwandeln, oder?«

»Wir müssen uns damit abfinden«, sagte Nils leise an Svenson gewandt, »daß wir möglicherweise die einzigen sind.«

Dieser Tatsache ins Auge zu sehen war nicht leicht.

Und was jetzt? Der Sonnenuntergang war nicht mehr fern, und Fliegendes Eichhörnchen hatte ihnen gesagt, daß sie morgen flußaufwärts ziehen würden, fort von Straumfjord. Nicht daß das eine Rolle gespielt hätte. Sie waren immer noch Gefangene, wenn auch hochgeehrte.

»Wie weit ist es bis zu diesen Leuten?« wollte er von Odin wissen.

»Einen Tag ... vielleicht auch zwei oder drei«, antwortete Odin. »Es ist nicht wichtig.«

Einen Augenblick lang flackerte Nils' Zorn auf. *Es ist wichtig,* dachte er.

Als wolle er auf seinen unausgesprochenen Protest antworten, ergriff der Skraeling abermals das Wort, redete langsamer und beinahe sanft auf ihn ein.

»Es ist wirklich nicht wichtig, Thorsson. Es entfernt uns weiter von deinem Volk und bringt uns meinem näher. Wir *leben.* Wir werden entkommen, irgendwann. Dann gehen wir ... zu deinem Volk oder zu meinem. Wohin oder wann ist unwichtig. Für den Augenblick werden wir hier gut behandelt.«

20

Es war eine Dreitagesreise bis zum Dorf ihrer Feinde. Sie fuhren mit den Fellbooten der Skraelinge, wobei immer einer der Gefangenen zwischen zwei Skraelingen saß, die die Paddel führten.

Es gab noch mehrere andere Boote, die mit ihrer Beute beladen waren, alles Dinge, die noch vor wenigen Tagen im Frachtraum der beiden Langschiffe gelegen hatten.

Es wurde schnell klar, daß man die drei Fremden genauestens beobachtete. Sie waren tatsächlich Gefangene, auch wenn man sie mit einem gewissen Maß an Respekt behandelte. Während des ersten Teils der Reise, jener Strecke, die sie zu Fuß um die Stromschnellen zurücklegten, wurden sie getrennt. Auf dem Pfad, den man nur im Gänsemarsch passieren konnte, ging ein Skraeling vor und einer hinter jedem Nordmann. Nils bemerkte, daß ihr Gefährte Odin mindestens genauso scharf bewacht wurde. Ihre Feinde schienen ihm zu mißtrauen, obwohl er ihre Sprache fließend beherrschte. Vielleicht war das sogar der Grund dafür.

Nils erkannte bald, daß es von großem Vorteil für ihn sein konnte, die Sprache seiner Feinde zu erlernen. Auf diese Weise konnte er direkt mit ihnen reden, ohne die lästige Übersetzung durch ihren Mitgefangenen Odin. Nils fühlte sich langsam wieder kräftig genug, um an solche Dinge überhaupt zu denken. Oder an die Zukunft … Kurze Zeit hatte es so ausgesehen, als gebe es sie nicht mehr.

Aber jetzt, nachdem er gegessen und getrunken hatte, kehrte seine Kraft zurück, und seine Nieren nahmen ihre Funktion wieder auf. Er fand es bemerkenswert, wie schnell der einfache Akt des Entleerens seiner Blase seine gesamte Lebenseinstellung verbesserte.

Während einer kurzen Ruhepause erlaubte man den Gefangenen, sich zusammenzusetzen und miteinander zu sprechen.

»Odin«, fragte Nils, der sich diese Gelegenheit nicht entgehen lassen wollte. »Könntest du mir etwas von der Sprache der Skraelinge beibringen?«

Odin sah ihn überrascht an.

»Warum?«

»Es wäre einfacher, wenn ich selbst mit ihnen reden könnte.«

»Ja … aber vielleicht werden wir nicht lange bei ihnen bleiben.«

Was hat er vor? dachte Nils.

»Flucht?« fragte er.

»Vielleicht. Vielleicht lassen sie uns auch gehen.« Er zuckte mit den Achseln. »Wenn du eine Skraeling-Sprache lernen willst, lerne meine!«

»Dein Volk spricht also eine andere Sprache?«

»Ja. Habe ich dir das nicht erzählt?«

»Vielleicht, Odin. Es ist so viel passiert?«

»Das ist wahr.«

Plötzlich hatte Nils eine neue Idee. Wenn ihre Feinde sie wirklich freiließen, war es dann nicht besser, sich flußabwärts nach Straumfjord aufzumachen, statt in die entgegengesetzte Richtung, zu Odins Volk? Natürlich würde Odin letzteres bevorzugen, vermutete er. Aber …

Die Skraelinge unterbrachen seinen Gedankengang und drängten zum Aufbruch. Nun, vielleicht konnte er später noch einmal mit Odin darüber reden.

Die Gelegenheit dazu ergab sich, als sie ihr Lager für die Nacht aufschlugen. Diesmal durften sich die drei ungestört miteinander unterhalten. Anscheinend wollte man sie nur während des Marsches trennen … *Sie haben Angst, daß wir versuchen könnten zu fliehen,* begriff Nils plötzlich.

Man gab ihnen zu essen und behandelte sie mit Respekt. Sie hatten sogar ein eigenes Feuer, das ihnen vor der Kälte der Nacht Schutz bot. Es gab drei Feuer, was Nils verwunderte, er hatte noch nie darüber nachgedacht. Ein einziges Feuer genügt für ein oder zwei Leute, sogar für drei. Vielleicht auch für vier, aber darüber hinaus ändert sich etwas Entscheidendes. Wenn zu viele es teilen müssen, wird sein Geist zu dünn, und seine Wärme reicht dann nicht mehr aus, um Geborgenheit zu spenden.

Die Dunkelheit um sie herum vertiefte sich, und Nils starrte in die glühenden Kohlen. Er war müde, zum einen, weil er in den letzten Tagen zu wenig Schlaf bekommen hatte, und zum anderen, weil die körperlichen Anstrengungen des Tages ihn erschöpft hatten. Vielleicht war das der Grund für die seltsamen Wege, die seine Gedanken gingen. Nach mehreren Nächten ohne Feuer schien ihm der Luxus eines Lagerfeuers geradezu berauschend. Noch während er seine Beine den Flammen entgegenstreckte, wurde ihm zu seiner eigenen Belustigung klar, daß es ihm nicht nur um Wärme ging, jedenfalls nicht nur um körperliche Wärme, sondern auch um *Licht*. Das Feuer drängte die Schatten der Nacht zurück und spendete Trost, vor allem geistigen Trost.

Dieser Gedanke war ihm gekommen, als die Skraelinge es entzündet hatten, nachdem die Zeremonie mit dem Feuermacher auf Odins Vorschlag auf später verschoben worden war.

Sie hatten mit ihren Reibstöcken ein Feuer entzündet und anschließend einen brennenden Zweig an die beiden anderen Feuerstellen gehalten.

Nils bemerkte, daß Fliegendes Eichhörnchen, der Anführer der Skraelinge, getrocknete Pflanzen in die wachsenden Flammen des ersten Feuers warf. Eine Art Ritual vielleicht?

»Er tut das, um die Geister dieses Ortes zu ehren«, erklärte Odin ihm auf seine Frage.

»Was ist das für ein Pulver?«

»*Kinikinik.* Rauch.«

»Ich verstehe nicht.«

»Aus getrockneten Pflanzen gemacht, Thorsson. Kennst du das nicht?«

»Nein.« Nils ärgerte sich über den herablassenden Ton des anderen.

»Du wirst es kennenlernen, später.«

Manchmal war es äußerst ermüdend, mit diesem Skraeling zu reden. Aber sie mußten ihm vertrauen. Nur dank seiner Hilfe waren die beiden Nordmänner noch am Leben.

Und Odin hatte recht. Später erfuhren sie tatsächlich, welches Geheimnis hinter dem *kinikinik* stand. Zumindest teilweise. Es wurde gerade dunkel, und die kleine Gruppe machte sich für die Nacht bereit. Die meisten Männer waren mit dem Essen bereits fertig und hatten sich um das größte der drei Feuer versammelt. *Verschiedene Feuer haben für diese Menschen verschiedene Zwecke,* dachte Nils. Dies war eine Art gesellschaftlicher Zusammenkunft am Ende des Tages. Irgendwie besaß ein größeres Feuer einen anderen Geist als ein kleines, intimes Feuer. Es war beinahe eine formelle Versammlung, obwohl die Männer lachten und scherzten.

Fliegendes Eichhörnchen holte einen Gegenstand hervor, auf dessen Ende eine kleine Steinschale steckte. Der Stiel war etwa so lang wie eine gespreizte Hand. Dann entnahm er seinem Beutel eine weitere Prise der getrockneten Pflanze, die er zuvor ins Feuer geworfen hatte, und streute diese in die Schale. Nils sah Odin an. Der Skraeling erwiderte seinen Blick, sagte aber nichts, sondern bedeutete ihm nur zuzusehen. Fliegendes Eichhörnchen steckte den Stiel in den Mund und griff nach einem brennenden Zweig aus dem Feuer, um ihn in die Schale zu halten.

Fasziniert beobachtete Nils, wie der Mann den Qualm einsog und als duftende, bläuliche Wolken wieder ausstieß. Der Stiel dieses seltsamen Gegenstandes mußte ein hohles Schilfrohr oder ein anderes Rohr sein. Inzwischen hatten mehrere Männer ähnliche Rohre aus ihren Taschen gezogen und entzündeten sie.

Einige Augenblicke später reichte Fliegendes Eichhörnchen seine Pfeife an Odin weiter, der einige Züge nahm und sie wieder zurückgeben wollte. Eichhörnchen sprach einige wenige Worte und zeigte auf die Nordmänner.

»Er sagt, gib sie Weißem Wolf«, erklärte Odin und reichte Nils die Pfeife, der tief daran sog.

Die Wirkung traf ihn völlig unvorbereitet. Der Rauch verbrannte seinen Mund, seine Lungen, seine Nase, und ein wilder Hustenkrampf schüttelte ihn.

»Zu stark«, sagte Odin leise. »Sei vorsichtig damit. Du weißt nichts von diesen Dingen, Thorsson?«

»Nein«, stieß Nils würgend hervor, während er sich die Tränen aus den Augen wischte. Die Skraelinge sahen ihm belustigt zu. »Warum tun wir das, Odin?«

Der Mann zuckte mit den Achseln, wie Nils eigentlich hätte vorhersehen müssen.

»Es ist etwas, was man mit anderen teilt. Es schmeckt gut.«

»Schmeckt?« Der Rauch schien überhaupt keinen Geschmack zu haben, sondern nur einen unangenehmen Hustenreiz hervorzurufen.

»Ja«, beharrte Odin, »jedenfalls, wenn du gelernt hast, wie man es macht.« Er schwieg einen Augenblick. »Natürlich weiß eine Pfeife, wenn ein Anfänger sie raucht.«

Er schien das völlig ernst zu meinen. Nach einigen weiteren Zügen, als das Brennen in seiner Kehle nachließ, war Nils tatsächlich in der Lage, den brennenden Blättern Geschmack abzugewinnen. Er war nicht durch und durch unangenehm, obwohl er die verschiedenen Aromen in der Mixtur nicht zu erkennen vermochte. Nach einer entsprechenden Geste von Fliegendem Eichhörnchen gab er die Pfeife an Feuerhaar weiter. Svenson hatte Nils beobachtet und stellte sich daher nicht ganz so ungeschickt an.

Odin wandte sich kurz an den Skraeling-Führer, der bejahend nickte. Nils sah Odin fragend an.

»Ich habe ihm erklärt«, meinte Odin, »daß Feuerhaar sich besser auf die Dinge des Feuers versteht als du. Deine Gabe ist eine andere.«

Es klang wie ein Tadel, aber Nils erwiderte nichts. Was hätte er auch sagen sollen? Er hatte nicht verstanden und den heißen Rauch zu tief eingesogen. Die Skraelinge schienen jedoch nichts außer milder Belustigung zu empfinden. *Nun,* sagte er sich, *nächstes Mal mache ich es besser.* Den Geruch, der sich über das Feuer legte, während die anderen rauchten, fand er keineswegs unangenehm.

»Erzähl mir mehr davon, Odin«, bat er.

»Was gibt es da noch zu erzählen?«

»Hm ... warum hat er etwas von diesem ... *kinikinik* ins Feuer geworfen?«

»Das hängt mit dem Geist zusammen, Thorsson. Die Geister mögen den Rauch, er bringt sie uns näher.«

»Ist es eine religiöse Sache ... etwas, das mit den Göttern zusammenhängt?«

Odin dachte nach. »Vielleicht. Manchmal, wie jetzt, macht man es nur, um sich gut zu fühlen. Aber diese erste Prise, als das Feuer entzündet wurde ... das bedeutet soviel wie: ›Ich bin hier. Das ist heute nacht mein Lager.‹«

Nils überlegte einen Augenblick lang, aber Odin kam ihm zuvor.

»Auf diese Weise zollen wir den Geistern dieses Ortes Respekt. Wir wollen sie doch nicht verärgern, oder?«

»Nein, wahrscheinlich nicht. Damit erbitten wir also ihr Wohlwollen?«

»Ja, ja! Das ist es, Thorsson. Genau das ist es!«

Nils war ein wenig verwirrt über die begeisterte Zustimmung des Skraelings. Er empfand es als Auszeichnung, von Odin gelobt zu werden. Also *warum*, fragte er sich, *bedeutet mir ein Lob von diesem einäugigen Wilden so viel?* Selbst wenn er keine zufriedenstellende Antwort darauf wußte, wurde ihm eine Sache immer klarer. Dieser Mann war erheblich intelligenter und bei weitem vielschichtiger, als Nils angenommen hatte. ›Wilder‹ war kaum der passende Ausdruck. War die ganze Welt der Skraelinge so kompliziert wie das, was er hier erlebte? Gab es hier Dinge, die nicht einmal die Nordmänner mit ihrem hochentwickelten Wissen und ihren Navigationskünsten so gut verstanden wie diese Skraelinge? Nun, *kinikinik* war jedenfalls eines davon! Er hatte noch nicht ganz begriffen, was eigentlich dahinter steckte. Ein Stoff, der teils zur Huldigung der Götter und teils dem Vergnügen diente? Und aus welchen Pflanzen wurde er hergestellt? Nun, später vielleicht. Jetzt wollte er nicht mehr darüber nachdenken. weder darüber noch über etwas anderes. Er war müde.

Um so seltsamer fand er, daß er immer noch dasaß und in die Glut starrte, die ihre Farben wechselte, während eine leichte Brise sie ganz sanft wieder zum Leben erweckte. Erneut erinnerte er sich an seine Kindheit und die langen Abende mit seinem Großvater. Wie gern hatte er damals in das glühende Herz des Feuers geblickt!

›Ein Feuer bewahrt Erinnerungen‹, hatte sein Großvater einmal gesagt. ›Bilder vergangener Zeiten … Gesichter von Freunden und Feinden, aus guten und aus schlechten Tagen.‹

Erst jetzt wußte er, was der alte Mann gemeint hatte. Er hüllte sich in seinen Umhang, legte sich auf die Seite und verlor sich in der Vergangenheit. Jenseits des Feuers ertönte das rhythmische Schnarchen Svensons, Odin schlief ebenfalls, und auch die anderen verhielten sich ganz still. Nils war allein. Es war allerdings eine gute Art von Alleinsein. Er ging im Geiste noch einmal die Ereignisse der letzten Wochen durch. Das Wechselspiel von Licht und Schatten in den sterbenden Kohlen schien ihm die Dinge mit größter Lebendigkeit vor Augen zu führen.

Die Ozeanüberquerung, die Landung in Straumfjord ... seine Bewohner ... Karlzefni, der Anführer ... Thorwald Eriksson, der kühne Entdecker ... der warme Leib und die noch wärmeren Küsse von Ingrid, der blauäugigen Göttin. Ah, heute nacht mit *ihr* das Lager zu teilen! Dieser Wunsch rief ihm den Böttcher Olaf, ihren unglücklichen Ehemann ins Gedächtnis. Er fragte sich, ob das, was der Mann besaß, wirklich das Elend wert war, zusehen zu müssen, wie seine schöne Frau mit allem flirtete, was Hosen anhatte. *Seltsam,* dachte Nils. *Sie tut mir jetzt lange nicht mehr so leid wie seinerzeit in Straumfjord.*

Was hatte dazu geführt? Er würde immer noch versuchen, sie nach Hause mitzunehmen, wenn sie es nach wie vor wollte. Wahrscheinlich war dies das erste Mal, daß er sich überhaupt Gedanken darüber machte. Bisher hatte er sich einzig und allein auf eine Rückkehr nach Straumfjord konzentriert. *Aber was dann?* Er hatte kein Schiff. Er hatte es verloren. Hatte sein Kommando verloren. Wieder überkamen ihn Schuldgefühle, während er an all die tapferen Nordmänner dachte, die mit den beiden Schiffen hierher gesegelt waren.

Auch an seinen Freund Landsverk mußte er denken. Helge war ein wenig verrückt gewesen und hatte ihre Mission mit seinem Ehrgeiz gefährdet. *Nein, ich darf nicht schlecht von den Toten denken,* ermahnte sich Nils. *Er war ein tapferer Mann.* Es tröstete ihn etwas, daß Helge und die anderen tapferen Nordmänner, die während der ersten Schlacht getötet worden waren, ein Begräbnis bekommen hatten, wie es einem Helden gebührte.

21

Die eigentliche Reise über den prachtvollen, fjordartigen Fluß war beinahe ein Vergnügen. Nils' Leben und das der Menschen um ihn herum hatte sich ausschließlich auf das Meer konzentriert. Dies war eine Gelegenheit, die Seeleute eines anderen Volkes zu beobachten, ihre Technik und ihre verschiedenen Methoden kennenzulernen, mit den Problemen fertig zu werden, vor denen die Seefahrer aller Völker standen.

Ihm war bereits die Geschicklichkeit aufgefallen, mit der sie die kleinen, runden Boote zu manövrieren verstanden. Als sie oberhalb der Stromschnellen wieder in die Boote stiegen, war er erst recht beeindruckt. Ein oder zwei einfache Ruderschläge genau zur rechten Zeit und am rechten Ort, und das flinke, kleine Boot war wieder auf Kurs. Er erinnerte sich an die unbeholfenen Versuche der Nordmänner mit den erbeuteten Booten und erkannte, daß diese Männer, für die es so schwierig gewesen war, die Skraeling-Boote zu handhaben, mit ihren eigenen Schiffen äußerst tüchtig umzugehen wußten. Aber dies war eben eine andere Kultur, eine andere Art und Weise, dieselben Dinge zu tun.

Schon gegen Mittag des ersten Tages, den sie auf dem Wasser zubrachten, empfand er größte Bewunderung für die Tüchtigkeit der Skraelinge. Sie kamen auf ihren Weg flußaufwärts gut voran und machten halt, um von Bord zu gehen und ihre verspannten Beine auszustrecken. Odin sprach mit einem von ihnen, und Nils sah, wie sie auf die andere Seite des breiten Flusses zeigten.

»Was ist los?« erkundigte er sich.

»Dein Boot. Das, mit dem du deine Toten verbrannt hast.«

»Die *Nordmaid*? Was ist mit ihr, Odin?«

»Sie ist da rübergetrieben worden ... Ist in der Nähe des Ufers hängengeblieben und verbrannt.«

»Ist sie wirklich verbrannt?«

»Ja, fast ganz. Ein Teil davon ist gesunken.«

Nils verspürte eine seltsame Erleichterung. Einen furchtbaren Augenblick lang hatte er befürchtet, auch das sei schiefgegangen, das Feuer könnte erloschen sein und die halb verbrannten Leichen an Bord des immer noch über den Fluß schwimmenden Wracks zurückgelassen haben. Aber nein, dies war genauso, wie es sein sollte. Helge und die anderen waren im Tod durch den Scheiterhaufen ihres Schiffes geehrt worden, ihre Leiber vom Feuer gereinigt, während ihre Geister emporgetragen wurden. Helge hätte es so gewünscht. Trotzdem erfaßte ihn tiefe Traurigkeit, als sie nach kurzer Pause aufbrachen und Nils endgültig Abschied nahm von einem tapferen und doch so schwierigen Freund seiner Kindheit. Wie anders hätte alles sein können!

Je weiter sie fuhren, desto vertrauter wurde Nils die Landschaft, und nach einer Weile erkannte er die Stelle, an der sie zum ersten Mal auf die Skraelinge unter den umgedrehten Booten gestoßen waren. Wie lange das jetzt zurücklag; es kam ihm wie ein halbes Leben vor. Damals waren sie eine Expedition kühner Entdecker gewesen, bestens ausgestattet mit Vorräten und Waffen und voller Vertrauen in die Kraft ihrer Jugend. Er hatte geglaubt, daß nichts ihnen gefährlich werden konnte. Jetzt, nur wenige Tage später, war alles anders. Nur er und Svenson hatten überlebt. Traurigkeit und Schuldgefühle senkten sich wie ein Leichentuch auf ihn herab. Er war nach wie vor zutiefst betroffen.

Sie verweilten nur kurz am Schauplatz jenes ersten Scharmützels. Nils' Vermutung, daß die Männer, die sie schließlich gefangengenommen hatten, aus einem anderen Dorf stammten, erwies sich später als zutreffend. Am Nachmittag konnte man eine erwartungsvolle Spannung spüren. Die Skraelinge unterhielten sich immer lebhafter von einem Boot zum anderen, und ihre Freude und Zufriedenheit war förmlich greifbar. *Sie sind gewiß bald zu Hause,* dachte Nils. Je besser die Laune der Krieger wurde, desto trüber wurde seine eigene.

Jetzt kamen ihnen ein paar Boote entgegen, bemannt mit aufgeregten jungen Männern. Sie riefen und sangen, und schließlich wendeten sie ihre Boote, um sich den heimkehrenden, siegreichen Kriegern anzuschließen. Sie starrten die Gefangenen an und stellten eifrig Fragen, die sich offensichtlich auf die Nordmänner bezogen. Wieder ärgerte Nils sich darüber, daß er nichts verstand. Er hätte gern gewußt, was sie sagten. *Zum Teufel mit diesem Odin,* dachte er. *Er hätte schon lange anfangen können, mir etwas beizubringen!* Seine Niedergeschlagenheit verstärkte sich noch.

Sie erreichten das Ufer, an dem eine aufgeregte Menschenmenge sie bereits erwartete. Es war ein guter Landesteg, der offensichtlich viel benutzt wurde. Nils konnte auf der sanften Anhöhe eine Reihe von Hütten erkennen, die wohl das Dorf bildeten. Die Männer, die sie hierhergebracht hatten, kletterten jetzt aus den Booten und zogen sie an Land. Fliegendes Eichhörnchen bedeutete den Gefangenen, ebenfalls auszusteigen. Unverhohlene Feindseligkeit schlug ihnen entgegen. Eine Frau spuckte Nils an; ihr Speichel traf seine Wange und lief ihm bis zum Kiefer hinunter. Er versuchte, nicht zu reagieren, wischte ihn nur mit dem Ärmel ab. Erheblich mehr beunruhigte ihn eine andere Frau, die ein Messer in der Hand hielt und vielsagend auf die empfindliche Stelle zwischen Nils' Beinen starrte.

Dann begann Fliegendes Eichhörnchen zu sprechen, und Nils bemerkte, daß die Mienen der Umstehenden von Feindseligkeit in Staunen und Ehrfurcht übergingen. Die Frau, die Nils angespuckt hatte, sah ihn jetzt eindeutig reuig an. Die mit dem Messer ließ ihre Waffe sinken; ihr Gesichtsausdruck verriet Neugier. Neugier und noch etwas anderes – Respekt.

»Er hat ihnen von deinen großen Kräften erzählt«, sagte Odin hinter ihm. »Das ist gut. Jetzt werden sie uns nichts tun.«

Das klang ermutigend, wenngleich es trotzdem kein angenehmes Gefühl war, von Skraelingen umringt zu sein. Vor ein paar Tagen hätte jeder von ihnen die Eindringlinge nur allzugern getötet. Trotz des Schutzes, den ihr seltsam widersprüchlicher Status als geehrte Gefangene ihnen gewährte, verspürte Nils eine gewisse Unsicherheit.

Die Schaulustigen stiegen jetzt den Hügel zum Dorf hinauf. Kinder und Hunde rannten rufend beziehungsweise bellend neben ihnen her. Diese Szene erinnerte Nils an sein Heimatland. Die Krieger hätten Nordmänner sein können, Wikinger einer früheren Generation, die nach ihrer Rückkehr von einem Plünderzug durch Britannien und die Inseln von ihren Familien willkommen geheißen wurden. Aufgrund der

Entwicklung besserer Navigationstechniken und der gestiegenen Bedeutung des Handels gehörten diese Tage der Vergangenheit an. Dennoch meinte er, sie vor sich zu sehen.

Noch eine andere Sache überraschte ihn. Bisher hatte er noch keine Skraelinge aus der Nähe betrachten können, abgesehen von kämpfenden Männern natürlich. Hier jedoch waren auch alte Leute, Kinder und Frauen. Er dachte an die Frau, die ihn angespuckt hatte, und an die mit dem Messer. Er bekam eine Gänsehaut, und sein Unterleib verspannte sich bei dem Gedanken an das, was sie beabsichtigt hatte. Er fragte sich, ob die Männer, die ihn gefangengenommen hatten, ihm notfalls erlauben würden, sich zu verteidigen. Das würde sich herausstellen, wenn es zum Schlimmsten kam.

Er sah sie noch einmal an, während die Menge sich langsam dem Dorf näherte. Keine unattraktive Frau, fand er jetzt, da sie keine akute Bedrohung mehr für seine Männlichkeit darstellte. Eine Frau in mittleren Jahren, groß und stolz, voller Anmut und Würde. Eine Frau, die selbst auf sich achtgeben konnte. Wie eine Nordfrau. Die Britannier hatten ein passendes Sprichwort: ›Töte niemals einen Nordmann, denn du wirst gegen seine Frau kämpfen müssen.‹ Vielleicht galt dasselbe auch für diese Skraelingfrau. Hatte sie einen Ehemann oder Sohn an die Eindringlinge verloren?

Angeblich waren Frauen die besten Folterknechte und ebenso blutrünstig, wie ein alter Wikinger je gewesen sein mochte. Gab es da nicht eine Geschichte ... Ja! Vor ein oder zwei Jahren war ein grausamer Mord geschehen; eine rothaarige Schönheit hatte eine Rivalin mit der Axt getötet. Und war es nicht eine Schwester der beiden Erikssons, Leif und Thorwald, gewesen? *Beim Hammer Thors,* dachte er, *ich glaube, so war es!* Er konnte sich an die Einzelheiten nicht mehr erinnern, aber es hatte natürlich viel Gerede gegeben. Er war froh, daß er bei ihrem Zusammentreffen in Straumfjord nicht daran gedacht hatte. Es wäre ihm schwergefallen, sich dem Bruder des Mädchens gegenüber unbefangen zu geben.

Er schüttelte die Erinnerung ab. *Ja,* dachte er, *die Frau mit dem Messer. Sie könnte und würde mit der Axt auf jemanden losgehen.*

Noch etwas fiel ihm auf. Er hatte die einheimischen Frauen

immer als Wilde betrachtet, entweder als schmutzig und ungepflegt oder als gefährlich wie die Messerfrau. Aber die kleinen Mädchen, die zusammen mit den Jungen und Hunden herumliefen, waren sehr hübsch. Und viele der älteren, die bald Frauen sein würden, waren wirklich ausgesprochen schön. Unter ihren weichen Wildlederkleidern zeichneten sich bereits anmutige Rundungen ab. Einige der Frauen waren groß und schlank, hatten exotische, dunkle Augen mit langen Wimpern, und ihre wohlgeformten Gesichter wurden von glänzendem Haar umrahmt, das blauschwarz war wie die Federn einer Krähe.

Nils hätte nicht zu sagen vermocht, warum ihn das überraschte. Er wußte nicht, was er erwartet hatte. Vielleicht lag es an der langen Zeit, die er ohne Frauen zugebracht hatte, zuerst auf See und dann während der Expedition, direkt nach jenem in dieser Hinsicht eher frustrierenden Aufenthalt in Straumfjord? ... *Nein,* entschied er, *das ist es nicht.* Es stimmt, daß Keuschheit genauso wie Wein selbst eine durchschnittliche Frau anziehend erscheinen läßt. Und das ungewöhnliche, exotische Aussehen der Frauen hier ... *Nein, sie sind wirklich attraktiv. Einige von ihnen sind geradezu schön!* Er fing ein einladendes Lächeln auf.

Sein Tagtraum fand ein jähes Ende, als sie bei den Häusern ankamen. Sie waren aus Baumstämmen erbaut und mit Schlamm verputzt; auch ihre strohgedeckten Dächer erinnerten ihn an die Hütten, die man in den primitiveren Teilen seines Landes vorfinden konnte. Einige der Gebäude schienen gerade groß genug für eine Familie, die größeren mochten von Großfamilien bewohnt werden. Er dachte an die Gemeinschaftsgebäude in Straumfjord. In diesem Augenblick erreichten sie ein langgestrecktes Haus, das einer Versammlungshalle oder einem Langhaus ähnelte.

»Ist das ein Versammlungshaus?« fragte er Odin.

Der andere nickte nur.

Die Männer, die sie gefangengenommen hatten, unterhielten sich kurz miteinander, wobei sie wild gestikulierten. Schließlich ergriff Fliegendes Eichhörnchen das Wort; er war offenbar nicht nur Anführer der Kriegergruppe, sondern auch der des Dorfes.

»Er sagt, wir seien seine Gäste«, übersetzte Odin und zeigte auf eines der größeren Häuser.

Es schien in gutem Zustand zu sein und machte einen wohlhabenden Eindruck. Davor brannte ein Kochfeuer, um das sich einige Frauen kümmerten, ohne den Fortgang der Ereignisse außer acht zu lassen.

»Heute abend wird der Rat einberufen«, sagte Odin. »Man wird uns ehren. Ich habe ihnen in unser aller Namen gedankt.« Er schwieg einen Augenblick. »Ich hatte daran gedacht, Feuerhaars Feueranzünder jetzt zu benutzen, aber vielleicht wäre der Rat heute abend ... Ja, das ist besser. Das gibt ihnen Zeit zum Staunen!«

Fliegendes Eichhörnchen winkte sie ins Haus. Sie traten ein und blieben stehen, während ihre Augen sich an das schwache Licht gewöhnten. Das Innere der Gebäude überraschte Nils nicht. In einem wichtigen Punkt unterschied es sich jedoch von den Häusern, die er kannte, es fehlte ein Kamin. Aber es gab einen Feuerplatz und eine Öffnung im Dach, durch die der Rauch entweichen konnte. Die Asche war kalt. Anscheinend lebten und kochten die Skraelinge bei warmen Wetter überwiegend draußen.

Eine der Frauen zeigte auf eine Ecke.

»Sie sagt, dort können wir schlafen«, erklärte Odin.

Eine Art Mauervorsprung oder eine Bank, die entlang der Wände um den ganzen Raum verlief, stellte anscheinend das gesamte Mobiliar dar; es gab weder Stühle noch Tische oder Betten, an einigen Stellen lagen Schlafdecken, während andere Platz für Essensvorräte boten.

Nils ging in die Ecke, die die Frau ihnen zugewiesen hatte, ließ seine wenigen Besitztümer auf den Mauervorsprung fallen und setzte sich. Man saß gut dort. Plötzlich war er völlig erschöpft und wollte nichts als schlafen.

»Werde nicht zu schläfrig«, riet Odin ihm. »Wir werden essen, und dann beginnt der Rat.«

»Was wird bei dem Rat passieren?«

Odin zuckte auf seine besondere Art mit den Achseln.

»Wer weiß? Sie werden reden. Das ist so bei Ratsversammlungen. Sie werden uns vielleicht Fragen stellen. Wir werden ihnen die Macht von Feuerhaar zeigen.«

Auf seinem Gesicht erschien ein schelmisches Lächeln der Zufriedenheit. Nils stellte keine Fragen mehr. Es hätte keinen Sinn gehabt. Der einäugige Skraeling würde ihnen erzählen, was er wollte und wann er es wollte. Dies war zwar ärgerlich, aber Odin hatte sie am Leben erhalten, und bisher entwickelte sich die ganze Sache so, wie er es prophezeit hatte.

Es gab jedoch eine unausweichliche Tatsache, das begriff Nils, während er zusah, wie Odin ihre wenigen Besitztümer neben ihm ausbreitete.

Diesem Bastard macht die ganze Sache auch noch Spaß!

22

Unerwarteterweise fand der Rat nicht im Lagerhaus statt. Odin hatte viel darüber nachgedacht und erkundigte sich zu guter Letzt.

»Draußen«, antwortete Fliegendes Eichhörnchen. »Zu heiß und verqualmt drinnen.«

Zu dieser Jahreszeit stimmte das natürlich. Nun, wie konnten sie das, was sie besaßen, möglichst vorteilhaft einsetzen? Odin hatte die Absicht, jeden Trick anzuwenden, der ihm einfiel, um die Fremden zu beeindrucken, und zwar so bald wie möglich. Erste Eindrücke blieben haften, und ein Versuch konnte nicht schaden.

»Das ist gut«, meinte Odin mit beifälligem Lächeln. »Das Feuerhaar möchte heute abend an dieser Stelle sein erstes Feuer machen. Er kann das Feuer des Rates entzünden, oder?«

Odin sah förmlich, wie sich die Gedanken des Häuptlings überschlugen. Man mußte Fliegendem Eichhörnchen jedoch zugute halten, daß er nur einen Augenblick zum Nachdenken brauchte. Er ging natürlich ein gewisses Risiko ein, wenn er den Gefangenen volle Freiheit gewährte. Auf der anderen Seite konnte es durchaus wesentlich gefährlicher sein, sich der Macht des heiligen Mannes, die offensichtlich so groß war, entgegenzustellen.

»Dein heiliger Mann, Weißer Wolf, bittet darum?« wollte Fliegendes Eichhörnchen wissen.

Odin nickte. »Das Entzünden des ersten Feuers ist sehr wichtig für ihn.«

»Genau wie für uns«, pflichtete der Häuptling ihm bei. »Es ist gut. So soll es sein.«

Odin spürte, daß die anderen gewisse Zweifel hegten, jedoch nicht wagten, die unbekannten Kräfte des Fremden herauszufordern. Er hatte damit gerechnet, auf den Morgen anspielen zu müssen, an dem der Nordmann beinahe zum Wolf geworden war. Ein selbstgefälliges kleines Lächeln huschte über sein Gesicht, als sich herausstellte, daß dies überhaupt nicht nötig war. Aber jetzt mußte er diese Leute dazu bringen, auch die Macht des anderen Außenseiters, des feuerhaarigen Svenson, anzuerkennen. Sven war nicht wirklich in Sicherheit, bis er sich durch irgendeine besondere Tat ein gewisses Maß an Respekt verschafft hatte. Odin wandte sich nun an die beiden Nordmänner.

»Ich habe ihnen gesagt«, erklärte er, »daß ihr die Sitte habt, an einem neuen Ort ein erstes Feuer zu entzünden.«

»Das stimmt tatsächlich«, antwortete Thorsson.

»Ja ja, wir auch«, fuhr Odin eilig fort. »Und das können wir uns zunutze machen, Thorsson. Sie werden Feuerhaar – unserem Svenson hier – erlauben, seinen Ritus zu vollziehen. Und sie haben noch nicht gesehen, wir ihr mit dem Feuermacher Funken schlagt.«

»Ah ja.« Nils begann zu verstehen. Einem Volk, das lediglich Reibestöcke kannte, mußte diese Art des Feuermachens als etwas Übernatürliches erscheinen. »Sven, kannst du ihnen ein Schauspiel liefern, das sie so bald nicht vergessen werden?«

Der alte Seemann lächelte. »Natürlich.«

»Das ist gut«, sagte Odin. »Kurz bevor es dämmert. Es muß noch hell genug sein, damit sie alles sehen können.«

Sven nickte, und ein schelmisches Grinsen erschien auf seinem Gesicht.

Die Mitglieder des Stammes versammelten sich langsam, und Odin begleitete Svenson und Nils an die Stelle, an der das Ratsfeuer brennen sollte. Man hatte viel Holz gesammelt. Da es hauptsächlich darum ging, die Menschen in Erstaunen zu versetzen, legte Odin mehr Zunder als gewöhnlich zurecht, damit die Flamme hoch aufschoß. Geschickt arrangierte er die trockenen Gräser, Zedernborken und kleinen Zweige, so daß die Verschwendung dieses leicht brennbaren Materials nicht ohne weiteres erkennbar war. Eine kleine Lücke unten im Stapel der größeren Holzstücke war genau der richtige Platz, um den Funken zu entzünden.

»Da«, sagte er und zeigte Svenson sein Werk. »Du kannst deinen Funken in dieses kleine Mäusenest aus Gras setzen.« Svenson sah sich die Feuerstelle an und nickte.

Mittlerweile kamen immer mehr Dorfbewohner, um sich die besten Sitzplätze zu sichern.

»Laß uns noch ein Weilchen warten«, meinte Odin. »Es wäre gut, den Häuptling dabei zu haben.«

Das Wichtigste war der Zeitpunkt. Warteten sie zu lange, würde die Dämmerung die Wirkung der Zeremonie erheblich beeinträchtigen. Fingen sie aber an, noch bevor sich der Anführer der Skraelinge eingefunden hatte, würden sie ihn, den es in erster Linie zu beeindrucken galt, beleidigen.

Odin bereitete den Schauplatz vor.

»Thorsson, du stellst dich hierhin. Ich werde auf der anderen Seite stehen, und Svenson, der Feuermacher, dort. Ich werde ...«

Die Ankunft von Fliegendem Eichhörnchen in Begleitung zweier seiner Krieger unterbrach seine Erklärungen.

»Es ist gut«, flüsterte Odin den Nordmännern zu. »Jetzt werde ich ihnen sagen ...«

Er hob die Arme, um die Aufmerksamkeit der Zuschauer auf sich zu lenken. Fliegendes Eichhörnchen und seine beiden Begleiter traten in den Kreis und setzten sich. *Gut. Noch nicht ganz dunkel ...*

»Mein Häuptling«, sprach Odin den Anführer an, »und meine Brüder«, fuhr er an die Männer gewandt fort. »Es ist gut, euer Ratsfeuer mit euch teilen zu dürfen.«

Er verwendete ihre Sprache, ohne sich um die sarkastischen Blicke zu kümmern, die einige der Anwesenden ihm zuwarfen. Er mußte natürlich davon ausgehen, daß sie den Status dieser drei Männer kannten. Gefangene waren sie, wenn auch nicht ohne Ehre. Aber nun mußte er sich beeilen, bevor es zu dunkel wurde.

»Ich spreche für meinen Anführer, den heiligen Mann, Weißen Wolf. Einige eurer Männer haben seine Macht bereits erlebt. Ich und dieser da, der Feuermacher, wir beide sind neben ihm sehr unwichtig. Aber genug davon jetzt. Heute abend wird Feuerhaar, der Feuermacher, die Ratsflamme entzünden. So ist es Sitte bei ihnen.«

Er zeigte mit großartiger Geste auf Svenson. Das Entzünden des ersten Feuers war den Skraelingen natürlich vertraut, und sie blieben abwartend sitzen, während Svenson niederkniete und sein Tuch, ein kleines Stück verkohlten Stoffes, vorbereitete.

»Er hat keine Stöcke«, flüsterte jemand. Die Leute begannen die Hälse zu recken, um alles mitzubekommen. Der Feuermacher hätte eine Spindel haben müssen, ein Feuerbrett und einen kurzen Bogen. Was? ...

Svenson spielte seine Rolle sehr gut, hob die Hände und blickte in den sich verdüsternden Himmel. *Jetzt,* dachte Odin. *Wenn sein Funke nur richtig fällt.* Er hielt den Atem an. Svenson nahm jetzt den Feuerstein in die linke Hand und befestigte den stählernen Funkenschläger an seiner rechten. Langsam und bedächtig schlug er zu ... einmal, zweimal, dreimal.

Odin sah, wie ein großer Funke von dem Stahl aufstob und auf Svens Tuch landete. Svenson, der mit vorsätzlicher Hast arbeitete, hob das Tuch geschickt auf und beförderte den Funken in eine Handvoll Zedernborke, die er sich vorher zurechtgelegt hatte. Dann drückte er die lockere weiche Masse um den Funken herum, hob alles hoch und blies seinen Atem durch die Zedernbröckchen, um den Funken zum Leben zu erwecken. Weißer Qualm entstieg seinen Händen, und einen Augenblick, bevor der Zunder in Flammen aufging, bückte Svenson sich, um ihn in die kleine Grastasche zu schieben, die Odin vorbereitet hatte.

Odins Auge zwinkerte. *Genau richtig!* Die Leute in den

ersten Reihen stießen ein Keuchen aus. Zweifellos hielten sie diese Zeremonie für etwas ganz Besonderes.

»Er hat es mit bloßen Händen getan!« flüsterte irgend jemand.

»Nein. Er hat es aus einem Stein gezogen.«

» … hat den Stein dreimal berührt …«

Jeder hatte etwas anderes gesehen. Aber jetzt erregte das Feuer selbst ihre Aufmerksamkeit. Es schien mit einem gewaltigen Satz zum Leben zu erwachen, die orangefarbenen Zungen schnellten durch die trockenen Gräser und kleinen Stöcke, sprangen zwischen den größeren Feuerscheiten auf und drängten gegen die Oberfläche des geschickt aufgestapelten Feuerholzes. Funken stoben dem dunkler werdenden Himmel entgegen, und die Menge konnte nur noch staunen über die Geschwindigkeit, mit der sich alles ereignet hatte.

Verstohlen ließ Svenson den Feuerstein und den Stahl wieder in seinen Beutel gleiten und stand mit erhobenen Händen auf. Der Schein des auflodernden Feuers drängte die Schatten zurück und vergrößerte den Kreis aus Licht. Der Widerschein der Flammen auf Svensons rotem Haar ließ es wie ein lebendiges Wesen erscheinen, das in dem Zwielicht schimmerte und funkelte. Die Leute bemerkten, wie der Feuermacher sich ihnen zuwandte, sich knapp verbeugte und wieder hinsetzte.

»Was ist passiert?« fragte jemand aus dem äußeren Kreis der Zuschauer.

Alles war so schnell gegangen, daß diejenigen, die nicht ganz genau hingesehen hatten, es verpaßt hatten.

»Das Feuerhaar hat einfach nur die Hand bewegt, und das Feuer ist aufgeschossen!« beharrte ein anderer.

Odin war hocherfreut. Er fand es nicht weiter schlimm, daß einige der Beobachter nicht recht zufrieden waren. Er hatte sein Ziel erreicht.

Fliegendes Eichhörnchen gab sich alle Mühe, unbeeindruckt zu wirken, aber ohne großen Erfolg. Das hell lodernde Ratsfeuer sprach für sich.

»Es ist gut«, sagte der Häuptling ernst. »Nun soll Weißer Wolf dem Stamm *seine* Macht zeigen.«

Der Wunsch der Skraelinge nach einer weiteren Vorführung traf Odin völlig unvorbereitet, und er verfluchte sich für seine Dummheit, nicht daran gedacht zu haben. Zunächst mußte er etwas Zeit gewinnen, um sich einen Plan zurechtlegen zu können.

»Was möchte mein Häuptling denn sehen?« fragte er unschuldig.

Fliegendes Eichhörnchen dachte einen Augenblick lang nach und lächelte dann.

»Er soll sich in einen Wolf verwandeln!«

Odin schwieg kurz. Er mußte jetzt sehr vorsichtig sein.

»Mein Häuptling«, sagte er, so gelassen wie nur irgend möglich, »ist das klug?«

Fliegendes Eichhörnchen war offensichtlich gekränkt, schien aber eine übereilte Antwort hinunterzuschlucken.

»Wie meinst du das?«

»Ihr habt ihn gesehen, wenn der Geist ihn überkommt. Er ist wie ein Wahnsinniger. Es wäre gewiß ein Risiko …«

Er hielt inne, um seine Worte wirken zu lassen. Fliegendes Eichhörnchen fühlte sich offensichtlich unwohl und nickte schließlich.

»Das ist wahr. Er soll etwas anderes tun.«

»Und was sollte das sein, mein Häuptling?«

Jetzt unterbrach Thorsson ihn. »Worüber redet ihr da?« wollte er wissen.

»Er möchte, daß du deine Macht zeigst. Er möchte, daß du dich in einen Wolf verwandelst. Ich habe gesagt, nein, das ist zu gefährlich.«

»Was? Ich kann mich nicht …«

»Ja ja, Thorsson, ich weiß. Ich versuche nachzudenken. Kannst du die Sache mit dem Sonnenstein machen?«

»Natürlich nicht!« fuhr Nils ihn an. »Dazu brauche ich Tageslicht. Das ist der Grund, warum der Stein ›Sonnenstein‹ heißt.«

Plötzlich hatte Odin eine Idee. Er wandte sich wieder an Fliegendes Eichhörnchen.

»Mein Häuptling, ich habe mit dem heiligen Mann gesprochen. Er meint, es sei für die anderen zu gefährlich, wenn er sich in einen Wolf verwandelt. Wir müssen an die Kinder hier denken.« Er zeigte auf die Zuschauer, die im Kreis um sie herum saßen. Viele nickten zustimmend, und einige sahen ihren Häuptling angstvoll an.

»So«, fuhr Odin fort, »Weißer Wolf glaubt, daß ihr recht habt. Es wäre besser, es nicht zu tun.«

Nachdem er den Zuschauern eingeredet hatte, ihr Anführer selbst habe im Interesse ihrer Sicherheit diese Entscheidung getroffen, blieb Fliegendes Eichhörnchen nichts anderes übrig, als einige Dankesworte zu sprechen. Der Häuptling nickte. *Er weiß es*, dachte Odin. *Er weiß, daß ich ihm keine andere Wahl gelassen habe, als zuzustimmen. Sehr vorsichtig jetzt.*

»Wir haben über das Wechseln der Farben von Steinen gesprochen«, erklärte Odin. »Seine Macht ist ...« Er hatte sagen wollen: »Seine Macht ist ihm von der Sonne verliehen«, konnte sich aber gerade noch rechtzeitig bremsen. Das hätte bedeutet, daß Weißer Wolf nachts machtlos war. Und das hätte sich als gefährlich erweisen können.

Dann fiel ihm plötzlich die Antwort ein, wie ein Geschenk des Himmels. Er räusperte sich.

»Seine Macht ist die größte aller Gaben«, begann er zuversichtlich. »Er wird sie zum Guten eures Stammes benutzen, wenn er kann. Aber, mein Häuptling, Ihr wißt um die Gefahren, die ein Mißbrauch einer solchen Gabe mit sich bringt. Er würde sie nicht nur verlieren, sondern vielleicht krank werden oder sterben. Unser eigener heiliger Mann wird Euch dies bestätigen.«

Er schwieg und hoffte, der Häuptling würde bedenken, daß durch den Tod des Weißen Wolfes der böse Geist freigelassen würde und sich nach einem neuen Körper umsehen müßte. Dieser Trick hatte schon einmal funktioniert.

»Glaubst du nicht, mein Häuptling, daß es sehr fragwürdig ist, wenn er hier zur Belustigung der Menge die Farbe von Steinen ändert?«

Er sah, daß der Häuptling ihn verstanden hatte. Fliegendes Eichhörnchen schien nicht gerade glücklich darüber zu sein, begriff aber, daß Odin ihm die Macht gelassen hatte, die Entscheidung zu fällen.

»Das ist wahr«, sagte der Häuptling entschieden. »Wir wollen nichts verlangen, was gefährlich sein könnte. Jetzt laßt uns mit dem Rat fortfahren.«

23

Die Nordmänner fügten sich ein wenig beklommen in den Alltag ihrer Feinde. Es war sehr niederschmetternd, den Verrichtungen des täglichen Lebens nachzukommen, ohne zu wissen, was ihnen bevorstand. Vor allem aber war es ein langweiliges Dasein. Man gab ihnen, was sie brauchten, sie wurden respektiert und bis zu einem gewissen Grad sogar verehrt, aber die Skraelinge schienen darüber hinaus keinen Plan zu haben.

Nils schnappte einige Worte ihrer Sprache auf, was ihm ein wenig weiterhalf. Odin tat seine Bemühungen mit einem Achselzucken ab, er hielt das Ganze für Zeitverschwendung. Nils verstand nicht recht warum. Er hatte die vage Vorstellung, daß Odin jederzeit mit einer Gelegenheit rechnete, der Gastfreundschaft dieser Skraelinge den Rücken kehren zu können. Aber nichts dergleichen geschah, auch das schien Odin nicht weiter zu bekümmern. Nils versuchte, ihn deswegen auszuhorchen. Was erwartete er und wann? Er bekam jedoch keine Antworten, was noch frustrierender war als seine Bemühungen, ohne Hilfe die Sprache der Skraelinge zu lernen.

»Was kommt, das kommt«, sagte Odin, »sobald die Zeit reif ist.«

Auch ein gewisses Maß an Feindseligkeit schlug ihnen entgegen. Die Frau mit dem Steinmesser beunruhigte ihn immer noch. Sie ließ keine Gelegenheit aus, vielsagend seine Lenden anzustarren.

»Sie hat einen Sohn verloren«, hatte Odin ihm irgendwann erklärt.

In diesem Fall war ihr Benehmen natürlich verständlich. Sie tat Nils sogar etwas leid. Die Sorge um seine Männlichkeit übertraf sein Mitgefühl jedoch bei weitem. Er beschloß, sie im Auge zu behalten und immer auf der Hut zu sein. In Gedanken nannte er sie Messerfrau; ihren richtigen Namen kannte er nicht.

Einmal, als die Frau sich ihm gegenüber besonders aggressiv benahm – zumindest in Form von Andeutungen –, wurde sie von Fliegendem Eichhörnchen dafür getadelt. Sie zog sich verdrossen zurück, warf ihm aber einen Blick über die Schulter zu, der keinerlei Reue zeigte. Ihre Absicht war klar. Sie wartete eindeutig auf eine günstige Gelegenheit, um Rache zu üben.

Svenson amüsierte das Ganze nur, sehr zu Nils' Mißfallen.

»Sie will dich, Weißer Wolf«, verspottete Sven ihn.

»Das ist nicht komisch, Sven«, fuhr Nils ihn an. »Du hast doch selbst gesehen, wie sie mich anschaut.«

»Stimmt«, gab der Seemann ihm recht. »Mir sind doch auch die Blicke anderer Frauen aufgefallen, aber die hatten kein Messer dabei!« Er schlug sich auf den Schenkel und brüllte vor Lachen.

»Du fändest die Sache bestimmt nicht so komisch, wenn es um deine edelsten Teile ginge«, brauste Nils auf.

»Redet nicht so«, ermahnte Odin die beiden. »Sie dürfen nicht glauben, daß ihr euch streitet. Außerdem wird man dieser Frau nicht gestatten, dir etwas anzutun, Thorsson. Sieh nur zu, daß du nicht allein mit ihr bist.«

Aha, die Sache ist also doch gefährlich! dachte Nils.

»Warum ich?« fragte er Odin. »Warum nicht du oder Svenson?«

Odin zuckte nur mit den Schultern. »Vielleicht, weil du der Anführer bist. Derjenige mit Macht. Sie könnte dir deine Macht abschneiden.«

Nils' Lenden verspannten sich schon bei dem bloßen Gedanken. Svenson kicherte vor sich hin, hörte aber sofort auf, als sowohl Odin als auch Nils ihn mit einem strafenden Blick bedachten.

»Sei einfach vorsichtig!« warnte Odin ihn unnötigerweise, denn er hatte Nils' Wachsamkeit bereits geweckt.

Dennoch war ihr Aufenthalt im Dorf von Fliegendem Eichhörnchen nicht unerfreulich. Die Ehefrauen des Häuptlings erwiesen sich als Meister in der Zubereitung köstlicher Speisen. Nils fand ihre Gerichte sehr schmackhaft und von größerer Vielfalt, als man in Straumfjord oder, wie er jetzt feststellte, zu Hause in Stadt zu bieten hatte. Man setzte ihm völlig unbekannte Gemüse vor. Eines davon, eine große gelbliche Kugel, die an Ranken wuchs, schien ein Grundnahrungsmittel der Skraelinge zu sein. Sie bezeichneten es als Kürbis, und die Frauen waren gerade damit beschäftigt, es zu ernten, und sie schnitten es in fleischige Scheiben, um es, ebenso wie die Samen, die auch eßbar waren, für den Wintervorrat zu trocknen. Zwischen den Kürbisranken wuchsen große Mengen einer Pflanze, die ebenfalls sehr wichtig war. Jeder Stengel, so hoch wie ein Mann, trug zwei bis vier riesige Kornähren von einer Art, wie Nils sie noch nie zuvor gesehen hatte. Die Form der großen Körner erinnerte ihn an Zähne. Odin nannte diese Feldfrucht Mais. Ihr Korn wurde manchmal zu Mehl gemahlen, aber hin und wieder kochten die Frauen aus den ganzen Kolben eine farbenprächtige, überaus köstliche Speise, indem sie einen weiteren Samen hinzufügten, den die Nordmänner auch nicht kannten. Dieser war ziemlich flach und steckte in Hülsen, die viel größer waren als die von Erbsen oder Linsen.

Im Gegensatz zu ihrem Reichtum an Gemüse und Kornarten schienen die Skraelinge über keine andere Möglichkeit der Fleischbeschaffung als die der Jagd zu verfügen. Seltsamerweise hatten sie keinerlei Vieh, weder Schafe noch Geflügel. Die einzigen Tiere, die sie hielten, waren einige wolfartige Hunde, die um die Hütten herumstrichen.

Dennoch gab es reichlich Wild. Vor allem Hirsche und Wasservögel waren überaus zahlreich. Besonders ein Vogel wurde wegen seines Fleisches und seiner Federn wegen sehr geschätzt; er war größer als eine Gans und ein Geschöpf des Waldes. Nach einer Weile fand Nils heraus, daß es derselbe Vogel war, mit dessen Federn die Skraelinge ihre Pfeile schmückten.

Die langen Tage des Spätsommers wurden nun immer kürzer. Scharen hoch am Himmel fliegender Gänse zogen laut schreiend über sie hinweg. Eichhörnchen sammelten eifrig Nüsse, um ihre Wintervorräte anzulegen. Eine gewisse Ratlosigkeit lag in der Luft. Die Skraelinge verstärkten ihre Bemühungen, Nahrungsmittel für den Winter einzulagern. Die damit verbundenen Arbeiten hielten alle in Atem, und ihre Neugier den Nordmännern gegenüber ließ etwas nach. Selbst die Messerfrau war zu beschäftigt, um eine ernsthafte Bedrohung für Nils darzustellen.

Aber die wachsende Vertrautheit mit den Fremden brachte keineswegs Verachtung mit sich, sondern eher ein gewisses Maß an Toleranz. Man akzeptierte sie als das, was sie waren: Außenseiter, deren Sitten seltsam und deren Kräfte groß waren. Andererseits erschienen sie ihnen völlig harmlos. Weißer Wolf und der Feuermacher nahmen sogar an ein oder zwei Jagden teil, was ihre Unterschiede zu verringern schien.

Mit dieser Veränderung vollzog sich eine weitere. Fliegendes Eichhörnchen erkannte sie, wußte aber nicht, was er deswegen unternehmen sollte. Er sagte nichts, denn ein Anführer gesteht seine Unsicherheit niemals ein, zumindest nicht öffentlich. Die meisten seiner Leute schienen eine Entscheidung nicht für notwendig zu halten, daher war es nicht weiter schwierig, sie aufzuschieben.

Einem Anführer wird vieles vergeben, sogar ein Fehler. Doch Unentschlossenheit ist etwas, das zu vergeben schwerfällt. Selbst eine falsche Entscheidung ist besser als gar keine, denn Untätigkeit trägt stets den Geruch von Schwäche. Obwohl Fliegendes Eichhörnchen dies als kluger Anführer wußte, kam er zu keinem Entschluß. Es war einfacher, die Tage verstreichen zu lassen und die wachsende Toleranz gegenüber den Fremden zu beobachten, als seinem Dilemma ins Auge zu sehen. Früher oder später mußte er beschließen, was mit ihnen geschehen sollte, aber jeden Tag sagte er sich aufs neue, *vielleicht morgen*.

Sein Zögern fand ein abruptes Ende. An einem Spätsommernachmittag saß Fliegendes Eichhörnchen bequem auf seinem Platz und rauchte, als er seine Hauptfrau näher kommen sah. Schon allein ihr Gang ließ ihn aufmerken. Wie so oft staunte er darüber, wie viele Dinge eine Frau allein durch den Schwung ihrer Hüften auszudrücken vermochte. Im Moment, indem sie auf ihn zutrat und sich forsch vor ihn stellte, drückte Schildkrötenfrau hartnäckige Entschlossenheit aus. *Was mag sie nur haben?* überlegte er.

»Eichhörnchen«, begann sie, die Hände auf die Hüften gestützt, »was wirst du tun?«

»Wovon redest du?«

»Von diesen Fremden. Es ist lästig, sie im Wigwam zu haben. Sie essen viel, und wir haben nicht genug Platz.«

Ah, dachte er, *das ist es also!*

»Und es wird bald Winter«, fuhr sie fort. »Sollen wir sie auch für diese Zeit einplanen?«

Jetzt war es heraus, und er mußte sich dem Problem stellen. Er nahm einen langen Zug und versuchte, eine nachdenkliche Miene aufzusetzen.

»Ja, ich habe viel darüber nachgedacht«, sagte er versonnen. Das zumindest stimmte, auch wenn er nach wie vor zu keinem Entschluß gekommen war. Vielleicht konnte er sie ablenken. »Ich dachte, du hättest den hübschen Weißen Wolf gern um dich«, neckte er sie.

»*Ha!* Was mir das schon nutzt!« gab sie zurück. »Wenn ich jünger wäre, vielleicht.« Sie warf keck den Kopf in den Nacken. Dieses Spiel konnte man auch zu zweit spielen!

Fliegendes Eichhörnchen lächelte. Die Fremden waren jetzt fast einen Mond bei ihnen und hatten keine großen Schwierigkeiten gemacht. Zunächst hatte er ihre Anwesenheit als vorübergehende Situation betrachtet, aber nun wußte er nicht recht, wie das Ganze weitergehen sollte. Normalerweise hätte er die Eindringlinge getötet und damit basta. Er hätte sie auch als Sklaven halten und später verkaufen oder gegen andere Güter eintauschen können. Glücklicherweise hatte er *keine* dieser Möglichkeiten wahrgenommen. Der Gedanke, beinahe einen furchtbaren Fehler begangen zu haben, ließ ihn immer noch schaudern. Wie nahe waren sie daran gewesen, dem heiligen Mann, Weißem Wolf, und seinen beiden Helfern etwas anzutun!

»Was soll ich deiner Meinung nach tun, Schildkröte?« fragte er.

Seine Frau zuckte die Achseln. »Das ist mir egal«, antwortete sie. »Aber ich muß es *wissen.* Wenn sie den Winter über bei uns bleiben sollen, müssen wir mehr Vorräte anlegen.«

Damit drehte sie sich auf dem Absatz um und schritt von dannen.

»Ich werde mit ihnen reden!« rief er hinter ihr her.

Schildkrötenfrau sagte nichts und drehte sich auch nicht um, sondern hob nur kurz die Hand. Aber diese Unterredung hatte ihren Zweck nicht verfehlt. *Sie sieht immer noch gut aus,* dachte er belustigt. Nun, er würde tatsächlich etwas tun.

Er stand auf und suchte nach dem einäugigen Dolmetscher. Ein gerissener Bursche! Eichhörnchen war inzwischen klar, wie sehr sie ihn bei seiner ersten Festnahme unterschätzt hatten. Wirklich schade um das Auge.

»Ich möchte mit dir sprechen«, sagte er und blieb vor dem Baum stehen, unter dem Odin saß.

»Ja, mein Häuptling?«

»Es geht um die Frage, wie es euch weiter ergehen soll.«

»Uns?« fragte Odin unschuldig.

»Ja ... Euch dreien.«

»Oh. Uns geht es gut, vielen Dank.«

»Nein nein. Was werdet ihr jetzt tun?«

»Oh. Ich dachte, ich könnte vielleicht ein Weilchen in der Sonne liegen und dösen. Vielleicht etwas rauchen.«

Einen Augenblick lang spürte Fliegendes Eichhörnchen Wut in sich aufsteigen. So dumm konnte dieser Mann einfach nicht sein. *Nein, er macht sich über mich lustig,* dachte er. *Er versteht mich sehr wohl.*

»Es ist schon gut«, sagte Eichhörnchen und versuchte, sich zu beherrschen. »Und was ist mit später?«

»Vielleicht ein Spaziergang am Fluß.«

»Ich meine ... was ist mit nächstem Mond?«

»Oh. Darüber habe ich noch nicht nachgedacht. Vielleicht noch etwas mehr schlafen.«

Das war mehr, als Fliegendes Eichhörnchen hinnehmen konnte. Er biß sich auf die Lippen, bis er seine Fassung wiedergefunden hatte.

»Habt ihr schon beschlossen, wann ihr aufbrechen wollt?« fragte Eichhörnchen beiläufig.

»Du willst, daß wir gehen?« fragte Odin überrascht. »Ah, mein Häuptling, wir wollen auf keinen Fall Eure Gastfreundschaft mißbrauchen. Ich entschuldige mich für mich selbst und für den heiligen Mann. Er wußte es nicht.«

»Schon gut«, versicherte Fliegendes Eichhörnchen und begann, an sich selbst zu zweifeln. Hatte er sich eben entschuldigt? Bei einem Mann, der ein Dorn in seinem Fleisch gewesen war, als sie die drei Flüchtlinge verfolgt hatten?

»Es tut mir leid, mein Häuptling. Natürlich werden wir gehen. Wir wußten nicht, daß …«

»Das reicht jetzt!« sagte Fliegendes Eichhörnchen entschlossen. »Geht, wann immer ihr wollt. Wir werden euch Vorräte mitgeben.«

»Du bist sehr großzügig.« Dann fügte Odin noch hinzu: »Wahrlich ein großer Anführer. Wir sind dir dankbar für deine Gastfreundschaft. Wir werden einen Plan machen und möglichst bald aufbrechen. In zwei Tagen vielleicht?«

Der Häuptling nickte. »Wohin werdet ihr gehen?«

Odin zuckte mit den Achseln, jene seltsame kleine Geste, die Fliegendem Eichhörnchen mittlerweile so vertraut geworden war.

»Ich weiß es nicht. Ich muß den heiligen Mann fragen. Zu seinem Volk oder zu meinem, ganz wie es ihm beliebt.«

»Es ist gut«, meinte Fliegendes Eichhörnchen. »Dann werdet ihr also ein Boot brauchen?«

»Mein Häuptling ist zu großzügig«, schnurrte Odin. »Du bist wirklich sehr freundlich. Weißer Wolf dankt Euch und wird für Euer langes Leben und Eure Gesundheit beten.«

»Das ist sehr freundlich von ihm«, hörte Fliegendes Eichhörnchen sich sagen. *Wie konnte es nur so weit kommen?* Er drehte sich um und ging auf das Wigwam zu.

»Was wollte er?« fragte Nils. »Irgend etwas mit einem Boot?«

Odin nickte und versuchte, ein triumphierendes Grinsen zu unterdrücken.

»O ja«, sagte er gelassen. »Er hat uns ein Boot und Vorräte angeboten, wenn wir gehen wollen. Und er hat mir aufgetragen, dir für deine Hilfe und deine Gebete zu danken.«

24

Die Wende der Ereignisse entzückte Odin. Er hatte die Situation richtig eingeschätzt, bis hin zu ihrer logischen Konsequenz.

Jetzt, da der Winter nahte, konnte Fliegendes Eichhörnchen nicht allzu begierig darauf sein, drei zusätzliche Mäuler zu füttern. Drei zusätzliche Männer, die bei Licht betrachtet nichts zum Wohlergehen des Dorfes beitrugen, aber bis zum Wiedererwachen der Welt im Frühling eine beträchtliche Menge an Vorräten vertilgen würden.

Thorsson hatte, das mußte man ihm zugute halten, ihre Teilnahme an den Herbstjagden vorgeschlagen. Zuerst war Odin diese Idee nützlich erschienen, doch bald begann er zu zweifeln. Er wollte eine gewisse Distanz zwischen den Fremden und Weißem Wolf, dem heiligen Mann, wahren. Eine naheliegende Lösung des Problems bezüglich der Wintervorräte für die drei zusätzlichen Esser hätte darin bestanden, die hochgeschätzten Gefangenen zu töten. Odin hielt diese Möglichkeit zwar für ziemlich unwahrscheinlich, aber irgendwann würde jemand sicher auf diesen Gedanken kommen und ihn aussprechen. Und wie sollte er darauf reagieren?

Er konnte zwei mögliche Vorgehensweisen sehen. Eine bestand darin, sich völlig in die Gemeinschaft einzufügen, mit den anderen auf Jagd zu gehen und sich mit ganzem Herzen an das Leben und die Sitten derer zu gewöhnen, die sie gefangen genommen hatten. Ein derartiges Verhalten wäre vernünftig. Sein Nachteil bestand darin, daß es um so schwieriger sein würde, das Dorf zu verlassen, je enger sie sich seinen Bewohnern anschlossen. Außerdem fürchtete Odin, daß die Vertrautheit das Ansehen verringern könnte, das Weißer Wolf im Augenblick genoß. Die Leute würden ihn mehr und mehr als einen ganz normalen Mann betrachten, wenn auch als einen, der große Macht besaß. Es konnte den drei hochgeehrten Gefangenen nur zum Vorteil gereichen, wenn sie sich so reserviert wie nur möglich gaben und die Aura des Geheimnisvollen verstärkten. Deshalb durften sie keine nützlichen und hilfreichen Mitglieder der Dorfgemeinschaft werden, sondern sollten ihr ein wenig lästig fallen. Aber natürlich nicht zu sehr …

Als Ausgleich dafür mußten sie ab und an ihre Macht unter Beweis stellen, und zwar genau zum richtigen Zeitpunkt. Diese Überlegungen halfen Odin, ihren Status mit großem Geschick zu manipulieren. Wenn er den Eindruck hatte, daß die Leute im Dorf sie allmählich mit einer gewissen Gleichgültigkeit behandelten, schmiedete er einen Plan, um ihre Aufmerksamkeit zu erregen. Ihre Einzigartigkeit war ihre Chance. Thorsson hatte sein scheinbarer Wahnsinn gerettet. Jetzt würde ihnen alles, was auf die Andersartigkeit der Nordmänner hinwies, zum Schutz gereichen. Die größte Angst der Menschen war die Angst vor dem Unbekannten. Diese mußte er sich zunutze machen.

Ja … und zwar im richtigen Verhältnis, gerade genug, um ihren Schutz zu gewährleisten, und zugleich ein leichtes Ärgernis, die Last, ständig Fremde um sich zu haben.

Odin feilte ausgiebig an diesem zweischneidigen Plan. Er zeigte Weißem Wolf gegenüber ein ungewöhnlich hohes Maß an Unterwürfigkeit und spielte seine Rolle als Helfer des heiligen Mannes geradezu perfekt. Thorsson leistete zu Anfang etwas Widerstand, mußte aber nur daran erinnert werden, daß eben dieses Schauspiel sie am Leben erhielt. Nun, vielleicht *hatte* Odin diesen Teil der Sache den Nordmännern gegenüber etwas übertrieben. Zumindest ein klein wenig.

Svenson behandelte Thorsson bereits mit Respekt. Odin verstand die Beziehung der beiden Männer zwar nicht ganz, hatte aber eine grobe Vorstellung davon. Thorsson war der Anführer eines der großen Boote gewesen, ein Führer vieler Männer, und Svenson einer seiner Unterhäuptlinge, ein älterer und erfahrener Krieger und Bootsmann. Daher war ihr augenblickliches Verhältnis beinahe so, wie Odin den anderen vorzugaukeln versuchte. Der Feuerhaarige war der geringere von beiden, der auch über gewisse Fähigkeiten und Mächte verfügte, aber der eigentliche Anführer war Weißer Wolf.

Von Zeit zu Zeit schlug Odin irgendwelche Dinge vor, die Interesse an den Unterschieden der beiden Nordmänner wachhalten sollten. So bat er Svenson zum Beispiel manchmal, seine Rolle als Feuermacher zu spielen. Es war amüsant, die Gesichter der Beobachter zu betrachten. Odin selbst war immer noch beeindruckt von der großen Macht des stählernen Funkenschlägers, obwohl er sich alle Mühe gab, dies nicht zu zeigen.

Thorssons bestes Schauspiel war, abgesehen von seiner Verwandlung in einen Wolf, die Verfärbung des Steines von grau zu blau. Sie hatten es bisher nur ein einziges Mal, am Morgen nach ihrer Ankunft im Dorf, vorgeführt und waren gut beraten, es nicht zu häufig zu wiederholen, denn es war etwas Besonderes, Unwirkliches. Die Reaktion der Menschen hatte seine kühnsten Erwartungen überstiegen. Odin ahnte, daß die eigentliche Bedeutung des Sonnensteines darin lag, daß er nach Norden finden konnte, und das sogar ohne Sonne oder Sterne, was er natürlich für sich behielt. Das war nicht nötig. *Sag nicht alles, was du weißt,* dachte er. *Heb dir etwas davon für später auf.*

Gleichzeitig sorgte er für die nötige Mißstimmung bei den anderen. Diesen Teil seines Planes genoß er besonders. Er dachte an seine Kindheit und wiederholte all die Streiche, die seine Mutter am meisten geärgert hatten. Er ließ eine Schlafdecke zu Boden fallen und hob sie einfach nicht auf. Er schaffte es, bei jeder Mahlzeit ein klein wenig Essen zu vergeuden, ein oder zwei letzte Bissen, die er nicht anrührte. Manchmal hätte er seinen Anteil nur allzu gern aufgegessen, spürte aber, daß der Unmut über diese Verschwendung wertvoller war. Trotzdem blieb er die ganze Zeit über höflich, fröhlich und dankbar. Etwas anspruchsvoll vielleicht. Und die Nordmänner wären überrascht gewesen, hätten sie gewußt, welche Ansprüche er erst für sie stellte.

»Mein heiliger Mann sollte eine weichere Schlafdecke haben. Das käme seinem Rang zu.«

Bei dieser Gelegenheit trat Odins leicht schelmische Natur zutage. Nicht zu sehr natürlich – das wäre ihrem Ziel zuwider gelaufen. Es war wie das Stimmen einer Trommel, dachte er. Ihr Fell mußte genau richtig gespannt sein. Zu viel, und die Schnüre durchschnitten die Ränder des dünn gespannten Rohleders. Zu wenig, und der Ton würde zu leise und zu flach klingen. Aber genau das richtige Maß … Ja, genau das richtige Maß an Ärger, vor allem bei den Frauen in Eichhörnchens Wigwam, diente seinen Zwecken ebenso wie ein gut gespanntes Trommelfell der Musik.

Er hatte erreicht, was er wollte. Das verrieten ihm die ungehaltenen Worte der Frauen. Er war immer zerknirscht und heuchelte Unwissenheit, was ihre Sitten betraf.

»Ah, ich bin wirklich dumm! Ihr müßt mir helfen, es besser zu machen«, rief er dann offenbar völlig unschuldig.

Odin hatte schon recht früh in seiner Kindheit herausgefunden, daß es unmöglich ist, mit jemandem zu streiten, der einem recht gibt. Diese Erkenntnis hatte er wohl zu nutzen gewußt. Wenn ihm ein Tadel seiner Eltern bevorstand, hörte er ihnen ein paar Sekunden lang zerknirscht zu. (Der richtige Zeitpunkt war sehr wichtig.) Dann riß er seine großen, dunklen Augen mit einem Ausdruck absoluter Ehrlichkeit weit auf und sah seine Mutter direkt an, um ihr eine demütige Antwort zu geben.

»Du hast vollkommen recht, Mutter, und mein Fehler bekümmert mich zutiefst.«

Es war eine heikle Angelegenheit – ein zu offenes Geständnis würde ihm Ärger einbringen. Aber wenn er im richtigen Augenblick und mit dem richtigen Maß an Einsicht seine Unzulänglichkeit zugab, war das Ergebnis immer bestens. Es gab keine weiteren Diskussionen, denn man stimmte ja völlig überein. Er beobachtete dann die Unsicherheit im Gesicht seiner Mutter, ihre Hilflosigkeit, wenn sie eigentlich gern mehr gesagt hätte, es aber nicht konnte. Seine Geschicklichkeit in dieser Hinsicht hatte ihn vor so mancher Strafe bewahrt.

Dieselbe Technik hatte auch während seiner ersten Gefangenschaft gut funktioniert. Wäre er mit seinem Sklavendasein zufrieden gewesen, hätte er damit tatsächlich überleben können. Aber für ihn bedeutete Leben mehr als bloßes *Über*leben. Sein erster Fluchtversuch hatte ihn ein Auge gekostet. Der zweite war glücklicherweise erfolgreich gewesen.

Als er bei den Nordmännern Zuflucht gesucht hatte, war ihm seine alte Technik abermals gut zustatten gekommen. Er schien den Menschen in Straumfjord unterwürfig und willig zu sein, voller Reue, wenn er einen Fehler gemacht hatte, und ganz sicher für niemanden eine Bedrohung. Er wäre vielleicht immer noch dort und hätte sich vieles erspart, wäre er bereit gewesen, sich mit diesem Leben abzufinden. Aber er hatte sich danach gesehnt, zu seinem Volk zurückzukehren. Und er hoffte nach wie vor, daß ihm dies gelang.

In der gegenwärtigen Situation erwies sich seine kostbare Erfahrung erneut als wertvoll. Gelegentliche, milde Tadel der Frauen zeigten ihm, wie wirksam sein sorgfältig geschmiedeter Plan war.

»Es tut mir wirklich leid, Mutter; es war dumm von mir, eine so wunderschöne Schlafdecke auf den Boden fallen zu lassen. Ich muß mich bessern, um deine Gastfreundschaft zu verdienen.«

Er schaffte es, einen durch und durch reuigen Blick aufzusetzen, während der Zorn der Frau sich abkühlte. Aber er wußte, daß er ihr lästig fiel. Diese Frauen würden bestimmt nicht bis zum Beginn des Winters warten, um die drei Fremden, so hochgeschätzt sie auch sein mochten, loszuwerden.

Und sein Plan hatte funktioniert. Sie würden gehen, und das sogar mit dem Segen und unter dem Schutz des Dorfhäuptlings. Und mit einem Boot und Vorräten! Ah, was für ein unglaublicher Erfolg! Er dankte den Geistern, die seine Schritte geleitet hatten.

Natürlich gab es noch einige Dinge zu klären. Er mußte Thorsson von seiner Handlungsweise vollauf überzeugen. Odin vermutete, daß der Nordmann vielleicht flußabwärts fahren wollte, zurück zu seinem eigenen Volk. Nun, dieser Wunsch war ebenso verständlich wie sein eigener. Aber die Reise flußaufwärts hatte ihre Vorteile, würde ihnen den Schutz seines eigenen Volkes einbringen. Dann konnten sie den nächsten Schritt in Ruhe planen. Zu gegebener Zeit würde Odin den Nordmännern nur allzu gern behilflich sein, mit Booten, Vorräten, Spähern, was auch immer sie benötigten. Er schuldete ihnen etwas. Außerdem mochte er beide gut leiden. Zwei sehr unterschiedliche Männer, aber jeder auf seine Art faszinierend. Ja, er konnte ihnen helfen, zu ihrem eigenen Volk zurückzukehren, so wie sie ihm unwissentlich geholfen hatten, zu seinem zurückzukehren. Es war gut.

Aber er mußte glaubhafte Gründe dafür vorbringen. Er würde den Nordmännern klarmachen, daß sie vor den ersten

Winterstürmen noch nicht einmal Straumfjord erreichen konnten. Ja, im Notfall war das ein gutes Argument für die Rückkehr in sein Dorf, das soviel näher lag.

Er drehte sich in seinen Schlafdecken auf die andere Seite, da er vor Aufregung nicht schlafen konnte. Übermorgen um diese Zeit würden sie in einem Lager irgendwo flußaufwärts schlafen – auf dem Weg nach Hause!

Er lauschte dem Atem der anderen im Wigwam, ein oder zwei Männer schnarchten leise. Was gab es jetzt noch für ihn zu tun, so kurz vor ihrem Aufbruch? Ihre Vorräte, das Boot, Waffen. Messer ... Aus irgendeinem Grund erinnerte er sich dabei an die Frau, die Thorsson Messerfrau genannt hatte.

Der Gedanke an sie erfüllte ihn mit vagen Befürchtungen, die anfangs alles andere als vage gewesen waren. Die Frau hatte, in ihrem Gram über den Verlust ihres Sohnes eine wirkliche Bedrohung für Thorsson dargestellt. Die Tatsache, daß sie ihn, den Anführer der kleinen Gruppe ausgewählt hatte, um Rache zu nehmen, betrachtete er als Ironie des Schicksals, denn Thorsson hatte absolut nichts mit dem Tod ihres Sohnes zu tun. Soviel er wußte, war der junge Mann dem Scharmützel mit den Kriegern des anderen Anführers zum Opfer gefallen. Landsverk hatte er geheißen, aber der war bereits tot. Odin hatte in Betracht gezogen, ihr das zu erklären, diese Idee jedoch als sinnlos aufgegeben. Die Menschen gingen solche Dinge nicht mit Vernunft an.

Nun, mittlerweile hatte sie sich etwas beruhigt. Vielleicht würde die Zeit die Wunden in ihrem Geist heilen. Er hoffte es sehr.

Trotzdem hatte Odin ein unangenehmes Gefühl. Wartete die Frau nur auf einen günstigen Zeitpunkt? Sah sie jetzt, kurz vor dem Aufbruch der Nordmänner, ihre letzte Chance zur Rache? Das war eine sehr beängstigende Möglichkeit, eine, die genau bedacht sein wollte. Es würde ihn nicht überraschen, wenn die unglückliche Mutter noch einen letzten Versuch wagte, denjenigen zu töten, den sie für den Tod ihres einzigen Sohnes verantwortlich machte.

25

Der Abschied verlief im wesentlichen ohne Bedauern. Man sagte sich höflich Lebewohl, und die Dorfbewohner kamen zusammen, um die Fremden mit ihrem Boot abfahren zu sehen. Weder Traurigkeit noch Feindseligkeit waren zu spüren, vielleicht etwas Neugier. Vor allem war es Faszination über das Ungewohnte und Fremde, genau dieselbe Einstellung, die ihren ganzen Aufenthalt in ihrer seltsamen Doppelrolle als Gäste und Gefangene gekennzeichnet hatte.

Bei Licht betrachtet konnte man den Wunsch des Volkes von Fliegendem Eichhörnchen spüren, die Fremdländer nach Möglichkeit nicht zu kränken. Die ungewöhnlichen Mächte des hellhaarigen heiligen Mannes und seiner Helfer waren zu offensichtlich gewesen, nicht wahr? Die Zeit hatte den Reiz, der von den drei Fremden ausgegangen war, natürlich etwas gemäßigt. Die Männer waren zu einem vertrauten Anblick geworden, und die Ehrfurcht und das Staunen, die die ersten Tage ihrer Anwesenheit geprägt hatten, waren geschwunden. Aber niemand war aufgrund ihres Wirkens zu Schaden gekommen, so daß man sie nicht für wirklich gefährlich hielt.

Trotzdem war ein gewisses Maß an Mißtrauen zurückgeblieben. In Gegenwart eines Menschen, dessen Kräfte und Geistesgaben nahezu grenzenlos schienen, war es nur klug, vorsichtig zu sein. Darüber wußte man nur wenig. Obwohl Weißer Wolf ruhig und freundlich, sogar umgänglich auf sie wirkte, wagten nur wenige, in näheren Kontakt mit ihm zu treten.

Viele hatten immer noch Zweifel. Was würde zum Beispiel passieren, wenn der seltsame heilige Mann sich abermals in einen Wolf verwandelte? Hatte er die Macht zu *entscheiden*, wann er dies tun wollte? Oder war es etwas, das unvermutet über ihn kam? Jene, die damals anwesend waren, erzählten, daß der heilige Mann anschließend sehr verwirrt gewesen sei. Es habe der Geschicklichkeit seines einäugigen Helfers bedurft, um die Vorgänge zu erklären. Und was noch wichtiger war – behielt er nach seiner Verwandlung die Kontrolle über seine Taten? Vielleicht, so lautete eine der Überlegungen, verhielt er sich genau wie ein Tier, das von Der Das Wasser Fürchtet heimgesucht wurde und dessen Bisse den sicheren Tod durch eben denselben Geist nach sich ziehen. Erst letztes Jahr waren am hellichten Tag zwei Menschen von einer verrückt gewordenen Wildkatze gebissen worden, ein kleines Mädchen und sein Vater, der versucht hatte, dem Kind zu Hilfe zu kommen. Beide waren, geschlagen von den Qualen des Geistes Der Das Wasser Fürchtet, gestorben. War das Gebrechen von Weißem Wolf ähnlich? Glücklicherweise hatte der Kriegertrupp ihn nicht getötet. Ah, welche Tragödie, wenn etwas so Furchtbares freigelassen worden wäre.

Da die Fremden nicht vertrieben wurden, konnten sie auch keinen Groll hegen. Man selbst würde sich allenthalben wohler fühlen, wenn man nicht mehr ständig darüber nachdenken mußte, was wohl als nächstes passieren mochte. Bestenfalls war es eine beunruhigende Angelegenheit gewesen. Schlimmstenfalls eine fortgesetzte Bedrohung. Daher begrüßten die Menschen den Aufbruch der Fremden, waren sogar glücklich darüber. Nicht *zu* sehr natürlich – man durfte den in Frage kommenden Geist schließlich nicht beleidigen. Diese Gefahren vermied man, indem man den Fremden kleine Abschiedsgeschenke wie Nahrungsmittelvorräte und Schmuckstücke aus Muschelperlen gab. Eine Frau, die bemerkt hatte, daß das Schuhwerk von Weißem Wolf schon ziemlich abgetragen war, brachte ihm ein neues Paar, das mit den Mustern ihres Stammes bestickt war. Der heilige Mann schien sehr dankbar, und sie freute sich über sein Lächeln. Es brachte gewiß Glück, wenn ein so mächtiger und mit reichen Gaben Gesegneter einen mit Wohlwollen anblickte.

Dieselbe Mischung aus Respekt, Neugier und ein wenig Furcht und Unbehaglichkeit erfüllte auch die Nordmänner. Wie bei allen Begegnungen sehr unterschiedlicher Kulturen beruhte das Mißtrauen durchaus auf Gegenseitigkeit. Wir wissen, was unsere eigenen Sitten hervorbringen können, sind aber in bezug auf die der anderen unsicher. Es ist festzuhalten, daß das gegenseitige Verständnis ohne den einäugigen Odin, der beide Kulturen ein wenig kannte, überhaupt nicht möglich gewesen wäre.

Fliegendes Eichhörnchen sprach sehr würdevoll über die

Ehre, die es ihm gewesen sei, einen so wichtigen heiligen Mann zu Gast zu haben. Und natürlich gelte das auch für seine wichtigen Helfer, denjenigen, der Feuer macht, und den, der die Bedürfnisse des großen Weißen Wolfes versteht. (Es durfte auf gar keinen Fall irgendwelche Mißverständnisse geben, nichts, was diese Fremdlinge so kurz vor ihrem Aufbruch noch beleidigen konnte.)

Anschließend hielt Weißer Wolf, übersetzt durch Odin eine Antwortrede in ähnlichem Stil. Man wird niemals genau wissen, welche Veränderungen die beiden Reden durch den Dolmetscher erhielten. Aber ist das nicht immer so? Jene, die übersetzen, tragen eine große Verantwortung. Offensichtlich wurde jedoch der allgemeine Tonfall richtig übermittelt und eine Übereinkunft erzielt. Der Kern der Botschaft war wahrscheinlich auf beiden Seiten derselbe: *Ich vertraue euch nicht wirklich, aber ich fürchte euch ein wenig, daher habe ich nicht den Wunsch, euch zu beleidigen. Ich danke euch für das Gute, das wir erfahren haben, und ich freue mich, daß wir Abschied nehmen können, ohne daß einer von uns Schaden genommen hätte.*

Durch diplomatische Formulierung verwandelten sich die Reden allem Anschein nach in gegenseitige Beteuerungen von Bewunderung und Respekt. Und so war es gut.

Fliegendes Eichhörnchen zögerte. In gewisser Weise wollte er all den Ruhm, der von dem heiligen Mann auf ihn abgefärbt hatte, nicht so einfach aufgeben.

»Könntest du den heiligen Mann fragen«, bat er schließlich, »ob er noch einmal die Farbe des Steines für uns verändern würde?«

Odin schien darüber nachzudenken.

»Das ist etwas, was man nicht leichthin und ohne Grund tut«, tadelte er den anderen sanft. »Aber ich werde ihn fragen. Vielleicht sieht er sich in der Lage, es zu tun, zu Ehren dieser Gelegenheit sozusagen. Vielleicht wäre es gut so.«

Einige hatten diese verblüffende Zeremonie bisher nicht gesehen, und ihre erstaunten Ausrufe, als der Sandstein durch die Drehung von Thorssons Hand langsam von Grau in Blau überging, waren überaus befriedigend.

Die drei Männer stiegen ins Boot, und willige Hände halfen ihnen, es vom Ufer abzustoßen.

Beim Hammer Thors, freute sich Nils Thorsson, *ich bin froh, hier wegzukommen!*

Am Ufer blieben viele zurück, die ähnlich dachten. Fast konnte man einen allgemeinen Seufzer der Erleichterung hören. Die Menschen waren froh darüber, daß der Aufenthalt des mächtigen heiligen Mannes keinerlei Unheil über sie gebracht hatte. Ihr Anführer war ein guter Mann, sagten sie zueinander. Fliegendes Eichhörnchen hatte die ganze Sache bestens und zum Wohl aller geregelt.

Auch seine Frauen waren natürlich sehr zufrieden mit ihm. Fröhlich summend nahmen sie ihre alltäglichen Verrichtungen wieder auf.

»Es ist gut, sage ich«, stellte die jüngste der Ehefrauen den anderen gegenüber fest. »Jetzt haben wir drei Mäuler weniger zu füttern!«

Diese Bemerkung trug ihr einen scharfen Blick der ersten Ehefrau ein, aber ein Lächeln und ein Nicken der mittleren.

»Am besten sprechen wir gar nicht darüber«, riet diese. »Es wäre nicht gut, den Geist zu beleidigen, der ...«

»Aber es sind doch nur Menschen.«

»Wirklich? Wir haben sie nur in der Nähe des Wigwams gesehen. Du warst nicht dabei, kleine Schwester, als er sich in einen Weißen Wolf verwandelte!«

Insgeheim fühlte sich auch Fliegendes Eichhörnchen überaus erleichtert.

Sie sind weg! Jetzt können wir zu unseren Sitten zurückkehren.

Natürlich würden die Dinge nie wieder dieselben sein. Sie hatten machtvolle Eindringlinge kennengelernt, mit großen Schiffen und furchterregenden Kriegern, die unbekannte Waffen schwangen. Und es war ihnen gelungen, sie zu bezwingen! Anscheinend hatten nur diese drei überlebt. Zwei, um genau zu sein, denn einer von ihnen war ein Mitglied eines benachbarten Stammes. Und dieser ... *Ah, ein gerissener Bursche!*

Es war eine große Ehre, daß er, Fliegendes Eichhörnchen, der Anführer der Kriegertruppe gewesen war, die Weißen Wolf gefangengenommen hatte. Es war auch eine Ehre, der Gastgeber dieser drei Männer gewesen zu sein, wenngleich es eine ungeheure Verantwortung mit sich gebracht hatte, die ihm nun glücklicherweise abgenommen war. Er hatte sein

Ansehen vergrößert, und der Ruhm würde ihm eine ganze Generation lang anhaften. Trotzdem fiel eine große Last von seinen Schultern, als das Boot in der Ferne immer kleiner wurde. *Es ist gut so,* dachte er.

Odin stieß sein Paddel mit echter Begeisterung ins Wasser. Er konnte kaum glauben, daß alles so gut gegangen war.

Seine schnelle Entscheidung damals auf dem Felsvorsprung, kurz vor ihrer Gefangennahme, hatte er aus reiner Verzweiflung getroffen. Beim Anblick der zögernden, zurückweichenden Kriegertruppe war ihm deren Dilemma sofort klargewesen. Er hatte es klug zu nutzen gewußt. Und tatsächlich, es hatte funktioniert! So gut sogar, daß er fast selbst daran glaubte, Nils' Verwandlung in einen Weißen Wolf gesehen zu haben.

Seit er diesen Nordmann kannte, waren ihm viele Dinge widerfahren, selbst die schlechten hatten sich schließlich doch zum Guten gewandelt und waren zu seinem Besten gewesen. Odin glaubte allmählich nicht mehr an Zufall. Nur wenige Monde zuvor hatte er seine Situation noch für aussichtslos gehalten. Nun, vielleicht nicht ganz, denn in Wirklichkeit hatte er die Hoffnung nie völlig aufgegeben. Aber dann war dieser Thorsson aufgetaucht und hatte zu ihm gesprochen wie zu einem anderen Mann. Er war froh, daß er sich auf Thorssons Schiff versteckt hatte, obwohl es auch eine Zeit gegeben hatte, da ihm sein Verhalten dem Wahnsinn nahe erschienen war. Mit der Zeit begann er jedoch, sich gewisse Fragen zu stellen. *Vielleicht,* dachte er, *vielleicht ist der Weiße Wolf wirklich ein heiliger Mann. Er ist aufmerksam und bescheiden und mißbraucht keine seiner Gaben. Selbst als Anführer hat er seine Macht nicht mißbraucht, wie der andere es getan hat, der, der starb. Mußte jener, der Mann namens Landsverk, sterben, weil er so war, wie er war?* Diese Überlegung war es wirklich wert, näher betrachtet zu werden.

Während er seinen Gedanken nachhing, tauchte er die Paddel in einem steten Rhythmus ins Wasser, und das Boot zog langsam flußaufwärts. Odin beobachtete Svenson, der vor ihm saß und ebenfalls paddelte. Die Nordmänner lernten schnell, wie man das Boot benutzt. Er war froh, daß Fliegendes Eichhörnchen ihnen ein Kanu gegeben hatte und nicht eines von den runden Fellbooten. Es war schwieriger zu bauen und besaß daher einen großen Wert. Aufgrund seiner langen, schmalen Form war es für eine größere Reise jedoch erheblich besser geeignet als der andere Bootstyp. Seine Gefährten hatten sich natürlich ebenfalls darüber gefreut. Es ähnelte ihren Langschiffen, und dieses Gefühl der Vertrautheit gab ihnen eine gewisse Sicherheit.

Der anfängliche Wunsch der Nordmänner, mit dem Rücken in Fahrtrichtung zu sitzen, hatte ihn belustigt. Das war wirklich seltsam. Aber sie hatten sich schnell an die neue Technik gewöhnt. Sie würden heute ein gutes Stück vorankommen.

Odin wußte nicht, wie viele Tage sie bis zum Dorf seines Volkes brauchen würden. Später konnte er nach irgendwelchen Dingen in der Landschaft Ausschau halten, um sich zu orientieren. Aber das war alles so lange her! Drei, nein vier Jahre. *Fünf* im nächsten Frühjahr! Er dachte an seine Eltern, seine Schwester, die nur ein klein wenig jünger war als er. Sie würde jetzt eine Frau sein. Und an seinen älteren Bruder, der kurz vor dem Überfall und Odins Gefangennahme geheiratet hatte.

Und da war auch ein Mädchen gewesen, die Freundin seiner Kindheit. Sie hatten von Heirat gesprochen. Habichtfrau ... wie schön sie gewesen war! Er fragte sich, was aus ihr geworden sein mochte. Ah, es hatte keinen Sinn, sich solchen Überlegungen hinzugeben. Eine so begehrenswerte Frau hatte mittlerweile bestimmt einen Mann gefunden. Und wahrscheinlich auch Kinder bekommen ... Er stieß sein Paddel so heftig ins Wasser, daß das Kanu schlingerte.

Vorsicht, sagte er sich. *Gib acht, was du tust.* Ein oder zwei beherzte Schläge brachten das Boot wieder ins Gleichgewicht. *Immer hübsch der Reihe nach,* dachte er. *Wenigstens bin ich auf dem Weg nach Hause!*

Odins Stimmung wäre etwas düsterer gewesen, hätte er das Ufer beobachtet. Hinter einer dunklen, dicht belaubten Wand aus Blättern verfolgte eine Frau die Fahrt des Kanus. Ihr Gesicht verdunkelte sich vor Haß, als sie die Männer sah, die sie für den Tod ihres Sohnes verantwortlich machte. Sie hatte geschworen, sie auf keinen Fall entkommen zu lassen. Eichhörnchen hatte sie bisher daran gehindert, körperliche Rache an ihnen zu nehmen. Aber das war vielleicht gut so. Es war tatsächlich gefährlich, einen Geist loszulassen, der in einem Wahnsinnigen hauste. Aber jetzt hatte sie einen Plan.

Vor der Morgendämmerung war sie aus dem Dorf verschwunden und hatte unbeobachtet ihr kleines Fellboot zu Wasser gelassen. Obgleich sie es schon seit einer Reihe von Jahren nicht mehr benutzt hatte, konnte sie immer noch damit umgehen. Fast einen halben Tag lang war sie flußaufwärts gefahren und dann – genau zum richtigen Zeitpunkt – an Land gegangen, um das Boot zu verstecken und abzuwarten. Das Kanu mit den drei Ruderern würde schneller vorankommen als sie, und sie hatte vermeiden wollen, von den Männern überholt zu werden.

Kaum hatte sie sich auf ihrem Wachposten niedergelassen, tauchte das Kanu auf. Sie griff nach ihrem Messer, um sich Mut zu machen, und sah zu, wie die drei Männer an ihr vorbeiglitten. Endlich konnte sie ihren Sohn rächen. Ihr Plan *mußte* einfach Erfolg haben. Er beruhte auf der Erkenntnis, daß sie nicht in der Nähe sein durfte, wenn der Geist beim Tod von Weißem Wolf aus dessen Körper entwich.

Das Kanu war jetzt außer Sicht, und sie ließ ihr Boot vorsichtig ins Wasser zurückgleiten. Dann nahm sie wieder die Verfolgung auf, wobei sie sich dicht am Ufer hielt, denn die drei konnten jederzeit anhalten, um sich auszuruhen. Sie wollte auf keinen Fall unvorbereitet auf die Männer stoßen.

Sie versuchte zu schätzen, wann sie für die Nacht haltmachen würden, und ging schließlich selbst an Land, um abzuwarten, bis die drei ihr Lager errichtet hatten. Sobald es dunkel war, fuhr sie langsam und vorsichtig weiter und suchte nach dem Qualm oder dem warmen Schein eines Lagerfeuers.

Ah! Dort … Ein Lichtschimmer zwischen den Bäumen am Ufer. Ganz langsam steuerte sie ihr kleines Boot auf das Ufer zu. Sie zog es nur ein kleines Stück den Sand hinauf, um keinen Lärm zu verursachen. Schnell lief sie zu dem umgekippten Kanu hinüber und zog ihr Messer. Ihr Plan war wirklich eine göttliche Eingebung gewesen, dachte sie. Sie würde sich nicht der Gefahr aussetzen müssen, die von dem wandernden Geist des Wahnsinns ausging, noch nicht einmal in seine Nähe kommen. Sie brauchte lediglich winzige Schnitte, die den Männern nicht auffielen, in die Borkenhaut des Kanus zu ritzen. Wenn die drei den Schaden entdeckten, würde sie selbst weit weg sein, und die Männer mußten in den kühlen Wassern des Flusses ertrinken. Vor allem ihr hellhaariger Anführer. Sie haßte alles an ihm, sein helles Haar und seine helle Haut, die so widerwärtig rosafarben aussah ... Das sollte ihre Rache für ihren verlorenen Sohn sein. Sie lächelte in die Dunkelheit hinein.

Plötzlich verharrte sie. *Hatte sie eben ein Geräusch gehört?* Nein, ihr Atem durchdrang die Stille. Sie wollte gerade zum dritten Schnitt ansetzen. *Warte! Da war es wieder, dieses Geräusch ... vom Fluß!*

Sie schlich zum Fluß. Ah, da war es. Das Boot glitt langsam ins Wasser zurück und verursachte dabei leise Geräusche auf dem Sand, während die Wellen es umspülten. Sie würde es noch ein kleines Stück an Land ziehen.

Gerade in diesem Augenblick erfaßte es eine etwas höhere Welle. Die Frau watete bis zur Taille ins Wasser und griff nach dem Boot. Plötzlich fiel das Flußbett ab, und sie versank im Wasser. Prustend und spuckend tauchte sie wieder auf; der Zwischenfall beängstigte sie nicht weiter, abgesehen von dem Lärm, den sie im Augenblick machte. Das Boot trieb eine Armlänge von ihr entfernt, und sie schwamm darauf zu. Sie war eine gute Schwimmerin.

Doch die Strömung zog das Boot immer weiter auf die Mitte des Flusses zu. Mit etwas größerer Anstrengung, noch ein oder zwei Schwimmzüge ... sie wurde müde. Ihre Arme und Beine, die von der ungewohnten Anstrengung des Paddelns ohnehin schon steif waren, weigerten sich jetzt, ihr zu gehorchen. Sie besaß nicht länger die Kraft der Jugend, und sie beschloß, sich in Sicherheit zu bringen.

Das Ufer war überraschend weit entfernt. Die trügerische Strömung hatte an dieser sanften Biegung des Flusses nicht nur das Boot, sondern auch die Frau ein gutes Stück weit in den Strom hineingezogen. Ihre Schwimmzüge wurden schwächer. Sie konnte die Arme kaum noch heben. Schließlich entspannte sie sich und überließ sich ihrem Schicksal. Sie hatte sich ein Fehlurteil zuschulden kommen lassen. Die Macht von Weißem Wolf, dem heiligen Mann, war größer, als sie gedacht hatte. Zu guter Letzt hatte er doch gewonnen. Das waren ihre letzten Gedanken, als das Wasser sich wie ein Leichentuch über ihr schloß und Dunkelheit sie umhüllte.

26

Mit einem Kanu zu fahren, war eine völlig neue Erfahrung für ihn gewesen. Nils, der von Kindesbeinen an mit Booten vertraut war, glaubte, sich schnell an dieses Gefährt zu gewöhnen. Das war jedoch ein Irrtum. Die dünne Schale des Borkenkanus verhielt sich anders als jedes Boot, in dem er je zuvor gesessen hatte. Die Art, wie es sich unter dem Schlag des Paddels bewegte und über das Wasser glitt, war ungewohnt für ihn. Aufgrund der Tatsache, daß es auf die winzigsten Ruderschläge ansprach, reagierte es auch sehr empfindlich in bezug auf sein Gleichgewicht. Jede Bewegung von einem seiner Insassen wurde verstärkt und führte sofort zu einer erschreckenden Instabilität, einem unverhältnismäßig heftigen Schaukeln.

Jeder, der Erfahrung mit Booten besaß, hätte dies natürlich mit einer Verlagerung seines Gewichts korrigiert. In einem Kanu jedoch bestand die Gefahr einer Überreaktion, die es dann ihrerseits noch stärker ins Schwanken brachte. Einmal war es soweit, daß Nils meinte, sie würden kentern. Ein Schwall Wasser ergoß sich in das Boot und schwappte über den Boden.

Seine Unfähigkeit, den Umgang mit dem Kanu zu erlernen, war Nils überaus peinlich. Er fühlte sich jedoch etwas besser, als offenbar wurde, daß sich Svenson trotz seiner jahrelangen Erfahrung nicht geschickter anstellte. Das Boot hatte einfach etwas Unbeschreibliches an sich, etwas, das nur nach und nach erkundet werden konnte. Er begriff, daß es aufgrund seiner Empfindlichkeit schnell und manövrierfähig war. Über dieses Phänomen diskutierten die beiden Nordmänner, als sie an ihrem ersten Abend unterwegs am Feuer saßen.

»Es ist wie ein Langschiff, Nils«, meinte Sven, »schnell und wendig. Die kleinen runden Boote verhalten sich wie eine *Knorr*, während dies hier wie ein Drachenschiff ist.«

Nils nickte. Nachdem Sven ihn darauf hingewiesen hatte, konnte auch er die Ähnlichkeiten erkennen, die dem Rudergänger gleich aufgefallen waren.

Das Kanu ritt auf den Wellen, statt tief in diese einzutauchen, und war, wie ein Langschiff, flach gebaut. Die gedrungene, häßliche Knorr mit ihrem weit unter Wasserlinie befindlichen Frachtdeck war im Vergleich dazu langsam und sperrig.

Die beiden Schiffe dienten verschiedenen Zwecken, das eine war für Geschwindigkeit und Beweglichkeit gedacht, das andere für den Transport großer Mengen Fracht, Menschen und Vieh. Und dasselbe galt für die kleinen Boote der Skraelinge.

»Das stimmt«, bestätigte Odin, »und auch ihr Geist ist unterschiedlich.«

Nils war überrascht, daß Odin ihrem Gespräch folgen konnte. Obwohl, eigentlich hätte er damit rechnen müssen, denn Odin beherrschte die nordische Sprache mittlerweile recht gut und hatte auch eine Weile in der Kolonie gelebt. Da er selbst mit Booten vertraut war, hatte der Skraeling wahrscheinlich viele Nachmittage mit der Beobachtung von Schiffen im Hafen von Straumfjord verbracht. Natürlich war ihm die Andersartigkeit der nordischen Schiffe nicht entgangen. Aber was sollte diese Sache mit den unterschiedlichen Geistern?

»Was meinst du mit dem Geist eines Bootes, Odin?« fragte Nils.

Odin antwortete mit seinem charakteristischen Achselzucken.

»Jedes Boot hat seinen eigenen«, erklärte er. »Das Kanu hat einen schnellen Geist, das runde Boot einen trägen.«

Ja, das ist richtig, dachte Nils. *Ich habe es nur noch nie so betrachtet.*

»Und jedes Boot hat seinen ureigenen Geist«, fuhr Odin fort.

Einen Augenblick lang meinte Nils, Odin habe von den verschiedenen Bootstypen gesprochen. Aber nein, es dauerte nicht länger als eine Sekunde, da begriff er. Jedes *einzelne* Boot ... einen anderen *Geist.* Er dachte an die *Nordmaid* und die *Schneevogel,* die einander so ähnlich und doch so verschieden waren. Verschiedene *Geister*? Wußte dieser Skraeling so viel von diesen beiden Schiffen, die jetzt in ihrem feuchten Grab ruhten? Er schüttelte staunend den Kopf. Schon lange hatte er erkannt, daß Odin ein überaus intelligenter Mann war, aber solche Dinge entzogen sich dem Verständnis der meisten Menschen.

Odin brachte jedoch noch einen weiteren Gedanken zur Sprache. »Ein Kanu weiß, wenn ein Anfänger versucht, es zu benutzen«, bemerkte er.

»Was?« entfuhr es Svenson.

»Das Kanu weiß es«, wiederholte Odin. »Es stellt ihn zuerst auf die Probe.«

Lächerlich, dachte Nils.

Dann erinnerte er sich. Als er zum ersten Mal das Kanu bestiegen hatte, war sein Gleichgewicht nicht richtig gewesen. Das Boot hatte sich wie ein lebendes Wesen unter seinen Füßen gewunden, und er konnte spüren, wie es vom Bug bis zum Heck vibrierte, ein gewaltiges Zittern, das er kaum unter Kontrolle bekam. Aber dann war es ihm schließlich gelungen und ... ja, jetzt verstand er Odins Gleichnis ... ein lebender Geist.

»Wenn du seinen Geist spürst, versteht es das«, erklärte Odin weiter. »Dann wird es leichter.«

Es war eine vernünftige, wenn auch recht simple Art und Weise, die Dinge zu betrachten.

»Ihr habt euch gut gehalten heute«, fuhr Odin fort, »und das Kanu weiß das.«

Es war seltsam, in der Wildnis an einem Lagerfeuer zu sitzen, dachte Nils. Besonders seltsam war, daß Odins Worte ihn froh stimmten. Das Lob erfüllte ihn mit Stolz, das Lob eines

Skraelings ... eines *Wilden*! Irgendwie schien es ganz logisch zu sein, obwohl es das in anderer Hinsicht überhaupt nicht war. Helge Landsverk hätte das nie verstanden, überlegte Nils. Armer Helge ... Er war so kurz vor dem Ziel gewesen und hatte es doch um Längen verfehlt! Worin hatte es eigentlich bestanden, dieses Ziel? Während Nils in die Glut starrte, ließ er seinen Gedanken freien Lauf. Er und Helge hatten einander so nahegestanden, damals, als sie beide noch Kinder waren. Zumindest hatte er das geglaubt. Aber zu dem Zeitpunkt, da sein Freund auf so tragische Weise gestorben war, hatten sich bereits viele Dinge zwischen ihnen geändert. Woher wollte er jetzt wissen, daß Helge die Sache mit dem Geist der Boote nie begriffen hätte?

Vielleicht war es Helges Einstellung gegenüber Menschen. Die hatte sich bestimmt geändert. Früher war er ein fröhlicher und von allen geschätzter junger Mann gewesen. Ja, Helge hatte sich im Laufe der Zeit angewöhnt, die Menschen als etwas zu betrachten, das man *benutzen* konnte, statt es zu respektieren. Man konnte sie benutzen, um seine eigenen Ziele zu erreichen. Der Zwischenfall mit der abgetrennten Hand ging ihm einen Augenblick lang durch den Sinn, ein unangenehmer Gedanke im Zusammenhang mit den letzten Tagen jenes Mannes, der einst sein Freund gewesen war.

»Gehen wir schlafen«, sagte Odin knapp.

Nils hüllte sich in seine Decke und wartete auf den Schlaf. Die leisen Nachtgeräusche und das Knistern des Feuers waren ein tröstliches Schlummerlied. Durch halb geschlossene Augen beobachtete er das geisterhafte Flackern des Feuerscheines, der sich in den Bäumen widerspiegelte. Irgendwo rief eine jagende Eule, und ihr Gefährte antwortete. Das stille Murmeln des Wassers lullte seine Sinne ein.

Er schlief schon fast, als er das Aufspritzen von Wasser hörte. Ah, ein kleiner Fisch, wahrscheinlich auf der Flucht vor einem größeren. Er lauschte, aber das Geräusch wiederholte sich nicht. Trotzdem hatte er das Gefühl, daß etwas nicht stimmte. Schließlich konnte er es nicht länger aushalten, rollte sich aus seiner Decke und ging auf den Fluß zu.

Das Feuer erstarb bereits, und das Licht war schlecht, aber er konnte die weiße Birkenborke des Kanus ausmachen. Es schien noch genauso dazuliegen wie zuvor, und Nils schlich an dem umgestülpten Rumpf vorbei zum Ufer hinunter. Er bemerkte einen Gegenstand auf der dunklen Oberfläche des Flusses, vielleicht einen Steinwurf von ihm entfernt und nicht mehr als ein kleiner, etwas dunklerer Fleck. Er schien lebendig zu sein, schien sich zu bewegen. Noch einmal spritzte etwas Wasser auf, dann herrschte Ruhe. Die dunkle Gestalt glitt mit der Strömung flußabwärts oder verschwand unter Wasser; er wußte es nicht genau. Jedenfalls hatte er eine Antwort auf seine Fragen.

Ein Biber, brummte er halblaut vor sich hin.

Dann kehrte er zum Feuer zurück und wickelte sich in seine Schlafdecke.

Am nächsten Morgen waren die drei Reisenden bereits früh wieder unterwegs. Odin brannte darauf, möglichst schnell voranzukommen. Er hatte keine genaue Antwort auf die Frage gegeben, wie lange die Reise zu dem Dorf seines Stammes dauern würde. *Vielleicht,* dachte Nils, *weiß er es nicht.*

Später verstanden alle drei nicht, warum ihnen nichts aufgefallen war. Das hätte eigentlich nicht passieren dürfen. Rückblickend war ihnen klar, daß es Fußabdrücke gegeben haben mußte, aber keiner der drei Männer konnte sich daran erinnern, irgend etwas gesehen zu haben.

Bei ihrem Aufbruch waren gerade die ersten Sonnenstrahlen durch die Bäume gebrochen. Odin, der über genügend Erfahrung in diesen Wäldern verfügte, war noch immer abgelenkt von der Aufregung, daß es endlich nach Hause ging. Die beiden anderen kannten weder das Land noch das Wetter oder die Tücken ihres Bootes. Daher war es vielleicht doch nicht so ungewöhnlich, daß sie nichts bemerkt hatten.

Über manchen Teilen des Flusses und zwischen den Bäumen hing dichter Nebel.

Es dauerte nicht lange, bis sich die ersten Schwierigkeiten einstellten. Odin war ein ganzes Stück vom Ufer weggerudert, um den Felsen auszuweichen, die den zarten Rumpf ihres Bootes hätten aufreißen können. Sie befanden sich nicht direkt in der Hauptströmung, die an dieser Stelle des Flusses näher am Ufer zu liegen schien. Sie kamen gut voran.

»Ah! Verdammt feucht heute morgen«, bemerkte Svenson, nachdem sie eine Nebelbank durchbrochen hatten.

Er saß in der Mitte des Bootes, Nils vorn und Odin hinten auf dem Platz des Steuermannes.

»Das stimmt«, gab Nils seinem Freund recht.

Nach einer Weile lenkte Odin die Aufmerksamkeit seiner beiden Begleiter auf das Ufer zu ihrer Linken, wo eine große geweihlose Hirschkuh neben ihrem Kalb im Wasser stand.

»Ein Elch«, flüsterte Odin.

Das Tier hob seinen großen, plumpen Kopf, um ihnen nachzustarren.

»Ein Elch?« fragte Svenson.

»Ja.«

»Er hat ziemliche Ähnlichkeit mit unserem Rothirsch«, sagte Sven zu Nils, »nur etwas größer vielleicht. Die Hirsche haben Geweihe, oder?«

»Ja, das stimmt. Der Vater hat große, flache Hörner. So etwa.«

Er legte die Hände an die Schläfen, um das Aussehen eines Elchbullen zu verdeutlichen, und Svenson kicherte bei seinem Anblick. Solche Ablenkungen waren es, die die unmittelbare Entdeckung ihres Problems verhinderten.

Kurze Zeit später stieß Svenson einen überraschten Ausruf aus.

»Wasser!«

»Was?« fragte Nils.

»Wasser! Im Boot ... Deshalb kommt es uns so feucht vor!«

Sven schob die Vorratsbündel, die um sie herumlagen, beiseite. Die Veränderung des Gleichgewichtes brachte das Kanu ins Schwanken, und sie brauchten einen Augenblick, um es wieder unter Kontrolle zu bekommen. Auf dem Boden hatte sich Wasser gesammelt, das hin und her schwappte.

»Wir müssen ans Ufer!« sagte Odin schnell. Er stieß sein Paddel ins Wasser und wendete das Kanu. »Dort hinüber!« Er zeigte auf einen ebenen Küstenstreifen. »Nein, zu viele Felsen ... nach links!«

Das Boot schwenkte abermals herum. Das Wasser zwischen ihren Knien war jetzt tiefer, und das rutschende Gepäck verlangsamte ihr Fortkommen. Das Kanu geriet erneut ins Schwanken, und noch mehr Wasser drang in sein Inneres. Sie hatten das Boot zu hastig bewegt ... etwas nach rechts ... noch mehr Wasser ...

Sie waren nur einen Steinwurf vom Ufer entfernt, als sie kenterten und ins Wasser fielen.

»Laßt die Paddel nicht wegtreiben! Haltet euch am Kanu fest!« rief Odin.

Sie schwammen auf das Ufer zu und zogen das schwere Kanu mit seiner durchweichten Fracht hinter sich her. Schließlich taumelten alle drei ins seichte Wasser und schafften es, das Boot an Land zu ziehen. Dann sanken sie zu Boden und versuchten, zu Tode erschöpft, wieder zu Atem zu kommen.

»Was ist passiert?« fragte Nils, nachdem er sich etwas erholt hatte.

Odin schüttelte immer noch keuchend den Kopf.

»Wir werden sehen«, sagte er. »Aber versteht ihr jetzt ... warum ich ... unsere Vorräte ... am Kanu festgebunden habe? Sie wären jetzt fort, hätte ich es nicht getan.«

27

Es dauerte eine Weile, bis sie den Schaden am Kanu begutachtet hatten. Der Tag war trotz der Herbstsonne ziemlich kühl, und sie entzündeten ein Feuer, damit die Vorräte schneller trockneten.

Odin kroch unter das umgestürzte Kanu, um nach Löchern in der Borke zu suchen.

»Ah, hier!« sagte er, als ein Sonnenstrahl durch die Außenhaut des Bootes fiel. »Könnt ihr von draußen ein Loch sehen?«

»Einen Riß«, antwortete Nils. »Einen Kratzer oder Schnitt vielleicht.«

»Einen Schnitt?«

»Ja. Wie von einem Messer!«

Odin kam unter dem Boot hervor, um den Schaden näher in Augenschein zu nehmen.

»Du hast recht ... ein Messerschnitt. Irgend jemand hat das mit Absicht getan!«

Er glich dem Schnitt von einem scharfen Stein.

»Ist es möglich, daß wir, als wir an Land gegangen sind, einen Baumstumpf getroffen haben?«

Noch während er seine Frage stellte, wußte Nils die Antwort. Der Schnitt zog sich *quer* über den Rumpf des Kanus. Wenn sie das Boot über ein scharfes Hindernis gezogen hätten, wäre der Schnitt in Längsrichtung verlaufen. Außerdem sah es so aus, als hätte jemand bewußt versucht, den Schaden zu verbergen. Der Schnitt folgte einem der dunklen, groben Streifen, die die kreideweiße Borke durchliefen. Es handelte sich um eine vorsätzliche Tat, wahrscheinlich mit einem Steinmesser ausgeführt. Der Gedanke, daß es da draußen irgend jemanden gab, der versucht hatte, ihnen auf solche Weise Schaden zuzufügen, war erschreckend.

Aber wer konnte es sein?

Plötzlich hatte Nils die Situation klar vor Augen. Ein Messer ... die Messerfrau! Und die Geräusche, die ihn kurz vor dem Einschlafen aufgeschreckt hatten ...

»Wartet mal!« rief er. »Gestern nacht dachte ich, ich hätte etwas gehört. Ich meinte, es sei ein Biber gewesen, aber ...«

Schnell erzählte er den anderen von seinem Verdacht. Die beiden nickten schließlich.

»Das könnte sein«, gab Odin zu. »Ich habe die Frau bei unserer Abfahrt nicht mehr gesehen. Vielleicht war sie vor uns. Habt ihr sie gesehen?

Keiner der beiden anderen konnte sich daran erinnern. Doch ihr Haß war so stark gewesen, daß es unwahrscheinlich schien, daß sie die drei hätte ziehen lassen, ohne zum Schluß nicht noch irgend etwas zu unternehmen.

»Vielleicht ist sie immer noch da draußen«, meinte Svenson und warf einen nervösen Blick auf den dunklen Wald. Es war ein unbehagliches Gefühl, und Sven sprach lediglich das aus, was die anderen dachten.

»Vielleicht«, gab Nils ihm recht. »Wir müssen vorsichtig sein.«

»Ja«, meinte auch Odin. »Einige der Frauen können einen Bogen genauso gut handhaben wie die Männer.«

»Können wir den Schaden reparieren?« fragte Nils.

»O ja. Es wird uns einen Tag kosten, vielleicht auch zwei.« Odin untersuchte as Kanu immer noch und stieß im nächsten Moment einen überraschten Ausruf aus. »Ha! Noch ein Schnitt!«

Schon bald hatten sie einen dritten entdeckt, der jedoch nicht ganz durch die Borke ging.

»Es sieht so aus, als hätte sie aufgehört, bevor sie fertig war«, meinte Nils.

»Ich weiß nicht recht, Thorsson. Warum sollte sie aufgehört haben?«

Sie unterhielten sich eine Weile über diese Frage, kamen aber zu keinem Ergebnis.

»Vielleicht werden wir es nie erfahren«, meinte Odin schließlich. »Sie ist ein bißchen verrückt, und wer weiß, wozu sie fähig ist? Wir müssen uns in acht nehmen.«

»Was brauchen wir, um die Löcher zu flicken?« wollte Nils wissen.

»Nicht viel ... etwas Saft von den Bäumen.«

»Pinien? Pech?«

»Ja, so nennt man das bei euch. Das Blut des Baumes.«

Nils hatte diese Flüssigkeit nie auf solche Art betrachtet. Ein Baum ... eine Pflanze, ein lebendes Etwas, mit eigenem Blut und eigenem Geist. Es war eine völlig neue Sichtweise, die der Skraeling ihm vermittelte.

»Was noch?«

»Nicht viel. Die Löcher sind klein. Größere müßten geflickt werden.«

»Geflickt? Womit?«

»Mit einem Stück Borke, das man darüber legt. Man macht es mit Piniensaft fest. Aber das ist nicht nötig.«

Sie beschlossen, daß Svenson bei dem Kanu bleiben und das Ufer beobachten sollte, um einen Angriff aus dem Hinterhalt zu vereiteln. Nils würde im Wald Wache stehen, während Odin das Material zusammensuchte, das er für seine Reparaturen benötigte.

Keiner der drei bemerkte irgend etwas Ungewöhnliches,

aber das verringerte ihre Besorgnis nicht. Die Messerfrau hatte bereits bewiesen, daß sie warten konnte. Keiner war davon überzeugt, daß die Gefahr vorüber sei.

Gegen Abend, als er sicher sein konnte, daß die Borke völlig trocken war, nahm Odin einen brennenden Zweig aus dem Feuer und hielt ihn eine Weile an jedes Loch.

»Um die Wassergeister zu vertreiben«, erklärte er auf Nils' Frage. »Ich möchte das heute nacht erledigen, weil sie mit dem Morgennebel zurückkehren werden und wir das Boot dann noch einen ganzen Tag trocknen müßten.«

Was uns einen weiteren Tag Zeit kosten würde, dachte Nils. Natürlich ... Für den Skraeling schien die Welt aus einer seltsamen Mischung aus Dingen des Geistes und der Natur zu bestehen. Insgesamt eine durch und durch praktische Sichtweise. *Warum ist das bei uns anders?* fragte er sich. *Wie ist es gekommen, daß wir diese Dinge voneinander trennen?* Das war ein Thema, über das er gern mit seinem Großvater gesprochen hätte. Merkwürdig, daß er sich jedesmal, wenn ihm ein schwerwiegender Gedanke kam, an den weisen alten Mann erinnerte. Ah, die langen Winterabende, die sie zusammen am Feuer verbracht und mit einem verkohlten Stock das Runenalphabet auf ein glattes Brett gekritzelt hatten. *Beide* Alphabete ...

»Du mußt beide lernen, Nils«, hatte sein Großvater ihm immer wieder gesagt. »Ich bin nicht sicher, ob die neuen Runen überdauern werden. Wenn ja, dann soll es so sein. Du wirst es erfahren. Aber die alten Runen ... sie werden uns noch eine lange Zeit begleiten. Auch sie mußt du kennen.«

Anschließend spielten sie, lösten Rätsel und dachten sich gereimte Scherzfragen aus, für die sie sowohl die alten als auch die neuen Runen benutzten. Auf eine ganz eigentümliche Weise erinnerte Odin ihn an seinen Großvater. Es war schon erstaunlich, daß jemand seines Alters ihn derart anrühren konnte. Noch dazu ein Mensch, der einer so vollkommen fremden Kultur angehörte. Vielleicht lag eine gewisse Übereinstimmung in der Art der beiden Männer, die Welt zu betrachten. Er mußte bei Gelegenheit mit Odin darüber reden. Er fragte sich, was sein Großvater wohl von dieser Idee gehalten hätte, und mußte lächeln. Ihm fiel auf, daß beide

Männer über denselben trockenen Humor verfügten, der es ihnen ermöglichte, das Leben zu genießen. Die Dinge der Erde und die Dinge des Geistes … *Oder sind diese beiden Dinge doch nicht gleich?* fragte er sich.

Er stellte diese abstrakten Gedanken erst einmal zurück, um Odin bei der Arbeit an dem Kanu zuzusehen. Der Skraeling wärmte das Harz, das er auf ein Stückchen Borke neben das Feuer gelegt hatte. Dann strich er es mit einem Stock, den er eigens dafür zurechtgeschnitten hatte, auf die schadhaften Stellen. Anschließend schob er das Borkenstück mit dem restlichen Harz wieder neben das Feuer, damit es weich blieb; zuletzt stopfte er eine Handvoll fein geriebener Zedernborke mit Hilfe eines Stockes in die Risse im Rumpf des Kanus.

Nils' Gedanken kehrten zu den Schiffsbauern seines Heimatlandes zurück. Wie oft hatte er die tüchtigen Handwerker beobachtet, wenn sie fein zerkleinertes Werg in die Ritzen eines Schiffes hämmerten. *Es ist dasselbe!* begriff er plötzlich. *Zerkleinerte Fasern und Pech, benutzt zum selben Zweck, nämlich um ein Boot wasserdicht zu machen.*

»Was ist?« fragte Odin.

»Ach … nichts«, antwortete Nils. Ihm war gar nicht klar gewesen, daß er laut gesprochen hatte.

Odin erwärmte den zweiten Schnitt und wiederholte die Prozedur. Auch den dritten behandelte er vorsichtshalber mit Zedernborke. Dann wurden die drei beschädigten Stellen noch einmal mit Harz bestrichen und sorgfältig begutachtet.

»Es ist gut«, brummte Odin schließlich. »Morgen früh fahren wir weiter.«

Keiner der drei hatte Mühe, in dieser Nacht wach zu bleiben, zumindest nicht, solange es an ihm war, das Lager zu beschützen. Svenson übernahm den ersten Teil der Wache; er setzte sich an eine Stelle, die ihm einen guten Überblick verschaffte und von der aus er sich gut verteidigen konnte. Odin zog sich seine Decke um die Schultern, rollte sich nahe dem Feuer zusammen und schien binnen weniger Herzschläge fest eingeschlafen zu sein.

Nils wünschte, sich ebenfalls so leicht entspannen zu können. Er lag in seiner Decke, starrte in den Nachthimmel und dachte darüber nach, wie sehr sich seine Einstellung Odin gegenüber verändert hatte. Bei ihrer ersten Begegnung war ihm der Skraeling völlig unwichtig erschienen. Ein unwissender Wilder, den man, abgesehen von gelegentlichen hilfreichen Informationen, nicht ernst nehmen konnte. Nils hatte ihn beinahe als eine Unperson betrachtet. Bei diesem Gedanken fühlte er sich seltsam schuldig. Hatte er im Geiste nicht Helge für genau dieses Verhalten getadelt?

Neuerliche Gewissensbisse quälten ihn, als ihm klar wurde, daß er nicht einmal Odins Namen kannte. Den Namen Odin hatten die Menschen in Straumfjord ihm gegeben, und sie hatten darüber gelacht. Es war ein grausamer Scherz gewesen, einer, der die Aufmerksamkeit auf ein körperliches Gebrechen lenkte. Der Verlust eines Auges war eine ernsthafte Angelegenheit, die man nicht auf die leichte Schulter nehmen durfte. Odin war ein Mann, der in Gefangenschaft schreckliche Foltern erlitten hatte und anschließend von anderen Menschen dafür verspottet wurde. Nils bezweifelte, daß er mit einem solchen Schicksal genausogut fertig geworden wäre wie Odin.

Das Bemerkenswerteste war jedoch, daß Odin, als er den Hintergrund seines neuen Namens erfahren hatte, *erfreut* gewesen war. ›Vater der Götter‹, hatte er stolz zu ihren Feinden gesagt. Nils fragte sich, ob Odin überhaupt bewußt war, daß man ihn mit diesem Namen hatte verspotten wollen. Ja, gewiß. Ein Mann von solcher Intelligenz mußte begriffen haben, daß es höhnisch war, einem halbtoten Flüchtling den Namen des einäugigen nordischen Gottes zu geben.

Gern hätte Nils den Skraeling nach seinem wirklichen Namen gefragt, befürchtete jedoch, daß es unangemessen und möglicherweise furchtbar peinlich sein könnte. Aber wahrscheinlich würde Odin (oder wie immer er auch hieß) mit der Situation viel besser fertig werden als er selbst. Er hatte sich immer wieder als ein Mann von schneller Auffassungsgabe und Einfallsreichtum erwiesen. Nils war sich immer noch nicht sicher, was an dem Morgen, an dem er sich in einen Berserker verwandelt hatte, geschehen war. Manchmal hatte er das Gefühl, als sei er tatsächlich von übernatürlichen Kräften erfüllt gewesen.

Schließlich schlief Nils ein. An seine Träume konnte er sich später kaum erinnern. Es waren seltsame, bruchstückhafte Träume, in denen Odin in einer Schiffswerft in Oslo auftauchte und mit peinlicher Genauigkeit die Planken eines schneidigen Langschiffes abdichtete. Der Skraeling sprach mit ihm, nannte ihn während der Arbeit beim Namen und erzählte irgend etwas von einer Reise ›nach Hause‹.

Als er aufwachte, waren die sieben Sterne des Großen Wagens um den Nordstern herumgezogen ... ja, es mußte nach Mitternacht sein. Und der Odin seiner Träume, der nach Pinienpech duftete, berührte ihn an der Schulter.

»Steh auf, Thorsson! Du bist an der Reihe. Wir brechen morgen sehr früh auf. Ich will so schnell wie möglich nach Hause!«

28

»Hier war ich schon mal!« rief Odin aufgeregt. »Da, ich erinnere mich an diesen Felsen. Ja, sogar an diesen Baum ...« Er zeigte auf eine knorrige Kiefer, die bedenklich schräg aus dem grauen Steinantlitz des Kliffs wuchs.

Ein verirrter Samen, der Generationen zuvor vom Wind oder vielleicht auch von einem Vogel oder einem Eichhörnchen hierher getragen worden war, hatte in der Felsspalte genug Feuchtigkeit und Erde gefunden, um zu sprießen. Die suchenden Wurzeln, die so zart und doch so unnachgiebig waren, hatten sich in kleine Risse im Stein gekrallt. Im Laufe der Zeit hatten sie sich vermehrt und die Felsspalte weiter auseinandergedrängt, um sich einen besseren Halt zu verschaffen. Aber der Baum wuchs nur langsam, denn es gab nur wenig Nahrung auf dem kargen Boden.

»Er ist kaum größer als damals«, fuhr Odin fort.

Er schien diesem Ort ziemliche Bedeutung beizumessen. Rastlos lief er über das sandige Ufer, suchte die Umgebung mit Blicken ab, betrachtete bald ein Dickicht, bald einen Baum oder ein Büschel spät blühender Blumen.

Nils sammelte Brennholz für das Lagerfeuer, und Svenson sicherte das Kanu, während sie beobachteten, wie sich ihr Gefährte seinen Erinnerungen hingab.

»Ist dieser Ort etwas Besonderes?« fragte Nils schließlich.

»Was? Oh ... ja ... hm, nein, eigentlich nicht. Ich habe einmal hier gelagert, als Kind, mit meinen Eltern. Der Geist des Ortes ist gut, nicht wahr?«

Ja, Nils hatte den gleichen Eindruck; das *Gefühl* des Ortes war gut. Sein Geist ... da war es wieder, diese Sitte des Skraelings, alle Dinge nach ihrem Geist zu beurteilen. Nils erschien das unlogisch, zu einfach, vielleicht sogar gotteslästerlich, wenn er an den neuen Glauben seiner Familie dachte, das Christentum. Und doch war es eine so einfache Betrachtungsweise der Dinge. Sie erleichterte die Verständigung und erlaubte eine gewisse Vielfalt. Er bemerkte, daß er selbst langsam begann, Geister zuzulassen, und zwar nicht nur bei Menschen und Tieren, sondern auch bei Bäumen, Felsen und Orten. Manchmal kam ihm sogar der Fluß wie ein lebendiges Wesen vor, das mit ihm zu sprechen schien. Hin und wieder meinte er, sein rastloses Murmeln, das ihn in den Schlaf lullte, beinahe verstehen zu können.

»Der Fluß spricht zu uns, genau wie der Wind. Hörst du? ...« hatte Odin einmal erklärt.

Ja, in der Nähe eines kleinen Kiefernwäldchens hatte Nils das leise Wispern, das so gut wie nie nachließ, wahrgenommen. Er fragte sich, ob es das Lied des Windes oder das der Bäume war.

»Was sagt der Fluß?« fragte er Odin voller Neugier.

Der Skraeling sah ihn eine Sekunde lang an, sein Auge zwinkerte belustigt.

»Er singt nicht mit Worten, Thorsson. Er singt mit dem Herzen ... mit dem Geist. Er singt ein Gefühl.«

Nils begriff den sanften Tadel. Ja, es war ein Gefühl, eines, das sich nicht mit Worten ausdrücken ließ.

»Ich weiß nicht, wie es geschieht, daß die Sonne jeden Morgen am Himmel aufsteigt«, überlegte der Skraeling, »aber ich bin froh, daß sie es tut. Es ist ein gutes Gefühl. Die Sonne sagt nichts, jedenfalls nicht mit Worten. Das gute Gefühl kommt von ihrem Licht und ihrer Wärme, nicht wahr?«

Nils nickte. Ganz bestimmt war das Gefühl, ob man es nun Stimmung oder Geist nannte, ein gutes. Dasselbe galt für den Seufzer der Brise in den Kiefern. Jetzt wurde ihm klar, daß er, als Odin ein ›Lied‹ erwähnt hatte, auf Worte gelauscht hatte. Aber es war nicht die Sache *von Worten*, Gedanken auszudrücken. Die Gedanken ... die *Gefühle* waren da, wie der Trost, den das Wiegenlied seiner Mutter ihm gespendet hatte. Es war sein warmes und sicheres Gefühl, sein Geist, den er in seinem Herzen bewahrt hatte. Jetzt fiel ihm auf, daß er sich an dessen Worte nicht mehr erinnern konnte. Es war lange her, daß er an diesen Teil seiner Kindheit zurückgedacht hatte.

Vielleicht war es wie der rhythmische Singsang in der Messe, der, so hatte man ihm erzählt, vom Priester in lateinischer Sprache vorgetragen wurde, obwohl weder der Erlöser noch seine Anhänger diese je benutzt hatten. Das war etwas, das er nicht verstand, aber Fragen zu diesem Thema schienen nicht willkommen zu sein. Das gesungene Ritual und der festliche Prunk der Kirche weckten ungeheuer starke Gefühle in ihm. Diese Gefühle waren eine Sache des Herzens, eine Gabe des Geistes, die ihm Ruhe und Frieden schenkten. Und vielleicht ging es genau darum.

Seine Versuche, mit seinem Großvater darüber zu sprechen, waren erfolglos, denn der alte Mann wechselte jedesmal das Thema.

»Es gibt viele Wege, die auf den Gipfel des Berges führen«, hatte Großvater einmal gesagt, »aber sie bringen dich alle an dasselbe Ziel.«

Der kleine Nils begriff nicht, was sein Großvater damit meinte. Sie hatten sich doch gar nicht über Wege und Berge unterhalten – aber es war trotzdem ein hübscher Gedanke. Er verstand auch nie so recht, warum sein Großvater immer wieder von den alten Zeiten berichtete. Doch die Geschichten über die Kriege, Triumphe und Abenteuer der Götter und deren Familien waren unterhaltsam und interessant, und der kleine Nils genoß sie alle.

Irgendwann erkannte er, daß seine Eltern nicht besonders glücklich darüber waren. Sie wirkten beinahe wie Verschwörer, der alte Mann und der Junge, wenn sie am Feuer saßen und miteinander plauderten. Es war eine unausgesprochene Regel, von etwas anderem zu sprechen, sobald sich jemand näherte.

»Es ist ganz ähnlich wie bei den Runen, Nils«, erklärte ihm der alte Mann. »Du mußt sowohl die alten als auch die neuen lernen.«

Der Junge war verwirrt. »Beide Alphabete?«

»Ja. Und du mußt auch die alten Sitten kennen.«

»Die alten Sitten von wem?«

»Von den Göttern ... und der Erde. Aber ... ach! Da kommt deine Mutter!«

Sofort wandte sich ihr Gespräch anderen Dingen zu. Nach einer solchen Unterbrechung kehrten sie nur selten zu ihrem ursprünglichen Thema zurück. Nach und nach wurde Nils klar, daß es zwei verschiedene Geschichten über den Ursprung der Welt gab. Ihn störte das nicht weiter, denn beide waren sehr gut. Die seines Großvaters fand er aufregender, aber die anderen schienen die über Adam und Eva und irgendeinen Garten vorzuziehen.

Ein anderes Rätsel betraf die Tatsache, daß das alte Runenalphabet akzeptiert wurde, nicht aber die alte Schöpfungsgeschichte. Wenn Nils seinen Großvater danach fragte, zuckte dieser nur die Achseln und begann ebenfalls, von etwas anderem zu sprechen. Und immer hatte der Junge das Gefühl, daß sein Großvater ihm eines Tages alles erklären würde, aber das sollte nicht sein. Der alte Mann, der immer schwächer und vergeßlicher geworden war, starb während Nils' sechzehntem Winter, und das war ein schwerer Verlust für den Jungen. Es gab noch so viele Dinge, die er ihn gern gefragt hätte. Jetzt war niemand mehr für ihn da, niemand, an den er sich hätte wenden können. Sein Vater war nie recht ansprechbar. Und selbst diese Quelle versiegte, als der Tod einige Monate später abermals Einzug in ihrem Haus hielt und Nils' Mutter einen zweiten Toten zu beweinen hatte. Seine Großeltern väterlicherseits hatte Nils nie kennengelernt, da beide vor seiner Geburt gestorben waren, ein Verlust, der ihm erst damals wirklich bewußt wurde.

Nils erhob sich, warf ein paar Stöcke in die Flammen und

kehrte dann zu seiner Schlafdecke zurück. Er hob den Blick zu der Felsspitze, auf der Odin Wache stand. Hinter dem Feuer erklang das leise Schnarchen Svensons, und alles schien gut zu sein. Sie hatten nichts mehr von der Messerfrau gesehen, waren aber trotzdem achtsam.

Noch zwei Nächte, sagte Odin ... dann würden sie bei seinem Volk sein. Das, so dachte Nils, mußte sie ein ganzes Stück weiterbringen, denn dort waren sie sicherer aufgehoben als irgendwo sonst, seit sie die Schiffe verloren hatten. Natürlich war ihm klar, daß sie sich auf der Stelle daran machen mußten, ihre Rückkehr nach Straumfjord zu planen. Nicht in diesem Herbst, hatte Odin ihm versichert. Dazu blieb nicht mehr genug Zeit. Aber Nils wollte so bald wie möglich aufbrechen, und das hieß im Frühjahr. Bis dahin gab es noch viel zu tun, und er würde für sich und Svenson die Heimreise organisieren müssen. Was für eine schreckliche Demütigung! Er, der sein Land als Kommandant eines Drachenschiffes verlassen hatte, war gezwungen, die Rückfahrt in dem schlingernden Bauch einer *Knorr* anzutreten. Zu guter Letzt schlief er ein, noch während die Gedanken sich in seinem Kopf überschlugen. Als Odin ihn weckte, damit er die Morgenwache übernahm, schien ihm, als seien nur wenige Augenblicke vergangen.

Der nächste Morgen dämmerte kalt und unfreundlich heran. Die Stunden, seit Nils sein warmes Lager verlassen hatte, gehörten zu den elendsten seines ganzen Lebens. Er sehnte sich danach, ans Feuer zurückzukehren, wagte es aber nicht. Es war zu gefährlich für den Fall, daß die Messerfrau sie noch einmal angriff. Oder irgend jemand sonst natürlich, obwohl dies wenig wahrscheinlich schien. Nils stand zitternd da und hatte die Decke eng um seine Schultern geschlungen, während seine Nase und seine Zehen in der frostigen Nacht kribbelten.

Es war noch nicht ganz hell, als er über sich die Rufe von Gänsen hörte. Es mußte eine riesige Schar sein. Da sie über den tiefhängenden Wolken flogen, konnte er sie nicht sehen, sich die gewaltige Formation, deren Spitze nach Süden zeigte, allerdings gut vorstellen. Es war ein erregender Gesang, der stets ein Gefühl der Rastlosigkeit in ihm geweckt hatte, den heftigen Wunsch, den Tieren zu folgen. Jetzt jedoch empfand er ihren Gesang neu und fremd. Selbst wenn es vielleicht nicht die großen Tiere seiner Heimat waren, erinnerten ihn ihre Gewohnheiten, ihr Zug und ihr Rufen doch mit aller Macht an sein Zuhause. Wie seltsam, dachte er, daß eben jener Ruf, der ihn früher immer zum Aufbruch gedrängt hatte, ihm jetzt eine Nachricht zu übermitteln schien, die beinahe das Gegenteil bedeutete. Ein Anflug von Heimweh bohrte sich in sein Herz, und er zog seine Decke fester um sich.

Wie lange noch, fragte er sich, *bis die anderen aufwachen und wir weiterziehen können?*

29

Aber wie die Dinge lagen, konnten sie an diesem Tag überhaupt nicht weiterziehen. Der kalte Nieselregen verwandelte sich in einen nassen Schneematsch, der alles durchtränkte und sie vor Kälte zittern ließ. Odin schien enttäuscht zu sein, zuckte aber philosophisch die Achseln.

»Bei dem Wetter kann man nicht reisen«, bemerkte er und machte sich daran, mehr Feuerholz zu sammeln. Anschließend begann er, einen notdürftigen Unterstand zu bauen.

»Hm – ja … hier und hier«, murmelte er vor sich hin, während er die Astgabeln einiger Bäume begutachtete.

Dann schnitt er zwei Stämme zurecht und legte die beiden Enden in eine der Astgabeln.

»So, laßt uns das Kanu holen«, wies er die beiden anderen an.

Nils verstand langsam, was Odin vorhatte. Sie hoben das Kanu hoch, trugen es das kurze Stück und legten es quer über die Stämme. Auf diese Weise bekamen sie ein wasserdichtes Dach, das groß genug war, um zu dritt darunter zu sitzen und ihre Vorräte unterzubringen. Die Nordmänner brachten alles, was sie besaßen, zu ihrem kleinen Unterstand, den Odin inzwischen fertigstellte. Er errichtete eine Art Schutzwand, indem er die kleineren Zweige, die er von den Stämmen abgeschnitten hatte, an die Rückseite des Kanus lehnte. Jetzt brauchten sie nur noch ein Feuer. Das ließ sich mit Hilfe der noch brennenden Zweige ihres Nachtfeuers schnell bewerkstelligen. Auf diese Weise würden sie es den ganzen Tag einigermaßen warm und behaglich haben.

Die Stunden zogen sich endlos in die Länge. Sie schliefen, aßen ein wenig und unterhielten sich von Zeit zu Zeit.

»Erzähl mir von deinem Stamm«, bat Nils Odin. Svenson lag am anderen Ende des Unterstandes und schnarchte friedlich.

»Was willst du wissen?« fragte Odin zurück.

»Wie werden deine Leute genannt? Wie leben sie? Was ziehen sie an, wie sehen ihre Häuser aus?«

»Hm. Nun, das wirst du alles selbst sehen, aber ... wir nennen uns die *Menschen*. Das gilt für alle Menschen, nicht wahr? Wir sind die *Menschen*, und daneben gibt es noch die *anderen* auf der anderen Seite des Flusses oder im nächsten Tal.«

Es war zwar eine seltsame Art, sich auszudrücken, aber natürlich nicht ganz unzutreffend, fand Nils. Er dachte an die Nordmänner seiner Heimat und ihre uralte Feindschaft mit den Bewohnern der Inseln und Küsten. Den Engländern, Franken, Sachsen, Schotten, Walisern, Iren ... *Wir* und *sie*. Hier war es nicht anders, so schien es.

»Und eure Häuser?«

»Ganz ähnlich wie die anderen, da, wo wir waren. Wie deine.«

»*Meine?*«

»Dein Volk. Straumfjord. Aber ohne Zäune drumherum.«

»Ja. Aber in meinem eigenen Land haben wir solche Zäune auch nicht.«

Der Skraeling nickte. »Wir auch nicht.«

»Eure Häuser«, fuhr Nils fort, »werden die aus Baumstämmen gemacht?«

»Ja. Und manchmal mit Borke.« Er hielt inne und tippte auf die Außenhaut des Kanus über ihren Köpfen. »Wie das hier. Wenn wir das Haus nur kurze Zeit benutzen ... im Sommer vielleicht.«

»Hat jede Familie ein eigenes Haus? Wie bei dem Stamm, den wir gerade verlassen haben?«

»Fast genauso. Ein großes Haus für Versammlungen. Groß genug für alle.«

Nils nickte. Das Langhaus ... Plötzlich kam ihm ein neuer Gedanke.

»Pflanzt dein Volk Feldfrüchte an?«

»Feldfrüchte?«

»Ja, wie das hier ...« Er zeigte auf das Bündel mit getrocknetem Kürbis, das einen Teil ihrer Vorräte darstellte.

»Oh. Ja. Verschiedene Arten. Kartoffeln, Bohnen, Mais ... Außerdem jagen wir auch, um uns mit Fleisch zu versorgen.«

»Was jagt ihr? Hirsche?«

»Ja. Hirsche. Elche, manchmal auch Bären. Enten, Gänse und den Kollervogel.«

»Du hast gesagt, du würdest mich eure Sprache lehren.«

»O ja. Das wäre gut. Das geht.«

Noch bevor der Unterricht begann, überkamen Nils Zweifel. Er hatte nicht die Absicht, länger bei Odins Volk zu bleiben als unbedingt nötig. Ein paar Wochen ... während des schlimmsten Teils des Winters. Er wollte nur genug Wörter lernen, um einigermaßen zurechtzukommen.

Eine weitere Schar Gänse flog über sie hinweg, unsichtbar in den tiefhängenden Wolken. Nils spürte, wie ihr Wandertrieb sich auf ihn übertrug. Wenn sie zurückkehrten, das schwor er sich, würde er mit ihnen ziehen. Nun, vielleicht nicht direkt in dieselbe Richtung ... Straumfjord lag im Nordosten, während sich die Vogelscharen nach Norden aufmachen würden.

Anfangs war Nils über Odins Entscheidung, zu seinem eigenen Volk zurückzukehren, etwas unzufrieden gewesen. Warum gingen sie nicht statt dessen zu *seinem* Volk? Der Skraeling schien keine andere Möglichkeit in Erwägung gezogen zu haben, und in den hintersten Winkeln seiner Gedanken hatte Nils tiefen Groll empfunden.

Jetzt begriff er den Sinn ihres Tuns. Der Einbruch des Winters war unvorhersehbar und eine Rückkehr nach Straumfjord um diese Zeit des Jahres undenkbar. Odin hatte versucht, sie davon zu überzeugen, aber bisher hatte Nils seine

Argumente nicht recht eingesehen. Der heutige Tag hatte ihm jedoch so einiges klargemacht. Er beobachtete, wie am Rand des Kanus ein Eiszapfen wuchs, Tropfen für Tropfen.

Mittlerweile hatte der Schneeregen sich in Schnee verwandelt. Gegen Mittag war der Boden bis auf die geschützten Bereiche unter den Bäumen fast weiß. Als Svenson aufwachte, war er überrascht und ein wenig bestürzt.

»Schnee?« fragte er.

»Das macht nichts«, entgegnete Odin, »der Boden ist warm, und der Schnee wird schmelzen.«

Diese Vorhersage bewahrheitete sich, und bevor es dämmerte, war der Boden nur noch naß. Sie sammelten durchweichte Zweige und legten sie in die Nähe des Feuers, damit sie für die Nacht genug Brennholz hatten. Kurz bevor es dunkel wurde, lugte sogar die Sonne eine Weile zwischen den Bäumen hervor und bescherte ihnen einen herrlichen Sonnenuntergang. Nils genoß das Naturschauspiel und wünschte, einen Blick über das Meer bis hin zum fernen westlichen Horizont werfen zu können. Trotzdem war es ein Anblick, der ihn bewegte und Hoffnung versprach.

Das sonnige Zwischenspiel war jedoch nur kurz und wich schon bald der Kälte eines frostigen Herbstabends. Sie hüllten sich in ihre Schlafdecken, um sich ein wenig zu wärmen. Nils machte sich schon seit einiger Zeit Gedanken über den Zustand seiner Ausrüstung. Seine ledernen Fußlappen waren durchgescheuert, und an ihrer Stelle trug er jetzt die weichen Mokassins, die ihm die Eingeborenen geschenkt hatten. Die Schuhe gefielen ihm sehr gut. Sie waren leicht und bequem. Aber sein Hemd würde schon bald nur noch aus Fetzen bestehen. Der Lederumhang, den er anhatte, bot ihm einen gewissen Schutz, und seine knielangen Fellhosen waren immer noch einigermaßen in Ordnung. Mit seinen Fragen zu den Sitten und Gebräuchen von Odins Volk hatte Nils unter anderem herausfinden wollen, wie diese Menschen sich kleideten. Das Gespräch hatte sich jedoch in eine andere Richtung entwickelt, und er war immer noch nicht klüger als zuvor.

Odin selbst trug ein zerlumptes Allerlei verschiedener Kleidungsstücke, die er entweder während ihrer kurzen Gefangenschaft von den Skraelingen geerbt oder in der nordischen Siedlung ergattert hatte. Nils wollte sich erkundigen, ob sie bei Odins Stamm geeignete Kleidung für den Winter bekommen würden, wußte aber nicht recht, wie er das Thema anschneiden sollte. Er zog seine Decke enger über seine Schultern und machte sich für die nächste Zeit auf einige Unbehaglichkeit gefaßt.

»Glaubst du, daß wir von der Messerfrau immer noch etwas zu befürchten haben?« fragte Svenson, als es dunkel wurde.

Nils hatte schon eine ganze Weile nicht mehr an die Frau gedacht. Keinem von ihnen war irgend etwas aufgefallen, obwohl sie jede Nacht Wache gehalten hatten.

Odin dachte einen Augenblick nach und sagte schließlich: »Ich glaube nicht. Ich denke, sie hätte mittlerweile einen neuen Versuch unternommen oder sie wäre umgekehrt. Da wir nichts von ihr gesehen haben, hat sie wahrscheinlich aufgegeben und ist nach Hause gegangen.«

»Sie schien mir nicht eine von der Art zu sein, die einfach aufgibt«, bemerkte Svenson.

»Das stimmt«, erwiderte Odin nachdenklich. »Aber warum hat sie es dann nicht noch einmal versucht?«

»Wer weiß. Also, halten wir jetzt Wache oder nicht?«

»Ja, einer von uns sollte wach bleiben«, antwortete Odin. »Aber heute ist es sehr schwierig weiterzuziehen. Darum sind wir hier. Sie kommt ebensowenig weiter wie wir.«

Der nächste Tag war jedoch wie geschaffen zum Reisen – klar, frostig und sonnig. Odin schien mit ihrem Fortschritt überaus zufrieden, und seine Erregung wurde offenkundig, als sie ihr Nachtlager aufschlugen. Das konnte Nils sehr gut nachvollziehen. Es mußte ein ungeheures Gefühl sein, nach so vielen Jahren endlich wieder nach Hause zu kommen! Was hatte der Skraeling noch gesagt, wie viele es gewesen waren? Fünf? Plötzlich kam ihm zu Bewußtsein, daß er gar keine Ahnung hatte, ob Odin eine Familie besaß. Dieser Gedanke beunruhigte ihn etwas. Hielt er den Skraeling immer noch für eine Unperson?

»Erzähl uns von deiner Familie, Odin«, meinte er.

Der Einäugige sah ihn überrascht an.

»Mutter, Vater«, sagte er einfach. »Eine jüngere Schwester. Zumindest, als ich fortging. Wie es jetzt ist, das weiß ich nicht.«

»Hast du keine Frau?«

Odin lächelte ein wenig wehmütig.

»Nein. Aber das ist vielleicht gut so. Wenn ich eine gehabt hätte, wäre sie mittlerweile bestimmt wieder verheiratet.«

Die Traurigkeit, die er plötzlich ausstrahlte, ließ Nils vermuten, daß da noch mehr dahinterstecken mußte. Wahrscheinlich hatte es ein Mädchen gegeben, eine Frau, die er liebte. Odin hatte ihnen nie genau erzählt, warum er sich von seinem Stamm getrennt hatte. Nur daß er gefangengenommen worden war und nicht mehr zurückkehren konnte. War dies ein Teil der Geschichte? Hatte er sein Volk wegen einer unglücklichen Romanze verlassen?

Nein, sagte sich Nils. *Das ist reine Einbildung. Die Skraelinge machen ihren Frauen wohl kaum den Hof, wie wir es tun.*

Diese Überlegung ließ Nils die bevorstehende Ankunft bei Odins Volk in einem ganz anderen Licht erscheinen. Wieviel Angst mußte sich in die Freude über das baldige Wiedersehen mischen! Nils empfand tiefes Mitleid mit seinem Gefährten, obwohl er dessen Gefühle nicht wirklich nachvollziehen konnte, denn er selbst hatte noch nie eine ernsthafte Beziehung gehabt. Natürlich hatte es die eine oder andere junge Frau in seinem Leben gegeben, aber mit keiner von ihnen hätte er seine Zukunft teilen mögen.

Plötzlich mußte er wieder an Ingrid denken, die Frau des Böttchers in Straumfjord. Die Begegnung mit ihr schien eine Ewigkeit zurückzuliegen. Er hatte sie nur wenige Tage gekannt und nur einige verstohlene Küsse mit ihr ausgetauscht; dennoch war er tief beeindruckt. Manchmal träumte er von ihr, träumte von den üppigen Kurven ihres Körpers, von ihren langen, schlanken Beinen, dem Blau ihrer Augen, die so unergründlich und voller Kummer gewesen waren ... Er erinnerte sich an sein Versprechen, sie mitzunehmen. Vielleicht hatte sie ja mittlerweile einen anderen gefunden. Wenn jemand tat, worum sie bat, hatte die junge Frau Straumfjord sicher verlassen. Bestimmt würde sie nicht auf ihn warten.

Nils gab sich diesbezüglich keinerlei Illusionen hin. Waren alle Frauen wie Ingrid? Gewiß nicht. Seine Eltern hatten immer in unerschütterlicher Treue zueinander gestanden.

Nils' Gedanken kehrten zu Odin zurück, und wieder fragte er sich, ob es eine Frau in seinem Leben gegeben hatte. Eine wie Ingrid vielleicht, die getändelt und gelockt und dem Ganzen dann ein Ende bereitet hatte, bevor sie zu weit gegangen waren. Eine solche Erfahrung konnte einen Mann dazu bringen, seine Heimat voller Abscheu zu verlassen, ohne sich darum zu scheren, ob er jemals zurückkommen konnte. Später würde er die Dinge vielleicht anders sehen und heimkehren wollen, aber es stand zweifelsfrei fest, daß eine solche Frau sich in der Zwischenzeit einen anderen gesucht hätte.

Diese Gedanken waren besonders niederschmetternd, denn er fragte sich auch, wer wohl in dieser Nacht das Bett der blauäugigen Ingrid teilen mochte.

30

Odin wurde immer nachdenklicher, je näher sie seiner Heimat kamen. An dem Tag erzwungener Ruhe unter dem Kanu hatte er Mühe, still zu sitzen oder zu schlafen. Es war ihm jedoch gelungen, seine wahren Gefühle vor den anderen zu verbergen. Er wollte ihnen nicht verraten, welch eine kindische Aufregung er verspürte.

Ja, kindisch. So konnte man sie bezeichnen. Er war, das wußte er jetzt, auch kaum mehr als ein Kind gewesen, als er sein Zuhause, seine Freunde und seine Familie zum letzten Mal gesehen hatte. Ihm selbst war das damals natürlich nicht so erschienen. Er hatte sich für einen Mann gehalten. Aber das war wohl nichts Ungewöhnliches, dachte Odin. Im triumphierenden Überschwang der Jugend hielt man sich bereits für voll ausgereift, ohne die eigenen Mängel zu erkennen. Wenn man über die Kraft der älteren Männer verfügt, glaubt man, auch genauso klug zu sein wie sie. Es bedarf einiger Zeit und einiger bitterer Erfahrungen, um diesen Irrtum einzusehen. Manche Menschen schaffen diesen Punkt nie. Er wenigstens wußte jetzt um seine Grenzen.

In Gedanken versunken tauchte er sein Paddel gleichmäßig ins Wasser, und das Kanu bewegte sich stromaufwärts. Er war heute ein ganz anderer als der, der sich seinerzeit über diesen Abschnitt des Flusses von seinem Volk entfernt hatte. Es war fast peinlich, an den Fehler zu denken, der sein Leben in den vergangenen Jahren auf so tragische Weise beeinflußt hatte.

Ein Streit, ein schlichter Streit unter Liebenden, und seine starrsinnige Weigerung, zuzugeben, daß er wenigstens zum Teil schuld daran war. Sein Herz war schwer, als er an den zornigen Abschied dachte. Eine Zeitlang hatte er sogar geglaubt, nie mehr nach Hause zurückkehren zu wollen, selbst wenn ihm das möglich sein sollte. Er hatte der Schmach seiner jugendlichen Torheit nicht ins Gesicht sehen können. Damals hatte er sich noch Illusionen über sich selbst hingegeben.

Heute war er in der Lage, seinen Fehler mit einer Art trockener Heiterkeit zu betrachten. Diese Einstellung hatte ihm manchmal Kraft gegeben. Aber über den Fehler, der sein Leben auf den Kopf gestellt hatte, konnte er nach wie vor nicht lächeln. Etwas so Unbedeutendes wie verletzter Stolz hatte ihn dazu gebracht, die wichtigsten Dinge in seinem jungen Leben einfach aufzugeben. *Natürlich*, sagte er sich, *hätte ich es irgendwann gemerkt*. Aber in Wahrheit war er sich dessen nicht sicher. Wie lange hätte er wohl dafür gebraucht, wenn er nicht gefangengenommen worden wäre? Hätten sein Zorn und sein Schmerz sich gelegt und ihm gestattet, nach Hause zurückzukehren, um sich bei Habichtfrau zu entschuldigen? Selbst jetzt war er noch wütend, wenn er sich daran erinnerte. Sie hätte ihm nicht drohen sollen, Alten Hund zu heiraten. Auch wenn er schon vor langer Zeit begriffen hatte, daß es nur eine Stichelei gewesen war, um ihn eifersüchtig zu machen, tat es noch weh. Sie hätte ihm nicht so weh tun dürfen.

Die logische Konsequenz dieses Zornes war ein Gedanke, der ihm jedesmal, wenn er die Szene von damals durchlebte, durch den Sinn ging. *Ich hätte ihr nicht sagen dürfen, was sie zu tun hat.*

»Du hast kein Recht, mir zu sagen, was ich tun soll!« hatte Habichtfrau ihn, außer sich vor Wut, angezischt. »Ich gehöre dir nicht. Ich tue, was ich will, und heirate, wen ich erwähle.«

Wäre er damals nicht so aufgebracht gewesen, hätte er vielleicht erkannt, daß ihre Beziehung zu Altem Hund nicht ernst gewesen war, zumal er es niemals für möglich gehalten hatte, daß eine so begehrenswerte Frau wie Habichtfrau ihn ernsthaft in Erwägung ziehen würde. Das machte ihm nach wie vor zu schaffen. War auch diese Überzeugung auf seinen jugendlichen Stolz zurückzuführen, seine Selbsteinschätzung, wichtiger zu sein als ein Mann mit geringeren Fähigkeiten, mit geringeren körperlichen Vorzügen? Er hatte sich Altem Hund überlegen gefühlt ... Selbst der Name des jungen Mannes war ein grausamer Scherz der anderen Jungen gewesen, auch das hatte er mittlerweile erkannt. Alter Hund war weder besonders hübsch noch allzu geschickt gewesen, und sie hatten oft über seine Unbeholfenheit gelacht.

Nach all diesen Jahren quälte ihn immer noch eine Frage: Waren Habichtfraus Absichten vielleicht doch ernst gewesen? Schon immer hatte sie einen ungeheuer starken Mutterinstinkt besessen. Ein verletztes Hündchen, ein eben erst geschlüpfter Vogel ... jede Kreatur, die irgendwie in Not geraten war, schien sich auf ihre Hilfe verlassen zu können. Aber *Alter Hund*?

Damals hatte er in seinem Zorn ein Boot genommen und war flußabwärts gefahren. Unvernünftigerweise, das wußte er jetzt, aber damals hatte er nur den Wunsch verspürt, so schnell wie möglich zu verschwinden. Bereits kurze Zeit später war ihm jedoch klar geworden, daß ihn nicht nach Einsamkeit verlangt hatte, sondern danach, Habichtfrau für ihre Grausamkeit ihm gegenüber zu bestrafen. *Es wird ihr leid tun*, hatte er sich geschworen.

Und bald war er sich nicht einmal dessen mehr sicher gewesen. An seinem einsamen Lagerfeuer hatte er schließlich eingesehen, daß es einzig und allein ihm selbst leid tun würde. Habichtfrau war zu Hause bei ihrer Familie gewesen, während er in der nächtlichen Kälte gezittert und Moskitos totgeschlagen hatte. Und je länger er wegbleiben würde, um so törichter mußte sein Verhalten den anderen erscheinen.

Bereits in jener Nacht hatte er beschlossen zurückzukehren. Er war bereit gewesen, sich für seine Wut und Eifersucht zu entschuldigen, zuzugeben, daß er ganz gewiß nicht das Recht hatte, ihr Vorschriften zu machen, um alles wieder einzurenken. Doch fast genau im gleichen Augenblick waren die Krieger aus dem Gebüsch gesprungen und hatten ihn schnell überwältigt und gefesselt. Er hatte sich aus Leibeskräften gewehrt. Auch das war wahrscheinlich ein Fehler gewesen. Es hatte seinen Angreifern gerade genug Schaden zufügen können, um sie zu verärgern, eine Dummheit, die ihm Qual und Folter eingetragen hatte. Er konnte wahrscheinlich von Glück sagen, daß er überhaupt noch am Leben war.

Dieser Zwischenfall hatte ihm vorerst jede Möglichkeit einer Versöhnung mit Habichtfrau genommen. Viele Male in den vergangenen Jahren war er davon überzeugt gewesen, daß er niemals mehr eine Gelegenheit dazu haben würde, denn die Ereignisse hatten ihn immer weiter von seinem Zuhause entfernt.

Bis vor kurzem. Die Ankunft des hellhaarigen Thorsson hatte eine Zeit der Veränderungen eingeläutet. Nun ja, die Dinge hatten auch manchmal nicht so gut ausgesehen, sich jedoch immer wieder zum Guten gewandt. Jetzt waren sie unterwegs zu seinem Volk, und das hatte er, wie so viele Dinge, die ihm in den letzten Monden widerfahren waren, für unmöglich gehalten. Die Veränderung der Farbe des Sonnensteines ... die Sache mit Weißem Wolf ... die drei Flüchtlinge hatten eigentlich kaum eine Chance gehabt, das zu überleben. Und doch lebten sie noch. Nun ja, der Geist des Mannes, den sie jetzt Weißen Wolf nannten, mußte große Macht besitzen, hatte Odin beschlossen. Es war erregend und berauschend, mit einem solchen Mann bekannt zu sein, und er war stolz, zu ihm zu gehören.

Alles in allem kehrte er mit einem gewissen Triumphgefühl zurück. Er war der Helfer von Weißem Wolf. Er hatte Gefangenschaft, Sklaverei und Folter überstanden, mit den Nordmännern gelebt und ihre Sitten kennengelernt wie kein anderer seines Stammes.

Am meisten belastete ihn die Frage, ob und inwieweit Habichtfrau ihn wieder akzeptieren würde, denn er war nicht mehr so attraktiv wie damals, als er fortging; die leere Augenhöhle mit ihrem vertrockneten und vernarbten Lid war nicht gerade hübsch. Er hatte einmal sein Spiegelbild in einem stillen Teich gesehen. Sein entstelltes Gesicht würde nur bei seinen Eltern Mitleid erregen. Vielleicht auch bei seinen Freunden. Aber wie würde Habichtfrau empfinden?

Plötzlich ärgerte er sich über sich selbst. Was für eine Rolle spielte das schon? Sie mußte mittlerweile die Frau eines anderen sein. Wessen Frau, das konnte er sich jedoch beim besten Willen nicht vorstellen. Bestimmt nicht die von Altem Hund ... Sein Magen krampfte sich zusammen. Er hatte im Laufe der Jahre viele Nächte wach gelegen und in die Dunkelheit gestarrt. Der Gedanke, Habichtfrau könnte in den Armen eines anderen Mannes, *irgend*eines anderen Mannes liegen, war unerträglich gewesen. Aber er hatte die Hoffnung, daß sie nicht geheiratet, daß sie auf ihn gewartet hatte, bislang nicht völlig aufgegeben.

Jetzt, da sie sich seiner Heimat näherten, war er jedoch gezwungen, sich klarzumachen, daß eine der begehrenswertesten und schönsten jungen Frauen des Dorfes unmöglich noch unverheiratet war. Damit mußte er sich abfinden, selbst wenn es schwer fiel, sich dieser Tatsache zu stellen und dabei auch noch zu lächeln. Am besten verbarg er seine Gefühle, und darauf verstand er sich ausgezeichnet. Er würde es schaffen ...

Odin hielt inne, denn er hatte aus den Augenwinkeln eine Bewegung zwischen den Bäumen am Ufer wahrgenommen. Oder hatte er sich das nur eingebildet? Er wünschte, die Schärfe seines Blickes, über die er einst verfügt hatte, zu besitzen. Er beobachtete den Wald, dessen Blätter langsam die Farbe wechselten und in den atemberaubendsten Schattierungen von strahlendem Rot, Gelb und Braun erschienen. Es war beinahe unmöglich, überhaupt irgend etwas zwischen ihnen auszumachen. War es ein Hirsch? Ein Bär? Er blinzelte vergeblich, konnte immer noch nichts Konkretes erkennen. Vielleicht hatte er sich geirrt.

Der Beobachter zog sich in das Rotorange des Dickichts zurück und trat in den Schatten einer mächtigen Fichte. Erst als er die Gewißheit hatte, daß das Kanu außer Sicht war, bewegte er sich wieder.

Er ging die paar Schritte bis zu einem ausgetretenen Pfad und machte sich auf den Weg.

An einer klaren Quelle blieb der junge Mann kurz stehen, schöpfte etwas Wasser mit den Händen, um sich den Mund auszuspülen, und spuckte es wieder aus. Dann noch etwas Wasser, diesmal schluckte er es. Nicht zuviel ... Seine kurze Pause ließ sich in Herzschlägen messen, anschließend widmete er sich wieder seiner Aufgabe.

Es war kurz nach Mittag, als er zwischen den Wigwams auf das Zentrum des Dorfes zulief. Kurz vor dem Versammlungshaus verlangsamte er seinen Schritt, um zu Atem zu kommen, denn gleich mußte er Bericht erstatten.

Mehrere alte Männer saßen rauchend und plaudernd vor dem Langhaus in der Sonne. Als er sich ihnen näherte, blickten sie auf, nickten ihm grüßend zu und warteten darauf, daß er das Wort ergriff. Der junge Krieger zeigte auf den Fluß.

»Jemand kommt ... Fremde«, berichtete er, immer noch schwer atmend.

»Wie viele? Wo?«

»Ein Kanu, drei Männer. Sie kleiden sich seltsam.«

Jetzt war das Interesse der anderen geweckt, und auf ihren Gesichtern spiegelte sich die Bereitschaft, notfalls sofort zu handeln.

»Wo?«

»Flußabwärts ... einen halben Tag. Ich bin gelaufen. Sie werden heute abend hier sein.«

»Sind sie schwer bewaffnet?«

»Das konnte ich nicht sehen. Jedenfalls nicht für Krieg. Aber sie sind fremd. Einer hat weißes Haar.«

»Ah! Es sind also alte Männer?«

»Ich weiß nicht. Weißhaar bewegt sich nicht wie ein alter Mann. Und der andere ... vielleicht hat er eine Fuchspelzmütze getragen, aber ich hatte den Eindruck, daß der rote Pelz auf seinem Kopf *wuchs*.«

Die Älteren kicherten, und, gekränkt von ihrer Ungläubigkeit, wandte der Späher sich ab.

»Es ist, wie ich sage«, meinte er über die Schulter hinweg. »Ihr werdet sehen.«

31

Die Nachricht verbreitete sich wie ein Lauffeuer im Dorf, und man stellte Beobachter auf, die über das Vorankommen der Fremden berichten sollten. Es war natürlich möglich, daß dic Reisenden nicht einmal haltmachten. Das Dorf war vom Fluß aus nicht leicht zu entdecken, da es einige Bogenschüsse flußaufwärts an einem kleinen Nebenfluß lag.

Die Sache wurde jedoch dringlicher, als das Kanu direkt dessen Mündung und den Strand ansteuerte. Ein Kanu, das nur mit drei Männern besetzt war, die sich nicht einmal besonders verdächtig verhielten, schien keine größere Gefahr darzustellen. Dennoch war es natürlich klug, Vorsicht walten zu lassen. Als das Kanu seinen Kurs änderte und direkt auf den Beobachter am Fluß zuhielt, straffte sich der Mann. Kurz darauf konnte er die Gesichter der Neuankömmlinge erkennen. Er keuchte und zog sich tiefer ins Gebüsch zurück. Es war, wie Schwarze Hornisse gesagt hatte. Der Mann, der vorne im Kanu saß, hatte tatsächlich fast weißes Haar und bewegte sich trotzdem wie ein junger Mann. Sie hatten Hornisse ausgelacht, und er war wütend nach Hause gegangen. Jetzt würde sich jemand bei ihm entschuldigen müssen. Der Beobachter richtete seine Aufmerksamkeit auf den Mann in der Mitte. Dieser wirkte etwas älter und trug eine Fuchsfellkappe ... und sie schien ihm wirklich direkt aus dem Kopf zu wachsen! Auch damit hatte Hornisse also recht behalten!

Der Späher betrachtete nun den Ruderer, der im hinteren Teil des Kanus saß. Dieser Mann kam ihm bekannt vor. Seine Züge, seine Haltung ... Er unterschied sich irgendwie von den anderen. Das Kanu fuhr jetzt ganz dicht an ihm vorbei, und der Späher betrachtete das Gesicht. *Kenne ich diesen*

Mann? … einen Mann mit einem Auge? Er konnte sich an keinen erinnern. Dann überlegte er … *Hat er das Auge vielleicht verloren, nachdem ich ihn das letzte Mal gesehen habe?* Nach einem weiteren Blick auf das Profil hätte er beinahe laut aufgekeucht. *Wandelnder Vogel!* Und dieser Erkenntnis folgte sogleich eine zweite: *Aber der ist doch tot!*

Wie von Geistern verfolgt lief der junge Mann im Laufschritt nach Hause. *Wenn Vogel tot und dies sein Geist ist, dann kommen die anderen ebenfalls aus der Geisterwelt,* dachte er. *Sie kommen, weil sie jemanden holen wollen!* Dies war so ein schrecklicher Gedanke, daß er den ganzen Weg zurückrannte und bei seiner Ankunft im Dorf atemlos und außerstande war zu sprechen.

»Ich … sie …« stieß er hervor. »Sie kommen!«

»Wer? Das Kanu, von dem Hornisse erzählt hat?«

»Ja, ja!« Sein Atem ging jetzt etwas regelmäßiger, und die Gegenwart der anderen Menschen beruhigte ihn ein wenig. »Wandelnder Vogel … einer von ihnen ist Wandelnder Vogel.«

»Nein, nein. Wandelnder Vogel ist tot.«

Jetzt überkamen den jungen Späher doch gewisse Zweifel. Er zögerte einen Augenblick, ehe er fortfuhr.

»Vielleicht ist es sein Geist. Oder jemand, der so aussieht wie Vogel.«

Irgend jemand kicherte, und der junge Mann empfand eine unangenehme Mischung aus Zorn und Verlegenheit.

Noch während er berichtete, griffen bereits mehrere Männer nach ihren Waffen und gingen auf den Landesteg zu. Ganz gleich, wer oder was es war, irgend jemand näherte sich ihrem Dorf, und sie mußten vorbereitet sein. Ein paar Kinder wollten den Kriegern folgen, und eine Mutter rief hinter ihnen her.

»Seid vorsichtig! Wir wissen nicht, wer diese Männer sind! Am besten, ihr bleibt hier.«

Es schien jedoch keine echte Gefahr zu bestehen. Jemand, der dem Dorf Schaden zufügen wollte, würde sich gewiß nicht auf diese Art und Weise nähern. Und da es sich nur um drei Männer handelte, die außerdem im Nachteil waren … Das Erscheinungsbild der Neuankömmlinge weckte eher

Interesse und Neugier. Auch ihre Selbstsicherheit war beruhigend. Sie wirkten offen und freundlich.

Es war jedoch ein Gebot der Klugheit, dem Unbekannten immer mit deutlich demonstrierter Stärke zu begegnen. Ein Dutzend bewaffneter Männer stellte sich dort, wo das Kanu anlegen würde, im Halbkreis auf. Einer dieser Männer war der erste, der seiner Verwunderung Ausdruck gab.

»*Aiee!*«, rief er. »Das ist doch ... Wandelnder Vogel, bist du das wirklich? Wir dachten, du wärest tot!«

Das Kanu erreichte das Ufer, und der weißhaarige Mann sprang geschickt an Land, um das Boot in den Sand zu ziehen. Die anderen Männer stiegen nun ebenfalls aus. Der Mann mit dem Paddel lächelte.

»Es ist lange her, daß man mich Wandelnden Vogel nannte«, antwortete er, »aber genau der bin ich.«

Man bombardierte ihn mit Fragen. Ein paar Jungen, die entgegen den Warnungen ihrer Mütter den Kriegern gefolgt waren, rannten nun ins Dorf zurück, um die Nachricht von Vogels Rückkehr zu verbreiten. Sie selbst konnten sich an den Mann kaum erinnern. Allerdings war seine Geschichte in den letzten Jahren oft erzählt worden, um ihnen angst zu machen und sie zum Gehorsam zu zwingen.

Im Handumdrehen hatte sich eine große Menschenmenge versammelt, und der Späher, den man kurz zuvor noch verspottet hatte, kam herbeigeeilt, um sich in seiner Genugtuung zu sonnen.

»Hab' ich es nicht gesagt?« fragte er. »Es ist Wandelnder Vogel, ein Weißhaariger, der nicht alt ist, und einer, auf dessen Kopf ein Fuchspelz wächst.«

»Und auch auf seinem Gesicht!« fügte ein anderer hinzu.

Nun hob Wandelnder Vogel die Hand, um Schweigen zu gebieten.

»Er hat ein Auge verloren«, flüsterte eine Frau einer anderen zu.

»Ja. Wirklich schade! Er war so ein hübscher Junge.«

»Das ist er immer noch ... als Mann, meine ich. Einige Frauen ...« Sie rollte vielsagend mit den Augen.

»Richtig. Hatte er nicht ein Techtelmechtel mit Habichtfrau, bevor sie Hund heiratete?«

»Ja, ich glaube, etwas in der Art. Sie haben gestritten, und er ist fortgegangen, nicht wahr?«

»Ja, das stimmt! Das hatte ich fast vergessen. Seltsam, daß er gerade jetzt zurückkehrt, meinst du nicht auch?«

»Psst! Er will etwas sagen!«

Der heimgekehrte Wandelnde Vogel begann zu sprechen, und seine Stimme klang erstickt, so sehr bewegte ihn das Wiedersehen mit seinem Stamm.

»Es ist gut, wieder zu Hause zu sein«, gab er zu. »Viele Dinge sind geschehen, und ich werde euch später davon berichten. Zuerst möchte ich meine Eltern sehen.«

»Ah, Vogel, dein Vater ist tot«, teilte ihm ein alter Mann mit. »Mein Herz schmerzt für dich. Er war mein Freund.«

Wandelnder Vogel schluckte. »Und meine Mutter?«

»Ihr geht es gut. Deiner Schwester ebenfalls. Aber ich bin froh, daß du zurückgekommen bist. Sie brauchen dich.«

»Wer sind die Männer, die mit dir gekommen sind?« wollte jemand wissen.

»Der Weißhaarige heißt Weißer Wolf«, sagte er schnell. »Er ist ein großer, heiliger Mann. Der andere ist Feuermacher. Ich werde euch das alles heute abend erzählen, aber jetzt möchte ich zu meiner Mutter.«

Er schob sich durch die Menge und eilte auf das Wigwam seiner Mutter zu. Die Menschen gingen langsam auseinander. Sie würden die Neuigkeiten verbreiten und sich in der Abenddämmerung wieder hier einfinden, um die Geschichte von der Heimkehr des verlorenen Sohnes zu hören.

Die Leute kamen schon früh, um einen guten Platz zu ergattern. Schon lange hatte es keine solche Aufregung mehr gegeben, und die Gerüchte, vor allem, was die seltsamen Gefährten von Wandelndem Vogel betraf, verbreiteten sich wie ein Lauffeuer. Niemand hatte bisher Männer von so eigenartiger Erscheinung gesehen. Weißes Haar in der Jugend … blaue Augen, die nicht blind sind. Man hatte von Fremdländern gehört, die von weit, weit her gekommen waren, und auf einer Insel im salzigen Ozean im Osten ein Dorf errichtet hatte, was wahrscheinlich stimmte, aber niemand hatte bisher ernsthaft geglaubt, daß ihr Haar wirklich von anderer Farbe war. Jetzt mußten sie erkennen, daß auch diese Behauptung der Wahrheit entsprach. Die Fremden waren Wandelndem Vogel zum Wigwam seiner Mutter gefolgt und hatten auch ihr Gepäck mitgenommen. Nun, sie würden gewiß bald die ganze Geschichte erfahren.

Mittlerweile war es fast dunkel. Man hatte ein Feuer entzündet, und die Flammen fraßen sich hungrig durch Stöcke und Feuerscheite. Das Gemurmel der Menge schwoll an, als Wandelnder Vogel näher kam, gefolgt von seiner Mutter, seine Schwester und seinen beiden Gefährten. Die Augen der beiden Frauen leuchteten vor Freude.

Wandelnder Vogel ging durch die Menge und blieb immer wieder stehen, um mit Freunden und Bekannten zu sprechen. Wie die Sitte es forderte, hatte er dem Anführer des Dorfes bereits seinen Respekt gezollt, ließ sich nun jedoch etwas mehr Zeit für dessen Begrüßung, um der Position und dem Ansehen des Mannes Rechnung zu tragen. Dann nahm er seinen Platz vor den versammelten Dorfbewohnern ein; geschickt machte er sich das Licht, den dunklen Hintergrund der Bäume und den aufgehenden Mond zunutze. Wandelnder Vogel war von Natur aus ein großer Schauspieler und stets darauf bedacht, sich jeden noch so kleinen Vorteil zu sichern.

Die Menge verstummte erwartungsvoll.

»Meine Brüder und Schwestern«, begann er mit zitternder Stimme, »viel Wasser ist den Großen Fluß hinuntergeflossen, seit ich den Ort meiner Kindheit verlassen habe. Viele Dinge, sowohl gute wie schlechte, sind mir widerfahren. Aber jetzt bin ich nach Hause gekommen, und alles ist gut.

Gewöhnlich beginnen unsere Geschichtenerzähler mit der Geschichte unserer Schöpfung, damit, wie unser Volk auf den Wurzeln einer riesigen Rebe von der unteren in die Welt des Sonnenlichtes geklettert ist. Wir haben sie viele Male gehört, daher will ich sie nur flüchtig erwähnen. Außerdem habe ich noch so viel anderes zu erzählen.«

Er hielt inne und holte tief Luft.

»Ihr habt bemerkt, daß ich ein Auge verloren habe. Das werde ich euch später erklären, zuerst sollt ihr wissen, daß der Verlust zum Teil auch ein Gewinn ist. Ich bin nicht mehr Wandelnder Vogel. Mein Name, der Name, den das Volk meiner Gefährten mir gegeben hat, ist Odin, Vater der Götter.«

Leises Stimmengewirr erhob sich, und er wartete, bis wieder Ruhe einkehrte.

»Diese anderen sind ganz besondere Männer«, fuhr er fort. »Der Weißhaarige, der Weißer Wolf genannt wird, ist ein sehr mächtiger, heiliger Mann. Ich habe gesehen, wie er sich in einen Wolf verwandelt hat, als ich … Aber verzeiht mir, ich greife vor. Ihr werdet seine Macht später erleben. Der Feuerhaarige ist sein Helfer, genau wie ich. Ihr braucht keinen von beiden zu fürchten. Sie sind unsere Freunde und Verbündeten.

Aber nun möchte ich mit meiner Geschichte beginnen. Als ich dieses Dorf und das Heim meiner Eltern verließ, fuhr ich mit einem kleinen Boot flußabwärts. Ich war sehr jung und sehr töricht, obwohl ich damals anders von mir dachte. Mein Herz war schwer, und ich wollte von hier fort. Ah, ich habe seither so viel gelernt. Genug, meine Freunde, um meine Torheit einzusehen.«

Diese Bemerkung rief heiteres Gelächter hervor, und Odin schwieg, bis es sich gelegt hatte.

»Ich bin drei Tage gefahren«, setzte er seinen Bericht fort, »bevor ich begriff, was ich mir antat, und beschloß zurückzukehren …«

Die Geschichte ging weiter und weiter und schlug die Zuhörer in ihren Bann. Das Feuer knisterte und sang zur Untermalung seine sanften Melodien. Am Horizont ging ein blutroter Vollmond auf, der sich, als er sich schließlich über die Baumkronen erhob, in strahlendes Silber verwandelte.

Weit hinten in der Menge, jenseits des vom Licht erhellten Kreises, lauschte ein Frau mit besonderer Aufmerksamkeit. Habichtfrau hatte von seiner Rückkehr gehört, ihn aber bisher noch nicht gesehen. Ihr Streit war so lange her. Sie hatte sein Ende sehr bedauert und viele Tränen darüber vergossen. Jetzt war ihr Herz, auch wenn es sie glücklich machte, daß Wandelnder Vogel noch lebte, von neuem Schmerz gezeichnet. Sie wiegte das Baby auf ihrem Schoß hin und her, damit es nicht anfing zu schreien. Sie wollte auf keinen Fall auch nur ein einziges Wort des Geschichtenerzählers verpassen.

32

Nils Thorsson saß da und starrte abwechselnd ins Feuer oder beobachtete die Menge. Die Bewohner von Odins Dorf schienen vollkommen in die Geschichte seines Freundes versunken zu sein, hingen förmlich an seinen Lippen. Aber das war zu erwarten gewesen. Einer ihrer jungen Männer, den sie verloren geglaubt hatten, war jetzt zurückgekehrt, mit seltsamen Gefährten und einem neuen Namen.

Odin erfüllte seine Aufgabe als Geschichtenerzähler mit großer Leidenschaft und Begeisterung. Sein Enthusiasmus übertrug sich schnell auf die Menge.

Den Nordmännern fiel es schwerer, aufmerksam zu sein. Sie verstanden nur wenig. Selbst wenn Nils manchmal zu wissen glaubte, über welchen Teil ihrer Abenteuer er gerade sprach, konnte er nie völlig sicher sein. Seine Gedanken wanderten umher. Er saß zwischen Svenson und Odins Mutter. Sein Vater war mittlerweile tot, hatte man ihnen erzählt. Irgendwie war Nils diese Neuigkeit sehr nahe gegangen. Ab und zu hatte er auch an seine eigenen Eltern gedacht, gewöhnlich in Augenblicken der Gefahr oder wenn er sicher war zu sterben. Er hatte sich ihren Kummer ausgemalt, den die Tatsache, daß sie niemals erfahren könnten, unter welchen Umständen er gestorben war, noch verschlimmern würde. Diese Gedanken hatten eine große Sehnsucht nach seinem Zuhause in ihm geweckt, verbunden mit dem Wunsch, wieder Kind zu sein und in den liebenden Armen seiner Mutter Trost und Schutz zu suchen.

Die Wiedervereinigung Odins mit seiner Familie hatte diese Sehnsucht noch verstärkt.

Odins Mutter erinnerte ihn auf merkwürdige Art und

Weise an seine eigene Mutter. Sie hatte auf die unerwartete Ankunft fremdländischer Gäste genauso reagiert wie diese Frau. Sie war, wenn auch schon in den mittleren Jahren, immer noch eine anmutige Erscheinung und hatte nichts Wichtigeres zu tun gehabt, als für ihren lange verloren geglaubten Sohn und seine Gäste sofort ein Mahl zu bereiten. Ihre Tochter, die Schwester, von der Odin früher einmal gesprochen hatte, war ihr dabei behilflich gewesen.

Nils lehnte sich zurück, um einen verstohlenen Blick auf die junge Frau zu werfen, deren Gesicht im flackernden Schein des Feuers leuchtete. Wie alle anderen hing sie gebannt an den Lippen ihres Bruders, und ihre Miene zeigte bald Interesse, bald Angst oder Belustigung. Er beobachtete sie eine Weile und versuchte, sie nicht direkt anzustarren. Aber ihre Aufmerksamkeit galt ausschließlich dem Geschichtenerzähler, daß sie nichts anderes wahrzunehmen schien. *Wie schön sie ist*, dachte Nils, *wie ungeheuer schön*. Das hatte er nicht erwartet. Odins seltenen Bemerkungen über seine Schwester hatte er entnommen, daß sie ein dürres, unbeholfenes Kind war.

»Sie ist groß geworden«, hatte Odin bei ihrem Wiedersehen gesagt. Dies war offensichtlich eine gewaltige Untertreibung. Die junge Frau, die er hier vor sich hatte, war ganz gewiß kein unbeholfenes, heranwachsendes Kind mehr, sondern zu einer Schönheit herangereift, die in der ersten Blüte ihres Frauseins stand. Selten hatte er so wohlgeformte Waden und Knöchel gesehen oder so schöne, schlanke Schenkel. Ihr Lederkleid vermochte ihre wunderbaren Kurven kaum zu verbergen. Ihre Bewegungen waren von einer geradezu atemberaubenden, geschmeidigen Anmut, einer katzenhaften Würde, ganz gleich, ob sie ging, stand oder saß. Ihre Ausstrahlung hatte etwas Sinnliches, ohne aufdringlich zu sein, etwas Reines und Unbewußtes.

Jetzt, da ihre Aufmerksamkeit anderen Dingen galt, nutzte er die Gelegenheit, ihr Gesicht zu betrachten. Beim Anblick vieler Frauen hatte sich Nils gesagt: *Dies muß eine der schönsten Frauen der Welt sein*. Sie aber verblaßten zu absoluter Bedeutungslosigkeit neben dieser hier, der Schwester seines Freundes. Selbst die goldhaarige Ingrid, die Frau des Böttchers in

Straumfjord, konnte einem Vergleich kaum standhalten. Ihre feingemeißelten Züge waren von wahrer Vollkommenheit. Große, tiefliegende Augen mit langen, dunklen Wimpern, eine wohlgeformte Nase zwischen hohen Wangenknochen, volle und sinnliche Lippen ... Er konnte sich vorstellen, welche Ekstase es bedeuten würde, die reife Fülle dieser Lippen zu kosten.

Plötzlich hob sie den Kopf und sah ihm direkt in die Augen. Die Schuldgefühle, die ihn einen flüchtigen Moment überkamen, erinnerten ihn an seine Kindheit, wenn ihn seine Mutter beim verbotenen Spiel in der Nähe des Fjordes erwischt hatte. Von der Enttäuschung in ihren Augen war er ebenso verletzt gewesen. Hatte er mit seinen neugierigen Blicken ein Gebot überschritten, sie möglicherweise beleidigt? Er errötete. Wahrscheinlich würde er ihrem Bruder gegenüber seine Unschuld beteuern können, aber den erschrockenen und überraschten Ausdruck dieses schönen Gesichtes würde er niemals vergessen.

Doch das überraschte Lächeln, das im nächsten Moment ihre Lippen umspielte, war freundlich und offen, ohne Zorn oder Groll – und ansteckend. Er erwiderte es. Zwischen ihnen schloß sich ein Band der Freundschaft, das nichts Verführerisches oder Zweideutiges in sich barg, sondern nur das Erkennen eines anderen Menschen, eines Menschen, der vielleicht interessant sein mochte. In diesem Augenblick wußten sie beide, woran sie waren, und sie fanden es gut.

Ich weiß noch nicht einmal, wie sie heißt! dachte Nils. Man hatte ihm zwar den Namen des Mädchens gesagt, aber für ihn waren es nur bedeutungslose Silben gewesen. Plötzlich verspürte er ein ungeheures Verlangen, die Sprache seines Freundes zu erlernen, um mit diesem faszinierenden Geschöpf reden zu können.

Die beiden Menschen, die so verschiedenen Welten angehörten, richteten ihre Aufmerksamkeit, immer noch lächelnd, wieder auf den Geschichtenerzähler. Nils fragte sich, ob Odin etwas über ›Weißen Wolf‹ gesagt und das Mädchen auf diese Weise veranlaßt hatte, ihn anzusehen. Wahrscheinlich nicht. Niemand sonst hatte sich in diesem Augenblick zu ihm umgedreht. Wahrscheinlicher war, daß die Macht seiner Gedanken sie angezogen hatte. Er hatte sie in Gedanken gerufen, und sie hatte geantwortet.

Haben diese Menschen etwas, das wir nicht haben? fragte er sich plötzlich. *Vielleicht eine Art von Verständnis der Natur des Geistes?* Odin hatte manchmal über ›Dinge des Geistes‹ gesprochen, ein Thema, das Nils ziemlich verwirrend fand. Erstreckten sich diese auch auf die Möglichkeit der Gedankenübertragung? Konnten diese Menschen sich ohne Worte verständigen?

Er wandte sich erneut dem Geschichtenerzähler zu. Seit ihrer Ankunft hatten sie kaum miteinander gesprochen. Odin war vollauf damit beschäftigt gewesen, sich wieder mit seinen Leuten vertraut zu machen. *Wird es mir, wenn ich nach Hause komme, genauso ergehen?* überlegte Nils. Andererseits war Odin mehrere Jahre fortgewesen. *Aber das könnte mir auch passieren,* dachte er.

Er warf einen Blick auf Svenson, der dösend neben ihm saß. Der Kopf des alten Seemannes sank immer wieder auf seine Brust, schnellte dann jedoch ab und zu ruckartig hoch. Dann schaute er sich verstohlen um, als wolle er sich vergewissern, daß ihn niemand beobachtet hatte, und schlummerte sogleich wieder ein.

In diesem Moment bemerkte Nils, daß die Leute sich nach ihnen umsahen. Odin zeigte auf sie. Ein überraschtes Raunen ging durch die Menge. Ja, jetzt mußte von ihnen die Rede sein. Er stieß Svenson mit dem Ellbogen an.

»Wach auf, Sven.«

»Was?«

»Wach auf. Odin spricht über uns.«

»Woher weißt du das?«

»Die Leute schauen uns an. Ich glaube, er erzählt davon, wie wir drei zusammengefunden haben.«

»Ja … vielleicht. Was sollen wir tun?«

»Nichts, denke ich. Vielleicht ein würdevolles Gesicht machen?«

Svenson, der spürte, daß aller Augen auf ihnen ruhten, hob mit einer nervösen Geste die Hand zum Gruß. Nils folgte seinem eigenen Vorschlag und versuchte, eine gelassene und würdige Miene aufzusetzen, was ihm einigermaßen gelang.

Odin bat sie, zu ihm zu kommen, bevor er von den dramatischen Ereignissen berichtete, die zu ihrer Gefangenschaft geführt hatten. Viele sahen sie überrascht an. Zu den wenigen Worten, die die Nordmänner von der Skraeling-Sprache kannten, gehörten ihre eigenen Namen, Weißer Wolf und Feuermacher. Diesem Teil der Geschichte konnten sie einigermaßen folgen. Der Geschichtenerzähler sprach über die Veränderung der Farbe von Steinen und Svensons Fähigkeit, ein Feuer ohne Reibhölzer zu entzünden. Jetzt starrten die Zuschauer die Neuankömmlinge mit so etwas wie Ehrfurcht an. Nils fing die Worte ›heiliger Mann‹ auf und versuchte, sich so zu benehmen, wie diese Rolle es erforderte. Im Dorf der feindlichen Skraelinge hatte er genug Zeit gehabt, sich darin zu üben. Ja, mit Odins Hilfe würde er sie weiterspielen können. Eine solche Ehre hatte gewiß einiges für sich.

Gerade in diesem Moment fing er einen Blick von Odins schöner Schwester auf. Sie sah ihn beinahe anbetend an, als sei er eine Art Gott. *Nein*, hätte er am liebsten gesagt, *ich bin nichts derartiges! Ich bin ein Mann, ein gewöhnlicher Mann, und zwar einer, der sich nichts sehnlicher wünschte, als dich besser kennenzulernen.*

Er würde so bald wie möglich mit Odin reden. Er mußte den Namen des Mädchens wissen und, wichtiger noch, sich nach den Sitten und Gebräuchen der jungen Leute dieses Stammes erkundigen. Er wollte keinen Fehler machen.

An diesem Abend fand ein weiteres Gespräch statt, ein sehr kurzes, das jedoch für Wandelnden Vogel, den man jetzt Odin nannte, von größter Bedeutung sein sollte – später auch für die beiden Nordmänner.

Die Versammlung war vorüber, und die Menschenmenge zerstreute sich. Einige Leute warteten beim ersterbenden Feuer, um ihren Freund persönlich willkommen zu heißen. Bisher hatten sie wenig Gelegenheit dazu gehabt. Odin selbst war kaum Zeit geblieben, seine Familie aufzusuchen und die Neuankömmlinge vorzustellen oder irgendwelche Neuigkeiten zu erfahren, bevor man das Geschichtenfeuer entzündet hatte.

»Schlange!« rief Odin, nachdem sein Freund aus Kindertagen ihn herzlich begrüßt hatte. »Wie gut es tut, dich wiederzusehen. Du hattest damals gerade geheiratet ...«

»Ja, und jetzt habe ich zwei Töchter.«

»Das ist gut! Ah, ich kann es nicht glauben! Du Vater von zwei Kindern!«

Der andere zuckte mit den Schultern. »Es ist, wie es sein sollte. Hast du Habichtfrau schon gesehen?«

Odins Herz setzte einen Schlag aus. »Nein ... ich ... ich hatte angenommen, daß sie verheiratet ist.«

»Ja, ja, natürlich. In dem Jahr, nachdem du fortgegangen bist, hat sie Alten Hund geheiratet.«

Odins Gedanken überschlugen sich. Warum war er überhaupt zurückgekehrt? Er hatte es doch gewußt! Am besten ginge er gleich wieder fort. Nein, das konnte er nicht, er mußte für seine Mutter sorgen! Aber der Gedanke, Habichtfrau Tag um Tag zu begegnen und jeden Abend mitanzusehen, wie sie im Wigwam eines anderen verschwand ... aber ausgerechnet *Alter Hund?*

Die folgenden Worte seines Freundes nahm Odin kaum wahr. Plötzlich schüttelte Schlange ihn sanft.

»Was? Entschuldige, Schlange. Ich habe nicht zugehört.«

»Also hat es dir noch niemand erzählt? Ja, sie hat Alten Hund geheiratet.«

»Das hast du mir bereits gesagt«, brauste Odin wütend auf.

»Aber du hast den Rest nicht mitbekommen. Alter Hund ist letzten Winter gestorben, im Mond des Schnees. Habichtsfraus Trauerzeit ist vorüber, und sie braucht einen Mann. Du bist zu einer guten Zeit zurückgekehrt.«

Odins Herz, das noch einen Augenblick zuvor so schwer wie ein Stein gewesen war, schien plötzlich zu schweben wie die Federn von Kooskooskoos, der Eule.

TEIL 2

33

Nils Thorsson saß auf dem geschwungenen Dach des Hauses und beobachtete einen Schwarm Gänse auf ihrem Zug nach Süden. Sie flogen so hoch, daß er ihre Schreie kaum hören konnte.

Ihr solltet euch beeilen, dachte er, *der Winter kommt!*«

Nach dem ersten leichten Schneefall, der sie unterwegs überrascht hatte, war das Wetter noch einmal milde geworden. Die Tage blieben warm, die Nächte waren kühl. Die Reglosigkeit der Luft, die Geräusche und Gerüche machten das Leben zu einer Freude. Zu Hause in Norwegen würde man dieses Wetter den Zweiten Sommer nennen. Nicht jedes Jahr gab es einen solchen Herbst, aber wenn ... Hatte er jemals einen so blauen Himmel gesehen, waren die Farben der Bäume irgendwann prachtvoller gewesen? Er empfand ein alles durchdringendes Gefühl der Zufriedenheit, ein Gefühl, daß sich alle Dinge in Einklang miteinander befanden. Zuversicht, ja genau, das war es. Seit dem Aufbruch ihrer unglückseligen Expedition von Straumfjord hatte er sich nicht mehr so gut gefühlt.

Wie jedesmal, wenn er sich daran erinnerte, überwältigten ihn einen Moment Traurigkeit und der Schmerz, versagt zu haben. Zwei Schiffe verloren, dazu Dutzende guter Männer ... und Helge Landsverk, seinen Freund.

Aber was hätte ich tun können? fragte er sich. Als er, Nils, nach Helges Tod das Kommando übernommen hatte, war die Entscheidung schon längst gefallen. Er hatte eine Weile gebraucht, um diese Tatsache hinzunehmen, erst allmählich waren die Stunden, in denen er sich schuldig fühlte, seltener geworden. Und Svenson hatte recht: Auch wenn es gut ist, ehrenvoll zu sterben, ist man schließlich tot. Und sie lebten wenigstens noch. Waren lebendig genug, um diesen außergewöhnlich schönen Herbst zu genießen, diesen zweiten Sommer, hier in einem fremden Land unter fremden Menschen.

Odins Leuten. Sie hatten die Nordmänner willkommen geheißen und mit Ehrfurcht und Respekt behandelt. *Es wäre interessant zu erfahren,* dachte Nils, *was Odin seinen Leuten erzählt hat.* Vielleicht würde er es eines Tages herausbekommen. Sie versuchten, die Sprache von Odins Volk zu lernen. Svenson, der einige der Dialekte der nördlichen Küsten beherrschte, machte schnell Fortschritte, Nils selbst brauchte etwas länger. *Einige sind einfach gesegnet mit dem Talent, fremde Sprachen zu erlernen,* dachte Nils. Sven konnte sich beinahe überall ohne große Probleme verständigen, sogar auf den Inseln. Von einem der Seeleute wußte Nils, daß Svenson sich sogar mit den Walisern unterhalten hatte.

Auch Odin schien diese Gabe zu besitzen. Der Skraeling konnte sich in der Sprache der Nordmänner recht gut verständlich machen, und das fast ohne Akzent.

Skraeling. Einen Moment lang dachte Nils darüber nach, wie seine Leute das Wort benutzten. *Skraelinge, die ›kleinen Leute‹.* Wahrscheinlich waren die Nordmänner, die ihnen diesen Namen gegeben hatten, nur kleineren Einheimischen begegnet und hatten ihn einfach beibehalten. Vielleicht neigten die Nordmänner grundsätzlich dazu, alle anderen als kleinere Menschen zu betrachten. *Ja, so muß es sein,* dachte Nils. Die Bedeutung des Wortes kleiner, die unbewußt alle anderen als weniger menschlich einstuft … *Skraelinge, die kleinen Leute.*

Wie schon so manches Mal fühlte sich Nils beschämt, weil er sich selbst gegenüber zugeben mußte, Odins Intelligenz und Weisheit sträflich unterschätzt zu haben. Eine Intelligenz, die, das wußte er, ihr Leben gerettet hatte.

Allmählich fand er sich auch mit ihrem erzwungenen Aufenthalt ab, obwohl er es vorgezogen hätte, nicht hier zu überwintern. Bei nüchterner Betrachtungsweise machten Odins Erklärungen durchaus Sinn. Es war einfach das beste, und natürlich hatte auch er das von Anfang an gewußt. Der Umstand, daß Odins wunderschöne Schwester seit Ankunft der drei Männer beinahe jeden Tag mit ihnen verbrachte, hatte sicherlich auch dazu beigetragen. Und dazu noch dieser zweite Sommer … nun gut, hier zu sein war vielleicht doch nicht das Schlechteste.

Alles hier war anders. Das hatte er sehr schnell nach ihrer

Ankunft vor zwei Wochen erkannt. Sogar die Form der Häuser war merkwürdig. Es waren große Bauten, nicht als Unterkunft für eine einzige Familie vorgesehen, sondern für viele Paare samt Kindern und Anverwandten. In dieser Hinsicht glichen sie den Gemeinschaftshäusern in Straumfjord. Aber die Langhäuser der norwegischen Siedler waren nur für eine vorübergehende Zeit gedacht, während es sich hier bei Odins Leuten um eine traditionelle, alte Lebensweise zu handeln schien. Etwas verlegen fragte sich Nils, wie es möglich war, in diesen riesigen Häusern, die nur aus einem einzigen Raum bestanden und keinerlei Möglichkeit boten, sich einmal zurückzuziehen, Liebe zu machen. Dieser Gedanke war ihm bereits in Straumfjord gekommen, aber er hatte ihn angesichts dringenderer Probleme beiseite geschoben.

Die sanfte Brise verstärkte sich, und der Rauch aus dem Abzugsloch im Dach trieb Nils in die Augen. Er blinzelte und mußte husten, schließlich suchte er sich weiter oben auf dem Dach einen neuen Platz. Unter sich bereiteten die Frauen das Essen vor. Er versuchte, die Stimme von Rufender Taube herauszuhören ... Rufende Taube war ihr Name, hatte man ihm gesagt. Er liebte den Klang ihres Lachens, ihre melodische Sprachmelodie, obwohl er ihre Worte nicht verstand. Er erfreute sich an ihrem Lächeln und der Art, wie sie sich bewegte. Er mußte mehr über sie wissen, wenn er ihr den Hof machen wollte. Das durfte man nicht überstürzen. *Langsam, Thorsson,* sagte er sich, *warte ab, bis du verstehst, wie man das hier macht.* Alles andere konnte, gelinde gesagt, gefährlich sein.

Auf seine Bitte, ihm mehr von den Sitten und Gebräuchen seiner Leute zu erzählen, hatte Odin auf die für ihn so charakteristische Weise die Achseln gezuckt.

»Was möchtest du wissen?« Odin schien verwirrt.

»Nun ...« stammelte Nils, »wie nennt ihr euch selbst?«

Odin antwortete mit einem Nicken und einem Schwall Silben, die für Nils absolut keinen Sinn ergaben.

»Und was heißt das?«

»Ich verstehe nicht, Weißer Wolf. Was willst du denn wissen?«

»Nun, was bedeutet es?« Nils schwieg in Gedanken einen Moment und fuhr dann fort. »Unser Name, ja, der Name der

Nordmänner kommt von der *Himmelsrichtung*. Du weißt schon, Norden, der Nordstern ... *Nordmänner*.«

Odin nickte. »Ich verstehe! Das wußte ich nicht! *Norden*.«

»Gut. Und was bedeutet nun der Name für deine Leute?« Odin wirkte genauso verwirrt wie zuvor. »Die Menschen«, sagte er.

»Nein ... ich meine doch ... sieh mal, Odin. Diejenigen, die uns gefangengenommen haben, vorher? Wie werden *die* genannt?«

»Oh. Die werden genauso genannt.«

»*Genauso?*«

»Ja.« Odin fügte noch ein paar Silben hinzu, die Nils ebenfalls nicht verstand. »Sie nennen sich selbst so. Für sie bedeutet das Menschen ... genauso wie bei uns.«

»Aber ihr ... wie nennt *ihr* sie denn?«

Odin lächelte, und sein Auge zwinkerte Nils zu. »Mit vielen Namen. Manchmal räudige Hunde ... Mistfresser. Oder Schlimmeres. Aber ich weiß, was du meinst, Thorsson. Für uns sind sie die Flußabwärtsleute. Aber jedes Volk nennt sich selbst Menschen, oder? Nennt ihr euch nicht manchmal auch so?«

Doch, das stimmt, dachte Nils und erinnerte sich an den Stolz, mit dem sein Großvater oft über ›unsere Leute‹ und ihre Entdeckungen gesprochen hatte.

»Ja, das ist wahr«, gab er zu. »Ich verstehe. Zumindest ein bißchen besser als vorher. Die Menschen.«

Diese Unterhaltung hatte eine Veränderung in Nils Einstellung bewirkt.

Er begann, zu begreifen, mit welchem Stolz diese Leute von sich selbst dachten. Die Menschen. Das war etwas, was ein Nordmann begreifen konnte. Dieser Stolz hatte es Odin ermöglicht zu überleben, nicht aufzugeben und alle Mißgeschicke, die ihm widerfahren waren, zu überstehen. Und der Stolz war auch der Grund für die Freude dieses Mannes an seinem neuen Namen. Odin, Vater der Götter! Er schien diesen Namen, den man ihm zum Scherz gegeben hatte, wie eine ehrenhafte Auszeichnung zu tragen. Ja, das war es. Odin betrachtete ihn, wie seine leere Augenhöhle, als Symbol für seinen Stolz und sein Überleben. Von diesem Tag an, nachdem er eine solche Verwandtschaft im Geiste erkannt hatte, fühlte Nils sich diesem bemerkenswerten Mann aus dem Volk der Menschen und seinem ganzen Stamm noch stärker verbunden als zuvor.

Insgesamt gab es acht Häuser im Dorf, und er schätzte, daß in jedem etwa zwanzig Personen lebten. Vielleicht hundert Krieger. Oder Jäger, je nachdem. Einige Männer hatten offensichtlich mehr als nur eine Frau.

»Wie kommt das?« fragte er Odin.

»Die Frauen sind Schwestern. Der Ehemann von dieser dort – der dicken – wurde von einem Bären getötet. Und so hat der Schwager sie aufgenommen.«

Das schien nur logisch zu sein. Nils kam ein anderer Gedanke.

»Odin, gibt es noch mehr von den Menschen? Andere Orte?«

»O ja. Einer liegt etwa eine Tagesreise weiter flußaufwärts und ein zweiter auf der anderen Seite des Stromes.«

»Genauso groß wie dieses Dorf?«

»Eines ist ein bißchen größer … vielleicht insgesamt zehn Häuser groß, zu der Zeit, als ich die Menschen verließ. Das andere ist etwa sechs oder sieben Häuser groß.«

»Und sehen ihre Häuser genauso aus wie diese hier? Eure sehen ja ganz anders aus als die der Flußabwärtsleute.« Odin zwinkerte, als Nils den Namen benutzte.

»Natürlich«, erwiderte er nur.

Nils hatte noch niemals zuvor Bauten mit solch runden Dächern gesehen. Abgesehen davon, daß sie keine Privatsphäre hatten, schien es eine effiziente Bauweise zu sein. Von der kreisrunden Außenwand liefen Balken zu vier Pfeilern in der Mitte, die die Ecken des Rauchabzuges bildeten. Auf diesen lagen dünnere Baumstämme und darüber gewobene Matten aus Binsen; die Zwischenräume waren zur Isolation mit getrocknetem Gras ausgefüllt. Den Boden des Hauses hatte man ausgehoben und die Erde auf dem Dach verteilt, das dadurch seine runde Form erhalten hatte. Eine Schicht Grassoden auf dem Lehm vervollständigte die Konstruktion. Nils fand sie durchaus komfortabel.

Auf Ästen gespannte Tierhäute entlang der runden Außenmauer unterteilten den Innenraum in kleine Nischen, die gerade groß genug für die Betten einer drei- oder vierköpfigen Familie waren. Odin, Svenson und Nils bewohnten jetzt im Haus von Odins Mutter und Schwester eine solche Nische.

Und genau das war nicht einfach für Nils. Den ganzen Tag lang kam er ständig in Kontakt mit Rufender Taube. Zumindest konnte er ihre graziösen Formen und ihr freundliches Lächeln beobachten und ihrer klangvollen Stimme lauschen. Des Nachts lag er in der Dunkelheit und wartete auf den Schlaf, lauschte auf ihren Atem, in der Gewißheit, daß sie nur eine Armlänge entfernt von ihm auf der anderen Seite des Ledervorhanges lag. So nah und doch so fern ...

Seine Frustration wurde noch verstärkt durch die Tatsache, daß die Nische eines jungen Paares, das erst seit kurzer Zeit verheiratet sein mußte, der seinen direkt gegenüber lag. Die beiden zogen sich jeden Abend lange vor den anderen in ihre Ecke zurück, was ihre Mitbewohner zu Witzen veranlaßte. Nils konnte zwar nichts davon verstehen, doch die Bedeutung war klar. Das leicht verlegene junge Paar gab die Witze zurück und verschwand für die Nacht. Regelmäßig ließen sich dann Kichern, Rangeleien und heftiges Atmen aus dem kleinen Lederzelt vernehmen.

Eines Nachts erschienen die Geräusche noch heftiger und ausdauernder zu sein als sonst. *Das ist mehr, als ein Mann ertragen sollte,* dachte Nils, während er in die Dunkelheit starrte. *Ich muß demnächst mit Odin sprechen.*

Nils hörte Svensons leises Schnarchen und Odins tiefe Atemzüge. Offenbar war außer dem sehr aktiven Paar niemand mehr wach. Doch dann, in einem kurzen Moment der Ruhe, bevor die Geräusche einem Höhepunkt zustrebten, vernahm er einen Laut, der ihn mehr als alles andere frustrierte. Von der anderen Seite des Lederparavents, den er mit seinem Ellbogen berührte, hörte er ein leises, frauliches Kichern, das ihm sehr vertraut vorkam. Er fühlte sich versucht, seinen Arm durchzuschieben und in der Dunkelheit nach ihr zu tasten. Er hatte die Hand bereits erhoben, hielt jedoch inne.

Nein, sagte er zu sich selbst, *aber morgen werde ich mit Odin sprechen*!

34

Wandelnder Vogel, nun bekannt unter dem Namen Odin, Vater der Götter, war äußerst zufrieden mit seinem Schicksal. Die Rückkehr zu seinem Volk hatte seine kühnsten Erwartungen übertroffen. Er war nur etwas verlegen darüber, daß er die lange Trennung von Familie und Freunden durch seine eigene Dickköpfigkeit und Dummheit verursacht hatte. Familie und Freunde schienen sich dieser Tatsache jedoch gar nicht bewußt zu sein oder hatten ihm vielleicht auch einfach vergeben. In seiner Glückseligkeit schwang auch die Bereitschaft mit, selbst zu vergeben und zu vergessen.

Seine Heimkehr, so wurde ihm klar, bedeutete ein ebenso großes Ereignis für sein Volk. Er war mit einer erstaunlichen Geschichte wiedergekommen, einer langen Geschichte, die noch nicht zu Ende war. Jedes einzelne seiner Abenteuer wäre für sich genommen schon gut gewesen; seine Gefangennahme und die wiederholten Versuche, zu entkommen … schließlich die erfolgreiche Flucht und seine Aufnahme bei den Nordmännern in Straumfjord. Die Entdeckungsreise, die großen Kanus, deren Segel den Wind einfingen … Das Scheitern der gesamten Expedition, die Flucht und das Überleben der drei Entkommenen …

Und er mußte noch nicht einmal übertreiben! Das Allerbeste war, daß er den lebenden Beweis für seine Abenteuer in Person der beiden Nordmänner mitgebracht hatte. Odin hatte es sogar für unnötig befunden, die mächtigen Kräfte von Weißem Wolf zu demonstrieren. Die Erscheinung und das Auftreten des heiligen Mannes mit dem lichthellen Haar waren genug, um seine Leute zu überzeugen, nachdem sie die Geschichte einmal gehört hatten.

War er wirklich ein heiliger Mann? Odin hatte lange darüber nachgedacht. Eigentlich hatte er versucht, die Feinde damit zu täuschen, hatte sie absichtlich glauben gemacht, daß hier Geisterhaftes vor sich ging. Aber irgendwann im Verlauf der Zeremonie hatte er das Gespür für das, was wirklich und das, was nur Teil seiner Vorführung war, verloren. In seinem verzweifelten Bemühen, ihre Peiniger zu überzeugen, war er vollkommen in seine erfundene Geschichte hineingezogen worden ... Ah, man *muß* eine Geschichte glauben, um sie gut zu erzählen. Manchmal meinte er tatsächlich, gesehen zu haben, wie Thorsson zu einem Wolf geworden war. Und spielte das letztendlich eine Rolle? Ein Ereignis hatte zu einem überraschenden Ergebnis geführt, und wenn er bei dem Versuch, dieses zu deuten, selbst begonnen hatte, an einige Teile davon zu glauben, dann sollte es eben so sein.

Es gab vieles auf der Welt, das sich nicht erklären, aber auch ebensowenig leugnen ließ. Vielleicht sollte man das, was sich einer Erklärung entzog, einfach nur genießen. Die Farben des Sonnenunterganges, das Wispern einer Brise in den Kiefern an einem warmen Nachmittag im Herbst, die gleichförmige Linie der nach Süden ziehenden Gänse hoch oben ... wie schafften sie es nur, eine derart exakte Formation zu bilden? Sein ganzes Leben lang hatte Odin sich mit solchen Dingen beschäftigt und war zu dem Schluß gekommen, sich darüber keine weiteren Gedanken zu machen, sondern sie einfach hinzunehmen. Manche Dinge sollen wir gar nicht verstehen. Die Sonne wird nach wie vor untergehen, und die Brise wird weiter zwischen den Bäumen hindurchstreichen, ob irgend jemand das nun versteht oder nicht.

Und ebenso, hatte Odin entschieden, verhielt es sich mit den Dingen des Geistes. Es hatte keine Bedeutung, ob Thorsson *wirklich* zum Wolf geworden war, oder ob es nur so *ausgesehen* hatte. Das Ergebnis war dasselbe, und es war gut. Und was auch immer es mit den Kräften des heiligen Nordmannes auf sich hatte, sie schienen zu seinem Besten zu sein. War es nicht immer noch so? Hätte er sonst zu seinem Volk zurückkehren können? Und wäre sonst die Trauerzeit von Odins Jugendliebe, die mittlerweile ihren Ehemann verloren hatte, ausgerechnet bei seiner Ankunft zu Ende gewesen? Habichtfrau war gerade erst frei geworden, frei, ihre einst durch Streit unterbrochene Romanze wieder aufzunehmen.

Bei ihrem ersten Zusammentreffen waren die beiden noch verlegen gewesen. Sehr schnell jedoch sah es aus, als hätten sie lediglich ein vor kurzem unterbrochenes Gespräch wieder aufgenommen. Bald lachten und kicherten sie erneut zusammen wie die Kinder. Das Aufleben ihrer Liebe bot ihrem Volk

Anlaß für großes Interesse und Freude. Selbst das Kind, das große Ähnlichkeit mit seiner Mutter hatte, blickte Odin mit einem verschmitzten Ausdruck in seinen großen, schwarzen Augen an und lächelte. Und er fand, daß auch das gut war.

Was konnte er dazu noch sagen? Waren all die guten Dinge, die er erfahren hatte, nur zufällig geschehen? Oder waren sie die Folge seiner Beziehung zu Weißem Wolf und dessen unbekannter Kraft, die machtvollen Fähigkeiten des heiligen Mannes? Er wußte es nicht, und es kümmerte ihn auch nicht. Aber er war dankbar. Im Frühling, wenn sein Volk die jährlichen Dankesfeiern für die Rückkehr der Sonne und das Erwachen allen Lebens feierte, würde er beten und Opfer bringen. Ja, er würde zu den Geistern beten, die das Leben der Menschen bestimmen, und auch zu denen der Nordmänner. Er mußte mehr über ihre Götter herausfinden.

Vielleicht hatte er die Neuankömmlinge vernachlässigt, dachte Odin. Das Wiedersehen mit seinen Leuten war aufregend und schmeichelhaft gewesen und hatte ihn völlig in Anspruch genommen, aber es begann, lästig zu werden. Er brauchte mehr Zeit für seine Mutter, seine Freunde und vor allen Dingen auch für Habichtfrau. Nachdem er das erste Mal mit ihr gesprochen hatte, wußte er, daß sie zusammenkommen würden. Es lag jedoch an ihr, den Zeitpunkt zu bestimmen. In der Hoffnung auf eine schnelle Lösung dieses Problems verbrachte er viele Stunden mit ihr.

Und deswegen hatte er Weißen Wolf und Feuerträger die meiste Zeit sich selbst überlassen. Gewiß, sie schienen sich ohne Schwierigkeiten ihrer neuen Umgebung anzupassen. Odin hatte auch keine erwartet, denn er hatte beobachtet, wie schnell sich die zwei an das Leben als Flüchtlinge und anschließend als Gefangene im Dorf ihrer Feinde gewöhnt hatten. Die Reaktion der Kinder auf die Nordmänner allerdings hatte er nicht vorausgesehen. Für sie war das Bemerkenswerteste die äußere Erscheinung der beiden. Ihr helles Haar und ihre hellen Augen, vor allem aber der buschige Bart, der direkt aus Svensons Gesicht zu wachsen schien, faszinierte die Jüngsten. Bei den Kindern im Dorf ihrer Feinde war das nicht der Fall gewesen. Aber dort hatten sie sich natürlich insgesamt in einer ganz anderen Situation befunden. Ihr Aufenthalt war von gegenseitigem Mißtrauen geprägt gewesen. Ja, das mußte der Unterschied sein.

Trotzdem war es mehr als erstaunlich, wie schnell sich die Kinder mit den Fremden anfreundeten. Vor allem mit Svenson. Innerhalb von drei Tagen wurde er auf Schritt und Tritt von einer ganzen Horde verfolgt. Setzte er sich, so hatte er binnen Sekunden mindestens ein oder zwei von ihnen auf dem Schoß. Er reagierte freundlich darauf, was wiederum die Kinder erfreute. Sie lachten und scherzten und zogen zum Spaß am Bart des ›Feuermannes‹. Er machte jeden Spaß mit, und ein Kind, das auf seinen Schultern ritt, wenn er durch das Dorf ging, war bald ein vertrauter Anblick.

»Hat Svenson bei euch zu Hause Kinder?« wollte Odin von Nils wissen.

»Ja, drei oder vier, aber die sind schon groß, glaube ich.«

»Es ist schön, ihm und den Kleinen zuzusehen«, stellte Odin fest.

Obwohl sich die Mütter anfangs zurückhaltend gezeigt hatten, entspannten sie sich angesichts der offensichtlichen Art der Beziehung zwischen Svenson und den Kindern schnell. Ein nicht zu verachtender Nebeneffekt dabei war, daß Svenson große Fortschritte beim Erlernen der Sprache machte. Aufgrund seines Talentes für fremde Sprachen war er schon nach kurzer Zeit in der Lage, sich mit den Kindern zu unterhalten. Und das wiederum kam Nils zugute, der nicht unbedingt so gesellig war.

Bereits nach einem halben Mond konnten sich beide mit den Menschen im Dorf einigermaßen verständigen. Nils hatte sein schäbiges Leinenhemd abgelegt und trug nun eines aus Hirschleder, das Odins Mutter ihm gegeben hatte. Allmählich wurden die beiden mit den Sitten und der Kleidung der Dörfler vertrauter; Odins Freude darüber milderte seine Gewissensbisse, sie vernachlässigt zu haben, ein wenig.

Allerdings fragte er sich oft, wie die beiden Außenseiter den Winter überstehen sollten. Die Enge, die unausweichliche Nähe zu anderen Menschen, wurde beinahe jeden Winter unerträglich. Während des Mondes der Langen Nächte und während des Schneemondes konnte man vorübergehend nicht weiter als bis zu den benachbarten Häusern gehen.

Manchmal ein oder zwei Tage noch nicht einmal bis dorthin. Sein Volk verbrachte diese Zeit mit Besuchen, mit Geschichtenerzählen, Rauchen oder Spielen. Obwohl die Menschen die Probleme dieser Jahreszeit kannten, waren sie, kurz bevor der Frühling mehr Gelegenheit zu Bewegung und Ablenkung bot, mit ihrer Geduld am Ende und ihre Gemüter gereizt. Dann roch es abgestanden und faulig in den Häusern, ähnlich wie in einem Tierbau. Odin machte sich Sorgen darüber, daß die Außenseiter das vielleicht nicht begreifen konnten.

Ja, gewiß, sie hatten das Große Salzwasser in ihren riesigen Kanus überquert. Sie waren, so hatte er es jedenfalls verstanden, viele Tage unterwegs gewesen. Und sie hatten keine Frauen dabeigehabt, niemanden, der ihr Bett gewärmt und ihnen auf der langen Seereise ein wenig Trost gespendet hätte. Wie würden sich die Dinge weiterentwickeln? Odin hoffte sehr, daß Habichtfrau ihre Absicht, sich wieder zu verheiraten, bekanntgeben würde, noch bevor Der Die Kälte Schafft seine ganze Macht über sie ausschütten konnte. Aber was war mit Weißem Wolf und Feuermann? Wie stark waren ihre Bedürfnisse? Er kannte sich mit ihren Bräuchen nicht aus. Die Blicke, die Nils Rufender Taube zuwarf, waren Odin nicht entgangen, und er hatte Zweifel, ob er diese Annäherungsversuche an seine jüngere Schwester gutheißen sollte. Schließlich *wußte* er nichts über die Absichten der Nordmänner. Was steckte hinter der Bewunderung und der Sehnsucht in den blauen Augen seines Freundes? Eine vorübergehende Liebelei oder etwas, das auf einer Verantwortung demjenigen gegenüber basierte, mit dem er das Bett teilte? Odin war besorgt, wußte aber nicht, wie er das Thema gegenüber den Nordmännern zur Sprache bringen sollte. Der Ausdruck in den Augen seiner Schwester, wenn sie Weißen Wolf ansah, war fast noch beunruhigender.

Und wenn die beiden ihrem so offensichtlichen Verlangen zueinander nachgaben? Was wurde aus Rufender Taube, wenn die beiden Nordmänner im Frühling sofort auf eine Rückkehr in ihre eigene Siedlung bestanden? Würde der Nordmann sie als seine Frau anerkennen und sie zu seinen Leuten mitnehmen? Oder würde er sich nicht gebunden fühlen und sie wie ein abgelegtes Kleidungsstück zurücklassen, vielleicht sogar mit einem Kind? Odin wußte, daß die Ereignisse durchaus eine solche Wendung nehmen konnten. Aber noch nie zuvor hatte er die Beziehungen zwischen Mann und Frau auf diese Weise betrachtet. *Das ist meine Schwester*, wollte er rufen. Er empfand eine plötzliche Abneigung gegen Weißen Wolf, ein Gefühl, das ihm recht unangenehm war, denn der Mann hatte sich nichts zuschulden kommen lassen. Zumindest noch nicht.

Vielleicht, überlegte Odin, *vielleicht kann ich über diese Angelegenheit mit Habichtfrau reden*. Ja, das schien eine gute Idee zu sein. Er würde sie bitten, diskrete Nachforschungen anzustellen über die Gefühle von Rufender Taube. *Frauen sprechen über solche Dinge wesentlich offener als Männer*, dachte er.

Etwas zufriedener mit sich selbst machte er sich auf die Suche nach Habichtfrau. Er fand sie im Wald, wo sie Feuerholz holte. Das Baby schlief in einem Tragetuch auf ihrem Rücken.

»Laß mich dir helfen«, bot er an und begann, Zweige aufzusammeln. »Ich möchte mit dir sprechen.«

»Und ich mit dir!« sagte sie lächelnd. Sie hielt inne und sah ihm forschend ins Gesicht. »Du bist sehr ernst!«

»Ja«, gab er zu, »es ist auch eine ernste Angelegenheit.«

»Was?« fragte sie nur. »Wann wir heiraten sollen?«

Odin war völlig überrumpelt.

»Nein … ich meine, ja … ich … nun, nein … ich …«

»Hör auf!« Sie kicherte und legte einen Finger auf seine Lippen. »Ich denke, wir sollten bald heiraten. Noch bevor der Schnee kommt.« Einen Moment lang erforschte sie erneut seinen Gesichtsausdruck. »Ist da noch etwas?«

Langsam gewann er seine Fassung zurück und lächelte sie an.

»Wenn da noch etwas war«, antwortete er, »dann habe ich es vergessen.«

35

Odin und Habichtfrau feierten ihre Hochzeit gegen Ende des Mondes der Fallenden Blätter. Über den Zeitpunkt dieses Ereignisses wurden zahlreiche Witze gerissen. Aufgrund der bewegten Liebesgeschichte der beiden hielten einige den nächsten Zyklus im ungeschriebenen Kalender des Volkes, den Mond des Wahnsinns, für wesentlich angemessener. Andere wiederum waren der Meinung, daß das Paar sicherlich wünschte, eben diesem zeitlichen Zusammentreffen von vornherein aus dem Wege zu gehen.

Der Mond des Wahnsinns war ein bekanntes Phänomen: Die Geschöpfe der Wiesen und Wälder zeigten plötzlich ein ungewöhnliches Verhalten. In höchster Betriebsamkeit legten die Eichhörnchen Vorräte an Nüssen an, nur um ihre Verstecke gleich wieder zu vergessen. Waldhühner flogen wie betrunken umher, stießen oft gegen Bäume, Felsen oder Strauchwerk und fielen mit gebrochenen Gliedern oder sogar tot zu Boden.

Auf der Suche nach irgend etwas dehnten Hirsche, Wapitis und Elche ihre Streifzüge aus, als gehorchten sie den letzten Überbleibseln ihres Wandertriebes. Es war vielleicht derselbe Trieb, der einen Mann dazu brachte, die langen Linien der fortziehenden Gänse am Himmel zu betrachten und die Sehnsucht zu verspüren, ihnen zu folgen. Zu dieser Zeit befanden sich die Hirsche in der Brunft. Die Bullen verkeilten ihre Geweihe ineinander, und das Krachen aufeinanderprallender Schädel ließ, wie vor tausend Lebensaltern, das Nackenhaar der Menschen zu Berge stehen. Die normalerweise scheuen Tiere, die in der Regel vor potentiellen Gefahren zurückschreckten, wurden nun aggressiv und gefährlich. Sie nahmen jede Herausforderung zum Kampf um die Hirschkühe, das Territorium oder auch nur um die Überlegenheit an. Für eine Weile wurden die Tiere fast so unvernünftig wie die Menschen.

Und auch für den Menschen trug der Mond des Wahnsinns seinen Namen zu Recht. Vielleicht liegt es daran, daß die Tage kürzer werden. Es lauert eine unausgesprochene Angst in uns allen, wenn die längste Nacht des Jahres näherrückt. *Was ist, wenn die Sonne dieses Mal erlischt wie ein unversorgtes Feuer im Haus? Was ist, wenn sie nicht wiederkehrt?* Der Wahnsinn im Menschen erreicht seinen Höhepunkt noch im schwindenden, fahlen Licht des Herbstes und des frühen Winters.

Nun, die gutmütigen Scherze der Leute, die dem wiedervereinten Paar galten, drehten sich alle um dieses jahreszeitlich bedingte Phänomen. Reagierten die beiden etwa auf die Brunftzeit der Hirsche, wurde gefragt? Einer wollte sogar Odins Kopf nach einem sprießenden Geweih untersuchen. Darüber wurde noch mehr gelacht, als Svenson erklärte, daß die Männer in seiner Heimat manchmal einen Kopfschmuck aus Hörnern oder Geweihen trugen.

»Als Teil einer Hochzeitszeremonie?« fragte eine Frau erstaunt.

»Nein. Normalerweise im Kampf«, antwortete Sven.

»Feuerträger, ihr habt seltsame Sitten!« lachte ein kleines Mädchen. Seit ihrer Ankunft hatte man Svenson mit verschiedenen Namen bedacht: Feuerträger, Feuerbewahrer, Feuerhaar ... Es mußte jetzt nur noch die zutreffendste Variante herausgefunden werden, denn alle Namen paßten und wurden, wie offizielle Namen, Spitznamen oder die Namen von Haustieren in allen Kulturen, abwechselnd benutzt. Schließlich erhielt er den endgültigen Namen ›Feuermann‹.

Nils Thorsson dagegen wurde vom ersten Tag an Weißer Wolf genannt. Es lag eine Würde in der Art seines Auftretens, die besondere Qualitäten erahnen ließ. Seit ihrem Eintreffen bei den feindlichen Skraelingen hatte Odin das auszunutzen gewußt. Bei ihren Feinden war das sehr wirkungsvoll gewesen und hatte Thorsson mit einer Aura von Geheimnis und Magie umgeben. Die Menschen waren beeindruckt. Sie betrachteten es als Ehre, daß ein heiliger Mann von solch großem Ruf eine Zeit mit ihnen verbringen würde. Anfangs hatte man Weißen Wolf ein wenig gefürchtet. Man flüsterte sich zu, er sei ein bißchen verrückt. Aber waren nicht viele heilige Männer ein wenig verrückt? Sie lebten auf einer anderen Ebene des Geistes als ihre Mitmenschen, und Odin tat natürlich nichts, um diese Einschätzung zu entkräften. Nach kurzer Zeit jedoch fanden die Menschen heraus, daß der heilige

Mann trotz seiner Geistesgaben durchaus menschlich war, ein Mann, dem Respekt und Ehre gebührte.

Weißer Wolf selbst war ein wenig entnervt von der Aufregung, die Odins Heirat verursachte. Er freute sich natürlich für seinen Freund, aber es war offensichtlich, daß Odin jetzt Besseres zu tun hatte, als einem verliebten Nordmann gute Ratschläge zu geben. Nils entschied, seine Fragen fürs erste zurückzustellen, und sich weiter zu bemühen, die Sprache der Dörfler zu erlernen. Oft sah Rufende Taube ihn verstohlen an, und manchmal schenkte sie ihm auch ein warmes Lächeln. *Sie ist interessiert,* dachte er. Aber was sollte er als nächstes tun? Zu Hause, in seiner nordischen Kultur, würde er eine Gelegenheit finden, sie beiseite zu nehmen und einen oder zwei kleine Annäherungsversuche zu wagen, um ihre Reaktion herauszufinden. Hier jedoch war er unsicher. Nun ja, er würde ihr Lächeln erwidern, sie beobachten und abwarten, während er sich die Gebräuche bei der Heirat seines Freundes einprägte.

Die eigentliche Zeremonie war relativ schlicht. Unterstützt von Freunden und der Familie, baute das Paar an der Innenwand des Hauses eine der Ledernischen auf, die ihr Schlafquartier bilden sollte. Es folgten einige kurze Gebete und rituelle Gesänge, die Weißer Wolf nicht verstand. Als Odin und Habichtfrau vor ihrer neuen Nische knieten, breiteten die Eltern des Brautpaares eine Schlafdecke über ihre Rücken. Habichtfrau hatte bereits am Vortag ihre wenige Habe in das Haus von Odins Familie gebracht. Seine Vorstellungskraft wurde für den Weißen Wolf langsam zu einer Plage, als er sah, wie das frisch verheiratete Paar glücklich den Ehehafen ansteuerte. Er fand es ungerecht, daß Odin und Habichtfrau, ja, und auch das junge Paar auf der anderen Seite des großen Hauses ihre jeweiligen Schlafnischen in ekstatischer Liebe teilen konnten, während er selbst, Nils Thorsson, mit Svenson vorlieb nehmen mußte. Sein Landsmann, der den Aktivitäten in den verhängten Nischen, abgesehen von gelegentlichen derben Bemerkungen, nur gutmütige Anerkennung zollte, schien sich über seine Frustration zu amüsieren. Nils fragte sich, ob Männer in Svensons Alter an solchen Dingen nicht mehr interessiert waren? Gewiß, Sven konnte noch nicht viel älter als vierzig sein. War das zu alt für diese Art Aktivitäten? Aber da hatte es natürlich diesen alten Lüstling gegeben, in Stadt, in der Straße, in der Nils Eltern gewohnt hatten, als er noch ein Kind gewesen war. Wie hatte er noch geheißen? Egal. Der Wüstling war den Jungen in der Nachbarschaft, die über seine zahlreichen Eroberungen Witze gerissen und gelacht hatten, einfach uralt erschienen. Was mochte dieser Mann nur besessen haben, um all die jungen Frauen anzuziehen? Geld? Vielleicht, aber es mußte doch mehr als das gewesen sein.

Er lachte bei der Erinnerung in sich hinein, war aber nach wie vor verwirrt deswegen. Anscheinend hatte das nur wenig mit der äußeren Erscheinung zu tun. Sie spielte natürlich auch eine Rolle. Aber nicht allein ... Einige seiner älteren Mitschüler – Jenson, ja und auch Knudson – hatten die Frauen regelrecht abschütteln müssen. Er hatte das nie verstanden. Zu ihm waren Frauen höflich, aber niemals so herausfordernd wie manchen Männern gegenüber, die das gewisse Etwas besaßen. *Aber was ist es?* fragte er sich. *Frauen besitzen es auch manchmal.* Manche von ihnen ziehen Männer an, und auch das beruht nicht nur auf äußerer Schönheit. Vielleicht ... die Art, wie eine Frau geht, wie sie dasteht ...

Ingrid, die blauäugige Göttin, kam ihm plötzlich in den Sinn. Ja, sie war für jeden halbwegs lebendigen Mann attraktiv. Ihn erregte der bloße Gedanke an sie. Und er hatte sie nur ein einziges Mal geküßt ... In Wahrheit hatte sie ihn geküßt. Kein Zweifel, sie besaß das gewisse Etwas, was immer es auch sein mochte. Er fragte sich, was sie in diesem Moment gerade tat. Hatte sie irgend jemanden gefunden, der sie nach Norwegen mitnehmen würde? Der jetzt ihr Lager teilte? Erneut verspürte er Mitleid mit ihrem Ehemann, Olaf dem Böttcher. Worin bestand bei dieser Ehe das Problem? War es nur ihre Schönheit und die Tatsache, daß es immer jemanden gab, der ihr schöne Augen machte? Nils erinnerte sich mit leiser Schuld daran, daß auch er nur zu willig gewesen war, ihr Bett zu teilen. Im Grunde genommen hatte er sich sogar geschworen, genau das zu tun. Aber jetzt ...

Er fragte sich, ob er je in der Lage sein würde, seinen Schwur einzulösen. Er besaß nichts. Kein Schiff, keine Besitztümer, keine Möglichkeit, selbst nach Hause zu kommen, geschweige denn, anderen dabei behilflich zu sein. Vielleicht konnte er sich der Freundlichkeit eines Schiffsführers anvertrauen …

Möglicherweise den Erikssons, auf das Versprechen hin, nach ihrer Ankunft in Stadt zu bezahlen. Aber würde ein solches Versprechen auch für Ingrids Überfahrt ausreichen? Jedermann wußte, daß es mit ihr immer Ärger gab. Es war ziemlich wahrscheinlich, daß sie schon längst irgend jemandem angeboten hatte, das Bett mit ihm zu teilen – im Austausch gegen eine Überfahrt. Was aber, wenn er es schaffte, im nächsten Frühjahr zur Kolonie zurückzukehren, nur um feststellen zu müssen, daß die schöne Ingrid ihn vergessen hatte und mit jemand anderem bereits in Richtung Heimat aufgebrochen war? Das war durchaus möglich, wenn er auch tief in seinem Innersten versuchte, es zu leugnen.

Es ärgerte ihn, daß er sich so viele Gedanken darüber machte, wer mit wem ins Bett ging. Aber wie könnte es anders sein? Erst hatte er das glückliche, junge Paar auf der anderen Seite des Hauses beobachtet, daß sich so hemmungslos und geräuschvoll seiner Liebe widmete, und dann Odins kurze Werbung und glückliche Wiedervereinigung mit seiner Braut. Er, Nils, hatte dagegen niemanden.

Rufende Taube ging vorüber und sah ihn flüchtig an. Ein Blick oder ein Lächeln von ihr genügte durchaus, um sämtliche Erinnerungen an Ingrid oder jede andere Frau zu verscheuchen. Aber einer echten Beziehung zu ihr war er kein bißchen näher gekommen, gestand er sich ein.

Alle Anzeichen ließen auf einen frustrierenden Winter schließen.

Nun, für den Moment würde er sich darauf konzentrieren, die fremde Sprache zu erlernen. Zumindest würde er es versuchen.

36

Der Mond der Fallenden Blätter brachte unter anderem eine späte Herbstjagd mit sich, an der auch die Nordmänner teilnahmen. Beide hatten sich mit dem Bogen vertraut gemacht, und zwei zusätzliche Jäger waren dem Dorf bei der Beschaffung von Wintervorräten immer willkommen.

Die Neuankömmlinge hatten darauf bestanden. Ihnen war klar, was es bedeutete, zwei zusätzliche Mäuler über die entbehrungsreichen Wintermonate zu füttern. Dies wiederum führte zu einer Diskussion über die Wahl der Waffen und erweiterte die Kenntnisse der Nordmänner über ihre Gastgeber ganz beträchtlich.

»Wozu wird dieses lange Messer benutzt?« fragte ein neugieriger Krieger und blickte auf das schwere Schwert, das Odin nach dem Massaker gerettet hatte und das sich nun im Besitz von Weißem Wolf befand.

Nils versuchte, mit Hilfe Odins angemessener Übersetzung zu antworten.

»Es wird für den Kampf benutzt«, erklärte er.

»Ah, und für nichts anderes?«

»Nur selten. Manchmal schneidet man auch Fleisch damit.«

Die anderen nickten. Die schimmernde Klinge des Schwertes schien bei diesen Menschen große Verwunderung hervorzurufen.

»Es glitzert wie ein kleiner Fisch in einem klaren Fluß«, sagte einer ehrfürchtig, was Odin sofort übersetzte. »Er fragt dich auch, was du normalerweise zur Jagd verwendest.«

»Den Bogen, manchmal den Speer. Du hast es bereits gesehen.«

»Ja«, stimmte Odin zu. »Aber eure Bogen sehen anders aus, nicht?«

»Einige ja. Länger vielleicht.«

»So scheint es mir jedenfalls. Und ich habe gesehen, wie eure Leute mit diesen Bogen schießen, Thorsson. Spannen sie nicht auch die Sehne anders als wir?«

An diesem Morgen wurde vorgeführt und ausprobiert. Die Nordmänner waren es gewohnt, den Pfeil zwischen Zeige- und Mittelfinger zu legen. Die Skraelinge hingegen spannten die Sehne mit vier Fingern und hielten den Pfeil zwischen Daumen und Zeigefinger. Alle probierten die jeweils andere Methode aus und versuchten, eine mit Gras gefüllte Lederzielscheibe zu treffen; sie lachten über ihre eigene und die Unfähigkeit der anderen. Die Nordmänner fanden heraus, daß sich der kleinere Bogen der Skraelinge besser handhaben ließ, wenn man auch ihren Griff an der Bogensehne übernahm. Sie hatten jedoch große Schwierigkeiten damit, den Pfeil abschnellen zu lassen. Es war äußerst schwer, alle vier Finger exakt zum selben Zeitpunkt zu lösen. Das beeinflußte die Zielgenauigkeit ganz erheblich. Nun, es würde seine Zeit brauchen.

Nils dachte lange darüber nach. Er war früher ein recht guter Bogenschütze gewesen, aber in den vergangenen Jahren hatte er diese Waffe vernachlässigt. Im Gegensatz zu ihm hatte sich Svenson dermaßen auf seine Aufgaben als Seemann konzentriert, daß er das Interesse am Bogenschießen ganz verloren hatte. Für ihn war der Bogen einfach keine besonders nützliche Waffe. Wenn sich ein Streit zu einem Kampf von Mann gegen Mann ausweitete, zog Sven die Axt vor. Er entschied nun, daß ihm unter den Jagdwaffen der Speer mit Abstand am meisten lag.

Ein ausschlaggebender Faktor für Nils' endgültige Wahl der Waffe war ihre Verfügbarkeit. Es gab hier keine europäischen Langbogen. Zwar war er mit den Unterschieden in Stil und Bauweise vertraut, aber doch zu wenig, daß er in Erwägung gezogen hätte, selbst einen Langbogen anzufertigen. Nein, er hielt es für klüger, die ihm zur Verfügung stehenden Waffen zu benutzen.

Er begann zu üben. Bis zum Beginn der Jagd mußte er ein wesentlich besserer Schütze sein als an dem Tag, an dem er auf die Lederscheibe geschossen hatte. Er begann zu üben, verschoß Pfeil für Pfeil. Während er seine Treffsicherheit verbesserte, schwollen die Fingerkuppen seiner rechten Hand an und wurden wund. Die ungewohnte Reibung der Bogensehne stellte eine ständige Quelle des Schmerzes dar, bis sich

Hornhaut gebildet hatte, die gegen die fortgesetzte Irritation mit Blasen protestierte.

Der Handgriff, mit dem die Bogensehne gespannt wurde, verschlimmerte seine Beschwerden erheblich, aber er biß die Zähne zusammen und machte stur weiter.

»Genug, Thorsson«, meinte Odin schließlich. »Wenn du dir die Haut von den Fingerspitzen scheuerst, kannst du überhaupt nicht mehr schießen. Versuch, jeden Tag nur solange zu üben, bis sie hart geworden ist.«

Widerstrebend legte Nils den Bogen zur Seite.

Die Nordmänner waren über die Tatsache, daß die Skraelinge weder Werkzeuge noch Gebrauchsgeräte aus Metall besaßen, sehr überrascht gewesen. Sie hatten diesen Mangel zwar schon während der Gefangenschaft im Dorf ihrer Feinde festgestellt, ohne sich dessen Bedeutung bewußt zu werden. Als Nils die Hintergründe für die Bewunderung der blanken Klinge seines Schwertes und Svens Axt zu verstehen glaubte, suchte er Odin auf, um seinen Eindruck zu überprüfen.

»Deine Leute besitzen überhaupt keine Waffen aus Metall?« erkundigte er sich.

Der Skraeling wirkte einen Moment erstaunt, dann amüsiert. »Warum sollten wir uns so etwas wünschen, Thorsson? Unsere Messer schneiden gut, und unsere Pfeile töten, oder?«

Nils fand keine Antwort, und Odin fuhr fort:

»Du hast bemerkt, daß einige unserer Sachen aus Metall sind. Ich denke aber, es ist weicher als das Metall, aus dem dein langes Messer ist.«

Nils fiel ein, daß er tatsächlich Arm- und Halsreifen aus Kupfer oder Bronze gesehen hatte. Ja, ein *weiches* Metall. Er erinnerte sich auch vage, daß zum Schmelzen von Eisenerz eine wesentlich stärkere Hitze als für die weichere Bronze vonnöten war, aber das war ein Thema, über das er wenig wußte.

Aber ja, das alles ergab durchaus einen Sinn, wenn er darüber nachdachte. Odins Leute waren ab und zu, wahrscheinlich durch Handel, in den Besitz kleiner Mengen Kupfer gekommen. Aufgrund seiner Seltenheit wurde es höchstwahrscheinlich als sehr wertvoll eingestuft und daher zur

Herstellung von Verzierungen und Schmuck verwendet. Vor vielen Jahren hatte Nils eine Axt mit einer Schneide aus Bronze gesehen, die, so hieß es, von seinen nordischen Vorfahren vor langer Zeit benutzt worden war. Neue Erkenntnisse hatten es ermöglicht, einen exzellenten Stahl herzustellen, der auch für Waffen, wie das Schwert, das er nun besaß, geeignet war.

In diesem Zusammenhang dachte Nils an Odins rätselhafte Gegenfrage. *Warum sollten wir uns so etwas wünschen*? Es war noch nicht allzu lange her, da hätte er auf die Vorstellung, daß die Verwendung von Messern, Pfeilspitzen und sogar Äxten aus Stein in der heutigen Welt noch praktisch sei, nur mit Verachtung reagiert. Aber wenn jemand nichts anderes hatte? ... Nein, das war es nicht ... Er hatte die Tauglichkeit der Feuersteinklingen in Gebrauch gesehen. Ihre glasharten, gezackten Kanten waren zum Enthäuten von Wild oder Elchen hervorragend geeignet. Eine Pfeilspitze aus Feuerstein bohrte sich mit tödlicher Kraft durch feste Haut.

Wie schon so oft erinnerte er sich beschämt, daß er den einäugigen Odin noch bis vor kurzem völlig falsch eingeschätzt hatte. Odin war wahrscheinlich klüger als jeder andere Mann, den er bislang kennengelernt hatte. War es möglich, daß er vielleicht die ganze Situation falsch eingeschätzt hatte? War das hier vielleicht einfach nur eine *andere* Kultur als seine eigene?

Nein, noch weigerte er sich, das zu glauben. Dies hier waren bemitleidenswerte, primitive Menschen, die nicht einmal eine Schriftsprache besaßen. Die Kultur seines Heimatlandes konnte sich dagegen der Navigationskünste rühmen, hatte die schlanken, wendigen Langschiffe entwickelt oder wissenschaftliche Entdeckungen wie die des *Sonnensteines* gemacht. Ganz zu schweigen von kulturellen Errungenschaften, der Poesie und der Literatur. Und sie hatten nicht nur ein, sondern gleich zwei Runensysteme hervorgebracht. Diese Rückschau erinnerte ihn an seinen Großvater und die Abende am Feuer. Als Kind liebte er die Rätsel und war begeistert gewesen von den Scherzfragen, die erst die Existenz zweier Alphabete ermöglicht hatten.

Nein, all das lag weit über dem Niveau, das diese einfachen Leute hier erreichen konnten. Nils verbannte den Gedanken an ihn, begrub ihn mit anderen vergessenen Dingen und veralteten Vorstellungen, die keine Gültigkeit mehr hatten. Dennoch, es wäre durchaus interessant gewesen ... es wäre interessant gewesen, wenn sein Großvater die Gelegenheit gehabt hätte, Odin kennenzulernen.

Es gab noch etwas, was Nils am Tag vor der Jagd beobachtete, jedoch für belanglos hielt.

Nils legte den Bogen beiseite, als seine Fingerspitzen schmerzten. Auf dem Heimweg traf er auf Svenson, der in der Abendsonne saß und an einem Holzstück schnitzte. Svenson schnitzte ständig. Das war eine Möglichkeit, sich auf langen Seereisen die Zeit zu vertreiben, hatte der alte Seemann ihm erklärt. Seine Kunstfertigkeit wurde von Odins Leuten sehr bewundert, insbesondere von den Kindern, denen er die einfachen Spielzeuge schenkte.

Im Augenblick arbeitete Svenson an etwas ganz anderem. Es war ein glattes Stück Hartholz ohne Verzierungen, nur mit einer Reihe von Kerben. Jetzt fiel Nils ein, dieses Stück Holz schon einmal gesehen zu haben. Damals – es war schon lange her – war es jedoch mit bedeutend weniger Kerben versehen gewesen. Warum hatte Svenson es nicht fertiggestellt, was auch immer es darstellen sollte?

»Was machst du da, Sven?« fragte er.

»Was? Oh, nichts. Einen Kalender.«

»Ich verstehe nicht.«

»Eine Gewohnheit, Nils. Auf See fällt es einem manchmal schwer, die Tage zu zählen. Da gibt es natürlich das Schiffslogbuch, aber für mich selbst ... ich habe immer ... nun, sieh mal, jede dieser Kerben stellt einen Tag dar. Die etwas tieferen stehen für die Sonntage. Wir haben jetzt Ende Oktober, ungefähr den dreiundzwanzigsten.«

»Und du hast die ganze Zeit die Tage gezählt?«

»Nun ja, zuerst nicht wirklich. Vielleicht habe ich mich auch um ein oder zwei Tage verrechnet. Ich meinte nur, daß es vielleicht eine gute Idee wäre, wenn ich weiterzähle. Am Anfang habe ich versucht, so gut wie möglich zu schätzen.«

»Aber was war, als wir noch in dem anderen Dorf waren?«

»Ich dachte …«

»Eine gute Idee, Sven. Ich hätte selbst darauf kommen müssen.« Es war irgendwie peinlich. Als einer der Anführer der Expedition hätte Nils an so etwas denken müssen. Er hätte sich eine exakte Angabe über die Dauer jeder Phase ihrer Reise und Abenteuer gewünscht.

»Es ist gut, Sven. Bitte mach weiter damit. Es wird uns später, wenn wir wieder zu Hause sind, helfen, unsere Geschichte zu erzählen.«

Sven nickte, und doch befürchtete Nils, daß der Seemann nicht wirklich begriffen hatte, wie wichtig ein solcher Kalender später einmal sein würde.

Vielleicht irrte er sich auch. Schließlich hatte nicht er selbst daran gedacht. Was für ein Anführer …

Die Späher hatten vor der Jagd vielleicht ein Dutzend Hirsche ausgemacht. Gewöhnlich sammelten sich die Tiere, sobald der Winter nahte, in lockeren Herden. Eine von ihnen hatte sich eine dicht mit Büschen und Bäumen bestandene Senke als Territorium auserkoren. Nils stellte fest, daß sich die Tiere ähnlich verhielten wie das Wild in den Wäldern seiner so fernen Heimat. Dem Plan nach, falls es einen gab, sollten sich die Jäger rund um die kleine Schlucht verteilen und dann langsam der Mitte der Senke nähern.

»Seid vorsichtig und erschießt niemanden!« mahnte Odin.

Es dauerte einen Moment oder zwei, bevor Nils begriff, daß diese Bemerkung ein Scherz gewesen war. Wenn auch nur ein halb ernst gemeinter Scherz, mit dem er an die Gefahren einer Jagd erinnert hatte. Man mußte sich seiner Verantwortung bewußt sein.

Kurz nach Tagesanbruch bewegte sich Nils den anderen Jägern gleich auf seine Position zu. Die Luft war frisch, ein warmer Dunst hing über dem Fluß und trieb in Schwaden zwischen den Bäumen. Nils' Hände zitterten ein wenig, und das lag nicht allein an der Kälte des Herbstmorgens. Auch die Aufregung ließ sein Herz schneller schlagen.

Ein langer Pfiff, ähnlich dem Schrei eines Habichts, gellte über die Schlucht. Das war das Signal, und die Jäger begannen, langsam vorzurücken. Odin befand sich links von Nils,

Svenson hinter ihm. Sven hatte beschlossen, den Bogen nicht zu benutzen. Seine Fertigkeit mit dieser Waffe ließ noch zu wünschen übrig. Der alte Seefahrer war mit einem Speer ausgerüstet. Bei diesem Anblick mußte Nils lächeln: der rothaarige Svenson, gekleidet in grobe Häute, eine primitive Waffe mit einer Spitze aus Stein in der Hand. Sven hätte sich sicherlich mit seiner Breitaxt wohler gefühlt, aber sie war nun bestimmt keine angemessene Waffe für die Jagd auf Rotwild. Nils warf einen Blick nach rechts, um sicherzugehen, daß er mit den anderen in einer Linie blieb. Seine Augen fanden den ihm am nächsten stehenden Jäger, der seinen Blick auffing und mit einem Nicken und einem nervösen Lächeln beantwortete.

Vor ihnen brachen einige große Tiere geräuschvoll durch das Unterholz. Nils erspähte etwas Braunes, aber es war fort, noch bevor er seinen Bogen hätte anheben können. Aus der Ferne erscholl ein Ruf, und plötzlich sprang eine verängstigte Hirschkuh aus dem Unterholz, lief zwischen Sven und Odin hindurch und war verschwunden. Niemand hatte schießen können.

Gleich darauf waren sich rasch nähernde Geräusche zu vernehmen. Nils hob seinen Bogen auf halbe Höhe an. *Dort drüben* … der Schatten eines flüchtenden Tieres jagte zwischen den Bäumen davon … Ein Bock, ein Jährling, dessen Geweihenden nicht länger als der Finger eines Mannes waren. Ein fettes Tier, genährt vom üppigen Futter, das der Sommer ihm geboten hatte. Es wandte den Kopf, um auf die fernen Rufe zu lauschen, und blickte den Weg, den es genommen hatte, zurück. Nils hob den Bogen, ließ den Pfeil von der Sehne schnellen und verfehlte das Tier.

Anscheinend hatte der Bock nichts bemerkt. Vielleicht … Nils langte nach einem weiteren Pfeil. Durch die Bewegung aufmerksam geworden, wandte der Bock den Kopf und sah ihn an. In diesem Moment traf ein Pfeil aus Odins Bogen das Tier direkt über dem rechten Vorderlauf. Der Hirsch machte drei große Sprünge auf Nils zu, bevor er zu Boden stürzte, während sein Körper im Todeskampf zuckte.

Weitere Tiere jagten krachend durch das Unterholz. Die Rufe wurden lauter, als die Jäger vom oberen Ende der

Schlucht näher kamen. Nils schoß auf eine wohlgenährte Hirschkuh. Er meinte, getroffen zu haben, aber sie drehte ab und hielt direkt auf den Jäger zu seiner Rechten zu. Der Mann hob seinen Bogen.

Nils fuhr herum, als irgendwo aus dem Dickicht alarmierende Schreie ertönten. Er sah einen dunklen Schatten, der sich genau auf die Stelle zubewegte, an der Svenson stand und darauf wartete, seinen Speer einsetzen zu können. Irgend etwas stimmte hier nicht! Seine dürftigen Kenntnisse der Sprache waren ein großes Hindernis. Beunruhigt verfolgten seine Augen den flüchtigen schwarzen Schatten, und schließlich konnte er ihn identifizieren. Ein *Bär*.

Anscheinend hatten das Netz der Jäger, als es sich zusammenzog, nicht nur ein Rudel Hirsche, sondern unabsichtlich auch einen umherstreifenden Bären eingeschlossen. Nils war nicht sicher, ob Svenson den Ernst seiner Lage erfaßt hatte.

»Sieh dich vor, Sven!« schrie er aus vollem Halse. »Ein Bär!«

Svenson sah sich nicht einmal nach ihm um. Nils erwartete, daß er versuchen würde zu entkommen, aber das war nicht die Art des alten Seemannes. Er blieb, wo er war, und für Nils sah es sogar so aus, als trete er noch einen Schritt auf das Tier zu. Völlig überrascht hielt der Bär inne und erhob sich auf seine Hinterbeine, so daß er die Größe eines Mannes erreichte, und brüllte Svenson seine Herausforderung entgegen. Mit einem gewaltigen Stoß trieb Sven seinen Speer tief in den weichen Unterbauch des Tieres. Der Bär brüllte nochmals auf, und schlug mit den Pranken nach seinem Peiniger. Er erwischte Svensons Schulter, als dieser versuchte, sich mit einem Sprung in Sicherheit zu bringen. Der Schlag war kräftig genug, um den alten Mann wie eine Puppe durch die Luft zu schleudern. Er fiel zu Boden und stand sofort wieder auf, um die Flucht zu ergreifen, aber das war nicht mehr nötig. Der Bär brach zusammen, rollte sich hin und her und zuckte nur noch schwach, als seine Augen leer und glasig wurden.

37

Alles war sehr schnell vorüber. Die aufgeregten Jäger scharten sich um Svenson, der wie ein Baum im Sturm schwankte. Seine Schulter blutete heftig, sein Lederhemd hing in Fetzen. Die Klauen des Bären hatten mehrere tiefe Kratzer auf seiner Schulter und seinem Rücken hinterlassen. Svenson wirkte schwach und desorientiert, und einige der Männer halfen ihm, sich hinzulegen. Trotzdem herrschten auch Freude und Jubel. Die Jagd war erfolgreich gewesen, und die Verletzung des Feuermannes schien nicht allzu ernst zu sein. Seine Wunden waren nur oberflächlich, denn das Lederhemd hatte ihn geschützt. Menschen, deren Leben jeden Tag aufs neue durch Gewalt und Gefahr bedroht war, bedeutete eine solche Verletzung gar nichts. Wesentlich wichtiger war für sie der Mut und die Tapferkeit des Jägers, der sie davongetragen hatte. Die ersten Rufe und Lieder der Ehre erklangen bereits, als sich die Nachricht von der Tapferkeit des Außenseiters mit dem Feuerhaar unter den Jägern verbreitete. Im Laufe der Zeit sollte das Lied über den Feuermann und den Bären zu einem Teil des Sagenschatzes der Menschen werden.

Auch der Erfolg von Weißem Wolf bot Anlaß zur Freude. Sein Pfeil *hatte* getroffen, und die Beute war schließlich, nach einem kurzen Todeskampf zusammengebrochen. Sie konnte durch die individuell gezeichneten Pfeilschäfte identifiziert werden. Es war gut, daß einer der Außenseiter, im Gebrauch der Waffen dieses Volkes ungeübt, auf diese Weise seine Fähigkeiten bewiesen hatte. Die Menschen jubelten ihm zu, und sein Ansehen stieg.

Die Frauen kamen in das Jagdrevier und begannen, die erlegte Beute zu versorgen. Die Männer halfen bei den schweren Arbeiten und drehten die größeren Tiere, um ihnen das Häuten und das Entfernen der Innereien zu erleichtern. Die Mutter und die Schwester Odins brachten die Blutung an Svensons Schulter sehr schnell zum Stillstand und legten einen festen Verband an. Dafür benutzten sie Streifen seines zerfetzten Lederhemdes. Nachdem sie es ihm etwas bequem gemacht hatten, gesellte sich Habichtfrau zu ihnen und lenkte ihre Aufmerksamkeit auf das bereits lange und dicke Winterfell des Bären. Daraus würde man warme Kleidung fertigen, die der Feuermann mit Ehre tragen konnte.

Nils war sich nicht sicher, wie viele Tiere sie erlegt hatten, die nun verstreut zwischen den Bäumen dieser kleinen Schlucht lagen. Mindestens vier, dachte er. Auf einer kleinen Lichtung, etwa einen Bogenschuß entfernt, konnte er einige Dörfler erkennen, die sich über einen Tierkörper beugten. Zwei andere Jäger arbeiteten in der Nähe, und Odin hatte noch ein Tier weiter oben in der Schlucht erlegt. Vielleicht gab es noch mehr.

Da die Frauen noch damit beschäftigt waren, den Bären zu häuten, wandte sich Nils dem Tier zu, daß er selbst niedergestreckt hatte. Die Kehle mußte durchschnitten werden, damit es ausbluten konnte. Odin gesellte sich zu ihm.

»Das ist sehr gut, Weißer Wolf«, lachte er. »Eine gute Jagd!«

Sie begannen gerade, die Beute zu zerlegen, als Rufende Taube, Odins Schwester, zu ihnen herüberkam.

»Laßt mich euch helfen«, sagte sie leise und lächelte scheu.

Obwohl sie in ihrer Sprache gesprochen hatte, war die Bedeutung ihrer Worte klar. Ihre Nähe steigerte Nils' Erregung. Er lächelte sie an. Noch pulsierte sein Blut von der Anspannung der Jagd, und jetzt verspürte er den Drang, den Erfolg der Jagd zu feiern, indem er diese begehrenswerte Frau in seine Arme nahm ... Er zögerte. *Was für ein sonderbarer Gedanke!* Die junge Frau senkte ihren Blick, schien verlegen. Er fragte sich, ob sie seine Gedanken erraten hatte ... ob sie *wußte,* wonach er sich sehnte. Das wiederum machte ihn verlegen, und so vermieden sie, einander in die Augen zu sehen.

Inzwischen hatte Odin den Kopf des Tieres abgetrennt, ihn aber gleich wieder direkt an dessen Hals gelegt; jetzt stimmte er einen Singsang in seiner Sprache an. Nils begriff, daß es sich um eine Art Ritual handelte.

»Was tust du?« fragte er, als Odin einen Moment lang schwieg.

Der Skraeling schaute ihn überrascht an.

»Ich bedanke mich und äußere Bedauern«, antwortete er schließlich.

»Ich verstehe nicht. Ist das eine Zeremonie?« hakte Nils nach.

»Natürlich. Macht ihr das anders?« fragte Odin.

»Ich ... ich bin mir nicht sicher. Was hast du gesungen? Was bedeuten die Worte?«

Odin dachte einen Augenblick nach.

»Nun, soviel wie: *Es tut uns leid, daß wir euch getötet haben, meine Brüder, aber wir müssen euer Fleisch essen, um zu leben.*«

»Eine *Entschuldigung*?« platzte Nils heraus, der an eine Art Gebet zum Erntedank gedacht hatte.

»Ich verstehe nicht«, erwiderte Odin, »was bedeutet ›Entschuldigung‹?«

»Das bedeutet: ›Es tut mir leid.‹«

»Ja, das ist es vielleicht. Es teilt den Hirschleuten mit, warum wir sie getötet haben.«

Nils war sprachlos. Er erinnerte sich plötzlich an Holger, den Schlachter. Nachdem dieser einem Schaf die Kehle durchschnitten hatte: Als das Lebensblut aus seinem Körper zu fließen begann, war der Blick des Tieres erst überrascht und dann einen Moment lang verängstigt. Es wehrte sich noch kurz, bevor es ruhiger wurde, sein Lebenswille flackerte noch einmal auf, bevor die sanften Augen brachen und tot waren, noch während Nils zusah. Es hatte nichts zurückgelassen, auch keinen Geist, und Nils war sehr traurig. Er wußte, daß es Fleisch im Topf bedeutete, verspürte aber dennoch Kummer. Noch eine ganze Zeitlang danach schienen die Fleischstücke, auf denen er gerade gekaut hatte, in seinem Mund gelegentlich größer zu werden, wenn er an die Augen des sterbenden Schafes dachte.

Er hatte niemals mit jemandem darüber gesprochen. Das wäre unerwünscht gewesen ...

Eine Frage Odins riß Nils in die Gegenwart zurück.

»Was?«

»Ich wollte wissen, ob das bei euch nicht Brauch ist?«

»Nein ... nein ... es tut mir leid, ich dachte gerade an etwas anderes.«

»Ist alles in Ordnung mit dir, Thorsson?«

»Ja, natürlich. Aber... nein, wir haben keinen Brauch wie diesen. Wir sprechen Dankgebete vor dem Essen.«

»Das ist gut«, sagte Odin nur.

Nils war nicht sicher, was ›gut‹ war. Der Erntedank oder die Entschuldigung an den Geist des geschlachteten Tieres? Er wollte sich dieser Frage nicht stellen, aber es gab ihm zu denken. Hätte er sich beim Anblick des sterbenden Schafes besser gefühlt, wenn ihm dies bekannt gewesen wäre? Wenn er hätte sagen können: ›Es tut mit leid, aber du gibst uns zu essen‹? Vielleicht ergab sich irgendwann die Gelegenheit, mit Odin noch einmal darüber zu reden. Vielleicht, wenn er sich etwas besser in der Sprache der Skraelinge ausdrücken konnte ...

Das Häuten und Zerlegen ging weiter. Zwar war es harte Arbeit, aber gleichzeitig ein Grund zum Feiern. Die jungen Leute scherzten, lachten und neckten einander. Nils konnte nicht anders, als ihre Fröhlichkeit mit der auf dem Marktplatz zum Erntedankfest zu vergleichen. Bis auf den Tanz, auf der Straße war alles genauso. *Aber vielleicht kommt das noch,* dachte er. Anscheinend feiern diese Eingeborenen so ziemlich alles mit einem zeremoniellen Tanz.

Ein junger Mann, der eine Hirschkeule trug, blieb kurz stehen, um mit Rufender Taube zu flirten. Auch ihn schien die Aufregung der Jagd für romantische Gefühle empfänglich gemacht zu haben. Nils' Nackenhaare stellten sich auf, und als Taube lächelte und das gutmütige Geplänkel erwiderte, empfand er plötzlich Abneigung gegen den jungen Mann. Dieser machte sich auf den Weg ins Dorf, und Rufende Taube warf Nils einen Blick zu.

»Was ist los, Weißer Wolf, du siehst ärgerlich aus!« Ihr Gesicht verriet Sorge.

Trotz seiner mageren Kenntnisse ihrer Sprache konnte er diese Frage verstehen. Aber wie sollte er sie beantworten? Er wünschte, ihr sagen zu können, was er fühlte. Er wollte sie anschreien: *Nein! Du darfst nicht mit dem jungen Mann flirten. Du gehörst mir!* Er begriff, wie unmöglich das war. Nicht nur, weil er seine Bedürfnisse nicht in der Sprache des Stammes ausdrücken konnte, sondern vor allem weil er nicht das Recht hatte, etwas derartiges zu tun. Er fühlte sich wie ein Narr.

»Ich ... nichts, es ist nichts.«

Sie sah ihn verwirrt an – und ein bißchen traurig, wie ihm

schien, bevor sie sich wieder ihrer Arbeit zuwandte. Zwischen ihnen blieb etwas unausgesprochen. Taube sah auf, und ihre Augen trafen sich erneut. Beide versuchten, im selben Moment etwas zu sagen, und mußten lachen.

»Du zuerst«, sagte er unbeholfen.

Rufende Taube schaute ihm ins Gesicht, während sie nach Worten suchte. Als sie schließlich sprach, tat sie es langsam und bedächtig, so daß er sicher sein konnte, die Bedeutung ihrer Worte zu erfassen.

»Weißer Wolf, dieser Mann ist ein Freund, nicht mehr … Verstehst du mich?«

Ein sympathisches Lächeln umspielte ihre Lippen, und in ihren Augen lag ein flehender Ausdruck.

»Es ist gut!« sagte er.

Und es *war* wirklich gut. Unglücklicherweise hatte er keine Ahnung, wie er die Sache jetzt weiter vorantreiben sollte. Ein Blick auf Odin hinüber, der seine eigene Beute häutete, zeigte ihm, daß der andere die ganze Sache mitbekommen hatte. Odin kicherte amüsiert in sich hinein. Das irritierte Nils. Wie konnte ein Freund ihn nur so behandeln?

Verdammt! Er *mußte* lernen, wie man hier bei diesen Menschen um ein Mädchen warb. Nils freute sich für das Glück seines Freundes, mit seiner Kindheitsliebe wieder vereint zu sein, aber die Freude für einen anderen hatte auch ihre Grenzen. Nils mußte so schnell wie möglich eine Antwort auf seine drängenden Fragen von ihm fordern. *Wie werbe ich um ein Mädchen?*

Sobald die dringendste Arbeit, das anstrengende Schlachten, geschafft war, wollte er zu Odin hinübergehen und sich mit ihm besprechen.

Das beruhigende Gefühl, eine Entscheidung getroffen zu haben, versetzte Nils in die Lage, sich endlich nützlich zu machen. Er half dabei, das Tier herumzuwuchten, so daß es besser in tragbare Stücke zerlegt werden konnte, brachte einen Teil davon ins Dorf und hängte das Fleisch an einem schattigen Platz in der Nähe des Hauses auf. Dann kehrte er zur Schlucht zurück. Er machte kurz Pause, um mit Svenson zu reden, dem es etwas besser zu gehen schien. Zumindest bekam sein Gesicht wieder Farbe.

Mittag war längst vorbei, bis alles Fleisch und die Häute ins Dorf geschafft waren. Nun ging es darum, das Fleisch in Streifen zu schneiden, um es für den Winter zu trocknen und zu räuchern. Endlich konnte er nach Odin Ausschau halten.

Er traf seinen Freund auf dem Rückweg von der Schlucht, die Haut des großen schwarzen Bären über den Schultern. Odin keuchte unter der Last. »Ah«, grunzte er und warf die Haut zu Boden. »Es gibt nichts, was so schwer zu tragen ist wie eine frische Bärenhaut, nicht?«

Nils besaß nur wenig Erfahrung damit, aber die Schwierigkeiten lagen auf der Hand. Die Haut war mit einer vorwinterlichen Fettschicht bedeckt und daher glitschig, schlecht zu fassen und ungefähr ebenso schwer festzuhalten wie ein großer Fisch.

Die Frauen breiteten sie auf einer Wiese aus, dehnten sie und steckten sie mit Pflöcken fest, um sie abzukratzen und zu gerben.

»Odin«, sagte Nils, »ich würde gerne etwas mit dir besprechen.«

»Das ist gut«, stimmte Odin zu. »Laß uns ein Stück gehen.«

»Odin, ich möchte fragen ...«, begann Nils nervös, während sie auf den Fluß zuschlenderten.

»Warte, Thorsson. Erst möchte ich dir etwas sagen.«

»Ja?« erkundigte sich Nils, der zu ungeduldig war, um sich zu fragen, was Odin ihm wohl zu sagen hatte.

»Es geht um meine Schwester, Rufende Taube. Sie mag dich sehr und wäre stolz darauf, wenn du ebenfalls gut von ihr denken würdest.«

»Aber ... ich ... aber ...«

»Nein nein, sag jetzt nichts, denk darüber nach. Wenn du es wünschst, werde ich dir von unseren Sitten erzählen.«

Nils Thorsson kämpfte um seine Fassung. *Ja ja!* wollte er rufen, *ich will es!* Als er zögerte, fuhr Odin fort.

»Und über was wolltest du mit mir reden?«

»Oh ... es ist nichts im Moment. Ich muß jetzt erst über deine Worte nachdenken.«

Er hoffte, beherrscht und ruhig zu erscheinen, während sein Herz vor Freude zu zerspringen drohte.

Drei der Anführer des Stammes saßen an diesem Abend ein wenig abseits beisammen und diskutierten über die Ereignisse des Tages.

»Sie sind tapfer und stark«, sagte Großer Baum.

»Ja«, stimmte Ton ihm zu, »aber würdest du einem von ihnen deine Tochter zur Frau geben?«

»Ich habe keine Tochter, die alt genug wäre, Onkel«, kicherte der jüngere Anführer. »Aber ich verstehe, was du meinst. Es gibt vieles, was wir nicht über sie wissen.«

»Das ist wahr«, räumte Singender Elch ein, der Bewahrer der Tradition des Stammes. »Ihre Sitten sind anders.«

»Ich denke«, ereiferte Ton sich, »es geht hier um zwei Fragen. Erstens, sind die Macht und die Fähigkeiten der beiden für unser Volk gefährlich? Insbesondere die des Mannes, der Weißer Wolf genannt wird? Die andere betrifft unsere Frauen. Mir ist aufgefallen, daß die Tochter von Rotem Reh Weißen Wolf mit Begierde ansieht. Er ist der Mächtigere, denke ich. Sollen wir das zulassen?«

Großer Baum nickte. »Das habe ich auch bemerkt. Vielleicht sollten wir mit der Familie des Mädchens reden.«

»Mit ihrem Bruder?«

»Nein … er scheint unter dem Zauberbann des Weißhaarigen zu stehen. Vielleicht mit ihrer Mutter. Ja, laßt uns mit Rotem Reh sprechen.«

»Das ist gut. Aber was ist mit dem anderen Problem?« warf Ton ein. »Bedeutet ihre Macht nicht eine Bedrohung für uns?«

»Ich glaube nicht«, sagte Großer Baum rasch. In seiner Position als Häuptling des Dorfes begrüßte er die Ankunft zweier solcher Krieger.

»Nun, dann soll es so sein«, stimmte Singender Elch zu. »Wenn sie gefährlich werden, können wir sie immer noch töten.«

»Das ist wahr«, stimmte auch Ton, der heilige Mann, zu. »Laßt uns jetzt mit Rotem Reh über ihre Tochter reden.«

»Wir haben bemerkt«, sagte Großer Baum bedächtig, »daß deine Tochter Rufende Taube den Neuankömmling Weißen Wolf mit Begierde betrachtet.«

Würdevoll richtete die Frau sich auf.

»Und was geht euch das an?«

Unverständlicherweise war Großer Baum völlig überrumpelt, denn er konnte sich noch gut daran erinnern, daß Rotes Reh, die etwa in seinem Alter war, schon als Kind kein Blatt vor den Mund genommen hatte. In seiner Jugend, da ... aber Rotes Reh war reifer gewesen als er und hatte einen anderen geheiratet. Sie war jetzt Witwe und immer noch sehr attraktiv, aber ... Er schob diese Gedanken beiseite und versuchte, ihre Frage, die eigentlich keine gewesen war, zu beantworten.

»Nun, ich ... wir ...«, stammelte er.

»Was kümmert es euch«, fuhr sie fort, »mit wem sie das Lager teilt? Oder mit wem ich es teile, Großer Baum?«

Sie wirbelte herum und schritt davon, der Ärger drückte sich im Schwung ihrer Hüften deutlich aus. Großer Baum sah ihr nach und bemühte sich, das Kichern der beiden anderen alten Männer zu überhören.

»Nun gut«, meinte Großer Baum schließlich, »es ist so, wie Elch sagt. Wir können sie immer noch töten, wenn wir dies müssen.«

38

Die Ereignisse nach der Jagd brachten Nils völlig außer Fassung.

Für die Mitglieder des Stammes schien die Eheschließung der beiden nichts Besonderes zu sein. Es wurde einfach bekanntgegeben, daß Weißer Wolf und Rufende Taube heiraten würden, und zwar noch bevor der Winter mit seinem eisigen Frost sich auf sie herabsenken würde, so daß das junge Paar die Wärme ihrer Körper miteinander teilen konnte. In dieser Beziehung dachte man hier vor allem praktisch.

Die Schnelligkeit, mit der dieser wichtige Einschnitt in ihrem Leben geplant und vorbereitet wurde, machte ihm beinahe angst. Es gab Momente, in denen er das Ganze für völlige Idiotie hielt. Als ihm die atemberaubende Schönheit von

Rufender Taube zum ersten Mal aufgefallen war, hatte er sich eigentlich nur eine vorübergehende Beziehung mit ihr vorgestellt. Die Tatsache, daß sie Odins Schwester war, hatte ihn von Anfang an etwas gestört. Die Schwester eines Freundes verführt man nicht so ohne weiteres, jedenfalls nicht mit der vollen Absicht, sie später wieder zu verlassen. Außerdem war die Rückkehr nach Hause, sobald sich im nächsten Frühling die Möglichkeit dazu bot, fester Bestandteil der weiteren Pläne der beiden Nordmänner. Aber andererseits schienen die Frauen hier relativ unkompliziert zur Verfügung zu stehen, auf die Wahl ihrer Bettgenossen jedoch durchaus Einfluß zu nehmen.

Die logische Schlußfolgerung daraus war: Es spielte keine Rolle, daß sie die Schwester seines Freundes war. Und es spielte auch keine Rolle, ob er vorhatte, Rufende Taube in ein paar Monaten zu verlassen. Es war *ihre* Entscheidung.

Diese Erkenntnis erleichterte sein Gewissen ungemein. Wenn sie nichts dagegen einzuwenden hatte, daß er vielleicht ... nein, *höchstwahrscheinlich* fortgehen würde, warum sollte er sich dann darum sorgen? Es gelang ihm, zumindest für den Moment, die letzten quälenden Schuldgefühle zu vergessen.

Nils' dringendste Frage betraf den Zeitpunkt. Nachdem die Sache einmal beschlossen war, wuchs auch seine Leidenschaft. Er mochte nicht zu ungeduldig erscheinen, aber es war recht frustrierend, daß Odin jeden seiner vorsichtigen Vorstöße mit unverbindlicher Gelassenheit erwiderte.

»Später.«

Offensichtlich hatten die Menschen so gut wie kein Zeitgefühl. Die Sonne ging morgens im Osten auf, stand mittags über ihren Köpfen und ging abends im Westen unter. Der Mond zeigte ihnen die Monate an, aber ansonsten war jeder Tag wie der andere. Es war unmöglich zu erfahren, wie viele Tage es bis zum bevorstehenden Ereignis noch waren. Er erinnerte sich an ihre Expedition. Damals hatte Odin ihren Weg flußaufwärts bis zu den Sprechenden Wassern in ›Schlaf‹ gemessen.

Das war genauso entmutigend gewesen. ›Schlaf‹ gewann

allerdings im Zusammenhang mit der Tatsache, daß er ihn bald mit Rufender Taube teilen würde, eine ganz neue Bedeutung. Aber *wann*?

»Wenn die Zeit dafür richtig ist«, hatte Odin ihm erklärt, begleitet von seinem unverbindlichen Schulterzucken.

»Aber sollte ich nicht irgend etwas tun?« hatte Nils niedergeschlagen gefragt. »Irgendeine Zeremonie? Bei meinem Volk versucht ein Mann, seine Kräfte zur Schau zu stellen, um das Herz einer Frau zu gewinnen.«

Odin nickte. »Das ist gut. Aber du hast deine Stärke schon bewiesen, Thorsson. Auf der Jagd ... und davor auf unserer Flucht. Und Taube sieht dich jeden Tag. Sie sieht, daß du ein guter Mann bist.

»Aber ich kann mich in eurer Sprache nicht gut ausdrücken, Odin. Ich habe manchmal das Gefühl, daß ich sehr langsam lerne.«

Odin sah ein wenig überrascht aus.

»So?« fragte er, »du verstehst also kaum etwas von dem, was so geredet wird?«

»Doch, ich verstehe mehr, als ich sprechen kann. Es ist wesentlich einfacher, Worte zu verstehen, als selber welche zu finden.«

»Das ist wahr. Das ist immer so, bei allen neuen Sprachen.«

Ihr Gespräch hatten sie in nordischer Sprache geführt, in der sich Odin aufgrund seiner Zeit in Straumfjord mehr oder weniger fließend ausdrücken konnte. Das war ihnen am Anfang einfacher erschienen, und sie hatten diese Gewohnheit beibehalten.

»Odin, vielleicht sollte ich mich einfach mehr anstrengen«, schlug Nils vor.

Odin hob die Schultern. »Das wäre vielleicht nicht schlecht. Dann rede ich von jetzt an nur noch in der Sprache meines Volkes mit dir?«

Soweit hatte Nils eigentlich gar nicht gehen wollen, aber die Idee war gut.

»Vielleicht. Aber kann ich auch mit deiner Hilfe rechnen, wenn ich sie brauche?«

»Natürlich ... und deine Frau ... meine Schwester ... sie wird dich vieles lehren!«

Odin mußte über die Zweideutigkeit seiner Bemerkung lachen, und Nils errötete heftig.

»Nein, Odin, ich ...«

»Aber natürlich, Thorsson, ich meine *jetzt schon*. Du hast mich gefragt, was du tun kannst, um sie besser kennenzulernen? Sprich mit ihr, das wird auch dir helfen. Es ist gut. Und ich werde nur noch in meiner Sprache mit dir reden.«

Nils hatte das eigentümliche Gefühl, als habe er soeben eine Brücke überquert und diese hinter sich abgebrochen. Natürlich, er hatte immer noch Svenson ... Doch nein, um wirkliche Fortschritte zu erzielen, sollte er sich auch mit Sven nur noch in der Sprache dieses Volkes unterhalten. Der Seemann verstand sich sowieso schon besser darauf als Nils. Ja, er würde es Svenson vorschlagen.

Sven, dessen Wunden rasch verheilten, war einverstanden.

»Ich werde es vielleicht manchmal vergessen«, gluckste er, »aber so soll es sein. Eine gute Idee. Wann wird deine Heirat sein?«

Nils seufzte frustriert.

»Ich weiß es nicht, Sven. Hast du auch bemerkt, daß Zeit den Leuten hier überhaupt nichts bedeutet?«

Svenson nickte. »Ein Tag ist wie der andere, nicht? So ähnlich wie auf See. Ich mag das.«

»Du führst doch noch deinen Kalender, oder?«

»O ja. Aber du weißt selbst, wie das ist, Nils. Ohne Stundenglas, ja sogar ohne Sonnenuhr oder Zeitkerze, erscheint wirklich jeder Tag wie der andere.«

»Ja, der Gedanke ist mir auch schon gekommen«, stimmte Nils ihm zu. »Aber manchmal wünsche ich ...«

Svenson unterbrach ihn. »Spielt das eine Rolle? Wenn die Sonne untergeht, dann wird es dunkel.«

Nils lachte. »Sven, du paßt wesentlich besser hierher als ich.«

»Natürlich, ich habe ja auch mehr Zeit auf See verbracht, das lehrt dich Geduld.«

»Das stimmt wohl. Nun, wollen wir versuchen, ihre Sprache auch zu verwenden?«

»Es ist gut«, erwiderte Svenson in der Sprache der Eingeborenen, hob wie Odin die Schultern und grunzte dabei. »Und du weißt nicht, an welchem Tag du heiraten wirst?«

Nils kicherte verschämt, bevor er, ebenfalls in der fremden Sprache antwortete. »Das weiß ich in keiner von beiden Sprachen. Wenn die Zeit dafür richtig ist, sagt Odin.«

»Aber du bist jetzt schon bereit, nicht wahr?« neckte Svenson ihn.

»Ja, vielleicht ist es so«, gab Nils verlegen zu.

Kurz darauf wurde ein Tag festgelegt, drei Nächte später. Rufende Taube und ihre Mutter fertigten eifrig neue Kleidung an – für beide Paare. Die Gewänder unterschieden sich auf den ersten Blick nicht von denen der anderen Leute, waren jedoch etwas feiner und sorgfältiger genäht. Außerdem trugen sie Verzierungen aus einem Material, das von einem merkwürdigen Tier geliefert wurde. Es hatte die Größe eines kleinen Hundes, aber seine Art sich fortzubewegen, war langsam und unbeholfen. Es ähnelte einem stacheligen Bewohner der Hecken auf den Inseln, den die Einheimischen Igel nannten. Die Stacheln dieses Tieres waren jedoch schärfer und spitzer und so lang wie der Finger eines Mannes. Nils hatte kurz zuvor einen jungen Wolf gesehen, der den Versuch, dieses Tier zu fressen, mit dem Leben bezahlt hatte. Seine Lippen, seine Nase und die Zunge waren mit Stacheln gespickt gewesen.

»Wolf hat versucht, den Stachelhund zu beißen«, hatte Odin erklärt, »das sollte man nicht tun!«

Glücklicherweise war der Stachelhund kein besonders angriffslustiges Tier. Er schien sich hauptsächlich von der Rinde junger Kiefern zu ernähren und vorwiegend nachts aktiv zu sein. Die Menschen ignorierten ihn weitgehend oder mieden ihn sogar.

Obwohl er den Stachelhund bereits kennengelernt hatte, brachte Nils die Stacheln des Tieres nicht mit den hübschen Mustern auf Kleidung, Bogenbehältern und Pfeilköchern in Verbindung. Er war sehr überrascht, als er eines Tages zwei junge Frauen beobachtete, die offensichtlich einen Stachelhund quälten. Das große Tier kauerte am Fuße eines Felsens, seine Stacheln waren aufgestellt und wirkten sehr bedrohlich. Jede der beiden Frauen hielt einen Stock in der Hand. Jeden Versuch des Stachelhundes zu entkommen, verhinderten die Frauen mit ihren Stöcken, deren Ende mit einem dicken Büschel Gras umwickelt war. Worauf das Tier herumwirbelte und mit seinem stachelbewehrten Schwanz nur die Stöcke traf.

»Was tun sie da?« fragte Nils verwundert.

Odin lachte. »Sie sammeln Stacheln.«

Nun erst bemerkte Nils, daß in den Enden der Stöcke weiße Stacheln steckten.

»Warum?«

Odin wies auf die farbigen Verzierungen auf seinen Mokassins. »Dafür.«

»Sie weichen die Stacheln in Wasser ein, bis sie aufquellen, und kochen sie vielleicht noch. Dann werden sie mit Pflanzen gefärbt, flach geklopft ...«

»Halt!« unterbrach Nils ihn. »Warum töten sie das Tier nicht einfach? Dann könnten sie alle seine Stacheln haben.«

Odin zuckte mit den Achseln. »Manchmal tun sie das auch. Wenn der Winter hart ist, essen wir ihn sogar manchmal. Aber er schmeckt nicht besonders gut. Die besten Stacheln sitzen an seinem Schwanz, und die möchten sie haben.«

Die Frauen traten ein paar Schritte zurück und begannen vorsichtig, die Stacheln aus dem Grasbüschel herauszuziehen. Der Stachelhund verschwand in einem dichten Kieferndickicht.

»Hast du es gesehen?« lachte Odin. »Jetzt kann er neue Stacheln für sie wachsen lassen.«

Nils schüttelte ungläubig den Kopf. Praktisch, vielleicht war es das. Dieses merkwürdige Spiel hatte genau den erhofften Erfolg gezeigt, nicht mehr und nicht weniger. Die Lebensweise dieses Volkes, die so fremdartig schien, unterschied sich in manchen Dingen kaum von der seiner Landsleute. Selbst beim jährlichen Scheren der Schafe und der anschließenden Verarbeitung der Wolle zu Garn, das dann gefärbt und gewebt wurde, entdeckte er viele Ähnlichkeiten.

Die Eingeborenen mochten, was er lange angenommen hatte, in vielen Beziehungen einfache Leute sein, aber er lernte ständig Neues und Überraschendes von ihnen. Ihre Bräuche waren ganz gewiß genauso kompliziert wie die der Nordmänner, aber *anders*. Er fragte sich, ob jemand in der Stadt – oder in ganz Norwegen – in der Lage war, beispielsweise einen Feuersteinsplitter, mit dem man einen Hirsch zerlegen konnte, ebenso gut zu einer Messerklinge zurechtzuhämmern. Auch das Leder, das die Leute hier herstellten, war weicher und vielleicht sogar von besserer Qualität. Nun, er würde in den nächsten Monaten beobachten und lernen und interessante Dinge zu erzählen haben, wenn er wieder nach Hause kam.

Während die Tage verstrichen und die Zeit für die Vereinigung mit Rufender Taube näher rückte, vermißte Nils die Vorbereitungen für eine neue Schlafnische. Nachdem Odin mit seinen Gefährten heimgekehrt war, hatte man ohne Zögern für die drei Männer eine gebaut, ebenso für Odin und seine Braut. Doch niemand schien an einen Schlafplatz für ihn und Taube zu denken. Irgend etwas von den Bräuchen dieses Volkes mußte er nicht verstanden haben. Odin und Habichtfrau hatten in ihrer Heirat eine Art erneuter Vereinigung gesehen. Machte das einen Unterschied? Die quälenden Zweifel ließen ihn nicht los. Sollte die erste Vereinigung des jungen Paares eine *öffentliche* Angelegenheit werden?

Er zögerte, über dieses Thema Erkundigungen einzuziehen.

Ohne Nische waren die Möglichkeiten für Nils und Taube, ihr Leben einzurichten, ziemlich begrenzt. Sicherlich wurde von ihnen nicht erwartet, daß sie zu Svenson zogen. Nils könnte auch bei Rufender Taube unterkommen. Auch der Nachteil dieser Lösung lag auf der Hand: Taube teilte ihre Nische mit ihrer Mutter.

Es ging nicht darum, daß Nils Rotes Reh nicht leiden konnte, im Gegenteil, er hatte durchaus das Gefühl, sich mit seiner zukünftigen Schwiegermutter anfreunden zu können. Sie war bereits in den mittleren Jahren, aber immer noch sehr attraktiv, hochangesehen und sehr intelligent, so erschien es Nils zumindest. Sie hatte zwei Kinder aufgezogen, die beide wesentlich intelligenter und schöner waren als der Durchschnitt – das galt sogar für den nur noch einäugigen Odin. Aber egal, wie hübsch und wie liebenswert, wie fähig eine Frau auch sein mochte, jeder Mann würde dennoch zögern, sein Schlafzimmer mit seiner schönen jungen Frau *und* ihrer Mutter zu teilen.

In dieser merkwürdigen Situation fühlte Nils sich deutlich im Nachteil. Zwar konnte er sich von Tag zu Tag besser mit Rufender Taube unterhalten, aber eine Frage zu diesem Thema zu stellen, konnte sie als Abneigung gegenüber ihrer Mutter auslegen. Das gleiche galt für Odin, der als Ansprechpartner seine erste Wahl gewesen wäre. Niemand anderem fühlte Nils sich hier verbunden. Schlange, Odins Freund aus Kindheitstagen, wäre zwar auch noch in Frage gekommen, selbst wenn Nils ihn für ein solches Gespräch nicht gut genug kannte.

Svenson! Zwar wußte Svenson auch nicht mehr über die Sitten des Stammes, aber zumindest würde er Nils Dilemma verstehen. Für dieses Gespräch bediente Nils sich wieder ihrer eigenen Sprache.

»Sven«, fragte Nils, als sie allein waren, »es gibt da etwas, das mir Sorgen macht. Anscheinend denkt niemand daran, einen Schlafplatz für mich und Taube zu bauen. Sollte ich das vielleicht selbst tun?«

»Ah! Du wirst ungeduldig, nicht?« lachte Svenson. »Natürlich haben sie daran gedacht. Sie wird zu uns ziehen, hat dir das niemand erzählt?«

»Nein … ich …«

Was sollte er dazu sagen? Er war wütend, wütend über die ganze Situation und darüber, daß Sven sie so leicht nahm. Tatsächlich bedachte ihn der Seemann mit einem anzüglichen Grinsen. Nils hätte es nicht für möglich gehalten, daß sich bei Sven der perverse Charakterzug eines Voyeuristen offenbaren würde. Er spürte, wie sein Gesicht vor Zorn rot anlief.

»Bei Gott, Sven …«, begann er und warf einen wütenden Blick auf den anderen.

Svenson wich zurück, das Gesicht nun ernster.

»Halt! Ach, du weißt es wirklich *nicht*! Du hast nur noch deine Braut im Kopf und hast es gar nicht bemerkt. Aber ich habe eigentlich gedacht, irgend jemand hätte es dir inzwischen gesagt. Ich werde Rotes Reh heiraten! Wir werden dann in ihrer Nische leben, und Rufende Taube wird zu dir kommen.«

39

Nachdem die Frage seines ehelichen Schlafplatzes zu seiner Zufriedenheit geklärt war, genoß Nils den späten Herbst. Das warme Wetter hielt an; jeder Morgen verhieß einen wunderbaren Tag, auch wenn die Nächte bereits kalt und frisch waren. Über Teichen, Bächen und Flüssen hingen dampfende Nebelschwaden, die die Landschaft geisterhaft erscheinen ließen. Sie lösten sich auf und entschwanden zwischen den Bäumen, sobald die Sonnenstrahlen das Land erwärmt und die Luft dieselbe Temperatur wie das Wasser erreicht hatte.

Die meisten Gemeinschaftsarbeiten zur Vorbereitung auf den Winter waren beendet, die meisten Vorkehrungen für die Doppelhochzeit getroffen. Taube zerstreute Nils Thorssons gelegentliche Befürchtungen, denn sie schien seine Gefühle nicht nur von seinem Gesicht ablesen zu können, sondern sie auch zu verstehen. Seit er sich bemühte, ihre Sprache zu erlernen, nahm sie sich etwas mehr Zeit, um sich mit ihm zu unterhalten. Sie lachten gemeinsam über seine holprigen Versuche. Taube wies ihn immer wieder auf Dinge hin, die ihnen beiden Freude bereiteten.

»Siehst du?« Stolz zeigte sie auf ein Paar junger Hirschkälber, die auf einer Lichtung friedlich grasten. Im Morgennebel konnten sie erkennen, daß die Tiere bereits ihren Winterpelz trugen. Nils begriff schnell, daß Taube ihn nicht auf eine mögliche Beute für die Jagd hinwies, sondern die Schönheit des Bildes mit ihm teilen wollte. Er war überrascht, daß sich die Tiere so nah an das Dorf gewagt hatten, als wüßten sie, daß die Menschen kein Fleisch für den Winter mehr benötigten. Natürlich waren sie immer noch sehr wachsam. Bei jedem noch so leisen Geräusch hoben sie aufmerksam ihre grazilen Köpfe und spitzten die Ohren. Als ein Eichelhäher seine heisere Warnung schrie, sahen beide Hirschkälber auf und horchten, bis klar war, daß eine eventuelle Gefahr nicht ihnen, sondern dem Eichelhäher selbst drohte. Nils wußte, daß Eichelhäher ständig falschen Alarm gaben, um von ihren eigenen Beutezügen abzulenken. Die Kälber grasten weiter, während ihre Schwänze nervös hin und her zuckten, immer bereit, sofort das Fluchtsignal zu geben, wenn es notwendig sein sollte. Ihre Entfernung betrug nur einen Steinwurf, und Nils zweifelte, daß sich die Tiere der Anwesenheit der beiden Menschen, die sie jetzt hinter blattlosen Büschen beobachteten, überhaupt bewußt waren.

»Zwei«, sagte sie und bedeutete die Zahl mit ihren Fingern. »Zwillinge.«

»Zwillinge«, wiederholte er, »das ist gut.«

Sie lächelte zufrieden; das Aufleuchten ihrer Augen, sanft, aber aufregend, verursachte ihm weiche Knie. Es war ein Ausdruck absoluter Hingabe.

»Ja, es *ist* gut«, erwiderte sie sanft. »Ein gutes Zeichen, nicht?«

Er verstand ihre Worte sofort, aber es dauerte einen Moment, bis er auch deren Bedeutung begriff.

»Oh, für uns?«

Sie war froh, daß er ihren tieferen Sinn erfaßt hatte. »Ja, ein gutes Zeichen!«

Es sollte noch viel Zeit vergehen, ehe er ihn wirklich verstand. Ein Zwillingspaar von Hirschkälbern war für die »Menschen« ein Vorzeichen für freudige Ereignisse.

»Die Hirschleute wissen«, bemerkte Odin viel später, »wann gute Zeiten bevorstehen, wann es Futter im Überfluß geben wird. Dann setzen sie Zwillinge.«

Momentan betrachtete Nils diese Szene nur als die Verheißung einer wundervollen Verbindung mit Rufender Taube. Diese Auslegung entsprach dem Denken der Leute dieses Stammes und unterschied sich bestimmt nicht allzusehr von den Traditionen seiner eigenen – wie auch immer, es *war* gut. Die gemeinsamen Morgenstunden vertieften ihre Beziehung; ihre Seelen berührten einander weit über das Maß des Alltäglichen hinaus. Nils spürte, daß ihre Gedanken dieselben waren. Er wandte sich ihr zu und küßte sie.

Rufende Taube sah ihn erschrocken an und entzog sich ihm für einen Moment. Gefühlvoll und gedankenverloren ließ sie die Zunge über ihre Lippen gleiten.

»Bei meinen Leuten tut man das nicht«, sagte sie, »aber es ist gut!« Sie näherte sich ihm wieder, und dieses Mal wurde sein Kuß erwidert. »Ich muß über diese Dinge noch nachdenken«, sagte sie und entwand sich ihm sanft. »Oh, sieh nur!«

Die beiden halbwüchsigen Hirsche hatten ihre Aufmerksamkeit plötzlich auf ein benachbartes Dickicht gerichtet. Aber es drohte anscheinend keine Gefahr von dort, denn sie bewegten sich langsam darauf zu. Eine große, wohlgestaltete Hirschkuh trat leise auf die Lichtung. Ihr Fell war röter als das der meisten Hirsche und unterseits fast weiß. Ebenso elegant wie wohlgenährt gab sie ein wunderschönes Exemplar ihrer Art ab.

»Ihre Mutter«, flüsterte Rufende Taube.

Eines der Kälber versuchte sofort zu saugen, aber die rote Hirschkuh wehrte es ungeduldig ab. Das Mädchen kicherte. »Sie ist es leid, für drei fressen zu müssen!«

»Aber eine gute Mutter«, entgegnete Nils. »Sie ist fett, und so sind auch ihre Kinder.«

»Ja«, stimmte Rufende Taube ihm zu, »auch das ist ein gutes Zeichen.«

Sie lächelten sich an und küßten sich kurz. Langsam erwachte das Leben im Dorf, und in der Ferne begann ein Hund zu bellen. Die Hirschkuh lauschte in höchster Wachsamkeit, den Schwanz aufgerichtet. Trotzdem lag keine ungebührliche Eile in ihrem Schritt, als sie ihre Kälber zurück in den Wald führte. Einen Augenblick später waren die Tiere verschwunden.

»Mögest du den Winter gut überstehen«, sagte Nils leise, mehr zu sich selbst.

»Was?« forschte Taube nach.

Ihm wurde klar, daß er Nordisch gesprochen hatte.

»Oh, ich habe ihnen lediglich einen guten Winter gewünscht.« Das Mädchen lächelte zustimmend und klatschte in die Hände wie ein Kind.

»Das ist gut! Wir haben ein Lied über die Hirsche › ... mögen deine Kinder fett und deine Frauen glücklich sein ...‹ Das ist fast genau dasselbe.«

Ja, so ist es, dachte Nils. Er wunderte sich ein wenig über sich selbst. Seine Bemerkung zu der Hirschkuh hätte auch von Odin stammen können. Noch während er sich bemühte, diese Menschen besser zu verstehen, eignete er sich ihre Art zu denken an. Er fragte sich, was sein Großvater wohl davon gehalten hätte. Seine endlosen Rätsel und Geschichten, die ihn zum Nachdenken zwangen, hatten Nils oftmals frustriert. Erst in der Rückschau war ihm der Wert dieser Lehren bewußt geworden. Bis zum Tod seines Großvaters hatte er noch nicht einmal erkannt, daß ihm etwas beigebracht werden sollte. Dann war es zu spät gewesen, ihm für all das zu danken, was er immer nur als Spiel betrachtet hatte. *Spielen ist die Arbeit der Kinder,* hatte sein Großvater erklärt, und es waren viele Jahre vergangen, bis Nils die Bedeutung dieses Satzes begriff. Vielleicht würde er sie nie ganz verstehen.

Bis zum Tag der Hochzeitszeremonie war Nils außerstande, an etwas anderes als die Hochzeitsnacht zu denken, an einen warmen, weiblichen Körper neben sich, dessen Glieder eng mit den seinen verschlungen waren. Die Tatsache, daß er einer Frau gehörte, mit der er gern zusammen war, deren Freundschaft er genoß, empfand er als zusätzlichen Gewinn. Eine der schönsten Frauen, die er jemals gesehen hatte ... Ah, was konnte ein Mann mehr vom Leben erwarten? Die Feierlichkeiten selbst kannte er von Odins und Habichtfraus Hochzeit. Dieses Mal verstand er mehr von dem, was dazu gesprochen wurde. Nicht alles natürlich, aber er begriff, daß es bedeutungsvolle Worte über das Leben eines sich liebenden Paares waren, eines Paares, das sich in der Kälte des Winters gegenseitig wärmen und vor den Widrigkeiten des Lebens beschützen würde, und die berührten ihn zutiefst.

Da die Nordmänner keine Angehörigen hatten, wurden sie gebeten, wechselseitig für sich einzustehen. Die Hochzeitszeremonie von Svenson und Rotem Reh überwachten Nils und Rehs Kinder Odin und Rufende Taube. Dann wurden die Rollen getauscht, und Rotes Reh und Svenson breiteten die Decke über die Schultern des jüngeren Paares aus.

Aus Respekt gegenüber den Jungverheirateten zogen sich ihre Mitbewohner in eines der anderen Häuser zurück. Im Sommer dagegen, so erklärte man Nils, verbringe ein jungverheiratetes Paar ein oder zwei Nächte unter freiem Himmel. Es gab natürlich einige deftige Witze darüber, daß man auszog, um eine schlaflose Nacht zu vermeiden, aber diese waren alle gutmütiger Art. Nils hingegen machte es verlegen, wenn er daran dachte, seine Frau in einer Nische neben seiner Schwiegermutter zu lieben. Niemand sonst schien sich deswegen zu sorgen. Es bedeutete nur eine kleine, amüsante Ablenkung, mehr nicht. Für Svenson allerdings bot diese Situation Anlaß zu reichlich vulgären Bemerkungen. Er meinte – nicht ganz ernst – daß jetzt wohl ein edler Wettstreit zwischen ihnen entbrennen würde.

»Svenson, jetzt reicht's!« brüllte Nils und verfiel dabei in seine Muttersprache. »Du bist ein dreckiger, alter Seemann! Nun hör endlich auf!«

Die Leute starrten sie mit großen Augen an, ohne die Ursache für Nils' offensichtlichen Zorn zu verstehen. Svenson wurde wieder ernster.

»Natürlich, Nils, aber du darfst nicht vergessen, daß dieser Umstand für mich und Reh genauso schwierig ist«, erklärte Svenson ernst.

Daran hatte Nils nicht gedacht. »Es tut mir leid, Sven.«

»Und mir auch ... Ich meine, für die Frauen ist es einfacher ... Sie sind so ja aufgewachsen.«

»Vielleicht ist das so.«

Sven hatte in Norwegen eine Frau zurückgelassen. Von einem Seemann, der für viele Monate oder sogar Jahre nicht zu Hause war, erwartete man geradezu, daß er sich anderweitig etwas Trost verschaffte. Nils bemühte sich, in seiner Liebe zu Rufender Taube mehr zu sehen als eine vorübergehende Liaison, und es beruhigte ihn, daß sich Svenson offenbar mit der gleichen Hingabe an Reh gebunden hatte. Irgendwie gerieten die Dinge dadurch in ein besseres Licht.

Seine Sorge über die nur wenig vertrauliche Natur ihrer Schlafecken wurde dadurch allerdings nicht gemindert. Schließlich trennte nur ein dünner Vorhang aus Leder die beiden Betten.

Kurz nachdem sie sich in die Dunkelheit ihrer Nische zurückgezogen hatten, fühlte er, wie Rufende Taube ihre Arme um ihn legte.

»Jetzt«, flüsterte sie, »zeig mir mehr von dieser Mund-auf-Mund-Sache.«

Er fand heraus, daß Taube das Küssen sehr schnell gelernt hatte. Die Geräusche einer genußvollen Vereinigung, von denen er befürchtet hatte, sie könnten seine Manneskraft beeinträchtigen, schienen gerade den gegenteiligen Effekt zu haben, stimulierten seine eigene Vorstellungskraft. Die ganze Nacht lang, jedesmal, wenn von der anderen Seite etwas zu hören war, wurden er oder Taube wach, und in ihrer neu gefundenen Freude aneinander …

Als er nach einem solchen Intermezzo kurz vor dem Morgengrauen langsam in den Schlaf sank, dachte er nochmals kurz an Svens Vorschlag, einen Wettstreit zu veranstalten. Er hatte darauf, angespannt wie er war, zornig reagiert, aber in seinem momentanen Zustand vollkommener Entspannung fand er ihn lediglich etwas amüsant.

Rufende Taube, die auch schon fast eingeschlafen war, schob ihr Knie über seine Hüfte, legte ihren Kopf auf seine Schulter und vergrub ihr Gesicht in seinem Nacken. Ihr seidiges langes Haar breitete sich wie ein Fächer über seine bloße Brust und vermittelte ihm ein erotisches Gefühl. Aber für den Moment gab es einfach nichts, was er in dieser Hinsicht noch hätte erreichen können. Langsam streckte er seine Beine aus und schlief im selben Augenblick ein.

40

Der Die Kälte Schafft kam nach einem langen zweiten Sommer schließlich mit aller Macht über das Dorf. Es hatte bereits mehrere scharfe Fröste gegeben, und oft waren morgens die Bäume, Büsche und toten Gräser mit einem Film aus weißem Rauhreif überzogen gewesen. Nils Thorsson, den Weißen Wolf, erinnerte dies an den späten Herbst in den tiefen Fjorden seiner Heimat.

Aber nachdem der Winter nun unweigerlich hereingebrochen war, änderte sich alles. Die hochwillkommene Sonne, die bislang die Luft auf ein erträgliches Maß erwärmt hatte, ging jeden Tag ein wenig später auf und verschwand ein wenig früher. Auch ihr Licht selbst veränderte sich. Das goldene Licht des Herbstes bei Tagesanbruch verblaßte bis zum Abend zu einem Gelb, das die Knochen kaum noch erwärmte. Und schließlich kam der Tag, an dem sich die Sonne überhaupt nicht mehr zeigte. Der Himmel war von einem bleiernen Blau-Grau, der eisige Atem des Der Die Kälte Schafft pfiff von Nordwesten und nahm stündlich an Stärke zu. Gegen Abend heulte er wie ein riesiges, wildes Tier, fegte über die felsigen Ebenen hinweg; er röhrte in den Kiefern und kahlen Bäumen, riß die letzten welken Blätter von den Eichen und jagte die eisigen, weißen Schaumkronen, die sich auf der Oberfläche des Flusses gebildet hatten, vor sich her. Mitfühlend dachte Nils an alle Schiffe, die sich jetzt noch auf See befanden und im Angesicht des nahenden Sturmes eiligst versuchen würden, die Sicherheit eines Hafens zu erreichen.

Und dann herrschte plötzlich Stille. Die Menschen wagten einen kurzen Blick nach draußen. Noch während sie einen letzten, verzweifelten Versuch unternahmen, etwas Feuerholz zu sammeln, begann es zu schneien. Die vereinzelten Flocken, die langsam und sanft zwischen den Bäumen herabschwebten, wurden schnell dicker, und nach kurzer Zeit konnte man kaum noch die Hand vor Augen sehen. Die Menschen überzeugten sich noch einmal, daß niemand mehr unterwegs war und zogen sich in ihre Häuser zurück. Die doppelten Türhäute wurden festgesteckt, um ein Eindringen der Kälte zu verhindern. Die Temperaturen sanken bereits.

Und nun begriffen die Nordmänner zum erstenmal, warum die Häuser hier halb in die Erde eingegraben waren. Die Stein- oder Holzhäuser ihrer Heimat hatten sie meistenteils für recht komfortabel gehalten. Bei einem Sturm wie diesem war die Kälte jedoch immer durch sämtliche Ritzen gekrochen. Nils erinnerte sich, daß seine Mutter in solchen Zeiten vor alle Fenster und Türen einen besonders dicken Vorhang gehängt und sie zusätzlich mit dicken Lumpen abgedichtet hatte, um die Wärme zu halten. Hier gab es aber keine Fenster, sondern ein quadratisches Rauchloch über der Kochstelle, durch die sich Der Die Kälte Schafft kaum Zugang verschaffen konnte. Die einzige andere Möglichkeit dazu war die Tür. An der Außenseite des kleinen Tunnels, der in das Haus führte, hing eine schwere Lederdecke und eine zweite vor der Öffnung zum Wohnraum. Der Tunnel dazwischen stellte ein wirkungsvolles Hindernis dar. Die Menschen machten es sich bequem, um den Sturm auszusitzen. Es würde nur der erste von vielen sein.

Tage und Wochen verstrichen; ihre Anzahl war nur an Svensons Kerbholz abzulesen. Die beiden Nordmänner paßten sich dem entspannten, gelassenen Lebensstil der Menschen an, aber die Tatsache, daß sie erst kürzlich geheiratet hatten, verschaffte ihnen Ablenkung. Die Witze und Scherze darüber wollten nicht abreißen. Ihre Mitbewohner verglichen die Fähigkeiten der Jungverheirateten ganz offen mit denen des geräuschvollen Paares auf der anderen Seite des Feuers.

Aber es war unmöglich, die ganze Zeit zu schlafen oder sich zu lieben. An den langen, düsteren Tagen mit dem grauen Licht, das durch das Rauchloch fiel, brauchte man Zerstreuung.

Einige Frauen nähten oder vervollkommneten die komplizierten Muster aus den Stacheln des Stachelhundes. Steinbrecher, ein alter Mann, der in der südwestlichen Ecke des Hauses lebte, fertigte gelegentlich Messer und Pfeilspitzen aus Feuerstein an; manchmal beklagte er sich, daß das Licht für sein Handwerk nicht ausreiche.

Zwischen den Stürmen herrschte immer rege Betriebsamkeit. Die Menschen wagten sich hinaus in den Schnee, sammelten Holz und legten Pfade zu den Plätzen an, an denen sie ihren natürlichen Bedürfnissen nachkommen konnten.

Da sie sich an den meisten Tagen, ausgenommen an den ganz schlimmen, in einem der Häuser versammelten, war es besonders wichtig, die Pfade dazwischen offen zu halten. Bei diesen Gelegenheiten ging es locker und ungezwungen zu. Normalerweise setzten sich die Männer zum Rauchen zusammen und begannen ein Spiel mit Stöcken oder Pflaumenkernen, während die Frauen den neuesten Klatsch austauschten. Die Kinder hatten natürlich nur wenig Probleme, sich die Zeit zu vertreiben. Sie spielten spontan und freudig.

Manchmal jedoch gab es ein Geschichtenfeuer in einem der größeren Häuser, an dem fast alle Dorfbewohner teilnahmen. Der wichtigste der drei Erzähler schien Singender Elch zu sein. Die beiden anderen, jüngeren Männer, hielten sich aufgrund seiner Erfahrung zurück. Hin und wieder kam auch jemand anderes zu Wort. Gelegentlich war das Odin, der natürlich viel von seinen Abenteuern zu berichten wußte. Nils erinnerte sich an das Geschichtenfeuer unter freiem Himmel an ihrem ersten Abend im Dorf. Damals hatte Nils nur sehr wenig verstanden, aber jetzt hatte er das Gefühl, das meiste mitzubekommen. Ihm fiel auf, daß der erste Sprecher aller Geschichtenfeuer, das war normalerweise Singender Elch, mit der Geschichte der Schöpfung begann, der immer ein kurzer Rückblick auf die Abenteuer ihres Volkes seit dieser Zeit folgte, bevor eine andere Geschichte erzählt wurde.

»Warum das?« fragte er Odin.

Der Skraeling sah ihn erstaunt an.

»Wie sonst sollen die Kinder von ihrem Volk erfahren?« gab er zurück.

Das konnte Nils nachvollziehen und fand, daß es gut war.

»Am Anfang«, brummte Singender Elch, »lebten die Menschen in einer großen Höhle in der Unterwelt. Alles war dunkel und kalt. Es gab Wasser dort, denn dort war ein großer See. Aber es wuchsen nur wenige Pflanzen, weil keine Sonne schien. Nur ein paar Pilze und ein paar Fische aus dem See. Aber eines Tages sah ein junger Mann etwas von der Decke ihrer Behausung hängen, etwas, das Ähnlichkeit mit einer

Ranke hatte. Er zog daran und stellte fest, daß sie stabil war. Von den Seiten der Ranke hingen noch weitere Zweige herab. Er faßte einige davon zusammen und begann dann hinaufzuklettern. Nach oben, dorthin, wohin die Ranken in der Dunkelheit verschwanden. Niemand, müßt ihr euch vorstellen, wußte, wie hoch das Dach war.«

Nils lächelte, als er bemerkte, wie die kleinen Kinder ihre Köpfe hoben und in das Dunkel der Balken über ihnen starrten.

»Plötzlich«, so fuhr Elch fort, »sah der junge Mann Licht über sich. Er fürchtete sich ... Was hielt das Feuer davon ab, auf ihn herunterzufallen, während er kletterte?« Die Kinder lauschten mit weit aufgerissenen Augen. »Aber er kletterte weiter, und schließlich erkannte er, daß es ein Loch war, das hinaus in die Oberwelt führte. Er schob sich hinaus und sah, daß er an den Wurzeln einer riesigen Weinrebe hochgeklettert war. Tatsächlich wuchsen dort oben viele Trauben, es gab Sonnenlicht und viel Wild, das man essen konnte.«

Vinland! dachte Nils. *Das hört sich genauso an, wie die Beschreibung, die die ersten Nordmänner mit nach Hause gebracht haben. Ein Land der Trauben!*

»Nun«, sprach Elch weiter, »der junge Mann pflückte ein paar Trauben und nahm sie mit hinunter, und jeder kostete von ihnen, und es war gut. Sie begannen, an der Weinrebe hinaufzuklettern. Einer nach dem anderen krochen sie durch das Loch auf die Welt und begannen, zu tanzen und zu singen, zu jagen und Trauben zu ernten und Häuser zu bauen. Und auch das war gut. Und dann kam die Katastrophe ... Eine dicke Frau kletterte an den Wurzeln der Weinrebe hinauf und hatte das Loch fast erreicht, als ihr großes Gewicht die Rebe zerriß! Sie fiel zurück in die Dunkelheit, und nun konnte niemand mehr hinaufkommen. Aber die, die es schon bis nach oben geschafft hatten, wurden die Menschen.«

»Und was geschah mit denen, die unten blieben?« fragte ein kleines Mädchen besorgt. Singender Elch schüttelte traurig seinen Kopf. »Das weiß niemand. Es kann sich noch nicht einmal mehr jemand daran erinnern, wo das Loch genau war. Vielleicht ist es auch verschüttet worden, als der Baum fiel.

Aber das Leben in der Oberwelt war auch schwierig ... Winter, Feinde, wilde Tiere, Bären und Wölfe...«

»Aber mein Herz ist schwer für die dort unten«, protestierte das kleine Mädchen.

Elch strich ihr über den Kopf. »Und so sollte es auch sein, Kind. Aber das ist eine andere Welt. Diese hier ist unsere.«

Wie seltsam! Es ist eine Art umgekehrte Version der Geschichte vom Garten Eden, dachte Nils, der die ganze Geschichte noch nie ganz gehört hatte.

Elch fuhr fort.

»Ungefähr die Hälfte jener ersten Menschen blieb dort zurück. Sie erbauten ein Dorf am Ufer des Sees, ein Dorf wie unseres hier, und nach unserem Tod werden wir wieder mit ihnen zusammensein. Abgesehen von denen, die in diesem Leben sehr schlecht gewesen sind. Sie werden herausfinden, daß sie den See nicht überqueren können, um das Dorf zu erreichen.«

Jemand bat Odin, noch einmal zu erzählen, wie Weißer Wolf sich in ein Tier verwandelt hatte, um den Feind zu verwirren. Dies war das erstemal, daß Nils seine Geschichte hörte und auch in der Lage war, sie zu verstehen. Die geheimnisvolle, übernatürliche Aura, mit der Odin ihn umgab, erschreckte ihn. In dem Moment, als er von dem Felsvorsprung hinuntersprang und versuchte, die Feinde anzugreifen, glaubte er beinahe selbst, was er hörte. *Hatte* er sich in einen Wolf verwandelt? Seine Erinnerung an das Ereignis war lückenhaft, denn er war damals schwach gewesen, halb verhungert. Aber schließlich weiß niemand, was wirklich passiert, wenn ein Berserker seine übernatürlichen Kräfte gewinnt. Zumindest hatte Nils dafür niemals eine Erklärung vernommen. Es war ein unheimliches Gefühl, die Beschreibung der Szene aus Odins Sicht zu hören, stark beeinflußt von den Mythen und Geistern des Stammes. Vielleicht *war* es wirklich so geschehen.

Singender Elch ergriff erneut das Wort und rief Nils abrupt in die Gegenwart zurück. *Er spricht zu mir*, begriff er.

» ... nun, Weißer Wolf, wirst du uns die Ehre geben, die Geschichte deines Volkes zu erzählen? Ihre Schöpfungsgeschichte?«

Mit einem Gefühl der Panik erwachte Nils vollends aus seinen Tagträumereien. Er wollte gerade einwenden, daß er das nicht könne, aber ... Hatte er nicht gerade Elchs Geschichte mit der Schöpfungsgeschichte seines Heimatlandes verglichen? Ja, er würde ihnen von Adam und Eva und von dem Garten erzählen.

Plötzlich erinnerte er sich an seinen Großvater. Er wußte eigentlich nicht genau, warum der alte Mann so gern die Legenden über die nordischen Götter erzählt hatte, obwohl er, weil seine Familie es tat, den Christengott verehrt und respektiert hatte. Nils vermutete nach wie vor, daß sein Großvater nie wirklich überzeugt gewesen war, daß nur eine Geschichte richtig und die andere falsch sei.

Der Mensch kennt Gott unter vielen Namen, hatte der alte Mann gesagt, und ER spricht zu ihnen auf verschiedene Weise. Es gibt viele Wege, einen Berg zu ersteigen, und alle führen zum Gipfel. Dieser Gedanke machte ihm klar, was er zu tun hatte. Er würde die Geschichte erzählen, von der er meinte, daß sie der Denkweise der Menschen hier am meisten entsprach und die – natürlich – die interessanteste von allen war.

»Am Anfang ...«, begann er und hielt dann einen Moment inne, »meine Brüder und Schwestern, vielleicht werde ich unseren Freund Odin brauchen, damit ich meine Geschichte erzählen kann. Meine Lippen haben eure Sprache noch nicht gelernt, aber ich will es versuchen. Nun, am Anfang war es dunkel, keine Erde, kein Wasser, keine Luft. In der Dunkelheit gab es nur ein Wesen, den Allvater.«

Er hielt unsicher inne. Odin sprach ein paar erklärende Worte, und Nils begriff, daß es bis zu diesem Punkt in den Geschichten beider Völker eine Menge Ähnlichkeiten gab.

»Was auch immer der Allvater wollte, es geschah«, fuhr er fort. »Und so geschah es, daß in der Mitte der Dunkelheit eine tiefe Schlucht, ein Canyon, entstand ... und im Norden der Schlucht eine Quelle und Nebel. Das Wasser gefror zu Eis, und große Stücke davon fielen unablässig in den Canyon. Das geschah mit großem Krachen, aber die Schlucht war zu tief, um ihren Grund sehen zu können. Der Süden war eine helle Welt aus Licht und Feuer, es war ein warmer Platz, bewacht von einem Riesen, dessen Waffen aus Feuer bestanden. Funken spritzten zischend von ihm herab auf das Eis, und ein Teil des Eises schmolz. Der aufsteigende Dampf gefror, und es begann zu schneien. Der Schnee füllte langsam die Schlucht. Inmitten von all dem entstand ein großes Geschöpf mit Namen Ymir, geboren aus der gefrorenen Erde. Es war ein Eisriese.« Die Zuhörer lauschten gebannt von der ungeheuren Gewalt der nordischen Schöpfungsgeschichte. Nils war froh, daß er diese Geschichte ausgewählt hatte und nicht die vom Garten Eden, dessen warme und idyllische Szenerie die Menschen hier kaum zu verstehen gewesen wäre. Im eisigen Griff des Winters konnten sich die Nordmänner selbst manchmal den Garten Eden nur schwer vorstellen.

»Dieser Eisriese«, erklärte er, »blickte umher, um etwas zu essen zu finden. Aber da war nichts. Da bemerkte er ein großes, weibliches Tier, neugeboren wie er selbst. Aus ihm flossen vier Ströme von Milch, und er sah, daß es gut war. Er nannte es Audhumla, die Ernährerin.«

An dieser Stelle unterbrach er, um sich kurz mit Odin in nordischer Sprache zu unterhalten. Die Kuh ließ sich nicht gut übersetzen. Schließlich wandte Odin sich an die Versammelten. »Meine Freunde, es gibt diese Tiere wirklich bei den Leuten von Weißem Wolf und Feuermann. Als ich dort lebte, habe ich sie gesehen. Die Menschen halten sie so, wie wir Hunde halten, und sie drücken die Milch aus ihren Brüsten.«

Ungläubiges Raunen erfüllte den Raum.

»Nein, nein, es ist wahr«, versicherte Odin. »Dieses Tier gleicht dem buckligen Büffel aus dem fernen Westen, den wir manchmal sehen. Nun laßt uns noch mehr von Wolfs Geschichte hören.«

Die Menge verstummte erwartungsvoll.

»Die Kuh, die Ernährerin, sah sich auch um und suchte etwas zu essen«, fuhr Nils fort. »Sie begann, an einem Eisblock zu lecken, und bald konnte man darin einen Kopf erkennen, den Kopf eines Mannes. Aber es war ein Gott. Er stieg aus dem Eis heraus. Inzwischen war der Eisriese in tiefen Schlaf gefallen, und aus seinem Körper bildeten sich andere Frostriesen. Aus dem Schweiß seiner Achseln wurden ein Junge und ein Mädchen, zwischen seinen Zehen wuchs ein sechsköpfiger Riese, der erste aus einer Reihe böser Riesen.«

Erneut ging ein Raunen durch die Menge. »Und jetzt«, sprach Nils, »jetzt war da der Gott aus dem Eis, der bald einen Sohn mit Namen Borr bekam, und er war gut. Die Eisriesen waren böse. Es begann ein Kampf zwischen den Göttern und den Riesen. Drei Söhne Borrs töteten schließlich den großen Ymir und warfen seinen Körper in die Schlucht. Damit war der Kampf zu Ende, und sie fingen an, aus den Körperteilen des Riesen die Welt zu formen. Sein Blut und sein Schweiß wurden der Ozean, sein Fleisch das Land; seine Knochen Gebirge und Hügel, sein Haar und sein Bart Bäume und Gras. Den Schädel des Riesen bemalten sie innen mit blauer Farbe und machten ihn zur Himmelskuppel, sein Gehirn zu Wolken. Vier starke, kleine Männer wurden an die vier Enden der Welt gestellt, um die Himmelskuppel an ihrem Platz zu halten. Ihre Namen waren Nord, Süd, Ost und West.«

Er hielt inne. »Was ist mit den Menschen?« fragte jemand.

»Ja, Weißer Wolf«, rief Odin, dem das meiste davon auch neu war. »Was ist mit den Menschen?«

»Die gab es noch nicht«, erwiderte Nils. »Anfangs gab es dort ...«

»Genug!« erklärte Singender Elch. »Mein Kopf ist ganz müde von dieser Geschichte.«

Er erhob sich und verließ das Haus; andere folgten ihm. Unruhe erfaßte Nils. Gewiß, die Zuhörer waren beeindruckt, aber hatte er den verehrten Geschichtenerzähler des Stammes irgendwie beleidigt? War es unklug gewesen, die Schöpfungsgeschichte der Nordmänner zu erzählen?

41

Singender Elch fühlte sich nicht wirklich beleidigt; die ungeheure Macht der Geschichte des Fremden hatte ihn einfach überwältigt.

Es war eine gute Sache, Weißen Wolf, diesen hellhaarigen heiligen Mann, als Gast bei sich zu haben, eine Ehre für den Stamm. Und es war ebenso gut, daß er und, ja, auch der andere, den sie Feuermann nannten, sich durch ihre Geschicklichkeit und ihren Mut während der Jagd als vollwertige Männer, als Ernährer bewiesen hatten. Die beiden besaßen gewaltige Kräfte. Aufgrund des Augenzeugenberichtes von Odin wurde Weißer Wolf mit ehrfürchtiger Scheu behandelt, und außerdem hatten die Menschen selbst gesehen, daß er die Farbe eines Steines verändern konnte. Die Macht des Feuermannes war eine andere, aber nicht weniger eindrucksvoll.

Sein Volk hatte die beiden Männer nur kurze Zeit gefürchtet, denn sie verhielten sich den Kindern gegenüber freundlich. Sie hatten die Sprache schnell gelernt, obwohl sie in ihrem Gebrauch noch nicht sonderlich geübt waren, und nun auch Frauen aus dem Stamm geheiratet. Und soweit Elch gehört hatte, behandelten sie ihre Frauen mit Respekt, und auch das war gut. Jedermann wußte, daß das bei einigen anderen Stämmen durchaus nicht der Fall war.

Und so war es interessant und anregend, die Fremden unter sich zu haben.

Aber Singender Elch hätte nie gedacht, daß man ihn als Geschichtenerzähler herausfordern könnte. Seit undenklichen Zeiten wurde diese Berufung in seiner Familie vom Vater auf den Sohn weitergegeben. Es war die Pflicht und die Verantwortung des Geschichtenerzählers, die Geschichte seines Volkes zu lehren und weiterzugeben. Die ihrer Schöpfung war gut, und er hatte es immer sehr genossen, sie Besuchern zu erzählen. Abgesehen von der Geschichte über den See in der Unterwelt und dem Weinstock besaß sein Volk noch viele andere Geschichten. Einige waren lustig, andere belehrend, manche beides zugleich. Besonders Kinder liebten Geschichten wie die vom närrischen Kaninchen – aus der Zeit, als die Tiere noch mit den Menschen sprechen konnten –, oder die vom Luchs, der seinen Schwanz verlor ... Wie Kojote das Feuer stahl, war bei Kindern besonders beliebt ...

Es war auch gut und immer eine Freude, die Geschichten anderer zu hören. Nur aus Neugier hatte er Weißen Wolf, der mittlerweile im Gebrauch ihrer Sprache geübt genug schien, gebeten, die Geschichten seines Volkes zu erzählen. Jetzt fragte sich Elch allerdings, ob das richtig gewesen war. Zum erstenmal hatte er Angst, so ungeheuer war die Geschichte gewesen ... *Ah!* Götter und Riesen, Eishöhlen und Zwerge ... Wann immer in der Vergangenheit fremde Geschichtenerzähler dagewesen waren, war der Abend ein freundliches Nehmen und Geben gewesen. *Ah, eure Geschichte ist gut. Nun hört unsere ...* Einige glichen den ihren, andere wiederum stellten interessante Variationen dar; in einer Schöpfungsgeschichte waren die Menschen sogar vom Himmel gekommen; heruntergerutscht an der Kuppel, um die Erde zu erreichen. Aber bis heute war er von keinem der Gäste jemals als Geschichtenerzähler des Volkes in Frage gestellt worden. Elch hatte sich einfach nicht mehr dazu in der Lage gesehen, noch mehr davon aufzunehmen und deswegen das Geschichtenfeuer so abrupt beendet. Er brauchte Zeit zum Nachdenken. Geschichten anderer stießen natürlich immer auf großes Interesse, aber noch niemals zuvor waren sie so ohne Vorbehalt aufgenommen worden wie heute.

Was würde geschehen, wenn die Fremden bei ihnen blieben? Würden die Menschen die Geschichte des heiligen Mannes *vorziehen*? Würde die Herkunft des Stammes in ein oder zwei Generationen vergessen sein? Es war eine schwere Verantwortung für den alten Geschichtenerzähler. Er wünschte sich, daß die hellhaarigen Fremden einfach gehen würden. Alles sollte so bleiben, wie es war, wie es immer gewesen war. Vielleicht sollte ein Unglück über die beiden Fremden kommen. Vielleicht konnte er ... Er schob den Gedanken beiseite.

Aber eines konnte er tun, seine Befürchtungen jemandem mitteilen. Elch war einer der drei einflußreichsten Männer im Dorf. Die beiden anderen waren Ton und Großer Baum, der

Häuptling des Dorfes. Er war jung und stark, ein guter Häuptling. Nicht gerade ein Denker, darin lag Baums wahre Stärke nicht. Er war ein Anführer und konnte die Menschen zu manchem bringen, was sie sonst vielleicht nicht geschafft hätten.

Elch machte sich auf die Suche nach Großem Baum, um seinen Rat einzuholen. Der Tag war sonnig, aber kühl, und die beiden Männer blieben draußen, um die kalte, frische Luft und den Luxus einer ungestörten Unterhaltung zu genießen. Zu Elchs Bestürzung war sich Baum überhaupt keines Problems bewußt. Offensichtlich hatte er sämtliche Eifersuchtsgefühle im Zusammenhang mit der Heirat von Rufender Taube und Rotem Reh überwunden. Wie jeder andere auch, war der Häuptling entzückt.

»Eine gute Geschichte, nicht wahr? Über einen Riesen, der zerlegt wurde, um die Welt zu formen?« kicherte Baum. Er wies auf die Wolken am Himmel. »Sieh nur, da schwebt ein bißchen vom Gehirn des Riesen.«

Singender Elch warf einen Blick auf die wenigen Wolken, die sich gegen den blauen Himmel abzeichneten. Ja, sie *sahen* wirklich aus wie Hirn, und genau das war das Problem … Es hatte keinen Sinn, noch länger mit Großem Baum zu reden. Vielleicht würde ja Ton die Gefahr erkennen.

Ton war älter, aus derselben Generation wie Singender Elch und ein heiliger Mann. Sie waren seit langem Freunde.

»Laß uns ein Stück gehen und rauchen«, schlug Elch vor. Sie konnten eine Zeitlang auf den vielen Pfaden um und zwischen den Häusern umhergehen, und das würde ihnen Ungestörtheit bieten. Sie rauchten beim Gehen und schwiegen für eine kleine Weile erst einmal.

»Ich denke«, begann Ton, nachdem sie eine Zeitlang schweigend über die Pfade zwischen den Häusern geschlendert waren, »daß dein Herz schwer ist. Was ist mit dir, mein Freund?«

Elch rauchte schweigend weiter. »Du warst bei dem Geschichtenfeuer?« fragte er schließlich.

»Ja. Es war gut.« Seine Stimme klang unverbindlich.

»Ja … vielleicht zu gut.«

»Wie könnte das sein?« hakte Ton nach.

»Vielleicht wollen die Menschen lieber den Geschichten von Weißem Wolf folgen als ihren eigenen.«

»Nun, es sind gute Geschichten«, gab Ton zu. »Der Büffel, der das Eis wegleckt ...« Er kicherte bei dem Gedanken daran.

Diese Bemerkung beruhigte Singenden Elch keineswegs.

»Du denkst, daß ihre Geschichten besser sind!« klagte er zornig.

Ton ging ein paar Schritte schweigend weiter und blieb dann stehen. Aus seiner Pfeife stiegen Rauchwölkchen auf. Eine Frau mit Feuerholz im Arm kam ihnen entgegen. Die beiden Männer nickten ihr grüßend zu, ehe sie zur Seite traten, um sie vorbeizulassen. Endlich antwortete der heilige Mann, langsam und nachdenklich.

»Nicht besser oder schlechter, mein Freund. Sie sind *anders*. Seltsame Geschöpfe, seltsame Sitten. Aber erzählen denn nicht alle Geschichtenerzähler *dieselbe* Geschichte?«

»Was meinst du damit?« Elch war nicht überzeugt.

»Nun, schau es dir doch einmal an. In der Geschichte von Weißem Wolf gibt es Eisriesen und Götter, die aus Feuer gemacht sind ... Die Sonne, nicht wahr? Sie kämpfen, Gut und Böse. Unterscheidet sich das von unserer Geschichte? Wir haben Der Die Kälte Schafft, und er wohnt im hohen Norden. Er kommt aus seinem Haus heraus und versucht, die Sonne gen Süden zu jagen. Und dann gewinnt die Sonne und jagt Der Die Kälte Schafft zurück in sein Haus. Das geschieht jedes Jahr.«

Elch war immer nicht so recht überzeugt. »Aber Weißer Wolf hat nichts von der Sonne gesagt.«

»Das ist wahr, aber ich denke, daß er es noch tun wird, glaubst du nicht?«

»Vielleicht. Seine Geschichte ist bestimmt noch nicht zu Ende.«

»Ja, aber erzählen denn nicht alle Menschen dieselbe Geschichte, so wie *sie* selbst sie sehen?«

Elch nickte unwirsch.

»Und nun, Elch, mein Freund, denke einen Moment über *mein* Problem nach«, forderte Ton ihn auf.

»Dein Problem?«

»Natürlich. Meinst du, nur dir geht es so? Sieh mal, hier kommt ein Mann daher, der seltsam aussieht, der die Farbe der Steine mit seinen Händen verändern, der sich sogar in ein Tier verwandeln kann. Glaubst du, das stellt meine Stellung im Stamm nicht in Frage? Sind seine Fähigkeiten stärker als meine? Besitzt er mehr Macht?« Ton machte eine Pause, aber Singender Elch starrte nur auf den Schnee und schwieg.

»Ich habe daran gedacht«, fuhr Ton fort, »ihn vielleicht zu töten oder jemanden damit zu beauftragen. Vielleicht beide, auch den Feuermann. Das würde die Gefahr beseitigen, nicht wahr?«

Elch starrte ihn erstaunt an, und Ton fuhr fort:

»Ich habe mir aber auch gesagt, daß sie jünger und stärker sind als ich. Vielleicht töten sie mich, und dann muß meine Familie um mich trauern. Vielleicht sind aber die Kräfte, die Geistesgaben des Weißen Wolfes einfach stärker als meine. Vielleicht kann ich ihn gar nicht töten. Außerdem, wenn ich meine Fähigkeiten dazu benutze, ihm Böses zuzufügen, so ist das schlecht, und vielleicht werde *ich* dann getötet.«

Elch fand keine Worte. Er war überhaupt nicht auf die Idee gekommen, daß sein Freund dieselben Probleme hatte wie er selbst.

»Und so«, sprach Ton weiter, »habe ich schließlich erkannt, daß es nicht weise ist, seine Macht auf die Probe zu stellen. Er hat seine Fähigkeiten, ich habe meine. Sie sind verschieden. Vielleicht ist eine stärker, vielleicht aber auch nicht. Aber sie sind auf jeden Fall *anders*. Der Weiße Wolf kann die Farbe der Steine verändern. Ich kann in der Nacht mit Kooskooskoos reden. Vielleicht sind beide Gaben gut. Und genauso ist es auch mit Feuermann. Wir entzünden das Feuer mit Stöcken, Feuermann tut das mit seinem Funkenschläger. Aber beides gibt Feuer.«

»Was redest du da, Ton?« fragte Singender Elch verwirrt.

»Ich sage nur, daß sie anders sind. Sie haben keine Anstalten gemacht, uns irgendein Leid zuzufügen, und sie haben uns bei der Jagd geholfen. Ich denke, daß sie keine Gefahr für uns darstellen. Und die Macht des Weißen Wolfes ist solange keine Bedrohung für mich, wie meine keine Bedrohung für ihn ist. Und mit den Geschichten ist es nicht anders.«

»Aber … wie?«

»Die Leute von Wolf erzählen ihre Geschichte auf eine Weise, und du erzählst sie auf eine andere. Es ist dieselbe Geschichte, derselbe Zweck. Genauso verhält es sich, denke ich.«

Singender Elch ging schweigend weiter. Vielleicht hatte sein Freund tatsächlich recht. Es erstaunte ihn nur, daß Ton die Gefahr bereits erkannt hatte und zu diesem Schluß gekommen war. Sollte es zu einem Machtkampf kommen, wäre die Bedrohung für den heiligen Mann viel größer als für ihn selbst. Er warf einen Blick auf seinen Freund, und vermeinte, einen Anflug von Verschmitztheit in den Augen des heiligen Mannes aufblitzen zu sehen.

»Abgesehen davon«, sagte Ton, »hat Kooskooskoos mir gesagt, daß ich recht habe.«

Elch wußte nicht, ob Ton das ernst meinte, und erwiderte nichts.

»Sag mir«, fuhr Ton fort, »wann werden wir das nächste Geschichtenfeuer haben? Ich möchte von der Sonne und dem Mond hören. Und bedenke nur, daß die Menschen in Wolfs Geschichte noch gar nicht da sind! Und ist es nicht interessant, daß der Allvater über Gut und Böse wacht?«

Elch nickte. Er war noch immer bestürzt, daß sein Freund schon eine Antwort auf all diese tiefgreifenden Fragen gefunden hatte.

»Wir werden über all das noch einmal sprechen«, fügte Ton vertraulich hinzu. »Aber laß uns ihre Geschichte genau anhören. Vielleicht müssen wir sie dennoch töten.«

Dieses Mal war sich Elch sicher, in den Augen des heiligen Mannes ein Schmunzeln zu bemerken.

»Weißer Wolf, erzähl uns mehr von den Geschichten deiner Leute«, bat eine Frau.

Noch mehr Menschen hatten sich eingefunden. Diejenigen, die dem letzten Geschichtenfeuer vor einigen Tagen nicht beigewohnt hatten, waren begierig darauf, die Schöpfungsgeschichte seines Volkes zu erfahren. Seit Generationen waren den Menschen nur ihre eigenen Geschichten mit leichten Abweichungen oder die benachbarter Stämme berichtet worden. Manchmal hatte ein reisender Händler ein oder zwei Tage bei ihnen verbracht und Geschichten von einem weit entfernt lebenden Stamm mitgebracht. Diese Gelegenheiten waren meist sehr aufregend gewesen.

Nachdem sich die anfängliche Furcht der Leute in Respekt verwandelt hatte, trat ein Wendepunkt in seiner Beziehung zu den Menschen des Stammes ein, als Weißer Wolf am Geschichtenfeuer sprach. Trotz seiner unbeholfenen Sprache und der unablässigen Notwendigkeit, sich mit Odin über die Übersetzung abzusprechen, waren die Geschichten vom Beginn der Welt, wie sein Volk ihn kannte, machtvoll, ungeheuerlich und aufregend. Und es gab offensichtlich noch mehr, wesentlich mehr.

»In seiner Geschichte ist die Sonne noch nicht aufgetaucht«, bemerkte jemand.

»Und auch noch keine Menschen!« fügte ein anderer hinzu.

»Ja, vielleicht fragen wir ihn einmal.«

Nachdem Singender Elch die letzte Geschichte abrupt unterbrochen hatte, dachten einige, er sei vielleicht wütend. Als die Frau um mehr Geschichten bat, sahen daher viele Leute zu Elch hinüber, um seine Reaktion zu beobachten, doch es schien ihm nichts auszumachen, daß ein Fremder solch fesselnde Geschichten erzählte, denn das Gesicht des alten Geschichtenerzählers blieb ausdruckslos.

»Ja«, sagte er. »Erzähl uns mehr davon. Wie haben deine Leute die Sonne entdeckt?«

Nils zögerte einen Moment. Er war auf das Interesse, das die nordische Legende hervorgerufen hatte, nicht vorbereitet. Er fragte sich, ob er sich an genug erinnern konnte, um die Geschichte zusammenhängend weiterzuerzählen.

»Hhm ... ja!« sagte er nachdenklich. »Habe ich euch erzählt, wie die Götter sich dafür entschieden, die Welt aus dem Körper des toten Riesen Ymir zu formen?«

Die Menge nickte zustimmend, und so fuhr er fort. »Es war gut, aber es herrschte immer noch Dunkelheit. Und so sammelten sie Funken von der flammenden Waffe des Südriesen und warfen sie in den Himmel. Die beiden größten Funken wurden zu Sonne und Mond. Aber sie schwammen hilflos dort oben herum, irgend jemand mußte helfen, die Lichter über den Himmel zu führen. Zwei junge Riesen wurden für diese Aufgabe auserwählt: Mani für den Mond und seine Schwester Sol für die Sonne. Und jeden Tag ...«

Bestürzt hielt er inne. Er mußte eine passende Übersetzung für ›sie fuhren Wagen‹ finden. Goldene Wagen, so hieß es in der Geschichte, gezogen von mächtigen Rössern. Bislang war ihm Odin behilflich gewesen, wenn er ein unbekanntes Wort gebraucht hatte. Aber wie konnte er Menschen, die noch niemals einen Wagen oder auch nur ein Rad gesehen hatten, von goldenen Wagen erzählen? Geschweige denn von einem *Pferd*!

Odin sah ihn überrascht an. Nils wandte sich an Svenson. Auch von dort kam ihm keine Hilfe! Svenson konnte sich vor Lachen kaum noch halten und versuchte verzweifelt, nicht die Fassung zu verlieren.

»Sven«, sagte Nils knapp in ihrer eigenen Sprache. »Hilf mir bitte. Hilf mir jetzt bitte!«

In einer ratlosen Geste breitete Svenson seine Hände aus, während seine breiten Schultern vor unterdrücktem Gelächter zuckten.

»Es ist deine Geschichte, mein Freund!«

»Nun ... ich ... nun ja, die jungen Riesen trugen die Funken ... (*Fackeln! Ja, Fackeln,* dachte er.) Sie fertigten Fackeln an, und jeden Tag liefen sie über den Himmel und auf die andere Seite.«

Svenson konnte sich nicht mehr halten und lachte laut heraus. »Gut!« rief er. »Das wird's tun!«

Die Menge war verwirrt. Einige stimmten in das Gelächter ein, ohne den Grund dafür zu verstehen. Sollte es zwischen dem Feuermann und den himmlischen Feuern eine Verbindung geben?

Nachdem er sein Dilemma gelöst hatte, konnte Nils nun die eigentliche Geschichte weitererzählen.

»Sie mußten ... sehr schnell rennen, da sie ständig verfolgt wurden. Die Wölfe der Dunkelheit folgten ihnen und versuchten, das Licht zu verschlucken. Und manchmal holten die Wölfe sie ein und ... Nun, ihr habt es selbst schon gesehen: die Wölfe reißen sich ein oder zwei Bissen heraus, und dann müssen die Menschen großen Lärm machen. Die Wölfe spucken Sonne oder Mond wieder aus, und das Ganze beginnt von vorn.«

Ein leises Murmeln lief durch den Raum aus dem sich Aufregung und ein bißchen Verwirrung heraushören ließen.

»Nils, in deiner Geschichte sind noch gar keine Menschen vorgekommen. Wer soll denn da den Lärm machen?« flüsterte Svenson ihm in nordischer Sprache zu.

Nils ärgerte sich, Sven hatte entschieden zuviel Spaß an der ganzen Sache.

»Willst du weitermachen?«

»Nein, nein«, wehrte der Seemann ab. »Mein Job ist es, Feuer zu machen; du erinnerst dich doch, oder?«

Nils gewann seine Fassung zurück und fuhr fort.

»Feuermann hat gesagt, daß ich etwas ausgelassen habe«, gab er zu. »Das ist wahr. Zu Beginn gab es keine Menschen, die den Lärm machen konnten. Es waren sehr gefährliche Zeiten, aber so wie sie Tageslicht hatten, sahen die Götter, daß in dem verdorbenen Fleisch von Ymir etwas geschah: es gab Maden. Diese wuchsen heran und wurden zu kleinen Geschöpfen, die Männern und Frauen glichen. Einige waren häßlich und liebten die Dunkelheit. Einige waren wunderschön und liebten die Vögel, die Blumen und das Sonnenlicht. Die Götter sammelten sie alle auf und sortierten sie. Die dunklen wurden ... (wie nur sollte er Gnome und Trolle übersetzen?) Zu *Kobolden*«, entschied er, und verwandte das nordische Wort. »Die anderen wurden ... *Faeries.*«

Die Menge saß mit weit aufgerissenen Augen da.

»Die kleinen Leute«, ergänzte jemand.

»Ihr kennt sie?« Nils war überrascht.

»Natürlich, Thorsson«, entgegnete Odin leise. »Die kleinen Leute. Wir wußten nicht, daß ihr sie auch kennt. Unsere können Unglück und Pech verursachen. Aber sie können dir auch helfen, wenn sie es wollen.«

»Das ist bei uns fast genauso.«

Odin nickte. »Erzähl uns weiter von den Menschen.«

»Nach einer Weile«, fuhr Nils fort, »sahen die Götter, daß die Erde ein guter Ort war. Manchmal kamen sie herunter und benutzten dafür eine Brücke ...« An dieser Stelle hielt er inne, da er nicht wußte, wie er Brücke übersetzen sollte, noch nicht einmal sicher war, ob die Menschen den Begriff Brücke überhaupt kannten. Er beriet sich mit Odin.

»Ja«, versicherte Odin ihm. »Einen Fluß überqueren ... ein Baumstamm.«

Es wurde noch schwerer. Wie sollte er den Regenbogen beschreiben, der die Brücke vom Himmel zur Erde darstellte? Mit Gesten und Worten wie ›Farben am Himmel‹ schaffte er es schließlich, die Bedeutung des Wortes zu beschreiben.

»Die Götter kamen herunter und gingen am Strand entlang«, fuhr er fort. »Und eines Tages kamen Odin – von Odin werde ich euch später mehr erzählen – und zwei andere Götter zu zwei Bäumen, die man Ask und Embla nannte. Die beiden Bäume sahen aus wie Menschen, und so gab Odin ihnen seinen Geist ein. Und das Holz wurde zum ersten Mann und zur ersten Frau. Und diese gebaren alle Menschen, die auf der Erde leben.«

42

So lang, dunkel und bedrückend der Winter auch gewesen sein mag, gab es doch langsam erste Anzeichen für ein Nachlassen der Kälte. Während des Monats, den man hier Schneemond nannte, war die Sonne viele Tage lang überhaupt nicht hervorgekommen. Svenson meinte, es sei Januar. Wenn die Sonne sich an einem klaren Tag endlich einmal zeigte, blieben ihre Bemühungen vergebens. Ihre bleichen, wäßrig-gelben Strahlen, die sich nur tief über den Horizont schoben, reichten nicht aus, die dämmrige Welt um sie herum zu erwärmen.

Als nächstes kam der Mond des Hungers. In den meisten Jahren, so erklärte Odin, werde in diesem Monat die Nahrung knapp und die Menschen leiden Hunger. Aber in diesem Jahr herrschte kein Mangel an Fleisch , denn der Winter war mild gewesen. Sein ungewöhnliches Zusammentreffen mit ihrer Ankunft hier führten die Menschen auf die Kräfte von Weißem Wolf, dem mächtigen heiligen Mann, zurück. Wahrscheinlich war sich Nils nur teilweise des Respektes und Ansehens bewußt, das man ihm entgegenbrachte. Das lag sicherlich auch daran, daß er fast völlig von seiner höchst genußvollen und sinnlichen Ehe in Anspruch genommen wurde und nur wenig ihn davon ablenken konnte. Nils hatte die Geschichtenfeuer genossen und offen Odins Volk mit seinen nordischen Legenden verzaubert. Manchmal wünschte er, sich an mehr Einzelheiten erinnern zu können, aber seine Zuhörer schienen nichts zu vermissen. Für sie war alles neu.

Schließlich kam der Tag, an dem Nils aus dem Haus trat und der Morgen anders schmeckte. Es wehte ein leichter Wind, aber aus Südwesten, und er war *warm*. Nicht wirklich warm, dachte er. Er kniff seine Augen gegen das gleißende Sonnenlicht zusammen, als Odin das Türleder hinter sich zurückfallen ließ, sich streckte und einen tiefen Atemzug nahm.

»Ah! Es ist die Zeit des Erwachens!«

»Was? Was meinst du, Odin?«

»Fühlst du es nicht auch? Ein anderer Geist ... Die Sonne erneuert ihre Fackel und drängt Der Die Kälte Schafft zurück in den Norden. Es ist der Mond des Erwachens.«

Ja, dachte Nils. *März*. Er hatte schon bemerkt, daß es länger hell war. Jeden Tag stieg die Sonne am Himmel um eine winzige Kleinigkeit höher. Mit den Augen eines Navigators bemerkte er, wie sich der Schatten eines Baumes auf der schneebedeckten Kuppel eines der Häuser langsam veränderte.

»Der Die Kälte Schafft wird vielleicht versuchen, noch einoder zweimal anzugreifen«, sagte Odin. »Aber das spielt keine Rolle. Die Sonne hat noch immer gewonnen.«

Diese Vorstellung unterschied sich nur wenig von den Geschichten aus Nils' Kindheit. Der unangenehme Gott des Winters, Feind der sanften, lieblichen Göttin des Sommers, hatte Hrae-svelger, dem Leichenverschlinger, die Gewalt über den Nordwind gegeben. Getarnt als riesiger Adler schlug Hrae- svelger mit seinen riesigen Flügeln und wirbelte so eine Welle eisigen Windes nach der anderen Richtung Süden. Nils hatte darauf verzichtet, diese Geschichte am

Geschichtenfeuer zu erzählen. Der Die Kälte Schafft ... Die Menschen würden die Verbindung zu Hrae-svelger erkennen. Vielleicht gelang es ihm später, sich besser an diese Geschichte zu erinnern.

Für den Moment jedoch nahm ihn der Gedanke an den kommenden Frühling völlig gefangen. Bislang war ihm sein Plan, mit Svenson und vielleicht auch Odin, falls er bereit war, sie zu führen, nach Straumfjord aufzubrechen und dort nach einer Möglichkeit für eine Heimfahrt zu suchen, einfach genug erschienen. Nun aber, da der Tag näherrückte, an dem er in die Tat umgesetzt werden mußte, erschien er ihm immer komplizierter. Dennoch, und obgleich er, ebenso wie Svenson, verheiratet war, gab er ihn nicht auf. Sein Zuhause war sein letztendliches Ziel, das Ziel seiner Sehnsucht. Er würde seinen trinkfesten Freunden in der Stadt viel zu erzählen haben! Selbstverständlich würde auch Trauer herrschen um Helge Landsverk.

Aber seine Freunde würden seine Geschichten faszinierend finden. Den Verlust der beiden Schiffe, die Flucht und die Verfolgung, dann ihre Gefangennahme und die Reise stromaufwärts, um ein Jahr bei den Skraelingen zu verbringen, und dann noch seine Heirat mit einer ihrer Frauen ... Irgendwie verurteilte er plötzlich seine Art zu denken. Er konnte allerdings auch nicht sagen, was genau ihn störte, geschweige denn, es in Worte fassen.

Manchmal meinte er, aus zwei verschiedenen Personen zu bestehen. Eine der beiden war Nils Thorsson, Nachkomme einer alten, angesehenen nordischen Familie, hervorragend ausgebildet, Seefahrer und Herr eines Schiffes, ein Mann aus einem Volk von Eroberern, von allen respektiert und – aufgrund der Vergangenheit natürlich – gefürchtet. Der legendäre Mut der Wikinger bei ihren Raubzügen hatte sich nun auf kühne Entdeckungen und Handelsunternehmungen übertragen. Wenn er sich klarmachte, was in dieser Hinsicht schon alles erreicht worden war, sonnte er sich in dem Privileg, Teil dieses unglaublichen Zeitalters zu sein, denn es bedeutete eine über alles hinausgehende Ehre. Zu anderen Zeiten hingegen glaubte er, ein anderer Mensch mit einer völlig anderen Identität zu sein. Dann gab es Nils Thorsson nicht länger, sondern nur noch Weißen Wolf, den geachteten Krieger und Ehemann von Rufender Taube. Letzteren liebte Nils besonders: den Mann einer der schönsten Frauen, die er je gesehen hatte. Warum nur empfand er diese Traurigkeit, wenn er von sich selber in dieser Rolle dachte?

Schließlich fand er es heraus, und zwar an dem Tag, an dem die Welt begann, aus dem Winterschlaf zu erwachen, denn dabei dachte Nils Thorsson erneut an eine Rückkehr nach Straumfjord. Während des Winters war es leicht gewesen, alle Planungen einfach beiseite zu schieben, da viele Monate lang sowieso nichts hatte unternommen werden können. Und das, so wußte er jetzt, war nur eine willkommene Entschuldigung für seinen Mangel an Entschlußkraft gewesen. Vielleicht war er auch dem Einfluß des Stammes erlegen. Die Menschen hier lebten in den Tag hinein. Abgesehen von den Vorräten für den Winter wurde nur wenig vorbereitet oder geplant. Für Nils war dies anfangs oft frustrierend gewesen, aber die erzwungene Untätigkeit und die willkommene Ablenkung durch seine junge Frau hatten ihm die Anpassung sehr erleichtert.

Jetzt war es jedoch wieder möglich, Reisepläne zu schmieden. Aber jener andere Teil in ihm, derjenige, der sich mit dem Weißen Wolf identifizierte, riß ihn schier auseinander.

Er hatte Angst, sich den Entscheidungen zu stellen. Schließlich wurde ihm klar, daß dies an Rufender Taube lag. Sie war ihm zu einer so idealen Gefährtin geworden, daß er sie wirklich nicht missen mochte. Aber es mußte sein, in irgendeiner Weise; er mußte über eine Trennung nachdenken, die Trennung von der Frau, die zu einer der wichtigsten Personen in seinem gesamten Leben geworden war. Er sträubte sich dagegen, aber eine leise Stimme tief in seinem Kopf flüsterte immerfort: *Du mußt!*

Vielleicht konnte Svenson ihm irgendwie helfen, der ja vor dem gleichen Problem stand. Nun, vielleicht war es doch nicht ganz das gleiche: Sven hatte eine Frau in Stadt und eine Frau hier. Sven mußte von Anfang an gewußt haben, daß es sich bei seiner Heirat mit Reh nur um eine vorübergehende Verbindung handelte, eine Zweckmäßigkeit, die ihm den Aufenthalt angenehmer machte, während er den Winter abwartete. Wahrscheinlich wußte Rotes Reh das auch. Sie war eine praktische Frau. Fast schockartig begriff Nils, daß zwischen Sven und seiner Frau eine Art stillschweigendes Abkommen bestand. Sie würden zusammenbleiben, solange die Umstände es zuließen, und sich zu gegebener Zeit trennen. Es schien Nils, als gebe es bei den Skraelingen überhaupt keine von den ethischen Normen, die für zivilisierte Menschen galten, und bei den Seeleuten nur wenige davon.

Vielleicht konnte Rufende Taube mit ihm nach Stadt zurückkehren. Er hatte es ihr zwar nie vorgeschlagen, aber sie hatten ja noch nicht einmal über seine mögliche Rückkehr gesprochen. Und selbst wenn es Svenson nicht möglich war, seine Skraelingfrau nach Hause mitzunehmen, so sollte das für ihn und Rufende Taube kein Hindernis sein. Er fragte sich, was seine Mutter dazu sagen würde. Sie hatte immer versucht, ihn für die Tochter der Hingersons, die mit den Hasenzähnen und den seltsamen Augen, zu interessieren. Wie würde sie auf eine Schwiegertochter wie Rufende Taube reagieren? Darüber mußte er noch einmal nachdenken.

Als erstes würde er sich natürlich mit Odin und Svenson besprechen, durchführbare Pläne schmieden, ein Boot und Vorräte organisieren.

Doch zuvor mußte er Taube erklären, warum die Rückkehr zu seinem Volk für ihn notwendig war. Er würde sie von den Vorteilen der Zivilisation überzeugen, daran hatte er keinen Zweifel. Und wahrscheinlich würde sie sich darüber freuen, daß er sie mit sich nehmen, daß er mit ihr zusammenbleiben wollte. Sie wußte ja nicht einmal, was ihr fehlte. Dieser Gedanke machte ihm Spaß, und er begann von den Dingen zu träumen, die er ihr zeigen, die er mit ihr teilen wollte: die großen Schiffe, die Städte, die Speisen seiner Heimat, die Kleidung.

Vielleicht wäre es besser, überlegte er, die Reise zunächst im Groben zu planen und sie dann damit zu überraschen. Die Idee gefiel ihm, und so wandte er sich als erstes an Svenson.

»Sven, wir sollten Reisepläne machen.«

Sven nickte unverbindlich.

Nils war von dieser Reaktion überrascht.

»Hast du schon mit Odin darüber gesprochen?« fragte Sven zurück.

»Noch nicht.«

»Sag mir Bescheid, wenn du es getan hast«, erwiderte der Seemann. »Es ist jetzt wahrscheinlich noch zu früh dafür.«

»Natürlich, aber wir sollten planen. Odin wird wissen, ob wir noch mit Frühjahrsstürmen rechnen müssen.«

Svenson nickte erneut. Nils hatte eigentlich erwartet, daß sein alter Gefährte begierig darauf sein würde, wieder zur See zu fahren. Fürchtete er die Gefahren einer Reise über den Fluß und über die Stromschnellen, wo sie ihre katastrophale Niederlage erlitten hatten? Sicherlich nicht. Vielleicht spürte Sven sein Alter. Er war nicht länger ein junger Mann.

»Ich werde dann erst einmal mit ihm reden«, schloß Nils und hatte das unangenehme Gefühl, daß ihr Gespräch noch nicht beendet war.

Während der nächsten Tage gelang es ihm allerdings nicht. Jedesmal, wenn Nils einen Versuch dazu unternahm, wurden sie unterbrochen, oder aber sie fanden erst gar keine Möglichkeit, sich allein zu unterhalten. Nils gewann fast den Eindruck, daß Odin ihm auswich. Das schien aber doch unwahrscheinlich, denn er hatte Odin noch nicht einmal sagen können, worüber er mit ihm reden wollte.

Während dieser paar Tage hatte er Zeit, noch einmal nachzudenken. Letzten Endes sprach viel dafür, die bevorstehende Abreise doch zuerst mit Rufender Taube zu erörtern, und er bat sie, ein wenig mit ihm spazieren zu gehen. Es war der bisher wärmste Tag des neuen Jahres, die Sonne hatte genug Kraft, Eis und Schnee zu schmelzen. Angeregt von der Jahreszeit begannen einige wenige Vögel bereits, singend ihre Territorien gegen Konkurrenten abzugrenzen. Taube lachte glücklich.

»Es ist gut«, sagte sie.

»Ja, aber ich habe dir etwas zu sagen.«

»Gut. Ich auch!« Sie hielt inne und wandte ihm ihr Gesicht zu. »Ich werde als erste sprechen, denn das, was ich dir zu sagen habe, ist gut, mein Mann. Höre zu: Ich trage ein Kind unter dem Herzen!« Sie wies auf ihren Bauch, der noch immer schlank und flach war.

»Bist du sicher?« murmelte Nils, völlig aus der Fassung gebracht.

»Natürlich! Was ist, Wolf? Bist du nicht glücklich?«

»Ja … ja, sehr glücklich, nur überrascht.«

»Warum?« Sie kicherte, und ihr Blick schien gleichzeitig verlegen und neckend. »Wie könnte es *nicht* so sein?«

Seine Gedanken überschlugen sich. Er sah sich nicht in der Lage, die Bedeutung ihrer Worte für seine Pläne zu begreifen. Konnte er überhaupt den Versuch wagen, eine solch gefährliche Reise mit einer schwangeren Frau zu unternehmen? Er war verwirrt, und Groll und leichter Ärger stiegen in ihm hoch.

»Du bist nicht glücklich!« klagte Taube, und in ihren Augen glitzerten Tränen, als sie sich unvermittelt abwandte und davonlief.

43

In den nächsten Tagen gestaltete sich das Leben für Nils Thorsson schwierig. Er hatte einen herrlichen Winter verbracht, eingehüllt in die Wärme der Decken und die Arme einer liebenden Frau. Natürlich hatte es die allmonatlich wiederkehrenden Verbote gegeben. Aber auch während dieser Tage hatte eine Nähe zwischen ihnen existiert, ein Versprechen, daß es bald wieder anders sein würde.

Und nun gab es nicht einmal mehr dieses Versprechen. Der wundersame Trost warmer und sanfter Kurven, geschmeidiger Glieder, auf tausend verschiedene Möglichkeiten an ihn geschmiegt und um ihn geschlungen, schien ebenso vergessen zu sein. Wenn sie nachts zusammen in ihrer Schlafnische lagen, konnte er gar nicht begreifen, wie ein Körper, der bislang sanft und warm gewesen war, nun nur noch aus Knien und Ellbogen bestehen konnte.

Außerdem hatte er das Gefühl, als wüßten alle im Haus Bescheid. Die Frauen sahen ihn finster und kritisch an. Eine der älteren Frauen nahm die außerordentlich unangenehme

Angewohnheit an, ihm mißbilligende Blicke zuzuwerfen, sanft den Kopf zu schütteln und mit der Zunge zu schnalzen, während sie sich abwandte. Er wußte zwar nicht, was diese Reihenfolge von Gesten bedeutete, aber es war völlig klar: allzu freundlich waren sie nicht, sondern ein deutliches Zeichen der Mißbilligung.

Und das Schlimmste an der ganzen Sache war, daß Nils noch nicht einmal ahnte, wodurch er sich zum Ziel solcher Ächtung gemacht hatte. Er war sich nicht der geringsten Schuld bewußt, denn Taube gegenüber hatte er die bevorstehende Entscheidung, möglicherweise den Stamm zu verlassen, noch mit keinem Wort erwähnt. In Gedanken war er die Situation immer wieder durchgegangen. Nichts hatte ihr Glück getrübt, alles war in Ordnung gewesen. Und dann, noch bevor er das Thema hatte anschneiden können, das besprochen werden mußte, hatte Taube ihm stolz von ihrer Schwangerschaft berichtet. Seine Reaktion mußte die Ursache des Problems sein. Aber was hatte er getan? Was hatte er versäumt? Überrascht war er gewesen, ja. Für einen Moment sogar sprachlos. Und genau in diesem Moment war etwas geschehen. Danach hatte es keine Wärme mehr gegeben, und aus irgendeinem Grund war er der Übeltäter. Nils hatte versucht, seine Unschuld zu beteuern, aber Taube war noch wütender geworden und hatte ihn nur zur Seite gestoßen. Sein Blick brachte sie manchmal schon zum Weinen.

Hätte er etwas tun sollen, eine Zeremonie oder ein Ritual des Stammes durchführen? Das hätte Odin ihm sicherlich gesagt. Er würde ihn danach fragen und inzwischen Svenson Bescheid geben, daß sie im Moment keine Pläne schmieden konnten.

Es half ihm nicht, daß es so aussah, als halte Svenson die ganze Angelegenheit nicht für sehr ernst.

»Ich habe es gehört«, kicherte Sven. »Dein Bett soll nicht mehr so warm sein wie bisher, nicht wahr?«

»Sven, das ist nicht lustig. Ich verstehe es nicht. Was habe ich falsch gemacht? Ich habe die Abreise nach Straumfjord noch nicht einmal erwähnt.«

Svenson lachte, daß Tränen seine Wangen hinunterliefen.

»Ach, Nils. Du hast nichts *falsch* gemacht. Es gibt Zeiten, in denen ein Mann gar nichts *richtig* machen kann. Taube erwartet ein Kind, nicht wahr?«

»Ja. Aber, ich ...«

Svenson bedeutete ihm zu schweigen. »Nils, dann ist eine Frau nun einmal so. Du sagst ›Guten Morgen.‹ Und sie weint. Du fragst, was du falsch gemacht hast, und sie sagt: ›Nichts.‹ Nun, das sagt sie nicht immer. Manchmal sagt sie: ›Wenn du es nicht weißt, dann brauch' ich es dir auch nicht zu sagen!‹ Und dann sagst du ihr, du liebst sie. Früher hat das immer geholfen, aber nun sagt sie: ›Faß mich nicht an!‹ So sind die Frauen nun einmal.«

»*Das* ist es, Sven? Und das dauert neun Monate?«

»O nein, drei oder vier vielleicht. Dann wird es besser. Aber genau weiß ich das auch nicht.«

»Du weißt es nicht genau? Wovon redest du?«

»Ich war normalerweise nie dabei. Was glaubst du denn, warum die Seeleute dann zur See fahren, Nils?«

Svenson schlug sich auf die Knie und lachte noch lauter, als sei das ein alter Witz. Dann schwieg er einen Moment.

»Du mußt wissen, Nils, einmal *war* ich da – als meine Frau mit Tomlin schwanger war ... Nein, vielleicht war es Johann. Ungefähr im vierten Monat, denke ich, da entschied sie, daß sie mir Unrecht getan hatte, und versuchte, es wiedergutzumachen. Ach, war sie ausgehungert, ich konnte kaum mithalten. Aber schon der Versuch war ganz nett.«

Sven schien in Gedanken verloren. Hier kam eine Seite des alten Seemannes zum Vorschein, die Nils noch nie zuvor bemerkt hatte.

»Sie leben in Stadt?« erkundigte sich Nils.

»Ja, die Jungen sind fast erwachsen. Sie werden für ihre Mutter sorgen.«

Ein seltsamer Standpunkt, dachte Nils. *Geht er davon aus, nicht mehr nach Hause zu kommen?*

Plötzlich veränderte sich die Stimmung des Seemannes.

»Nun, mach dir keine Sorgen, Nils. Es wird besser werden. Streite nicht und versuche nicht, es zu verstehen. Das ist eine Frauensache.«

Warum werden die Männer nicht davor gewarnt? dachte Nils, und im selben Moment wußte er die Antwort darauf. Es gab

Dinge im Leben, die man selbst erleben mußte. Noch etwas fiel ihm ein.

»Warum sind all die anderen Frauen wütend auf mich, Sven?«

Svenson lächelte ironisch. »Das gehört dazu ... zu dieser Frauengeschichte. Sie geben ihren Launen nach. Schon bald, wenn Taube dich wieder besser behandelt, werden die anderen Frauen das auch tun.«

Nils konnte das nicht so recht glauben. Um sicher zu gehen, entschied er, Odin zu fragen.

»Odin, ich möchte mit dir über die Rückreise sprechen, über die Reise zurück nach Straumfjord.«

Odin erwiderte nichts; er wirkte besorgt.

»Jetzt scheint das allerdings keine besonders gute Idee zu sein«, fuhr Nils fort. »Du weißt, daß Taube ...«

»Ich weiß, Wolf.« Odins Miene schien sich aufzuhellen.

»Ich habe daran gedacht, sie mitzunehmen, aber ich hatte keine Chance, mit ihr darüber zu reden.«

»Du hast also auch Sorgen?« fragte Odin.

»Wovon sprichst du?«

»Meine Frau ... Habichtfrau trägt auch ein Kind unter dem Herzen. Ich denke, eine Reise zum jetzigen Zeitpunkt wäre nicht besonders günstig. Ich habe befürchtet, daß du gehen willst.«

»Aber du sprichst von Sorgen?«

»Ja. Sie ist wie verwandelt, Wolf. Die alten Männer haben mir erklärt ...«

»Ja, ich habe mit Sven geredet. Mit Feuermann. Er sagt, das ist einfach so ... Das sei auch der Grund, warum Seemänner zur See fahren.«

Beide Männer mußten kichern. Es war gut, seine Sorgen miteinander zu teilen.

»Feuermann sagt auch, daß das bald vorüber sein wird. Ist das bei euren Frauen auch so?«

»Ja. Wir warten es ab, sind leise, und dann wird schließlich alles besser.«

»Das ist gut. Ich bin bereit!«

»Ich auch.«

Beide fühlten sich beträchtlich erleichtert, nicht nur aufgrund der gegenseitigen Versicherungen, sondern auch, weil sie das Gespräch über eine mögliche Reise nach Straumfjord verschoben hatten. Zu gegebener Zeit würden sie wieder darüber nachdenken. Vielleicht konnten sie Straumfjord dann immer noch in diesem Jahr erreichen, denn schließlich ging ja die ganze Fahrt flußabwärts. *Und dann im nächsten Jahr nach Hause,* dachte Nils.

Alle diese Überlegungen traten jedoch in den Hintergrund, als der Feind angriff.

Noch nie war der Feind so früh im Jahr gekommen. Der Fluß war noch immer zugefroren, obgleich lange Risse bereits ein Muster auf der windgepeitschten Eisfläche bildeten: Hirsche, Bären und Elche, die sie ab und zu überquert hatten, mieden sie nun. Von Zeit zu Zeit gab das Eis unheimliche, krachende Geräusche von sich, die an einem bestimmten Punkt begannen und sich dann in unregelmäßigem Verlauf flußauf- und abwärts fortsetzten.

Dennoch war es, abgesehen von den Löchern, die die Dorfleute geschlagen hatten, um Trinkwasser zu holen, immer noch massiv und tragfähig. Bald mußte die Eisbrücke über den Fluß in viele Blöcke zerbrechen, die mit einem gewaltigen Aufröhren auf das Meer zutreiben würden. Nils hatte das gleiche in jedem Frühling zu Hause beobachtet. Er schätzte, daß es bis dahin nur noch wenige Tage sein konnten.

Danach rechnete man mit einem Angriff der Feinde. Das war fast schon zu einem jährlichen Ritual geworden. Wenn der Fluß wieder befahrbar wurde, warteten ihre alten Feinde flußabwärts schon begierig darauf, ihre Boote zu Wasser zu lassen und zur Begrüßung des neuen Jahres ihre Nachbarn zu überfallen. Im Moment hielt der Stamm eine einzelne Wache am Fluß noch für ausreichend.

Später fand man heraus, daß die Angreifer flußaufwärts zu Fuß über das Eis gekommen und nur dort, wo dessen Tragfähigkeit nicht mehr gegeben schien, am Ufer entlanggegangen waren. Kurz vor dem Dorf hatten sie sich geteilt und es im Schutz der Wälder umgangen. Einige trugen Schneeschuhe.

Nils hatte immer geglaubt, daß die tief in der Erde verankerten Häuser gut zu verteidigen seien. Nur jeweils ein Feind konnte in ein solches Haus eindringen. Der Tatsache, daß auch nur jeweils eine Person hinausschauen oder -gehen konnte, hatte Nils bisher nur wenig Beachtung geschenkt.

Die Morgendämmerung hatte gerade begonnen. Dünnes, graues Licht fiel durch das Rauchloch im Dach, und die ersten Schläfer erwachten. Jemand warf eine Handvoll Zweige auf die Glutreste vom letzten Abend, und schnell erhellten die ersten Flammen das Hausinnere. Ein Mann erhob sich und ging nach draußen, um seine Blase zu entleeren. Nils kroch nach einer mehr oder weniger schlaflosen Nacht ohne nennenswerte Zärtlichkeiten aus seiner Nische. Er verspürte einen bitteren Geschmack im Mund – ein Resultat der Nacht – und seine Augen waren trocken und juckten.

Plötzlich ertönte ein Schrei. Er begann als Warnruf und endete als Todesschrei. Fast im gleichen Augenblick warf jemand von draußen eine Decke oder Haut über das Rauchloch. Die aus dem gerade erst entzündeten Feuer aufsteigenden Qualmwolken waberten zwischen den Dachbalken. Als Nils begriff, was geschah, brüllte Odin: »Angriff! Wir werden angegriffen. Der Feind ist hier!«

Odin griff nach einem Speer; Nils erfaßte Panik. Er hatte das Gefühl, daß ihm die dicken Erdwände, die ihn bislang gewärmt und beschützt hatten, zu nahe rückten. Das Haus war zu einer Todesfalle geworden. Sie mußten sich ihren Weg nach draußen freikämpfen, selbst wenn sie wußten, daß dort die bewaffneten Feinde auf sie lauerten.

»Sven!« schrie er, aber Svenson lief bereits mit seiner Schlachtaxt auf den Ausgang zu, Odin an der Seite.

»Warte!« brüllte Nils. »Alle auf einmal!«

Habichtfrau eilte herbei, um die Türhaut zu halten. Die vier drängten sich einen Moment im kurzen Tunnel. Nils griff, vor Erregung und Kälte zitternd, nach seinem Schwert.

»Los!« schrie Odin.

Habichtfrau riß das Türleder zur Seite, und die drei stürmten ins Freie. Ein Pfeil zischte an Nils' Ohr vorbei und bohrte sich in den Ledervorhang. Sven brüllte eine Herausforderung und stürzte sich auf eine Gruppe von Angreifern. Er ließ die Axt in tödlichem Schwung kreisen und fügte ihnen schreckliche Verwundungen zu. Nils wurde sofort hart bedrängt. Der erste Feind war ihm schon zu nahe, als daß er mit dem Schwert noch hätte ausholen können. Also stieß er damit zu. Der Schwung seiner eigenen Bewegung warf den Angreifer in Nils Schwert, so daß dieser es nur unter Mühen wieder freibekam. Von rechts sprang ein zweiter Feind mit einer Axt oder Keule auf ihn zu. Er hatte ihn fast erreicht, als Nils das schwere Breitschwert zu einem Schlag mit der Rückhand ansetzte. Der Mann ging zu Boden, und Nils trat einen Schritt vor, während er in dem trüben Licht nach links und rechts hieb. Wieder verfehlte ihn ein Pfeil nur knapp. Einige der Angreifer schossen aus mittlerer Entfernung, mußten sich aber vorsehen, nicht die eigenen Männer zu treffen.

Offensichtlich hatten sie eine solche Gegenwehr nicht erwartet. Dies hier war nicht nach ihrem Geschmack. Wer noch in der Lage dazu war, ergriff die Flucht.

Ein weiterer Hausbewohner gesellte sich zu Nils und den anderen und schoß den Feinden Pfeile hinterher. Diese verständigten sich mit Rufen, die nichts anderes als Rückzug bedeuten konnten.

Nils hatte zum erstenmal Zeit, sich umzuschauen. Das Rauchloch eines der anderen Häuser war ebenfalls verhüllt worden, und eine Frau kletterte gerade auf das Dach, um die Decke zu entfernen.

Nils wandte sich um, um einen Blick auf ihr eigenes Haus zu werfen, und sah, wie Rotes Reh das Hindernis entfernte. Eine dicke Qualmwolke stieg in den stillen Himmel.

»Seht«, rief Reh und wies auf eines der anderen Häuser. Mit lautem Prasseln schlugen Flammen aus dem Rauchloch. Die Menschen wollten zu Hilfe eilen, aber Großer Baum hielt sie zurück.

»Es ist zu spät! Laßt es brennen!«

Die Bewohner des Hauses stolperten, unter den Armen die Habseligkeiten, die sie noch hatten mitnehmen können, ins Freie. Die Angreifer hatten in das Haus eindringen können und die meisten der Bewohner überwältigt. Dann hatten sie eine große Menge Holz auf das Feuer gelegt und, als die Flammen hochschlugen, alles, was zur Hand war, darauf geworfen. Es bestand kein Zweifel, daß alle vier tragenden Pfosten aus trockenem Zedernholz lichterloh brannten. Das Haus war verloren.

Dennoch dauerte es noch bis Mittag, bis das gewölbte Dach zusammenbrach und einen Funkenregen in einer dicken, fettigen Rauchwolke gen Himmel sandte. Die Menschen waren noch dabei, die Verluste abzuschätzen, als sich bereits überall die schwermütigen Klagelieder des Trauergesanges vernehmen ließen.

44

»Aber *warum* nur?« Nils konnte den Angriff und das Blutbad einfach nicht verstehen.

Odin hob lediglich auf seine vertraute Art die Schultern.

»Wer weiß? Sie greifen uns eben manchmal an. Allerdings nicht so früh im Jahr. Manchmal rauben sie Mädchen, unsere sind hübscher als ihre. Manchmal überfallen sie uns im Herbst und stehlen unsere Ernte.«

»Und überfallt ihr sie auch?«

»Nur selten. Wir sind friedlicher.«

Die Situation blieb für Nils schwer verständlich. Mittlerweile hatten die Nordmänner ihre alten Methoden des Raubens und Plünderns durch friedlicheren Handel ersetzt. Dennoch hatte die Tradition Bestand. Die Geschichten von Überraschungsangriffen auf die britischen Küsten mit unerwartet wertvoller Beute waren Nils vertraut. Sollten die Angreifer am Ende eines blutigen Kampfes leer ausgegangen sein, so war von einem unglaublichen Scherz berichtet worden. Trotzdem hatte sich in Nils' Kopf die Vorstellung von einer Tradition des Plünderns um der Beute willen verfestigt. Auch wenn er selbst noch nie an einem solchen Raubzug teilgenommen hatte, so konnte er es doch verstehen. Aber jemanden in dem Wissen zu überfallen, daß es nur wenig zu holen gab – so wie diese Feinde es hier getan hatten ... Das Ganze stieß ihn geradezu ab. Was sollte die Beute dabei sein?

»Waren das diejenigen, die uns gefangengenommen hatten?« fragte er.

»Ja. Unsere Bezeichnung für sie lautet Flußabwärtsfeinde«, erklärte ihm Odin.

»Sind sie vielleicht zornig, weil wir ihnen entkommen sind?«

»Vielleicht. Aber sie sind so oder so kriegerische Leute, Thorsson. Du hast selbst gesehen, wie sie deine Leute angegriffen haben.«

»Ja. Aber dafür hatten sie einen Grund.«

»Das ist wahr.« Odin nickte versonnen. »Aber ich denke, daß da noch mehr ist.«

Er schwieg einen Moment, dann weitete sich sein Auge plötzlich.

»Vielleicht ... vielleicht haben sie Angst vor deiner Macht, Thorsson, der Macht des Weißen Wolfes. Vielleicht wollen sie verhindern, daß diese Macht noch größer wird.«

»Du meinst, indem sie ... mich *töten*?«

»Vielleicht. Dich und Feuermann. Das wäre eine große Ehre für sie.«

Nils überlegte einen Moment. Das war ein erschreckender, entschieden unangenehmer Gedanke. Er erklärte jedoch, warum der Angriff hauptsächlich auf das Haus gerichtet war, in dem die Nordmänner lebten. Das hätte man ausspionieren können.

Ja, vielleicht mußten die Feinde ihr Gesicht wahren, indem sie die ›heiligen Männer‹, die sie überlistet hatten, aufspürten und töteten.

Odin lachte plötzlich. »Das ist lustig. Du und Feuermann, ihr habt die Verteidigung mit angeführt. Der Feind hat wieder verloren. Das sagt ihm, daß deine Macht größer ist, als er dachte.«

Svenson hatte sich zu ihnen gesellt und schüttelte bedauernd seinen Kopf.

»Wenn das wahr ist, wollen sie uns jetzt erst recht töten.«

Odin wurde ernst. »Das stimmt. Wir müssen wachsam sein.«

»Odin, es ist nicht gut, dein Volk in Gefahr zu bringen«, sagte Nils. »Vielleicht sollten wir gehen.«

Odin reagierte mit einem beinahe empörten Blick auf diese spontane Feststellung.

»Warum? Sie werden immer noch hinter uns her sein, und uns fehlen dann zwei Krieger. Und was ist mit euren Familien ...«

»Vergib mir, Odin. Das war ein dummer Vorschlag.«

Feinfühlig sah Odin davon ab, dieser Bemerkung zuzustimmen, zumindest nicht laut.

Das Auf und Ab der klagenden Trauergesänge hallte immer noch durch das Dorf, als die Schatten gegen Abend länger wurden. Jedes Haus und beinahe jede Familie war betroffen. In Anbetracht des Zeitpunktes, zu dem der Angriff stattgefunden hatte, konnte man von Glück sagen, daß nicht noch mehr Tote zu beklagen waren, lautete der allgemeine Tenor.

Die Leichname der Gefallenen waren für das Begräbnis in Decken gewickelt und fest verschnürt worden. Dann hatte man sie auf Bäume gehievt und dort in Astgabeln festgebunden.

»Der Boden ist noch gefroren«, erklärte Odin.

»Ihr werdet sie später begraben?« fragte Nils.

»Ja, vielleicht erst viel später.«

Die Trümmer des zerstörten Hauses brannten noch immer. Seine ehemaligen Bewohner waren bei Verwandten und Freunden untergekommen. Sie hatten alles verloren.

Ein junger Mann kam auf die Nordmänner und Odin zu, während sie sich noch unterhielten.

»Heute abend wird im Haus von Großem Baum ein Rat abgehalten«, teilte er ihnen mit. »Das sollte ich euch sagen.« Er wandte sich um und eilte davon, um die Nachricht weiterzuverbreiten.

Das Haus war überfüllt, obwohl es das größte im Dorf war. Jeder wollte bei diesem wichtigen Rat dabeisein.

»Sie werden keine Entscheidung treffen«, beklagte sich eine alte Frau. »Das tun sie nie.«

Dennoch drängte sie sich mit allen anderen in das dämmrige Hausinnere. Die Luft war schwer von dem Rauch der winterlichen Feuer und den Ausdünstungen ungewaschener Menschen. Man konnte nicht baden, wenn der Fluß gefroren war.

»Laßt den Türvorhang offen!« rief jemand. Der Vorschlag wurde befolgt, und als das Feuer langsam aufloderte und besseres Licht spendete, zog auch die Luft durch das Rauchloch im Dach besser ab.

Nils und Svenson gesellten sich zu Odin, der direkt neben dem Eingang stand, aber der Häuptling winkte die drei näher heran. Schließlich fanden sie in der Nähe des Feuers zwischen Ton und Singendem Elch Platz.

Die Gesichter der Anführer und die Art, wie man sich niedergelassen hatte, zeigten Odin sofort, daß ein sehr ernstes Gespräch bevorstand. Er machte sich Sorgen, zumindest ein wenig. Je länger er über den Angriff nachdachte, desto sicherer wurde er, daß es sich um einen Racheakt gehandelt haben mußte.

Die Feinde waren auf einem Feldzug zur Ausrottung der Nordmänner gewesen, den nur wenige der Fremden überlebt hatten, vielleicht sogar nur diese beiden. Er, Odin, hatte den beiden bei der Flucht geholfen, und das zum Teil mit Tricks. Er selbst *glaubte*, daß es sich um das Werk starker Geistermächte gehandelt hatte, aber das war eine andere Sache. Die drei *hatten* überlebt. Würden die Feinde nicht eine klare Entscheidung wollen? Sie mußten den Winter damit verbracht haben, sich gegenseitig davon zu überzeugen, daß man sie überlistet hatte. Um die Vernichtung vollständig zu machen und den Kampf zu vollenden, mußte man die beiden aufspüren und töten. Und das galt natürlich auch für ihn selbst. Ihn würden sie für jedes Täuschungsmanöver verantwortlich machen. Ja, er war ebenso gefährdet wie die beiden Nordmänner.

Odin hatte Bedenken, ob er einen Ausweg aus diesem Dilemma finden konnte. Nun, zunächst einmal würde er abwarten und sehen, welche Richtung das Gespräch nahm. Vielleicht kamen ihm dann ein paar Ideen.

Endlich erhob sich Großer Baum und bat mit erhobener Hand um Ruhe. Sein Gehilfe füllte die Ratspfeife und reichte sie ihm.

Großer Baum entzündete sie mit einem glühenden Zweig vom Feuer. Dann nahm er einen Zug und blies den Rauch für die Winde in die vier Himmelsrichtungen, zum Himmel und zur Erde und gab die Pfeife an Ton weiter, der das Ritual wiederholte.

»Ihr wißt, warum wir heute hier zusammengekommen sind«, begann Baum, nachdem die Pfeife in der ersten Reihe die Runde gemacht hatte.

Ein kurzes Murmeln, das sich von allein wieder legte, antwortete ihm.

»Wir sind angegriffen worden und hatten Verluste«, fuhr er fort. »Was sollen wir nun tun?«

»Wurden die anderen Dörfer auch angegriffen?« fragte jemand.

»Andere Dörfer?« flüsterte Nils Odin fragend zu, während ein Raunen durch die Menge ging.

»Ja«, wisperte Odin zurück. »Du weißt doch, es gibt noch zwei weitere Dörfer unseres Stammes ...«

»Wir denken, daß sie vielleicht nicht angegriffen wurden«, wandte Großer Baum sich an die Versammelten. »Wir haben Läufer ausgesandt ... einer ist bereits zurück, von dem westlichen Dorf. Sie haben nichts bemerkt.«

»Aber was ist mit dem anderen Dorf?« fragte eine Frau besorgt. »Der Feind mußte an ihm vorbei, um hierher zu gelangen!«

»Sie hat dort Verwandte«, flüsterte Odin.

Großer Baum zuckte mit den Achseln. »Wir werden warten müssen«, antwortete er. »Laßt uns weiterreden.«

»Aber das macht einen Unterschied«, protestierte ein Mann. »Ist dies ein richtiger Krieg oder nur ein Überfall?«

»*Nur* ein Überfall?« schnappte Großer Baum offensichtlich verärgert. »Sie können jederzeit wiederkommen!«

Einen Moment lang herrschte Stille, und dann meldete sich eine alte Frau zu Wort.

»Mein ganzes Leben lang habe ich diese Angriffe mitgemacht. Sie rauben unsere Ernte ... unsere Kinder ... meine eigene Schwester wurde von den Flußabwärtsfeinden geraubt, als wir noch Kinder waren. Können wir denn gar nichts tun?«

»Greift *sie* an!« rief ein junger Mann. »Laßt sie unsere Waffen schmecken!«

»Langsam, langsam«, sagte Ton, der zum erstenmal das Wort ergriff. »Die anderen Dörfer müssen bereit sein, uns zu unterstützen, wenn wir uns für einen Gegenangriff entscheiden.«

Diese Bemerkung erinnerte an die Tatsache, daß der Feind weitaus zahlreicher und mächtiger war als der Stamm. Alle Mitglieder des Stammes mußten zusammen vorgehen, auch die anderen Dörfer, denn sie würden nur allzu schnell mit hineingezogen werden.

Jetzt erhob sich ein junger Mann, um zu reden und erhielt die Erlaubnis durch ein Nicken des Häuptlings.

»Mein Herz ist schwer, weil ich darüber sprechen muß«, sagte er, »aber vielleicht waren sie nur hinter Weißem Wolf und Feuermann her.«

Nach einem kurzen Moment schockierter Stille brach ein Tumult los. Schreie der Zustimmung und des Protestes wurden laut. Odin stellte betroffen fest, daß offensichtlich noch andere außer ihm diese Möglichkeit in Betracht gezogen hatten.

Aber zu Großer Baums Ehre behielt dieser die Versammlung unter Kontrolle. *Vielleicht,* dachte Odin, habe ich ihn *unterschätzt.* Baum breitete seine Hände aus und sprach leise, nachdem sich die Menge beruhigt hatte.

»Und was bedeutet das für jeden von uns?« fragte er. »Diese Männer sind Männer unseres Volkes. Sie sind zu uns gekommen, haben Frauen aus unserem Volk geheiratet. Sie haben uns verteidigt. Wir sind geehrt, solche heiligen Männer unter uns zu haben.«

Viele nickten zustimmend.

»Vielleicht beneiden sie uns«, sprach Baum weiter.

»Aber wenn diese Fremden nicht hier gewesen wären, hätte man uns vielleicht gar nicht angegriffen«, schrie ein zorniger Mann.

Lautes Johlen brachte ihn sofort zum Schweigen, aber Nils erhob sich.

»Meine Brüder«, begann er, »wenn wir eine Gefahr für den Stamm sind, werden Feuermann und ich gehen!«

Protestierende Rufe bewiesen, daß die meisten Zuhörer die Meinung vertraten, daß die Anwesenheit der Nordmänner mehr wog als die Gefahren, die sie mit sich brachten. Nicht zuletzt waren sie zwei erfahrene Kämpfer, die die Verteidigung am Vortag wirkungsvoll unterstützt hatten.

»Bestimmt wären wir ohne sie nicht angegriffen worden!« beharrte der zornige Mann.

»Vielleicht nicht«, sagte Großer Baum beschwichtigend. »Darüber werden wir mehr wissen, wenn unser Läufer zurückkommt. Wenn das andere Dorf verschont worden ist, dann müssen Weißer Wolf und Feuermann das Ziel des Feindes gewesen sein.«

Von draußen ertönte ein Ruf. »Der Läufer kommt!« meldete ein Mann an der Tür.

»Das ist gut!« stellte Großer Baum fest. »Darauf habe ich gehofft.«

Schwer atmend stolperte der erschöpfte Läufer herein. Die Menge wartete in völliger Stille.

»Das Dorf ...«, keuchte er, »ist *nicht* angegriffen worden.«

Die Versammelten tauschten unbehagliche Blicke. Wenn der Feind ein auf dem Weg liegendes Dorf verschont hatte, um ihres zu überfallen, waren ihre Vermutungen richtig gewesen. Das Ziel des Angriffes mußte es gewesen sein, durch den Tod der beiden letzten Nordmänner das Gesicht zu wahren. Diese Erkenntnis traf die Menge wie ein Blitz. Großer Baum hielt eine Hand hoch, und das Gemurmel erstarb.

»Was sollen wir nun tun?« fragte er.

Die wenigen, die die Nordmänner davonjagen wollten, schwiegen, aus welchen Gründen auch immer. Die Mehrzahl der Anwesenden schien jedoch gegen eine solche Lösung zu sein. Außerdem wagten es nur wenige, die Macht des Weißes Wolfes herauszufordern. Für einige Augenblicke herrschte Schweigen, bis Ton, der alternde heilige Mann, sich räusperte. Allgemeine Erleichterung wurde spürbar, daß endlich jemand die unangenehme Stille brechen würde, daß es auch noch einer der respektierten Ältesten des Stammes war, wog doppelt.

»Niemand ist bisher auf den Gedanken gekommen«, sagte Ton feierlich, »daß es vielleicht unser Bruder Wandelnder

Vogel, jetzt Odin genannt, ist, hinter dem die Feinde her sind.«

Daraufhin waren ein oder zwei überraschte Ausrufe zu vernehmen, gefolgt von einem Gemurmel, das sich sofort legte, als Ton weitersprach.

»Laßt euch das durch den Kopf gehen, meine Freunde. Dieser Mann unseres Volkes hat sich den Feinden viele Jahre lang widersetzt. Sie haben ihn gefangengenommen, ihn gefoltert und ihm ein Auge genommen. Seine Flucht hat sie dumm aussehen lassen. Und dann hat er das Gleiche mit Hilfe der Macht von Weißem Wolf und Feuermann noch einmal getan!«

Nun kicherten einige, aber in ihrem Lachen schwang auch ein gewisser Stolz über diese Leistung mit. Odin staunte über die Fähigkeit des alten Mannes, mit Menschen umzugehen. Indem er die Feinde lächerlich machte, erreichte er, daß die Menschen einen Teil ihrer Unsicherheit, Angst und Bedrohung überwanden, und das auf eine ernste, ja beinahe feierliche Art.

»Wahrscheinlich macht es keinen Unterschied«, fuhr Ton fort. »Sie wollen an uns, an diesem Dorf des Stammes Vergeltung üben. Ob nun an unserem Bruder Odin oder an unseren neuen Brüdern, das spielt keine große Rolle. Sie werden wiederkommen, und sie werden noch zorniger sein, weil sie beschämt wurden.«

Ton setzte sich wieder, als sei damit das Thema erledigt.

»Und was schlägst du nun vor, Onkel?« fragte jemand.

Ton zuckte mit den Achseln. »Das müssen wir in diesem Rat abstimmen, ich weiß es nicht. Aber wir müssen uns einig werden, was wir tun wollen ... Uns auf eine Verteidigung vorbereiten oder uns darauf vorbereiten, diesen Ort zu verlassen.«

Odin lächelte unmerklich. Er fragte sich, ob Ton und Großer Baum bereits miteinander gesprochen und längst einen Entschluß gefaßt hatten. Es war durchaus möglich, daß Ton hier nur Stichworte gab, um die Gedanken der Menschen in eine bestimmte Richtung zu lenken. Odin selbst hatte bereits eine Entscheidung getroffen, eine, die die Welt seines Stammes bis in die Festen erschüttern würde, jedoch von keinem derjenigen, die das Problem verursacht hatten, vorgeschlagen werden durfte. Und das schloß ihn und die Neuankömmlinge aus, ebenso ihre Familien und Freunde. Vielleicht sogar die Geschichtenerzähler, obwohl es nicht so aussah, als hätte Singender Elch überhaupt irgendwelche Vorschläge. Die Berufung des Geschichtenerzählers war es, nachzuerzählen und zu informieren, nicht Neuerungen anzuregen.

Odin wartete auf den nächsten Sprecher, und schließlich stand ein Mann zögernd auf.

»Hatten unsere Leute früher zur Verteidigung nicht Wälle aus Baumstämmen um ihre Dörfer?«

Es gab Gemurmel und zustimmendes Nicken.

»Wir können doch auch welche errichten«, schlug er vor.

Die Menge reagierte mit einer Mischung aus Zustimmung und Spottrufen.

»Ja«, sagte Großer Baum, »das wird eine harte Arbeit werden.«

»Aber wir müssen uns verteidigen«, beharrte jemand.

»Natürlich, aber es gibt ohnehin schon viel Arbeit in diesem Frühjahr«, entgegnete ein anderer. »Zwei der Häuser sind zu alt und müssen neu gebaut werden. Ein anderes ist gestern abgebrannt. Können wir überhaupt genügend Bäume schlagen, bevor der Feind zurückkommt?«

Odin bemerkte ein rasches Aufblitzen von Zufriedenheit auf dem Gesicht von Großem Baum. Nun war er sich sicher. Auch Baum hatte nur Stichworte geliefert und lenkte behutsam auf die Entscheidung zu, die Odin als die einzig logische betrachtete. War sie, wie er vermutete, vorher abgesprochen, dann nahm alles seinen geordneten Lauf.

»Das ist wahr«, stimmte Großer Baum zu. »Und was können wir jetzt tun? Irgend woanders hinziehen?«

»Es ist einfacher, neue Häuser zu bauen, als alte zu reparieren«, bemerkte jemand. »Aber wo?«

Sofort begannen die Zuhörer eine lebhafte Diskussion, gaben Kommentare ab und stellten Fragen.

»Hier!«

»Nein, an einem Platz, der sicherer ist.«

»Ach! Wo sollte der sein?«

Ja, dachte Odin, *ich habe recht, das Ganze ist geplant, und zwar sehr gekonnt.* Wenn es zur Abstimmung kam, würde jeder denken, die Idee sei seine eigene gewesen. Großer Baum war auf jeden Fall ein fähigerer Führer, als Odin bisher gedacht hatte. Oder vielleicht begriff er, Odin, jetzt mehr als früher.

Wie auch immer ... heute oder morgen würde der Stamm sich dafür entscheiden, das Dorf zu verlegen, und das war sicherlich gut, obwohl er sich unbehaglich fühlte, wenn er an die Reaktion der Nordmänner dachte, die adoptierten Brüder des Stammes, denn jeder Umzug würde sie noch weiter von ihrem Ziel, der Rückkehr zu ihren eigenen Leuten, entfernen.

Aber auch das war gut, zumindest wenn er verhindern konnte, daß es sie allzu sehr bedrückte.

45

Es war wie ein Schock, als Nils begriff, was vor sich ging. Zur Debatte stand die Umsiedlung des Stammes, die, so meinte er der Diskussion zu entnehmen, grundsätzlich für eine gute Idee gehalten wurde.

Manchmal hatte er Schwierigkeiten, den etwas komplizierten Argumenten zu folgen, doch schließlich war ihm eindeutig klar, in welche Richtung sich die öffentliche Meinung bewegte. Es ging nicht darum, hier in der Umgebung ein neues Dorf zu errichten, sondern in eine völlig andere Gegend zu ziehen. Er brauchte nicht lange, um zu begreifen, daß sich der Stamm auf keinen Fall *näher* beim Feind niederlassen würde. Jeder Umzug würde sie weiter von dieser Gefahr und somit natürlich auch von der Kolonie in Straumfjord und einer möglichen Heimkehr entfernen.

Ihm selbst hatte schon die Notwendigkeit, aufgrund von Taubes Schwangerschaft noch eine Zeitlang bei dem Stamm bleiben zu müssen, einiges abverlangt. Schließlich hatte er sich damit abgefunden und selbst eingeredet, daß es sich nur um einen Aufschub handele. Aber eine Wanderung, wie man sie im Moment erörterte, bedeutete etwas völlig anderes. Sie stellte eine Bedrohung dar; nicht nur eine Verschiebumg seiner Pläne, sondern ein ernstes Hindernis, das für lange Zeit bestehen würde. Seine größte Sorge drehte sich um die Frage: *Wo* sollte sich ein solcher neuer Siedlungsort befinden?

Anscheinend wußte dies niemand. Man hegte keinen prinzipiellen Widerwillen, über eine Dorfverlegung zu sprechen, doch schien man eine Entscheidung von solcher Tragweite als nicht sonderlich dringlich zu betrachten. Das war Teil ihrer Lebensweise.

»Es ist noch nicht die Zeit dafür, an so etwas zu denken«, hatte Odin ihm gesagt.

Gleichwohl war die ganze Situation für Nils frustrierender als für Svenson. Sein Landsmann hatte sich aufgrund der langen Tage und Wochen, die er in seinem Leben auf See verbracht hatte, leichter anpassen können, entschied Nils. Anscheinend empfand Svenson nicht mehr Ungeduld als Rotes Reh oder Odin oder irgendeiner der anderen.

Nils seufzte tief und spielte mit dem Messer in seiner Hand. Es war eine gute Waffe, ein nordisches Gürtelmesser, das einer der Angreifer benutzt hatte. Der erste, der mit Nils Schwert Bekanntschaft gemacht hatte ... Es war schwer, gut ausbalanciert, aus hervorragendem Stahl geschmiedet und immer noch scharf. Sein Heft ließ sich gut umfassen, und seine Schneide war so lang wie die Spanne einer Hand. Er freute sich über das Messer; seines hatte er bei ihrer katastrophalen Niederlage im letzten Jahr eingebüßt.

Er dachte an den Nordmann, dem es gehört hatte. Den ganzen Weg von Stadt hatte dieser Mann es bei sich getragen, nur um das Messer und sein Leben auf einem unbekannten Fluß in einem gewalttätigen Land zu verlieren. Hatte das Leben dieses namenlosen Seemannes irgendeinen Sinn gehabt? Hatte seines einen? Das Messer wurde für ihn eine Art Rückversicherung, ein Band an sein so fernes Zuhause.

Der Rat war am Vorabend auseinandergegangen, ohne eine Entscheidung getroffen zu haben. Jetzt trafen Abgesandte anderer Dörfer ein, um an der Diskussion teilzunehmen. Man konnte immer noch mit den anderen Stammesleuten zusammen das Kriegsbeil ausgraben. Obwohl man diese Möglichkeit nicht direkt verworfen hatte, hielt Nils sie für unwahrscheinlich. Die Tatsache, daß die Abgesandten der anderen Dörfer, die vom Überfall nicht betroffen waren, bestimmt kein Interesse an einem gemeinsamen Feldzug hatten, machte eine Entscheidung zugunsten einer Verlegung des Dorfes um so aussichtsreicher.

Nils' Beunruhigung verstärkte sich noch, als ihm die Tragweite der Teilnahme von fremden Abgesandten langsam bewußt wurde. Man dachte offenbar nicht an ein kurzfristiges Ausweichen, sondern an eine regelrechte Umsiedlung. Er suchte noch Odin auf, fand seinen Freund jedoch eher einsilbig vor.

»Wer weiß?« Odin hob die Schultern.

»Aber Odin, die Menschen der anderen Dörfer ... Werden sie auch fortziehen?«

»Vielleicht.«

»Werden sie ihre Dörfer verlassen?«

»Das liegt an ihnen.«

»Odin, du denkst, daß sich der Stamm für eine Umsiedlung entscheiden wird, nicht wahr?«

»Vielleicht wird das so sein.« Die Antwort war vorsichtig.

»Hm ...« Nils lenkte das Gespräch in eine andere Richtung. »Wie weit wohl?«

»Wie weit was?«

»Die *Umsiedlung*«, antwortete Nils bissig. »Wie weit werden wir wegziehen?«

Auf Odins Gesicht zeichnete sich Überraschung ab.

»Oh. Das weiß ich nicht.«

»Und die anderen Dörfer? Können wir uns einem von ihnen anschließen?«

»Vielleicht.« Odin blieb zurückhaltend. »Thorsson, das ist der Grund, warum sie zu dem Rat kommen. Ich weiß es nicht.«

Nils hatte jedoch den starken Verdacht, daß Odin sehr viel mehr wußte, als er zugeben wollte. Vielleicht konnte er von Svenson mehr erfahren, aber dieser war nicht auffindbar. Feuermann war mit Rotem Reh irgendwo unterwegs, um mit einigen der Menschen, die von den anderen Dörfern ankamen, zu sprechen.

Es wurde Abend, bevor alle, die man erwartet hatte, eingetroffen waren. Die Neuankömmlinge zeigten ihre Verwunderung über die Nordmänner ganz offen, und Nils überlegte, was man ihnen berichtet haben mochte. Einige wenige waren schon einmal zu Besuch hier gewesen und hatten die fremden Krieger, die sich zu Großer Baums Gruppe gesellt hatten, sicherlich beschrieben.

»Und sie können sehen, obwohl ihre Augen blau sind?« hörte er eine Frau ihren Gefährten fragen.

»Ja, scheint so.«

»Und sie haben Haare wie die alten Menschen?«

»Dieser hier, ja, aber du hast das Haar von dem anderen noch nicht gesehen. Es ist wie eine Flamme. Er wird Feuermann gerufen.«

»Wegen der Farbe?«

»Vielleicht auch. Aber mir wurde auch berichtet, daß er aus seinen Fingern Flammen schießen lassen kann.«

»*Aiee!* Sie müssen sehr viel Macht besitzen.«

»Es sieht so aus.«

Die beiden gingen weiter, und Nils entspannte sich. Das war eine seltsame Erfahrung für ihn. Die beiden Menschen aus einem der anderen Dörfer hatten sich über ihn unterhalten, als sei er gar nicht vorhanden. Er empfand es sehr unangenehm, sie zu verstehen, aber vorzugeben, als könne er es nicht. Er war sich nicht einmal sicher, warum er das getan hatte. Aus Verlegenheit über diese Fremden vielleicht. Bevor er es begriffen hatte, war es schon geschehen, und was hätte er machen sollen? Ihnen sagen, *ich verstehe, was ihr über mich erzählt*? Es nicht zu tun, war leichter gewesen.

Einige Bemerkungen dieses Tages über die haarigen Gesichter der Nordmänner amüsierten ihn jedoch. Anscheinend besaßen die Eingeborenen nur wenig Körperbehaarung. Anfangs waren die Nordmänner der Meinung gewesen, sie hätte überhaupt keine. Allmählich stellten sie fest, daß den Skraelingen doch ein spärlicher Bart wuchs, der allerdings regelmäßig ausgezupft wurde, so wie man eine Gans rupft. Er und Svenson hatten sich einmal darüber unterhalten. Nils hatte ernstlich in Erwägung gezogen, sich derselben Prozedur zu unterziehen und sich probeweise ein einzelnes Haar auf einer seiner Wangen ausgerissen. Sven, dessen Bartwuchs wesentlich stärker war, hatte sich geweigert, seinem Beispiel zu folgen.

»Und abgesehen davon, bin ich nicht der Feuermann?« hatte Sven gescherzt und war durch seinen imposanten Bart gefahren.

Schließlich waren beide zu dem Schluß gekommen, daß es wesentlich einfacher sei, der Natur ihren Lauf zu lassen. Außerdem hatten sich die Menschen im Dorf an ihre vollen Bärte gewöhnt.

Die Spannung und die Aufregung nahmen zu, als der Beginn der Versammlung näher rückte. War die letzte schon recht gut besucht gewesen, drängten sich jetzt doppelt so viele Menschen in das Gemeinschaftshaus. Einige der Kinder mußten vom Rat ausgeschlossen werden – nicht, weil sie Kinder waren, sondern aus Raumnot. Wenigstens die Abgesandten der anderen Dörfer brauchten einen Platz zum Sitzen.

Odin stellte fest, daß es in jeder Hinsicht ein seltsamer Rat war. In seinem ganzen Leben hatte es noch keinen vergleichbaren gegeben, einen, bei dem die Spannung größer war – angesichts der gewaltigen Entscheidungen, die es zu treffen galt. *Vielleicht*, dachte er, *vielleicht ist es nur deswegen, weil ich jetzt seine Bedeutung sehe*. Aber nein, das war es nicht. Noch niemals zuvor *hatte* eine derart wichtige Entscheidung getroffen werden müssen.

Die Menge verstummte, die Pfeife wurde herumgereicht, und die Diskussion begann. Die Häuptlinge von außerhalb hielten jeweils eine kurze Rede und versprachen Einigkeit. Es schien, als wolle sich niemand dem wichtigen Thema nähern, das, wie sie alle nun wußten, die zur Frage stehende Entscheidung war. Schließlich kam einer der Besucher darauf zu sprechen.

»Wir haben gehört«, sagte Schwarzes Eichhörnchen, »daß ihr daran denkt umzuziehen.«

In der folgenden Stille hätte man eine Flaumfeder zu Boden fallen gehört. Großer Baum wartete einen Moment mit seiner Antwort.

»Das ist wahr«, bestätigte er schließlich. »Wir sind der Meinung, daß die Flußabwärtsfeinde wiederkommen werden, und wir müssen ohnehin drei Häuser neu bauen. So stellt sich die Frage, *wo* sie erbaut werden sollen.«

»Ihr seid bei uns herzlich willkommen«, sagte Gefleckter

Falke, der Häuptling eines anderen Dorfes. »Aber ich sehe, daß ihr vielleicht zu viele seid. Wir müßten dann alle sehr weit wandern, um noch Beute für die Jagd zu finden.«

Es gab zustimmendes Nicken. Wenn eine Gruppe zu groß wurde, benötigte sie mehr Nahrung, als in einem angemessenen Gebiet erjagt oder geerntet werden konnte. Die Jäger mußten zu weit ausschwärmen und gerieten dadurch zusätzlich in Gefahr.

»Daran haben wir auch gedacht«, räumte Großer Baum ein. »Aber die drei Clans des Stammes sollten sich nicht trennen.«

»Das ist auch richtig«, bekräftigte Schwarzes Eichhörnchen. »Aber laßt uns aussprechen, woran wir alle denken. Wenn ihr fortzieht, Großer Baum, dann sollten wir alle euch folgen.«

»Nein, nein!« beharrte Großer Baum. »Ich bitte nicht deinen Clan, *mir* zu folgen. Aber es ist richtig, daß sich der Stamm nicht trennen sollte. Wir müssen zusammenbleiben, denn allein sind wir schwach. Wie auch immer die Entscheidung lauten wird, wir müssen zusammenbleiben, nah, aber nicht zu nah zusammen.«

»Was heißt das, Onkel?« fragte ein junger Mann, indem er die traditionelle, respektvolle Anrede für einen älteren Mann benutzte.

»Es ist so«, erklärte Großer Baum, »daß wir nicht einfach losziehen können. Wenn die Pflanzzeit für den Mais kommt, müssen wir *an einem Ort* sein, wo man auch Mais pflanzen kann. Dann müssen wir bis nach der Ernte dort bleiben und schließlich entscheiden, wo wir überwintern. Wir müssen die Zeit haben, um überhaupt Häuser für den Winter zu *bauen*.«

Odin beobachtete den Häuptling genau. *Darüber hat er schon lange Zeit nachgedacht*, ging es ihm durch den Kopf. *Vielleicht schon vor dem Angriff.*

Das brachte Odin auf eine völlig neue Idee. Er hatte die Vorteile einer Umsiedlung längst erkannt. Die Leute seines Stammes waren größtenteils friedlich und nicht gewalttätig. Und ihr Auskommen hing weitgehend von den Früchten und Gemüsen, von den Feldfrüchten ab, aber sie wurden zu oft von den Flußabwärtsfeinden überfallen.

Er hatte vieles gesehen und vieles gelernt während der langen Jahre seiner Abwesenheit. Ihm war klar geworden, daß sein Volk noch von anderen kriegslustigen Stämmen umgeben war. Der letzte Überfall war nur eine Bestätigung für seine Theorie, und die Ankunft der Nordmänner nur ein weiterer Faktor. Er konnte von Glück sagen, daß man ihn in Straumfjord nicht getötet oder vertrieben hatte, um dann von seinen Verfolgern getötet zu werden.

Aber sie hatten ihn aufgenommen. Aus Mitleid vielleicht, wahrscheinlich jedoch eher aus Neugier. Er hatte den Siedlern Gelegenheit geboten, einen der Skraelinge, wie sie sie nannten, aus nächster Nähe zu beobachten. Sie hatten ihn für einen Wilden gehalten, für weniger menschlich als sie selbst, und er hatte überlebt, indem er versucht hatte, ihren *Vorstellungen* zu genügen. Er hatte immer daran geglaubt, daß sich ihm irgendwann die Chance bieten würde, nach Hause zurückzukehren. Die Expedition der Nordmänner den großen Fluß hinauf war seine Chance gewesen.

Odin hatte sich oft gefragt, was wohl geschehen wäre, wenn das Zusammentreffen mit den beiden Nordmännern nicht stattgefunden hätte. Und er war bereits vor langer Zeit zu dem Schluß gekommen, daß es gut für den Stamm sei, sich weiter im Westen anzusiedeln, weit entfernt von jedem Wasser. Jahr für Jahr wuchs die Macht der Feinde, wurde der Druck auf den Stamm stärker. Und jetzt waren noch die Fremden mit den lichthellen Haaren in ihren großen Kanus dazugekommen. Ihre Expedition war zwar gescheitert, aber es würden weitere nachfolgen. Vielleicht kam es sogar zu einem großen Krieg zwischen den Fremden und den Flußabwärtsfeinden. Und wenn die Hirschbullen kämpfen, wird alles unter ihren Hufen zertrampelt.

Er mochte die beiden Fremden, Weißen Wolf und Feuermann. Ihre Verbindung war für alle von Nutzen gewesen, sogar lebensrettend. Nun gehörten sie zur Familie, waren Verwandte, und das war gut so.

Dennoch hatte er Bedenken, ob er irgendeinem anderen Nordmann trauen konnte. Manche waren gute Menschen und manche natürlich schlecht, genau wie bei jedem Volk. Seine Zweifel rührten von der Erinnerung an ihren Anführer her, an denjenigen, der sie alle in die Katastrophe geführt hatte, denjenigen, der ein bißchen wahnsinnig gewesen war. Landsverk ... Hatten sie ihn nicht so genannt? Was wäre, wenn noch mehr kämen wie er?

Nein, für sein Volk wäre es wesentlich besser, die Region, in der zwei gewalttätige Völker auf einen Krieg zusteuerten, zu meiden. Also mußten sie fortgehen. Aber wohin? Auch darüber hatte er lange nachgedacht. Zwei Himmelsrichtungen schieden aus, weil das Gelände oder die Gewässer eine Neuansiedlung nicht zuließen. In der dritten lag das Gebiet der Feinde. Es gab nur eine mögliche Richtung – nach Westen.

Während seiner Gefangenschaft bei den Flußabwärtsleuten, hatte Odin sich einmal mit einem reisenden Händler unterhalten. Der Mann brachte roten Stein zur Herstellung von Medizinpfeifen sowie Messer und Pfeilspitzen aus Feuerstein aus weit entfernten Gegenden mit. Steine von unbekannter Farbe, rosafarbene, schwarze, weiße ... Der Wanderer hatte von einem Weg nach Westen gesprochen, einem uralten Pfad, der seit unzähligen Zeitaltern benutzt werde. Im Westen gebe es genug Wild, hatte der Händler versichert, offenes Land und nur wenige Menschen.

Das entfernte die Nordmänner natürlich noch weiter von zu Hause. Vielleicht sollte er Ihnen einreden, daß es nur um eine vorübergehende Umsiedlung ging.

Die Worte des Häuptlings rissen ihn in die Gegenwart zurück.

»Man hat mir gesagt«, erklärte Großer Baum vorsichtig, »daß im Westen weniger Menschen leben und es dort viel Wild gibt. Ein alter Pfad führt dort hin. Ich denke, daß unser Volk nach Westen gehen sollte.«

Aiee! dachte Odin. *Ob er mit demselben Wanderer gesprochen hatte?*

»Was ist mit der Ernte?« rief jemand.

»Wir werden uns niederlassen, wenn wir mit der Aussaat beginnen können«, erwiderte Baum ohne Zögern. »Und an jenem Ort warten, bis wir ernten können.«

»Und bleiben wir dann dort, um da zu leben?« erklang eine herausfordernde Stimme.

»Vielleicht ... vielleicht, wenn es dort gut ist. Vielleicht ziehen wir aber auch weiter. Das werden wir dann zur rechten Zeit entscheiden.«

Ich habe die Führungsqualitäten dieses Mannes ganz offensichtlich unterschätzt, sagte sich Odin zum wiederholten Mal. *Ich könnte ihm helfen.*

Im Moment hatte er erst einmal ein anderes Problem zu lösen. Er mußte Weißen Wolf und Feuermann von der Klugheit einer solchen Entscheidung überzeugen, und das würde, seiner Einschätzung nach, nicht gerade einfach sein.

46

Es gab nur wenig Gegenstimmen. Die Häuptlinge der anderen Dörfer des Stammes schienen sich der Drohung, die wie eine dunkle Wolke über ihnen und ihrem herkömmlichen Leben hing, ebenso bewußt zu sein. Auch in ihren Dörfern mußten Häuser erneuert werden. Sie sahen sich denselben Problemen, denselben Gefahren gegenüber wie das Dorf von Großer Baum.

Es fand zwar eine Diskussion statt, aber diese drehte sich nur um die Vorbereitungen und den Ablauf und nicht um die grundsätzliche Frage einer Umsiedlung. Ohne weiteren Verzug begann man mit den Vorbereitungen. Es dürfte ein paar Tage dauern, bis die wichtigsten Habseligkeiten zusammengepackt waren. Vieles müßten sie zurücklassen. Einige alte Frauen protestierten und jammerten über die Unruhe, die nun in ihr bislang von Regelmäßigkeit bestimmtes Leben trat. Noch während sie gräßliches Unheil voraussagten, begannen sie mit der Arbeit. Langsam wuchs das Gefühl von Aufregung und Abenteuer. Sie würden neue Gegenden, neue Landschaften sehen, neue Gerüche riechen und neue Geräusche kennenlernen. Als käme ein wandernder Händler zu Besuch, nur noch viel besser. Und ein jeder, von der uralten Großmutter bis hin zum kleinsten Säugling, würde an diesem großen Abenteuer teilhaben. Sie würden es *erleben,* und nicht nur von einem Wanderer davon hören.

Odin wartete ab, und alles entwickelte sich so, wie er erwartet hatte. Weißer Wolf kam zu ihm, die Augenbrauen besorgt zusammengezogen.

»Odin, berichte mir, was hier vorgeht«, begann der Nordmann. »Wir haben nicht alles verstanden, was auf dem Rat gesagt worden ist. Es ist eine Wanderung geplant. Ist das so Sitte bei euch?«

»Manchmal ja«, erwiderte Odin unbestimmt. »Nicht jedes Jahr, aber einige der Häuser müssen neu gebaut werden, und der Feind ...«

»Wir verlassen das Dorf wegen des Angriffs?« unterbrach ihn Nils.

»Nein ... nun, vielleicht teilweise. Der Feind ist stärker geworden. Es ist doch gut, Schwierigkeiten aus dem Weg zu gehen, oder?«

»Aber wohin wollen wir denn ziehen?«

»In diese Richtung«, sagte Odin und wies mit der Hand ungefähr in südwestlicher Richtung. »Es gibt dort mehr Platz ...« Er beobachtete Nils sorgfältig, dessen vorhersehbare Reaktion nicht lange auf sich warten ließ.

»Aber das ist ja noch weiter weg von *unserem* Volk, von Straumfjord!«

Odin gab Überraschung vor. »Oh! Warum? Ja doch, so ist es tatsächlich, Thorsson. Aber in welche Richtung sollten wir sonst gehen? Hier versperrt uns das Wasser den Weg, dort die Feinde ... Es ist der einzige freie Weg ... Sieh doch mal, Bruder. Der Stamm kann nicht allzu weit fortziehen. Wir müssen doch den Mais pflanzen, nicht?« Nils dachte einen Moment lang darüber nach, und Odin freute sich, in seinen Augen Verständnis aufflackern zu sehen. Nils mußte endlich erkannt haben, daß er hier vor einer unabänderlichen Tatsache stand. Der Mais, auf den der Stamm für seinen Lebensunterhalt angewiesen war, mußte in jedem Jahr neu gepflanzt werden, und zwar von Menschenhand, denn es gab keinen wilden Mais, den man sammeln konnte.

»Wann muß der Mais denn gepflanzt werden?« fragte Nils. Odin bemühte sich sehr, gleichgültig zu erscheinen, um seine Freude zu verbergen. Diese Frage zeigte ihm, daß Nils begonnen hatte, das Ganze zu akzeptieren.

»Wenn die rechte Zeit dafür gekommen ist«, erklärte er.

Innerlich bereitete er sich auf Nils' Unmut vor. Diese Fremden mit den lichthellen Haaren konnten manchmal einfach nicht begreifen, daß es nicht möglich war, langfristige Zukunftspläne zu schmieden. Er hatte diese Eigenschaft bei ihnen schon bemerkt, als sie nach dem Kampf noch auf der Flucht gewesen waren. Nun, sie lernten rasch, obwohl sie nach wie vor ungeduldig waren, und dieser hier übertraf Feuermann bei weitem.

»Woran erkennst du, wann die rechte Zeit dafür gekommen ist?« fragte Nils verärgert.

Odin zuckte mit den Achseln.

»An vielen Dingen; wie warm, wie naß die Erde ist ... Sie werden es entscheiden.«

»Sie? Wer sind sie?«

»Die Frauen, die Großmütter.«

Odin bemerkte erleichtert den resignierten Gesichtsausdruck des Nordmannes, den er mittlerweile kannte. Er besagte: *Ich verstehe es nicht, aber es ist etwas, das ich billigen muß.* Odin freute sich, diesen Ausdruck jetzt zu sehen, denn er zeigte, daß Weißer Wolf auf dem Weg war, die *Lebenseinstellung* des Stammes zu akzeptieren.

Nils nickte, und Odin fühlte, daß er jetzt einige weitere Informationen loswerden konnte.

»Es gibt einen Pfad«, erklärte er, »den Reisende und Händler benutzen. Dem werden wir folgen. Unsere Späher werden ein, zwei Tage vorausgehen. Sie werden nach einem Platz Ausschau halten, an dem wir pflanzen können.«

Der Nordmann nickte erneut, schien jedoch noch zu zweifeln.

»Und was ist nach der Ernte? Wir bauen und überwintern dort?«

Odin versuchte seine Freude darüber zu verbergen, daß Nils das Wort *wir* benutzt hatte. Das zeigte ihm, daß er fast völlig überzeugt war.

»Vielleicht ... Das werden wir dann entscheiden.«

»Ob wir dort bleiben oder zurückkehren?«

»Hm ... ja, vielleicht.« Er wollte lieber noch nicht erwähnen, daß es tatsächlich zu entscheiden galt, ob man dort überwinterte oder vor den Vorbereitungen für den Winter noch weiter nach Westen zog. Die neuen Krieger hatten sich dem Alltag der Menschen gut angepaßt, und Odin wünschte sich, daß das so blieb. Eine kleine Täuschung kann nicht so schlimm sein, dachte er, zumindest bis die Familienbande sich gefestigt hatten.

Später würde er sie langsam mit dem Gedanken vertraut machen, daß der Stamm nicht wirklich vorhatte, jemals zurückzukehren.

»Wo ist dieser Pfad, Odin?« fragte Nils.

Inzwischen war eine Woche vergangen und der Stamm bereit zum Aufbruch.

Es hieß, daß sie die Bewohner der anderen Dörfer des Stammes ›auf dem Weg‹ treffen würden.

»Gleich dort drüben«, antwortete Odin überrascht. Er wies auf den Pfad, der in Richtung Westen aus dem Dorf führte. Es gab noch einen weiteren nach Südosten und einen nach Norden.

»Aber das sind doch nur die Wege, die wir für die Jagd nutzen, Pfade entlang des Flusses.«

»Natürlich, was hast du denn geglaubt?« Nils hatte an eine Art Landstraße gedacht, während die Menschen hier von einem sehr bekannten und bedeutenden Verbindungsweg sprachen: die Südweststraße.

»In meinem Heimatland«, begann Nils, »gibt es Wege, auf denen sehr viele Menschen reisen.«

»Ja, so ist es auch mit diesem.«

»Nein, Odin, ich meine, daß sie von Pferden, Karren und Fuhrwerken benutzt werden.« *Wagen* hatte er eigentlich sagen wollen, aber solche Dinge konnte er in der Skraeling-Sprache nicht ausdrücken. In diesem Moment war ihm gar nicht bewußt, daß der Stamm Pferde oder Karren gar nicht kannten. Nun, Odin hatte vielleicht in Straumfjord Wagen gesehen. Dort gab es auch Kühe und Ochsen – aber Pferde? Nils wußte es nicht. Sein kurzer Aufenthalt in der Kolonie schien ein ganzes Leben zurückzuliegen.

»Odin«, sagte er. »Kannst du dich an die Tiere erinnern, die in Straumfjord die Fuhrwerke gezogen haben?« Er wechselte nun in die nordische Sprache, da Odin die Worte möglicherweise gelernt hatte, selbst wenn sie in der Sprache des Stammes nicht existierten.

»Ja, genau solche wie die, aus denen sie die Milch herauspressen!«

»Nun, ja.« Es war kaum nötig, die Unterschiede zwischen einer Milchkuh und einem Ochsen genauer zu erklären. »Kannst du dich auch noch an ein anderes Tier erinnern, auf dem man saß und sich von Ort zu Ort bewegte?«

Odin schwieg einen Moment. »Vielleicht, ich denke, deine Leute hatten eines. Aber kurz nachdem ich dort ankam, starb es.«

»Ich verstehe.« Es war durchaus möglich, daß es in der Kolonie ein oder zwei Pferde gegeben hatte, diese aber für nutzlos erachtet und geschlachtet worden waren. Verglichen mit der Notwendigkeit, Essen und Unterkunft zu beschaffen, war es tatsächlich nicht so wichtig, ein Transportmittel zu besitzen.

Langsam begann er zu begreifen. Ohne größere Haustiere oder Fahrzeuge mit Rädern, mußte man sich zu Fuß oder per Boot fortbewegen. Eine breite Straße war daher nicht nur unnötig, sondern nahezu zwecklos. Ihm kam ein neuer Gedanke.

»Der Pfad führt entlang des Flusses?«

»Ja, so finden wir ihn immer wieder, nicht? Folgen nicht alle Pfade den Flüssen?«

Ja, die Straßen seines Heimatlandes folgten auch den landschaftlichen Gegebenheiten. Als er nun darüber nachdachte, fiel ihm auf, daß normalerweise die Flüsse das auffallendste Merkmal der Landschaft waren.

»Ja«, gab er zu. »Das ist wahr.«

Allerdings war ihm immer noch unklar, wie die verschiedenen Reisegruppen sich zusammenfinden sollten. Als er Odin danach fragte, kniete dieser sich nieder, strich mit seiner Hand etwas Erde flach und begann, mit einem Stock ein paar Linien in den Boden zu kratzen. Nils erkannte, daß es sich um eine grobe Karte handelte. »Wir sind hier.« Odin wies auf die Spitze einer der Linien. »Dies ist unser Teil des Weges. Er trifft sich mit denen der anderen Dörfer hier und hier. Sie gleichen Bächen, die an verschiedenen Orten entspringen und schließlich zusammenfließen. Im Laufe des Südwestweges kommen noch viele hinzu, wie Bäche, die in einen Fluß münden.«

Nils nickte. Bislang hatte er immer geglaubt, daß eine Straße von einem Punkt zum anderen führe. Hier offenbarte sich ihm jedoch eine völlig neue Denkweise. Eine Straße, die an mehreren Orten begann und sich verbreiterte, wenn die einzelnen Pfade zusammenliefen.

Verhielt es sich mit dem anderen Ende des Weges genauso? Vielleicht war er wie ein Baum mit Wurzeln, der seinen Stamm bildete und sich später wieder in viele einzelne Zweige auffächerte. Nein, da gab es einen Unterschied. Der Verkehr auf der Straße floß in beide Richtungen. Es gab nicht nur ein Auf oder nur ein Ab, vielleicht abgesehen von einigen kleinen Regionen. Er richtete seine Aufmerksamkeit wieder auf Odin.

»Die Späher sind bereits aufgebrochen«, sagte der Skraeling. »Einige sind uns zwei Tage voraus. Sie werden einen Platz finden, an dem wir die Nacht verbringen können und uns sagen, wo die anderen sind … die anderen Dörfer.«

Allmählich begann das Ganze für Nils ein wenig Sinn zu machen. Für die lockere, gelassene Lebensart des Stammes war dies ein gewaltiges Stück Planung.

Ein weiterer Gedanke kam ihm. Wenn sie schon dem Lauf des Flusses folgten – wieso nicht mit Booten? Er richtete seine Frage an Odin.

»Dafür sind wir zu viele«, erklärte Odin schlicht. »Es gibt einfach nicht genug Boote, um uns alle aufzunehmen. Die Flußabwärtsfeinde benutzen öfter welche als wir, Thorsson. Sie leben näher am Meer.«

Ja, das konnte er verstehen. Beim Angriff auf die Langschiffe hatte er gesehen, wie geschickt die Skraelinge damit umgingen. In dieser Hinsicht konnte der Stamm nicht mithalten. Diese Erkenntnis ließ ihn nostalgisch werden. Von seiner Herkunft her hätte er besser zu diesen Wassermenschen gepaßt. Aber er bedauerte nichts.

»Odin, was ist mit anderen Menschen, die wir treffen werden?«

»Was soll mit ihnen sein?«

»Sind es Feinde?«

»Das wissen wir noch nicht. Vielleicht. Vielleicht sind sie auch Freunde.«

»Aber ...«

»Sieh mal, Thorsson. Wir haben viele Krieger, unsere und die der anderen Dörfer. Wer würde eine solch große Gruppe angreifen?«

Dieser Logik hätte einiges entgegengesetzt werden können, aber ...

»Sprichst du die Sprachen dieser Fremden?«

»Einige«, sagte Odin, »von denen, die nahe wohnen. Wir werden Zeichen benutzen.«

»Zeichen?« Nils war verwirrt.

Odin zuckte die Achseln.

»Man kann nicht alle Sprachen beherrschen. Und so benutzt jeder Zeichen. Ist das da, wo du herkommst, nicht so? Mit den Händen?«

Langsam begriff Nils. Es war ihm schon aufgefallen, daß einige ihre Gespräche mit vielen Gesten begleiteten, und er erinnerte sich auch, dies während ihrer Gefangenschaft bei den Flußabwärtsfeinden beobachtet zu haben. »Erzähl mir mehr davon, Odin.«

»Da gibt es nichts zu erzählen. Essen, trinken, sprechen ...« Jedes dieser Worte begleitete Odin mit einer Geste. »Das ist alles!«

»Aber es gibt vieles, was nicht so einfach ist, Odin. Dieser Vogel dort drüben! Wie sagst du ›Vogel‹?«

Ohne ein weiteres Wort zu verlieren, hob Odin beide Hände, legte die Daumen aneinander und spreizte die Finger wie ... wie *Flügel. Vogel!*

Ein ferner Ruf beendete ihre Unterhaltung, und die Menschen begannen, ihre Lasten aufzunehmen.

Nun, dachte Nils, *wir müssen das Gespräch später unbedingt weiterführen.* So etwas Nützliches! Wie hatte er das übersehen können? Er tröstete sich selbst mit der Tatsache, daß es bislang keinen Grund gegeben hatte, die Zeichensprache zu benutzen, denn die ganzen langen Wintermonate hatten sie abgeschnitten von der Außenwelt verbracht.

Aber ich werde sie lernen, schwor er sich.

47

Als der Stamm nach Südwesten aufbrach, galt die größte Sorge der Gefahr eines Angriffs. Hoffentlich konnten die Späher, die dem Zug weit voraus waren, die für einen Hinterhalt geeigneten Stellen erkennen und die Wandernden warnen. Selbst in einer anscheinend sicheren Gegend war es wichtig, die Gruppe zusammenzuhalten.

Ein solcher Wanderzug bewegt sich im allgemeinen immer nur so schnell wie sein langsamstes Glied. Die Krieger liefen immer wieder den ganzen Zug entlang, halfen den Älteren und ermutigten die Kinder.

»Bleibt jetzt zusammen.«

Die älteren Kinder, begleitet von den Hunden, liefen den Pfad zum Spiel hinauf und hinunter.

»Sie werden bald müde werden«, bemerkte Svenson zu Nils. »Heute nacht werden sie gut schlafen!«

»Wir auch«, gab Odin zurück.

Sie kicherten und gingen weiter.

Die kleineren Kinder wurden zum Teil getragen. Regelmäßig wurde eine Rast eingelegt, meist an einer Quelle. Nils fragte sich, wie viele Generationen diesen Pfad durch die Wildnis bereits benutzt hatten. An besonders günstigen Wasserstellen stießen sie auf Überreste alter Feuer und Lagerstätten.

Es war ein wunderschöner Tag; als die Sonne höher stieg, erwärmte sich die Luft. Über ihren Köpfen schrien die Gänse auf ihrem Flug nach Norden. An den Weiden zeigten sich bereits die ersten frischen, gelbgrünen Knospen, und der Geruch des frischen Lehms unter ihren Füßen verhieß ihnen warmes Wetter für die nächsten Tage.

Rechts vom Weg sah man von Zeit zu Zeit das breite Band des Flusses durch die Bäume blitzen. Nils konnte sogar einen Fischadler erkennen, der hoch oben in der Luft stand, dann niederstieß und sich kurz über der glasklaren Wasseroberfläche abfing. Eine seiner ausgestreckten Krallen durchstieß sie, beinahe ohne das Wasser in Bewegung zu versetzen. Als der Adler wieder aufstieg, trug er einen Fisch in den Krallen.

Nils lächelte. In seinem Heimatland hatte er schon Fischadler gesehen, den eigentlichen Vorgang der Jagd, das Hinunterstoßen und Fangen, allerdings noch nie zuvor miterlebt. Nils hatte fast sein ganzes Leben zwischen den Werften und Docks von Stadt verbracht. Die Betriebsamkeit dort, der Handel, das Ein- und Auslaufen der Schiffe war schon sehr beeindruckend, aber ein solches Tier zu beobachten, stellte eine Aufregung ganz anderer Art dar, und sie war gut. Er hoffte, noch mehr davon mitzubekommen.

Es war kurz nach Mittag, als sie eine Gabelung des Pfades erreichten und die Anführer den Zug halten ließen.

»Was ist los?« fragte Nils.

»Wir warten auf die anderen«, erklärte Odin. »Die anderen Dörfer.«

Kurz darauf vernahmen sie das leise Stimmengewirr einer größeren Gruppe von Menschen, die sich auf dem von Süden kommenden Pfad näherten. Ihre Hunde schlugen an, und die der anderen antworteten. Bald vermischten sich die beiden Gruppen, begrüßten sich Freunde und Verwandte und berichteten von ihren Erlebnissen an diesem ersten Morgen ihrer Wanderung.

Hoch über ihnen stieg ein Adler mit angelegten Schwingen steil in den Himmel und stieß einen langgezogenen Schrei aus. Er flog in Richtung Südwesten.

»Ein gutes Zeichen«, stellte Ton, der heilige Mann, fest.

Nach einer kurzen Rast setzte sich der lange Zug auf dem Pfad, der jetzt langsam breiter und ebener wurde, in Bewegung.

»Die Späher sagen, daß die anderen vor uns sind«, berichtete Odin Nils. »Wir werden sie heute abend erreichen und dann gemeinsam das Nachtlager aufschlagen.«

»Das werden sehr viele Menschen sein«, stellte Nils fest. Er schätzte, daß sie – falls die beiden anderen Dörfer ungefähr gleich groß waren – zusammen mehrere Hundert sein mußten.

Odin warf ihm einen Blick zu. »Ja«, antwortete er. »Das ist ein großer Zug, Thorsson. Und so sind wir auch zahlreich genug, um uns zu verteidigen, nicht wahr?«

Ja, dachte Nils. *Die große Anzahl gibt Sicherheit*. Noch immer lagen ihm einige Fragen am Herzen. Mit welcher Gefahr rechnete der Stamm überhaupt, wo und von wem. Es sah jedoch ganz so aus, als könne er momentan von Odin keine Auskunft erwarten. Daher versuchte er, von Rufender Taube etwas zu erfahren, aber sie zuckte nur ungerührt, scheinbar ahnungslos, mit den Schultern. *Vielleicht weiß sie wirklich nichts,* entschied er schließlich für sich. Auf keinen Fall wollte er sie weiter bedrängen, denn wahrscheinlich hatte sie mit ihrer Schwangerschaft schon genug zu tun. Zwar war ihr Bauch bislang kaum dicker geworden, aber sie ermüdete leicht, und er machte sich Sorgen.

Einen Hoffnungsschimmer gab es jedoch: Ihre Stimmung hatte sich gebessert. Es schien, als habe sie die Gereiztheit der ersten Schwangerschaftsmonate überwunden. Nils begrüßte dies sehr, obwohl er es nicht verstehen konnte. Kein Mann würde das jemals verstehen. Er wünschte, ihr sagen zu können, wie er fühlte, befürchtete jedoch Tränen, einen ihrer unbegründeten Zornesausbrüche, die die ersten Wochen der Schwangerschaft gekennzeichnet hatten.

Er beschloß, behutsam vorzugehen und ihr möglichst unauffällig zu helfen, wo er konnte. Dieses rücksichtsvolle Verhalten tat Rufender Taube gut; ihre Laune verbesserte sich von Tag zu Tag. Sie gewannen die Freude aneinander zurück und konnten den Anblick einer Abenddämmerung auf den blanken Wassern des großen Flusses erneut miteinander teilen. Sie lachten gemeinsam über die Unbeholfenheit eines neugeborenen Hirschkalbs, das seiner Mutter zum Ufer folgte. Sie beobachteten zusammen den Flug der Gänse über den Himmel.

Nils zeigte ihr den Sonnenstein und das Geheimnis der blauen Farbe, wenn er ihn nach Norden ausrichtete.

»Er weist uns den Weg, wie die Gänse!« erklärte sie und klatschte aufgeregt in die Hände.

»Ja, dafür wird er benutzt.«

»Nicht um deine Macht zu zeigen?«

»Nun, auch das«, gab er bescheiden zu und mußte kichern.

Sie lachte und kitzelte ihn zwischen den Rippen, und er war froh, daß ihre Liebe die Verunsicherung der ersten Schwangerschaftswochen überstanden hatte.

Nach wenigen Tagen wurde das Reisen zur Gewohnheit. Die Ungewißheit, der Wechsel vom Dorfalltag zur Aufregung eines großen Wanderzuges, hatte die Menschen in Unruhe versetzt.

Aber letzten Endes kamen die Menschen, die es gewohnt waren, sich jeden Tag neuen Schwierigkeiten zu stellen, mit dieser Veränderung ganz gut zurecht.

Sie standen in der Morgendämmerung auf, um möglichst rasch weiterzuziehen, nun etwas schneller als anfangs. Obwohl sich die Bewohner dreier Dörfer vereinigt hatten, wurde die Reise von Tag zu Tag einfacher. Wandern, rasten, wandern ... Manchmal warteten sie auf die Späher, die den Weg vor ihnen oder fragwürdige Situationen erkundeten, und dann zogen sie weiter ... Kurz vor Einbruch der Abenddämmerung, solange es noch hell genug war, um Feuerholz zu sammeln, schlugen sie ihr Lager auf, um ihre Wanderung mit dem nächsten Morgengrauen fortzusetzen.

Während der ersten Tage ihrer Reise kampierten sie zweimal in der Nähe von Dörfern, die ihrem eigenen sehr glichen. Auch die Sprachen hatten viele Gemeinsamkeiten, wenn sie auch nicht völlig gleich waren.

»Das ist vielleicht wie bei Norwegern und Dänen«, bemerkte Svenson. »Ähnlich und doch nicht gleich.«

Die Bewohner anderer Dörfer hingegen schienen enge Verbündete zu sein, sprachen aber eine völlig fremde Sprache. Trotzdem verstanden sie die meisten Stammesmitglieder sehr gut und konnten sich ohne Schwierigkeiten mit ihnen unterhalten.

»Wir haben seit vielen Lebensaltern in ihrer Nähe gelebt«, erklärte Odin.

In den ersten neun oder zehn Tagen ihrer Reise hielt sich das günstige Wetter, und sie legten eine beträchtliche Entfernung zurück.

Doch eines Morgens blieb der Himmel dunkel und graublau. Der Wind heulte durch die knospenden Bäume, die Menschen zogen ihre Decken fester um sich und rückten gegen die Kälte dichter zusammen.

»Der Die Kälte Schafft kommt zurück«, sagte eine alte Frau. »Er hofft, uns hier draußen zu erwischen.«

Nils erinnerte sich, daß diese Frau von Anfang an eine entschiedene Gegnerin der Umsiedlung gewesen war.

»Nichts Gutes wird davon kommen!« prophezeite sie.

Die Menschen warteten, und bald wurde die Nachricht, daß heute nicht weitergezogen wurde, durchgegeben. Mit einmal herrschte rege Geschäftigkeit; man suchte nach dem besten Platz für ein Lager, bevor der erwartete kalte Regen einsetzte.

Schließlich zog feiner Nebel auf, der in seiner Sanftheit irreführend war. Unsichtbare feine Tröpfchen, die alles durchdrangen, hingen in der Luft, so daß die ganze Welt naß erschien. Auf allen unbeweglichen Dingen gefror die Feuchtigkeit sofort. Allmählich verschmolzen die winzigen Tröpfchen zu größeren und wurden sichtbar. Bald entstanden daraus dicke, fette Tropfen, die von den Baumstämmen auf die Decken fielen, unter denen die Menschen notdürftigen Schutz gefunden hatten. Noch immer fiel kein richtiger Regen. Die Feuchtigkeit hing in der Luft, legte sich auf Bäume, Büsche und Steine und durchdrang die Kleidung der Menschen. Sie kauerten zusammen und bereiteten sich darauf vor, das Ende des schlechten Wetters abzuwarten. Hier und da flackerten Feuer auf, boten Wärme und Licht und hoben die Stimmung.

Mittags wurde es kälter. Die Luft bewegte sich nicht mehr, und es war offensichtlich, daß die Feuchtigkeit langsam nach unten sank. Der Busch neben Nils und Rufender Taube glänzte vor Nässe, und es dauerte eine Weile, bis sie begriffen, daß seine Zweige eine Eisschicht überzog, die schnell dicker wurde. Die nordischen Legenden von Eisriesen, Gnomen und Zwergen gingen ihm durch den Kopf. Vielleicht kam seine plötzliche Angst daher, daß er vor kurzem diese Mythen und Legenden am Geschichtenfeuer erzählt hatte. Dennoch, die Stille draußen und das Anwachsen des Eises über allen Dingen schien Böses zu verheißen.

Er warf Taube einen Blick zu, und sie kuschelte sich enger an ihn und lächelte.

»Man kann Der Die Kälte Schafft nicht trauen«, sagte sie.

Ja, dachte er. *So konnte man es ausdrücken. Trügerisch …*

Er zog die Decke fester um Taube und sich und legte einen

neuen Stock auf ihr kleines Feuer. Das Zischen des Eises, mit dem es auf der Glut verdampfte, hörte sich böse an. Nils ertappte sich dabei, daß er sich in die angenehme Wärme des überfüllten Erdhauses zurückwünschte.

Im nächsten Moment knackte und krachte es gewaltig, und dann durchbrach ein Schrei die Stille. Nils warf seine Decke beiseite, sprang im selben Moment steif auf die Beine und griff nach seinem Schwert. Aber es gab nichts, wogegen ein Mann hätte kämpfen können. Eine gewaltige Zeder hatte dem zunehmenden Gewicht des Eises nachgegeben. Ein riesiger Ast, so dick wie der Schenkel eines Mannes, war aus ihrer Krone gebrochen. Mit seiner tonnenschweren Eislast riß er alle kleineren Äste mit sich. Die grüne Masse aus Eis, Holz und Nadeln donnerte in einer alles zermahlenden Lawine zu Boden.

Glücklicherweise wurde niemand verletzt. Das hatte, wie Nils schnell erkannte, seinen Grund. Und so hatten denn die Menschen unter den nach Süden ragenden Ästen, die dem kalten Nordwind abgewandt und deshalb nur wenig vereist waren, Schutz gesucht.

Unter ihnen befand sich auch Ton, der heilige Mann des Stammes. Der alte Mann befreite sich aus dem Gewirr kleinerer Äste und Blätter und trat ein paar Schritte zur Seite, um sich umzusehen.

»Ist jemand verletzt?« rief er.

»Nein, Onkel«, antwortete man ihm.

»Gut. Das ist ein gutes Zeichen!«

Nils fand, daß diese Auslegung vielleicht ein wenig zu optimistisch war, denn von irgendwo weiter vorn auf dem Weg ertönte weiteres, mahlendes Krachen, und dann noch eines.

48

Letzten Endes deuteten die Menschen den Eisregen und seine Folgen sehr unterschiedlich. Den Nordmännern fiel wieder auf, wie sehr das Denken der Menschen durch ihren heiligen Mann beeinflußt wurde. Ist das nicht immer so?

»Es ist gut«, erklärte Ton. »Wir müssen nur einen Blick auf all diese Zerstörung werfen. Viele Bäume sind zerstört, aber wir haben niemanden verloren!«

»Und so sind die Vorzeichen für unsere Reise weiterhin gut?« fragte eine Frau.

»Ich glaube«, sagte Ton, »es bedeutet folgendes: Auf dem Weg, den wir gehen, lauern viele Gefahren, aber wir werden ihnen entkommen. Vielleicht nicht alle von uns, aber ja, *die Vorzeichen sind gut!*«

Es dauerte noch einen weiteren Tag, bis sie weiterziehen konnten. Der Weg war nach dem Regen sehr glitschig, und dazu kam noch, daß der Pfad an manchen Stellen durch umgestürzte Bäume und abgebrochene Äste blockiert war. Manche dieser Hindernisse konnten zur Seite gezogen werden, aber an einigen Stellen war es notwendig, sie zu umgehen oder über sie hinwegzusteigen. Nils fand das sehr ärgerlich. Am Ende jenes Tages hatten sie nur die Hälfte der Entfernung zurückgelegt, die sie normalerweise schafften, was die anderen, abgesehen von diesen Unannehmlichkeiten, nicht weiter zu stören schien.

»An manchen Tagen kommt man gut voran, an anderen eben nicht so gut«, bemerkte Odin gelassen.

Sie zogen weiter, und das Wetter wurde wieder wärmer. Zwar gab es noch ab und zu einen Regentag, aber die Jahreszeit hatte dem Wind seinen eisigen Biß genommen. Er wehte aus Süd bis Südwest, eine erfrischende Brise, die Gutes verhieß. Nils fühlte, roch und schmeckte den Geruch dieser Luft, kostete ihn voll aus. Er betrachtete den Wind vom Standpunkt des Seemannes: Wie würde er die Segel setzen und sie auf dem breiten Fluß, der sie noch immer zu ihrer Rechten begleitete, navigieren. Offensichtlich war er schiffbar. Vor seinem inneren Auge sah er die Langschiffe den Fluß hinaufsegeln, um Handel zu treiben. Die strahlenden Segel vom Wind gebläht, durchschnitten sie die klaren Wasser des großen Flusses. Er fragte sich, wie tief er sein mochte. An den meisten Stellen, so schien es, hätte sogar eine schwer beladene *Knorr* noch genug Wasser unterm Kiel. Der Stamm war fast ununterbrochen seinem Lauf gefolgt, und seit den sprechenden Wassern, dem Platz, an dem ihre Expedition gescheitert war, hatte er keine Stromschnellen mehr gesehen.

Und jetzt, mit der Begeisterung des Frühlings, schwang sich seine Phantasie in schwindelerregende Höhen. Angenommen, er und Svenson konnten in Straumfjord jemanden für die Finanzierung einer neuerlichen Expedition interessieren und vielleicht ein oder zwei Schiffe bekommen, um diesen Binnenwasserweg zu befahren. Es *war* machbar. Sie *hatten* es getan. Sie hatten tatsächlich ein Schiff um die Stromschnellen herumgebracht. Warum nicht ein oder zwei Schiffe auf dem oberen Wasserweg belassen und nur die Waren um sie herumtragen? Das würde Handelswege in das Binnenland eröffnen. Das Land schien reich an Pelzen zu sein. Vielleicht gab es auch Eisenerz. Ja, er hatte bei einigen Stammesmitgliedern Kupferschmuck gesehen. Es mußte welches geben, vielleicht sogar irgendwo Eisen. Dem Stamm fehlten nur die Werkzeuge und das Wissen, um es abzubauen.

Ja! Wenn er Unterstützung fand ... konnte er damit beginnen, kleine Metallwerkzeuge gegen Felle zu tauschen. Es würde allerdings notwendig sein, mit den Flußabwärtsfeinden einen Vertrag zu schließen und dann erst zu expandieren, den Bergbau in Gang zu bringen. Und vielleicht eine Schmelzhütte flußaufwärts zu eröffnen. Dort gab es genug Holz für das Feuer ... Vielleicht konnten sie auf dem oberen Lauf des Flusses sogar ein oder zwei Schiffe *bauen*!

»Was ist los, mein Mann?« fragte Taube ihn.

»Uh ... was?«

»Es scheint, als wärst du weit weg?« Sie kuschelte sich auffordernd an ihn.

»Oh ... ich habe nur nachgedacht. Es ist ein gutes Land, nicht?«

»Ja«, sagte sie schlicht. »Es ist gut.«

Der Zug hatte gerade wieder einmal halt gemacht. Er sah sie an und bemerkte ihre Erschöpfung.

»Ist alles in Ordnung mit dir?« fragte er.

Taube lächelte. »O ja, nur müde. Aber es ist schon spät am Tag. Wir werden bald unser Lager aufschlagen.«

Er konnte sich vorstellen, daß sie vielleicht leichter müde wurde als sonst.

Allmählich wurde ihr Zustand auch sichtbar. Zwar war ihr Bauch nicht dicker als sonst, noch nicht, aber die Veränderung lag in ihrem Gleichgewicht, ihrer Art sich zu bewegen, ihrer Art zu gehen. Nils erinnerte sich plötzlich, daß die alten Frauen zu Hause in Stadt immer behauptet hatten, daß eine Frau anders geht, wenn sie ein Kind unter dem Herzen trug.

»Es liegt ein Stolz in der Schwangerschaft«, hatte er einmal eine Frau sagen hören. Sie war eine Freundin seiner Mutter, und die Frauen hatten nicht gewußt, daß der kleine Nils ihrer Unterhaltung zuhörte. Es waren vier Frauen gewesen.

»Stolz?« fragte eine der anderen.

»Ja! Eine Frau strafft ihre Schultern, hebt den Kopf und zeigt, daß sie stolz ist auf ihre Schwangerschaft.«

Eine der anderen Frauen schnaubte unwillig.

»Hu! Das hat nichts mit Stolz zu tun, Helga. Das ist das *Gleichgewicht*. Sie strafft ihre Schultern, damit sie nicht nach vorne überfällt mit dem neuen Gewicht!«

Die Frauen hatten gelacht, und Nils war davongeschlichen, besorgt darüber, daß man seine Anwesenheit entdecken und mißbilligen würde. Merkwürdig war nur, daß er sich nun, fern seiner Heimat, an diese Bemerkung erinnerte, aber jetzt verstand er sie besser.

Er fragte sich, was Rufende Taube über seine Phantasien denken würde. Ob sie sich Schiffe auf dem breiten Fluß vorstellen konnte. Mit einem Schlag wurde ihm klar, daß sie das *natürlich nicht* konnte? Taube hatte noch nie ein Schiff gesehen, genausowenig wie die anderen Menschen des Stammes, mit Ausnahme von Odin, vielleicht noch ein oder zwei anderen. Dieser Gedanke verursachte ihm ein seltsames Gefühl. Vielleicht sollte er versuchen, ihr davon zu erzählen, ihr die großen Schiffe zu beschreiben und seine Idee, den Handel auf dem Binnenwasserweg aufzunehmen.

»Taube«, sagte er. »Du hast doch gehört, wie dein Bruder von den großen Kanus meines Volkes berichtet hat?«

Sie nickte. »Ja, was ist mit ihnen?« Ihr Gesichtsausdruck war fragend und interessiert.

»Nichts ... ich habe nachgedacht, wir könnten sie flußaufwärts bringen, hierher.«

Taube sah verwirrt aus. »Warum?«

»Um Handel zu treiben!«

»Oh.«

Es war klar, daß sie die Bedeutung des Handels nicht verstand. Für den Stamm war der Handel auf einzelne Händler mit ihren Waren in den Packtaschen begrenzt.

»Sieh mal, mein Volk – Feuermanns und meins –, wir sind in den großen Kanus gekommen.«

Taube sah noch immer verwirrt aus. »Ja, so sagt man.«

Vor ihnen ertönte ein langgezogener Ruf, und die Menschen begannen, sich zu erheben, und bereiteten sich darauf vor, die Wanderung fortzusetzen. Die Rast war vorüber.

»Ich werde dir später mehr davon erzählen«, versprach er, als sie ihre Sachen aufnahmen.

Vielleicht sollte er mit Sven reden. Ja, das würde er bei der erstbesten Gelegenheit tun. Sie gingen weiter.

An jenem Abend konnte er mit Svenson sprechen. Der alte Seemann war jedoch nur mäßig interessiert.

»Ja, das wäre machbar. Wir haben es geschafft, aber, bei Thors Hammer, Nils, es war eine harte Arbeit.«

»Aber Sven, die Bäume entlang des Pfades um die Stromschnellen sind schon gefällt. Wir müssen das nicht noch einmal tun. Und wenn wir erst einmal ein Schiff auf dem oberen Wasserlauf haben ... Oder wir können oberhalb der Stromschnellen eins bauen.«

Sven nickte. »Ja ...« Seine Neugier schien geweckt. »Das ist wahr, Nils. Ich bin zwar kein Schiffsbauer, aber vielleicht können wir zu Hause eine Mannschaft von Schiffsbauern finden. Du weißt, ich denke daran ... Das Schiff, das wir verbrannt haben, die *Nordmaid*. Sie war oberhalb der Stromschnellen.«

»Aber sie ist verbrannt, Sven.«

»Ja, aber ich habe schon mehrere Schiffe brennen sehen. Sie können nur bis zur Wasserlinie abbrennen, nicht wahr? Und außerdem sinken viele schon vorher. Zumindest kann man ihre Planken noch nutzen, vielleicht auch noch die Rippen. Es ist einen Versuch wert.«

Er hielt inne. Seine Augen weiteten sich, und plötzlich sprudelte er vor Aufregung über.

»Die *Schneevogel*!« brummte er. »Vielleicht können wir auch noch Teile ihres Rumpfes verwenden. Sie sind Schwesterschiffe. Ihnen liegt derselbe Bauplan zugrunde ... Nils, vielleicht sind wir näher dran, als wir denken! Es ist einfach, Planken und Holz um die Stromschnellen herumzutragen, um sie oberhalb davon zu benutzen, einfacher jedenfalls, als neues Holz zu fällen und zuzuschneiden, und viel einfacher, als ein ganzes Schiff neu zu bauen.«

Es war erfreulich, Svensons Aufregung zu erleben, aber bis zur Verwirklichung dieses Traumes war es noch lange hin.

»Sven, wir werden Schiffsbauer brauchen. Wir brauchen Sägen und Zimmermänner, Taue, Seile, Segel ...«

Sie schauten sich an und lachten.

»Man *könnte* es trotzdem schaffen«, sagte Sven schließlich nachdenklich.

»Ja, man könnte! Trotzdem müssen wir erst einmal wieder nach Straumfjord kommen.«

»Und das können wir im Moment nicht«, beendete der Seemann das Gespräch.

»Das ist wahr, aber auf dem Rückweg zur Kolonie können wir einen Blick auf die Schiffe werfen, um zu sehen, was noch von ihnen übrig ist.«

Dieser nüchterne Gedanke beendete die Diskussion für den Moment. Aber es war eine neue Idee entstanden. Mit solch grandiosen Plänen im Hinterkopf würde es doppelt so schwer sein, Tag für Tag in die falsche Richtung zu wandern, und offensichtlich fühlte Svenson ebenso.

»Erst einmal«, sagte er, und in seinen Augen lag ein humorvolles Zwinkern, »müssen wir den Mais pflanzen.«

Wieder lachten beide.

»Was ist?« fragte Rufende Taube. Sie wollte wissen, was er mit Svenson besprochen hatte, denn sie hatten sich in nordischer Sprache unterhalten.

»Ach nichts«, antwortete Nils und fügte dann hinzu:

»Nein, wir haben über Schiffe geredet, über die großen Kanus und über die Rückkehr zu unserem Volk.«

In Taubes Augen glitzerten Tränen.

»Nein, nein«, versicherte Nils ihr schnell. »Nicht jetzt, später vielleicht. Feuermann hat gerade eben gesagt, daß wir jetzt erst einmal den Mais pflanzen müssen.«

»Und das ist alles?«

»Ja.«

»Wo ist da der Witz?«

Er überlegte kurz.

»Der Witz«, erklärte er, »ist, daß Feuermann überhaupt nicht weiß, wie man Mais pflanzt.«

Ihr Gesicht entspannte sich, und ihre Augen blinzelten verschmitzt.

»Das ist wahr«, lachte sie, »aber du auch nicht.«

Am nächsten Morgen, kurz vor ihrem Aufbruch, bemerkte Nils, daß Svenson den Stamm einer riesigen Fichte mit seiner Axt bearbeitete.

»Was machst du da?« fragte er verwundert.

»Ich markiere ihn«, antwortete Sven einfach.

»Aber warum?«

»Schau ihn dir nur an ... hoch und gerade gewachsen ... Daraus kann ein guter Mast werden.«

»Ein *Mast*?«

»Natürlich, wenn wir damit beginnen, unsere Schiffe zu bauen.«

Nils brauchte einen Moment, ehe er begriff, daß Sven es wirklich ernst meinte. Und im nächsten Moment erkannte er, daß es *wirklich* ein außergewöhnlicher Baum war, geradezu geschaffen für den Zweck, den Sven in ihm sah.

»Aber soweit im Landesinneren?« fragte er.

»Warum hier?«

»Warum nicht? Der Fluß hat eine tiefe Fahrrinne, und dieser Platz ist für den Schiffbau genausogut geeignet wie jeder andere auch.«

Der alte Seemann richtete sich auf, und Nils bemerkte Schalk in seinen Augen.

»Nein, im Ernst, Nils«, fuhr Svenson fort. »Wenn wir bauen wollen, können wir das Holz überall am Fluß schlagen. Dann lassen wir es treiben, wo immer wir es hin haben wollen. Das ist ein außergewöhnlich guter Mast hier. Ich dachte daran, ihn zu markieren für den Fall, daß wir ihn brauchen.«

»Ich begreife.«

Nils konnte den Gedanken des Seemannes nur teilweise folgen. Eines entging ihm jedoch nicht: die Markierung oder Scharte, die Sven so sorgfältig aus dem Stamm herausgeschlagen hatte, befand sich auf der dem Fluß zugewandten Seite.

Zwar reisten sie im Moment über Land, aber für Svenson führte der einzig mögliche Rückweg über das Wasser. *Ein Mann ohne Boot ist ein Mann in Ketten,* lautete das alte Sprichwort. Seltsam ... er war bislang der Meinung gewesen, daß Svenson ihren erzwungenen Aufenthalt hier geduldiger ertrug als er selbst. Nils fragte sich, ob der Seemann den machtvollen Drang, der sie zurück zum Wasser rief, überhaupt begriff.

Aber nun brachen die Menschen langsam zu ihrem nächsten Ziel auf. Svenson beendete seine Arbeit mit einem oder zwei letzten Schlägen und steckte die Axt zurück in seinen Gürtel, um sein Bündel aufzunehmen und sich zu den anderen zu gesellen.

49

Auf ihrer Reise waren sie mehreren anderen Stämmen und Völkern begegnet, die sie unterschiedlich aufgenommen hatten. Die Bandbreite reichte von einem warmen Willkommen bis hin zu offener Feindseligkeit.

Den ersten Kontakt nahm immer eine Gruppe von zwei oder drei Spähern auf, die dem Rest des Zuges etwa ein bis zwei Tage voraneilten und die Häuptlinge des vor ihnen liegenden Dorfes um die Erlaubnis baten, deren Gebiet zu durchqueren. »Wir führen nichts Böses im Schilde, wir passieren euer Gebiet nur«, so lautete ihre Botschaft. Oft wurde dann Odin zu Hilfe gerufen, zum einen, weil er im Umgang mit anderen Kulturen viel Erfahrung besaß, und zum anderen aufgrund seiner Sprachkenntnisse. Außerdem galt er als einer der Fähigsten in der Benutzung der Handzeichen.

Nils lernte die Zeichen leicht, und als Taube sich erbot, ihn zu unterrichten, ging es noch schneller. Schon bald beherrschte er die Zeichen, deren Bedeutung offensichtlich war, wie die für ›Essen‹, ›Trinken‹, ›Schlafen‹, ›Sprechen‹, ›Mann‹ und ›Frau‹. Das Zeichen dafür war eine Bewegung mit der rechten Hand, es erinnerte an jemanden, der langes Haar kämmt. Er fand das sehr charmant, vor allem, wenn Rufende Taube es ihm vorführte: eine keusche Geste mit einem herausfordernden Lächeln und einem koketten Augenaufschlag. In diesen Momenten *war* sie ›Frau‹.

Die Bedeutung anderer Zeichen hingegen fand er weniger eindeutig. Zum Beispiel gab es eines, das, wie er herausfand, immer dann benutzt wurde, wenn über eine dritte Person gesprochen wurde. Dabei berührte man mit dem Zeige- und Mittelfinger der rechten den Rücken der linken Hand, als schlage man ihn leicht. Nach anfänglichen Verständnisschwierigkeiten begriff er schließlich, daß damit eine Gruppe von Menschen gemeint war.

»Unsere Leute? Der Stamm?« fragte er.

»Ja, *irgendwelche* Leute«, versicherte Taube ihm.

Aber das war immer noch nicht ganz richtig, und da Taube Probleme mit der genauen Erklärung hatte, rief sie ihren Bruder zu Hilfe.

»Oh!« sagte Odin und wechselte ins Nordische über. »Es bedeutet ›Stamm‹ oder ›Volk‹. Erst kommt dieses Zeichen und dann macht man noch ein Zeichen, damit klar ist, um *welche* Leute es sich handelt.«

In rascher Folge zeigte er verschiedene Zeichen: die Leute aus dem Wald, Vogelleute, Leute der Flußabwärtsfeinde.

»Das bedeutet *Feind*?« unterbrach Nils ihn.

»Ja, das hier bedeutet ›Freund‹ oder ›Bruder‹ ...« Er hob seine rechte Hand mit gestrecktem Zeige- und Mittelfinger. »Dann kommt ›nein‹, und zusammen bedeutet das ›Nicht-Freund‹ ... ›Feind‹.«

»Und was ist das Zeichen für *die Menschen*?« fragte Nils.

»Wir nennen uns selbst die Menschen«, antwortete Odin.

»Aber jeder nennt sich selbst so. Andere Menschen benutzen dieses Zeichen hier für *uns*.«

Er machte das Zeichen für ›Volk‹ und wölbte dann die Hand für das Zeichen ›trinken‹, und deutete zum Schluß eine Wellenbewegung an.

»Fließendes Wasser?« fragte Nils.

»Ja, Fluß. ›Menschen, die am Fluß leben‹.«

»Aber auch andere leben am Fluß.«

»Ja. Manchmal braucht man etwas Zeit, bis man es verstanden hat. Aber andere werden bei anderen Namen gerufen, wie unsere Nicht-Freunde.«

»Und wie nennt ihr meine Leute, die Nordmänner?« fragte Nils neugierig.

Odin lachte. »Das ist noch nicht ganz klar. ›Leute mit großen Kanus‹. Manchmal auch ›Leute mit Haar im Gesicht‹ oder ›Leute mit hellen Augen‹. Jedes dieser Zeichen bedeutet Nordmänner. Manchmal zeigt man dazu noch das Zeichen für ›Fremde‹. Ist es dann nicht klar, wer gemeint ist?«

»Ach so, die Zeichen verändern sich, sie wechseln?«

»Natürlich, es geschehen ja auch neue Dinge. Die Ankunft deiner Leute beispielsweise ... Es dauert eine Weile, und dann benutzt jeder dasselbe Zeichen. Meistens, aber nicht immer.«

»Nicht immer?« Nils war verwirrt.

»Sieh mal, dein Name ... Du bist Thorsson, und manchmal nennt Feuermann dich Nils. Aber jetzt bist du Weißer Wolf. Ich war Wandelnder Vogel, aber jetzt bin ich Odin.«

Nils mußte an die vielen verschiedenen Namen denken, mit denen Svenson vom Stamm bedacht worden war, bis man sich auf Feuermann geeinigt hatte.

»Aber dies alles sind Namen«, führte er aus. »Andere Sachen wechseln doch nicht, oder?«

»O doch. Für Taube bist du der Ehemann, für Feuermann bist du ein Freund, und für mich ... fast ein Bruder.«

Nils war tief bewegt. Er wußte nicht, was er sagen sollte. Lag es daran, daß sie durch Heirat miteinander verbunden waren? So wie ein ›Schwager‹ zu Hause? Er wollte dem Wort nicht zuviel Bedeutung beimessen. »Es ist gut«, murmelte er schließlich, hatte jedoch immer noch Fragen.

»Aber bei Dingen, wie ›Fast-Bruder‹«, begann Nils von neuem, »bei diesen Dingen handelt es sich immer noch um Namen oder Menschen. Manche Dinge ändern sich jedoch nicht. Ein Hund ist ein Hund, nicht wahr?«

Er wies auf einen der Hunde, der über den Platz trottete, um sich in der Sonne niederzulegen und die Rast zu genießen. Nicht weit entfernt schüttelte sich gerade ein anderer Hund, um das Gewicht des Gepäcks zu verlagern. Die meisten der größeren Tiere halfen beim Transport der Habseligkeiten des Stammes.

»Ja, aber ist das wirklich so?« fragte Odin mit Schalk in seinem Auge. »Nimm nur diese zwei dort. Der eine trägt Gepäck, der andere nicht. Einer ist gelb, einer ist schwarz, groß, klein ... Ich denke, Wolf, ein Hund kann sehr vieles sein – groß, alt, ärgerlich, hungrig ...«

»Ja, ja, ich verstehe.« Zumindest war ein Anfang gemacht.

»Und so ist es auch mit den Menschen. Wir haben Handzeichen für uns selbst. Wir benutzen vielleicht dieses hier – ›Mutter‹.«

Odin legte seine rechte Hand auf die linke Seite der Brust und machte dann das Zeichen für ›Stamm‹ und dann noch einmal ›Mutter‹. »Muttervolk ... *wir*. Aber für die anderen sind wir ›die Leute am Fluß‹. Und für manche sind wir vielleicht sogar *›Nicht-Freund‹ ... ›Feind‹*.«

Die Reise dauerte noch viele Tage, bis man überlegte, fürs erste halt zu machen und den Mais auszusäen. Die Anführer des Stammes kamen öfter zusammen, und der alte Ton, der heilige Mann, führte mehrere Rituale durch, die eine Entscheidungsfindung erleichtern sollten.

Dabei spielten verschiedene Faktoren eine Rolle: Es mußte ein Platz sein, den andere noch nicht beanspruchten. Allerdings war es von Vorteil, wenn andere in der *Nähe* bereits Mais angepflanzt hatten, um zu sehen, wie *sie* es mit dem Pflanzen und mit der Ernte hielten. Und all das mußte vor sich gehen, ohne für die Bewohner des Gebietes eine Bedrohung darzustellen.

Nils verstand nicht alles von dem, was jetzt geplant wurde. Er lauschte der Diskussion am Feuer, aber seine Sprachkenntnisse stießen schnell an ihre Grenzen. Und daher traf es ihn auch völlig unerwartet, als man ihn zur Lösung des Problems hinzuzog.

In Gedanken versunken hockte er am Feuer, wurde allmählich schläfrig. Plötzlich bemerkte er, daß ihn alle anstarrten.

»Www – was?« murmelte er und wandte sich hilfesuchend an Odin.

»Der heilige Mann hat dich gefragt, Weißer Wolf«, sagte Odin ernst, »wann und an welchem Ort wir den Mais aussäen sollen?«

Einen Moment lang geriet Nils in Panik. Er saß mit offenem Mund da und suchte verzweifelt nach einer Antwort. Noch niemals zuvor hatte er *gesehen,* wie Mais gepflanzt wurde. Er hatte nicht die geringste Ahnung.

»Aber ...«, stammelte er hilflos.

Odin griff ein.

»Sag im Moment nichts, Thorsson«, riet Odin in nordischer Sprache. »Handele vorsichtig, ich werde dir helfen.«

»Aber was soll ich sagen? Ich weiß nicht ...«

»Das macht nichts. Mir ist noch nicht klar, was hier vor sich geht. Jetzt im Moment müssen wir mitspielen, während wir darüber nachdenken.«

»Wo ist Svenson?« fragte Nils. Vielleicht hatte er eine Idee.

»Nicht hier. Er und Reh ... du weißt, sie verbringen viel Zeit allein miteinander.« Das war ein gängiger Witz unter den Menschen des Stammes.

»Ich werde ihnen einfach sagen, daß ich nichts davon verstehe!« sagte Nils.

»Nein, nein, tu das nicht. Vielleicht stellen sie deine Macht auf die Probe.«

»Meine *Macht*?«

»Ich habe keine Macht, Odin. Was? ...« stammelte Nils.

»Warte. Das solltest du nicht abstreiten. Laß mich für dich antworten. Ich bin dein Helfer, nicht wahr? Das können wir vorerst außer acht lassen, um Zeit zu gewinnen. Hast du den Sonnenstein?«

»Ja.«

»Hol ihn heraus, halt ihn hoch.«

»Aber da ist keine ...«

»*Tu es!*« sagte Odin bestimmt.

Nils nahm den Stein aus seinem Beutel. Feierlich hielt er ihn in die Höhe. Die Menge schnappte hörbar nach Luft und beobachtete aufmerksam jede seiner Bewegungen. Das bewies ihm, daß Odin auf dem richtigen Weg war. Die Reaktion war um so stärker, als viele der Zuschauer aus anderen Dörfern kamen, die den Wunderstein noch nie zuvor gesehen hatten.

Natürlich geschah nichts. Aber nun begann Odin, in seiner eigenen Sprache zu sprechen. Seine Stimme klang tief und feierlich, strahlte Autorität aus. Anscheinend erklärte er die Zeremonie.

»Weißer Wolf stellt Fragen«, kündigte er an. »Dazu benutzt er den Sonnenstein.« Er schwieg einen Moment, um den Vorteil einer Sprechpause zu nutzen.

»Sag ... ihnen«, bat Nils, der allmählich begriff, worauf Odin hinauswollte, in nordischer Sprache, »das hier ... war der erste Teil ... für den zweiten ... brauchen wir ... die Sonne.«

Nils sprach die Worte in einem singenden Tonfall, als handele es sich um ein Ritual.

»Es ... ist gut«, sang Odin völlig übertrieben. Dann verbeugte er sich vor dem Feuer und wandte sich, im gleichen nordischen Singsang, erneut an Nils. »Gleich ... werde ich erklären ..., daß diese Zeremonie ... einen ganzen Tag braucht. Das ... gibt uns ... Zeit ..., um darüber ... nachzudenken.«

Die Menge richtete ihre gespannte Aufmerksamkeit auf Odin, als dieser nun die Botschaft des heiligen Mannes weitergab.

»Weißer Wolf wird mit den Gebeten und Zeremonien fortfahren, für manche davon werden auch die Fähigkeiten des Feuermannes nötig sein. Morgen abend am Feuer wird er uns seine Vision erzählen.«

Mit viel Getue und zeremoniellen Gesten ließ Nils seine Hand mit dem Stein allmählich wieder sinken und verstaute ihn wieder in dem Beutel. Als die Zuschauer das Feuer verließen, erblickte er Svenson, der so aussah, als sei er erst in diesem Moment hinzugekommen.

»Was machst du eigentlich?« fragte Svenson streng. »Im Namen Asgards, was geht hier vor?«

»Ich weiß es nicht«, gab Odin zu. »Vielleicht kann ich es herausfinden. Sprecht mit niemandem darüber.«

Er drehte sich um und verschwand in der Menge.

Am nächsten Morgen versammelten sich die drei auf einem Platz außerhalb des Lagers, an dem sie ungestört waren. Die Anführer hatten verlauten lassen, daß man, bis eine Entscheidung getroffen sei, nicht weiterziehen werde.

Odin hatte sich unterdessen heimlich mit Schlange und anderen seiner Freunde besprochen, aber keiner von ihnen schien zu wissen, was vor sich ging. Die Späher hatten etwa zwei Tage voraus eine vielversprechende Gegend entdeckt. Es gab dort nicht viele Einheimische, die zudem einigermaßen friedlich wirkten. Aber dennoch würde es eine Entscheidung von enormer Tragweite sein, die Aussaat dieses Jahres gerade hier – oder an *jedem* anderen Platz – in den Boden zu bringen. Alle, so dachte Odin, konnten die Unsicherheiten spüren, die eine unbekannte Umgebung mit sich bringt. Es ist eine Sache, den Aufbruch ins große Unbekannte zu entscheiden, wenn man weiß, daß eine Rückkehr jederzeit möglich ist, jedoch eine völlig andere, wenn die gesamte Zukunft eines Volkes auf dem Spiel steht. Eine Mißernte in diesem Jahr, und das Volk würde hungern, zumindest einige von ihnen. Zugegeben, die Erträge waren immer unterschiedlich gut gewesen, aber man hatte sie in einer bekannten Umgebung erzielt. Das Risiko dieser Entscheidung hatte andere Dimensionen, und sie konnten sich keinen Fehler leisten.

Der Rat würde abstimmen, maßgeblich beeinflußt von Ton, dem heiligen Mann, und Großem Baum, dem Häuptling der Gruppe. Sie mußten, nachdem sie den Anstoß zu der Wanderung gegeben hatten, auch bei der Entscheidung selbst eine führende Rolle spielen. Auf ihren Schultern ruhte eine enorme Verantwortung.

Odin fragte sich, ob die anderen Anführer die beiden unter Druck setzten. Vielleicht hatten sie Großem Baum zu verstehen gegeben – wenn auch nur indirekt –, daß diese Entscheidung die richtige sein mußte. *Ja,* dachte er, *das wird es sein!* Ob es nun Warnungen gegeben hatte oder nicht, es war Druck ausgeübt worden, der Druck der Verantwortung. Odin versuchte, sich in die Lage von Großem Baum oder Ton zu versetzen. Sie würden natürlich versuchen, die Verantwortung zu verteilen, für den Fall, daß sie sich als falsch erweisen sollte.

Und was könnte besser sein, als einen Teil der Verantwortung auf den Fremden, den seltsamen und mächtigen heiligen Mann, auf Weißen Wolf abzuwälzen? Odin zog es vor, das nicht zu glauben, aber er mußte realistisch sein.

Ton war den Fremden gegenüber bislang überaus tolerant gewesen, aber änderte er seine Einstellung jetzt? Fürchtete der heilige Mann die Macht von Weißem Wolf, wollte er ihn vernichten? Das war zwar möglich, schien aber irgendwie nicht zu passen. Wahrscheinlicher war, daß Ton Unterstützung suchte. *Ja* ... Wenn Weißer Wolf und sein angesehener Helfer Feuermann seine Entscheidung befürworteten, wäre das Volk zufrieden. Eine ertragreiche Ernte würde die Macht und das Ansehen von allen vergrößern, auch von Großem Baum natürlich. Odin fragte sich, warum Ton nicht einfach alles mit Weißem Wolf besprochen hatte, begriff bald, daß dies als Schwäche ausgelegt worden wäre. Der heilige Mann konnte sein Ansehen nicht auf diese Weise in Frage stellen.

Der Rest der Geschichte, der sich für Odin von selbst ergab, sah in Anbetracht ihrer Konsequenz nicht nur unerfreulich, sondern sogar ziemlich häßlich aus. Wenn die Ernte ein Mißerfolg wurde, hatten Ton und Großer Baum jemanden, dem sie die Schuld daran geben konnten.

Gern hätte Odin die Nordmänner mit Ton und Großem Baum zusammengebracht, verwarf die Idee aber schnell. Das würde wiederum das Ansehen von Weißem Wolf gefährden und diesen schwach erscheinen lassen.

Nein, er, Odin, mußte einen Weg finden, die Sache zu regeln und das, ohne den Nordmännern seine geheimsten Gedanken mitzuteilen – und ohne das Ansehen irgendeines Beteiligten zu schmälern. Dies würde ein sehr interessanter Sommer werden, eine aufregende Herausforderung.

Er sah in die erwartungsvollen Gesichter der beiden Nordmänner.

»Ich denke«, begann er, »daß Ton sich von euch Hilfe erwünscht.«

»Dann soll er darum bitten!« platzte Svenson heraus.

»Nein, das kann er nicht«, erklärte Odin. »Das würde wie Schwäche aussehen.«

»Aber wie können wir ihm helfen?« fragte Nils. »Wir haben Mais noch nie wachsen sehen!«

»Das ist wahr. Und das mußt du auch sagen.« *Und damit viel Verantwortung von dir weisen,* dachte er bei sich. »Aber du mußt es so aussehen lassen, als ob deine Gebete, dein Sonnenstein, deine Macht, als ob das alles dir sagt, daß seine Gaben Ton das Richtige raten werden.«

»Und wenn er die falsche Entscheidung trifft?« wollte Svenson wissen. »Wenn es eine Mißernte gibt?«

»Dann«, sagte Odin, »dann sind wir alle in Schwierigkeiten.«

50

Sie kamen überein, daß Svenson die Zeremonie mit dem Entzünden des Feuers beginnen würde. Odin erklärte der sich langsam einfindenden Menge, daß es nur klug sei, in einem Fall von solcher Bedeutung und Größe alle zur Verfügung stehenden Mächte anzurufen. Zuvor hatte er sich ernst und feierlich mit Nils über den Ablauf der Zeremonie beraten.

»Aber es gibt überhaupt keine Zeremonie, Odin!« protestierte Nils.

»Dann mußt du eine daraus machen. Es ist äußerst wichtig, daß sie wissen, wie ernst die Lage ist, bevor du offenbarst, was deine Gaben dir verraten haben.«

»Meine Fähigkeiten können mir nichts über den Maisanbau verraten!«

»Das ist wahr. So, dann laß uns jetzt überlegen, was du klugerweise sagen solltest. Das Pflanzen von Mais hat ziemlich viel mit den Fähigkeiten von Ton und Großem Baum zu tun, nicht wahr?«

»Ja«, stimmte Nils zu, »ich denke schon.«

»Dann wirst du ihnen erklären ... daß du dich mit deinen Mächten beraten hast und diese dir geraten hätten, *den ihren* zu folgen. Ja, das ist gut! Wenn irgend etwas schiefgeht, hat *ihr* Rat das verursacht.«

Odin wurde immer aufgeregter. *Er genießt die ganze Angelegenheit auch noch,* dachte Nils. *Aber das tut er in Notfällen immer!*

»Und nun«, fuhr Odin fort, »laß uns über die Zeremonie reden.«

»Aber ich habe dir bereits gesagt«, protestierte Nils nochmals, »daß es gar keine gibt.«

»Ich weiß, Thorsson, aber es muß so aussehen, als gebe es eine. Kannst du nicht ein Lied oder einen Gesang zum Besten geben?«

Langsam begann Nils zu verstehen. Der Gesang sollte in nordischer Sprache sein und von niemand anderem als Svenson und Odin zu verstehen sein. *Ganz ähnlich wie die lateinische Liturgie in der Messe,* dachte er. Seine Gewissensbisse angesichts eines solchen Vergleiches verflogen schnell, denn der Zweck des Ganzen war sicherlich ähnlich. Es mußte ein feierliches, gebetartiges Lied sein, das nicht unbedingt Sinn zu machen brauchte. Es wäre sogar besser, wenn es das *nicht* täte. Auch ein rhythmischer Gesang, eine Abfolge sinnloser Silben würde dieselbe mystische Aura hervorrufen können und seinen Worten Glaubwürdigkeit verleihen. Ja, vielleicht konnte er es tun. Aber welchen Gesang? Ein Gedicht oder ein Lied? ... oder einen Kinderreim?

Strym-strahm pamadiddle lolly-body rhigdhym ... Bruchstücke eines sinnlosen Reimes aus seiner Kindheit gingen ihm durch den Kopf. Er sollte eigentlich gesungen werden; ihm fiel auch noch die Melodie ein, aber an den weiteren Text erinnerte er sich leider nicht mehr.

Er sah das Gesicht seines Großvaters vor sich; seine blauen Augen hatten immer gezwinkert, wenn sie zusammen diesen Reim gesungen hatten. Nils konnte nicht älter als vier Jahre alt gewesen sein ...

»Hast du an ein Lied gedacht?« fragte Odin.

»Was? Oh, nein, aber ich werd' schon eines finden.«

Er dachte an die langen Winterabende am großen Feuerplatz, an die vielen Rätsel, die sie zusammen geraten hatten. Oftmals waren diese in runischen Reimen ausgedrückt, deren verschlüsselte Botschaft, solange sie nicht gelöst war, keinen Sinn ergab. Sein Großvater hatte diese Spiele geliebt. In seinen späteren Jahren war Nils der Grund dafür klargeworden: Die Rätsel zwangen junge Menschen zum *Denken*.

»Wieviel Schmutz«, so hatte eines gelautet, »befindet sich in einem Hohlraum, der so breit, so lang und so tief wie eine Handspanne ist?«

Das reimte sich zwar nicht, sorgte aber stets für Belustigung. Es gab immer irgend jemanden, der nicht darauf kam, daß ein *Hohlraum* überhaupt keinen Schmutz enthalten konnte. Aber diese Art Rätsel suchte er im Moment nicht, auch wenn sein jetziges Problem mit dem Wühlen im Dreck zu tun hatte, denn das war das Pflanzen von Mais ja vermutlich. Nils hatte jedoch Bedenken, ob er ein Rätsel erfinden konnte, das ernst genug klang, um als Zeremonialliturgie durchzugehen.

Etwas Geheimnisvolleres ... Es mußte nichts mit dem Säen von Korn zu tun haben. Nun, *konnte* es ja auch nicht, da er darüber nichts wußte. Und es mußte auch in keiner Verbindung mit dem Sonnenstein oder mit irgend etwas anderem stehen. Es mußte nur auf eine mystische, spirituelle *Sache* hindeuten. Er erinnerte sich, wie sehr seine Geschichten über die nordischen Götter und Göttinnen die Menschen beeindruckt hatten. Sicherlich gab es in dieser Hinsicht eine Möglichkeit, das Interesse zu nutzen.

Schließlich fand er die Lösung. Es gab Rätsel, die von der Schöpfungsgeschichte und den Göttern handelten, und sie wurden immer in einem leisen, geheimnisvollen Tonfall vorgetragen, einem rhythmischen Singsang, der einem Gebetsgesang sehr ähnelte. *Ja, genau so sollte es sein.* Es belustigte ihn, daß die ursprüngliche Frage für ihn zu einer Antwort geworden war.

»Was ist los, Thorsson?«

»Nichts. Ich habe nur über die Zeremonie nachgedacht, von der ich Gebrauch machen werde.«

»Das ist gut. Benutze auf jeden Fall den Stein!«

»Aber in der Dunkelheit wird er überhaupt nicht leuchten.«

»Ich weiß, aber tu so, als wenn es so wäre. Sie können ihn sowieso nicht sehen, und sie kennen deine Worte nicht. Es macht sich besser, wenn sie glauben, daß du Dinge siehst, die sie nicht sehen.«

Nils mußte ihm zustimmen. Den Rest des Tages verbrachte er damit, die Zeremonie in Gedanken zu proben. Er versuchte, sich an die Worte des kurzen Reimes zu erinnern, obwohl die Zuhörer sie ohnehin nicht verstehen würden, denn er hatte das Gefühl, das Ganze besser durchführen zu können, wenn sie wenigstens für *ihn* einen Sinn ergaben.

Svenson spielte seine Rolle sehr gut. Nachdem er ein- oder zweimal ein Feuer mit Feuerstein und Stahl entzündet hatte, begann er seinen Status zu genießen. Nils amüsierte sich jedesmal über die großartigen Gesten des Seemannes, denn Sven hatte mittlerweile ein völlig eigenes Ritual entwickelt. Seinen Feuerstahl verwendete er nur noch, wenn es galt, den Eindruck einer geheimnisvollen Fähigkeit zu erwecken, der Fähigkeit mit bloßen Händen Feuer zu machen, der er seinen Namen zu verdanken hatte.

Das Ratsfeuer des heutigen Abends wurde dem wichtigen Anlaß gebührend gerecht, und schon bald fraßen sich die Flammen hungrig durch das sorgfältig aufgeschichtete Holz.

Großer Baum forderte die Antwort ein, um die er Weißen Wolf ersucht hatte. Mit würdevollem Gehabe stand Nils auf, um die vorteilhafteste Position zwischen der Helligkeit des Feuers und der schwarzen Kuppel des Himmels einzunehmen.

Er hob seine Arme hoch und stimmte den rhythmischen Singsang an, genauso wie sein Großvater es immer getan hatte. Der alte Reim handelte von der Wilden Jagd, die auf den Schwingen des Wintersturmes über den Himmel des Nordlandes reitet, während sich sein Heulen mit dem Bellen der Hundemeute mischt. Der wilde Jäger ist niemand anderes als der Gott Odin selbst, der auf seinem großen, achtbeinigen Roß Sleipnir dahinsprengt. Er trägt den magischen Speer Gungnir und einen weißen Schild an der Hüfte.

Und der Gesang war nicht die Geschichte, sondern das Rätsel selbst:

Wer sind die beiden, die das Ding reiten?
Drei Augen haben sie zusammen, zehn Beine, einen Schwanz.
Und so reiten sie über das Land.

Die Angst, die er als Kind empfunden hatte, spiegelte sich deutlich auf Nils' Gesicht wider. Seine Zuhörer waren wie gelähmt. Obwohl sie seine Worte nicht verstanden, waren die Gefühle in der Stimme des Weißen Wolfes für jedermann offensichtlich. Sogar Svenson, der die Geschichte kennen mußte, starrte ihn mit offenem Mund an.

Nils wiederholte den Gesang ein- oder zweimal und wandte sich dann an Odin, der ihm mit weitausholenden Gesten den Sonnenstein übergab. Nils hielt ihn hoch über sich und starrte ihn, um den größtmöglichen Effekt zu erzielen, lange an. Unter den Zuhörern herrschte absolutes Schweigen, das nur vom Knacken des Feuers und einem fernen Ruf von Kookooskoos, der jagenden Eule, unterbrochen wurde. Ihr hohler Ruf ließ die Szene noch geheimnisvoller erscheinen.

Schließlich ließ Nils den Stein sinken. Er begann zu sprechen, diesmal in der Sprache des Stammes.

»Mich dünkt dank der Macht meiner Gaben, daß es so sein soll mit der Saat des Maises: Der Mais gehört zu den Menschen. Zu eurem Volk, nicht zu meinem. Und so kommt das Wissen vom Mais nicht zu mir, sondern zu unserem Bruder, dem heiligen Mann Ton. Seine Macht ist groß, und ihm wird es eingegeben werden, wo und wann die Saat ausgebracht werden soll. Mich dünkt, seine Macht wird uns mit gutem Rat leiten.«

Er warf einen schnellen Blick auf Ton. Die ledrigen Züge des alten Mannes wirkten ernst. Jedenfalls konnte Nils kein Anzeichen offensichtlicher Mißbilligung entdecken. Auch Odin schien recht zufrieden zu sein, während auf Svensons Gesicht ein amüsierter Ausdruck lag.

Großer Baum erhob sich.

»Es ist gut«, verkündete er. »Die Vorzeichen sind gut. Morgen werden wir unter Führung unseres heiligen Mannes weiterziehen bis zu dem Platz, den unsere Späher gefunden haben. Ich danke dir, Weißer Wolf, für deine Hilfe.«

Der Rat war zu Ende, und die Leute machten sich daran,

den Aufbruch am nächsten Tag vorzubereiten. Nils sah den alten heiligen Mann nochmals an, und ihre Augen trafen sich für einen Moment. Ton nickte fast unmerklich, vielleicht zum Gruß, vielleicht zustimmend, vielleicht auch beides. Nils war allerdings sicher, daß es keine Mißstimmung gab. Er erwiderte das Nicken, und sie gingen ihrer Wege.

Svenson und Odin gesellten sich zu Nils.

»Das hast du gut gemacht«, kicherte Sven. »Dein Rätsel hat eine gute Zeremonie hergegeben!«

»Das ist wahr«, sagte Odin nachdenklich. »Es ist gut.«

»Ich habe Ton angesehen«, sagte Nils. »Ich glaube, er war erfreut.«

»Auch das ist gut«, versicherte Odin begeistert. »Ja, Weißer Wolf, ich denke, daß du deine Sache heute abend sehr gut gemacht hast. Aber ich habe noch eine Frage.«

»Eine Frage?« entfuhr es Nils besorgt.

»Ja!« Odin hielt einen Moment unschlüssig inne. »Was ist es?« fragte er. »Was besitzt ein Auge, zehn Beine und einen Schwanz?«

Nils zögerte. Wie konnte er die Legende vom wilden Jäger erklären, von einem Roß mit acht Beinen, einem Reiter mit nur einem Auge. Wie sollte man das einem Mann beschreiben, der noch nie auch nur ein *vier*beiniges Pferd gesehen hatte?

»Odin, das ist eine lange Geschichte«, antwortete er. »Es ist ein Mann mit nur einem Auge und ein Ungeheuer mit acht Beinen«

Odin dachte einen Moment nach und nickte dann, als habe er alles verstanden.

»Der Mann reitet auf dem Ungeheuer«, legte sich Nils, der das Bedürfnis verspürte, es Odin begreiflich zu machen, ins Zeug.

»Natürlich«, stimmte Odin ihm zu. »Es ist eine Geschichte, nicht?«

Nils fiel auf, wie rasch Odin akzeptierte. Dem Skraeling schien es offenbar nicht so wichtig zu sein, alles zu verstehen. Er genoß es einfach. *Es ist eine Geschichte.*

Nun ja, dachte Nils, *eine gute Geschichte*. Vielleicht würde er diese Geschichte einmal am Geschichtenfeuer erzählen.

51

Die Maisaussaat war ein hartes Stück Arbeit und wurde von vielen Zeremonien begleitet. Jedermann half dabei. Es war ein Ritual, eine endlose Wiederholung gleicher Bewegungen. Die Rücken schmerzten, und die Muskeln verkrampften vom ständigen Bücken und Graben.

Zu allererst hieß es den Boden vorzubereiten. Alles, was dort wuchs, jeder Grashalm wurde aus der Erde gerissen und diese in regelmäßigen Abständen zu kleinen, etwa einen Handteller breiten Haufen aufgeworfen. In diese drückte man mit Hilfe eines Stockes ein Loch und legte ein Stückchen Fleisch oder Fisch, umgeben von drei Maiskörnern, hinein. Zum Schluß deckte man es mit ein wenig fetter Muttererde zu und klopfte diese fest. Und dann kam der nächste Haufen dran … In jeden dritten Haufen wurden statt der Maiskörner drei Kürbiskerne gesteckt.

»Warum legen wir ein Stück Fleisch in die Löcher?« fragte Nils seine Frau, die auf allen vieren neben ihm arbeitete.

Allmählich wuchs Taubes Bauch, und ihm war aufgefallen, daß sie noch viel schneller ermüdete. Sie richtete ihren Oberkörper auf, lehnte sich einen Moment zurück und streckte ihren Rücken. Er konnte sich vorstellen, wie es ihr ging. Seine eigenen Rückenmuskeln beklagten sich ja schon über die ungewohnte Belastung. Sie lächelte erschöpft.

»Wir bitten Mutter Erde, uns Nahrung zu geben«, gab sie schlicht zurück. »Wir beweisen unsere Bereitschaft zu teilen, indem wir ihr zuerst etwas zu essen geben.«

Nils nickte, obwohl er diese Logik nicht völlig nachvollziehen konnte, aber sie war Teil dieses Volkes. Nils akzeptierte allmählich, daß er gewisse Merkmale und Gepflogenheiten niemals ganz verstehen würde. Nicht die formellen Zeremonien, sondern die einfachen Dinge: Das Tabakopfer im gerade entzündeten Feuer, um die Geister des Ortes zu ehren; die an ein gerade getötetes Tier, dessen Fleisch zum Leben notwendig war, gerichtete Bitte um Verzeihung für seine Tötung; und jetzt ein Speiseopfer an die Erde, um sich im voraus für die Ernte zu bedanken.

»Hör zu, der Wind spricht zu uns«, hatte Taube einmal, während ihrer Verlobungszeit, zu ihm gesagt.

An einem warmen Nachmittag waren sie auf einem sanften Hang in der Nähe des Dorfes gesessen, und der Wind hatte unablässig in den zarten Nadeln des undurchdringlichen Kieferndickichtes hinter ihnen geflüstert. »Was sagt er denn?« hatte er belustigt gefragt.

Sie hatte jedoch nur die Achseln gezuckt und ihm ausweichend geantwortet.

»Er sagt uns viel, nicht wahr? Vielleicht das Versprechen, zusammen glücklich zu sein ...« Sie war verlegen gewesen. »Wer weiß schon, was der Wind singt?«

Sie hatte die Augen niedergeschlagen und das Thema gewechselt.

»Wußtest du, daß wir einmal alle Sprachen verstehen und sprechen konnten?«

»Was meinst du? Die aller Völker?«

»Natürlich, und die der Tiere – sie haben auch mit uns gesprochen – und die der Bäume, das Flüstern des Flusses. Das allerdings hören wir ja heute noch, aber wir verstehen es nicht mehr.«

An jenen friedlichen Nachmittag mußte er denken, als sie beide in der lehmigen Erde knieten, die die Ernte dieses Jahres hervorbringen würde, zumindest *baten* die Menschen darum. Es war weder ein feierliches, kirchenähnliches Ritual noch ein oberflächlicher leichtfertiger Akt, sondern eine ganz konkrete Bitte, die man an einen Freund richtet, und zudem Dankbarkeit ausdrückte. *Danke* ... Kleine Gaben mit in die Erde zu legen glich einem Gebet zum Erntedank, im voraus gesprochen. Später, nach der erwarteten reichen Ernte, würde es noch mehr Dankgebete geben.

Für einen Moment jedoch war er nur erschöpft. Seine Rückenmuskeln schmerzten, seine Hüften waren steif und verkrampft von der ungewohnten Haltung. Er sah, wie sich die anderen langsam, Haufen für Haufen, über das Feld vorarbeiteten. Die Schatten wurden länger, die Sonne stand schon tief. Heute würden sie nicht mehr fertig.

Nach einigen Tagen hatten sie es jedoch endlich geschafft. Der Blick über das sanft wellige Land, die frisch umgegrabene Erde und die langen, leicht geschwungenen Reihen der Erdhäufchen, vermittelte jedem einzelnen von ihnen ein Gefühl der Befriedigung. Erwartungsvoll sahen die Menschen zum Himmel. Der ersehnte Regen setzte bald ein, und die Dramaturgie seines Auftritts schien ganz ihren Erwartungen zu entsprechen. Als der Stamm erwachte, zogen einzelne, dünne Wolken von Nordwesten auf. Sie wurden schnell dichter, und gegen Mittag hatte sich der Himmel völlig zugezogen. Die Luft wurde schwer. Die Vögel verstummten. Die Menschen beeilten sich, ihre behelfsmäßigen Unterkünfte aus Buschwerk und Baumstämmen fertigzustellen, zurrten lose Enden fest und überprüften die Befestigungen.

Und dann kam das Unwetter, mit Wind, Blitzen und Donner. Anfangs noch leichte Tropfen, die immer schwerer wurden und in einen heftigen, trommelnden, peitschenden Regen übergingen.

»Und wenn er nun den Mais aus den kleinen Haufen herauswäscht?« fragte Nils.

Taube lachte ihn aus. »Wir wollten, daß es jetzt regnet. Alles ist bereit.«

»Aber ... *so* heftig?«

Sie lachte erneut. »Vielleicht nicht ganz so, aber es ist gut. Das Trommeln des Regenmachers wird den schlafenden Mais aufwecken, du wirst es sehen!«

Trotz dieser Bemerkung war er sehr überrascht, als ein paar Tage später kleine hellgrüne Spitzen durch die Oberfläche der Erdhäufchen stießen. Der Regen hatte drei Tage lang angehalten, und das schien ein gutes Zeichen zu sein. Die Nordmänner jedoch waren nahezu schockiert, als sie sahen, wie schnell die Pflanzen wuchsen.

»Sven, zu Hause gibt es so etwas nicht, oder?« sagte Nils zu Svenson.

Sven schüttelte den Kopf. »Von solchen Dingen verstehe ich nichts, Nils. Mein Leben hat sich auf See abgespielt, nicht im Dreck.«

Die Verachtung eines Seemannes für diejenigen, die den Boden bearbeiten, war offensichtlich, obwohl Sven beim Pflanzen geholfen hatte. Und da seine eigenen Muskeln sich schon so wund angefühlt hatten, war Nils sicher, daß die Arbeit für Svensons alte Knochen noch schlimmer gewesen sein mußte. Aber der Seemann hatte sich nur ein einziges Mal beschwert.

»Beim Hammer Thors! Da ist es ja noch einfacher, die Segel zu hissen!«

Bereits wenige Tage später waren die Maispflanzen kniehoch und reckten sich nach dem Himmel. Die Ranken der Kürbispflanzen krochen über die Erde auf der Suche nach – *nach was?* fragte Nils sich, aber er wußte, daß sie nach Raum suchten. Diesen Geist konnte er verstehen, denn er glich seinem eigenen: dem Drang, nach etwas zu suchen ...

Er hielt inne, überrascht über sich selbst. Er hatte gerade über den *Geist* einer Kürbisranke nachgedacht, als sei sie ein lebendiges Wesen. Der Priester zu Hause in Stadt würde das nicht gutheißen – unterwürfiger Kleriker, der er war –, es möglicherweise sogar als Blasphemie bezeichnen. Aber er könnte die Leute des Stammes ohnehin nicht verstehen. Er gehörte zu einer anderen Welt. Doch ihm selbst fiel es in dem Moment leicht, in dem er am Rande eines Feldes voll wachsender Früchte stand, das Leben so zu sehen, wie seine neuen Brüder es taten. Er war froh und vielleicht sogar etwas stolz, ein Teil dieser Welt zu sein, stolz, daß auch *sein* Schweiß für diese Arbeit vergossen worden war, daß auch *seine* Opfergaben, die er der Erde dargebracht hatte, angenommen worden waren. Und es war gut ...

»*Ich danke dir!*« murmelte er halblaut, unsicher, an welche Gottheit oder welchen Geist er sich gerade wandte.

Sven sagte, es sei jetzt Juni. Nils war willens, ihm das zu glauben, denn Sven war derjenige, der den Kalenderstock nach wie vor mit Kerben versah. Und es schien auch wahrscheinlich, denn die Blumen blühten in verschwenderischer Fülle. Einige ähnelten denen ihrer Heimat, andere jedoch waren ihnen völlig fremd.

»Ja«, sagte Odin. »Es ist der Blütenmond.«

Genauso wie zu Hause, dachte Nils. Ihm kam es so vor, als sei dieses Volk in der Lage, das Wesen der Dinge direkt zu erfassen.

Nach wenigen Wochen überragte der Mais sie schon. Inzwischen hatten sie die Felder bereits zweimal neu bearbeitet. Es war eine lästige Tätigkeit, langweilig und geistlos, noch schlimmer als das eigentliche Pflanzen. Dabei mußte jedes bißchen Grün, das nicht ins Feld gehörte, ausgerissen werden.

»Jetzt geht das viel leichter, als wenn man es später macht«, hatte Rufende Taube ihm versichert.

Bis zur Erntezeit schienen keine weiteren Arbeiten mehr nötig zu sein. Das war gut, dachte Nils, denn mit fortschreitender Schwangerschaft fiel es Taube immer schwerer, sich zu bewegen. Im Monat Juli, den Odin den Mond des Donners nannte, war noch mehrmals in unregelmäßigen, aber ausreichenden Abständen Regen gefallen. Die Menschen schienen mit dem Wachstum der Pflanzen zufrieden zu sein. Aus den hellgelben Blüten, die die Kürbisranken übersäten, würden sich schon bald schwellende grüne Kugeln entwickeln. Die Bohnenranken, die man auf drei Holzgestellen an den Ecken des Feldes gepflanzt hatte, trugen schwer unter ihrer Last.

Doch der Mais war offensichtlich wichtigste Feldfrucht des Volkes. An der Spitze jedes einzelnen Stieles bildete sich eine Art Blüte, deren lange Finger sich in den Himmel streckten.

»Und daraus wird dann das Korn?« fragte Nils.

»Nein, nein«, Taube lachte. »Der Mais wächst unten, an der Seite des Stengels.«

Sie wies auf einen Kolben, der auf den ersten Blick aussah wie ein *Bündel* von Blättern, an deren sich verjüngender Spitze ein Büschel braunen Haares hervorquoll.

»Und was ist das, was dort oben herausschaut?«

»Der Mais hat zwei Geister«, erklärte Taube ihm. »Es muß beide geben, der dort am oberen Ende und dieser weiter unten. Wie du und ich ...« Sie wies auf ihren gerundeten Bauch. »Mann und Frau, aber ich denke, daß der Mais nicht annähernd so viel Freude hatte.«

Er brauchte einen Moment, bis er begriff, daß sie sich einen

Spaß mit ihm erlaubte. Dann grinste er verlegen, und Taube lachte über den Erfolg ihres Scherzes laut auf.

»Aber beim Mais«, protestierte er, »also, seine Blüte ist an einem bestimmten Platz und die Frucht an einem anderen?«

»Natürlich«, beharrte sie. »Ist das bei Mais nicht immer so?«

Nils wußte es nicht. Er hatte noch nie zuvor Mais wachsen sehen, erinnerte sich jedoch an keine andere Pflanze mit ähnlichen Merkmalen. Vielleicht konnte er sich irgendwann einmal mit Odin darüber unterhalten oder mit Sven. Ja, Svenson hatte viel von der Welt gesehen und möglicherweise schon davon gehört. Er würde ihn fragen.

Dazu sollte es jedoch so bald nicht mehr kommen, denn Taube weckte ihn mitten in der Nacht. »Mein Mann ...«, flüsterte sie.

»Ja ... was ...« Er kämpfte mit dem Schlaf. »Was ist los?«

»Ich glaube, meine Zeit ist gekommen. Wirst du meine Mutter wecken?«

Mit einem Schlag war er hellwach.

52

Die Geburt eines Kindes war reine Frauensache. Sehr schnell hatte sich Rotes Reh eingefunden, um ihrer Tochter zu helfen, und der Ehemann war aus dem kleinen Unterschlupf, der in diesem Sommer ihr Zuhause darstellte, verbannt worden.

Nervös und ratlos lief Nils draußen eine Weile auf und ab und schaute in den Nachthimmel. Was sollte er nur tun? Jemand näherte sich, und er war froh, Svenson zu erkennen.

»Es ist soweit, was?« meinte Sven. Es war nicht wirklich eine Frage, eher ein Gruß.

»Es sieht so aus, ich habe mich gefragt, was jetzt von mir erwartet wird. Du bist doch schon Vater, Sven.«

Der alte Seemann kicherte. »Ja, aber ich war immer auf See, wenn es soweit war.«

»Aber es muß doch etwas geben, das ich tun kann.«

Nun lachte Svenson lauthals. »Ich glaube«, sagte er so nachdenklich wie ein Mann des Stammes, »daß du bereits getan hast, was man von dir erwartet hat, und zwar vor einigen Monaten.«

Er schlug sich vor Heiterkeit auf den Schenkel.

»Das ist nicht lustig, Sven«, schnappte Nils zurück. Irgendwie hielt er die üblichen Scherze im Moment für unangebracht.

»Du hast mich nicht verstanden, Nils, beruhige dich. Sie kommen schon damit zurecht, und wir können nichts tun. Laß uns ein Stück gehen. Ich bleibe bei dir.«

Sven wies auf eine Anhäufung von Felsblöcken, etwa einen Bogenschuß entfernt, auf einem kleinen Hügel. Im fahlen Licht des Neumondes konnten sie ihn nur vage erkennen, aber es war ein vertrauter Platz. Nils nickte und machte sich auf den Weg. Er schaute in den Himmel und achtete auf die Positionen des Großen Bären. Der Stamm nannte dieses Sternbild die sieben Jäger. Odin hatte ihm das erzählt; die Jäger zogen jede Nacht aus und umrundeten ihr Haus am Polarstern. Einmal pro Tag und Nacht zogen sie ihren Kreis am Himmel. Nils hatte mit Interesse festgestellt, daß der Stamm um die Bedeutung des Polarsterns wußte, wenn er ihn auch nicht zur Orientierung benutzte.

Aber daran dachte er im Moment nicht. Sein schneller Blick hatte ihm gezeigt, daß die Morgendämmerung nicht mehr fern war. Nicht, daß das in der gegenwärtigen Situation irgendeine Rolle gespielt hätte. Die Sterne zu beobachten war nur eine alte Gewohnheit. Ja, in diesem Moment wich die samtene Dunkelheit im Osten bereits einem bleiernen Grau. Er schaute zurück und sah ein Feuer vor seinem Unterschlupf. Die ersten der anderen Schläfer begannen, sich zu rühren.

Während er schweigend neben Sven saß, kam eine Gestalt auf sie zu. Nils spürte leichten Widerwillen gegen die Nähe eines anderen in sich aufsteigen. Niemand hatte das Recht, ihn in einer Zeit wie dieser zu belästigen. Sein Ärger verschwand, als er Odin erkannte, der sich, ohne ein Wort zu sagen, neben ihn hockte.

»Odin, gibt es irgend etwas, das ich tun sollte?« fragte Nils.

»Nein, du hast deinen Teil bereits getan«, antwortete Odin.

Sven kicherte, und Nils wurde erneut wütend. *Mutter Gottes,* dachte er. *Es ist überall dasselbe!*

Odin schien seinen Unmut zu bemerken und ergriff nochmals das Wort.

»Es wird alles gutgehen, Fast-Bruder. In unserer Familie gebären die Frauen leicht. Das liegt an ihrem Körperbau.«

Nils wunderte sich über diese seltsame Bemerkung.

»Taube ist lang gebaut, von den Armen bis zu den Hüften, wie unsere Mutter. Das macht die Geburt einfach«, erklärte Odin.

»Das habe ich auch gehört, Nils«, sagte Svenson. »Eine Frau mit langer Taille ... hat nicht so schlimme Wehen. Ich weiß nicht, aber es sieht gut aus. Lange Taille, lange Beine ...«

»Können wir über irgend etwas anderes reden?« fuhr Nils ihn ärgerlich an.

»Natürlich«, antwortete Odin. »Worüber, Thorsson?«

Unbehaglich zuckte Nils mit den Achseln. »Ich weiß es nicht, es tut mir leid.«

»Es ist in Ordnung«, sagte Odin beruhigend. »Wir müssen überhaupt nicht sprechen. Aber wir werden bei dir bleiben. Ein Mann braucht in solch einer Situation jemanden.«

»Ich danke euch«, murmelte Nils.

»Laßt uns rauchen«, schlug Odin vor. Er holte eine Pfeife und seinen Beutel mit Tabak hervor.

»Soll ich ein Feuer anzünden?« fragte Svenson.

»Nein, ich hab' eines dabei«, sagte Odin.

Aus einem ausgehöhlten Kürbis, der mit Asche gefüllt war, zog er einen Stock hervor und blies auf dessen Ende, um die Glut aufflackern zu lassen. Dann hielt er es vorsichtig an seine frisch gestopfte Pfeife. Ein paar lange Züge, und in dem Pfeifenkopf glühte es. Er nahm ein oder zwei weitere Züge und gab Nils die Pfeife, der auch daran zog, bevor er sie an Svenson weiterreichte.

Nachdem die Pfeife zwei- oder dreimal die Runde gemacht hatte, war der dämmrige Streifen am Horizont im Osten heller und der zukünftige Vater ruhiger geworden. Das Gespräch fiel ihm nun leichter.

»Wann wird für deine Frau die Zeit kommen?« wollte Svenson von Odin wissen.

»Keine Ahnung?« Odin zuckte mit den Achseln. »Ich habe gedacht, jetzt, um diese Zeit. Aber Habichtfrau sagt nein. Doch sie meint, es ist bald soweit. Du weißt ja, es ist nicht ihre erste Geburt.«

»Ja, ich weiß. Ihre Tochter ist in diesem Jahr sehr gewachsen.«

»Das ist wahr! Wie der Mais, nicht wahr?« kicherte Odin. »Die Alten behaupten, daß man Babys immer nur eine kleine Weile hat, und schon sind sie erwachsen. Weißt du, daß wir sie deswegen Gelber Mais nennen?«

Alle drei kicherten. Sven verstand am besten, worum es ging.

Nils freute sich über die Gesellschaft und über den Versuch, ihn abzulenken, aber er konnte seine Gedanken immer noch nicht von der Szene losreißen, die sich jetzt in seiner Hütte abspielen mochte. Plötzlich erinnerte er sich an die Frau Vili Heinessons, ihres früheren Nachbarn in Stadt. *Inge,* so war ihr Name gewesen.

Eine wunderschöne, anbetungswürdige junge Frau, die den Puls eines Jungen, dessen Männlichkeit sich gerade erst bemerkbar machte, schneller schlagen ließ.

Der Tod von Inge Heinesson ging ihm sehr nahe. Es war schrecklich für ihn, ihren geschmeidigen und schönen Leib im Tod erstarrt zu sehen. Er vermißte sie, obwohl er sie kaum gekannt hatte. Wahrscheinlich war ihr der Junge, der sie aus der Ferne anzuhimmeln pflegte, nicht einmal aufgefallen. Doch natürlich, sie *hatte* ihn einmal angelächelt, als sie auf der Straße fast zusammengestoßen waren. Er hatte ihr Gesicht immer noch vor Augen, dieses Lächeln, offen, frisch und zuversichtlich, das Lächeln einer glücklichen, sicheren Person.

Aber sie war während der Geburt gestorben. Er kannte die Einzelheiten nicht. Seine Eltern und die anderen Erwachsenen sprachen nur leise darüber und schienen sich über die Gefühle des jungen Nils überhaupt keine Gedanken zu machen. Sie wußten nicht, und niemand sollte je erfahren, daß er diese Frau geliebt hatte und in die Scheune geflüchtet war, um seinen Schmerz über diesen Verlust herauszuschreien.

Er empfand ungeheure Sympathie für den leidtragenden Ehemann und wollte Vili Heinesson sagen, wie gut er ihn verstehen könne. Das wäre natürlich völlig unangebracht gewesen. Aber er fragte sich damals und auch später, ob Vili wirklich bewußt war, daß die junge Frau, die sein Bett geteilt hatte, etwas ganz Besonderes gewesen war.

Als Vili ein Jahr später wieder geheiratet hatte, war Nils sicher gewesen, daß er der Erinnerung an Inge untreu geworden sein mußte, und hatte ihn deswegen verachtet.

Es war allein seine eigene Situation, die ihm diese Tragödie wieder ins Gedächtnis rief. Wurde er jetzt dafür bestraft, daß er vor so langer Zeit Vili Heinessons Frau begehrt hatte? Und wie streng würde die Strafe ausfallen?

Je mehr Zeit verstrich, desto größer wurden seine Angst und seine Sorge. Es wurde heller, aber die Sonne zeigte sich noch nicht über den fernen Hügeln. Wieder machte die Pfeife die Runde. Er nahm einen schnellen Zug und reichte sie an Sven weiter. Dann stand er auf und ging ein paar Schritte.

Was, wenn – er wagte es nicht, den Gedanken zu Ende zu führen – *was, wenn Rufende Taube dasselbe Schicksal ereilte wie die junge Inge Heinesson? Was würde er tun, wenn er sie verlöre?*

Nie hatte er deutlicher erkannt, daß Taube zu einem der wichtigsten ..., nein, zu *dem* Wichtigsten in seinem Leben geworden war. Wenn ihr irgend etwas passierte ... *Ich sollte das nicht denken!* Tränen stiegen ihm in die Augen. *Könnte ich ihr das nur abnehmen!* dachte er.

»Nils! Nils! Ist alles in Ordnung, Junge?«

Svenson hatte seinen Ellbogen ergriffen und schüttelte ihn.

»Was? Ich habe an etwas anderes gedacht, Sven. Was ist los?«

Es war Odin, der ihm antwortete.

»Sie rufen uns.« Er wies auf das entfernte Lager.

Im zunehmenden Licht konnte Nils jemanden vor seiner Hütte stehen sehen. Er meinte, in diesem jemand seine Schwiegermutter zu erkennen. Sie winkte ihm zu.

»Reh winkt uns zu kommen«, stellte Svenson fest.

Gab es Probleme? Bewahrheiteten sich seine schlimmsten Befürchtungen?

Nils sprang auf und rannte los. Sein Herz schlug in Panik. *Irgend etwas ist schiefgegangen!* Er hatte das Gefühl, nicht von der Stelle zu kommen. Wie frustrierend … wie in einem Traum, wenn jemand versucht zu laufen, sich aber nur noch langsam bewegen kann.

Er raste über die flache Wiese. Mit großer Erleichterung stellte er fest, daß Rotes Reh lächelte.

»Ist sie … ist sie?« stammelte er atemlos.

Rotes Reh wies auf den Unterschlupf.

Rufende Taube lag auf ihren Decken. Sie lächelte, obwohl sie erschöpft aussah, aber für ihn hatte sie noch nie so schön ausgesehen wie in diesem Moment. Ihr Bauch unter der Schlafdecke schien ihm flacher zu sein. Seltsamerweise war das sein erster Gedanken noch bevor er das Bündel in ihren Armen bemerkte.

Vorsichtig schlug sie eine Ecke der weichen Decken zurück.

Ein Paar großer, dunkler Augen schaute aus dem Gesicht eines kleinen und doch so alten Menschen. Manche Babys kommen unter Protest auf die Welt, wehren sich schielend und schreiend gegen das Tageslicht; andere jedoch werden mit einem wissenden Ausdruck geboren, verwundert über all das, was sich vor ihnen ausbreitete. Dieses Kind war eines von ihnen.

»Dein Sohn«, sagte Taube. »Er ist wunderschön, nicht wahr?«

Nils hatte den Eindruck, daß die dunklen Augen des Kindes direkt auf den Grund seiner Seele blickten, als wisse und verstehe es all seine Gefühle.

»Ist mir dir alles in Ordnung?« fragte er sie.

»Natürlich! Müde …«

Die beiden Männer hinter ihm traten vorsichtig näher.

»Sie haben einen Sohn«, erklärte Rotes Reh.

Nils wandte den Kopf, sah sie an und wußte nicht, was er sagen sollte. In diesem Moment durchdrang ein erster Sonnenstrahl ein Tal in den fernen Bergen und ließ die Bäume und die Hütte golden aufglühen. Vielleicht war es dieser Sonnenstrahl, der für die Tränen in den Augen des frischgebackenen Vaters verantwortlich war. Vielleicht auch nicht ...

»Es ist gut«, sagte er in der Sprache des Stammes.

»Ja«, stimmte Rotes Reh zu. »Das ist ein gutes Zeichen.«

53

Die Ernte kam schnell, fast zu schnell, so schien es. Weißer Wolf und Rufende Taube waren jedoch von dem kleinen Mannkind, das sich zu ihnen gesellt hatte, völlig in Anspruch genommen.

»Er **ist** ein gutes Baby!« stellte Rotes Reh so entschieden fest, wie die Großmütter auf der ganzen Welt dies tun.

Aber es stimmte: der Säugling wurde nach seiner Geburt bei Sonnenaufgang Heller Himmel genannt. Vielleicht würde er später noch andere Namen bekommen, erklärte Taube ihrem Mann, dies sei nur ein Babyname, und außerdem passe er gut. Noch niemals zuvor hatte Nils ein Baby mit so leuchtenden, wißbegierigen Augen gesehen. Sehr früh schon lächelte es mit einem Ausdruck innigen Verstehens; es wirkte wie ein Erwachsener, der im Körper eines Kindes gefangen saß. Solche Kinder sind, obwohl es sie nur selten gibt, für ihre Eltern und für jeden, der mit ihnen zu tun hat, eine reine Freude.

Während Nils und Taube mit ihrem Sohn völlig ausgelastet waren, kam noch ein zweites Kind zur Welt. Odin und Habichtfrau wurden Eltern eines Mädchens. Es war zwar nicht ihr, aber sein erstes Kind. Und Nils konnte die Unterstützung, die er in der Nacht von Heller Himmels Geburt erfahren hatte, vergelten. Das war ein gutes Gefühl.

Nun durchlitt Odin all die Sorgen und Freuden, die er erst vor so kurzer Zeit mit seinem Fast-Bruder geteilt hatte.

Aber dann kam die Ernte, das prächtigste Fest des Jahres. Da die Babys gut gediehen, konnten beide Mütter, die wieder gut bei Kräften waren, daran teilnehmen.

Erst kurz zuvor bemerkte Nils erstmals, daß es verschiedene Sorten Mais gab. Zu Beginn der Aussaat hatte er sich gefragt, warum man soviel Mühe auf das Anlegen der Felder verwandte. Sie waren unterschiedlich groß und von Ton, dem heiligen Mann, sorgfältig abgemessen worden. Damals hatte Nils nicht weiter darüber nachgedacht und vermutet, daß auf diese Weise die Eigentümer der verschiedenen Parzellen festgelegt würden. Auch der Tatsache, daß der Raum dazwischen mit Bohnen und verschiedenen Kürbisarten bepflanzt worden war, hatte er keine Beachtung geschenkt.

Nun stellte er jedoch fest, daß sich der Mais der einzelnen Felder in Größe, Form und Farbe unterschied. Er fragte Taube.

»Sie werden für verschiedene Zwecke benutzt«, erwiderte sie.

»Aber sie werden doch alle gegessen!«

Zuerst lachte sie ihn aus, ließ sich aber schließlich zu einer Erklärung herab. »Du hast noch nie eine Maisernte erlebt, nicht wahr?«

»Nein, als ich zu deinem Volk kam, war es schon später Herbst und die Ernte war vorüber.«

»Und das war gut«, sagte sie fröhlich. Es schien ihr leid zu tun, daß sie daran nicht gedacht hatte, und sie beeilte sich, ihm alles zu erläutern. »Diese Sorte hier eignet sich am besten zum Mahlen ... und von diesem hier werden die ganzen Körner gekocht. Und diese ist für *Hominy*.«

»*Hominy?*«

»Ja, du hast es schon gegessen. Die harte Schale wird dabei durch die Asche des Feuers aufgebrochen!«

Er konnte sich nicht erinnern. Jetzt erst wurde ihm klar, wie wenig Aufmerksamkeit er den Speisen widmete. Wenn etwas zu essen da war, verzehrte er es und stellte keine Fragen.

Während er mit den anderen die Hüllen der Kolben zurückschlug und sie zu Bündeln zusammenband, damit man sie aufhängen konnte, überlegte er, wie die Ernte aufgeteilt werden mochte.

Taube sah ihn überrascht an: »Sie gehört dem Volk!«

»Du meinst, allen?«

»Natürlich, alle müssen essen, oder?«

Und alle pflanzen, dachte er. Die Idee des Gemeinschaftsbesitzes war ihm fremd, und er dachte eine Weile darüber nach.

»Wer bestimmt, wie etwas verwendet wird?« fragte er schließlich.

Taube ließ ihren Blick forschend über sein Gesicht streifen, als habe sie seine Frage nicht vernommen.

»Natürlich die Frauen.«

»Die *Frauen?«* Er lebte nun schon fast ein Jahr mit diesen Menschen und lernte erst jetzt so grundlegende Dinge ihrer Lebensweise kennen. Keine Vorstellung von Besitz zu haben war ihm ebenso fremd. Aber ... doch, es *gab* durchaus persönlichen Besitz. Waffen, Kleidung, solche Dinge eben. Aber die Nahrungsvorräte gehörten allen. Und so verhielt es sich auch mit den Häusern, obwohl jede Familie einen bestimmten Bereich für sich beanspruchte. ›Besitzen‹ war vielleicht nicht das richtige Wort dafür. Die Regeln, die das Eigentum betrafen, waren klar umrissen und, so entschied er, tatsächlich auch sehr streng. Im Zusammenhang mit den wenigen persönlichen Besitztümern waren sie völlig unantastbar.

»Und warum«, fragte er Taube, »ist es dann so wichtig, die verschiedenen Felder zu trennen?«

Wieder sah sie ihn an, als könne sie den Sinn seiner Frage überhaupt nicht begreifen.

»Um sie auseinanderzuhalten.«

»Aber alle gehören doch allen!«

»Ja«, erwiderte Taube vorsichtig. »Aber das hat doch nichts damit zu tun!«

»Aber ... warum werden dann die Felder getrennt?« hakte er nach.

»Weil sie *verschieden* sind!«

»Verschieden?«

»Ja, ich habe es dir doch gesagt, Wolf. Diese Sorte ist für Mehl, jene ist für Hominy ...«

Einen Moment lang starrten sie einander in völligem Unverständnis an.

»Ihre *Geister* sind verschieden. Man darf sie nicht zusammenlassen«, fuhr sie fort.

Langsam begann er zu begreifen, was sie meinte. Zwar war er kein Bauer, aber er wußte, daß es beim Vieh beispielsweise wichtig war, die Blutlinie rein zu halten. Sollte das auch bei Pflanzen genauso sein? Natürlich war es beim Mais ganz anders, Blüte und Frucht saßen an verschiedenen Stellen auf der Pflanze. Lag es daran?

»Wie lange ist das schon so?« fragte er.

Taube zuckte mit den Achseln. »Vielleicht schon immer. Die Menschen haben Mais angepflanzt, seitdem sie aus der Unterwelt kamen.«

Er entschied, Odin zu befragen. Diese Sache war ihm so fremd, daß er sich bei dem Versuch, sie zu verstehen, verlor. Aus Gründen, die er immer noch nicht begriff, mußte vermieden werden, daß sich die verschiedenen Maisarten miteinander vermischten. Er konnte sich an keine Getreidesorte aus Europa oder von den Inseln erinnern, bei der dies notwendig gewesen wäre. Hatte er sie vielleicht einfach übersehen? Weizen, Hafer und Gerste ähnelten sich in ihrem Erscheinungsbild sehr, aber es gab nichts, was dieser Feldfrucht mit ihren riesigen Kolben und großen Körnern entsprach.

Eigentlich ähnelte keine der Feldfrüchte, die hier angebaut wurden, auch nur im entferntesten denen seiner Heimat. Bohnen und dann die Kürbisse, kleinere und die großen goldenen ... Die waren wirklich etwas Besonderes! Die größten Früchte, die er je gesehen hatte. Manche waren so groß, daß man sie kaum mit den Armen umfassen konnte. Und sie wuchsen nicht in der Erde wie die Rüben oder in blättrigen grünen Köpfen wie Kohl, sondern an *Ranken*. Mochten die Skraelinge in mancher Hinsicht auch primitiv sein – ihr Ackerbau jedenfalls erforderte großes Wissen und Können. Ja, bei Gelegenheit würde er mit Odin auch darüber sprechen; vielleicht konnte er sogar einige Samen nach Hause mitnehmen.

Im Verlauf der Ernte lernte Nils auch, daß die Farben des Maises wichtig waren. Offensichtlich verknüpfte man mit der Tatsache, daß einige Sorten weiß, einige rot und manche gelb waren, eine zeremonielle und religiöse Bedeutung. Das war aber wieder etwas ganz anderes als die unterschiedliche *Verwendung* der einzelnen Sorten. Nun, egal ...

Nachdem, bis auf einige wenige Kürbisse, die noch auf den Feldern lagen, die ganze Ernte eingebracht war, begannen die

Beratungen darüber, was der Stamm als nächstes tun und wo er überwintern solle. Und fast unverzüglich spaltete sich der Stamm in zwei Fraktionen. Diejenigen, die mehr Sorgfalt auf den Bau ihrer Schutzhütten verwandt hatten, wollten an Ort und Stelle überwintern. Und die anderen, die sich darauf verlassen hatten, daß sie vor Einbruch der Kälte weiterziehen würden, forderten den unverzüglichen Aufbruch, so daß man irgendwo anders angemessene Winterhäuser errichten konnte. Die Diskussion wurde immer hitziger.

»Der Stamm ist nur selten sehr weit gezogen«, erklärte Odin den Nordmännern. »Die Dörfer haben länger als ein Menschenalter an ihrem alten Platz gelegen.«

Jetzt erst wurde Nils bewußt, von welch großer Bedeutung die Umsiedlung für den Stamm sein mußte. Es war kein Wunder, daß es Streit und unterschiedliche Meinungen gab, insbesonders, da der Stamm es nicht gewohnt war, weitsichtige Planungen vorzunehmen. Die Gelassenheit der Menschen, ihre Lebensart, die allein von den Jahreszeiten oder dem Vorkommen von Wild bestimmt wurde, erwies sich als denkbar ungünstig für eine solche Entscheidung.

Schließlich wurde ein Rat einberufen, in dem viele zu Wort kamen und ihre Argumente wieder und wieder vortrugen. Die Nordmänner fanden die Ratssitzung lang und ermüdend, die Diskussion erschien ihnen endlos.

Schließlich wurde jedoch eine vorläufige Übereinkunft getroffen. Die Häuptlinge und heiligen Männer der drei Dörfer sollten die Sache besprechen und im Gebet Rat suchen und nach den entsprechenden Zeremonien und Beschwörungen einen Vorschlag unterbreiten, was zu tun sei. Bei der Entscheidungsfindung, über den Ort und den Zeitpunkt der Aussaat war ähnlich verfahren worden. Was die Nordmänner betraf, gab es nur einen wichtigen Unterschied: Diesmal wurde Weißer Wolf förmlich eingeladen, an dem Treffen des inneren Rates teilzunehmen.

»Das ist gut«, sagte Odin. »Man hat dich im vergangenen Frühjahr geprüft. Die Ernte war gut. Deine Macht ist bewiesen.«

»Aber was soll ich tun?« fragte Nils.

Odin hob die Schultern. »Nicht viel wahrscheinlich. Mach

ein weises Gesicht und nicke manchmal. Ich werde dir helfen. Als erstes mußt du Großem Baum sagen, daß du deine Helfer benötigst, zumindest mich … Das ist gut. Um dir zu helfen, damit du alles verstehst, was gesagt wird. Ich kann dann für dich sprechen, wenn es nötig ist. Ja, das ist gut.«

Der innere Rat war eine äußerst gemächliche und langwierige Angelegenheit. Die Pfeife wurde herumgereicht, eine Diskussion begann, bei der die Meinungen ausgetauscht wurden. Nils erschrak, als sich Großer Baum plötzlich an ihn wandte.

»Wie denkst du über diese Dinge, Weißer Wolf?«

Nils mußte heftig schlucken und schwieg dann einen Moment, um seine Gedanken zu sammeln.

»Meine Brüder«, sagte er langsam. »Ich bin noch immer ein Außenseiter. Ich kenne das Wetter hier nicht, genausowenig wie eure Pflanzen.«

»Möchtest du deine Zeremonien vollziehen?« fragte Großer Baum.

»Wenn der Stamm es wünscht«, antwortete Nils. »Aber ich denke, die Antwort wird wohl dieselbe sein. Meine Gaben sind mächtig, aber nicht so großartig wie die der anderen heiligen Männer in Entscheidungen, die den Stamm betreffen.«

»Gut!« flüsterte Odin in nordischer Sprache. »Biete ihnen noch einmal an, deine Geister anzurufen.«

»Und«, fuhr Nils fort, »ich würde den Rat meiner Geister auch erbeten, wenn dieser Rat es wünscht.«

»Weißer Wolf«, sprach ihn ein heiliger Mann einer der anderen Gruppen an. »Mir wurde gesagt, daß deine Zeremonie die Farbe eines Steines verändert.«

Das war eine Frage, die wahrscheinlich auf reiner Neugier basierte.

»Das ist wahr«, sagte Nils.

»Wir haben sie jedoch noch nie gesehen«, sagte der andere nachdenklich. »Im Frühling, bei deiner Zeremonie …?«

Die Frage war eine offene Herausforderung. Dieser Mann bezweifelte die Wirksamkeit der Mächte von Weißem Wolf. Man mußte sich ihr stellen.

»Mein Bruder«, begann Nils, aber Odin unterbrach ihn ärgerlich.

»Warte! Du hast kein Recht ...«

»Halt!« Die dröhnende Stimme von Großem Baum brachte sie zum Schweigen. »Katzenhaut, *ich* habe die Macht dieses heiligen Mannes gesehen. *Ich* habe gesehen, wie der Stein seine Farbe verändert hat. Wenn die Zeit dafür gekommen ist, wird Weißer Wolf dir seine Fähigkeiten beweisen. Jetzt ist nicht die Zeit dafür. Du solltest es besser wissen, und nicht einen anderen heiligen Mann darum bitten, seine Macht zu beweisen.«

Es folgte ein tiefes Schweigen, das schließlich von Odin gebrochen wurde, der sich direkt an Katzenhaut wandte.

»Weißer Wolf wird es dir zeigen, wenn die Zeit dafür gekommen ist, Onkel.«

Der verstimmte heilige Mann nickte nur.

Nils hoffte, daß er sich hier keinen Feind geschaffen hatte, obwohl er nicht wußte, wie er diese Konfrontation hätte vermeiden können.

Schließlich wurde entschieden, daß der Stamm an seinem momentanen Standort überwintern würde.

54

Nachdem die Entscheidung, den Winter an Ort und Stelle zu verbringen, erst einmal gefallen war, schienen nur noch wenige gemeinsame Vorbereitungen nötig zu sein. Das war verständlich, denn die Feldarbeiten lagen hinter ihnen. Nach der erfolgreich eingebrachten Ernte, angesichts der vielen Kürbisse und Bohnen, die sich einige Monate halten würden, bestand kein Grund mehr zur Eile. Man würde nun ein wenig auf die Jagd gehen, vielleicht sogar eine größere Herbstjagd veranstalten. In all den zurückliegenden Jahren hatte der Stamm im Herbst nur noch die Gemeinschaftshäuser ein wenig winterfest machen müssen. Die Häuser selbst hatten schon bereitgestanden. Jetzt schien nur wenigen Menschen bewußt zu sein, daß es keine solche Zuflucht mehr gab.

Natürlich beeilte man sich, die notdürftigen Behausungen aus Buschwerk und Häuten zu verstärken. Einigen war offensichtlich auch klar, daß diese keinen wirklichen Schutz bieten konnten. Odin, der mehr von der Welt gesehen hatte als die meisten seines Stammes, beunruhigte dieser Mangel an Voraussicht sehr. Er versuchte, seine Leute zum Bau stabilerer Unterkünfte zu überreden.

»Aber wir werden nicht hierbleiben«, protestierte ein Mann. »Es ist sinnlos, ein ganzes Dorf zu bauen.«

Zugegeben, das war durchaus richtig. Der Erstellung eines massiven Erdhauses, das fünfzig und mehr Mitglieder einer Großfamilie aufnehmen konnte, war ein nicht alltägliches Unterfangen. Dazu waren nicht nur schwere Grabarbeiten und der mühselige Abtransport der überschüssigen Erde erforderlich, es mußten auch geeignete Bäume für die tragenden Pfeiler und Dachsparren gefällt werden. Ein solches Haus zu bauen konnte nicht die Antwort sein, das wußte Odin. Schließlich begriff er, worin das eigentliche Problem lag. Den Menschen fehlte einfach eine überzeugende Alternative. Seiner methodischen Denkweise nach mußte es jedoch für jedes Problem auch eine Lösung geben; in diesem Fall hieß das, Unterbringungsmöglicheiten zu schaffen, die nur für diesen Winter gedacht waren und einen gewissen Schutz boten.

Die Behausungen der Flußabwärtsfeinde schienen ihm geeignet. Aber nein, sie waren natürlich nicht so gut wie die seines Volkes, viel kälter und zugiger, nicht einmal so warm wie die der Nordmänner in Straumfjord.

Straumfjord! Dieser Gedanke war ihm ganz unerwarteterweise gekommen, aber jetzt richtete er seine gesamte Aufmerksamkeit darauf. Er konnte sich nicht mehr an die Einzelheiten der Häuser dort erinnern ... Vier Pfosten an den Ecken, nicht in der Mitte, und noch mehr entlang der langen Wände ... Am wichtigsten aber war, daß die Siedler sie zu exakt demselben Zweck errichtet hatten, den der Stamm jetzt verfolgte: zum Schutz vor dem Winter. Die Nordmänner bauten schließlich auch dauerhaftere Gebäude, aber anfangs hatten die großen Langhäuser das Bild der gesamten Kolonie geprägt. Er mußte unbedingt mit Thorsson darüber sprechen.

»Ich bin mir nicht sicher«, antwortete Nils nachdenklich auf Odins Frage. »Ich bin kein Häuserbauer, mußt du wissen.«

»Aber du hast in diesen Häusern gelebt.«

»Ja, ich verstehe, was du meinst, Odin. Laß uns Feuermann fragen.«

Die Idee, ein Langhaus zu bauen, nahm bei den dreien zusehends konkrete Gestalt an. Es würde ganz überirdisch stehen, so daß man dafür nicht besonders tief graben mußte. Die Wände aus soliden Baumstämmen mußten fest im Boden verankert sein. Für die seitlichen würde man eine Reihe von Ständern benötigen. Die Freiräume zwischen diesen sollten mit trockenem Gras ausgestopft und von außen mit Lehm verschmiert werden. Außerdem brauchte man Balken für das spitzzulaufende Dach.

»An einem Platz, an dem wir länger blieben, würden wir die Wände aus Stein machen«, fügte Nils hinzu.

Odin nickte. »Ich denke, daß wir das machen können, Thorsson.«

So wurde Svensons Kampfaxt nun für einen friedlichen Zweck verwendet, dem Fällen und Behauen der Baumstämme. Andere Mitglieder der ausgedehnten Großfamilie beobachteten sie eine Weile bei der Arbeit und halfen schließlich mit. Sie kamen gut voran. Großer Baum kam einmal vorbei, um die Fortschritte zu begutachten, und ein oder zwei Tage später wurde ein paar Schritte von der Unterkunft der Familienangehörigen des Häuptlings entfernt die Errichtung eines zweiten Hauses in Angriff genommen.

Auch Bewohner der anderen Dörfer begannen mit dem Bau eigener Häuser für den Winter. Es mußten nicht so viele sein, und sie mußten auch nicht so groß werden wie die alten Erdhäuser, denn sie sollten nur diesen einen Winter überstehen. Das hatten alle sehr schnell begriffen.

Odin jedoch war etwas besorgt, nicht wegen des Schutzes; nein, diesen boten die Langhäuser in ausreichendem Maße, sondern daß sie sich zu großer Beliebtheit erfreuen und manchen dazu verleiten könnten, die festen Erdhäuser, deren Errichtung erheblich mühsamer war, ganz aufzugeben.

Außerdem sorgte er sich um die beiden Nordmänner, die nun zu Mitgliedern des Stammes geworden waren. Er hatte den Zweifel in den Augen von Thorsson, nun Weißer Wolf, dem Mann seiner Schwester, gesehen. Keinen Zweifel an den Unterkünften für diesen Winter, sondern an der Umsiedlung überhaupt. Er selbst, Odin, hatte sich den Nordmännern gegenüber hinsichtlich der langfristigen Ziele seines Volkes bewußt vage ausgedrückt, hatte durchblicken lassen, daß es wahrscheinlich sei, in ein oder zwei Jahren zurückzuwandern und einen Platz nahe der Küste zu suchen. Aber das, so wußte er genau, kam kaum in Frage. Er mußte möglichst unauffällig sicherstellen, daß die beiden Fremden so vollkommen in der Lebensweise des Stammes aufgingen, daß sie nicht mehr zurück *wollten*.

Er war nicht sicher, ob er dieses Ziel überhaupt erreichen konnte. Dabei war es natürlich sehr hilfreich, daß die beiden inzwischen in den Stamm eingeheiratet hatten. Er freute sich aus mehreren Gründen darüber, besonders, da Weißer Wolf und Taube nun mit einem Kind gesegnet waren. Das mußte die Bindungen verstärken. Soweit, so gut. Odin fürchtete jedoch den Frühling nach dem Winter in den neuen, halbfesten Häusern. Wie würden Weißer Wolf und Feuermann reagieren, wenn sie begriffen, daß er sie getäuscht hatte? Mit dem Gedanken an ihren Zorn, der sich bestimmt auf ihn richten würde, wollte er sich nicht anfreunden. Immer wieder überlegte er, was er ihren Beschuldigungen entgegenhalten sollte. Verletzte Unschuld? Protest, daß er den allgemeinen Plan angeblich nicht gekannt hatte? Vielleicht konnte er die beiden davon überzeugen, daß die gesamte Umsiedlung *ihrem* Schutz diente. Nein, das würden sie wohl kaum glauben.

Nun, letztlich gab es nichts, was man vor Frühlingsbeginn tun konnte.

Keinen Tag zu früh wurden die Langhäuser fertiggestellt. Der erste Vorstoß, den Der Die Kälte Schafft unternahm, war zwar noch nicht sehr heftig, aber er erinnerte die Menschen daran, was noch vor ihnen lag. Die Kälte hielt nur zwei Tage an – ein scharfer Frost mit leichtem Schneefall, dem frische Nächte und sonnige Tage folgten. Diese Warnung hieß die Menschen, sich zu beeilen, ihre letzten Vorbereitungen zu treffen und, solange das noch möglich war, noch ein oder zweimal zur Jagd auszurücken.

Bevor Der Die Kälte Schafft endgültig hereinbrach, entstand auch ein reger Kontakt zu den Einheimischen. Nachdem sie herausgefunden hatten, daß der Stamm sich genau so verhielt, wie die Späher angekündigt hatten, faßten sie ein gewisses Maß an Vertrauen. Man stattete sich regelmäßige Besuche ab, rauchte und handelte miteinander. Ihr gegenseitiges Interesse an Getreide und anderen Feldfrüchten war groß. Sie verglichen ihre verschiedenen Kürbissorten, ihre Werkzeuge und Waffen; handelten mit Pfeilspitzen, Fellen und Stickereien. Sie tauschten die Samen von Mais und Bohnen miteinander, sowie kleine Mengen jener für das Rauchen gedachten getrockneten Pflanzen und manchmal auch Pfeifen oder Steine, aus denen Pfeifenköpfe geschnitzt werden sollten.

Sie veranstalteten Spiele und Wettkämpfe miteinander, schossen Pfeile auf ein Ziel, warfen Speere, rannten und rangen miteinander. Für eines der Spiele, das ihnen die Gastgeber zeigten, benötigte man einen Ball aus ungegerbtem Leder. Dieser wurde mit langen Stöcken geschlagen, deren Ende umgebogen und mit Lederstreifen zu einem Netz verwoben war. Einige Männer des Stammes versuchten es, aber die Regeln waren sehr kompliziert und die Art der Bewegung ungewohnt.

Am leichtesten waren jedoch Glücksspiele. Einige davon kannten beide Gruppen, beispielsweise das Stockspiel, bei dem der Herausforderer mehrere Stöcke in seiner Faust versteckte, so daß nur die Spitzen zu sehen waren und seine Gegner den längsten Stock herausfinden mußten.

Auch das Pflaumenkernspiel fand großen Anklang. Dazu wurden sieben Kerne ausgewählt und auf einer Seite mit einem kleinen roten Punkt markiert, der auf dem gelben Grund gut sichtbar war. Jeder Spieler warf sie der Reihe nach auf eine flache Unterlage und zählte dann die gelben oder roten Oberflächen zusammen.

Nahezu alle Unterhaltungen wurden mit Handzeichen und eindeutigen Gesten bestritten, als besäßen die beiden Gruppen kein einziges gemeinsames Wort. Sogar die Sprache der Flußabwärtsfeinde war der des Stammes ähnlicher gewesen. Aber es schien keinen Unterschied zu machen. Odin fragte sich, ob ihre Gastgeber genauso freundlich gewesen wären, wenn sie sich in einem Jahr mit schlechter Ernte oder weniger Wild in ihrem Gebiet niedergelassen hätten.

Eines jedoch war gewiß: Die Kinder hatten überhaupt keine Probleme. Sie wurden sofort Freunde, die sich wortlos verständigten, was allen kleinen Kindern eigen ist und sich normalerweise beim Erwachsenen verliert. Sie saßen in Kreisen zusammen und lernten die jeweils anderen Kinderlieder. Obwohl die Worte ihnen nichts sagten, hatten sie offensichtlich ihren Spaß daran.

»Das ist mein Freund«, stellte ein kleiner Junge einen anderen stolz seinen Eltern vor.

»Das ist gut«, lächelte seine Mutter. »Wie heißt er?«

»Das weiß ich nicht«, antwortete das Kind, »aber er ist mein Freund.«

Die Entscheidung, hier zu überwintern und bei der ersten Gelegenheit im Mond des Erwachens weiterzuziehen, wurde den Gastgebern so schnell wie möglich mitgeteilt. Das trug natürlich sehr dazu bei, eventuelle Konflikte im Interesse beider Seiten zu vermeiden. Natürlich gab es einige Mißverständnisse, aber die kühleren Köpfe setzten sich durch, und die Hitzköpfe wurden getrennt und beschwichtigt.

Als das Wetter schlechter und der Weg über die Hügelkette zum Dorf des anderen Stammes zu beschwerlich wurde, besuchte man sich nur noch selten, wagte sich nur nach draußen, wenn es unumgänglich war. An besseren Tagen sammelte man Holz, so daß man im Haus bleiben konnte, wenn Der Die Kälte Schafft heulte und Schnee- und Eisregen vor sich hertrieb.

Die Tage wurden kürzer. Es kam der Mond des Wahnsinns, der jedermann zu schaffen machte. Die Waldhühner prallten gegen Hindernisse, die sie normalerweise umflogen. Die Hirsche befanden sich in der Brunft; die Böcke kämpften um die Gunst der Hirschkühe, ungeachtet jeder anderen Gefahr. Der röhrende Ruf der Wapitis und der noch größeren Elche war oft zu hören.

Auch die Menschen waren äußerst reizbar. Das Bewußtsein, daß es tatsächlich Zeit war, sich auf den Angriff des Winters vorzubereiten, belastete sie sehr. Svenson sagte, es sei später November.

»Wie nennt der Stamm unseren Monat Dezember?« fragte Nils.

»Ich weiß nicht«, antwortete Sven. »Laß uns fragen.«

Odin kicherte. »Ach ja, der Mond der langen Nächte. Es ist nicht gut, daran zu denken. Die Sonne stirbt ... Vielleicht wird sie diesmal wirklich nicht wieder aufgehen, oder?«

Es ist genau so wie das Gefühl zu Hause, dachte Nils. *Vielleicht ist dies die Zeit, in der die Frostriesen trotz allem gewinnen.*

55

»Erzähl uns mehr von deinen Geschichten, Weißer Wolf!« forderte Odin.

Es war ein kalter Abend, aber einige Familien aus einem der anderen Langhäuser waren zu Besuch gekommen, um zu rauchen, zu spielen und Gesellschaft zu haben. Sogar einige Männer der Einheimischen waren anwesend. Nachdem es zu schneien begonnen hatte, beschlossen sie, besser hierzubleiben, als die im Schneesturm lebensgefährliche Wanderung über die Hügelkette zu wagen.

Irgendwo in der Ferne heulte ein Wolf, ein anderer antwortete ihm. Auch der Wind, der durch das Rauchloch im Dach heulte, schien ihm zu antworten. Nils dachte an den wilden Jäger seines Heimatlandes, der mit seiner Horde und seinen wolfsähnlichen Hunden auf den Flügeln des Sturmes ritt, auf der Jagd nach verlorenen Seelen. Bei den Nordmännern galt es als schlechtes Omen, wenn ein Hund vor einem Sturm anschlug. Er hatte versprochen, Odin mehr von der wilden Jagd zu erzählen. Vielleicht war jetzt die richtige Gelegenheit.

Nils benutzte die Sprache des Stammes und gleichzeitig

seine Hände, um sicherzugehen, daß die Besucher ihn verstanden.

»In meiner Heimat«, begann er, »erzählt man in Nächten wie dieser eine ganz bestimmte Geschichte. Ihr hört das Heulen der Wölfe, nicht wahr?«

Die Zuhörer nickten und sahen ihn höchst gespannt an. Nun, jetzt zu der Beschreibung eines Pferdes …

»Es gibt Dinge in meiner Heimat, meiner und Feuermanns Heimat, die es hier nicht gibt, das wißt ihr bereits.«

Wieder wurde genickt.

»Eines davon ist ein Geschöpf, ähnlich einem Wapitihirsch ohne Geweih.«

»Wie die Wapitihirschkuh?« fragte ein Zuhörer.

»Ja, ganz ähnlich. Aber auch die Hirsche dieser Tiere haben keines.«

»Aiee! Aber wie kämpfen sie miteinander?«

»Sie kämpfen nicht sehr viel. Sie beißen und schlagen mit ihren Füßen aus, aber laßt mich erzählen … Die Leute meines Volkes reiten auf dem Rücken dieser Tiere.«

Ungläubiges Gemurmel und vereinzeltes Kichern waren zu hören.

»Aber wozu?« wollte ein Zuhörer wissen.

»Um von einem Platz zum anderen zu kommen oder zu jagen … Dieses Geschöpf kann sehr schnell laufen. Ein Jäger kann so das Wild hetzen, anstatt es aufzuspüren.«

Er sah, daß sich die Menschen eine Jagd auf dem Rücken eines Pferdes, ja, selbst ein Tier, das *geritten* wurde, nur schwer vorstellen konnten. Er warf Svenson, der über seine Zwangslage sehr belustigt zu sein schien, einen Blick zu. Von ihm konnte er keine Unterstützung erwarten.

Es war Odin, der ihm schließlich zu Hilfe kam.

»Wartet!« rief Odin. »Meine Brüder, ich habe einige dieser Tiere selbst gesehen. Die Leute von Weißem Wolf *halten* verschiedene Arten von Tieren, wie wir unsere Hunde. Aber nun laßt ihn fortfahren. Es ist nicht gut, zu zweifeln, bevor er überhaupt angefangen hat!«

Langsam beruhigten sich die Zuhörer.

»Ich danke dir, mein Fast-Bruder«, begann Nils von neuem.

»Wo war ich? Ah, ja ... Mein Volk reitet manchmal auf diesen Geschöpfen zur Jagd. Und dies ist eine unserer alten Geschichten, die eines großen heiligen Mannes, fast eines Gottgeistes. Er reitet auf einem Ungeheuer, das anstelle von vier Beinen *acht* hat, so daß es doppelt so schnell laufen kann. In einer Nacht wie dieser reiten er und seine Frau, begleitet von einem Rudel von Wolfshunden, auf dem Wind. Deshalb hören wir das Heulen des Windes und der Wölfe ...«

Wie zur Bestätigung ließ sich durch das Rauchloch ein Heulen vernehmen. Unter den Zuhörern herrschte absolute Stille. Nachdem sie akzeptiert hatten, daß es Geschöpfe gab, auf denen man reiten konnte, sahen sie keinen Grund, an einer Kreatur mit acht Beinen zu zweifeln.

»Und nun fragt ihr euch, was jagen sie in dieser stürmischen Nacht und *warum*? Und dies hier ist die Antwort ... Sie jagen kein Wild, sondern nach den verlorenen Geistern der Toten ...«

Alle schnappten nach Luft.

»Geister?«

»Ja ... Sie sammeln die Verlorenen und schaffen sie fort.«

»Aber wohin?«

Nils wurde unsicher. Er wußte nicht genau, wie die eigentliche Geschichte weiterging. Außerdem wollte er die Zuhörer nicht verwirren, indem er den Namen des Bruders seiner Frau erwähnte, denn der Jäger war Odin. Aber wohin brachte Odin die Seelen, wenn er sie eingesammelt hatte? Er konnte sich nicht erinnern, dies jemals erfahren zu haben. Nach Asgard, dem Heim der Götter? Nach Walhalla? Nein, dieser Platz war nur den Helden, die im Krieg im Kampf gefallen waren, vorbehalten, nicht den verlorenen Seelen. Wie sollte er dieses Problem lösen?

Und wieder einmal war es Odin, der ihm aus seiner Bedrängnis half.

»Auf die andere Seite?« fragte er.

Nils dachte einen Moment nach. Nils hatte gesehen, wie sie ihre Toten versorgten. »Übergehen«, war der Ausdruck, den sie benutzten. Ja, auf die andere Seite, die Geisterwelt.

»Ja«, stimmte er zu. »Er sammelt die Seelen, die Geister ein, die Mühe haben, ihren Weg zu finden, und hilft ihnen hinüberzugehen.«

Irgendwie gab es einen großen Unterschied an dieser Stelle zwischen den beiden Kulturen. Hier betrauerte man den Tod als einen Verlust für die Lebenden. Der Geist würde auf die andere Seite hinübergehen. Die dunkle Eisigkeit des wilden Jägers hingegen war etwas, das man fürchten mußte. Bis zu diesem Moment war Nils dieser Unterschied zwischen den beiden Kulturen nicht bewußt gewesen. Der Gott Odin war zwar der Schutzpatron der körperlosen Seelen, in seiner Rolle als wilder Jäger jedoch dunkel und unheilverkündend.

Trotzdem hatte die Geschichte auf seine Zuhörer eine gewaltige Wirkung Sie rückten näher ans Feuer heran und noch näher, als der Wind erneut aufheulte.

Dann sprach Odin. »Mein Fast-Bruder«, begann er, »sag uns, wie dieser heilige Mann deines Volkes seine Kräfte erhalten hat. Sicherlich wird davon in deiner Geschichte erzählt.«

Nils dachte nach. Es war lange her, daß er zu Füßen seines Großvaters gesessen und den alten, nordischen Legenden gelauscht hatte. Bestimmt gab es eine, die darauf paßte ... die frühen Geschichten um die Schöpfung ... Odin ... Nun, dazu wäre es allerdings notwendig, die Verbindung zwischen dem Bruder seiner Frau und diesem Namen zu erklären, aber ...

»Ihr wißt«, begann er, »daß mein Fast-Bruder hier Odin genannt wird, weil er nur noch ein Auge hat. Und das liegt daran, weil der Gottmann in dieser Geschichte, der denselben Namen trägt, Odin, nur ein Auge hat. Diese Geschichte handelt davon, wie er sein Auge verloren, aber einige seiner Kräfte gewonnen hat.«

»Eines Tages ging er spazieren und kam zu einer berühmten Quelle, die Mimir genannt wurde und deren Wasser die Geheimnisse der Weisheit enthielt. Niemals hatte jemand einen Schluck von diesem Wasser getrunken, denn es wurde von einem *Kobold* bewacht.«

Er suchte ... hatte er ihnen über die Gnome bereits berichtet? »Ein kleiner Mann mit großer Macht, habe ich euch davon erzählt?«

»Natürlich, Wolf, einer von den kleinen Leuten«, sagte Odin unverzüglich.

»Ah, ja, das ist richtig. Bei euch gibt es sie auch.«

Man nickte zustimmend. *Existieren überall, in allen Kulturen, kleine Leute?*, fragte sich Nils plötzlich. Die Iren haben die Leprechauns. Vielleicht gibt es die kleinen Leute wirklich. Er wandte sich wieder der Geschichte zu. Über diese Theorie mußte er später noch mal nachdenken.

»Dieser kleine Mann bewachte die Quelle und ließ niemanden trinken. Odin bat um einen Schluck, und der Kobold bot ihm einen Trunk an im Austausch für eines seiner Augen.«

Überraschtes Aufstöhnen ging durch das Publikum. »Odin, der wußte, daß dieses Wasser ihm die Weisheit der ganzen Welt geben würde, dachte, daß dies ein guter Handel sei. Er nahm eines seiner Augen heraus und gab es dem *Kobold*, der es in die Quelle warf. Dort ist es noch immer.

Und nun, mit aller Weisheit, war Odin in der Lage, zu sehen, daß er noch immer nicht *verstanden* hatte.«

Es gab eine Pause, während der Odin ihm bei der Übersetzung von sehen, wissen und verstehen half. Dann fuhr Nils mit der Geschichte fort.

»Um besser verstehen zu können, beschloß der heilige Mann daraufhin, zu fasten und zu beten. Er ging zu einer großen Esche, die die ganze Welt beschattete, und hängte sich selbst an Seilen über die große Schlucht, die Nifl-heim genannt wird. Er hatte sich selbst mit seinem Speer verwundet, um zu zeigen, daß sein Herz bereit war. Neun Tage hing er dort im Wind, ohne Essen oder Trinken, betete, überlegte, fastete und suchte nach Hilfe.

Als er sich schließlich selbst losschnitt, war er mit großer Macht gesegnet. Er wußte nun, daß er nicht verstehen *mußte*, daß er nur glauben mußte.«

»Es war also eine Visionssuche!« erklärte Odin. »Ein junger Mensch geht alleine in die Wildnis und fastet, um eine Vision zu suchen!«

Obwohl Nils wußte, wie der Stamm die Suche ausübte, war ihm die Ähnlichkeit nie aufgefallen.

»Vielleicht ist es genau so!« stimmte er zu. »Aber diesem anderen Odin waren auch noch weitere Kräfte gegeben. Er stieg vom Baum herab und trug magische Zeichen bei sich, die gemalt oder gekerbt werden sollten. Man nannte sie

Runen. Sie können dazu benutzt werden, die Zukunft vorauszusagen oder einen Zauber zu verhängen, und sie haben eine große Macht.«

»Und sind dies die Quellen *deiner* Macht, Weißer Wolf?« fragte jemand.

»Zum Teil«, sagte er unbestimmt. »Diese alten Runen und ihre Bedeutung sind zum Teil vergessen. Viele sind über unzählige Lebensalter weitergegeben worden. Ich wurde in ihrem Gebrauch von dem Vater meines Vaters unterrichtet.«

Die Vorstellung von Zeichen und Symbolen mit magischen Kräften schien die Zuhörer zu faszinieren. Auf eine solche Reaktion war Nils nicht gefaßt gewesen, und sie verwirrte ihn ziemlich.

Aber allmählich begann er, den Grund dafür zu verstehen: Der Stamm besaß keine geschriebene Sprache, obwohl einige ihrer traditionellen Symbole offensichtlich eine Bedeutung hatten. Er war geneigt, ihnen zu erklären, daß sich die magischen und geheimnisvollen Runen über einen langen Zeitraum hinweg zu Symbolen mit einer konkreten Botschaft entwickelt hatten. Die ›neuen‹ Runen waren vornehmlich für den Austausch von Informationen gedacht … *Nein*, entschied er, das war viel zu kompliziert. Warum sollte er außerdem Fragen beantworten, die man ihm noch nicht gestellt hatte?

Im übrigen war es von Vorteil, seinen eigenen Status als heiliger Mann, die Aura des Geheimnisvollen, aufrechtzuerhalten, indem er von seinen magischen Kräften oder Gaben nur andeutungsweise sprach. Zwar war dies nicht seine Absicht gewesen, aber es hatte sich so ergeben. Doch wie war es dazu gekommen? Er erkannte ein Gefühl wieder, das er schon des öfteren für kurze Zeit hatte, hauptsächlich seit er bei Odins Volk lebte. Es war das Gefühl, in einer Abfolge von Ereignissen, über die er keine Kontrolle besaß, gefangen zu sein. Die Versuchung, es zu bestreiten, dagegen anzukämpfen, war nicht weniger stark als das Gefühl, daß dies sinnlos und jede Verständigung unmöglich war. Doch es erschien ihm wesentlich angenehmer, sich zu entspannen und von den Ereignissen treiben zu lassen, was auch immer geschehen mochte.

Es war ein Abend voller Mächte, Geheimnisse und Magie

gewesen. Er meinte einigen Wahrheiten der Ewigkeit, die alle Menschen suchen, sehr nahegekommen zu sein. Er hatte das starke Gefühl, daß viele Dinge nicht dazu gedacht waren, sie zu erlernen oder zu verstehen. Der geheimnisvolle Odin mußte Ähnliches empfunden haben, als er über einem bodenlosen Abgrund hing und die Grenzen des Verständnisses begriff, und genau das war natürlich die Essenz der Geschichte.

In diesem Moment fing Odin seinen Blick auf und lächelte wissend. Singender Elch, der Geschichtenerzähler seines Stammes, begann zu erzählen, wie das Volk sich das Feuer angeeignet hatte.

Mit einem einfachen Handzeichen bedeutete Odin seinem Freund wortlos »Es ist gut!«

Und Nils empfand es ebenso. Etwas war heute nacht geschehen, etwas Wichtiges. Odin wußte es, und Nils auch. Aber Nils war sich nicht sicher, was genau sie eigentlich wußten.

56

Bei den ersten Anzeichen für den Mond des Erwachens begannen sie, die Fortsetzung des Wanderzuges zu erörtern. Odin war bei dem Gedanken an die Reaktion der Nordmänner äußerst unbehaglich zumute. Er ertappte sich selbst bei dem Versuch, der unausweichlichen Konfrontation aus dem Weg zu gehen. Odin wußte wahrscheinlich mehr als jeder andere seines Volkes, wie wichtig es war, so schnell und so weit wie möglich zu wandern, bevor sie sich für die nächste Pflanzzeit niederließen.

Es gab jedoch einige, die sich auf eine Auseinandersetzung vorbereiteten, da sie ein weiteres Jahr am jetzigen Lagerplatz verbringen wollten. Das war natürlich ein Fehler. Ihre friedliche Beziehung zu denen, die auf der anderen Seite der Hügel lebten, beruhte auf der vorübergehenden Natur ihres Aufenthaltes. Von Anfang an hatten sie ihre Absicht kundgetan, nach dem Winter weiterzuziehen. Sich jetzt anders zu besinnen würde ihre Glaubwürdigkeit und Ehrenhaftigkeit in Frage stellen. Das wußten die Anführer, und sie würden es nicht zulassen, zumindest hoffte Odin das. Die Situation konnte zu einer gefährlichen Auseinandersetzung führen, wenn man nicht sehr vorsichtig vorging. Ein Volk, das durch fremdes Gebiet zog, behandelte man mit freundlicher Neugier, vielleicht noch mit höflicher Rücksicht, wenn es sich für ein Jahr niederließ. Blieb es jedoch länger, stellte es eine Bedrohung dar. Nein, sie mußten weiterziehen, und das so schnell wie möglich.

Einige Weitsichtigere unter seinen Stammesgenossen packten bereits ihre Sachen. Mittlerweile taute es jeden Mittag, und die unaufhörlich von Bäumen und Büschen fallenden Tropfen hinterließen in der Schneedecke über dem Boden kleine Löcher. Aber auch der Schnee auf der Erde begann zu schmelzen, erst bildeten sich kleine Bächlein, die sich rasch zu größeren zusammenschlossen und den Hügel in Richtung auf den großen Fluß zubewegten.

Der größte Teil dieses Schmelzwassers gefror jedoch nachts wieder und vereiste sämtliche Wege, so daß nur schwer voranzukommen war. Allmählich mußten sie über den Aufbruch nachdenken. Bald würden sich erste Flecken bloßer Erde und die ersten grünen Spitzen erwachender Pflanzen zeigen.

Es kam, wie Odin befürchtet hatte: Die Auseinandersetzung konnte nicht länger aufgeschoben werden.

»Hat man bereits beschlossen, wann wir losziehen?« wollte der Nordmann von ihm wissen.

»Nein, Weißer Wolf, es ist noch nicht soweit.«

»Aber einige bereiten schon alles vor.«

»Das ist wahr, aber wie du selbst sehen kannst, ist noch nicht an eine Weiterreise zu denken.«

Odin betrachtete die Bäche aus Schmelzwasser auf dem Abhang hinter ihren Häusern.

Nils nickte.

»Wenn der Boden trockener ist«, fuhr Odin fort. »Wir werden wissen, wann die Zeit gekommen ist.«

Nils seufzte ungeduldig. »Welchen Weg werden wir nehmen?«

Jetzt, dachte Odin, *kommt der schwierige Teil. Was ist, wenn sie eine Rückkehr fordern?* Nun, er konnte sich dem Problem genausogut jetzt stellen. Er täuschte Überraschung vor.

»Welchen Weg? Den Pfad natürlich«, meinte er. »Er geht in zwei Richtungen. Den ersten Teil kennen wir bereits. Nun wollen wir den anderen kennenlernen. Ist das bei euch nicht auch so, Thorsson?«

Inzwischen rief man Nils sehr viel öfter bei dem Namen, den Odin ihm gegeben hatte, Weißer Wolf, und viele Mitglieder des Stammes kannten überhaupt keinen anderen. Odin nannte ihn üblicherweise Wolf oder Weißer Wolf. Nun jedoch, und vielleicht hing das mit dem Thema zusammen, ertappte er sich wieder dabei, daß er auf alte Gewohnheiten aus der Zeit in Straumfjord verfiel. Manchmal geschah das unbewußt, aber nun fuhr er damit aus einem bestimmten Grund fort. Bei seinem nordischen Namen genannt zu werden mochte Nils an den Grund seines Aufenthaltes erinnern: Erkundung und Entdeckung. Zumindest hoffte Odin das.

Der Nordmann runzelte die Stirn. »Ich habe gedacht, wir würden zurückkehren«, sagte er rundheraus. »Der Weg aber führt noch weiter nach Südwesten.«

»Hast du mit Rufender Taube darüber gesprochen?« fragte Odin.

»Nein ... Ich wollte erst einmal mit dir reden. Aber das Baby ist jetzt alt genug zum Reisen.«

Ah, dachte Odin, *das beantwortet eine Frage. Er hat nicht vor, seine Frau zu verlassen.*

»Ja«, stimmte Odin zu. »Aber ich habe mich gefragt, wann du zurückkehren möchtest und wen du mitnehmen willst? Du hast von dem Kind gesprochen ... Seine Mutter natürlich auch und Feuermann?«

Der Nordmann wirkte unentschlossen. »Ich denke schon, ich habe auch mit ihm noch nicht darüber geredet.«

»Ah ... und Rotes Reh? Möchte sie gehen?«

»Ich weiß es nicht. Ich denke schon, wenn sie und Sven das wünschen.«

Odin nickte gedankenvoll. »Das sind vier, die Babys nicht mitgezählt. Zwei kleine Boote oder vielleicht eines der größeren ...«

»Nun ... ja ... Ich hatte gehofft, daß du uns anführen würdest.«

Odin schien einen kleinen Moment darüber nachzudenken. Tatsächlich jedoch wollte er Zweifel hervorrufen. Er wußte sehr gut, daß es möglich war, sie nach Straumfjord zu bringen und dann zu seiner Familie zurückzukehren. Aber es sollte so kompliziert wie möglich aussehen.

»Laß mich überlegen«, sagte er gedankenvoll. »Ich, Habichtfrau, die Kinder ... vier mehr ... zusammen sechs Erwachsene und drei kleine Kinder. Eine große Gruppe, Weißer Wolf. Mit den Kindern wird es um so gefährlicher – du weißt, die Flußabwärtsfeinde.« Vielleicht konnte er an diesem Punkt einhaken. »Natürlich«, fuhr er fort, »könnten du, ich und Svenson gehen, und dann würde ich zurückkehren.«

Auf dem Gesicht des Nordmannes zeigte sich Mißmut, beinahe Entsetzen.

»Nein! Ich würde niemals meine Frau und mein Kind zurücklassen!«

Innerlich lächelte Odin. Er wußte, daß er gewonnen hatte. Er hatte die Beziehung von Weißem Wolf und Rufender Taube richtig eingeschätzt. Nun, vielleicht sollte er den Nordmann etwas ermutigen ...

»Vielleicht«, schlug er vor, »vielleicht können wir umkehren, wenn sich der Stamm niedergelassen hat.«

»Ja!« Nils griff sofort nach dem Strohhalm. »Ich kann ein paar Karten machen, um sie nach Hause mitzunehmen. Das ist gut, Odin!«

Ja, es ist gut, dachte Odin. *Das Problem ist für dieses Jahr zunächst einmal gelöst.* Denn Svenson würde mit allem, was Thorsson entschied, einverstanden sein. Feuermann Sven fühlte sich in seiner gegenwärtigen Lage offensichtlich recht wohl, er und Rotes Reh schienen Freude aneinander zu haben. Ja, er sollte kein Problem sein.

Nils hatte einige Bedenken, als er Svenson aufsuchte. Wie würde der alte Seemann reagieren?

»Sven«, begann er und wechselte dazu in die nordische Sprache. »Wir müssen reden.«

Svenson schien durch den ernsten Ton beunruhigt zu sein.

»Ja?« Er schnitzte gerade an einem Stock und hielt inne, um die Späne von seinem Schoß zu schütteln.

»Du weißt«, begann Nils, »daß sich der Stamm für den Aufbruch vorbereitet.«

»Ja, und?«

»Nun, wir haben früher darüber gesprochen, nach Straumfjord zurückzukehren.«

»Du meinst, *jetzt*?« fragte Sven zu Nils' Freude.

Vielleicht hatte er sich unnötigerweise Sorgen gemacht.

»Nicht unbedingt. Schließlich *sind* wir dabei, neue Länder zu entdecken, oder nicht?«

»Natürlich«, bestätigte Sven.

»Wir können eine Karte von dem Fluß erstellen, nicht wahr?«

»Ja«, stimmte Svenson zu. »Hast du gewußt, daß es weiter flußaufwärts einen See mit Frischwasser geben soll?«

»Ach, das hatte ich vergessen! Vielleicht sollten wir noch mehr in Erfahrung bringen, bevor wir abfahren?«

»Das denke ich auch, und sehen, wo das Volk sich niederläßt ... Das wird uns eine Basis geben, einen Hafen ...« Svenson nahm seine Arbeit wieder auf.

Es war einfacher gewesen, als Nils zu hoffen gewagt hatte.

»Aber willst du denn zurück? Später, meine ich?« fragte er.

»Natürlich. Aber wir sind hierhergekommen, um zu entdecken, nicht wahr? Hier lernen wir viel, Nils. Machst du Karten?«

»Ah ... bis jetzt nicht. Aber es wäre gut, das zu tun.«

»Ja, ich weiß nicht so viel von den Runen wie du, Nils. Aber vielleicht kann ich dir trotzdem helfen. Wirst du sie auf Häute zeichnen?«

Darüber hatte Nils bislang kaum nachgedacht. Es gab hier bestimmt nichts wie Pergament, doch Leder konnte bemalt werden. Alles, was sie wirklich brauchten, war ein Richtungspfeil, um Norden zu bezeichnen, und Linien, die die Küste des Meeres beschrieben, den Fluß und die Richtung seiner Strömung. Es sollte nicht allzu schwierig sein, eine solche Karte anzufertigen.

Er ertappte sich dabei, wie er auf eine der kleinen Birken starrte, aus denen man Schachteln und Behältnisse verschiedener Arten herstellte. Aus größeren Exemplaren wurden Kanus gebaut. Ihre helle Rinde war hier und dort von den Zähnen des Wildes verletzt, die während des Winters daran genagt hatten. Seltsamerweise waren diese Kratzer schwarz, als seien sie gemalt worden. Gemalt! Warum nicht? Schnell begann die Idee Gestalt anzunehmen: Einige rechteckige Stücke dieser Rinde an einer Seite lose miteinander verbinden, auf die Innenseiten die Karte zeichnen und dann das Ganze zusammenbinden, um es zu schützen.

»Sven!« sagte er. »Sieh mal die Birke dort! Könnte ich nicht die Karte auf die Rinde zeichnen?«

»Warum nicht? Die Leute hier bemalen sie doch auch, um ihre Schachteln und Behälter oder irgend etwas anderes zu verzieren.«

»Das ist gut! Ich werde es versuchen.«

Nils war aufgefallen, daß Sven zweimal während ihrer kurzen Unterhaltung von ›dem Volk‹ gesprochen hatte, und zwar in einem Tonfall, der ihm sehr nah gegangen war, denn es hatte wie *unser* Volk geklungen. Eine leichte, fast unmerkliche Veränderung in der Stimme, die bloße Ahnung einer Unterscheidung zwischen ›wir‹ und ›sie‹ ... Vielleicht machte sich Nils aber auch unnötige Gedanken. Er mußte sich verhört haben.

Abrupt blieb er stehen. Noch bevor er dazu gekommen war, Sven die Risiken einer Rückreise zum jetzigen Zeitpunkt zu erklären, hatte dieser *ihm* die Vorteile eines weiteren Jahres bei dem Stamm vorgetragen.

Wie war es *dazu* gekommen?

57

Diesmal bereiteten ihnen die Reisevorbereitungen und der Abmarsch erheblich weniger Schwierigkeiten. Hatte im letzten Jahr zu Beginn des Marsches großes Durcheinander geherrscht, war jetzt vieles Routine. Innerhalb von ein oder zwei Tagen hatte der Stamm seinen Rhythmus gefunden; und legte größere Strecken zurück. Auch die Späher hatten vieles dazugelernt und kamen ihren Aufgaben wesentlich gewandter nach.

Der Weg, der vor ihnen lag, führte am Fluß entlang. Er war ausgetreten von Generationen mokassinumhüllter oder bloßer Füße, Hufen und Klauen.

Eigentlich gilt für alle Wege das gleiche. Niemand weiß, wer sie als erster benutzt hat, denn das ist vor so vielen Lebensaltern geschehen, vielleicht sogar während der Schöpfung selbst. Auf der Suche nach dem einfachsten Weg folgen alle Geschöpfe demjenigen, der ihn als erster begangen hat. Manchmal weicht der Weg auch ab. Irgendein Individuum, das mit ihm unzufrieden ist, sieht einen besseren, oder glaubt zumindest, einen besseren zu sehen: einen kürzeren, wenn das Wetter es zuläßt ... einen längeren, doch bequemeren, um ein Hindernis zu umgehen, der sich für eine Weile teilt, ehe sich seine Zweige wieder zusammenfinden.

Ein alter Pfad wie der, dem der Stamm auf seiner Wanderung nach Südwesten folgte, hatte im Lauf der Zeit vielfältige Veränderungen erlebt. Klimawechsel, politische Umschwünge; neue Stämme und Völker hatten das Gebiet erobert, alte Feinde waren zu Verbündeten oder alte Verbündete zu Feinden geworden. Doch es gab immer Menschen, die trotz aller Risiken von einem Ort zum anderen wollten, und deshalb entwickelte sich der Pfad zu einem Weg, den man noch jahrhundertelang benutzen würde.

Ab und zu traf der Stamm auf einzelne Wanderer oder kleine Gruppen, Händler, mit ihrem Partner oder ihrer Familie. Sie konnten sich mit Hilfe der Handzeichen verständigen und tauschten Neuigkeiten über den Weg, das Wetter oder das Vorkommen von Wild miteinander aus.

Alle erwähnten den großen Frischwassersee. Wie weit war es noch bis dahin? Diese Frage beantworteten sie oft mit einem Schulterzucken und einer Gegenfrage: »Wie schnell kommt ihr voran?« Die Geschwindigkeit, mit der eine große Gruppe reist, ist die Geschwindigkeit ihres langsamsten Mitgliedes.

Später begegneten sie Reisenden, die von einer Stelle

berichteten, ›an der der Weg nach Süden abbiegt‹. Sie schien ein markanter Punkt in der Landschaft zu sein.

»Warum wendet sich der Weg nach Süden?« fragte schließlich jemand.

»Nach Westen geht es nicht mehr weiter«, erklärte einer der Händler. »Dort liegt das Große Wasser, der Ontario. Man muß dann für viele Tage lang nach Süden wandern, bevor er wieder nach Westen führt. Wie weit werdet ihr ziehen?«

»Das ist noch nicht entschieden. Wir müssen jedenfalls bald anhalten und pflanzen.«

»Natürlich... Und wenn ihr weiter nach Süden kommt, wird die Pflanzzeit länger werden. Es wird alles gutgehen.«

Jeder Händler hatte diese optimistische Einstellung besessen; vielleicht *mußte* ein Händler sie haben, dachte Nils. Er durfte nicht zögern, fremdes Gebiet zu betreten. Aber weil der Händler nur sein Geschäft im Sinn hat, gilt er in lokalen Fehden und Konflikten als neutral. Er dient einem nützlichen Zweck, der von allen respektiert wird, weil er allen zugute kommt.

»Besteht Gefahr dort, wo wir hinziehen?« fragte Nils.

Der Händler lachte. »Nein, ich treibe mit allen Handel.«

»Ich meine, Gefahr für *uns*.«

»Oh, ich denke, eher nicht. Eure Späher, die euch ein oder zwei Tage voraus sind, verständigen sich gut in der Zeichensprache.«

»Auf welche Völker werden wir treffen?« fragte Odin.

Der Händler dachte nach. »Auf viele verschiedene. Manche sind verwandt miteinander. Jedes Volk ist unter verschiedenen Namen bekannt. Unter einem, mit dem sie sich selbst bezeichnen, und dann noch vielleicht unter zwei oder drei anderen, die ihre verschiedenen Nachbarstämme für sie haben.« Er zählte eine ganze Reihe von Namen auf, manche begleitet von Handzeichen.

»Abnaki ... Ihr habt sie bereits gesehen – Leute der aufgehenden Sonne. Mir ist berichtet worden, daß ihr in der Nähe von einigen überwintert habt. Mohawk, Leute vom Feuersteinplatz. Nicht dieselben wie die Mahikan, die Wolfsleute. Sie sprechen verschiedene Sprachen. Manche sagen, sie seien verräterisch. Dann gibt es noch die Delawar, die mit ihnen verwandt sind. Sie werden auch Wölfe genannt. O ja ... wenn ihr euch Richtung Süden gewandt habt, werdet ihr noch die Chalagee kennenlernen, die Höhlenleute.«

»*Aiee!* Sie leben in Höhlen?« fragte Odin.

»Einige ja. Dort gibt es überall Höhlen. Die meisten leben in großen Dörfern, manchmal mit einer Mauer aus Baumstämmen drumherum. Und sie bauen Erdhügel.« Er machte das Zeichen für einen kleinen Hügel. »Erdhügel?« fragte Odin. »Wirklich? Sie bauen sie? Warum?«

»Das gehört zu ihren Riten. Ein Haus auf dem Hügel für ihre heiligen Männer.«

»Wir wissen überhaupt nichts über diese Chalagee. Sind sie gefährlich?«

»Nicht wirklich. Sie sind gute Krieger, aber nicht aggressiv, denke ich. Sie benutzen einen ausgehöhlten Stock, um damit Pfeile auf Kaninchen zu schießen.«

Es entstand eine kleine Pause, während der man sich des Problems der Übersetzung annahm. Blasrohre waren dem Stamm völlig unbekannt.

»Natürlich benutzen sie für die Jagd auf Hirsche auch Pfeil und Bogen«, fuhr der Händler fort. »Und sie betreiben Ackerbau. Und wenn ihr von dort aus nach Westen zieht, trefft ihr auf die Erie, die Langschwanz-Katzenleute. Und noch weiter westlich lebt das Volk der Illinois, ein Zusammenschluß vieler verschiedener Stämme. Aber bis dahin kommt ihr in diesem Jahr nicht mehr.«

»Es ist gut, über das alles Bescheid zu wissen, mein Bruder«, seufzte Odin dankbar. »Komm, willst du mit uns essen?«

»Das ist gut«, erwiderte der andere.

Nur ein paar Tage später meldeten die Späher dem nachfolgenden Treck, sie hätten die Stelle erreicht, an der der Weg nach Süden abbiegt.

»Ich habe das Große Wasser gesehen«, sagte der Bote. »Man kann das andere Ufer nicht sehen! Es ist *riesig*!«

»Hast du entlang des Weges andere Völker getroffen?« fragte Großer Baum.

»Ja, ein paar. Wir haben ihnen von unserem Plan erzählt. Einige werden Mohawk genannt. Sie treiben Handel mit Feuersteinen. Daran sollten wir vielleicht denken, wenn wir durch ihr Gebiet ziehen.«

»Gut«, stimmte Großer Baum zu. »Und die anderen?«

»Man sagte uns, es seien die Delawar, die Wolfsleute. Sie sind mit den Abnaki verwandt.«

»In deren Nähe wir überwintert haben?«

»Ja ... sie ähneln sich, sind aber doch nicht ganz gleich.«

»Aber du glaubst nicht, daß uns von einem dieser Völker Gefahr droht?«

»Es sieht nicht so aus. Sie scheinen alle friedlich zu sein.«

»Dann ist es gut.«

Einige von ihnen hatten schon einmal den Ozean gesehen, an der Mündung des großen Flusses, wo das Wasser salzig wird. Aber selbst sie waren tief beeindruckt von der gewaltigen Ausdehnung offenen Wassers, das sich vor ihren Augen ausbreitete. Die meisten verfielen jedoch in Schweigen angesichts des majestätischen Anblickes.

»Man kann das andere Ufer wirklich nicht sehen!«

»Und hier entspringt der große Fluß?«

»Man hat uns berichtet«, antwortete einer der Späher, »daß es noch weitere, noch größere Seen gibt, die hinter diesem liegen sollen.«

»*Aiee!* Wie kann etwas noch größer sein als das, was man nicht mehr überschauen kann?«

Für die Nordmänner bedeutete eine solche Wasserfläche nur eines: Sie war mit einem Schiff befahrbar.

»Man muß es hier auf diesem See bauen«, überlegte Svenson. »Wir sind an zu vielen Stromschnellen vorbeigekommen.«

»Ja«, stimmte Nils ihm zu. »Wenn es sich nur um jene ersten handeln würde ...« Er ließ den Satz unvollendet. Während ihrer Reise hatten sie festgestellt, daß der ruhige Lauf des tiefen und breiten Flusses häufig von Stromschnellen unterbrochen wurde und für Langschiffe mindestens drei unpassierbare Stellen aufwies. Vielleicht auch noch mehr.

Beiden Nordmännern wurde jetzt klar, daß ihr Traum sich nicht verwirklichen ließ. Vielleicht konnten Schiffe gewisse Strecken auf dem Fluß zurücklegen, möglicherweise auch auf diesem Binnensee segeln, aber nicht durchgängig. *›Ein Mann* *ohne Boot ist ein Mann in Ketten*‹. Irgendwie schien sich die Bedeutung dieses alten Sprichwortes verändert zu haben. Was Nils jetzt erlebte, war eine andere Art von Freiheit.

Wie konnte man vor dieser majestätischen Wasserfläche stehen, ohne die überwältigende Sehnsucht zu verspüren, ein Schiff darauf zu setzen? Nils sah sie schon vor sich, die im Wind geblähten, rotweißen Segel der Langschiffe, die durch das blaue Wasser dieses unbekannten Sees rauschten.

»Ist das wirklich Süßwasser?« fragte er einen der Späher. »Nicht salzig?«

Der Späher zuckte mit den Achseln. »Das ist es, was alle sagen. Wir sind noch nicht an seinem Ufer gewesen; aber es muß so sein. Unser großer Fluß entspringt hier, oder nicht?«

»Wo kann nur all dieses Wasser herkommen?« fragte sich Nils.

Der Späher sah ihn mit einem merkwürdigen Gesichtsausdruck an und wies zum Himmel. »Von oben!« sagte er, was allgemeines Gelächter auslöste.

Nils fühlte sich stark versucht, zum See hinabzusteigen und diese unglaubliche Behauptung zu überprüfen. Aber im Moment erschien das nicht durchführbar. Der Weg führte auf den Kämmen hoch über dem See entlang und bog jetzt recht abrupt nach Süden. Sie würden der sehr unregelmäßigen Ostküste in einiger Entfernung folgen. Und dann, so wurde behauptet, wandte er sich wieder westwärts und verlief entlang des Südufers, zwischen dem See und den Bergen. Vielleicht, so dachte Nils, würde es dann eine Gelegenheit geben, den See genauer in Augenschein zu nehmen. Sicherlich hatte er Flußarme, die wunderbare Häfen abgaben.

Allmählich stiegen die Temperaturen, und das Gras wurde grüner. Schon bald mußten sie einen Platz finden, um ihre Pflanzen auszusäen.

58

Der Späher trottete durch die Palisaden, die das Dorf umgaben, und lenkte seine Schritte dem Haus zu, in dem die Anführer warteten.

»Sie kommen weiter auf uns zu«, berichtete er. »So wie wir gehört haben. Es sind viele.«

»Und es sind dieselben, die im letzten Jahr in der Nähe der Delawar gelebt haben?«

»Nicht der Delawar«, widersprach jemand anders. »Es waren … Verbündete der Delawar, nicht wahr? Egal. Es handelt sich um dieselben.«

»Aber was wollen sie? Warum sind sie auf Wanderschaft? Und mit ihren Familien?«

»Es scheint so«, antwortete der erschöpfte Späher. »Ich habe Frauen und Kinder gesehen.«

»Dann haben sie nicht vor, einen Krieg zu beginnen.«

»Weiß jemand, ob sie im letzten Jahr selbst gesät haben?« Einen Moment lang herrschte Schweigen.

»Das müssen sie«, sagte eine alte Frau. »Die Delawar pflanzen gerade genug für sich selbst an.«

Auf diese Bemerkung folgte allgemeines Gelächter.

»Es waren ja nicht die Delawar, Mutter«, sagte eine jüngere Frau. »Aber du hast recht. Sie müssen selbst gepflanzt haben, um sich zu ernähren. Wie viele sind es?«

Der Späher zuckte mit den Achseln. »Viele … Vielleicht Hunderte.«

»Wenn sie hier nur durchziehen«, sagte eine alte Frau, »dann sind sie nicht gefährlich.«

»Das ist wahr«, sagte jemand. »Aber wenn sie Ackerbau betreiben, müssen sie bald haltmachen, um zu pflanzen. Und dann bleiben sie für das ganze Jahr hier. Haben wir genug Platz und genug Wild?«

»Wissen wir, was für eine Sprache sie sprechen?« fragte jemand den Späher.

»Nein, nur, daß sie uns fremd ist«, berichtete er. »Sie benutzen Handzeichen und einige Wörter der Handelssprache. Zumindest behaupten das die Mohawks.«

»Du hast mit ihnen gesprochen?«

»Nein, nein. Ich habe mit dem einen Händler gesprochen, der mit ihnen Geschäfte macht. Der Händler meint, daß diese Leute, die er Flußmenschen nennt, aus dem Osten kommen, vielleicht sogar von noch weiter her als die Abnaki. Und er hält sie für friedlich.«

»Ah! Weiß denn er, *warum* sie umherziehen?«

»Er denkt, daß sie von Feinden vertrieben wurden.«

»Sie haben eine Niederlage erlitten?«

»Vielleicht, oder sie sind einem Kampf *aus dem Weg gegangen*. Er weiß es nicht.«

»Es gibt sowieso schon viele Leute, viel mehr als in meiner Jugend«, dachte ein alter Mann laut nach.

Dazu wurde allgemein zustimmend genickt.

»Der Händler behauptet auch, daß Stämme, die im Süden von uns leben, die Berge in Richtung Westen überqueren«, fuhr der Späher fort.

»Gibt es dort denn mehr Raum?« fragte jemand.

»Vielleicht. Zumindest weniger Menschen.«

»Nun, was soll unternommen werden?« wollte ein anderer wissen. »Ich denke«, sagte ein alter Mann, »daß wir mehr von diesen Leuten erfahren sollten, bevor wir uns entscheiden.«

»Sie haben die Stelle, an der sich der Pfad nach Westen wendet, schon vor mehreren Tagen passiert«, erklärte der Späher.

»Können wir einen ihrer Späher einfangen und ihn befragen?«

»Vielleicht. Sie sind dem Rest der Gruppe zwei oder drei Tage voraus. Ich habe sie gesehen.«

»Hast du mit ihnen *gesprochen*?«

»Nein, ich bin ihnen ausgewichen.«

»Wie verhalten sie sich? Als wären sie auf dem Kriegspfad?«

»Wer weiß? Sie sind gut bewaffnet, aber ich bin noch niemandem begegnet, der von Schwierigkeiten mit diesen Leuten berichtet hätte. Sie sind vielleicht nur vorsichtig.«

»Ja, das sollten sie auch sein, vor allem, wenn sie einen Platz suchen, an dem sie ihre Pflanzen aussäen können. Wie lange ist es noch, bis sie das tun müssen?«

Einige Leute warfen einem der *Kutani*, dem Priester oder heiligem Mann, der bislang nichts gesagt hatte, einen Blick zu. Sein Gewand, ein mantelartiger Umhang, der mit Federn und Fellstreifen besetzt war, unterstrich seine Berufung. Er war verantwortlich für die Zeremonien des Pflanzens, den benötigten Regen und die rechte Zeit.

»Ich kenne ihre Pflanzen nicht«, stellte er fest. »Aber ich denke, daß die Samen bald in den Boden müssen. Vielleicht noch einen halben Mond ... Vielleicht noch ein bißchen länger.«

»Dann müssen sie sich sehr bald niederlassen, nicht wahr?«

»Das ist wahr. Bei uns ist die Pflanzzeit fast vorbei.«

»Hört!« sagte eine Frau. »Wir können sie nicht *alle* töten. Vielleicht werden wir sie schneller wieder los, wenn wir ihnen helfen, einen Platz zu finden, wo sie ihre Pflanzen in die Erde bringen können.«

»Aber dann wollen sie vielleicht bleiben!« protestierte ein anderer.

Die Auseinandersetzung setzte sich fort, aber schließlich entschieden sie, einen der vorauseilenden Späher zu befragen, um mehr über die Eindringlinge zu erfahren.

»Was ist, wenn sie sich weigern?« fragte jemand.

»Dann nehmen wir einen gefangen ... oder töten ihn, wenn er gefährlich erscheint.«

Die Gedanken, daß ein oder zwei Späher eine Gefahr für die Krieger der Wahren Menschen darstellen könnte, fanden alle lächerlich.

»Nun«, sagte einer der Ältesten, »laßt uns einen fangen, und dann sehen wir weiter!«

Der Pfad hatte sich nach der Abzweigung nach Westen zu einer stark frequentierten Durchgangsstraße erweitert. Sie trafen jetzt wesentlich mehr Reisende in verschieden großen Gruppen. Meist Händler oder Jäger; manche hatten Frauen und Kinder dabei. Die Menschen starrten sie verwundert an, einige lächelten und grüßten. Es war offensichtlich, daß ihre Anwesenheit keinen von ihnen überraschte. Die Ankunft einer solch großen Gruppe war eine Nachricht, die sich nicht nur entlang des Pfades, sondern wahrscheinlich schon über einen größeren Landstrich verbreitet hatte.

Allmählich wurden sie unruhig, sie mußten so schnell wie möglich einen Platz zum Säen finden. Was ihr Vorhaben erschwerte, war die Anwesenheit unerwartet vieler Menschen. Die gesamte Gegend schien übervölkert; seit einigen Tagen kamen sie immer wieder an einzelnen Behausungen, Gruppen von Häusern und sogar Dörfern vorbei. Trotzdem zogen sie weiter, denn die Händler hatten behauptet, daß es weiter im Westen viel Platz und wenig Menschen gebe.

Aber ihre Bedenken wuchsen. In einem fremden Land konnten die Jahreszeiten ganz anders sein. Das war zwar nicht jedem klar, aber viele fragten sich, wieviel Zeit noch blieb, bis gepflanzt werden mußte, wollte man diese Ernte nicht verlieren.

Odin, der mehr von der Welt gesehen hatte als jedes andere Mitglied seines Stammes, war darüber sehr besorgt. Eines Abends, nachdem sie ihr Lager aufgeschlagen hatten, suchte er Nils auf.

»Weißer Wolf«, begann er ernst, »du bist weit gereist.«

»Natürlich«, antwortete Nils verwundert. »Wir sind schließlich hier, oder nicht?«

»Nein, ich meine ... ich bin nicht sicher, was ich meine, Thorsson.«

Normalerweise nannte Odin ihn Weißer Wolf oder einfach nur Wolf. Benutzte er jedoch die nordische Version seines Namens, war das ein untrügliches Zeichen dafür, daß Odin sehr ernst war. Eine Weile saßen sie schweigend nebeneinander und beobachteten die Sterne über dem See im Norden. Es war ein warmer Abend, die Luft war sanft und still. Als die Schatten länger wurden, gingen die geschäftigen Geräusche des großen Lagers in ein leises Murmeln über. Auf halbem Wege, am dunklen Gewölbe des nördlichen Himmels, stand der Nordstern. Odin zeigte auf ihn.

»Dort«, sagte er. »Der wahre Stern.«

»Ja«, antwortete Nils nach längerem Schweigen. »Was ist mit ihm?«

»Er ist immer da, nicht wahr? Alle anderen drehen sich um ihn.«

»Natürlich.« Im letzten Jahr war ihm klargeworden, daß die Skraelinge wesentlich mehr über die Bewegungen der Himmelskörper wußten, als er anfangs angenommen hatte. Aber es war auch nicht schwer zu erkennen, daß der Nordstern sich nicht wie die anderen bewegte. Es überraschte ihn nur, daß Odin diese Tatsache besonders betonte. Da mußte noch mehr dahinterstecken.

»Thorsson, steht der wahre Stern hier nicht tiefer am Himmel?«

Odin schien sich die grundlegenden Prinzipien der modernen Himmelsnavigation zu eigen gemacht zu haben.

»Ja«, sagte er. »Wir sind jetzt viel weiter im Süden.«

»Wenn wir weiter nach Süden ziehen, wird der wahre Stern immer niedriger stehen, nicht wahr?« fuhr Odin fort.

»Ja, das ist wahr. Wenn wir auf See sind, benutzen wir dieses ...«

Odin winkte ab, als wäre dies unwichtig. »Und das ist so«, fuhr er fort, »weil das Haus von Der Die Kälte Schafft im Norden jetzt wesentlich weiter weg ist.«

Diese Feststellung spiegelte die kindergleiche einfache Denkweise der Skraelinge wider. Nils lächelte und nickte gönnerhaft.

»Und deshalb«, folgerte der Skraeling, »können wir hier eine wesentlich längere Pflanzzeit erwarten.«

Nils' Gedanken überschlugen sich. Er wußte nichts über die Pflanzzeiten, doch offensichtlich hatte er Odin und vielleicht seinen ganzen Stamm ein weiteres Mal arg unterschätzt. Die Bemerkung über den Der Die Kälte Schafft war durchaus nicht kindisch gewesen, sondern bewies nur sein Verständnis, daß das Klima in Abhängigkeit von den Breitengraden steht.

»Und so«, fuhr Odin nachdenklich fort, »haben wir vielleicht mehr Zeit, einen Platz zum Säen zu finden, jedenfalls mehr, als wir gedacht haben.«

Nils konnte diese Logik nicht nachvollziehen.

»Ich weiß nicht«, gab er zu. »Braucht der Mais zum Reifen immer dieselbe Anzahl von Tagen?«

»Ja, meistens. Manche Sorten brauchen weniger lang, andere länger. Und ein wenig hängt es auch davon ab, wieviel es regnet.«

Nils hatte nichts mehr zu sagen. Diese Angelegenheit war wesentlich komplizierter, als er sich vorgestellt hatte. Odin nickte vor sich hin.

»Thorsson«, sagte Odin schließlich, als wenn er sein Problem gelöst hätte. »Dies sind meine Gedanken. Wenn der Mais dieselbe Anzahl von Tagen zum Reifen braucht, die Jahreszeit des Reifens aber mehr Tage *hat*, spielt es keine Rolle, ob wir früher *oder später* pflanzen.«

Der Skraeling sah ihn erwartungsvoll an. Nils' Kenntnisse von der Landwirtschaft waren sehr begrenzt. Er wußte, daß verschiedene Feldfrüchte an verschiedenen Plätzen wuchsen, aber wie schwierig das alles war! Noch nie hatte er sich darüber Gedanken gemacht, aber jetzt kam er sich ein bißchen dumm vor. Er hatte gerade etwas sehr Wichtiges gelernt, von einem des Lesens und Schreibens nicht mächtigen Skraeling, einem Mann, den er einmal für einen unwissenden Wilden gehalten hatte.

Glücklicherweise schien Odin seine Verlegenheit in der zunehmenden Dunkelheit des frühen Abends nicht zu bemerken.

»Ich denke, ich werde morgen mit den Spähern losziehen«, sagte er gedankenvoll. »Ich würde gern sehen, wie diejenigen, die hier leben, ihre Feldfrüchte anpflanzen.«

59

Odin war froh, daß Weißer Wolf selbst kein Interesse gezeigt hatte, ihn zu begleiten. Es war eine Sache, daß ein zusätzlicher Späher vor der Gruppe herzog, jedoch eine völlig andere, wenn dieser blaue Augen und gelbes Haar nicht nur auf dem Kopf, sondern auch im Gesicht hatte. Die Nordmänner sollten beim ersten Kontakt mit den Chalagee besser nicht dabeisein, denn die Menschen fürchten, was sie nicht kennen, und Furcht führt zu unvorhersehbaren Taten.

Odin teilte Großem Baum seine Idee mit.

»Ja, es ist gut. Sieh, was du herausfinden kannst«, stimmte der Häuptling wenig begeistert zu.

Die Späher dagegen waren erfreut, mit ihm den Weg abzuschreiten, denn Odin war unter seinen Stammesgenossen allgemein beliebt. Er würde am nächsten Morgen zusammen mit dem Läufer, der gerade mit den neuesten Nachrichten zurückgekommen war, aufbrechen. Es gab täglich einen Austausch von Botschaften zwischen den weit vorauseilenden Spähern und dem Stamm. Normalerweise befanden sich immer zwei Krieger auf Vorposten. Geschah etwas Unvorhergesehenes, würde einer der beiden versuchen, zurückzukehren und den Stamm darüber zu informieren.

Odin entschied sich, einen der Läufer zu begleiten, wenn dieser nach vorn lief, um einen anderen abzulösen.

»Und du wirst vorsichtig sein, mein Mann?« fragte Habichtfrau ernst. »Ich will dich nicht noch einmal verlieren.«

»Natürlich, Habicht. Kein Grund zur Sorge. Wahrscheinlich werde ich noch nicht einmal mit diesen Höhlenleuten reden. Wir wollen nur ihre Früchte sehen.«

Das entsprach nicht ganz der Wahrheit. Er hatte vor, nicht nur ersten Kontakt, sondern möglicherweise auch Verhandlungen mit ihnen aufzunehmen, denn er war begierig darauf, die Menschen dieses Landes kennenzulernen. Darüber hatte er den Häuptling allerdings im unklaren belassen.

»Ich werde vorsichtig sein«, versicherte er seiner Frau, als er sein kleines Bündel schulterte. »In zwei, vielleicht drei Tagen bin ich wieder zurück.«

»Es ist gut, nicht allein zu gehen«, sagte der Späher, als sie gemeinsam den ausgetretenen Pfad entlangliefen. »Es ist nicht gerade das, was ich am liebsten tue.«

Odin nickte. Trotz seiner guten körperlichen Verfassung hatte er Schwierigkeiten, den beständigen Laufschritt einen halben Tag lang beizubehalten. Sie konnten sich kaum unterhalten, denn er brauchte den größten Teil seines Atems, um mit seinem Begleiter mitzuhalten. Er beneidete ihn um seine Ausdauer, Kraft und Jugend.

Sie machten kurz Rast, und die müden Muskeln seiner Waden und Oberschenkel erinnerten ihn daran, daß es schon eine Weile zurücklag, seit man ihn als Bote eingesetzt hatte. Es war normalerweise eine Aufgabe für jüngere Männer, wie diesen jungen Mann an seiner Seite, der jetzt einen Blick auf den Sonnenstand warf, aufstand und weiterlief.

Es geschah am Vormittag des darauffolgenden Tages. Es gab viele Anzeichen dafür, daß Menschen in der Nähe siedelten, aber sie waren nur wenigen begegnet, abgesehen von den vereinzelten Wanderern auf dem Pfad.

Auf der anderen Seite des Pfades wiesen Stellen mit frischer Erde daraufhin, daß dort gepflanzt worden war. Wahrscheinlich Mais, dachte Odin. Er hatte die kleinen Hügel untersucht, sehr darauf bedacht, nichts zu zerstören.

Ein- oder zweimal war ihnen auch eine flüchtige Bewegung aufgefallen, die es nahelegte, daß sie beobachtet wurden. Sie sprachen darüber und entschieden, wie geplant weiterzugehen.

»Das ist oft so; sie werden vielleicht später Kontakt mit uns aufnehmen«, machte sich einer der Späher wichtig. »Sieh nur, auf dem felsigen Hügel zu unserer Linken ... nicht so auffällig! Da ist ein Mann zwischen den Felsen, der uns beobachtet.«

»Er hat sich nicht gut versteckt«, stellte Odin fest.

»Ja, er will, daß wir ihn sehen, um festzustellen, was wir tun, wie wir reagieren.«

»Da liegen wahrscheinlich noch mehr auf der Lauer«, ergänzte der andere Späher. »Wenn sie bereit dazu sind, werden sie sich mit uns treffen.«

Ruhig dahinzugehen, wohl wissend, daß unbekannte Krieger sie beobachteten, fiel Odin, der seine Gefangenschaft und sein Sklavendasein bei den Flußabwärtsfeinden nicht vergessen konnte, sehr schwer. Diese Fremden, Angehörige eines mächtigen und unbekannten Volkes, konnten sehr gefährlich sein. *Seine* Furcht vor dem Unbekannten ließ seine Handflächen schwitzen und seinen Gang unregelmäßig werden. Verärgert über sich selber straffte er seine Schultern und ging weiter. Er war aus freien Stücken mitgekommen, und er würde durchhalten.

Kurz vor ihnen, am Fuß eines felsigen Abhangs, der sich schroff zu ihrer Linken erhob, verengte sich der Pfad, um über einer jäh abfallenden Schlucht voller Büsche zu ihrer Rechten hindurchzulaufen.

»Seht!« sagte einer der Späher. »Links.«

Auf dem Kamm des Hügels, dort, wo ein flacher Felsvorsprung eine Kante bildete, sahen sie einen Mann, der, bis auf einen Lendenschurz, unbekleidet war. Er trug ein Messer oder eine kurze Axt an der Taille und machte weder den Versuch, sich zu verbergen noch seinen Bogen zu heben. Nichts an ihm schien verdächtig zu sein. Er stand einfach nur da und beobachtete sie.

»Er macht einen freundlichen Eindruck«, sagte einer der Späher.

»Ja, aber er ist weiter entfernt als einen Bogenschuß«, antwortete der andere sarkastisch. »Schon allein dadurch wirkt er freundlicher. Aber er möchte, daß wir ihn sehen.«

»Sollen wir anhalten und warten?« fragte Odin.

»Vielleicht, aber laßt uns noch ein Stück weitergehen, als hätten wir ihn nicht bemerkt.«

»Ich denke«, sagte Odin, dessen Handflächen immer noch feucht waren, »die Felsen auf dem Abhang unter ihm sind groß genug, daß sich dahinter Männer verbergen können.«

»Das ist wahr. Laßt uns vorsichtig sein.«

Sie näherten sich der Stelle, an der der Pfad schmaler wurde. Sie mußten unweigerlich nach rechts ausweichen und einen großen Felsblock umgehen. Er war beinahe mannshoch und offensichtlich von dem Vorsprung nahe der Stelle, an der der Krieger stand, abgebrochen. Der ausgetretene Pfad, der um ihn herumführte, ließ vermuten, daß er vielleicht schon seit Generationen dort lag. Andere Felsblöcke waren über den ganzen Abhang verstreut – ein perfekter Platz für einen Hinterhalt.

Nervös versuchte Odin abzuschätzen, wie viele Krieger

sich auf dem Abhang verbergen konnten. Lauerten diese Chalagee an dieser Stelle regelmäßig Reisenden auf? Logischerweise richtete sich die Aufmerksamkeit auf den Mann auf dem Kamm des Hügels und wurde von den Verstecken, in denen möglicherweise Krieger saßen, abgelenkt. Gerade wollte Odin eine Warnung aussprechen, als der Angriff begann. Nach einem Handzeichen des Kriegers auf dem Vorsprung erfüllte Lärm die Stille; er kam von hinten. Aus der mit Gebüsch zugewachsenen Schlucht rechts vom Weg sprangen, wie Odin mit einem schnellen Blick erfaßte, mindestens zehn Männer, einige mit Bögen, andere mit Speeren bewaffnet. Ein kluger Hinterhalt, der ihnen keinen Platz zur Flucht ließ. Er bemühte sich, seine Fassung zu bewahren und hob die rechte Hand, zum Zeichen der Begrüßung.

Der Späher links von ihm geriet plötzlich in Panik. Bislang hatte es noch keine Konfrontation von solch ernster Natur gegeben, und der junge Mann konnte die Spannung offensichtlich nicht mehr aushalten. Er wollte davonlaufen, wurde jedoch von einem großen Chalageekrieger mit einem Speer aufgehalten. Er drehte sich blitzschnell um, während die Krieger näher heranrückten, und versuchte, zwischen zweien von ihnen hindurchzuschlüpfen. Wieder wurde ihm der Weg versperrt, und der Späher warf sich verzweifelt auf einen der Angreifer.

»Nein!« schrie Odin. »Bleib stehen!«

Aber es war zu spät. Als der junge Mann, außer sich und halb verrückt vor Angst, sein Messer ziehen wollte, trat der erfahrenere Chalageekrieger zur Seite und schwang seine Kriegskeule. Die schwere Kugel aus Hartholz traf den Späher mit einem ekelhaften Geräusch mitten im Gesicht, und er fiel zuckend in den Staub.

Die Aufmerksamkeit der anderen Angreifer richtete sich jetzt auf die beiden anderen. Odin stand noch immer mit erhobener Hand da, und der andere Späher folgte seinem Beispiel sehr schnell. Nach einem Moment angespannter Ruhe begann Odin, sich sehr langsam und vorsichtig in der Zeichensprache zu verständigen.

»Wir kommen als Freunde.«

Eine Reihe belustigter Grunzlaute war die Antwort, und

einer der Chalageekrieger wies auf die reglose Gestalt auf dem Boden.

»Das war kein Freund. Er versuchte, mich zu töten.«

»Er hatte Angst«, erwiderte Odin mit Handzeichen.

»Und du hast keine?«

Es folgte allgemeines Gelächter.

»Ich wäre ein Narr, wenn ich keine hätte«, signalisierte Odin vorsichtig.

Mehr Gelächter.

»Aber vernünftige Männer sprechen«, fuhr Odin fort. »Vielleicht sollten wir sprechen?«

»Gebt eure Waffen her«, herrschte ein älterer Krieger, möglicherweise der Anführer, sie an.

Odin befolgte seinen Befehl, und auch sein Begleiter legte seinen Bogen nieder. Die Waffen wurden sofort von einem der Krieger aufgesammelt. Ein anderer trat mit einem Lederriemen in der Hand auf sie zu, als wolle er sie fesseln.

»Wartet«, sagte Odin. »Ich kann nicht sprechen, wenn meine Hände gefesselt sind.«

Einige der Krieger kicherten, und der Häuptling nickte. »Das ist wahr«, antwortete er. »Aber du kannst später sprechen. Jetzt sag mir nur: Wie wirst du genannt, und wer sind eure Leute?«

»Ich werde Vater der Götter genannt«, erklärte Odin stolz. »Unsere Nation wird in dem Land, wo wir gelebt haben, manchmal die Flußleute genannt.«

Einer der jungen Krieger kicherte nervös, was ihm einen strengen Blick seines Anführers einbrachte.

»Warum Vater der Götter?« fragte er.

»Dieser Name wurde mir von unserem heiligen Mann gegeben«, antwortete Odin. »Ich bin sein Helfer.«

»Du bist ein Priester?«

»Ja«, entgegnete Odin einfach.

»Wir werden mehr davon hören«, sagte der Chalageeanführer, »aber später. Nun werden wir euch fesseln.«

»Wartet«, sagte Odin. »Laßt diesen jungen Mann gehen. Er wird unser Volk anweisen, das Land der Chalagee nicht zu betreten, solange wir keine Erlaubnis haben. Unser Stamm hat nichts Böses im Sinn, mein Häuptling. Wir sind ihm nur vorausgeeilt, um Hilfe zu erbitten. Und ihr habt doch noch immer mich, nicht wahr?«

Der Anführer dachte einen Moment nach und schüttelte dann den Kopf. »Nein!« entgegnete er. »Wir werden euch beide fesseln. Und wenn wir miteinander gesprochen haben, werden wir weitersehen.«

»Aber ...« Odin verspürte nicht den geringsten Wunsch, gefesselt zu werden. Das weckte keine guten Erinnerungen.

»Schweig!« bedeutete ihm der Chalagee. »Die Frage ist nicht, ob ihr gefesselt werdet oder nicht. Die Frage ist, ob man euch erlauben wird, am Leben zu bleiben!«

Odin kämpfte gegen die Versuchung, sich auf seine Angreifer zu stürzen oder die Flucht zu ergreifen. Er warf einen Blick auf den stillen Körper vor seinen Füßen, dessen Gesicht zu einem blutigen Brei zerschlagen war.

»Es ist, wie du es sagst, mein Häuptling, aber wir haben nichts zu verbergen. Unsere Herzen ...«

Der andere unterbrach ihn mit einer ungeduldigen Handbewegung, und schnell streckte Odin seine Handgelenke vor.

»Nein«, bedeutete ihm der Chalagee. »Hinten. Hinter deinem Rücken.«

60

Es war noch nie vorgekommen, daß der erwartete Späher zur verabredeten Zeit nicht zurückkehrte, und man begann, sich Sorgen zu machen.

Spät nachts fand ein Rat mit nur einer Handvoll Anführer statt, der bekanntgab, daß man nicht weiterziehen werde.

Spätestens von diesem Augenblick an überboten die Gerüchte, die sich schon zuvor wie die Buschfeuer verbreitet hatten, einander an wilder Spekulation und Phantasie. Allgemein hatten die Menschen das Gefühl, daß die Anführer etwas verschwiegen.

»Warum hat dieser Odin die Späher überhaupt begleitet?«

wollte ein Mann aus einem der anderen Dörfer wissen. »Was geht ihn das an?«

Niemand antwortete. Die Menschen hatten nichts zu erledigen, und die Rastlosigkeit im Lager wuchs. Gegen Mittag gab es noch immer keine Neuigkeiten, und langsam wurde die Forderung nach einer Ratsversammlung laut.

Habichtfrau kam an das kleine Lagerfeuer, an dem Nils und Rufende Taube saßen.

»Ihr habt auch nichts gehört, oder?«

Taube schüttelte den Kopf über diese sinnlose Frage. Hätte eine der Familien etwas Neues erfahren, wüßte das gesamte Lager längst Bescheid. Habichtfrau ließ sich nieder und setzte ihr Baby zum Spielen neben Taubes Kind.

»Hat mein Bruder gesagt, wann er wiederkommen wollte?« fragte Taube.

»In zwei oder drei Tagen vielleicht.« Habichtfrau versuchte, zuversichtlich zu klingen.

Daß Odin bislang nicht zurückgekehrt war, beunruhigte sie nicht allzusehr. Aber der Bote …

»Ich bin sicher, daß mit ihm alles in Ordnung ist«, fuhr Habichtfrau fort. »Ich erwarte ihn noch gar nicht.«

Ein unbehagliches Schweigen folgte dieser Bemerkung.

»Denkst du, daß dem Boten irgend etwas zugestoßen ist?« fragte Taube schließlich.

Sie sahen einander ängstlich an.

»Vielleicht«, meinte Habichtfrau. »Vielleicht hat er sich entschlossen, in einem der Dörfer entlang des Weges zu übernachten.«

Alle wußten, daß dieser Gedanke nur Wunschdenken war. Irgend etwas stimmte nicht.

»Es gibt hier Bären, nicht wahr?« fragte Habichtfrau.

»Nicht viele«, entgegnete Taube. »Es leben zu viele Menschen hier.«

»Das ist wahr«, mischte Nils sich ein. »Wir müssen daran denken, daß vielleicht Menschen die Ursache für sein Ausbleiben sind.«

»Aber die Gefahr für meinen Bruder,« begann Taube vorsichtig, »ist sie für einen Läufer nicht viel größer als für jemanden, der nur Kontakt aufnehmen will?«

Sie tauschten kurze Blicke, alle zögerten, die Frage zu beantworten.

»Es gibt keine Möglichkeit, das herauszufinden«, erwiderte Nils schließlich.

Zuversichtlich erhob sich Habichtfrau.

»Ich habe ein gutes Gefühl im Herzen«, sagte sie. »Mein Mann ist stark und klug. Er ist schon an schlimmeren Orten gewesen, und bislang ist er jedesmal noch stärker aus solchen Situationen hervorgegangen.«

»Werden die Anführer jemanden ausschicken, um die Lage zu erkunden?« fragte Nils.

»Vielleicht«, antwortete Taube ihm. »Das werden sie heute abend im Rat entscheiden.«

Aber es sollte gar nicht zu einem Ratsfeuer kommen, denn die Ereignisse überschlugen sich geradezu. Kurz vor Sonnenuntergang, gerade als der Rat beginnen sollte, stolperte der arg mitgenommene Läufer, zerkratzt und schwindelig vor Erschöpfung ins Lager. Man führte ihn direkt zu Großem Baum, und sogleich waren sie von einer Menschenmenge umringt.

»Katzenvogel ist tot«, stieß der Läufer heiser hervor. »Odin und ich wurden gefangengenommen.« Er zeigte die frischen Wunden, die die Lederriemen in seine Handgelenke geschnitten hatten. Aufgeregtes Murmeln erhob sich.

»Du konntest fliehen?« fragte Großer Baum.

»Nein, sie ließen mich gehen.«

»Was ist mit meinem Mann?« stammelte Habichtfrau besorgt.

»Er lebt, er hat mit ihnen gesprochen.« Ein verwirrter Ausdruck erschien auf seinem Gesicht. »Odin hat sie glauben gemacht, es sei gut, mich gehen zu lassen und ihn festzuhalten.«

»Aber *warum*?«

»Ich weiß es nicht. Er sagte zu mir – wartet! Wo ist Weißer Wolf?«

Alle Augen richteten sich auf den Nordmann. »Odin sagte, ich soll dir ausrichten, es sei wie schon einmal.«

Nils war verwirrt. »Wie schon einmal?« Was konnte das heißen?

Großer Baum unterbrach ihn. »Hat er dir auch gesagt, was wir tun sollen? Eine Gruppe Krieger aussenden?«

Die Menge murmelte zustimmend.

»Ja, eine Gruppe Krieger!«

»Unser Volk läßt sich nicht so behandeln!«

Großer Baum hob die Hand und gebot Schweigen.

»Wartet!« befahl er. »Laßt ihn ausreden.«

»Das hat Odin nicht gesagt«, fuhr der Späher fort. »Und ich denke, das wäre ein Fehler. Diese Chalagee sind sehr mächtig. Ihr Dorf ist von einer Mauer aus Baumstämmen umgeben.«

»Baumstämme kann man anzünden!« rief jemand.

»Ja, und sie werden unseren Bruder Odin sofort töten, wenn wir angreifen«, sagte Großer Baum unwillig. »Und nun laßt Schwarze Hornisse ausreden. Was wollte Odin uns mitteilen, welche Botschaft?«

Der Späher zuckte mit den Achseln. »Nur sehr wenig, mein Häuptling. Wir durften uns nicht miteinander unterhalten. Sie haben uns getrennt.«

»Aber du sagtest, er sprach von Weißem Wolf?«

»Ja, das habe ich auch nicht verstanden. Odin hat ihnen viel von Weißem Wolf, unserem heiligen Mann, erzählt. Das habe ich seinen Handzeichen entnommen. Und dann, als er an mir vorbeigeführt wurde, sagte er in unserer Sprache, daß ich Wolf Bescheid geben soll. Und da schlugen sie ihn und mich auch, weil wir versucht hatten, miteinander zu reden.«

»Und *was* solltest du Wolf mitteilen?« wollte Großer Baum wissen.

»Was ich sagte: ›Dies ist, wie schon einmal zuvor.‹ Ich habe es nicht verstanden. Sie waren schon einmal gefangen, nicht wahr?«

Großer Baum wandte sich an Nils. »Ergibt das für dich irgendeinen Sinn?«

Nils zerbrach sich den Kopf. Welche Botschaft wollte Odin ihm zukommen lassen?

»Ich bin nicht sicher, mein Häuptling. Wir waren zwar schon einmal gefangen, aber ...«

»Aber ihr seid entkommen.«

»Ja, in Wirklichkeit haben sie uns gehen lassen.«

»Hast du deine Macht gebraucht?« fragte der Späher. »Ich denke, daß er davon gesprochen hat.«

»Wovon?« fragte Großer Baum.

»Nun, er hat ihnen erzählt ... das konnte ich seinen Handzeichen entnehmen, auch wenn ich ein paar Schritte entfernt angebunden war – er hat ihnen von Wolfs mächtiger Medizin erzählt und daß er der Helfer des heiligen Mannes sei.«

Langsam begriff Nils. Selbst wenn sie ihm nicht besonders gefiel, war es die einzige mögliche Deutung. Nach dem Kampf, in dem sie die Schiffe verloren hatten, war es Odin gelungen, ihre Feinde zu überzeugen, daß es gefährlich sei, den weißhaarigen Fremden zu bedrohen. Es konnte gar nicht anders sein. Odin versuchte jetzt, eine ähnliche Situation zu schaffen, eine, die die Chalagee beeindrucken sollte.

Je länger er nachdachte, desto klarer wurde ihm das. Odin, als Gefangener in einer bedrohlichen Lage, würde sein Bestes tun, um einen Ausweg zu finden. Die Berserkergeschichte war ursprünglich reiner Zufall gewesen. Damals hatte Odin die Gelegenheit beim Schopf ergriffen und sie zu ihrem Vorteil genutzt. Zwar gab es in dieser Angelegenheit immer noch einiges, was Nils nicht verstand, aber das spielte jetzt keine Rolle.

Was erwartete Odin jetzt von ihm? Sicherlich nicht, daß er sich in einen Berserker verwandelte. Dennoch mußte er irgend etwas unternehmen. Das war es, was Odin dem Späher angedeutet hatte, auch wenn er dafür geschlagen worden war. Aber *was? Dies ist, wie schon einmal zuvor.* Nils versuchte, sich an die Ereignisse zu erinnern, die ihrer Gefangennahme gefolgt waren. Nachdem er nichts gegessen und sich selbst in eine regelrechte Berserkerwut hineingesteigert hatte, war er verwirrt und wie betäubt gewesen. Und Odin hatte die Stimmung ausgenutzt, noch bevor Nils wieder zur Besinnung gekommen war. Nur, wie hatte er das erreicht? Es könnte mit dem Glauben zu tun haben, daß, wer einen Wahnsinnigen tötet, einen gefährlichen Geist freisetzt, der sich dann eine neue Behausung suchen würde. Nein, das schien irgendwie nicht zu passen. Odin hatte eine Demonstration der Macht, die dem ›heiligen Mann‹, Weißem Wolf, innewohnte, angeregt. Aus der Verfärbung des Sonnensteines und später aus dem Entzünden des Feuers hatten sie eine feierliche Zeremonie gemacht.

Plötzlich wußte er die Lösung. Odin bereitete den Boden für eine ähnliche Demonstration vor. Gefangen, verhört und mißhandelt, hatte er um Zeit gespielt und dabei Andeutungen fallenlassen, die die Neugier seiner Peiniger erregen sollten. Nils wandte sich an den jungen Späher, Schwarze Hornisse.

»Sag uns«, forderte er ihn auf, »was genau erzählte Odin den Chalagee. Hast du gesehen, welche Zeichen er gemacht hat?«

»Nur einige, denn er war die meiste Zeit über gefesselt. Aber das wenige, was ich mitbekommen habe, handelte von dir, Weißer Wolf.«

»Aber *was* genau?«

»Von deiner Macht ... dem blauen Stein.«

»Hat er auch von Feuermann erzählt?«

»Ja! Ja! Daß der Feuermann keine Reibehölzer benutzen muß, sondern das Feuer aus seinen Händen springen läßt!«

Großer Baum unterbrach ihn. »Ergibt es jetzt für dich einen Sinn, Wolf?«

Nils nickte. »Ich glaube, ja. Unser Bruder möchte, daß wir ... daß wir unsere Gaben benutzen, so wie wir es schon einmal getan haben.«

»Und wie soll das vor sich gehen?«

Es entstand ein Schweigen, als Großer Baum begriff, daß er beinahe nach den Geistesgaben eines anderen gefragt hätte, und das war sehr ungehörig, selbst in einer so dringlichen Situation wie jetzt.

»Ich meine«, fuhr der Häuptling fort, »was sollen wir jetzt tun?«

»Ich denke«, erklärte Nils mit großer Würde, »daß ich zu ihm gehen muß.«

»Das ist gut!« verkündete Großer Baum. »Wir werden dir eine Gruppe von Kriegern mitgeben.«

Nun endlich begann ein Plan, Gestalt anzunehmen. Ein Plan, der auf diejenigen, die Odin gefangengenommen hatten, den größtmöglichen Eindruck hinterlassen würde.

»Nein, mein Häuptling. Dies ist eine Sache des Geistes,

nicht der Waffen. Feuermann wird mich begleiten. Hornisse kann uns den Weg zeigen. Vielleicht noch ein Krieger.«

Ohne zu zögern, trat einer der Männer vor.

»Ich werde gehen«, erbot sich Schlange. »Odin ist mein Freund.«

»Wann wollt ihr aufbrechen?« fragte Großer Baum.

»Noch heute nacht«, antwortete Nils. »Der Mond wird heute nacht am Himmel stehen. Laßt Hornisse ausruhen, während wir uns bereitmachen.«

Svenson trat auf ihn zu.

»Was werden wir tun?« fragte er in ihrer eigenen Sprache.

Nils schaute ihn an und bemerkte ein Glühen in den Augen des alten Seemannes. Auch Sven hatte begriffen, was Odin beabsichtigte, und offensichtlich genoß er die Aufregung.

»Wir können die Einzelheiten unterwegs planen«, sagte Nils. »Es muß eine gute Vorstellung werden, Feuermann.«

Svenson nickte.

Einen Tagesmarsch weiter im Westen veränderte Odin seine Sitzposition, um seine verspannten Muskeln zu entlasten. Die unnatürliche Haltung, die ihm seine Fesseln aufzwangen, war bestenfalls unbequem, nach der langen Zeit jedoch beinahe unerträglich geworden.

Aber alles in allem hatte man ihn nicht wirklich schlecht behandelt, dachte Odin. Seine vorherige Gefangenschaft war viel schlimmer gewesen. Diese Leute hier hatten ihn nur ein bißchen geschlagen, und das nicht einmal mit ihren Waffen, sondern nur mit ihren Händen. Sie hatten ihm sogar zweimal für eine Weile die Fesseln abgenommen, damit er essen und sich per Handzeichen mit ihnen unterhalten konnte.

Er war mittlerweile überzeugt, daß die Menschen hier sich vor allen Dingen fragten, was die Fremden in solcher Zahl in ihr Gebiet geführt hatte, und das war durchaus in Ordnung. Sie mußten herausfinden, was es mit diesem Stamm auf Wanderschaft auf sich hatte. War er eine Gefahr für die Chalagee? Und wenn ja, welcher Art? Drohte Krieg oder nur die Besetzung eines Gebietes, das zur Aussaat vonnöten war? Ja, ihre Sorgen zu verstehen fiel nicht schwer.

Entmutigend fand er nur, daß er in der Lage gewesen wäre, sie zu zerstreuen, wenn sie ihm dies erlaubt hätten. Ihre erste Begegnung war sehr unglücklich verlaufen. Odin hatte das Gefühl, daß seine Gegner den Tod Katzenvogels ebenso bedauerten wie er selbst. Aber schließlich *hatte* Katzenvogel den Mann in Panik angegriffen. Das war keine Art, diplomatische Verhandlungen zu beginnen.

Seine Befrager waren von diesem Ereignis so schockiert, daß sie ihm nicht mehr zuhörten. Odin überlegte, wie er die Neugier seiner Gegner erregen, sie irgendwie beeindrucken konnte. Schnell nahm sein Plan Gestalt an.

Er hatte sie immerhin schon überredet, Schwarze Hornisse freizulassen, was, so hatte er ihnen klargemacht, seinem Stamm die Macht der Chalagee ebenso wie ihre Großzügigkeit zeigen würde.

»Warum willst du für ihn gefangen bleiben?« hatte man ihn gefragt.

»Weil mein Herz gut ist. Die Chalagee werden sehen, daß ich die Wahrheit spreche.«

Die Idee, seine Erfahrung mit den Nordmännern zu nutzen, hatte seine Zuversicht gesteigert. Er hoffte nun, daß die kurze Botschaft, die er Hornisse hatte übermitteln können, verstanden wurde. Wenn ja, so glaubte er, mußten Weißer Wolf und Feuermann hier morgen abend eintreffen. Andernfalls würde der Stamm wahrscheinlich eine Gruppe Krieger aussenden, was sich angesichts der Stärke der Chalagees als großer Fehler erweisen könnte.

Nun, im Moment blieb ihm nichts zu tun, als sich auszuruhen. Endlich fiel er in einen unruhigen Schlaf.

61

Odin saß halb aufrecht an die Wand eines der Häuser gelehnt, die Hände immer noch in Fesseln. Nach einer unruhigen Nacht, in der er immer wieder hochgeschreckt war, dämmerte nun endlich der Tag heran. Die hellen Strahlen der

Sonne schenkten ihm zumindest etwas Zuversicht, die er in den kalten Stunden vor Anbruch der Dämmerung fast verloren hatte.

Heute mußte der Tag sein, an dem jemand aus dem Lager seines Volkes kommen würde. Er hoffte, daß der Späher seine Botschaft verstanden hatte, aber er konnte sich dessen nicht sicher sein. Nachdem er für den Versuch, eine Verständigung mit seinem Stammesgenossen aufzunehmen, geschlagen worden war, hatte sich nicht noch einmal eine Gelegenheit ergeben, mit Schwarzer Hornisse zu sprechen. Hätte Odin vorher gewußt, daß er nur wenige Worte weitergeben konnte, hätte er die Botschaft anders abgefaßt. »Sag Weißer Wolf, daß er den Sonnenstein mitbringen soll«, hätte er vielleicht gesagt, oder »Weißer Wolf und Feuermann müssen ihre Medizin mitbringen.« Aber es war anders gekommen. Er hatte nur die Möglichkeit gehabt, einen Teil seiner Idee loszuwerden: »Sag Weißem Wolf, dies hier ist wie schon einmal zuvor.« Er hatte gerade weitere Einzelheiten seines Planes weitergeben wollen, als ihr Gespräch brutal unterbrochen worden war. Jetzt konnte er sich nicht einmal mehr erinnern, an welcher Stelle genau man sie unterbrochen hatte. Er war sicher, daß er bereits gesagt *hatte,* die gegenwärtige Lage sei genauso wie ihre frühere Gefangenschaft. Der bohrende Zweifel war jedoch geblieben, der Zweifel, ob der Späher genug verstanden hatte, um Weißen Wolf richtig zu informieren. Das würde sich heute herausstellen. Bei Sonnenuntergang … Nun, wenn sein Volk sich dafür entschieden hatte, die Chalagee anzugreifen, würde er dann vielleicht schon tot sein.

Er wollte an andere Dinge denken. Ein paar Schritte entfernt saßen drei Kinder, starrten ihn an und tuschelten miteinander. Es waren zwei Jungen und ein Mädchen, vielleicht acht oder zehn Sommer alt, dachte er. Einer der Jungen trug einen Stab bei sich, etwa so lang wie er selbst. Dem Respekt nach, mit dem der Bursche den Gegenstand behandelte, schien dieser etwas Besonderes zu sein.

Verwundert betrachtete Odin den Stab. Konnte es eine Art Waffe sein? Dann sah er … ja! Er hatte an beiden Ende ein Loch, war hohl. Jetzt fiel ihm auch wieder ein, was einer der wandernden Händler über diese Waffe der Chalagees gesagt hatte: Sie wurde vornehmlich zur Jagd auf Eichhörnchen und Vögel benutzt, oder nicht? Ein gezielter Atemstoß in das eine Ende würde am anderen einen Pfeil herausschießen lassen, so schnell, daß man ihn kaum erkennen konnte.

Als Odin erst einmal begriffen hatte, welche Art von Werkzeug der Junge da in den Händen hielt, schenkte er ihm seine ganze Aufmerksamkeit. Er wußte nicht, wie gefährlich ein Schuß aus diesem Rohr war. Wie um Odins Niederlage zu betonen, schwang der junge Bursche das Blasrohr langsam hin und her und richtete es immer wieder auf den Gefangenen. Es war sehr beunruhigend, die runde Öffnung allmählich auf eine Position zuwandern zu sehen, bei der sie direkt auf ihn wies. Dann schwang das Blasrohr wieder zur Seite. Odin war erleichtert, die Kinder kicherten. Er mußte seine Angst deutlicher gezeigt haben, als ihm lieb war, denn das Spiel wiederholte sich, und die anderen brachen in Gelächter aus.

Wäre er nicht gefesselt gewesen, hätte er mit Handzeichen zu ihnen gesprochen. Aber unter diesen Umständen war das unmöglich. Odin begriff außerdem, daß seine Reaktion von Bedeutung war. Zeigte er seine Angst, würde das Spiel weitergehen. Er versuchte, ruhig und gelassen zu erscheinen, ja sogar gelangweilt, und richtete seinen Blick auf eine flaumige, weiße Wolke hoch über ihm. Er war sich vage bewußt, daß der Junge das Blasrohr weiter bewegte, zwang sich aber, nicht hinzuschauen.

Es gab ein leises *Plop* neben ihm, und unwillkürlich sah Odin hin. Nur eine Handspanne von seiner Schulter entfernt steckte ein Pfeil in der mit Rinde bedeckten Wand des Hauses. Er war schmal, nur so lang wie ein Finger, und ein kleines Büschel Federn oder Distelwolle war am Ende seines Schaftes befestigt. Die Kinder lachten vor Entzücken über seine Reaktion, und ihm lief ein Schauer über den Rücken. Die Situation konnte durchaus gefährlich werden. Er konnte sich offensichtlich nicht verteidigen und war der Gnade von Kindern ausgeliefert, die nicht unbedingt ein gutes Urteilsvermögen besaßen. Wenn die Pfeile Eichhörnchen oder Vögel töteten, würden sie bei ungeschützten Körperteilen großen Schaden anrichten. Eine tiefe Wunde in der Brust mochte ein Lungenversagen zur Folge haben. Oder eine Wunde im Gesicht ... bei diesem Gedanken krümmte er sich, und plötzlich wurde ihm die ganze Gefahr bewußt. *Sein Auge ...*

Odin hatte sich bereits vor einigen Jahren einigermaßen mit dem Verlust eines Auges abgefunden. Er konnte noch immer sehen, und er war noch immer an Leben. Mit der ihm angeborenen Sturheit und einem gewissen grundsätzlichen Optimismus hatte er überlebt. Nun jedoch befand er sich in einer Situation, die noch viel schlimmer war als die Verstümmelung, die er durch die Flußabwärtsfeinde erfahren hatte. Er warf erneut einen Blick auf den schmalen Pfeil neben sich. Wenn ein solches Geschoß sein Auge traf ... Die Vorstellung war einfach zu furchtbar.

Er sah fasziniert zu, wie der Junge einem Beutel an seiner Taille einen weiteren Pfeil entnahm und in das hintere Ende des Rohres einführte. Dann begann das Spiel von neuem. Die Mündung der Waffe wanderte langsam über seinen Körper, und das Mädchen kicherte dazu. Als sich das Rohr direkt auf sein Gesicht richtete, konnte Odin es fast nicht mehr aushalten. Es gab keine Möglichkeit, sich selbst zu verteidigen. Er konnte nicht einmal eine Hand heben, um den Pfeil abzufangen. Er war lediglich in der Lage, den Kopf ein wenig zu drehen, um seinem gesunden Auge einen gewissen Schutz zu verschaffen, und das schon erblindete der Gefahr aussetzen. Aber das beruhigte ihn nur wenig. Tat er das, konnte er seine Peiniger nicht mehr beobachten. Und außerdem wäre ihnen dann sein Ohr völlig preisgegeben. Ein jugendlicher Folterer könnte eine solche Körperöffnung vielleicht als allzu verlockend betrachten. Odin schauderte erneut. Dieser polierte Hartholzpfeil ... ah, er sollte so etwas noch nicht einmal *denken!*

Er versuchte, seinen Kopf in eine Position zu bringen, die sein Auge zumindest teilweise schützte und dennoch sein Ohr der Gefahr nicht zu direkt aussetzte. Es war nicht einfach und erschwerte es ihm noch, ruhig zu bleiben. Er schwitzte stark, während er wartete und wußte, daß früher oder später ein weiterer Pfeil ... *Plop*! Er warf einen raschen Blick in die Richtung des Geräusches. Dieser Pfeil steckte neben der anderen Schulter, auch etwa eine Handspanne entfernt. Irgendwie erleichterte ihn das. Offensichtlich war der Junge im Umgang mit der Waffe geübt und wollte ihm nur drohen. Odin schaffte es, sich etwas zu beruhigen, während der Knabe seine Waffe erneut lud. Und wieder glitt die Mündung der Waffe über den gesamten Körper des Gefangenen. Mit ein bißchen mehr Zuversicht gelang es Odin, stolz und würdig auszusehen. Tatsächlich erschien ein Ausdruck der Enttäuschung auf dem Gesicht des Chalagee-Jungen.

Dann schien ihm jedoch ein neuer Gedanke zu kommen. Der Knabe ließ das Rohr sinken. Odin saß immer noch an die Wand des Hauses gelehnt, die Knie leicht angezogen und ein paar Handspannen breit auseinander. Odin brauchte nur eine Sekunde, um zu begreifen, daß sich das Blasrohr nun auf seine Genitalien richtete. Instinktiv schloß er die Knie, um seine intimsten Teile zu schützen. Die Kinder kreischten.

Nun hatte die Gefahr eine neue Dimension angenommen. Er hatte zu eindeutig reagiert, und das war nicht gut. Sie wußten nun, daß sie ihn zu einer Reaktion zwingen konnten. Er streckte seine Beine aus, die Knie eng beieinander. Das Blasrohr blieb auf seinen Unterbauch gerichtet. Auch das, so wußte er, konnte eine gefährliche Wunde geben.

Offensichtlich war der Junge es leid, darauf zu warten, daß Odin seine Knie wieder spreizte, und schoß einen weiteren Pfeil ab.

Dieser fuhr in den Boden dicht neben Odins rechter Hüfte. Er war nah, zu nah. Odin zuckte unwillkürlich zurück, was mit erneutem Gelächter quittiert wurde. Der Pfeil hatte seine Hüfte nur um zwei Fingerbreit verfehlt. Odin versuchte, sich selbst weiszumachen, daß dies ein gutes Zeichen war, daß es die Fähigkeiten des Jungen bewies.

Nun begann der andere Junge, der bislang still daneben gesessen hatte, eine Diskussion mit ihm. Es schien dabei um das Blasrohr zu gehen. Nach einem kleinen Moment reichte der erste Junge die Waffe dem anderen, wenn auch, wie Odin meinte, ein wenig unwillig. Es war beunruhigend zu sehen, daß der zweite Junge das Rohr unbeholfen handhabte, als sei er nicht vertraut damit. Und es war gewiß ebenso beunruhigend zu sehen, daß dieser Junge es lud und das höhnische Spiel von neuem begann.

Der erste Pfeil verfehlte Odin um eine Armeslänge. Aber er konnte sich nicht darüber freuen. Die sorgfältigen Vorbereitungen, die der Junge für seinen zweiten Schuß traf, besagten nur: »Dieser wird näher kommen.«

Obwohl ihm das klar war, überraschte Odin der scharfe Schmerz in seiner linken Schulter. Der Schaft des Pfeiles hatte das Fleisch komplett durchdrungen, und das Federbüschel hing wie eine Klette vorne auf seinem ledernen Ärmel. Er begriff, daß er unwillkürlich aufgeschrien hatte, und er bedauerte, seine Würde verloren zu haben.

Odins Sorge war unbegründet. Das Gesicht des Schützen zeigte, daß ihm bewußt war, einen großen Fehler begangen zu haben. Er warf das Blasrohr seinem Besitzer zu, sprang auf und lief davon. Die beiden anderen folgten im Bruchteil einer Sekunde, und Odin blieb allein zurück. Das erleichterte ihn zwar, aber der hölzerne Spieß in seiner Schulter ließ über die Tatsache, daß die Kinder endlich fort waren, keine rechte Freude aufkommen. Eine Frau steckte ihren Kopf aus der Tür und sah sich um. Sie wollte sich schon wieder zurückziehen, da fiel ihr anscheinend der Gefangene ein, und sie wandte ihm den Kopf zu und starrte ihn einen Moment überrascht an. Dann lief sie eilig über den freien Platz, sprach laut, ohne sich dabei an jemanden speziell zu wenden. Sie hielt einen Moment inne, um die in der Wand und in Odins Schulter steckenden Pfeile zu betrachten, und schien kurz zu überlegen, ob sie sie herausziehen sollte. Sie entschied sich jedoch dagegen. Statt dessen hob sie ihre Stimme, rief um Hilfe, und es kamen Leute herbeigelaufen.

Es folgten überraschte und irritierte Ausrufe, und immer wieder wurde auf die Pfeile gezeigt. Odin gewann den Eindruck, daß seine Peiniger durchaus bekannt waren und ihnen jetzt Ärger bevorstand. Inzwischen hatte sich der Schmerz in seiner Schulter zu einem dumpfen Pochen ausgewachsen. Wenn er versuchte, sich zu bewegen, wurde er stärker, zog sich in seinen Nacken und seinen Arm hinunter. Wie konnte eine so kleine Wunde derart schlimme Schmerzen hervorrufen?

Ein älterer Mann trat zu der Gruppe, und die anderen gingen beiseite, um ihn durchzulassen. Der Mann untersuchte den Schaft, schüttelte seinen Kopf und murmelte etwas. Odin hatte den Eindruck, daß der Mann eine Art heiliger Mann war, aber kein *Kutani*, keiner von den heiligen Männern der Chalagee, die in einem speziellen Haus auf einem Hügel am Ende des Dorfes lebten. Dieser schien eher einem heiligen Mann aus Odins Stamm zu ähneln, der die Gabe hatte, zu heilen.

Zunächst berührte der alte Mann den Pfeil sanft, umfaßte ihn dann fest und zog ihn mit einem Ruck heraus. Odin hatte das Gefühl, der Knochen selbst werde durch die Haut herausgezogen, empfand jedoch sofort Erleichterung. Der alte Mann holte einen Flaschenkürbis hervor, der mit einer Salbe gefüllt war, und bestrich die Wunde damit. Odin nickte zum Dank, und der Medizinmann erwiderte sein Nicken.

Die Menschen zerstreuten sich wieder. Einige von ihnen lachten. Odin war nicht danach zumute, aber er verstand die Leute. Er war neugierig, welche Art von Bestrafung die Kinder wohl zu erwarten hatten.

Außerdem fragte er sich, was seine Leute wohl tun würden. Er warf einen Blick auf die Sonne. Es mußte kurz nach Mittag sein. Irgendwann zwischen jetzt und der Dunkelheit würde er es wissen. Er hoffte auf ein gutes Ende. Aber er war noch nicht einmal sicher, ob Weißer Wolf seine bruchstückhafte Botschaft erhalten hatte.

Er veränderte seine Sitzposition, und in seiner Schulter hämmerte es dumpf.

62

»Da vorne, auf dem Hügel«, sagte Schwarze Hornisse und wies in die entsprechende Richtung. »Dort hat der Krieger gestanden. Die anderen haben sich hier rechts versteckt, als wir den Weg entlangkamen.«

Es war ein überlegter Hinterhalt gewesen, das sah Nils sofort.

»Und sie haben Katzenvogel getötet?«

»Ja, mit der Keule ... ein Schlag ins Gesicht.«

»Aber sie haben nicht versucht, dich zu töten oder auch nur zu verletzen, nicht wahr?« fragte Nils.

»Nein. Ich denke, sie wollten uns nur gefangennehmen. Katzenvogel hat versucht zu fliehen und dabei einen der Chalageekrieger angegriffen.«

Nils nickte. Das hielt er für wahrscheinlich, aber irgend etwas mußte schiefgelaufen sein. Es war gut, daß die Chalagee den Späher, der ihren Wunsch nach einem Gespräch überbringen sollte, hatten gehen lassen. Weniger gut war, daß die Chalagee Odin noch immer in ihrer Gewalt hatten und es keine Möglichkeit gab, herauszufinden, wie es um ihn stand. Daher machten sie sich einige Sorgen.

Außerdem befürchteten sie, selbst bald in Gefahr zu kommen. Seit ihrem Aufbruch am Morgen hatten sie an verschiedenen Zeichen bemerkt, daß man sie beobachtete. Nun näherten sie sich der Stelle, an der ihre Spähergruppe überfallen worden war, und Hornisse fühlte sich von Minute zu Minute unwohler.

»Hornisse, wenn es wirklich ihre Absicht gewesen wäre, hätten sie dich getötet«, versicherte Schlange ihm.

Der Späher lächelte kläglich. »Ich weiß, aber ihr wart nicht dabei, als sie Katzenvogel niedergeschlagen haben ...«

»Sie werden wohl am selben Ort mit uns Kontakt aufnehmen, oder?« vermutete Svenson.

»Ich denke schon«, antwortete Hornisse nervös.

»Dann ist es gut«, erwiderte Nils. »Laßt uns bis zu der Stelle gehen, wo der Pfad um den Felsblock herumführt, und dann dort warten.«

Bevor sie dort ankamen, ließ sich die Wache absichtlich auf dem Kamm des Hügels blicken.

»Seht! Genau wie beim letzten Mal!« rief Hornisse aufgeregt. »Wir haben ihn und den Abhang über dem Weg beobachtet. Aber dann sind sie von der anderen Seite gekommen, von hinten.«

»Aus diesen Büschen?« fragte Schlange und vermied es, in die entsprechende Richtung zu zeigen.

»Ja, rechts vom Weg.«

»Der Überfall war gut vorbereitet«, sagte Schlange fest.

»Ja«, stimmte Nils ihm zu. »Laßt uns trotzdem weitergehen, aber vor jener besagten Stelle anhalten.«

Etwa eine Bogenschußlänge vor der Stelle, an der der Überfall stattgefunden hatte, blieben sie in stiller Übereinstimmung stehen, warteten und versuchten, ihre Nervosität zu verbergen. Der Beobachter auf dem Hügel wartete ebenfalls.

Nach einer Ewigkeit, wie es schien, trat ein Krieger aus seinem Versteck hinter einem Busch hervor, stellte sich in die Mitte des Weges und sah die Neuankömmlinge an. Rasch gesellten sich weitere zu ihm, sechs insgesamt, so daß der Weg blockiert war. Sie warteten.

»Laßt uns ihnen entgegengehen«, schlug Nils vor.

Er hob seine Hand zum Zeichen für Frieden und trat vor. Die Gruppe der Chalageekrieger erwartete sie. Svenson trug seine Schlachtaxt, und es war offensichtlich, daß die Krieger sich über diese Waffe wunderten, allerdings nicht mehr als über die Anwesenheit der Nordmänner überhaupt. Unter den Chalageekriegern erhob sich aufgeregtes Gemurmel, bis ein älterer Mann, der ihr Anführer zu sein schien, es unterbrach.

Und nun, sagte sich Nils, *geht es los.* Er mußte von nun an denken und handeln, als sei er Odin, die Rolle spielen, die das Schicksal ihm auferlegt hatte.

Er versuchte, sich selbst davon zu überzeugen, daß er der mächtige heilige Mann war, dessen Bild Odin geschaffen hatte.

»Wir kämpfen nur, wenn wir uns verteidigen müssen«, wies er seine Gefährten an. Sie nickten. Nils machte noch ein paar Schritte auf die Krieger zu und blieb kurz vor ihnen selbstbewußt stehen. Seine Hand war nach wie vor zum Friedenszeichen erhoben, aber die Chalagee hatten darauf noch immer nicht geantwortet. Nun, er *mußte* etwas tun.

»Unser Bruder hier sagt, daß ihr meinen Helfer in eurer Gewalt habt. Stimmt das?«

Er versuchte, gleichgültig auszusehen, als habe er die Situation unter Kontrolle, was natürlich nicht der Wirklichkeit entsprach. Die Krieger waren ihnen an Zahl überlegen, gut bewaffnet, und sie wirkten entschlossen. Sollte es jedoch zu einem Kampf kommen, so dachte Nils, würden er und seine Gefährten sich teuer verkaufen. Svenson alleine war schon zwei Männer wert. Allerdings, machte er sich selbst klar, mußten sie Odin verloren geben.

Seine Frage nach ihm drückte Nils durch das Zeichen für Untersuchung aus. Mit dem gleichen Zeichen erkundigt man sich nach *wie, wo, wer* oder *warum*. Vielleicht war die Geste erheblich fordernder als Worte, denn sie drückte eigentlich einen Befehl aus. *Erklärt eure Tat!*

Aber es schien ohnehin vergeblich zu sein, denn die Chalagee ignorierten sie völlig.

»Wie wirst du genannt?« wurde er angeherrscht. »Du hast Chalageeland betreten.«

Nils holte tief Luft. Er mochte die Rolle nicht, die man ihm aufgezwungen hatte, und er wußte noch nicht einmal, wie er sie zu spielen hatte. Er wünschte, Odin wäre hier, um ihm zu sagen, was er zu tun hatte.

»Ich bin Weißer Wolf von den Flußleuten«, erklärte er in der Zeichensprache. »Dies ist Feuermann, mein Helfer. Ihr habt meinen anderen Helfer, den Vater der Götter, gefangengenommen. *Warum*?«

Erneut benutzte er den fordernden Ausdruck.

In Wahrheit war der Anführer der Chalagee über das Treffen bedeutend erschrockener als die Nordmänner. Sie hatten den Geschichten ihres Gefangenen nicht einmal ansatzweise geglaubt. Ein heiliger Mann mit Pelz im Gesicht ... und ein weiterer, dessen Haar und Gesichtspelz rot wie das Feuer waren und der auch noch eine seltsame Waffe trug. Zumindest sah das Ding so scharf aus wie eine Waffe. Etwas, mit dem man im Kampf nicht näher Bekanntschaft machen wollte.

»Es ist alles, wie der Gefangene gesagt hat«, flüsterte einer der jungen Krieger verwundert.

Blauer Baum ermahnte ihn, stillzuschweigen, selbst wenn er bei sich etwas Ähnliches gedacht hatte. Es wurde allgemein erwartet, daß ein Gefangener übertriebene Behauptungen aufstellt, um seine Lage zu verbessern. Niemand hatte dem einäugigen Vater der Götter, wie er selbst sich nannte, geglaubt. Es war äußerst beunruhigend herauszufinden, daß sich bis jetzt jede noch so absurde Äußerung des Mannes als absolut wahr erwies. Vielleicht hätten sie ihn mit mehr Respekt behandeln sollen ... Nein, wahrscheinlich doch nicht. Der Gefangene hatte keine ernsthaften Verletzungen erlitten. Das mit dem Blasrohr war natürlich nicht so gut gewesen. Manchmal zeigten Kinder ein armseliges Urteilsvermögen. Aber glücklicherweise hatte er keinen Schaden davongetragen.

Aber jetzt war es Zeit, an andere Dinge zu denken. »Der Einäugige ist unser Gast«, bedeutete Blauer Baum den Fremden. »Kommt, wir werden euch zu ihm führen.«

Zwei Krieger traten vor, als wollten sie den Fremden ihre Waffen abnehmen, aber Svenson legte seine Hand in einer unmißverständlichen Geste auf seine Axt, und der junge Mann wich zurück. Die Krieger warfen ihrem Anführer einen Blick zu, der daraufhin seinen Kopf schüttelte.

»Unnötig«, sagte er zu ihnen.

»Sollten wir sie fesseln?« fragte jemand.

Eine wahrlich dumme Frage. Wie konnte man jemandem die Hände fesseln, wenn er noch im Besitz seiner Waffen war? Hier bot sich die Gelegenheit, sich das Wohlwollen eines potentiell mächtigen Mannes zu erschleichen. Blauer Baum antwortete in seiner Sprache, während er gleichzeitig Handzeichen gab.

»Natürlich brauchen sie ihre Waffen nicht abzugeben«, sagte er, als wenn dies die Frage gewesen wäre. »Sie sind unsere Gäste.«

Er wandte sich erneut an Nils.

»Komm, Weißer Wolf, wir werden dich zu deinem Bruder, dem Vater der Götter, bringen.«

Er machte sich auf den Weg, und die anderen folgten, während die beiden Gruppen sich noch immer mißtrauisch beäugten.

Bis zu den Palisaden, die das Dorf umgab, war es nicht sehr weit. Das Dorf lag strategisch günstig, jenseits des Kammes, so daß es vom Weg aus nicht zu sehen war. Vom Dorf selbst konnte man jedoch den Pfad überblicken und das Kommen und Gehen jederzeit beobachten, wenn man nur auf den Kamm stieg. Der dem Weg am nächsten gelegene Punkt war lediglich einen Pfeilschuß weit entfernt.

Kinder kamen herbeigelaufen, um zu sehen, was vor sich ging. Aber die Chalageekrieger hielten sie mit warnenden Rufen zurück. Als sie die Palisaden schließlich erreichten und auf das Zentrum des Dorfes zuschritten, hatte sich bereits eine ansehnliche Menge versammelt und begleitete die seltsamen Neuankömmlinge. Aufgeregtes Stimmengewirr war zu hören, wobei viele der Bemerkungen offensichtlich der eindrucksvollen Erscheinung der Nordmänner mit ihren lichthellen Haaren und Bärten galten.

Ihre Eskorte stoppte, und ein Mann, der offenbar die größte Autorität besaß, kam aus einem der Häuser und ging auf sie zu. In wenigen Sekunden bildete sich, so schien es, ein lockerer Verband von Anführern, dem auch einige Frauen angehörten.

Nils wiederholte das Handzeichen für Frieden, das nun höflich erwidert wurde. Nils entschied, den Anfang zu machen.

»Wie kommt es«, fragte er, »daß ihr unseren Bruder gefangenhaltet? Und einen anderen getötet habt? Wir kommen in Frieden!«

Die anderen sahen sich kurz an.

»Was willst du?« fragte ihn einer der Anführer argwöhnisch.

»Wir wollen miteinander reden. Aber zuerst, wo ist unser Bruder, Vater der Götter?«

Der Mann, der gerade eben gesprochen hatte, wandte sich um und machte eine Geste. Zwei Krieger holten Odin, dessen Hände noch immer gefesselt waren, hinter einem der Häuser hervor. Die beiden Freunde wechselten einen Blick, und der aufblitzende Schalk in Odins Auge zeigte Nils, daß er im Grunde unversehrt war. »Es ist gut«, bedeutete Nils mit Handzeichen. »Könnte man ihm jetzt die Fesseln lösen?«

»Wir sollten reden«, sagte der andere.

»Auch das ist gut«, stimmte Nils zu, »aber laßt uns zuerst die Hände meines Bruders befreien.«

Der Mann schien einen Moment zu zögern.

»Das Feuer!« rief Odin.

Nils nickte, um Odin wissen zu lassen, daß er verstanden hatte.

»Mein Häuptling«, fuhr er fort. »Laßt uns ein Ratsfeuer machen. Der Feuermann hier wird es entzünden, während wir uns darauf vorbereiten, miteinander zu sprechen. Habt Ihr Späne zur Hand?«

»Ja, natürlich.«

Auf sein Zeichen beeilte sich eine Gruppe älterer Kinder, ein Armvoll dünner Zweige herbeizuschaffen.

»Hier?« fragte Svenson und bat damit um Erlaubnis. Der Anführer nickte.

Nils sah zu, wie Sven seine Vorbereitungen begann. Schon zuvor hatte ihn Feuermanns natürliches Talent zur Schaustellerei belustigt. Die wenigen Male, die er Feuerstein und Stahl zu Demonstrationszwecken benutzt hatte, war es ihm gelungen, eine eindrucksvolle Zeremonie zu bieten.

Sven hob den Zunder aus Zedernborke hoch, steckte sein Tuch hinein und kniete nieder, um den Funken zu schlagen. Noch niemals zuvor war er so gut geflogen. Ein oder zwei Schläge, und Sven ließ den Stahl in seinem Ärmel verschwinden und hob den Zunder an.

Während er seinen Atem sanft von unten hineinblies, hob er die Zündmasse erneut hoch, und ein feiner, weißer Rauch, eine erste Flamme wurde sichtbar ... Er schob die kleine Glut unter den Kegel dünner Zweige, den er vorbereitet hatte, und stand dann auf, die Arme ausgebreitet, um zu zeigen, daß seine Zeremonie vollendet war. Die Menge fing an, aufgeregt zu murmeln. Die Geschwindigkeit, mit der der flammenhaarige Fremde ein Feuer entzündet hatte, und das auch noch ohne Reibstöcke, mußte ihnen einfach geheimnisvoll erscheinen.

»Es ist gut, Feuermann.« Nils wandte sich an den Chalageeanführer. »Und nun befreie meinen Bruder hier und laß uns reden.«

Odin wurde erlaubt, sich zu ihnen zu setzen, während er noch seine Handgelenke rieb.

»Du bist in Ordnung?« fragte Nils.

»Ja, wir sprechen später. Zeig ihnen den Stein.«

»Ist das nötig?«

»Vielleicht. Laß uns erst mit dem Rat beginnen.«

Die Chalagees zeigten erste Anzeichen von Unruhe, und Nils wandte sich wieder ihnen zu.

»Es ist gut, laßt uns nun reden.«

Sie ließen sich rund um das Feuer nieder, die Chalagee auf der einen Seite und die Mitglieder des Stammes auf der anderen.

»Und nun sagt uns«, forderte der Mann, der bisher den Großteil des Gespräches geführt hatte, mit Handzeichen auf, »wie es gekommen ist, daß euer Stamm in unser Gebiet eingedrungen ist.«

Nils zuckte mit den Achseln, als habe dies überhaupt keine Bedeutung. »Wir ziehen hier nur durch.« Er wollte fortfahren, wurde jedoch unterbrochen.

»Aber *wohin*?«

»Wir wissen es nicht, mein Häuptling. Wenn wir den Platz finden, werden wir es wissen.«

»Es ist also eine Suche?«

»Ja«, flüsterte Odin. »Das ist gut.«

»Ja, mein Häuptling«, nickte Nils. »Wir haben gehört, daß es weiter im Westen mehr Raum, aber nicht so viele Menschen gibt.«

»Das ist vielleicht wahr.«

»Unser Stamm, der von manchen ›die Flußleute‹ genannt wird, beansprucht nicht das Land von anderen. Wir wollen nur einen Platz, um die Saat auszubringen.«

»Was pflanzt ihr denn an? Es ist spät im Jahr für die Saat.«

Nils sah Odin an.

»Mais, Kürbis, Bohnen«, antwortete Odin. »Wir hatten gehofft, den Rat der Chalagee einholen zukönnen, nur für dieses Jahr natürlich. Gibt es hier einen Platz, an dem wir pflanzen und vielleicht überwintern können, bevor wir weiterziehen?«

»Darüber müssen wir nachdenken. Ihr wollt jagen?«

»Ein wenig. Vor allen Dingen aber wollen wir säen«, sagte Odin.

»Wartet«, bedeutete der Chalagee. »Wer ist euer Anführer?«

Nils und Odin tauschten einen Blick. »Keiner von uns, mein Häuptling«, sagte Odin. »Wie ich versucht habe, dir zu sagen, dies ist Weißer Wolf, ein heiliger Mann. Feuermann und ich sind seine Helfer. Die anderen sind Krieger unseres

Stammes. Unsere Anführer befinden sich in dem Lager eine Tagesreise entfernt.«

»Ja , wir wissen das. Nun, wir werden uns morgen erneut treffen.«

Er stand auf und gab damit zu verstehen, daß der Rat vorüber war.

»Es wird euch jemand zeigen, wo ihr die Nacht verbringen könnt«, sagte er und wandte sich ab.

63

Der Mais sproß. Zarte, grüne Schößlinge durchstießen den schwarzen Boden auf der Suche nach Sonnenstrahlen, und es war gut.

Eine erste Zeit gegenseitigen Mißtrauens und Argwohns war dabei. Nach vielen Ratssitzungen, die zu keinem Ergebnis zu führen schienen, hatten die Chalagee plötzlich ihre Bereitschaft erklärt, dem Stamm sowohl bei der Suche nach einem Platz für ihr Sommerlager als auch nach geeigneten Flächen für ihre Aussaat zu helfen.

»Sie haben seltsame Sitten«, stellte Rufende Taube fest.

»Das ist wahr«, stimmte ihr Mann zu. »Wir reden, die Häuptlinge reden, und anscheinend sind wir uns alle einig. Dann sagen sie plötzlich ›wir werden darüber nachdenken und morgen noch einmal sprechen‹. Nie treffen sie eine schnelle Entscheidung.«

Taube lachte. »Das machst du, mein Mann. *Erst* eine Entscheidung treffen und dann nachdenken. Unsere Leute gehen da langsamer vor.«

Noch vor einem Jahr hätte sie niemals gewagt, ihn so zu necken. Die Hitze ihrer Liebe war zwar nicht abgekühlt, aber doch zu einer gefestigten Freundschaft mit gegenseitigem Verständnis herangereift. Sie konnte ihn nun necken und wußte, daß er ihren Humor verstand und mochte. Dann lachten und kicherten sie zusammen wie die Kinder. Sie hatte herausgefunden, daß es dabei nur um den richtigen Zeitpunkt ging, um die Fähigkeit zu erkennen, *wann* sie ihn necken konnte. Manchmal, wenn er zu ernst gewesen war, hatte sie seine Stimmung rasch eingeschätzt, aber das bedeutete nur, daß sie behutsam vorgehen mußte. Sie lernte jedoch rasch und entwickelte ein immer besseres Gespür. War er in Gedanken versunken, so konnte ein Scherz eine scharfe Erwiderung zur Folge haben, und Weißer Wolf schmollte bis zum Abend. Normalerweise fand sie jedoch nach Einbruch der Dunkelheit Mittel und Wege, ihren Fehler wiedergutzumachen.

Doch waren die Gelegenheiten, zu denen sie sich in ihrem Urteilsvermögen Fehler zuschulden hatte kommen lassen, seltener geworden und somit auch die Perioden erzwungener Sprachlosigkeit. Ihre Beziehung zueinander reifte, und Taube wußte, daß ihre Ehe von vielen jungen Frauen neidvoll beobachtet wurde; von älteren wahrscheinlich auch. Darüber mußte sie insgeheim oft lächeln.

Aber heute war sie sich ihrer Sache nicht so sicher. Sie hatte sich über die Neigung der Nordmänner, übereilte Entscheidungen zu treffen, einen Scherz erlaubt. Die Menschen ihres Volkes waren gelassener. Wozu eine Entscheidung treffen, bevor sie wirklich notwendig ist? Nils und Taube hatten bereits über diese Dinge miteinander gesprochen, wenn auch nicht ausführlich.

Diesmal war er sehr still, nachdem sie über seine Ungeduld gescherzt hatte. Sie musterte ihn verstohlen. Nein, er war nicht ärgerlich, nur nachdenklich. Das war gut. Aber dennoch erleichterte es sie, als er schließlich ruhig und besonnen das Wort ergriff.

»Aber die Chalagee gleichen weder uns noch euch. Vielleicht ... Taube, glaubst du, daß sie ein bestimmtes Ritual für Entscheidungen haben?«

»Was meinst du?« fragte sie überrascht.

»Nun, genau das, was ich sagte. Wir trafen uns, wir unterbrachen die Beratung, und bis zum nächsten Tag wurde nichts entschieden. Manchmal dauert es sogar noch länger. Und dann, wenn sie wiederkommen, ist die Entscheidung gefällt. Was haben sie in der Zwischenzeit *getan*? Eine Zeremonie veranstaltet oder einen ... Zauber ausgeübt oder ähnliches, irgend etwas, das ihnen weiterhilft?«

Er fand es schwierig, für solch komplizierte Dinge die richtigen Worte zu finden. Zwar konnte Weißer Wolf sich mittlerweile in der Sprache des Stammes recht gut ausdrücken, aber derartige Erklärungen erforderten ein besseres Vokabular. Er macht sich schon gut, dachte sie. Taube beobachtete einen Adler, der über der Schlucht kreiste, und sah, wie er sich schwerfällig auf seinem Horst in der Felswand niederließ.

»Oder«, fuhr Nils fort »finden sie ihre Antwort vielleicht in Träumen?«

Taube wirkte nachdenklich. Das war natürlich eine Möglichkeit. »Tust *du* das so?« fragte sie.

Sie hatte immer noch große Ehrfurcht vor seiner Macht als heiliger Mann. Bislang hatte sie es auch nicht gewagt, dieses Thema zwischen ihnen zur Sprache zu bringen. Es entzog sich ihrem Verständnis, und sie fühlte sich bedeutend wohler, wenn sie diesen Teil des Weißen Wolfes aus ihrer Beziehung völlig heraushielt.

»Nein«, antwortete er schnell. »Na ja, vielleicht manchmal.«

»Es gibt da ein Sprichwort bei meinen Leuten«, fuhr er nach kurzem Schweigen langsam fort. »Es heißt: ›Ich werde darüber schlafen.‹ Manchmal läßt sich eine Lösung für ein Problem danach einfacher finden.«

Taube nickte. »Das ist wahr, aber … Träume?«

»Träume, Visionen, vielleicht gibt es keinen Unterschied. Was glaubst du?« fragte er.

»Vielleicht. Aber du denkst, daß die Chalagee ihre Träume mit Hilfe von irgend etwas erreichen, nicht wahr?«

»Ich habe mich gefragt«, erklärte er, »ob sie immer erst eine Nacht abwarten. Beten sie vielleicht? Zum Fasten reicht eine Nacht doch nicht aus.«

»Ich weiß es nicht, Weißer Wolf. Aber sie werden es uns mitteilen, wenn sie bereit dazu sind.«

»*Wenn* sie sich entscheiden«, korrigierte er sie. »Wenn nicht, werden wir es niemals erfahren.«

Sie mußte kichern und wandte sich schließlich wieder dem Lager zu.

»Der Mais wächst gut«, stellte Taube fest.

»Ja! Ihr *Kutani* hat uns gut beraten.«

Den tragischen Tod Katzenvogels bei ihrem ersten Kontakt hatten beide Seiten als Mißverständnis abgetan und gegenseitiges Bedauern geäußert. Zu weiteren Vorkommnissen war es nicht gekommen. Nach anfänglicher Zurückhaltung hatte sich jedoch eine gute Beziehung zwischen beiden Stämmen entwickelt.

Die Menschen arbeiteten jeden Tag lang und hart, während die Chalagee sie verwundert beobachteten. Da sie selbst Feldfrüchte anpflanzten, konnten sie deren Methoden mit einiger Sachkenntnis beurteilen.

Nachdem die verschiedenen Maissorten durchgetrieben hatten, konnte man sich dem seltsamen Volk, von dessen Gastfreundschaft der Erfolg der diesjährigen Ernte abhing, weiter nähern. Später würde man damit zu tun haben, auf den Feldern Unkraut zu jäten.

»Heute abend wird ein Geschichtenfeuer stattfinden«, plauderte Taube munter weiter. »Das hat mir Habichtfrau gesagt. Sollen wir hingehen?«

»Gehen Habicht und Odin?«

»Ja, du weißt, wie sehr Odin Geschichten liebt.«

Sie mußte wieder kichern.

»Ja, er wird mich wahrscheinlich auffordern, die Geschichten meines Volkes zu erzählen, oder?«

Taube lachte. »Wahrscheinlich. Aber Wolf, deine Geschichten *sind* gute Geschichten. O ja ... Habichtfrau sagte außerdem, die Schöpfungsgeschichte der Chalagee erzählt, daß sie vom Himmel kommen, nicht von der Erde!«

»Wirklich? Woher weiß sie das?«

»Mein Bruder hat es gehört, du weißt doch, er spricht oft mit ihnen.«

»Odin spricht mit jedem, nicht wahr?«

Sie lachte.

»Ja, aber er ist vorsichtig. Und sehr geschickt.«

»Das ist wahr. Nun, laß uns hingehen. Ich würde gern erfahren, wie dieses Volk vom Himmel gekommen ist. Bei uns, mußt du wissen, erzählt man sich von einem Weg vom Himmel zur Erde.«

»Einem Weg?«

Er schwieg, denn ihm fehlten die Worte. Und dann versuchte er, Asabru, den Regenbogen, als aus Licht, Luft und Wasser geformte ›Brücke‹ zu beschreiben.

»O ja!« rief sie. »Vielleicht sind die Chalagee auf diesem Wege auf die Erde gekommen, nicht wahr?«

Nils lächelte, als er die Wißbegierde in ihren Augen aufleuchten sah. »Wir werden sehen«, entgegnete er.

Viele Leute kamen zum Geschichtenfeuer. Es war auch das erste große gesellschaftliche Ereignis, das zwischen dem Stamm und seinen Gastgebern, den Chalagee, stattfand. Man traf sich auf neutralem Boden ein wenig außerhalb des Chalageedorfes. Aber das lag vor allen Dingen an der großen Menge der Zuhörer. Innerhalb des palisadenumzäunten Dorfes gab es keinen Platz, der groß genug gewesen wäre. Mehrere Geschichtenerzähler sollten daran teilnehmen; Singender Elch von den Gästen und Erste Wolke, einer der ältesten Chalagee, waren als Hauptsprecher vorgesehen. Anscheinend sollte noch ein weiterer Mann aus einem der anderen Dörfer der Flußleute sprechen.

Das Feuer wurde entzündet, die Pfeife machte ihre Runde, und Erste Wolke begann seine Geschichte, die er mit Handzeichen begleitete. Einige Stammesmitglieder hatten begonnen, die Sprache der Chalagee zu erlernen, aber die meisten Unterhaltungen wurden in der einfachen Handelssprache geführt. Diese hatte der Stamm auf seinem Zug in den vergangenen zwei Jahren gelernt, so daß es nur wenig Schwierigkeiten bereitete, den Geschichten der Erzähler zu folgen. Außerdem wurde das Verständnis durch die Handzeichen zusätzlich erleichtert. Manchmal, wenn ein Begriff oder ein Gedanke unverständlich blieb, versuchte Singender Elch, einen ähnlichen Begriff in der Sprache des Stammes zu finden.

»Am Anfang«, begann Erste Wolke feierlich, »bestand die ganze Welt nur aus Wasser.«

Die Angehörigen des Stammes vom Fluß schauten einander erstaunt an. Sie hatten auf ihrer Wanderung bereits einige mehr oder weniger unterschiedliche Schöpfungsgeschichten vernommen, aber noch niemals eine dieser Art. Noch nicht einmal die Geschichte über Feuer und Eis vom Weißen Wolf ... Aber es wäre unhöflich, den Sprecher zu unterbrechen, und so bewahrten die Menschen Ruhe.

»Unser Volk, die Wahren Menschen, die ihr Chalagee nennt, lebten im Himmel über der Himmelkuppel.«

Er legte eine Pause ein. Die Flußleute konnten sich unter einer Himmelkuppel nichts vorstellen, und es gab eine kurze Diskussion mit Handzeichen und Wörtern in verschiedenen Sprachen.

»Es ist wie eine blaue Schüssel oder ein blauer Korb«, erklärte Erste Wolke. »Und sie ist über die Erde gestülpt und besteht aus massivem Stein. Die Sonne kriecht jeden Tag über die Kuppel und dann unter den westlichen Rand hindurch. Mittags legt sie eine kleine Pause ein, ganz oben. Dort steht nämlich die Hütte ihrer Tochter, und sie ißt dort.«

Die Zuhörer waren verwundert. Die Sonne schien *wirklich* gegen Mittag eine Pause einzulegen, aber ...

»Und nun«, sprach Erste Wolke weiter, »laßt uns fortfahren. Unser Volk, die Chalagee, lebten oben auf der Kuppel. Da unten befand sich nur Wasser, worauf die Himmelkuppel schwamm. Es gab keinen Ort, an dem man stehen konnte. Nun, was konnte man tun? Sie sandten einen Tauchervogel hinunter, den Seetaucher, der nachschauen sollte, ob es irgendwo einen Boden unter dem Wasser gab. Aber der Vogel kehrte nicht zurück. Auch der Biber versuchte es, aber auch er konnte den Grund nicht erreichen. Schließlich versuchte es der Gelbrandkäfer, der Enkel des Bibers. Er blieb eine lange Zeit unten und kehrte dann mit einer Spur Schlamm im Maul zurück. Er tauchte nochmals und holte noch etwas Schlamm, den er auf der Oberfläche verteilte. Und noch einmal, und noch etwas mehr Schlamm.«

»Und dann entschloß sich der Große Geier zu helfen, indem er mit seinen riesigen Schwingen den Schlamm trockenfächerte. Hin und her flog er, immer und immer wieder. Die Spitzen seiner Schwingen fegten bei jedem Schlag über den trockenen Schlamm und formten Schluchten, Canyons und die Hügelketten und Berge dazwischen. Und so wurde die Welt, wie sie heute ist.«

»Und das war alles hier?« fragte jemand.

»Nein, zunächst war da eine Insel weit im Süden, wo der Gelbrandkäfer den Schlamm hingebracht hat. Aber es gibt mehr als eine Stelle, an der Land entstanden ist, nicht wahr?«

Die Zuhörer nickten, und Erste Wolke fuhr fort.

»Nun gab es Land, und unser Volk begann, an der Außenseite der Himmelkuppel hinunterzurutschen und stand schließlich auf festem Boden. Um besser Schutz zu haben, krochen sie unter dem Rand der Kuppel hindurch ins Innere, und dort leben wir noch heute.«

Die Zuhörer von Odins Stamm blickten hinauf in den dunklen Himmel, der voller Sterne hing. Sich eine Himmelkuppel aus Stein vorzustellen, kam ihnen seltsam vor, vielleicht noch seltsamer als die Geschichten vom Weißen Wolf über die Riesen.

Singender Elch durchbrach die Stille, wenn auch höflich und sanft.

»Mein Bruder«, wollte er wissen. »Wohin geht die Sonne, wenn es Nacht ist?«

»Sie kriecht unter dem Rand der Kuppel hindurch nach draußen und steigt dann über die Kuppel auf die andere Seite zurück zum Osten. Sie hebt den Rand an, gerade genug, um hindurchzuschlüpfen.«

Es folgte Gelächter, es war nicht unhöflich, sondern zeigte eher ein belustigtes Interesse an einer guten Geschichte.

»Für uns«, stellte Singender Elch fest, »ist die Sonne ein junger Mann mit einer Fackel. Er *umläuft* die Erde und schläft auf der anderen Seite, oder vielleicht tut er auch etwas anderes. Niemand weiß es, wenn auch manche versucht haben, dies herauszufinden.«

»Ja«, entgegnete Erste Wolke. »Auch von unserem Volk haben einige versucht, der Sonne zu folgen. Eine Gruppe tapferer Krieger hat einst versucht, ihr nach Westen zu folgen, und beobachtet, wie der Rand der Himmelkuppel sich anhob, um sie durchzulassen. Ein Krieger versuchte, ihr nachzugehen, aber die Kuppel kam herunter und zerquetschte ihn. Die anderen hörten ihn schreien, aber es war natürlich dunkel, nachdem die Kuppel sich gesenkt hatte. Sie mußten die ganze Nacht warten, um den Tag zu erhellen. Da konnten sie seine Füße und Beine unter dem Rand der Kuppel hervorragen sehen. Seitdem hat niemals wieder jemand versucht, herauszufinden, was sich jenseits der Kuppel befindet.«

»Wie weit ist es bis zur Wand der Himmelkuppel?« fragte Singender Elch. »Wir ziehen nach Westen.«

»Ja, ich weiß«, sagte der Geschichtenerzähler. »Wir wissen nicht, wie weit es ist, aber in der Geschichte der Krieger, die nach Westen zogen, heißt es, daß sie als junge Männer loszogen und die Überlebenden als alte Männer zurückkehrten. Es muß sehr weit sein.«

Einen Moment lang herrschte Schweigen. Dann sprach Singender Elch erneut.

»Könnte es sein«, fragte er, »daß die Dinge, die diese Krieger erblickt haben, sie zu alten Männern gemacht haben?«

Der alte Chalagee-Geschichtenerzähler lächelte in sich hinein, ein tiefes Band des Verständnisses schien zwischen den beiden zu entstehen.

»Das habe ich mich auch schon gefragt«, gab Erste Wolke zu. »Vielleicht ist beides richtig. Der Rand der Kuppel ist ein halbes Leben weit weg, und im fernen Westen gibt es Dinge, die einen Mann alt und grau werden lassen können.«

Rufende Taube kuschelte sich enger an ihren Mann. Sie fragte sich, ob ihm auch – ebenso wie ihr – manchmal ein Schauer über den Rücken lief, der die Haare in ihrem Nacken aufstellte, wenn sie an ihre unbekannte Zukunft im Westen dachte.

64

Nils saß allein und starrte auf die Szenerie vor sich. Die Ernte war eingebracht, und der Stamm bereitete sich ein weiteres Mal auf einen Winter vor. Die Entscheidung darüber war keine große Überraschung mehr gewesen. Er war nur bestürzt, als ihm *nachher* klar wurde, daß er sie erwartet hatte und überhaupt nicht in Frage stellte.

Was war mit ihm geschehen? Mit seinem Vorsatz, zuerst nach Straumfjord und dann nach Stadt, nach Hause zurückzukehren?

Sie hatten nun bereits zwei Pflanzzeiten auf einer mehr oder weniger ziellosen Wanderung nach Westen hinter sich gebracht. Und dieser Zug hatte kein Ziel, hatte nie eines gehabt, jedenfalls nicht, soweit er es beurteilen konnte. Es ging wohl nur darum, das Gebiet zu verlassen, das für ihre Art zu leben zu gefährlich geworden war.

Die Menschen des Stammes waren keineswegs so primitiv, wie er einst geglaubt hatte. Aber bis jetzt war er noch nicht in der Lage, alle Besonderheiten ihrer Kultur zu verstehen. Er war unbeabsichtigt in diese Kultur hineingezogen worden. Daß man ihn benutzt hatte, war ihm nicht bewußt gewesen. Mit einiger Belustigung erinnerte er sich daran, wie Großer Baum im letzten Jahr zu Beginn der Aussaat die Nordmänner in den Entscheidungsprozeß einbezogen hatte. Der kluge Anführer hatte es wohl verstanden, die Verantwortung für einen möglichen Fehlschlag zu verteilen.

Aber wie sich dann herausstellte, hatte der Erfolg das Prestige und die Bedeutung all jener, die daran beteiligt gewesen waren, nur noch verstärkt. Erst jetzt begriff Nils, daß damals ein geheimer Machtkampf im Stamm stattgefunden hatte, ein Streben nach politischem Ansehen zwischen zwei verschiedenen Gruppen. Er fragte sich, was wohl geschehen wäre, wenn es eine Mißernte gegeben hätte. Jetzt zog Großer Baum sie ohne Zögern ein weiteres Mal zu seiner Unterstützung heran; das bereitete Nils keine Probleme, denn Großer Baum *war* ein guter Anführer. Und die Unterstützung, die er von Nils erwartete, bestand lediglich darin zu sagen: »Ja, es ist so, wie Großer Baum es sagt.« Oder: »Ton hat uns einen weisen Rat gegeben.«

Es war sehr belustigend, Svensons Veränderung zu beobachten. Der Seemann hatte sehr schnell seine neue Rolle als Feuermann beherrscht. Das Ritual, bei dem er den Feuerstein und den Stahl benutzte, war ein Meisterstück der Schauspielkunst. Auch in seine eheliche Gemeinschaft mit Rotem Reh schien er sich schnell hineingefunden zu haben. Es war, als seien die beiden ein Paar in mittlerem Alter, das schon viele Jahre zusammenlebte.

Eine größere Veränderung hatte sich in Svenson jedoch nur langsam und fast unmerklich vollzogen. Im ersten Jahr ihrer

Wanderung hatte der Seemann noch auf alle landschaftlichen Besonderheiten des Flusses und der großen Frischwasserseen hingewiesen und Karten auf Birkenrinde gezeichnet. Im Zusammenhang mit dem Schiffbau und dem Handel hatte Sven damals kühne Pläne entworfen. Allerdings mußte Nils zugeben, daß auch er selbst enthusiastischer gewesen war. Angesichts dieser riesigen, kalten, klaren Wasserflächen und unberührter Wälder war es für einen zur See fahrenden Mann einfach unmöglich gewesen, ruhig zu bleiben.

Nils wußte nicht, wann genau sein Interesse abgeflaut war. Andere Dinge, die Saat und die Ernte, hatten seine Aufmerksamkeit in Anspruch genommen. Selbst jetzt wunderte er sich noch, daß sie ihn dermaßen hatte beschäftigen können. Und dann, im vergangenen Jahr, war es ihnen gelungen, eine Beziehung zu den Chalagee aufzubauen. Er ertappte sich bei dem Gedanken, daß er sich auf den kommenden Winter freute, einen Winter gesellschaftlicher Kontakte mit den Chalagees und dem Austausch von Geschichten, die so anders waren als die aller anderen Skraelinge, die sie auf ihrer Wanderung getroffen hatten.

Was auch immer geschehen war, es hatte seine Einstellung und auch die von Svenson beeinflußt. Sie sprachen nur noch sehr selten über den Schiffbau oder den Handel. Er fragte sich sogar, ob Sven noch immer seine Karten zeichnete, was nicht mehr so wichtig schien. Sie hatten eine lange, lange Zeit nicht mehr über solche Dinge gesprochen. Dies erschien ihm jetzt, als er darüber nachdachte, durchaus seltsam. Am Anfang der langen Wanderung mit dem Stamm war sein wichtigster Gedanke gewesen, wann er und Svenson nach Straumfjord zurückkehren konnten. Ihr Besuch in der Kolonie schien so ewig lange zurückzuliegen, daß ihm seine Erinnerungen an jenen Ort fast wie ein Traum vorkamen. Die wunderschöne blauäugige Frau … Er brauchte einen Moment, bis ihm ihr Name wieder einfiel … *Ingrid*! Ja, so hieß sie. Die Erinnerung an sie, die einmal das Wichtigste in seinem Leben gewesen war, war zur Unkenntlichkeit verblaßt. Was hatte er nur in ihr gesehen? Wahrscheinlich nur einen warmen Körper in seinem Bett.

Dieser Gedanke brachte ihn zurück zu Taube. Trotz ihrer

anfänglichen Probleme mit der Sprache war ihre Beziehung immer tiefer geworden, zumindest empfand er es so. Nils konnte keine richtigen Vergleiche anstellen, aber er wußte einfach von keiner anderen Ehe, die wie die seine gewesen wäre, sei es nun bei seinen eigenen Leuten oder innerhalb des Stammes. Odin und, ja, auch Svenson und Reh waren bestimmt glücklich, aber ihr Zusammenleben sicherlich weniger aufregend. Er war jetzt in der Lage, längere Gespräche mit Taube zu führen, da er ihre Sprache immer besser verstand. Nils freute sich über ihre hohe Intelligenz, deren Gedankentiefe ihn oft beschämte. Sie war es beispielsweise gewesen, die herausgefunden hatte, warum die Chalagee immer so unentschlossen wirkten. Als sie es ihm sagte, sprühten ihre Augen vor Schalk.

»Weißt du, warum sie den Rat immer beenden, ohne eine Entscheidung getroffen zu haben? Sie müssen ihre Frauen fragen!«

Nils schnaubte ungnädig. »Du machst einen Witz!«

»Nein, ich denke nicht. Beobachte sie nur beim nächsten Mal. Ich bin sicher, daß ihre Frauen großen Einfluß haben. Weißt du, daß ihre Familien der mütterlichen Linie folgen?«

»Ja, so sagt man. Aber auch unser Stamm respektiert die Frauen.« Als er diese Eigenart zum ersten Mal bemerkt hatte, war er darüber sehr erfreut gewesen. Die Nordmänner waren während ihrer wechselvollen Geschichte auch in Kontakt mit Völkern gekommen, die ihre Frauen als etwas ohne viel Wert betrachteten, fast als einen Besitz. Im Gegensatz dazu wurden Stärke und Selbstvertrauen der Frauen von den Nordmännern als höchst wünschenswert angesehen. »Bist du dir sicher, Taube?«

Sie lachte. »Nein, natürlich nicht. Es wäre auch nicht sehr höflich zu fragen. Aber beobachte sie, und dann sehen wir, ob du zu demselben Ergebnis kommst.«

Also beobachtete er, und obwohl er ihre Theorie niemals beweisen konnte, glaubte Nils schließlich, daß Taube recht hatte. Sie hatten niemandem davon erzählt – wozu auch. Es blieb eines ihrer privaten Geheimnisse.

Und es gab vieles, das nur sie miteinander teilten. Das Kind Heller Himmel zum Beispiel, das nun in seinem zweiten Lebensjahr stand ... Ah, was ein Gefühl zu sehen, wie es die Welt eroberte. Himmel lernte schnell und ging aufgeschlossen und mit Humor auf alle Dinge zu. Sein Haar war um einige Schattierungen heller als das aller anderen Kinder des Stammes, und dies schien für Rufende Taube sehr wichtig zu sein. Die Augenfarbe von Himmel, ein seltsames, dunkles Graubraun, hatte anfangs immer wieder changiert. Nach einigen Monaten stellte sich heraus, daß die Farbe dem Stamm unbekannt war. Zwar waren die Augen braun, ja, aber bei besonderem Licht schimmerten sie auch grün.

Das Leben war gut. Nils genoß das warme Herbstlicht und die Aussicht auf die Hügel und den See. Die Herbstfarben malten die Hügelflanken mit Spritzern von hellem Orange, Gelb und Rot an, die in starkem Kontrast zu dem dunklen Grün der Fichten, Zedern und Kiefern standen. Drei Krähen flogen träge rudernd über eine ferne Lichtung, um in einem toten Baum auf der anderen Seite zu landen. *Was denkt eine Krähe*? fragte er sich und staunte im selben Moment über sich selbst. *Ich denke wie einer vom Stamm*, sagte er zu sich, unsicher, ob er das für ein gutes oder schlechtes Zeichen halten sollte, ob es überhaupt eine Rolle spielte. Es war schon eine geraume Weile her, seit er zum letzten Mal die Möglichkeit gehabt hatte, für einen Augenblick allem zu entfliehen, um in Ruhe nachzudenken.

Er vermochte nicht zu sagen, wann oder *wie* sich sein Denken verändert hatte, aber er wußte, daß es so war. Es hatte einen Moment gegeben – als er den seltsamen Geschichten der Chalagee von ihrer Himmelkuppel gelauscht hatte –, da hatte er sich darauf gefreut, den unbekannten Westen zu erforschen. Und er hatte auch leichte Schuldgefühle verspürt – er hätte wenigstens versuchen sollen, die Rückreise nach Straumfjord zu planen. Natürlich, auch Svenson hatte das Thema nicht erwähnt, und so war es einfach, diesbezügliche Pläne aufzuschieben. Es gab dringendere Dinge, die bedacht werden mußten.

Jemand kam den Abhang herauf. Es war Taube.

»Ah!« grüßte sie. »Hier bist du.«

Sie setzte sich neben ihn und schwieg einen Moment, bis

ihr Atem wieder ruhig ging. »Darf ich die Sonne mit dir zusammen beobachten?« fragte sie. »Ach, es ist wunderschön hier, nicht wahr?«

Die Schatten wurden länger, und der westliche Himmel erglühte in unglaublich intensiven Farben, deren Schattierungen mit denen der Eichen und Ahornbäume auf den Hügelhängen mithalten konnten.

»Es ist gut«, sagte er sanft und legte einen Arm um ihre schmale Taille.

Im stillen dachte er jedoch an etwas ganz anderes. Warum sollte er sich jetzt mit Gedanken an eine Rückkehr nach Straumfjord quälen? Der Winter stand bevor, und zu reisen war ausgeschlossen. Auch Svenson hatte schon lange Zeit nicht mehr davon gesprochen. Vielleicht würde er warten, bis Sven das Thema anschnitt.

Er zog Taubes schlanken Körper an sich, streichelte das sanfte Leder über ihrem Oberschenkel und fühlte ihre straffen Muskeln.

Warum will ich überhaupt nach Straumfjord zurückkehren? fragte er sich plötzlich.

TEIL 3

65

Der Anblick des Flusses berührte Nils zutiefst. Verstohlen warf er einen Blick auf die Menschen links und rechts. Hatte man seine Reaktion bemerkt? Aber er konnte kein Anzeichen dafür entdecken, daß man sich überhaupt um ihn kümmerte. Jeder einzelne war vollauf mit seiner eigenen Reaktion beschäftigt.

Natürlich waren sie nicht unerwartet auf den Fluß gestoßen. Sie wußten nun seit etwa einem Jahr, wo sich der Missisepee, befand. Die Späher waren sogar schon dort gewesen, um den Weg auszukundschaften, und tief beeindruckt zurückgekommen. Der Fluß, so berichteten sie, sei nicht so breit wie der, an dem sie vorher gelebt hatten, auch nicht so flink. Und ganz sicherlich nicht so kalt und klar. Ganz im Gegenteil, dieser Fluß wirkte sogar ausgesprochen träge und schlammig. Vielleicht war es das, was den Eindruck dunkler Geheimnisse und schattiger Tiefen erweckte. Nein, das erfaßte es auch nicht völlig ... Vielleicht war es auch seine Majestät oder eine gewisse Bedrohung, ausgelöst durch Zweifel darüber, welche Dinge vielleicht in ihren trüben Verstecken auf dem Grund dieses großen Stroms lauern mochten.

Auch Nils, der ein erfahrener Seemann war, überlief jetzt ein Schauer. Was war das noch für eine Geschichte gewesen, die vor einigen Jahren, als der Stamm ein Jahr bei den Chalagees verbracht hatte, die Kinder so beeindruckt hatte? Die eines gigantischen Blutegels, groß genug, um einen Mann zu töten, der auf dem Grund des Sees lag und auf arglose Beute wartete. Einige der Kinder hatten sich danach wochenlang nicht mehr dem Wasser genähert. Jetzt verstand Nils ihre Furcht.

Es war weniger der Fuß selbst, der bedrohlich erschien – eigentlich sah er sogar recht sanft aus. Dennoch gab es Hinweise auf seine Macht, die bloße Ahnung, daß hier ein Riese schlummerte, dem im Wachzustand ein mächtiger Geist innewohnte.

Nils schüttelte seinen Kopf. Hatte er nicht schließlich den ganzen Ozean überquert? Es war nur ein Fluß ... Er versuchte, die Gedanken an magische Kräfte abzuschütteln. Vielleicht war er einfach zu lange an Land gewesen. Wie viele Jahre befanden sie sich nun auf Reisen, seit sie das Meer verlassen hatten? Fünf ... nein, sechs! Jetzt konnte auch er sich vorstellen, so zu leben: wandern, einen Platz für die Aussaat finden, Getreide anbauen, überwintern, weiterziehen. An einem Platz war der Stamm zwei Jahre geblieben, so daß es ausgesehen hatte, als würde er sich für immer dort niederlassen. Die Leute hatten sogar schon begonnen, feste Häuser zu bauen, sich damit allerdings die Aufmerksamkeit und Mißbilligung ihrer Nachbarn zugezogen. Gewiß wäre der Stamm stark genug gewesen, um sich mit Gewalt durchzusetzen, aber das schien nicht lohnend. Sie hatten eine Ratsversammlung abgehalten und entschieden, weiterzuziehen.

Es war hart für sie gewesen, als sie den letzten der großen Seen hinter sich gelassen hatten. Das Gefühl des Verlustes wurde zwar nie ausgesprochen, ließ sich aber nicht leugnen. Mishi-ghan hatte man diesen Platz genannt. Nils rief sich noch immer den letzten Blick ins Gedächtnis, den er über seine Schulter auf die große Fläche Wasser geworfen hatte, vergegenwärtigte sich, wie sie, als sie davonzogen, in der Ferne immer kleiner wurde. Es war ihm schwergefallen, das Wasser zurückzulassen. *Ein Mann ohne Boot* ... Er sprach zwar nie mit Svenson darüber, fragte sich jedoch, ob dieser auch den Verlust gespürt hatte.

Aber es gab vieles, was an die Stelle seiner Liebe zum Meer getreten war – beispielsweise seine Familie. Er konnte es kaum glauben, so schnell war Heller Himmel herangewachsen. Nils fühlte ein warmes Glühen des Stolzes, wenn er den Kindern beim Spiel zusah und das Selbstvertrauen erkannte, mit dem der Junge ausschritt, wenn er dessen immer größeres Geschick im Umgang mit dem Bogen beobachtete ... Ach, es war gut. Vielleicht das beste von allem war, daß er diese Freude mit Rufender Taube teilte.

Ja, es gab tatsächlich vieles, was ihn dafür entschädigte,

nicht mehr auf dem oder am Meer zu sein. Der Ozean lag natürlich schon sehr weit hinter ihnen. Aber bis sie von Mishighan fortzogen, hatte er die Aussicht auf Wasser nie lange entbehren müssen. Erst war es die Verlängerung des Golfes gewesen, dann der Fluß und dann die Kette der Süßwasserseen. Aber nachdem der letzte dieser Seen seinem Blick entschwunden war, hatte er das Gefühl gehabt, vom Land eingeschlossen zu sein, und das war neu gewesen. Dieses Gefühl hatte er schnell überwunden; zumindest hatte er das geglaubt. Mit den Flüssen und Strömen, auf die sie gestoßen waren, hatte er keine besondere Verbundenheit empfunden. *Vielleicht waren sie nicht groß genug gewesen*, dachte er. Dieser hier war es, wenn auch nicht von den Maßen her, ganz sicherlich von seinem *Geist*.

Nils hatte mit der Zeit – und ohne daß es ihm bewußt geworden war – eine der grundlegenden Denkweisen des Stammes akzeptiert: Alles besitzt einen Geist. Jede Person, jedes Tier, jeder Baum und jeder Felsen, sogar jeder Ort. Wäre er direkt danach befragt worden, so hätte er es vielleicht geleugnet, denn diese Denkweise entsprach nicht dem, was ihm in seiner Kindheit beigebracht worden war. Dennoch bereitete es ihm keine Schwierigkeiten, an einen glühenden Himmel, eine zornige See oder einen Platz, dessen Stimmung oder Gefühl freundlich und angenehm war, zu denken. Bislang war er seinen Gefühlen in dieser Hinsicht nicht wirklich auf den Grund gegangen, aber er war sich vage seiner Neigung bewußt, sich dem Denken seiner Frau und dem Stamm anzupassen. Es war einfacher, als ständig Fragen zu stellen.

Und so verstand er den jährlichen Konflikt zwischen Sonne und Der Die Kälte Schafft. Der Stamm und auch er beobachteten die sich immer wieder ändernden Kräfteverhältnisse bei jeder einzelnen ihrer Auseinandersetzungen, und er konnte sie mit denen der nordischen Götter und den Eisriesen in Verbindung bringen. War es nicht mehr oder weniger dieselbe Geschichte? In jedem Jahr versuchten die Mächte der Kälte und des Bösen die Gegend, in der der Stamm lebte, zu überwältigen. Die Sonne zog sich gen Süden zurück, und die Strahlen ihrer Fackel wurden mit jeder Auseinandersetzung schwächer. Manchmal hatte es sogar den Anschein, als würden die blassen wassergelben Strahlen des Sonnenfeuers völlig erlöschen.

Aber im Mond des Hungers, wenn die Vorräte schmerzhaft knapp wurden, keimte auch normalerweise wieder erste Hoffnung auf. Und jedes Jahr, wenn der Mond des Erwachens begann, konnte man sehen, daß die Sonne von Tag zu Tag stärker wurde. Der Die Kälte Schafft begann, sich langsam auf den Weg in seine Eishöhlen im eisigen Norden zu machen. Er ging natürlich nicht freiwillig, sondern knurrte und schnappte rachsüchtig, während er sich zurückzog, wie ein Wolf, den man von seiner Beute vertreibt. Aber normalerweise dauerten diese Rückzugsgefechte nicht lange an, denn der Mond des Erwachens war auch der Beginn der Pflanzzeit des neuen Jahres.

Wie immer waren sie auch in diesem Jahr in jenem Mond losgezogen und hatten nun, im Mond des Grünens, diesen großen Fluß erreicht.

Damit war wieder einmal die Zeit gekommen, Entscheidungen zu fällen. Wie jeder andere wartete Nils ab und beobachtete die Kinder beim Spiel. Jetzt war es Mittag, und die letzten Nachzügler durften den Haupttrupp nicht vor dem späten Nachmittag eingeholt haben.

In diesem Moment gesellte sich Odin zu ihm.

»Heute abend wird ein Rat stattfinden«, informierte er Nils. »Wie ist es mit dir, Wolf?«

»Gut. Ich habe gerade den Fluß betrachtet. Ich habe ihn mir größer vorgestellt.«

»Ich auch, aber sein Geist ist mächtig.«

Nils nickte. »Ich habe mich gefragt, ob die anderen das auch so empfinden. Er spricht zu mir auf seltsame Weise. Du spürst es auch, nicht wahr?«

»Ja«, sagte Odin nachdenklich. »Er spricht, aber ich kann nicht verstehen, was er sagt. Und darum werden wir heute abend ein Ratsfeuer haben.«

»Was soll denn entschieden werden, Odin?«

»Wer weiß?« Odin, ein trockenes Lächeln auf den Lippen, zuckte mit den Achseln. »Vielleicht gar nichts. Aber es wird darüber gesprochen werden, ob wir bleiben und auf dieser Seite des Flusses aussäen, oder ob wir ihn erst überqueren.

Großer Baum wird vielleicht fragen, was deine Medizin dazu sagt.«

Nils nickte nochmals. Das kam nicht unerwartet. Normalerweise bedeutete das auch kein Problem, denn von ihm wurde lediglich erwartet, der logischsten Handlungsweise zuzustimmen – und diese wurde im voraus zwischen Großem Baum und Ton, dem heiligen Mann, abgesprochen. Manchmal jedoch war es nicht so offensichtlich abgesprochen.

»Was denkst du darüber, Odin? Weißt du, was Großer Baum möchte?«

»Nein, ich denke, er möchte hören, wie der Stamm darüber denkt.«

Nils nickte zustimmend. Großem Baum, einem guten Anführer, war diese Vorgehensweise durchaus zuzutrauen.

»Wir haben einen halben Mond«, fuhr Odin fort, »oder vielleicht einen Mond Zeit, bevor wir pflanzen *müssen*. Für eine Überfahrt müssen wir Boote bauen, und wir wissen nicht, wie willkommen wir auf der anderen Seite des Flusses sind.«

Dies war ein großes Problem. Bestand Gefahr für Menschen des Stammes, die den Fluß überquerten? Es würde seine Zeit dauern, bevor sie in so großer Zahl am anderen Ufer landen konnten, ohne eine leichte Beute für die Alteingesessenen darzustellen.

»Kann der Stamm innerhalb eines halben Mondes Boote bauen?« fragte Nils.

»Vielleicht – ja, ich denke schon. Aber wir müssen immer noch einen Platz zum Pflanzen finden.«

»Haben die Späher übergesetzt?«

»Ja, ich glaube, zwei davon, in einem Boot aus Haut. Sie haben mit niemandem darüber gesprochen.«

»Du hast davon gehört?«

Odin lächelte. »Nein, aber hätten sie das getan, *hätten* wir davon gehört, nicht wahr?«

Während des Rates herrschte Uneinigkeit und Streit. Sehr schnell bildeten sich drei Gruppen, von denen die eine wünschte, an der Ostseite des großen Flusses die Saat auszubringen, zu ernten und dann den Strom zu überqueren, um auf der westlichen Seite zu überwintern.

Eine ebenso große Gruppe plädierte für eine sofortige Überquerung, um noch in diesem Jahr auf der anderen Seite zu pflanzen.

Eine dritte, zu der größtenteils Leute aus dem anderen Clan gehörten, kritisierten die Führung von Großem Baum.

»Es hat überhaupt keine Planung stattgefunden«, stellte einer ihrer Anführer fest.

Es war ein vorsichtig formulierter Vorwurf, der unter den Anhängern Großen Baums zu Unruhe führen mußte und einen politischen Machtkampf auslöste. Großer Baum, der verzweifelt versuchte, seine Haltung zu bewahren, reagierte zurückhaltend, bat um Kommentare und nickte zu den Bemerkungen, die gefühlvoll vorgebracht wurden. Es schien, als bliebe er ruhig, aber wenn man genauer hinsah, ließ sich ein wachsender Zorn durchaus erkennen. Seine Zähne waren zusammengebissen, worauf die angespannten Muskeln seines Kiefers schließen ließen.

Nils beobachtete Odin genau, um dessen Reaktion zu ermessen. Er hatte keinen Zweifel, daß Odins Loyalität ebenso wie seine eigene Großem Baum galt. Er war unsicher, worauf der Häuptling hinauswollte, denn er neigte hin und wieder dazu, der Meinung seines Volkes zu sehr nachzugeben. Zumindest war dies Nils' Meinung.

Manchmal jedoch ist Führung unerläßlich. Eine Entscheidung, die ein guter Anführer getroffen hat, wird normalerweise von allen respektiert, selbst wenn sie sich als falsch erweist. Was die Menge nicht tolerieren wird, ist Unentschlossenheit. Führer müssen handeln. Während der vergangenen Jahre war, so glaubte Nils, Großer Baum diesem Punkt mehrmals gefährlich nahe gekommen. Dennoch hatte er es jedes Mal durch subtile Manöver im Rat geschafft, daß schließlich die von ihm insgeheim beabsichtigte Entscheidung fiel.

Diese Mal schien der Erfolg jedoch nicht so sicher. Zum einen, dachte Nils, hatte Großer Baum seine eigenen Vorstellungen nicht deutlich werden lassen. Das wiederum ließ ihn als Anführer schwach erscheinen. Aber selbst jetzt mußte Nils die Haltung des Mannes bewundern, der scheinbar unbeeindruckt dem Rat vorsaß und sich der Herausforderung seiner Autorität stellte.

Odin bat nun darum, gehört zu werden, und es wurde ihm gewährt. Nils war überrascht, denn normalerweise hörte Odin auf den Ratsversammlungen nur zu. Er mußte besorgt sein über die Richtung, in die sich der Streit entwickelte, um diesen ungewöhnlichen Schritt zu unternehmen.

»Meine Häuptlinge«, sagte er ruhig, »ich bin bereit, den Fluß zu überqueren, wenn es so entschieden wird.« Er wandte sich den Befürwortern dieser Lösung zu. »Aber ich habe kein Boot, darf ich eures für meine Familie benutzen?«

Im ersten Moment herrschte Stille, dann kicherte jemand, und schließlich brach allgemeines Gelächter aus. Jeder wußte, daß es keine Boote gab, abgesehen von den ein oder zweien, die die Späher benutzt hatten, um das westliche Ufer des Flusses zu beobachten.

»Wenn wir auf die andere Seite wollen«, fuhr Odin fort, »sollten wir nicht länger hier herumsitzen und reden. Wir sollten Boote bauen.« Noch mehr Gelächter, und Odin fuhr fort. »Wir sind einen langen Weg gegangen in den vergangenen Jahren. Großer Baum hat uns sicher hierhergeführt. Nun wollen wir ihm dabei helfen, uns weiterzuführen.«

Nils konnte die Befriedigung im Gesicht von Großem Baum lesen und die kleinen Krähenfüße der Belustigung in seinen Augenwinkeln erkennen.

»Es ist so, wie unser Bruder sagt«, stellte Baum abschließend fest. »Wir reden über Boote, die wir gar nicht besitzen.« Er wandte sich an Ton. »Heiliger Mann, können wir noch welche bauen, bevor die Saat ausgebracht werden muß?«

Wie klug, dachte Nils. In seinem Heimatland hätte ein Zusammenstoß unter Anführern vielleicht zu Gewalt geführt und zum Sturz des einen oder anderen. Hier jedoch war dies durch die geschickte Ablenkung der Diskussion auf ein allgemeines Problem, nämlich das der Boote, vermieden worden. Ein weiteres Mal empfand er große Anerkennung für die Geschicklichkeit Odins und Großen Baums. Boote würde man so oder so benötigen. Vielleicht sollte *das* unsere größte Sorge sein.

»Wie rasch können wir Boote bauen?« fragte Ton bedächtig. »Wie viele brauchen wir?«

Sofort erhob sich aufgeregtes Gemurmel, was bewies, daß ein Streit endgültig vermieden war.

»Es ist gut«, stellte Großer Baum fest, ohne zu sagen, *was* er damit meinte. »Laßt uns darüber nachdenken und morgen nochmals darüber sprechen.« Die Vertagung des Rates löste zwar Murren aus, aber die meiste Aufregung galt dem neuen Abenteuer, wann auch immer es stattfinden sollte.

66

Der Tag Aufschub, um die Gemüter zu beruhigen, erwies sich als äußerst günstig.

Als der Rat wieder zusammentrat, gab es nur noch wenig zu entscheiden. Die Menschen hatten bereits mit dem Bau der Boote begonnen. Und dabei wurde, wie Großer Baum wahrscheinlich vorausgesehen hatte, rasch klar, daß man sie nicht schnell genug fertigstellen konnte. Den Fluß zu überqueren, dann eine Stelle zu finden, die zum Pflanzen geeignet war, sich dort niederzulassen und die Saat in den Boden zu bringen, war innerhalb von zwei Wochen einfach nicht möglich.

Diese Entwicklung fanden die Nordmänner sehr befriedigend. Es war ein schönes Gefühl, Boote zu bauen und wieder auf das Wasser zu kommen. Nils wurde bewußt, daß er die Seen nur mit Bedauern hinter sich gelassen hatte. Auch Svenson hatte sehnsuchtsvolle Blicke auf den Süßwassersee namens Erie zurückgeworfen. Als seine glänzenden Wasser hinter ihnen im blauen Dunst der Ferne verblaßt waren, hatten die Gespräche der Nordmänner über Schiffsbaupläne nach und nach aufgehört. Das war Nils damals gar nicht aufgefallen, denn es war nicht bewußt geschehen. Sie hatten sich über andere Dinge unterhalten: die Kinder, die Ernte, die alltäglichen Probleme des Stammes.

Das Land, durch welches sie anschließend gezogen waren, hatte sich von dem an den großen Seen sehr unterschieden. Es war ebener gewesen als jedes andere, das sie zuvor erblickt hatten, und dennoch wellig, mit sanft gerundeten Kuppen, die eher mit Gras bewachsen denn mit Bäumen bestanden waren. Es schien ein ideales Land für Weidetiere zu sein. Sie sichteten auch Herden von höckrigen, rinderähnlichen Geschöpfen, die viel größer als Hirsche oder Elche waren. Die hier lebenden Stämme bejagten diese Tiere intensiv, und das wandernde Volk folgte ihrem Beispiel. Das Fleisch der Tiere, so fanden die Nordmänner heraus, glich dem des Rindes, ließ sich gut trocknen und war sehr haltbar. Es dauerte auch nicht lange, bis die Menschen entdeckten, daß die Häute dieser zottigen Ochsen eine warme Kleidung abgaben, wenn man das Fell beim Gerben nicht entfernte. Der Mond des Hungers hatte in den vergangenen Jahren eine weitaus geringere Bedrohung dargestellt als zuvor, denn die Herden füllten eine Nahrungslücke.

Und daher war den Nordmännern das Fehlen von größeren Wasserflächen nicht so stark aufgefallen. Die Aufregung der Jagd hatte sie vollauf in Anspruch genommen. Richtig, der kurze Anblick des Binnensees in dem Land Mishi-ghan war ihnen sehr nahegegangen, aber schließlich auch hinter ihnen zurückgeblieben.

Die vordringlichste Aufgabe im Moment war jedoch das Bauen von Booten. Sven fühlte sich wieder in seinem Element und zeigte, obwohl eigentlich kein Bootsbauer, als jemand, der Boote benutzte, großes Interesse an den Fortschritten, und damit stellten sich auch die Diskussionen zwischen den beiden Nordmännern wieder ein.

»Nils«, sagte Svenson, »hast du daran gedacht, welcher Gefahr die ersten Boote ausgesetzt sind?«

Nils hatte tatsächlich daran gedacht, bislang aber nichts gesagt, denn er machte sich Sorgen. Die schmalen Boote konnten nicht mehr als drei Menschen auf einmal befördern. Zwei würden am Ufer zurückbleiben, während ein Ruderer den Fluß wieder überqueren würde, um neue Passagiere zu holen. Wenn am westlichen Ufer irgendwelche Feinde auf sie warteten ... Nun ja, das Risiko durfte man nicht unterschätzen.

»Aber bis dahin werden wir doch sicherlich Kontakt zu denjenigen aufgenommen haben, die dort leben«, meinte Nils.

»Vielleicht.«

Eine kleine Weile lang herrschte Schweigen. Mit mehreren Booten überzusetzen wäre nicht weniger gefährlich, denn diese konnten nicht an der gleichen Stelle landen. Nils versuchte sich vorzustellen, wie eine nordische Expeditionsgruppe eine solche Landung durchführen würde. Die Situation wäre natürlich eine völlig andere. Ein Erkundungstrupp aus vielleicht einem Dutzend schwerbewaffneter Männer würde sich dem Strand in einem Langboot nähern und den Kiel auf den Sand des Strandes setzen. Die Krieger vorne würden dann aus dem Boot springen, um den anderen Schutz zu bieten.

Aber hier gab es keine Langboote, und sie besaßen weder die Werkzeuge noch die Fähigkeiten, welche zu bauen.

»Und«, ergänzte Svenson, »was ist, wenn ein Hinterhalt auf uns lauert? Wir wissen nichts über die Menschen auf der anderen Seite.«

Wahrscheinlich würde es gar nicht zu irgendeinem Zusammenstoß kommen, mutmaßte Nils. Aber allein die Ungewißheit sollte ihnen schon Sorgen bereiten. Und die richtige Zeit dafür war offensichtlich jetzt.

»Es wäre gut, wenn wir ein oder zwei Langboote hätten«, stellte Svenson fest.

»Sven, wir können keine Langboote bauen«, gab Nils gereizt zurück.

»Nicht aus Planken, nein«, überlegte der Seemann. »Aber erinnerst du dich an die großen Boote, die die Flußabwärtsfeinde benutzten? Sie waren von der Form her wie kleine Schiffe. Wie Langschiffe.«

Nils nickte. »Und aus Baumrinde hergestellt, nicht wahr?«

»Ja, ich denke doch. Können wir nicht ein oder zwei davon bauen?«

»Vielleicht. Laß uns Odin fragen.«

Odin stimmte ihrem Vorschlag zu und verstand sofort, worum es ging.

»Ja, Kriegskanus ... Die Flußabwärtsfeinde benutzten sie.«

»Ja«, sagte Nils. »Sie haben sie gegen uns eingesetzt. Acht bis zehn Krieger können darin sitzen, nicht wahr?«

»Ja«, stimmte Svenson zu. »Immer zwei, Seite an Seite, nicht wahr?«

»Wir werden wahrscheinlich gar nicht kämpfen müssen«, dachte Odin laut nach. »Aber es schadet nicht, wenn es aussieht, als seien wir bereit dazu.«

»Und außerdem«, fügte Nils hinzu, »können wir größere Gruppen am anderen Ufer absetzen.«

»Auch mehr Vorräte und Gepäck«, ergänzte Sven. »Odin, können wir ein Kanu bauen? Oder zwei?«

Odin nickte. »Ich habe gesehen, wie es gemacht wird. Es sollte nicht zu schwierig sein. Zwei sind gut, denke ich. Außerdem werden wir bestimmt noch eine Weile hier bleiben. Man muß die Baumrinde zur rechten Zeit herunterholen.«

Und so nahm der Plan langsam Gestalt an. Das Volk würde pflanzen, auf die Jagd gehen und Boote bauen. Man würde versuchen, mit den Bewohnern der westlichen Seite des Flusses Kontakt aufzunehmen, um sie der friedlichen Absichten der Neuankömmlinge zu versichern. Schon sehr früh einigte man sich darauf, daß niemand den Fluß ohne Genehmigung des Rates überqueren sollte. Einen Zwischenfall wie den, der fast ihre friedlichen Beziehungen zu den Chalagees zerstört hatte, konnten sie kein zweites Mal riskieren.

Die anfängliche Geschäftigkeit beim Bootsbauen erlahmte, zum einen, weil es jetzt notwendig war, sich auf das Pflanzen zu konzentrieren; zum anderen gab es nicht genügend frische Häute für die kleinen, schmalen, runden Boote. Aber jetzt bestand keine Eile, und die Menschen kehrten zu ihrer traditionellen Einstellung zurück, das Morgen werde für sich selbst sorgen.

Von Zeit zu Zeit gab es Kontakte über den Fluß. Ein reisender Händler verbrachte auf seinem Weg nach Westen einen Tag bei dem Stamm und tauschte Geschichten und Waren aus. Er war aus dem Norden gekommen und brachte verschiedene Stücke eines roten Steines mit. Pfeifenstein nannte er ihn und zeigte eine Pfeife, die aus diesem Stein geschnitzt und poliert worden war. Bei Berührung fühlte er sich weich und warm an.

»Er hat einen guten Geist«, bemerkte Odin.

Der Händler nickte. »Und einen sehr mächtigen!«

»Weißer Wolf, du solltest eine Pfeife aus diesem Stein haben«, meinte Odin. »Sie würde dein Ansehen steigern!«

Sie feilschten eine lange Weile, wozu Nils eigentlich keine Lust hatte, denn der Händler hielt seine Waren für etwas Besonderes.

»Diesen Stein gibt es nur an einem einzigen Platz«, erklärte er. »Und je weiter wir uns von diesem Steinbruch entfernen, um so mehr Wert hat er. Nein, ich will ihn jetzt noch gar nicht verkaufen. Im Westen bietet man mir wesentlich mehr.«

Und so kam der Handel bei diesem Besuch nicht zustande, doch die Information, daß der Mann schon einmal auf der anderen Seite des Flusses gewesen war, hatte erheblich größeren Wert.

»Ihr bereitet euch auf eine Überquerung vor?« fragte er, als er die Boote in ihren verschiedenen Phasen der Konstruktion erblickte.

»Ja, aber erst im nächsten Jahr«, erklärte Odin. »Wir werden hier unsere Pflanzen ziehen und überwintern. Kannst du uns von den Menschen auf der anderen Seite erzählen?«

Der Händler wirkte überrascht. »Ihr habt sie noch nicht getroffen?«

»Nein, unsere Späher haben zwar übergesetzt und gesehen, daß dort Menschen leben, aber wir waren noch nicht bereit …«

»Ich verstehe. Nun, sie werden Hidatsa genannt.«

»Was bedeutet der Name?« erkundigte sich Odin. »Wir haben sie bislang Minitari genannt – Die Den Fluß Überquert Haben.«

»Ich weiß es nicht«, antwortete der Händler. »Aber sie ähneln euch sehr. Und wie nennt ihr euch selbst?«

Odin zuckte mit den Achseln. »Die Menschen, genauso wie jeder andere das tut. Jetzt im Moment sind wir Die Leute Am Ufer.«

»Hidatsa«, wiederholte ein alter Mann in der Runde. »Als

ich noch ein Kind war, gab es ein Dorf mit diesem Namen. Sie sind davongezogen ... Ich hatte es vergessen.«

»Das ist gut!« sagte eine Frau. »Die auf der anderen Seite des Flusses werden Freunde sein!«

»Nicht unbedingt«, sagte Odin. »Wir sollten vorsichtig sein. Vielleicht ähneln sie uns sehr, vielleicht sind sie aber viel kriegerischer.«

»Seht mal«, meinte der Händler. »Ich werde euch helfen. Laßt uns in einem eurer Boote hinüberfahren, und ich werde euch mit ihnen zusammenbringen.«

Dieses Angebot fand begeisterte Zustimmung. Obwohl dies zugegebenermaßen und ganz eindeutig der Rat zu entscheiden hatte, diskutierte man bereits darüber, wer zu der Gruppe gehören sollte, die den ersten Kontakt herstellen würde. Schnell erkannte man, daß dieses Unternehmen mehr als eines der kleinen Boote erfordern würde.

»Vielleicht benötigen wir zwei«, überlegte Odin. Das würde heißen, daß eine Begrüßungsgruppe aus vier Menschen des Stammes bestand, hinzu kamen noch der Händler, seine Frau und ihre Waren.

Der Rat stimmte sofort zu.

Es war ein aufregender Moment, als die beiden Boote am westlichen Ufer landeten. Die Stammesleute zogen sie auf den Strand und warteten.

Es dauerte nicht lange, da erhoben sich plötzlich bewaffnete Krieger aus dem Gras und hinter den Büschen. Odins Herz begann schneller zu schlagen. Hatte der Händler sie betrogen? Sicherlich nicht. Einem Händler, der so etwas tat, hätte nie wieder irgend jemand geglaubt. Er warf Großem Baum und den beiden anderen Kriegern, Schlange und Roter Hand, einen nervösen Blick zu. Die beiden sahen angespannt aus, versuchten jedoch ihre Würde zu wahren.

»Wie werdet ihr genannt?« forderte einer der Hidatsa mit Handzeichen zu wissen.

Der Händler trat vor, die rechte Hand zum Gruß erhoben. »Ich bin Händler. Erinnerst du dich? Im letzten Jahr?«

Der andere nickte, wenn auch sehr zurückhaltend.

»Und die anderen?«

»Sie sind von dem Volk auf der anderen Seite des Flusses. Sie wollen euch nichts Böses.«

»Laß sie für sich selbst sprechen.«

»Das ist gut«, signalisierte Odin und trat einen Schritt auf sie zu. Er sprach in seiner Sprache und benutzte gleichzeitig die Handzeichen. »Unser Volk befindet sich auf einer Reise nach Westen. Wir haben hier haltgemacht, um die Aussaat auszubringen, und werden im nächsten Jahr den Fluß überqueren. Aber nur, wenn unsere Brüder nichts dagegen haben, natürlich.«

»Eure Sprache gleicht unserer sehr«, antwortete der Hidatsa und ignorierte die Fragen. »Wo kommt ihr her?«

»Von einem salzigen Strand, weit im Osten.«

»Ah! Wir auch. Aber seht! Wir müssen auch Mais ausbringen. Wird da genug sein für alle? Oder überhaupt genug Platz, um die Saat auszubringen?«

Odin dachte rasch nach. War die Sorge um Nahrung das Problem? »Ich denke«, begann er, »einer unserer heiligen Männer, ihr habt vielleicht von ihm gehört – Weißer Wolf?«

Es gab keine Anzeichen des Erkennens, und so fuhr Odin fort.

»Dieser Mann hat weißes Haar und Pelz in seinem Gesicht, blaue Augen, obwohl er jung und sehr mächtig ist.«

»Das ist nicht wahr.«

»Ja, ja. Er kommt von der anderen Seite des salzigen Wassers.«

»Und was hat das mit uns zu tun?«

»Nichts ... aber ich denke gerade an eine seiner Geschichten. Er berichtete uns von einem großen Anführer seines Stammes, der vor langer, langer Zeit eine große Menge von Menschen, viele hundert vielleicht, mit nur ein paar Fischen und einigen Maiskuchen gefüttert hat.«

»Das ist nichts«, gab der andere höhnisch zurück. »Wir besaßen einmal einen Beutel mit Nahrung, der keinen Boden hatte. Er wurde niemals leer.«

»Ah! Und wo ist er?«

Der Hidatsa sah gereizt aus. »Wir haben ihn nicht mehr«, gab er zu. »Es ist eine Geschichte von lang vergangenen Zeiten.«

»Das ist gut«, stellte Odin fest. »Aber die Geschichten ähneln sich sehr, nicht wahr? Es ist möglich, viele zu ernähren, auf die eine oder andere Weise.«

»Das bedeutet nichts. Ich möchte mehr hören von eurem heiligen Mann, der blaue Augen hat, die sehen können.«

»Wir können ihn herbringen«, bot Odin an. »Seht selbst. Wir werden einen Rat haben und Geschichtenfeuer. Und wir werden Nahrung bringen.«

Zum erstenmal lächelte der andere Mann. »Es ist gut!«

Ein Tag für das Treffen wurde festgelegt, und die vier Männer des Volkes suchten ihre Boote auf.

»Wenn sie nun freundlich sind«, sagte Nils gedankenvoll, »werden wir die Kanus dann überhaupt noch brauchen?«

Es war noch nicht die richtige Jahreszeit, um die Baumrinden zu lösen, und bislang hatten sie nichts getan, außer nach geeigneten Bäumen Ausschau zu halten.

»Ich denke«, sagte Svenson, »daß es vielleicht so oder so gut ist, ein Kanu zu haben. Hast du dich nicht gefragt, Nils, wohin dieser Fluß fließt?«

Nils war überrascht. Die offensichtliche Antwort lautete: Flüsse fließen zum Meer. Und das Meer war, bis auf die letzten paar Jahre, Svensons Leben gewesen. Seine Sehnsucht, dorthin zurückzukehren, mußte sehr stark sein; auch Nils selbst hatte sie viele Male verspürt. Obwohl sie mit der Zeit etwas schwacher geworden war, lauerte sie noch tief in seinem Inneren. Es war wie ein Instinkt, wie ein angeborener Trieb, ähnlich dem der wilden Gänse. Nein, noch ähnlicher dem des Lachses, der flußaufwärts schwimmt, um an den Platz seiner Geburt zurückzukehren. Nur lag der Platz für die Nordmänner flußabwärts, in Richtung Meer.

»Ja«, stimmte Nils zu. »Wir benötigen ein Boot.«

67

Es würden zwei Boote nötig sein, entschied man. Zwei dieser langen Kanus. Viele Familien hatten bereits begonnen, die schmalen, runden Boote aus Häuten zu bauen, aber in diesen konnten nicht mehr als zwei oder drei Menschen sitzen. Dennoch waren sie nützlich, denn sie konnten in diesem Sommer für gelegentliche Entdeckungsreisen und häufigere Besuche bei den Menschen auf der anderen Seite des Flusses eingesetzt werden.

Mit Hilfe des reisenden Händlers hatten sie jenen ersten Kontakt mit den Hidatsa hergestellt. Ihre Sprachen waren zwar nicht gleich, ähnelten sich aber sehr. Es gab einen kleinen Unterschied im Tonfall und der Aussprache sowie einige Worte, die jeweils nur eine andere Gruppe benutzte. Aber es war allen klar, daß sie miteinander verwandt sein müßten, und das war gut. Nachdem die Maisfelder zum zweitenmal vom Unkraut befreit worden waren, gab es tagsüber fürs erste keine dringenden Arbeiten mehr zu erledigen.

Am Abend natürlich erst recht nicht. Oftmals machte sich deshalb am späten Nachmittag eine Flotille aus kleinen runden Booten auf den Weg, um den Abend mit den Hidatsa zu verbringen. Normalerweise übernachteten die Menschen dann auch bei ihnen, anstatt in der Dunkelheit den Fluß wieder zu überqueren.

Nils freute sich darüber. Er war diese Furcht, diese Vorahnung, immer noch nicht ganz losgeworden. Ein gewisser Verdacht, was dieses dunkle Wasser betraf, war geblieben, obwohl er sich selbst davon überzeugen konnte, daß die Chalageegeschichte von dem riesigen Blutegel nur eine Geschichte gewesen war.

Auf Odins Bitten nahm er an dem Geschichtenerzählen teil. Die Geschichten der beiden miteinander verwandten Gruppen ähnelten sich natürlich sehr, aber die nordische Legende war den Hidatsa völlig neu. In atemloser Verwunderung lauschten sie den Geschichten von Sol und Mani, die über den Himmel zogen, gejagt von riesigen Wölfen, die ihr Licht verschlingen würden.

»Das ist wahr!« erklärte ein alter Mann der Hidatsa. »Ich habe es selbst gesehen, als ich ein Kind war. Die Sonne war fast nicht mehr zu sehen, verschluckt von einer großen Dunkelheit. Das war dieses Geschöpf, der riesige Wolf, von dem euer Gast erzählt? Ist das nicht die Wahrheit, heiliger Mann?«

»So lautet die Legende meines Volkes«, stimmte Nils zu. »Aber der Wolf hat sie wieder ausgespuckt, nicht wahr?«

»Das ist wahr! Wir haben gesungen und die Trommeln geschlagen und gebetet. Vielleicht ist es immer so gewesen, die Sonne gewinnt immer.«

In den Augen des alten Mannes blitzte der Schalk auf, und Nils fühlte sich ihm sofort verbunden. Er mochte vielleicht kein Geschichtenerzähler sein, hatte jedoch bestimmt einen gewissen Sinn für die alten Mythen.

»Erzähl ihnen von Nidhug, dem Drachen«, flüsterte Svenson. »Der Stamm hat diese Geschichte auch noch nicht gehört.«

Nils nickte. »In meinem Volk erzählt man sich von einem Ende der Welt«, fuhr er fort.

Die Augen seiner Zuhörer weiteten sich.

»Und wann wird das geschehen? Schon bald?« fragte jemand.

»Nein, nein. Es ist schon längst passiert, vor langer, langer Zeit«, erklärte Nils.

»Aber wie kommt es, daß wir dann noch hier sind, Weißer Wolf?«

»Nun ... ich ... sie wurde wieder heil gemacht«, murmelte er. »Aber ihr seid der Geschichte voraus! Hört zu ...«

Er gab eine kurze Zusammenfassung der Geschichten von den Eisriesen und ihren Kämpfen mit den Göttern und den Kräften der Wärme und des Lichtes. »Es ist wie in eurer Geschichte von Der Die Kälte Schafft«, erklärte er. »Der die Sonne zwingt, sich im Winter nach Süden zurückzuziehen. Mein Volk hat davon berichtet. Aber da gab es noch einen Baum, eine riesige Esche, die Yggdrasil genannt wurde und deren Blätter die gesamte Welt und alle Himmel beschatteten. Und es war gut. Aber am Fuße dieses Baumes lebte eine große Bestie, die an den Wurzeln nagte.«

»Ja, ein Biber?«

»Nein, nein, kein Biber«, beharrte Nils.

»Aber ein Biber tut doch genau das, Wolf.«

»Ja, aber diese Bestie ist ein Geschöpf, das Feuer atmet und Rauch.«

»Ah. So etwas haben wir hier nicht!«

»Das ist wahr ... Aber dies ist eine Geschichte, Onkel.«

»Dieses Tier ist eine Geisterbestie?«

»Nun, ja ... ein Geist.«

Der andere Mann nickte.

Nils hatte lange Zeit nicht mehr an diese Geschichte gedacht und versuchte, sich zu erinnern.

»Die Menschen auf der Erde waren so böse geworden«, nahm er den Faden wieder auf, »daß alle Geisterdinge und Sonne und Mond traurig wurden. Dadurch verloren sie einen Teil ihrer Helligkeit. Und dies ließ die Mächte der Kälte stärker werden. Dieser schreckliche Winter dauerte über drei Jahre und brachte viel Unheil mit sich.«

In der Menge erhob sich ein zustimmendes Murmeln. Diese Art von Not und Elend war etwas, das sie durchaus verstehen konnten.

»Er wurde Fimbul genannt«, fuhr er fort. »Der Schnee fiel aus allen vier Himmelsrichtungen auf einmal, und es gab bitterkalte Winde. Eine dicke Schicht aus Eis bedeckte die gesamte Erde. Nach drei Jahren verloren die Menschen auf der Erde alle Hoffnung, wurden sogar noch böser, und es geschahen viele Morde.«

Die alten Frauen schnalzten mit den Zungen und schüttelten ihren Kopf bei dem Gedanken an eine solche Situation.

»Im Schutze der Dunkelheit dieser langen Winternächte wurden viele böse Dinge begangen. Nun, ihr erinnert euch an die Wölfe, die versuchten, Sonne und Mond zu fressen? Sie wurden von einer Riesin gefüttert, und ihre Nahrung bestand aus den Knochen und dem Mark von bösen Männern, Mördern. Mit so viel Nahrung wurden die Wölfe größer und größer – zu riesigen Monstern. Schließlich verschluckten sie Sonne und Mond, und es herrschte Dunkelheit. Die Erde bebte, die Sterne fielen vom Himmel. Und genau in diesem Moment hatte die Bestie Nidhug die Wurzeln der großen Esche durchgebissen, und der Baum fiel um.«

Die Zuhörerschaft vor ihm wartete gespannt. Plötzlich wurde Nils klar, daß er sich in eine Sackgasse geredet hatte. Als nächstes wäre zu berichten, wie der rote Hahn über Walhalla krähte. Sein Ruf veranlaßte Heimdall, die Wache der Götter, auf seinem Horn den Aufruf zum Rangarök, dem letzten Kampf, zu blasen. Noch niemals zuvor war Heimdalls Horn erklungen, denn seine einzige Aufgabe war die Ankündigung des Endes.

Panik erfaßte Nils, als er begriff, daß er drauf und dran war, diese Geschichte Menschen zu erzählen, die noch niemals zuvor irgendein Horn oder einen Hahn gesehen oder gehört hatten. Verwirrt hielt er inne. Er warf Svenson einen Blick zu, der seine Verlegenheit sichtbar genoß. Nun, vielleicht wäre es am besten, zu einem schnellen Ende zu kommen.

»Die Wache der Götter gab den Alarm«, fuhr er fort. »Und sie rannten nach draußen, um die Bösen zu bekämpfen: Riesen, Wölfe und die große Schlange, die in den Tiefen des Ozeans lebte. Aber wartet ...« Er wandte sich an Odin. »Ich habe dem Volk doch noch nie von der großen Schlange erzählt, oder?«

Odin schüttelte seinen Kopf.

»Sie lebt auf dem Boden des Meeres«, erklärte Nils. »Ihr Schlängeln verursacht die Wellen, nicht wahr?«

Er erkannte, daß es unmöglich war, die vielen Details von Rangarök, dem letzten Tag, wiederzugeben. In diesem Kampf kamen Pferde und Streitwagen vor und viele Dinge, für die die Menschen gar keine Worte besaßen, von denen sie nicht die geringste Vorstellung hatten. Es war fast so wie damals, als er versucht hatte, Menschen, die noch nicht einmal ein vierbeiniges Pferd gesehen hatten, von dem achtbeinigen Pferd des Allvaters zu berichten. Aber plötzlich war ihm klar, worauf es eigentlich ankam. Alle diese detaillierten Beschreibungen zielten nur auf eine Wirkung ab. Der Sinn der Geschichte war der eines Kampfes zwischen Gut und Böse. Daß hinter den Geschichten aus seiner Kindheit und den Lektionen seines Großvaters ein Zweck stand, hatte er bislang nicht begriffen: Die alten Legenden von den nordischen Göttern waren *Lehren*.

Er holte tief Atem und fuhr fort.

»Es kam zu einem großen Kampf zwischen Gut und Böse. Die Erde ging in Flammen auf, und alle Wälder brannten. Die Krieger des Bösen hatten gewonnen. Aber da, der Kampf begann noch einmal. Und nach einer Weile zeigten sich erste grüne Sprossen und Blumen und Bäume, und die guten Geister erholten sich wieder. Schließlich schafften sie es, die Riesen in die weit entfernten Berge zurückzudrängen, und zwangen die Gnome – die kleinen Leute – wieder in den Untergrund.«

»Ah!« sagte der alte Hidatsa, der schon vorher großes Interesse gezeigt hatte. »Davon wissen wir. Ich glaube, Weißer Wolf, daß viele unserer Geschichten von denselben Dingen berichten.«

»Ja, so muß es sein«, stimmte Nils zu.

»Und so ist es gut«, sagte der andere. »Wir würden gerne mehr hören.«

Aber es war bereits spät geworden, und weitere Geschichten sollten ein andermal erzählt werden.

Es wurde Herbst, bevor Odin ihnen sagte, daß man bald daran denken könne, die Rinde für die Kanus zu gewinnen.

»Der Baum muß schlafen«, erklärte er. »Wenn nicht, wird er traurig sein und weinen, und schließlich wird sein Geist zornig und wird Schlitze in die Haut des Kanus machen.«

Davon verstand Nils zwar nichts, aber er dachte auch nicht daran, es in Frage zu stellen. Die vielen Jahre der Erfahrung mit Odin hatten ihn gelehrt, nicht an seinen Aussagen zu zweifeln. Wenn der Mann erklärte, daß es Löcher im Kanu geben würde, so nahm er das als Wahrheit hin. Die Löcher würde es geben. Warum und wie spielte keine Rolle. Daher fiel es ihm nicht schwer, die Vorstellung vom Groll des Baumes über die Beschädigung seiner äußeren Bekleidung zu akzeptieren.

Ebensowenig überraschend fand er, daß Odin sich bei dem Baum entschuldigte, als die Zeit gekommen war. Diese Zeremonie ähnelte sehr stark der Entschuldigung bei dem getöteten Wild.

»Wir entschuldigen uns dafür, dir deine Kleider zu nehmen, mein Bruder. Wir benötigen sie für Dinge, die wir tun müssen. Möge dein Volk für immer Sonnenlicht und Regen haben, und möget ihr viele sein.«

Sie hatten bereits im voraus die Bäume ausgesucht; sie waren hoch, gerade und rund gewachsen und hatten kaum Seitenäste.

»Je weniger Äste, um so weniger Löcher«, sagte Odin.

Der eigentliche Bau der Boote gestaltete sich wesentlich umständlicher und langwieriger, als Nils sich vorgestellt hatte. Es war notwendig, die Baumrinde zu formen, während sie trocknete. Odin dehnte und stützte sie und band sie zusammen. Hier zog er einen Lederriemen straffer, dort lockerte er einen und steckte manchmal einen Stock dazwischen, um mehr Weite oder Tiefe zu erreichen. Svenson nahm aktiv an diesem Prozeß teil.

»Mittschiffs ein bißchen breiter«, schlug er vor. »Das wird es zwar langsamer machen, aber auch mehr Stabilität bringen.«

Der alte Seemann vertraute Nils in der nordischen Sprache ein altes Sprichwort der Seefahrer an. Sven erklärte, daß das grundlegende Prinzip, das er gerade genannt hatte, nämlich das von Geschwindigkeit, Breite und Stabilität, gleichermaßen für Schiffe und Frauen gelte. Odin, der recht gewandt war in ihrer Sprache, kicherte mit ihnen.

»Vielleicht«, stimmte er zu. »Aber nicht immer. Und das ist gewiß nicht etwas, was man einer Frau sagen sollte.«

»Insbesondere keiner, die mittschiffs ein bißchen breiter ist«, fügte Svenson hinzu. »Sonst lernst du ihre Geschwindigkeit sehr schnell kennen.«

»Worüber lacht ihr?« fragte Rotes Reh, die gerade zu ihnen trat.

Svenson war verlegener, als Nils ihn jemals zuvor erlebt hatte. Er wurde rot, murmelte etwas Unverständliches und schien seine Fassung völlig verloren zu haben. »Feuermann hat mir gerade erklärt«, kam Odin ihm zu Hilfe, »wie seine Menschen sich ein Schiff als eine Frau vorstellen. Siehst du?« Er zeigte auf die adretten, graziösen Linien des Kanus. »Es besitzt eine ganz ähnliche Form wie ihre Langschiffe. Du hast sie noch nicht gesehen, Mutter, aber sie sind wunderschön und graziös, wie eine Frau.«

Reh lächelte und tätschelte ihren Ehemann leicht.

»Es ist gut«, sagte sie. »Das ist ein netter Gedanke, Feuermann. Ich werde mich daran erinnern.« Sie warf ihm einen koketten Seitenblick zu. »Wie geht es mit dem Boot voran?«

»Es geht gut«, antwortete ihr Sohn. »Bald werden wir sie mit dem Kiefernharz abdichten und dann ausprobieren.«

»Sie? Ah, ich verstehe ...«

Nachdem sie die Kanus ein paar Tage später fertig hatten, malte Odin ein großes Auge auf jede Seite des Bugs. »Damit es sehen kann, wohin es fährt«, erklärte er. »Eure Schiffe tragen doch einen Tierkopf am Bug, nicht wahr?«

Nils dachte an die wasserspeierähnlichen Schnitzereien am Steven der nordischen Langschiffe. Drachenschiffe wurden sie manchmal aus diesem Grunde genannt. Er hatte niemals lange darüber nachgedacht. Es war nur eine Sitte. Aber woher kam sie? Und war sie nicht letztlich genauso eine Sitte wie die, der Odin gehorchte?

»Komm«, sagte Odin. »Laßt sie uns ausprobieren!«

68

Das Zu-Wasser-Lassen des ersten Kanus war ein bedeutendes Ereignis.

Sie hatten zwar vor langer Zeit bei ihrer Rückkehr von den Flußabwärtsfeinden schon einmal ein Kanu gefahren, aber das war kleiner gewesen; und sie hatten es auch nie tragen müssen. Nur Odin wußte, wie man es machte.

»Stellt euch neben das Kanu, so«, wies er die anderen an.

»Mit dem Gesicht zum *Heck*?« fragte Svenson in nordischer Sprache. »Der Fluß liegt doch hinter uns!«

»Ja, du wirst schon sehen. Nun beugt euch vor und legt eure Hände auf die Seiten, so ...«

Er lehnte sich hinüber und legte seine rechte Hand auf das gegenüberliegende Dollbord des Kanus und seine linke Hand auf die ihm zugewandte Seite.

»Und nun«, fuhr er fort, »werde ich zählen. Bei drei heben

wir das Kanu alle hoch, drehen es um und halten es hoch über unseren Köpfen.«

»Warte«, protestierte Svenson. »Wie soll das funktionieren? Wir werden uns völlig verdrehen!«

»Nein, nein«, lachte Odin. »Wenn wir uns beim Hochheben drehen, dann stehen wir in der richtigen Richtung.«

Sven schien nach wie vor zu zweifeln, aber das Kanu war nicht allzu schwer. Ein aus Planken gezimmertes Boot dieser Größe hätten die drei Männer nicht heben können.

Odin begann zu zählen. »Eins ... zwei ... *drei*!«

Es war sehr viel einfacher, als Nils erwartet hatte. Eine einzige Bewegung, und sie standen in Richtung Fluß und hielten das Kanu hoch über ihren Köpfen. Svenson lachte vor Freude.

»Es ist gut!« rief er.

Vorsichtig bewegten sie sich auf das Wasser zu und achteten darauf, nicht in Gleichschritt zu verfallen. Das, hatte Odin ihnen vorher erklärt, würde das Kanu zum Schwingen bringen, und dann hätten sie nicht nur mit seinem Gewicht, sondern auch mit der Bewegung zu kämpfen.

»Es ist das gleiche, als wenn man einen langen Balken oder eine Planke trägt«, bemerkte Svenson zu Nils. »Die Männer, die am Anfang und am Ende gehen, geben sich alle Mühe, nicht in Gleichschritt zu verfallen.«

»Nun drehen wir uns und legen das Kanu nieder, genauso wie wir es hochgehoben haben«, sagte Odin, nachdem sie das Ufer erreicht hatten.

»Wir drehen unser Gesicht wieder vom Fluß weg?«

»Ja, ich werde zählen.«

Im nächsten Moment lag das Kanu am Ufer, und sein Bug ragte in den Fluß hinaus. Offensichtlich war ihr Manöver schnell und effizient. Sie schoben das Kanu ins Wasser und achteten darauf, eine Hand am nach oben gebogenen Bug zu behalten.

»Und nun müssen wir vorsichtig einsteigen«, ordnete Odin an.

»Natürlich«, stimmte Sven ihm zu.

Das Prinzip des Einsteigens hatten sie schon vorher gelernt: Man mußte einen Fuß in die Mitte des Bootes setzen, um die Balance zu gewinnen, den anderen einen Schritt direkt vor ihn stellen und sich dann hinsetzen oder -hocken, um die Bewegung oder die Schwingung des Kanus im Wasser zu stabilisieren.

Und erneut war Nils stark beeindruckt. Das Kanu war wie ein lebendes Ding, mit einem eigenen Geist, und er konnte das Leben in ihm spüren, als er seine Position einnahm. Die sanften Wellen des Flusses, das leichte Schwanken des Kanus und die Reaktion seiner Muskeln darauf verschmolzen zu einer einzigen Wahrnehmung.

Ein warmes Gefühl stieg in ihm auf, eines, das er, wie ihm augenblicklich klar wurde, allzu lange hatte missen müssen. Aber merkwürdigerweise vermittelte ihm dieses große Kanu ganz andere Eindrücke als das viel kleinere, das sie von den Flußabwärtsfeinden zu Odins Stamm gebracht hatte. Während sie sich vom Ufer abstießen, um eine kurze Probefahrt zu unternehmen, wies Nils die beiden anderen auf diesen Unterschied hin.

»Natürlich«, stimmte Odin zu. »Der Geist ist anders.«

»Ja, die Größe und Breite.«

Svenson kicherte.

»Nein, nein, Nils. Das erklärt nicht alles. Es ist so, wie Odin sagt, es liegt an seinem *Geist*. Denk doch nur an die *Schneevogel* und die *Nordmaid*. Obwohl nach exakt demselben Plan gebaut, unterschied sich ihr Geist sehr. Ah, sie gleichen Frauen in *vieler Hinsicht*!«

Es war schon eine Zeitlang her, daß Nils zum letztenmal an diese beiden Schiffe gedacht hatte. Sie schienen einer anderen Welt anzugehören, fern in Zeit und Raum – und ja, auch im Geiste. Es war schon seltsam, daß Svensons Worte hier, inmitten dieser fremden Kultur, seine Phantasie beflügelten. Vielleicht war es nur die sanfte Bewegung des Flusses, vielleicht die Einheit der Geister des Flusses und des Kanus.

Vielleicht war es aber auch das Erbe der Nordmänner, das nicht vergessen war und unter anderen Umständen gewaltige Gefühle in ihm hervorgerufen hätte. Wenn er ein Boot unter den Füßen spürte, schlug das Herz des Nils Thorsson schneller. Ihm war nicht bewußt gewesen, wie sehr er das vermißt hatte.

Es ist gut, sagte er leise zu sich selbst, als sich die beiden Kulturen in seinem Geiste vereinigten.

»Was meinst du, Wolf?« fragte Odin, der als Steuermann im Bug Platz genommen hatte und sein Paddel schwang.

»Was? Ach, nichts. Ich sagte nur: ›Es ist gut.‹«

»Ja«, stimmte Odin zu. »Das ist es!«

Nils wurde klar, daß sie von verschiedenen Dingen sprachen.

Die drei Männer verbrachten eine Weile damit, sich mit den Eigenarten des neuen Kanus vertraut zu machen, und fuhren ein paar Bogenschußlängen in beide Richtungen. Sehr schnell bekamen alle drei ein Gefühl für das Boot, für seine und ihre eigenen Reaktionen.

»Ich weiß zwar nicht, wie das andere ist«, stellte Svenson fest, »aber dieses hier ist gut. Vielleicht brauchen wir das andere auch gar nicht.«

»Vielleicht«, antwortete Odin. »Aber es ist fast fertig. Wir können zwei gebrauchen.«

Aus einigen Stellen im Rumpf des Kanus drang noch tröpfchenweise Wasser.

»Markiere sie!« wies Odin Svenson an. »Hier!« Er reichte ihm ein Stück Kohle. »Ein kleines bißchen von dem Kiefernpech, und nichts kommt mehr durch. Aber wir müssen es zum Trocknen an Land tragen.«

Sie markierten die winzigen Löcher und hielten wieder auf den Strand zu, wo ihre Familien aufgeregt und voller Stolz warteten.

»Es ist gut!« schrie Rufende Taube und klatschte in die Hände wie ein aufgeregtes Kind. »Ein wunderschönes Kanu!«

»Können wir jetzt damit fahren, Vater?« fragte Heller Himmel, der mit den Töchtern von Odin zusammenstand.

»Nicht jetzt«, vertröstete Nils ihn. »Es gibt ein paar kleine Löcher, die wir noch abdichten müssen. Aber das nächste Mal, wenn wir es vom Stapel lassen, dann ja! Dann werden wir alle damit fahren.«

Sie zogen das Kanu aus dem Wasser und drehten es um, damit es in der Sonne trocknen konnte. Svenson ging zu seiner Frau hinüber und gab ihr einen schnellen Kuß.

»Ah, Reh, es ist ein feines Boot«, sagte er ihr. »Du wirst sehen!«

An jenem Abend starrte Nils lange Zeit in die glühenden Kohlen des Lagerfeuers. Taube kam herbei, setzte sich neben ihn und lehnte ihren Kopf an seine Schulter. Sie schwieg eine ganze Weile. Das Feuer knisterte und knackte, und vom Fluß her erscholl der Ruf eines Nachtvogels.

»Was ist, mein Mann?« fragte sie.

»Was ist was?« gab er zurück. »Der Vogel?«

»Nein, nein, ich spreche von dir. Hast du Sorgen?«

Nils erschrak; er war so tief in Gedanken versunken gewesen, und sie hatte es bemerkt.

»Nein, keine Sorgen. Ich habe nur nachgedacht.«

»Worüber, Wolf?«

»Oh, über vieles … Die Kanus …«

Sie hatte geahnt, daß sein ernstes Benehmen irgend etwas mit den Booten zu tun hatte. Seit der Probefahrt fand sie ihn irgendwie verändert. Sie kannte ihn jedoch gut. Zu gegebener Zeit würde er mit ihr reden, und so kuschelte sie sich zum Schutz gegen die kühle Nacht näher an ihn. Nils warf ein weiteres Scheit auf das Feuer. Die meisten Menschen hatten sich bereits in die Langhäuser zurückgezogen, und das Dorf war still.

»Schlafen die Kinder?« fragte er.

»Ja.«

Am liebsten hätte sie ihn gebeten, hineinzukommen und sich mit ihr in die Schlafdecken zu wickeln, aber sie fühlte, daß er über etwas nachdenken mußte. Deshalb wartete sie und sah mit ihm in das helle Glühen des Feuers. *Was ist es nur?* fragte sie sich. *Was sieht er im Feuer?* Die Antwort kam wie von selbst: *Er denkt an sein Volk, an seine Heimat … wegen des Kanus!*

Für einen Moment fühlte sie Groll in sich aufsteigen, fast Zorn. War es das, was sich zwischen sie stellen würde? Vielleicht konnte sie die Kanus zerstören. Plötzlich erschien ihr die ganze Situation so lächerlich, wie sie war. Hatte sie wirklich vor einem Augenblick noch Eifersucht für ein *Boot* empfunden? Es schoß ihr der Gedanke durch den Kopf, daß für die Nordmänner Boote *tatsächlich* wie Frauen waren. *Nein! Das ist töricht,* sagte sie zu sich selbst. Es gab vieles, das sie für ihn tun konnte, wozu ein Boot ganz gewiß nicht fähig war. Er sollte besser endlich zu Bett gehen!

Aber bis dahin war es nicht unangenehm, hier mit ihm zu sitzen, seine Wärme und die des Feuers zu teilen, mit seiner Büffelfelldecke über ihrer beider Schultern.

»Es tut mir leid«, sagte er plötzlich. »Ich habe an mein Volk gedacht.«

Habe ich doch recht gehabt, dachte sie. Ein Hauch von Furcht kroch in ihr Bewußtsein. *Aber wie? Wird er jetzt gehen?*

Sie zögerte, dem Gedanken Raum zu geben, aber ihre Furcht wurde zunehmend stärker. Nun, da er die Boote hatte, würde er eines Tages finden, daß es an der Zeit sei heimzukehren?

Tränen stiegen ihr in die Augen, und sie hoffte, daß er nicht bemerkte, wie sie ihre Wangen hinunterliefen. Sie war dankbar für die Dunkelheit, als die Flammen erstarben.

Er bewegte sich, streckte die Beine und stand auf.

»Komm, laß uns schlafen gehen.«

Zumindest, so dachte Taube, *ist er jetzt bei mir.*

Und dies war ein Vorteil, den sie nicht geringschätzen durfte. Wenn sie ihm sein Leben so erfreulich wie möglich gestaltete, vielleicht würde er dann nicht mehr gehen *wollen.*

69

Rufende Taube wäre vielleicht noch besorgter gewesen, hätte sie um die tatsächlichen Gedanken ihres Mannes gewußt. Es waren weniger sein Volk und sein Zuhause, sondern die geographischen Gegebenheiten dieses Landes, die ihm durch den Kopf gingen. Der Fluß, so schien es zumindest, floß in südliche Richtung, wie alle kleineren Flüsse, die sie auf ihrem Zug im vergangenen Jahr überquert hatten.

Allmählich bekam er eine grobe Vorstellung von der

Beschaffenheit dieses riesigen Landes, das sie Vinland nannten. Die Nordmänner hatten den Atlantik in Etappen überquert und dabei ihre Kolonien hinterlassen. Erik der Rote hatte es vorgemacht, als er vor dem Gesetz geflohen war, und seine Söhne Leif und Thorwald hatte es weiter nach Westen getrieben. Island, Grönland, Neufundland und schließlich Vinland ... Aber jetzt erst begann Nils die Ungeheuerlichkeit dieses Vinlands zu erkennen. Es mußte noch viel größer sein als Grönland. Die Behauptungen des Stammes, daß sich dieses Land weit genug nach Westen erstrecke, um ein Leben lang in diese Richtung ziehen zu können, hatte er anfangs angezweifelt. Schließlich werden alle Geschichten maßlos übertrieben. Aber nun schien die Wirklichkeit sie alle zu übertreffen. Die Ausdehnung der Süßwasserseen im Landesinneren war noch nicht einmal annähernd bekannt. Und auch das Land ... ausgedehnte Flächen von Prärie und Bergen, die sich anscheinend endlos nach Westen zogen.

Nils hatte angefangen, sich mit den Berichten der Nationen und Clans, denen sie begegnet waren, zu beschäftigen: Sie sprachen *immer noch* von weiten Ländereien im Westen. Keiner von ihnen wußte, wo das Land aufhörte.

Und nun dieser Fluß. Während ihrer Wanderung hatte Nils eine Art Wasserscheide, eine Anhöhe wahrgenommen, die die Seen von den welligen Ebenen im Süden trennte. Es gab zwar kleine Flüsse, die nach Norden flossen, aber die meisten führten gen Süden – dann mußten sie doch in irgendeinen großen See oder ein Meer münden.

Gab es in dieser Richtung noch mehr Süßwasserseen? Könnte sein. In diesem Land, das sich so sehr von Europa unterschied, schien alles möglich zu sein. Trotzdem hielt er es für unwahrscheinlich. Er war sicher, daß sie bereits eine Wasserscheide überquert hatten und daß die, an der sie nun lagerten, nach Süden ausgerichtet war. Nach Süden, *fort* von den Süßwasserseen und wahrscheinlich zurück zum Ozean.

Was er nun brauchte, war eine Karte oder irgendein Plan. Der Fluß hatte einen stärkeren Eindruck auf ihn gemacht, als ihm klargewesen war, und er ertappte sich dabei, daß er wie ein Navigator dachte. Er wußte, daß sie sehr weit in den

Süden vorgedrungen waren. Das verriet ihm die Stellung des Polarsternes, dem er in den letzten ein oder zwei Jahren nicht mehr viel Aufmerksamkeit geschenkt hatte. Er war mit den Problemen des Stammes vollauf beschäftigt gewesen – und damit, seinen Sohn aufwachsen und lernen zu sehen.

Sein anfängliches Unwohlsein beim Anblick des Flusses hatte er fast völlig vergessen, es belustigte ihn sogar. Das schickte sich gewiß nicht für einen Seefahrer. Vielleicht spielten auch die Kanus eine Rolle. Zwar waren sie vornehmlich dazu gedacht, dem Volk die Überfahrt über dieses Hindernis aus Wasser zu erleichtern, aber er sah nun auch andere denkbare Verwendungsmöglichkeiten.

»Sven«, fragte er. »Bewahrst du noch immer deine Karten auf?«

Der Seemann wirkte ein wenig verlegen. »Ja«, antwortete er zögerlich. »Aber ich habe sie nicht die ganze Zeit über geführt. Willst du sie sehen?«

»Ja, ich möchte etwas mit dir besprechen, Sven. Dieser Fluß fließt nach Süden, nicht?«

»Natürlich.«

»Und wohin?«

Sven zuckte mit den Achseln. »Zurück ins Meer.«

Diese Antwort überraschte Nils. Der Seemann hatte nicht gesagt »ins Meer«, sondern *zurück* ins Meer. Das legte die Vermutung nahe, daß auch er den Drang verspürte, diesen Wasserweg zu erforschen.

»Erinnerst du dich«, fuhr Nils fort, »daß sich in Straumfjord manche gefragt haben, wie groß dieses Vinland wohl sein mag?«

Sven nickte, antwortete aber nicht.

»Karlzefni dachte sogar an einen neuen Kontinent«, sprach Nils weiter. »Vielleicht ist das so.«

»Es sieht so aus«, stimmte Svenson ihm zu. »Aber worauf ...«

»Laß uns einen Blick auf deine Karten werfen«, schlug Nils vor.

Svenson wühlte in seinem Bündel und holte schließlich die Karten aus Birkenrinde hervor. Die beiden Männer zogen sich an einen ruhigen Platz zurück.

»Ich habe keine Eintragungen mehr gemacht, seit wir den See in Mishi-ghan gesehen haben«, gab Sven zu.

»Das macht nichts. Ich will nur einen groben Eindruck haben. Laß uns die Karte nach Norden ausrichten.«

Mit Hilfe des Sonnensteines wurde die Karte schnell ausgerichtet, und sie begannen die Linien darauf zu betrachten.

»Der Fluß wäre ungefähr hier, oder?« fragte Nils.

»Ja, jenseits der Karte, dort.«

»Legen wir die Karte in den Sand und zeichnen weiter.« Er hob einen Stock auf. »Nun, Mishi-ghan wäre dann ungefähr an der Ecke der Karte, nicht wahr?«

»Ja«, stimmte Sven zu. »Etwa dort.«

»Laß uns einzeichnen, wo wir die Küste vermuten.«

»Im Süden?«

»Nein, die Ostküste. Straumfjord liegt dort, nicht wahr?«

»Ja, natürlich.«

»Und von jener Küste wissen wir schon einiges. Die Erikssons sind an ihr entlang südwärts gesegelt, oder?«

»Ja, Thorwald sagte ...«, begann Sven.

Nils bedeutet ihm zu schweigen; allmählich erwärmte er sich für seine aufregende Theorie.

»Nun, dann haben sie Entdeckungsfahrten in diese Richtung unternommen. So weit sie gesegelt sind, verlief die Küstenlinie immer in südlicher Richtung.«

»Ja ...«, stimmte Sven ihm erneut zu.

»Und wenn wir jetzt diesem Fluß folgen, wird er uns zum Meer bringen. Die Erikssons wollten an der Küste entlang Handel treiben ...«

»Nils, es sind sechs Jahre vergangen!« platzte Sven heraus.

»Um so besser! Dann haben sie schon Kolonien gegründet. Vielleicht sogar an der Mündung dieses Flusses. Sie könnten sogar mit einem Langschiff bis hierher gesegelt sein. Wir werden sie treffen!«

Sven starrte ihn an. Vor Überraschung stand ihm der Mund offen.

»Du willst den Fluß *hinunter*fahren?«

»Warum nicht? Wir haben die Kanus. Es wäre einfach, sich von der Strömung treiben zu lassen ... Sven, ich glaube, daß dieser Fluß unser Weg nach Hause ist!«

»Aber … aber was machen wir, Nils, wenn sie *nicht* da sind?«

Nils zuckte mit den Achseln. »Das spielt keine Rolle. Wir folgen der Küste nach Nordosten. Irgendwo werden wir unsere Leute schon treffen. Sven, sie müssen inzwischen mehr Kolonien haben. Leif ist so wild darauf, welche zu gründen, wie Thorwald auf Entdeckungen aus ist.«

»Das ist wahr«, stimmte Sven ihm zu, der allmählich von der grandiosen Idee angesteckt wurde. »Aber wir wissen nicht, wie weit.«

»Natürlich nicht. Aber wir könnten das Meer ohne große Anstrengungen erreichen. Und denk nur … wir könnten Thorwald Eriksson eine Karte vom Landesinneren übergeben!«

Beide kicherten. Das allein wäre ein krönender Erfolg für ihre Bemühungen.

»Aber Nils, deine Familie …«, gab Svenson zu bedenken.

»Wir nehmen sie *mit*. Sieh doch, Sven. Wir haben zwei Kanus. Jedes kann fünf oder sechs Menschen und ihr Gepäck befördern. Vielleicht noch ein paar Waren, um Handel zu treiben. Du und ich, Odin und seine Familie … Wir brauchen ihn wegen seiner Sprachkenntnisse.«

»Hast du schon mit Odin darüber gesprochen?«

»Nein, der Gedanke ist mir ja gerade erst gekommen. Ich habe auch Rufender Taube noch nichts davon gesagt.«

»Das solltest du aber, mein Freund«, kicherte Sven. »Aber ja, ich denke, die Sache läßt sich durchführen. Hast du schon überlegt, wann wir aufbrechen sollen?«

»Nein, aber der Stamm hat vor, den Fluß zu überqueren, sobald das Wetter sich bessert. Vielleicht im Mond des ersten Grüns?«

»Wahrscheinlich. Sobald der Fluß eisfrei ist.«

»Gut. Wir können helfen, alle über den Fluß zu bringen, und machen uns dann selbst flußabwärts auf den Weg. Wir fahren dann in wärmere Gegenden und haben das ganze Jahr über Zeit, das Meer zu erreichen. Sven, wir können es schaffen!«

Auch Svensons Begeisterung wuchs, selbst wenn er immer noch Bedenken hatte.

»Nils, bevor wir diese Reise beschließen, müssen wir mit den Frauen und mit Odin sprechen. Was ist, wenn sie nicht gehen wollen?«

Nils dachte einen Moment lang nach. »Laß uns zuerst mit Odin reden. Dann werden wir sehen, ob er der Meinung ist, daß unsere Reise machbar ist.«

Es war noch nicht Abend, als Nils den Skraeling beiseite nahm und ihm kurz seinen Plan erklärte. Odins Auge weitete sich vor Staunen.

»Weiß Taube darüber Bescheid?«

»Nein ... ich ...«

»Du würdest deine *Familie* verlassen?«

»Nein, nein, Odin. Wir würden alle unsere Familien mitnehmen.«

»Oh, das ist etwas anderes. Vielleicht ... ja, ich glaube, es ist zu schaffen.«

»Bis zum Meer?«

»Ja, die Hidatsa haben gehört, daß es im Süden ein salziges Meer gibt.«

»Ich wußte es!« rief Nils triumphierend. »Man *kann* es schaffen! Wirst du uns helfen, Odin?«

Eine Zeitlang schwieg Odin. »Ja«, sagte er schließlich. »Aber dies ist eine ganz große Sache, Wolf. Wir sollten langsam vorgehen und erst einmal mit unseren Frauen reden. Wir haben noch etwas Zeit, bevor wir uns endgültig entscheiden müssen. Aber ja, ich werde mit euch gehen. Deine Leute sind gut zu mir gewesen. Und ich denke, daß man es schaffen kann.«

Odins Bemerkung dämpfte Nils' Begeisterung ein wenig. Mit einiger Beschämung dachte er an seine eigenen Gefühle, als er Odin in Straumfjord kennengelernt hatte. Der Skraeling war damals für ihn eine Art Barbar gewesen; den anderen Nordmännern hatte er noch weniger gegolten. Und dieser Mann hatte ihm inzwischen nicht nur wiederholt das Leben gerettet, sondern war auch ein Freund geworden, und vielleicht sogar der beste, den er je gehabt hatte.

»Also«, fuhr Odin fort, »laß uns mit den Frauen sprechen.«

Sie erhoben sich, um zum Langhaus zurückzugehen, als Odin erneut das Wort ergriff.

»Weiß Feuermann davon?«

»Ja. Wir fanden, wir sollten zuerst mit dir und dann mit den Frauen reden.«

»Das ist gut. Es könnte eine lange Suche werden, Wolf.«

Nils lächelte. Er konnte sehen, daß dieser Gedanke Odin beschäftigte. Auch seine eigene Aufregung wuchs, und der Erfolg schien ihm immer sicherer zu sein.

Er wußte natürlich nicht, daß Thorwald Eriksson schon vor einigen Jahren bei einem Kampf mit Skraelingen getötet worden war, daß man die Kolonie in Straumfjord aufgegeben und Leif Eriksson seine Entdeckungsreisen sehr eingeschränkt hatte.

Aber noch wesentlich wichtiger war eine Tatsache, die er nicht einmal ahnte. Der große Fluß, den er für die direkte Verbindung nach Hause hielt, mündete nicht in den Ozean, der von den Nordmännern befahren wurde, sondern in den Golf.

70

Nachdem die Entscheidung einmal gefallen war, begann die Zeit des Abwartens. Nils brannte vor Ungeduld. Die Menschen richteten sich in ihrer gelassenen Art für den Winter ein. Bis zu einem gewissen Grad hatte Nils sich der Lebensweise des Stammes angepaßt, aber diesmal fiel ihm das äußerst schwer.

Er fragte sich, wieso ihm diese Ungeduld nicht schon während der letzten Jahre zu schaffen gemacht hatte. Es war natürlich ein aufregender Gedanke, zum Meer und vielleicht sogar bis in seine Heimat zurückzukehren. Obwohl es ihm im Moment nicht bewußt war, rief vielleicht eher die Reise selbst – und nicht deren Ziel – diese Gefühle in ihm wach. Es war eine wundervolle Vision, die seine Vorstellungskraft herausforderte. Er sah sich schon selbst auf einer Versammlung von Schiffsführern daheim in Stadt. Manchmal hatte er als Junge gelauscht, wenn die alten Männer Geschichten vom Meer erzählt hatten. Aber keine von ihnen kam derjenigen, die er und Svenson zu berichten haben würden, auch nur annähernd gleich. Sie würden Karten und Zeichnungen von den großen inländischen Wasserwegen und von dem Fluß, auf dem sie zum Meer zurückgekehrt waren, mitbringen und stolz ihre Familien vorstellen. Es würde auch schön sein, Taube und ihre Mutter zu beobachten, wenn sie all die geheimnisvollen Dinge der modernen Welt entdeckten.

Odin hatte sich bis jetzt noch nicht entschieden, ob er und Habichtfrau die Nordmänner bis in ihre Heimat begleiten wollten. Man durfte dabei die beiden Töchter, sechs und neun Jahre alt, nicht außer acht lassen. Ihre Anwesenheit konnte eine solche Reise über das Maß hinaus erschweren. Habichtfrau sperrte sich jedenfalls dagegen.

»Wir werden sehen«, sagte Odin vorsichtig. »Wenn wir der Meinung sind, daß es sich schaffen läßt, dann werden wir eine Entscheidung treffen.«

Das war natürlich nur logisch. Odin besaß die aus bitterer Erfahrung erworbene Fähigkeit, über das Nächstliegende hinauszublicken. Nils fand es interessant, daß Odin keinen Moment an der Reise selbst gezweifelt hatte. Er war sich nur nicht im klaren darüber, wie er sich verhalten sollte, wenn etwas schief ging.

»Wir fahren so oder so«, hatte Odin ihm erklärt. »Wenn Probleme auftauchen, können wir ja immer noch zum Stamm zurückkehren.«

Ja, fügte Nils in Gedanken hinzu. *Daran habe ich gar nicht gedacht.* Selbst nach ein oder zwei Jahren würden sie seinen Siedlungsort finden.

Auch darüber wurde in diesem Winter sehr viel gesprochen. Nach vorherrschender Meinung sollte der Stamm jenseits des Flusses nach einem Platz suchen, wo er auf Dauer bleiben konnte. Man war weit genug gezogen, und es war an der Zeit, wieder Wurzeln zu schlagen. Das würde ihre Rückkehr im Falle eines Falles natürlich erleichtern.

Ein Umstand, den man an den Feuern häufig diskutierte, war der, daß es in dieser Gegend weniger zu schneien schien. Manche junge Leute hielten dies im Vergleich zu den Vorjahren für eine normale Abweichung.

»Nein, ich denke, so ist es nicht«, sagte Ton, der alte, heilige Mann. »Der Schnee ist lange nicht so tief hier, und das war er auch in den letzten beiden Wintern nicht mehr.«

»Denkst du, es liegt daran, daß wir weiter im Süden sind, Onkel?« fragte Nils.

Der alte Mann sah ihn mit leichtem Erstaunen an und nahm ein oder zwei Züge aus seiner Pfeife, bevor er antwortete.

»Vielleicht«, entgegnete er schließlich. »Vielleicht auch nicht. Es gibt hier nicht so viel Wasser. Der Die Kälte Schafft liebt das Eis.«

Nils dachte an die Eisriesen seiner heimatlichen Mythenwelt, und Tons Bemerkung erschien ihm mehr als logisch. Es braucht Wasser, um zu Eis zu frieren. Das Bemerkenswerte daran war die Ähnlichkeit der beiden Geschichten.

»Denkst du, Onkel, daß deshalb der Schnee hier nicht so tief ist?«

Tons Augen blinzelten, als er die Schultern hob. »Wer weiß? Aber der Schnee ist nicht so tief, das reicht mir.«

Nils lächelte.

»Und es ist gut, nicht?« fragte er.

Dennoch ließ ihn dieses Thema nicht los. Änderte sich das Klima, je weiter sie nach Westen kamen? Wieviel machten die Breitengrade aus? Und die Seen ... War Tons Vermutung, daß Wasser den Schnee mit sich *bringt,* zutreffend? Er begriff, daß er das wahrscheinlich niemals erfahren würde. Vielleicht würde irgend jemand es eines Tages wissen.

Es gab natürlich Schnee, manchmal von eisigen Winden dahergefegt und durchaus ein Ärgernis, aber dennoch weniger schlimm wie so manchen Winter, den sie in ihrem eigenen Land erlebt hatten. Das Eis auf dem Fluß wurde nie dick genug, als daß man ihn zu Fuß hätte überqueren können, und die Menschen mieden es. Erst vor zwei Jahren war es zu einer Tragödie gekommen.

Sie waren, nachdem erst vor zwei Jahren zwei kleine Jungen den Tod gefunden hatten, dem trügerischen Eis zugefrorener Flüsse gegenüber vorsichtiger geworden. Zweifellos war das Klima hier anders.

Nils und rufende Taube sprachen in diesem Winter oft über die geplante Fahrt. Anfangs hatte sie ihn völlig mißverstanden. Noch während er ihr seine Pläne erklärt hatte, war sie in Tränen ausgebrochen.

»Was ist los?« fragte er besorgt.

»Versuchst du gerade, mir zu sagen, daß du mich verlassen wirst?«

»*Was*? Nein, nein Taube. Ich ... O nein!«

»Aber die Kanus ... der Fluß ... Du sagtest ...«

»Taube, das würde ich nicht tun. Ich will mit dir zusammensein!«

Ihr Gesicht hellte sich kurz auf. »Dann gehst du also *nicht*?«

»Ja ... das heißt, ich möchte gehen, wenn du mit mir kommst.«

Er hatte bislang noch nicht entschieden, was er tun würde, wenn sie sich weigerte, und in diesem Moment machte ihre Reaktion ihm große Sorgen. Aber nur einen kurzen Moment lang.

»Oh!« schniefte Taube und rieb sich die Augen. »Natürlich. Wer geht noch?«

»Auch die anderen sprechen davon. Dein Bruder und Habicht, Feuermann und Reh. Und natürlich die Kinder.«

Sie schenkte ihm das Lächeln, das seine Sorgen jedesmal vertrieb und jedes Problem für ihn löste. Er hatte dieses Lächeln eine ganze Weile nicht gesehen, so kam es ihm jetzt vor. Einen Augenblick war er verwirrt, dann überkam ihn tiefe Traurigkeit. Hatte sie wirklich geglaubt ...?

»Du dachtest, ich würde dich *verlassen*?« platzte er heraus.

Sie antwortete nicht sofort, aber ihre Tränen, die jetzt erneut flossen, in einer Mischung aus Lachen und Weinen, waren ihm Antwort genug. Er nahm sie in die Arme.

»Ich ... ich dachte, vielleicht ...«, stammelte sie.

»Schsch ... nein, nein, Taube«, flüsterte er sanft und zog sie fester an sich. »Ich würde doch nicht ...« Er brach ab, unfähig weiterzusprechen.

Und nun lachten und weinten sie beide. Schließlich machte sie sich los und wischte sich die Tränen aus dem Gesicht.

»Es ist gut«, kicherte sie. »Sag mir nun, Wolf, wie es sein wird, dieses große Abenteuer.«

Nils, voller Begeisterung für seinen Plan, berichtete ihr nun von seinen Theorien über den Verlauf des Flusses, die Handelsexpedition der Erikssons und daß er erwarte, seine Leute an der Küste zu treffen.

»Ich verstehe diese großen Kanus nicht«, sagte sie. »Mein Bruder sagt, sie haben Flügel?«

Er versuchte, ihr die Benutzung von Segeln zu erklären und fand heraus, daß Taube deren Funktion sehr schnell begriff.

»Ja«, sagte sie. »Es ist wesentlich einfacher für ein Kanu, mit dem Wind statt gegen ihn Wind zu fahren.«

»Richtig! Und wenn du dann eine Art Decke hochhältst, dann geht es noch schneller!«

»Aber wenn da gar kein Wind ist, Wolf?«

»Dann warten sie. Aber sie haben lange Paddel. Die können sie auch benutzen.«

Taube nickte. »Ich werde mehr wissen, wenn ich sie sehe. Aber sage mir, planst du, in einem dieser großen Kanus davonzusegeln? Mit uns *allen*?« Sie lächelte nun mit sehr viel mehr Selbstvertrauen.

»Nun, ja. Ich möchte dir mein Heimatland zeigen, dir zeigen, wo ich als Kind gelebt habe. Ich möchte, daß meine Leute meine bezaubernde Frau und unseren wunderbaren Sohn kennenlernen.«

Sie lachte erneut. »Es wird gut sein für ihn, diese Dinge zu sehen, Wolf. Und für mich. Aber was ist, wenn deine Leute *nicht* dort an dem salzigen Wasser sind?«

»Dann kommen wir den Fluß herauf zurück. Und finden den Stamm.«

»Bei dir hört sich das alles so einfach an«, kicherte sie.

»Es ist natürlich ein wenig schwerer, weil wir flußaufwärts paddeln müssen«, gab er zu. »Aber wir haben Schlimmeres überlebt.«

»Ja, das ist wahr. Was also ist jetzt zu tun?«

»Vor allen Dingen bis zum Mond des Erwachens warten. Dann werden wir den Menschen helfen, den Fluß zu überqueren. Danach brechen wir auf.«

»Wir werden Nahrung brauchen und extra Kleidung ...«, grübelte sie nach.

»Ja, ein wenig. Wir können während der Reise jagen.«

»Es ist gut!« rief sie aus und sprang entschlossen auf die Füße. »Ich werde mit Habichtfrau und meiner Mutter sprechen. Wir werden beginnen, die Reise vorzubereiten.«

Sie ging davon, und sie war glücklich. Die Kraft ihres Ganges zeigte ihm das. Wieder einmal staunte er darüber, wie beredt eine Frau ihren Körper sprechen lassen konnte. Der Schwung ihrer Hüften drückte ihre jeweilige Stimmung perfekt aus – Ärger, Frustration, Sorgen oder Freude, Glück und Verführung. Er bewunderte die graziösen Kurven ihres Körpers und wurde ein weiteres Mal daran erinnert, wie glücklich er sich schätzen konnte, eine solche Frau gefunden zu haben. Er verspürte ein schwaches Schuldgefühl, daß er sie in Zweifel und Sorgen gestürzt hatte. Obwohl es unbeabsichtigt geschehen war, bedauerte er, ihr weh getan zu haben. Aber jetzt war sie wieder glücklich, denn sie verstand ihn, und das war gut.

Die Vorbereitungen begannen unverzüglich – zumindest die Gespräche darüber. Es blieb noch viel Zeit, fast der ganze Winter. Aber die drei Frauen sprachen von nun an über das große Abenteuer.

Und auch die Kinder waren sehr aufgeregt. Ihre Begeisterung ließ etwas nach, als sie begriffen, daß die angekündigte Abreise immer noch einige Monde auf sich warten lassen würde. In ihrem Freundeskreis wurden für Hellen Himmel und die beiden Töchter Odins und Habichtfraus Feierlichkeiten abgehalten. Es gab eine Menge Kinder, die sie um dieses große Abenteuer beneideten. Einige waren natürlich auch eifersüchtig und versuchten, Zweifel zu säen.

»Was ist, wenn ihr von einem großen Fisch verschluckt werdet?« fragte Blaue Feder, einer ihrer Spielkameraden.

»Mein Vater läßt das nicht zu«, gab Heller Himmel zurück. »Außerdem gibt es keine solchen Fische in diesem Fluß!«

»Aber was ist flußabwärts oder bei dem salzigen Wasser? Du weißt es nicht, Himmel. Und vielleicht ist es gar kein Fisch, sondern irgendein anderes Geschöpf. Erinnerst du dich an die Geschichten von den Leuten, die wir im letzten Jahr besucht haben? Sie sprachen von riesigen Salamandern? Arg!«

Er zog eine fürchterliche Grimasse und spreizte seine Finger zu Klauen.

»Hör auf!« forderte Himmel. »Wenn dort solche Gefahren lauerten, würden wir nicht gehen. Und außerdem sind mein Vater und Odin große Krieger und dazu noch heilige Männer. Und Feuermann auch! Ihre Macht ist groß.«

»Hör ihm nicht zu, Himmel«, sagte Eichenblatt, Habichts Tochter aus erster Ehe. Eichenblatt war zwei Jahre älter und spielte bereits für die beiden Jüngeren, die auch mitfahren würden, die Mutter. Sie wandte sich an Blaue Feder.

»Laß sie in Ruhe!« warnte sie ihn. »Sonst bekommst du es mit mir zu tun!«

Blaue Feder war vielleicht eifersüchtig, aber auf keinen Fall dumm. Mit Eichenblatt sollte er keinen Streit beginnen; verstimmt wandte er sich ab.

»Nun«, rief er über seine Schulter zurück. »Vielleicht gibt es dort Monster!«

Eichenblatt trat auf ihn zu, und er beschleunigte seinen Schritt.

»Ich geh' ja schon«, protestierte er. »Ich sagte ja nur, daß es dort *vielleicht* so etwas gibt!«

Nils hatte die Kinder beobachtet und ihnen zugehört, ohne daß sie ihn gesehen hatten. Er fand es belustigend, wie die Kinder ihre Meinungsverschiedenheiten austrugen. Diese drei waren gewiß fähige junge Menschen, die man gut auf eine solche Fahrt mitnehmen konnte. Eichenblatt hatte den Jungen, der sie zu ärgern versuchte, zurechtgewiesen. Das Mädchen war wie ihre Mutter, mit der ebenfalls nicht zu spaßen war. Er bewunderte die Frauen des Stammes für diese Eigenschaft, die sie mit den Frauen der Nordmänner teilten.

71

Endlich wurden die Tage wieder länger, anfangs kaum merklich, aber nach einiger Zeit war der Wandel nicht mehr zu übersehen. Der Mond der langen Nächte war vorüber. Ein weiteres Mal hatte Sonne den Kampf für sich entschieden und würde nun Der Die Kälte Schafft zwingen, sich in seine Zuflucht in den eisigen Bergen irgendwo im Norden zurückzuziehen.

Es herrschte soviel Freude darüber, daß es einfach war zu vergessen, was vor ihnen lag – der Mond des Hungers.

Seit die Nordmänner bei dem Stamm eingetroffen waren, hatte es keinen wirklich schweren Winter gegeben. Während der geselligen Zusammenkünfte an den Feuern sprach man gelegentlich über den Mond des Hungers. Einige wenige, meist Ältere, rieten zur Vorsicht, aber abgesehen davon kümmerte man sich kaum darum. Um ein nicht allzu dringliches Problem kann man sich schließlich später Gedanken machen, nicht wahr?

Jeder helle und sonnige Tag verleitete sie zu Optimismus. Als die Schwierigkeiten begannen, schien es, als hätte es keinerlei warnende Vorzeichen gegeben, als sei das Unheil aus heiterem Himmel über sie hereingebrochen, obwohl alle wußten, daß der Mond des Hungers seinen Namen aus gutem Grund trug.

An jenem unvergeßlichen Tag zog der Morgen warm und sonnig herauf. Die Kinder spielten, und die Erwachsenen grüßten einander fröhlich in der verheißungsvollen Wärme. Das wäßrige Gelb der Wintersonne erstrahlte nun in satten Goldtönen.

Die Brise war sanft und kam aus Südwesten. Gegen Mittag jedoch stand die Luft plötzlich still. Eine unbestimmte Angst senkte sich über das Lager. Es fiel auf, daß die Vögel, die noch kurz zuvor ihre Revier- und Hochzeitsgesänge angestimmt hatten, verstummt waren. Aufmerksame Menschen bemerkten auch eine Veränderung in ihrem eigenen Verhalten.

Nils unterhielt sich mit Ton, der beiläufig auf einen wunderschönen männlichen Kardinalsvogel wies. Vor einer kleinen Weile hatte der Vogel von der Spitze einer Zeder gesungen. Nun suchte er den Boden nach einer der blauen Früchte ab, die unbemerkt vom Baum gefallen sein mochte.

»Sieh mal«, sagte der alte heilige Mann und zeigte auf den Kardinal. »Weiß der Rotvogel irgend etwas?«

Nils beobachtete ihn einen Moment. Selbst jetzt, nachdem er einige Jahre bei dem Stamm verbracht hatte, verwirrten ihn solch rätselhafte Bemerkungen manchmal.

»Was meinst du, Onkel?« fragte Nils. Er war inzwischen an dem Punkt angelangt, an dem es ihn nicht länger beschämte, sein Unwissen zuzugeben. Sein Respekt für die Weisheit des Volkes, mochte sie sich auch von der der Nordmänner unterscheiden, war gewachsen.

Der alte Mann beobachtete den Vogel noch ein wenig länger, bevor er antwortete. Ein grauer Vogel von etwa derselben Größe mit weißer Brust und rostroten Seiten sprang von den unteren Zweigen der Zeder, um sich zu dem roten Beutesucher zu gesellen. Der Kardinal stellte sich dem Neuankömmling drohend entgegen, und der Graue zog sich zurück, wenn auch nur ein kleines Stück. Es gab Wichtigeres zu tun, als zu kämpfen.

»Sie suchen nach Nahrung«, erklärte Ton. »Es muß eine Zeit auf sie zukommen, in der sie das nicht mehr können.«

Ton erhob sich aus seiner bequemen, an die Wand des Langhauses gelehnten Position und trat ins Freie, um den Horizont zu betrachten. Zuerst sah er nach Südwesten, dann nach Westen. Wenn ihnen in dieser Jahreszeit ein Sturm drohte, so waren dies die Himmelsrichtungen, aus denen er wahrscheinlich kommen würde. Er drehte sich langsam, während er seinen Blick von Norden nach Osten schweifen ließ. Nur selten würde sich irgendein schlechtes Wetter im Osten zusammenbrauen, ganz gleich, zu welcher Jahreszeit. Plötzlich hielt er in der Bewegung inne, und seine Augen richteten sich wieder nach Nordwesten.

»Da!« sagte er einfach und wies mit dem Finger in die entsprechende Richtung.

Nils konnte einige wenige, hoch am Himmel stehende Wolken ausmachen, einen dünner Schleier, den er nicht für gefährlich hielt. Und dann sah er, was die Aufmerksamkeit des heiligen Mannes erregt hatte. Eine schmutzig graublaue Linie zog sich über den fernen Horizont. Sie schien keine unmittelbare Bedrohung darzustellen, aber als Seemann wußte Nils, wie ernst man sie nehmen mußte.

»Da ...«, wiederholte der alte Mann.

Und während er sprach, fing die Luft an, sich zu bewegen, als müsse Der Die Kälte Schafft nun, da er entdeckt war, sich beeilen.

»Der Die Kälte Schafft kommt«, sagte Ton.

»Wie lange noch, Onkel?«

»Vielleicht bis zum Abend.«

Die warme Brise wurde bereits kühler. Nils wandte sich um, warf noch einen Blick auf die schmutzig graue Wolkenbank. War es möglich, daß sie in den wenigen Augenblicken, seit Ton sie bemerkt hatte, schon größer geworden war? Es sah ganz so aus.

»Er kommt schnell«, bemerkte Ton. »Wir werden heute nacht Feuerholz brauchen.«

Es dauerte nicht lange, bis alle die Kälte in der Luft und die zunehmende Dunkelheit im Norden und Westen bemerkten. Hastig begann man, Brennmaterial in die Häuser zu schaffen, denn der Winter hatte die vorhandenen Bestände erschöpft.

Während sie hastig am Fluß auf und ab liefen, schauten die Menschen immer wieder ängstlich gen Himmel. Die dunkle Masse graublauer Wolken vergrößerte sich nun schnell. Nils fühlte sich an einige der Geschichten erinnert, die sie in den vergangenen Jahren an den Lagerfeuern von anderen Stämmen und Völkern gehört hatten. Ein großes Monster, das die Sonne, die Erde und sogar den Himmel verschlingen konnte ... Heute war es einfach zu verstehen, woher solche Geschichten stammten. Die sich schnell nähernde Sturmfront war zum Fürchten. Sie schien etwas Lebendes zu sein, bösartig über alle Maßen, das die Menschen durch die Androhung einer unaussprechlichen Gefahr erschauern ließ.

Das Lager lag immer noch in dünnem Sonnenlicht, als die ersten Schneeflocken fielen. Es waren nicht die dicken, feuchten Flocken, die einem ruhigen Schneesturm vorausgingen. Diese hier waren klein und trocken, gejagt von einem Wind, der sie hin und her trieb und mit jedem Herzschlag seine

Richtung änderte. Nils dachte an die nordischen Geschichten von der Zerstörung der Erde, den schrecklichen Fimbul-Winter, bei dem der Schnee ›aus allen vier Richtungen gleichzeitig‹ kommen sollte.

Die Menschen warfen besorgte Blicke nach draußen und zogen die Häute vor die Türöffnungen.

Das Heulen des Windes steigerte sich zu einem kreischenden Terror, der gegen das Langhaus donnerte. Hungrige Dämonen bliesen ihren eisigen Atem durch Löcher und Spalten, die bis heute unbemerkt geblieben waren. Kleine Linien eines staubig trockenen Schnees fegten auf der nördlichen Innenwand entlang und bildeten Miniaturverwehungen auf dem Boden. Ängstlich stopften die Menschen Häute in die schlimmsten Löcher, um sich gegen die eisigen Winde zu verteidigen, mit denen Der Die Kälte Schafft sie angriff.

Der Sturm wütete weiter. Es war schwer zu sagen, wann die Nacht einbrach. Eine Zeitlang hatte das Rauchloch im Dach einen blaugrauen Himmel mit horizontal dahinjagenden Schneeflocken erkennen lassen. Dann verdunkelte sich der Hintergrund und wurde schwarz.

Die Menschen schliefen, erwachten, fachten das Feuer an und schliefen wieder. Als der Morgen kam, erhoben sie sich, aßen ein wenig und beobachteten, wie das Viereck des Himmels ein wenig heller wurde. Der Schneefall ließ allmählich nach, und das Heulen des Windes schien weniger beängstigend. Kurz nach Mittag wagten sie es, nach draußen zu gehen, in eine verschwommene Welt, die in funkelndem Sonnenlicht vor ihnen lag.

Habichtfrau trat vor das Haus und hob eine Hand mit einer obszönen Geste in Richtung Norden. »Du, Der Die Kälte Schafft, wir haben dich besiegt!« schrie sie.

Allgemeines Lachen folgte, aber Nils stellte fest, daß auf Tons Gesicht keine Freude lag.

»Was ist los, Onkel?« fragte er leise.

»Ich weiß es nicht, Wolf. Es ist gut, die Sonne zu sehen, nicht wahr? Aber die Kälte ist immer noch da. Ich glaube, daß es nur eine Finte von Der Die Kälte Schafft ist. Vielleicht war das nur der erste Angriff in diesem Krieg.«

Der Schauder, der dem Nordmann durch Mark und Bein

ging, kam nicht allein von der Kälte. Ton, so hatte er bemerkt, besaß ein instinktives Gefühl für diese Dinge. Wenn der alte Mann seine Sorge aussprach, mußte er etwas fühlen, das für die anderen nicht wahrnehmbar war. Und nun, da Ton ihn darauf aufmerksam gemacht hatte, fiel Nils auf, daß es tatsächlich nicht wärmer geworden war. Doch es schien nur so, daß der Wind sich gelegt hatte.

Ton sollte recht behalten. Innerhalb eines Tages überrollte sie eine zweite Kältewelle. Hatte der erste Angriff dem furchtbaren Fimbul-Winter geähnelt, so war dieser zweite doppelt so schlimm. Man beklagte sich allgemein sehr über das provisorische Quartier, welches das Langhaus darstellte. In einem Erdhaus, so bemerkten manche, wäre es nicht so furchtbar unbequem gewesen.

Manche gingen sogar noch weiter. »Warum sind wir überhaupt auf Wanderschaft?« wollte eine alte Frau wissen. »Wir haben gute Plätze verlassen, an denen wir richtige Häuser hätten bauen können, und das alles für *dies*?«

Aber im Moment konnte nichts unternommen werden, und so kuschelten sie sich in ihre Decken und hörten dem Heulen der Dämonen zu. Dieses Mal dauerte der Sturm länger, die Schneedecke wurde dicker, die Verwehungen größer.

Das Feuerholz ging nun wirklich zur Neige, und sie versuchten verzweifelt, soviel wie möglich zu sammeln, als der Sturm nachließ. Das war jetzt jedoch wegen des tiefen Schnees und der vielen Verwehungen noch schwieriger geworden. Das meiste Holz, das nun in die Langhäuser gebracht wurde, hatten sie zuvor als zu verrottet oder zu grün zurückgelassen.

Der Sturm schien sich, nachdem er sie passiert hatte, einfach gedreht zu haben. Er gönnte ihnen diesmal nur einen kurzen Moment der Ruhe, ehe er erneut angriff. Selbst auf den Gesichtern derjenigen, die bis jetzt nicht sonderlich beunruhigt gewesen waren, erschienen Sorgenfalten. Wann würde es aufhören?

Nach dem dritten Angriff kam Rufende Taube zu ihrem Mann, um ihn auf eine Bedrohung hinzuweisen, über die er bisher noch gar nicht nachgedacht hatte.

»Das Essen wird knapp.«

»Aber ... Taube, da sind doch noch Säcke voll Mais und Bohnen ...«

Sie nickte. »Aber diese sind für die nächste Aussaat. Wenn wir sie essen, werden wir im *nächsten* Winter hungern, weil wir nicht ernten können.«

Er begann, das Problem, dem sie sich gegenübersahen, zu begreifen. Vielleicht würde es tatsächlich so weit kommen, daß manche mit der Nahrung, die sie retten konnten, direkt vor ihren Augen verhungerten.

»In den meisten Wintern ist dies der Mond des Hungers«, erzählte Taube ihm. »Dieses Mal jedoch ist es der Mond des Verhungerns.«

Die Frauen begannen die restlichen Vorräte sorgfältiger einzuteilen. Manche der Erwachsenen verzichteten sogar fast völlig auf das Essen, damit mehr für die Kinder blieb.

»Sie sind die Zukunft unseres Volkes«, erklärte Rotes Reh.

Aber die Kälte hielt sich, und Welle für Welle von Sturm und Schnee überrollte sie aus dem Norden. Nils fragte sich, wie lange das wohl so weitergehen konnte, und machte sich auf die Suche nach dem alten Ton – ohne Erfolg.

»Er ist fort«, sagte ein kleines Mädchen.

»Fort, wohin? Wann?«

»Bevor Der Die Kälte Schafft uns seinen letzten Besuch abgestattet hat.«

»Wo ist er hingegangen?«

Das Mädchen zuckte mit den Achseln und deutete mit der Hand vage gen Norden. »Um Der Die Kälte Schafft zu bekämpfen«, sagte sie. »Er sang.«

»Sang?«

»Ja, Onkel. Das Todeslied.«

Die Erde und der Himmel bleiben für immer,
und heute ist ein guter Tag zum Sterben.

Das Lied, mit dem ein Krieger des Stammes in seinen letzten Kampf geht ... Nils wurde klar, daß das Kind die Wahrheit sprach. Ton würde bis zum Tode mit Der Die Kälte Schafft kämpfen. Ob der alte Mann den Lauf des Sturmes verändern konnte, stand in Frage, obwohl Nils einige erstaunliche Beweise für die Macht von Tons Gaben gesehen hatte.

Es ließ sich jedoch nicht leugnen, daß Ton sein Leben für das eines Kindes gegeben hatte, das mit dem Essen, das notwendig gewesen wäre, den alten heiligen Mann durchzufüttern, überleben konnte.

72

Der letzte, ersterbende Angriff von Der Die Kälte Schafft war ebenso schnell vorüber, wie er begonnen hatte. Von einem Tag auf den anderen wärmten milde Brisen aus dem Süden die Erde, und die Menschen fanden sich im Sonnenschein zusammen.

Man trauerte um diejenigen, die dem Hunger zum Opfer gefallen waren. Die meisten hatten ganz einfach aufgehört, Nahrung zu sich zu nehmen, Nahrung, die für die kommende Generation gedacht war. Der Die Kälte Schafft hatte sie still und leise angegriffen, ihre Lungen mit einer Flüssigkeit gefüllt, die sich nicht mehr aushusten ließ, und ihre letzten Atemzüge erstickt. Am schlimmsten war der Verlust einiger Kinder. Daß ein Mensch sterben mußte, bevor er die Chance hatte, aufzuwachsen und zu leben!

Nils erinnerte sich, was Singender Elch einmal über die Ansammlung todesträchtiger Flüssigkeit in der Lunge gesagt hatte:

»Das ist der Feind der Jungen, aber der Freund der Alten.«

Nils dachte darüber nach, während die Klagegesänge im Lager an- und abschwollen. Die feindliche Kälte hatte einige kleine Kinder das Leben gekostet. Einerseits empfand er Dankbarkeit, daß kein Mitglied der Familie, die er liebte, betroffen war.

Andererseits begann er, das Verhalten der alten Menschen dieses Volkes zu verstehen. Die meisten, die kürzlich gestorben waren, hatten den Tod wie einen Freund, ruhig, ohne Furcht oder Angst, willkommen geheißen. Ihre Weigerung,

Nahrung zu sich zu nehmen, hatte den Prozeß sicherlich beschleunigt. Doch ihr Wille, zu sterben, schien ihren Tod verursacht zu haben. Ihre Einstellung ähnelte der seines eigenen Volkes und fand seine Bewunderung. Natürlich würde ein Nordmann es vorziehen, mit einer Waffe in der Hand bis zu seinem letzten Atemzug zu kämpfen. Stille Unterwerfung betrachtete er als eine weniger akzeptable Haltung.

Alter Ton ... *das* war ein Mann gewesen! Nils konnte sich bildlich vorstellen, wie der Mann in das Herz des Sturmes gegangen war, um sich mit den Kräften von Der Die Kälte Schafft zu messen. Sicher gab es in Asgards großer Halle der gefallenen Helden einen Platz für einen solchen Mann!

Nils staunte über sich selbst. Der Mann war ein *Skraeling*! Vor nicht allzu langer Zeit hätte er den Gedanken, ein Skraeling, ein ignoranter Wilder, könnte sich Odins Thron nähern, um dort als Held willkommen geheißen zu werden, lächerlich gefunden.

Dank seines Fast-Bruders, der höhnischerweise Odin genannt wurde, hatte er jedoch viele Dinge, die er nicht unbedingt verstand, akzeptiert. *Vielleicht,* dachte er, *ist es wie mit dem Solarstein, dem Sonnenstein.* Er verstand nicht, wieso der Kristall immer nach Norden weisen konnte, war aber durchaus willens, dessen Eigenschaften zu nutzen.

Das Volk besaß, davon war er überzeugt, noch andere Fähigkeiten, die man noch nicht einmal beschreiben konnte. Beispielsweise zu sterben, wenn man es wollte. *Weil* sie den Tod zu diesem Zeitpunkt wählten? Er war sicher, daß Ton die Zukunft hatte voraussagen können. *Aber wie?* Außerdem, warum hatte er sich Ton nicht vor dem Thron Gottes vorgestellt? Er, Nils, war doch als Christ erzogen worden. Ihm war ein Rätsel, warum er jetzt die Lehren seines Großvaters vertrat.

Sein Großvater war nicht willens gewesen, gewisse Teile des alten Glaubens aufzugeben. Es mußte dem alten Mann schwergefallen sein, seinem jungen Enkel nicht noch mehr seiner Weisheiten vermitteln zu dürfen, das begriff Nils erst jetzt.

Was würde seine Mutter beispielsweise von Nils' Respekt gegenüber den Menschen halten, die ihren Tod durch ihren

Willen herbeiführten? Oder was würde der Priester dazu sagen? Nils hatte das unangenehme Gefühl, daß man eine solche Idee als ketzerisch brandmarken würde. Man würde ihn der Blasphemie anklagen und ihn zwingen, so viele Ave Maria aufzusagen, bis er Buße getan hätte.

Und die Visionen und Träume, die eine solche Rolle im Leben des Stammes spielten ... Sie schienen manchmal recht nützlich zu sein. Bei dem Gedanken daran empfand er ein leises Schuldgefühl, wußte er doch, was der Priester dazu sagen würde – Dämonenglaube, heidnischer Götzendienst und im Grunde das Werk des Satans. Die unsterblichen Seelen der Menschen (vorausgesetzt, Skraelinge *haben* Seelen) waren zum Höllenfeuer und der Verdammung verurteilt. Sie mußten sich der Läuterung unterziehen, die ihnen die Erlösung bringen würde.

Er fühlte sich nicht dazu berufen, den Skraelingen das Christentum zu bringen, und wollte es auch gar nicht versuchen. Dies war die Aufgabe der Priester. Seine Schuldgefühle bezogen sich jedoch nicht darauf, sondern auf die Frage (die ihm heimlich gekommen war), ob überhaupt irgend jemand versuchen *sollte,* ihnen die Erlösung zu bringen. Für seine Begriffe lebte das Volk recht gut ohne diese Heilslehre. Er und Svenson hatten ihre Art zu leben im großen und ganzen übernommen – nicht umgekehrt.

Er dachte an die vielen Schöpfungsgeschichten, die er an den Feuern in den vergangenen Jahren gehört hatte. Warum hatte er anstelle der christlichen Legenden die nordischen Mythen erzählt? Er wußte es nicht. Vielleicht weil ihm die nordischen Geschichten damals für ein primitives Volk in einem harten, nördlichen Klima angemessener erschienen waren. Aber egal, seine Geschichten von den Eisriesen und Gnomen waren bereitwillig akzeptiert worden. Er hatte sogar ein- oder zweimal in Erwägung gezogen, ihnen über den Garten Eden, über Adams Rippe, den Apfel und die Schlange zu erzählen. Vielleicht irgendwann einmal.

Blitzartig erkannte er, daß irgendwann einmal *jetzt* sein mußte. Sobald das Eis auf dem Fluß geschmolzen war, würden sie fort sein, vielleicht um später zurückzukehren, aber seine Pläne für die Zukunft waren noch zu unbestimmt. Nun, vielleicht gab es überhaupt gar keine Gelegenheit mehr, diese Geschichte zu erzählen. Jedenfalls würde er sie eines Tages mit Taube teilen.

Als er an ihre unmittelbare Zukunft dachte, kam ihm ein weiterer Zweifel. Es war schon einige Zeit vergangen, seit er zum letztenmal den Traum gehabt hatte. Aber er hatte ihn mehrmals geträumt, seit das Volk den großen Fluß erreicht hatte.

Er saß in einem Boot oder Kanu. Manchmal jedoch schien es, als sei er *im* Wasser selbst. Und er fühlte sich bedroht, hatte Angst vor etwas Unbestimmtem, spürte die Anwesenheit von etwas Bösem in den dunklen Tiefen. Beim ersten Mal hatte er gedacht, der Traum stehe mit der Geschichte der Chalagee, die er gerade erst vernommen hatte, in Zusammenhang. Die Geschichte von dem riesigen Blutegel, der in den dunklen Wassern lauerte, war zum Fürchten und garantierte dem Zuhörer einen Schauer des Grauens. Es hatte ihn verwirrt und in einer ironischen Weise auch amüsiert, daß diese Furcht schlimmer war als die vor den Seemonstern in den Tiefen des Ozeans. Das Risiko eines Zusammentreffens mit einem Wal, der so lang war wie die Nordmaid, war nichts im Vergleich zu dem Gedanken an ein schleimiges Etwas unbekannter Größe und Form …

Manche Visionen wirken sehr real, so klar, als habe man sie in Wirklichkeit gesehen – oder vielleicht sogar noch klarer. Andere hüllen sich in ein nebliges Nichts, das sich wandelt und schimmert, während das Gehirn des einfachen Sterblichen versucht, mit diesem Geheimnis zurechtzukommen.

Nils' Traum war von dieser nebulösen Qualität. Seine Bewegungen waren langsam, schmerzhaft langsam. Er saß auf oder im Wasser und beobachtete Schwaden von Nebel oder Dunst, die träge über die Wasseroberfläche zogen. Es war warm, schwül und stickig. Er hielt etwas in den Händen, aber er fand nie heraus, um was genau es sich handelte. Eine Waffe? Einen Stab oder vielleicht ein Kanupaddel? Dennoch hatte er immer das Gefühl, daß – was auch immer der Zweck dieses Dinges war – ihm dieses in der gegenwärtigen Situation nichts nützen konnte.

Auch war er sich niemals sicher, aus welcher Richtung das

Geschöpf kam ... aus dem Nebel oder Dunst oder aus den Tiefen des dunklen Wassers. Es wurde größer und größer, wenn es sich näherte.

Eine riesige, armähnliche Verlängerung, an der Spitze mit gezackten Klauen versehen, die durch die Oberfläche des Wassers stieß, sich über Nils' Kopf erhob, um sich auf ihn herabzustürzen und ihn unter Wasser zu drücken. Er meinte zu spüren, daß im Wasser um ihn herum noch andere ähnliche Gliedmaßen waren, die alle nach ihm schnappten und hungrig nach seinem Leben waren.

Mit einem kleinen, furchtsamen Aufschrei war er erwacht, um sich in seiner gewohnten Umgebung wiederzufinden, neben Taube, die ruhig schlief. Sie drehte sich schläfrig zu ihm um und nahm ihn in die Arme.

Für lange Zeit hatte er dort in der Dunkelheit gelegen, verwirrt über seinen Traum. Er war so echt gewesen, so beängstigend. Taubes warmer Körper an seiner Seite hatte ihn sehr beruhigt. Taube ... *Sie* war in seinem Traum ebenfalls in Gefahr gewesen!

Nils hatte niemandem von diesem Traum erzählt. Im Stamm gab es diesbezüglich einige Tabus, und er konnte nicht abschätzen, ob sein Traum nicht auch darunter fiel.

Er machte Nils immer noch angst, aber inzwischen erholte er sich schneller davon. Manchmal vergingen viele Monde, bis er plötzlich jede Nacht auftauchte.

Noch andere eigenartige Dinge kamen darin vor. Das vielleicht Verwirrendste war die Wahrnehmung dieser Gliedmaßen, die sich aus dem Wasser und dem Nebel nach ihm reckten. Anfangs war er von der Voraussetzung ausgegangen, daß sein Traum von dem riesigen Blutegel handelte. Eine derart schleimige und fürchterliche Kreatur konnte einem ahnungslosen Opfer schmerzlos und ohne dessen Wissen das Blut aussaugen. Es konnte rund wie ein Ball oder lang und schlank sein und seine Form nach Gutdünken von einem Moment zum anderen verändern. Und wie groß würde ein solches Geschöpf sein? Der größte Blutegel, den er je gesehen hatte, war schmaler als seine Fingerspitze gewesen. Nach einem Bad in einem schlammigen Teich hatte er sich zwischen seinen Zehen festgesaugt, damals, als er noch ein Kind gewesen war. Nils hatte überhaupt nichts davon gemerkt. Jahre später hatte er in Stadt größere Egel in einem Gefäß gesehen. Aber auch die waren kleiner gewesen als der kleine Finger eines Mannes. Vielleicht veränderte die Angst vor dem Unbekannten seine Größe ... Konnte dieser riesige Blutegel größer sein als ein Mann?

Aber es gab etwas, das ihm vielleicht noch mehr Sorgen bereitete. Er hatte mit der Intensität der Furcht, die ihn in seinem Traum erfaßte, zu tun. Ein Blutegel konnte, so mußte er einräumen, fast jede Gestalt annehmen, die seinen Zwecken diente. Aber jede dieser Formen bestimmte die Beschaffenheit des Geschöpfes selbst. Ohne Knochen oder Schale würde sein Umriß immer sanft gerundet, sein Körper glitschig sein.

Das stimmte jedoch nicht mit dem Eindruck überein, den er von der Kreatur in seinem Traum hatte. Diese Arme, die nach ihm gesucht, ihn geschlagen und versucht hatten, ihn unter Wasser zu ziehen, waren nicht von einer solchen Beschaffenheit gewesen, sondern fest und schwielig, mit gezackten Klauen und unregelmäßigen Auswüchsen. Es war diese Abweichung von der Realität, die ihn beinahe ebenso belastete wie der Traum selbst. Nun, da die Zeit näher kam, die Reise flußabwärts tatsächlich anzutreten, kam der Traum regelmäßig wieder. Er mußte Rat suchen, aber bei wem? Ton wäre der richtige Mann gewesen, aber Ton war fort, hatte sein Leben dahingegeben im Kampf mit Der Die Kälte Schafft. In dem anderen Clan gab es auch einen heiligen Mann, aber Nils war nicht bereit, über solche Dinge mit jemandem zu sprechen, den er kaum kannte.

Oft besprach er Dinge, bei denen es um die Sitten und Gebräuche des Stammes ging, mit Rufender Taube, aber irgendwie schien sie in diesem Fall nicht der geeignete Ansprechpartner zu sein. Mit Svenson über den Traum zu reden, hielt er für ausgeschlossen. Aber er mußte ... schließlich fiel ihm *Odin* ein.

Natürlich! Jetzt wünschte Nils sich, daß er schon früher an ihn gedacht hätte. Odin würde ihn ernst nehmen und hatte vielleicht einen Sinn für die Bedeutung seiner Vision.

Nils machte sich sofort auf die Suche nach seinem Freund.

Er saß auf einem Felsen und beobachtete den Fluß. Dicke Eisstücke trieben in einem bereits eisfreien Kanal flußabwärts.

»Ah! Wie geht es, Fast-Bruder?« grüßte Odin ihn.

»Es ist gut«, antwortete Nils leichthin. »Was ist mit dem Fluß?«

»Er steigt noch immer. Sieh nur, das Eis ist in der Mitte.«

Das Treibeis, das sich während des Schmelzprozesses selbst zerkleinerte und stückweise zermalmte, würde sich, sobald der Wasserstand sank, an den Ufern des Flusses sammeln. Die Schneeschmelze mußte flußaufwärts noch in vollem Gange sein.

»Odin, ich wollte mit dir noch über etwas anderes sprechen«, begann Nils.

Der Skraeling schaute auf, aber entgegnete nichts. Nils platzte mit seiner Geschichte über seine Träume von dem riesigen Blutegel heraus und befreite seine Seele endlich von seiner inneren Qual.

Odin starrte ihn eine lange Zeit an, bevor er schließlich antwortete.

»Mein Bruder, warum hast du nicht ... Nein, ich verstehe ... Ach, ich wünsche, Ton könnte uns helfen.«

»Was kann das bedeuten?« wollte Nils wissen. »Ich hatte Bedenken, ob ich irgend jemandem von diesem Traum erzählen sollte oder nicht.«

»Taube?« fragte Odin.

»Nein, ich habe es ihr nicht gesagt.«

»Mein Freund«, begann Odin zögernd, »ich weiß es nicht. Dies scheint ... Aber du sagst, daß dieses Geschöpf *nicht* aussieht wie der Blutegel der Chalagees.«

»Nein, bestimmt nicht«, bestätigte Nils. »Dies hier ist ... Odin, dies *muß* etwas anderes sein.«

Odin nickte. »Das denke ich auch. Könnte es sich vielleicht einfach um die Gefahren der Reise handeln?«

Nils dachte einen Moment darüber nach. »Vielleicht.« Das mußte es sein. Auf jeder Reise drohten irgendwelche Gefahren. Unbekannte Gefahren. Ja, das mußte es sein. Er hatte den Traum mißverstanden, ihn mit der Geschichte von dem riesigen Blutegel in Zusammenhang gebracht. Ja, jetzt wurde es ihm klar. Warum hatte er nicht schon früher mit Odin gesprochen!

»Es ist gut«, sagte er mit einem Lächeln. Er fühlte sich besser als die ganzen letzten Monde. Und vielleicht würde diese Warnung nun, da er sie als solche erkannt hatte, aufhören, ihn zu quälen. Vielleicht ...

73

Nachdem das Wetter ihnen keine Sorgen mehr machte, konnten sie die ersten Reisevorbereitungen treffen. Nils war voll und ganz bei der Sache, hatte seinen Glauben an die Zukunft wiedergefunden.

Nachdem Klarheit darüber bestand, was sie für die Reise benötigten, wurden Vorräte in Häute aus ungegerbtem Leder eingewickelt, wie es für den Stamm charakteristisch war. Eine Büffelherde, die mit Beginn des Frühlings langsam gen Norden zog, bot ihnen die Gelegenheit zu einer guten Frühjahrsjagd. Getrocknetes Fleisch und Pemmikan wurden für die Fahrt beiseite gelegt.

Nils begann, über die anstehenden Entscheidungen nachzudenken. Im Geiste begann er, die Mitglieder der Reisegruppe aufzuteilen und ihnen in den beiden Kanus Plätze zuzuweisen.

Die Kanus konnten bis zu sechs Personen befördern, jeweils eine im Bug und im Heck sowie zwei Paare in der Mitte nebeneinander – das hieß natürlich ohne Gepäck. Aber davon würden sie reichlich mitnehmen.

Odin würde die Position des Steuermannes im ersten Kanu und er selbst oder Svenson im zweiten übernehmen. Vielleicht konnten sie sich abwechseln, möglicherweise auch mit Rotem Reh, die durchaus dazu in der Lage war. Aber natürlich würde das alles noch von Odins Zustimmung abhängen. In diesen Dingen war er bedeutend erfahrener als irgendeiner der anderen. Er würde bald mit ihm darüber sprechen.

Aber natürlich mußten sie erst die Menschen über den Fluß

bringen. Noch mußten die letzten Eisreste verschwinden, aber es schadete nichts zu planen, und Nils' Gedanken eilten eifrig voraus. Sie würden die letzten Mitglieder des Stammes am anderen Ufer absetzen und dann zurückkehren, um die Kanus zu beladen und mit der Strömung flußabwärts zu fahren – dem großen Abenteuer entgegen. Nils war sich seiner kindlichen Überschwenglichkeit bewußt, und er genoß sie. Manchmal fühlte er sich in der Stärke seiner jungen Männlichkeit geradezu unbesiegbar.

Er hegte nicht den geringsten Zweifel an dem Erfolg seiner Mission. Die Karten und Pläne, die er und Svenson während des langen Winters entworfen hatten, kamen ihm, je öfter er einen Blick darauf warf, zusehends überzeugender vor. Er dachte an den Kalender und die beste Zeit für Entdeckungen entlang der Küste. Ja, im Sommer sollte dort große Geschäftigkeit herrschen. Es war durchaus möglich, daß es jetzt bereits eine regelmäßig befahrene Handelsroute entlang der Ostküste von Vinland gab, mit Straumfjord als Ausgangspunkt und den bulligen Knorrs als Linienschiffe.

Aber er sollte besser nicht darauf zählen, denn wahrscheinlich handelte es sich bei den ersten Nordmännern, auf die sie treffen würden, um einen Entdeckungstrupp auf einem Drachenschiff, eines der Erikssons vielleicht. Thorwalds Begeisterung für die Erkundung des Kontinents war weithin bekannt, und im Gegensatz dazu stand Leifs eher konservative Neigung, überall, wo er hinkam, Siedlungen zu gründen. *Ja,* phantasierte Nils, *höchstwahrscheinlich Thorwald.* Wäre es nicht ein großer Triumph, wenn sie ausgerechnet auf Thorwald Eriksson stießen, der den großen Fluß hinaufsegelte? Was für eine erfreuliche Szene konnte er sich da ausmalen.

Guten Tag, Thorwald, würde er sagen. *Wie geht es dir?*

Und Eriksson würde vor Erstaunen sprachlos sein, und Nils würde fortfahren.

Ich danke dir für den Sonnenstein. Er hat uns bei der Zeichnung des Kontinentes hervorragende Dienste geleistet. Hier sind unsere Karten …

Dabei erinnerte er sich erneut an Helge Landsverk, und er empfand tiefe Trauer über das Mißgeschick jener verhängnisvollen Expedition. *Aber egal,* verteidigte er sich selbst, *diese Fahrt wird ein Erfolg werden.*

Als Svenson zu ihm trat, kehrte er von seinen Tagträumen in die Realität zurück. Der alte Seemann schien besorgt zu sein.

»Was ist los, Sven?«

»Ich möchte mit dir sprechen, Nils.«

Nur selten hatte er Svenson so ernst gesehen. Stimmte etwas nicht?

»Ja?«

»Es geht um die Reise flußabwärts«, begann Sven zögernd. »Ist es wirklich ... muß es ...? Nils, wollen wir das wirklich tun?«

Nils war erstaunt. Svenson hatte noch niemals zuvor gezögert, *irgendeine* Herausforderung anzunehmen. Was hatte sich geändert? Er musterte den alten Mann. In Nils' Augen war Sven immer ein Mann sanfter Kraft gewesen. Ja, er hatte sich von dem alten Seemann ein Bild gemacht, das auf seiner Erscheinung und seinem Humor basierte. Als junger Bursche hatte Nils sich vorgestellt, daß Thor wahrscheinlich wie Svenson aussah – das rote Haar und sein roter Bart, die kräftige Gestalt dieses Mannes, seine Stärke und seine Entschlossenheit. Jetzt stellte er fest, daß seine kindliche Vorstellung immer noch existierte. Für ihn war Sven immer noch der unbesiegbare, unerschrockene Mann.

»Was meinst du, Sven?«

»Ich bin nicht sicher, Nils. Es hat einmal eine Zeit gegeben, da wäre ich genauso begeistert gewesen wie du.«

Nils wußte nicht, was er sagen sollte. Konnte es sein, daß Svenson vor einem solchen Abenteuer Angst hatte?

»Vielleicht gelangen wir nach Hause«, fuhr Svenson fort. »Vielleicht auch nicht. Aber ist das wirklich so wichtig?«

»Ich verstehe nicht, Sven. Was willst du mir sagen?«

»Nun ... ich denke ... lohnt sich das Risiko überhaupt?«

»Sven ... deine Familie ...«

Ah, vielleicht war es das! Sven hatte Frau und Kinder zu Hause. Anders als Nils, der mit einer exotischen, ausländischen Frau nach Hause zurückkehren würde, konnte Svenson sich in Stadt nicht mit Rotem Reh zeigen. Sie mußte zurückgelassen werden. Dieses für Sven zentrale Problem hatte Nils überhaupt noch nicht bedacht.

Sven holte tief Luft. »Nils«, sagte er, »wir sind jetzt seit sieben Jahren fort. Du weißt, daß sie uns für tot halten müssen, denn man wird in Straumfjord von dem Kampf gehört haben. Und Gudred – du weißt, meine Frau … wir hatten eine Übereinkunft getroffen. Wenn ich auf See bleibe, wird sie sich, ohne zu zögern, wieder verheiraten?«

»Ja, aber …«

»Nils, sie ist inzwischen bestimmt wieder verheiratet. Unser Jüngstes ist längst erwachsen.«

Eine kleine Weile herrschte Schweigen, bis Sven fortfuhr. »Es ist besser, wenn sie denkt, ich sei tot. Das ist einfacher für sie.«

»Und für dich und Reh?« fragte Nils. Er wußte nicht so recht, was er davon halten sollte.

»Vielleicht auch«, gab Svenson zu. »Wir sind sehr glücklich miteinander, Nils, ich habe mehr Nächte mit Reh als mit Gudred verbracht. Und ganz abgesehen davon spüre ich allmählich auch mein Alter. In der Morgenkälte sind meine Knochen steif. Ein warmes Bett und ein gutes Leben aufzugeben, um einem unbekannten Fluß zu trotzen … das hört sich nach einer sehr langen Reise an.«

Nils hatte niemals daran gedacht, daß Svenson älter werden könnte. Ja, das Rot von Svensons Haar wurde an den Schläfen heller. In seinem Bart gab es ein oder zwei hellere Strähnen. Vor ihm stand ein alternder Seemann, gekleidet in die Häute der Skraelinge, das Haar geflochten im Stil des Stammes, so, wie er selbst es auch trug. Seine ganze Erscheinung kam Nils komisch vor, und er lächelte.

»Nils«, fuhr Sven fort, »du bist jung und stark. Du solltest nach Hause fahren. Ah, und was für Geschichten du erzählen wirst! Aber sag ihnen, daß ich tapfer gestorben bin. Sie mögen trauern, aber sie werden glücklich sein. Und Gudred wird sicherlich froh sein, daß sie nicht zwei Ehemänner hat!«

Sven kicherte nun, und Nils erkannte, daß diese Lösung die letzten Jahre des alten Seemannes erleichtern würde. Und wahrscheinlich lagen noch einige vor ihm. Wie alt war er? Vielleicht fünfzig?

Als wenn er auf diese Gedanken antworten wollte, sprach Sven sehr ernst weiter. »Bevor du deine erste Fahrt zu den Inseln unternommen hast, habe ich deinem Vater versprochen, auf dich aufzupassen«, gab Svenson zu. »Ich habe nicht nur für ihn gearbeitet, sondern war auch sein Freund. Aber jetzt, denke ich, kannst du selbst auf dich aufpassen. Ich werde euch helfen, die Fahrt vorzubereiten, aber ich sehe weder für mich noch für Reh die Notwendigkeit zu gehen.«

»Sven, ich muß. Ich kann unseren Leuten viel über diese neue Welt berichten, nicht wahr?«

Svenson nickte. »Natürlich. Ich habe mir schon gedacht, daß du es so sehen würdest. Und außerdem ist es ein Abenteuer. Du bist genauso schlimm wie die Erikssons«, neckte er. »Aber ich will dir bei den Vorbereitungen helfen.«

Nils nickte, Svens Entscheidung ließ die Reise in einem ganz anderen Licht erscheinen. Vier Erwachsene, drei Kinder. Die Fahrt würde wesentlich gefährlicher werden. Nicht unmöglich, aber gefährlicher. Er mußte wissen, was Odin davon hielt, und zwar bald.

»Es ist gut, Sven«, sagte er.

»Erinnere dich aber«, sagte Sven, »wenn du ihnen über meinen Tod berichtest, mach es gut!«

»Wie möchtest du es denn am liebsten?« fragte Nils lachend. »Überwältigt von Horden feindlicher Krieger?«

»Vielleicht«, stimmte Svenson gutmütig zu. »Die Waffe in der Hand wie ein Wikinger, bis zum letzten Atemzug kämpfend.« Sein Gesicht hellte sich auf. »Ich weiß! Erzähle ihnen, ich bin mit der Axt in der Hand im Kampf gegen den riesigen Blutsauger der Chalagees gestorben!«

Sven krümmte sich vor Lachen über seine eigene Idee.

Nils saß entsetzt da und schwieg. Wie kam Svenson von all den Geschichten, die sie über die Jahre gehört hatten, ausgerechnet auf diese? Ein eisiger Schauer kroch über seinen Nacken, und seine Haut zog sich zusammen.

»Was ist los?« fragte Sven.

»Nichts«, log Nils. »Das ist gut. Wie bist du auf diese Geschichte gekommen?«

Svenson zuckte mit den Schultern. »Wer weiß? Es ist eine gute Geschichte. Ich habe manchmal davon geträumt.«

Sven sagte das ganz beiläufig, aber Nils war verwirrt. Hatte in den Augen des alten Seemannes mehr Sorge gelegen als in seiner Stimme? War dies der Grund oder einer der Gründe für Svenson, *nicht* auf die Reise flußabwärts zu gehen?

War Svensons Traum ebenso beängstigend wie sein eigener?

74

Nils sah sich einem Dilemma gegenüber. Die Entscheidung von Svenson, nicht in die Zivilisation zurückzukehren, war nicht nur eine Überraschung, sie war ein Schock. Nachdem er jedoch eine Weile darüber nachgedacht hatte, konnte er Svens Haltung verstehen.

Eigentlich gab er seine Familie zu Hause in Stadt gar nicht auf, denn diese hatte schon lange keinen Ehemann und Vater mehr. Offiziell war er tot, gestorben auf einer Fahrt ins Unbekannte. Und die Ehefrau eines Seemannes, so nahm man allgemein an, würde nach einer angemessenen Trauerzeit wieder heiraten. Die Nachricht, daß die Expedition während der Erkundung Vinlands von Skraelingen vernichtet worden war, und es, soweit bekannt, keine Überlebenden gab, hatte Stadt über Straumfjord wahrscheinlich binnen eines Jahres erreicht.

Gudred Svenson war demnach bereits vor sechs Jahren frei gewesen, um wieder zu heiraten, und hatte dies zweifellos auch getan. Was Sven anbetraf, so würde seine Rückkehr jetzt mehr Probleme aufwerfen als lösen. Was sollte Gudred mit zwei Ehemännern anfangen? Hier gab es viele Fallstricke, emotionaler wie gesetzlicher Natur. Die Frau würde wahrscheinlich zwischen ihnen beiden zu wählen haben ... Vielleicht hatte Svenson recht, und es war das Beste, ihr diese Qual und sich selbst den Schmerz einer möglichen Zurückweisung zu ersparen.

Außerdem schien seine Ehe mit Rotem Reh glücklich zu sein. Wollte er nach Stadt, mußte er sie verlassen. Er konnte keine Frau mit nach Hause bringen, dorthin, wo eine andere Frau wartete. Ließ er aber Reh zurück, so war *diese* durchaus berechtigt, sich wieder zu verheiraten. Und was war, wollte Gudred tatsächlich mit ihrem jetzigen Ehemann zusammenbleiben, hätte Sven gar keine Frau. Wenn er vermeiden konnte, vielen Leuten Schmerz zuzufügen – warum nicht? Es war offensichtlich der weiseste Entschluß.

Aber all diese guten Gründe erleichterten Nils die Entscheidung keineswegs. Er fand keinen Gefallen an der Vorstellung, eine Expedition mit nur zwei Männern sowie fünf Frauen und Kindern unternehmen zu müssen. Nicht, daß die Frauen eine Last darstellten; beide waren genauso fähig wie jeder Mann. Doch ihre erste Sorge würde dem Schutz der Kinder gelten. Und das sollte auch so sein. Aber für die Verteidigung blieben dann nur er und Odin. Selbst wenn es keine unmögliche Situation war, verunsicherte sie ihn. Er mußte genau darüber nachdenken und sich dann mit Odin besprechen.

Doch Odin kam ihm zuvor.

»Mein Fast-Bruder«, begann der Skraeling, und Sorgen zeichneten sich auf seinem Gesicht ab. »Ich möchte mit dir reden.«

Nils nickte. »Du hast mit Feuermann gesprochen.«

»Ja … aber das ist es nicht.«

Nils war beunruhigt. Gab es *noch irgendwelche* Neuigkeiten?

»Was?« fragte Nils. »Ist es schlimm?«

»Nicht wirklich schlimm«, sagte Odin. »Aber im Moment nicht gut. Habichtfrau trägt wieder ein Kind unter dem Herzen.«

Nils hatte das Gefühl, daß all seine Pläne in sich zusammenfielen, daß ihm der Boden unter den Füßen weggezogen wurde. Sofort stieg Ärger in ihm auf. Die Interessen und Sehnsüchte der anderen nahmen ihm sämtliche Entscheidungen aus der Hand. Es war ihm schwer genug gefallen, eine Reise in das Unbekannte mit Kindern zu rechtfertigen, aber mit einer schwangeren Frau?

»Wie weit ist sie?« fragte er wie betäubt.

Odin antwortete mit seinem charakteristischen Achselzucken. »Zwei, drei Monate vielleicht.«

Nils rechnete rasch nach. Das bedeutete, daß die Geburt im Herbst stattfinden würde. Im Mond der fallenden Blätter vielleicht. Oder im Mond des Wahnsinns. Die ganze Angelegenheit war Wahnsinn. Er fragte sich, ob Habichtfrau ihn absichtlich vor vollendete Tatsachen stellte, um die Fahrt unmöglich zu machen. Genau während des kritischsten Teiles der Reise, auf dem unteren Flußlauf, wäre sie am unbeholfensten. Zwar arbeiteten die Frauen des Volkes auch während einer Schwangerschaft oft hart und unternahmen Wanderungen in diesem Zustand, aber es würde Habichtfraus Kräfte bei der Verteidigung und der Handhabung des Kanus einschränken.

»Habichtfraus Herz ist froh«, sagte Odin. »Aber sie weiß, daß du dir dies nicht gewünscht hast. Und darüber macht sie sich Sorgen.«

Nils schämte sich für seine Unterstellungen.

»Sag ihr, es ist nicht schlimm«, murmelte er.

Odin nickte, und beide wußten, daß diese Bemerkung unter den gegebenen Umständen lächerlich war.

»Ich denke«, fuhr Nils fort, »daß folglich aus unserer Reise nichts mehr wird. Sollen wir das Volk über den Fluß bringen und die Kanus dort zurücklassen?«

»Vielleicht auch nicht«, entgegnete Odin nachdenklich. »Du und ich ...«

»Du willst deine Familie verlassen?« Der Gedanke schockierte Nils.

»Nein, nein. Nur für eine kleine Weile«, sagte Odin. »Du und Taube, ihr fahrt weiter, und ich kehre um.«

»Aber wir können nicht mit zwei Kanus fahren.«

Odin nickte. »Das ist wahr. Aber wir brauchen zwei. Eines, das weiterfährt, und eines, das umkehrt.«

»Das ist nicht machbar, mein Bruder.«

»Ja, ich weiß. Bis auf ... Vielleicht findet sich noch ein Mann oder zwei. Vielleicht wird Feuermann mitkommen und dann mit mir zurückkehren.«

»Vielleicht. Wir wollen ihn fragen.«

Svenson dachte darüber nach, aber es war offensichtlich, daß sein Herz nicht bei der Sache war.

»Nils, ich kann noch immer tun, was nötig ist, aber meine Gelenke sagen mir, daß sie bereits viele Winter gesehen haben«, erklärte er.

Nils amüsierte sich, daß der alte Seemann in der Art des Stammes seine Haltung rechtfertigte.

»Es liegt schon viel Schnee auf meinem Haar«, fuhr Sven fort. »Siehst du? Wenn man mich braucht, werde ich es versuchen, aber in der Morgenkälte bewege ich mich sehr langsam. Könnt ihr nicht jemand anderen finden?«

»Sven, es gibt niemanden wie dich«, versicherte Nils ihm. »Aber ich verstehe. Mach dir keine Sorgen darüber. Wir werden schon jemand anderen finden.«

Sven schien sehr erleichtert zu sein.

Der Suche nach einem neuen Mann war kein Erfolg beschieden. Sie wollten nicht zuviel Aufmerksamkeit erregen, aber die Kunde verbreitete sich schnell. Es gab einige abenteuerlustige junge Männer, die sie darauf ansprachen, denen aber die notwendige Verantwortlichkeit und Reife fehlte.

Und umgekehrt hatte jeder, der verläßlich genug war, in Frage zu kommen, auch genug Verantwortungsbewußtsein, um nicht interessiert zu sein. Nils war niedergeschlagen und schon nahe dran, den ganzen Plan und damit auch jede Hoffnung auf eine Rückkehr nach Hause aufzugeben.

»Erinnerst du dich an mich? Ich bin Schlange, Freund deines Freundes Odin«, sprach ein Mann ihn an.

»Natürlich. Wie geht es dir, Freund meines Freundes?«

Nils kannte ihn nicht sehr gut. Schlange war ein ruhiger und nachdenklicher Mann, jemand, der im Alltag leicht übersehen wurde. Obwohl ihr Kontakt unregelmäßig gewesen war, wußte Nils, daß man Schlange durchaus respektierte, besonders Odin – die beiden waren seit ihren Kindertagen Freunde.

»Mir ist gesagt worden«, begann Schlange vorsichtig, »daß du nach jemandem suchst, der mit dir flußabwärts geht.«

»Und du weißt jemanden?«

»Mich selbst.«

Nils hatte sich schon über das Interesse des Mannes gewundert, aber dies war eine Überraschung. Er überlegte ... Hatte Schlange eine Familie? Ja, sicher. Auf jeden Fall eine Frau.

»Hast du schon mit Odin gesprochen?«

Als er die Frage stellte, ahnte Nils, daß Schlange das noch nicht getan hatte.

»Nein.«

»Was ist mit deiner Familie?« fragte Nils frei heraus.

»Wie du weißt, hat Der Die Kälte Schafft im vergangenen Winter meine Frau mit sich genommen«, antwortete Schlange. Auf seinem Gesicht zeigte sich Trauer.

Im selben Moment fühlte Nils sich beschämt, daß er so gedankenlos gewesen war, und dies vergessen hatte.

»Ja«, sagte er freundlich und versuchte, seinen Fehler wieder gutzumachen. »Mein Herz fühlt mit dir. Aber deine Kinder?«

Er hoffte sehnlichst, daß er sich richtig erinnerte und es Kinder gab.

»Sie leben bei der Familie ihrer Mutter«, erklärte Schlange. »Für sie wird gut gesorgt.«

»Es ist gut«, sagte Nils, der froh war, den unangenehmen Teil ihres Gespräches überstanden zu haben. »Und nun zu unserer Reise. Ich muß mit Odin darüber reden, aber ... du kennst dich mit Kanus aus?«

»Mit einigen. Ich habe die Rundboote gefahren.«

»Gut. Ich werde mit Odin sprechen.«

Odin war höchst erfreut über die Aussicht, daß der Freund seiner Kindheit sie begleiten würde.

»Ja, Thorsson! Ich hätte keinen besseren Mann aussuchen können!« sagte Odin aufgeregt.

Und erneut begannen sie, die Einzelheiten der Beladung der beiden Kanus zu planen. Jetzt, da nur noch vier Erwachsene und Heller Himmel dabei waren, würde es genug Platz geben. Ein Kanu hätte sogar gereicht, aber Odin brauchte ein Fahrzeug, um zurückzukehren.

»Du müßtest nicht mitkommen«, schlug Nils vor. »Taube und ich kommen schon allein zurecht.«

Diesbezüglich war Odin jedoch fest entschlossen. »Nein!« Er lächelte das schelmische kleine Lächeln, das den Nordmännern so vertraut geworden war. »Einer muß sich um dich kümmern. Taube kann das nicht allein.«

»Wie weit willst du mitkommen?«

Odin zuckte mit den Achseln. »Wer weiß? Wenn die Zeit zum Umkehren naht, werden wir alle es wissen.«

Es schien ein guter Plan zu sein. Svenson half bei der Vorbereitung der Reise, gab Ratschläge und umsorgte sie wie eine Glucke. Nils wußte, daß seine Gefühle gemischt sein mußten, denn ihm selbst erging es ebenso. Dem Ruf der See zu widerstehen, die Svens Leben gewesen war, dürfte äußerst schwierig sein. Aber mit der Hilfe einer Frau wie Rotes Reh … Wahrscheinlich, dachte Nils, war nur eine gute Frau in der Lage, ihn den Armen der geliebten See zu entreißen.

Schließlich kam der Tag, an dem Odin ihn aufsuchte, sein Auge leuchtete.

»Ich denke, daß die Zeit zur Abreise nah ist«, erklärte er. »Heute morgen ist nur noch wenig Eis im Fluß.«

Der Wasserstand des Flusses war langsam, aber stetig gesunken. Die Eisschollen trieben mittlerweile langsam an den Ufern entlang.

»Wann?« fragte Nils.

Odin zuckte mit den Achseln. »Das werden die heiligen Männer entscheiden. Großer Baum wird vielleicht auch dich fragen, da Ton nicht mehr bei uns ist.«

Nils nickte. »Was soll ich sagen?«

»Was immer dir gut erscheint. Drei Tage vielleicht. Das läßt dir Zeit, deine Meinung zu ändern, falls das nötig sein sollte.«

»Gut. Ich werde auch mit Feuermann sprechen. Aber vielleicht fragt mich Baum auch gar nicht.«

Odin nickte. »Das könnte sein. Höre auf deinen Schutzgeist.«

Nils Aufregung wuchs. In ein paar Tagen würden sie zur größten Fahrt seines Lebens aufbrechen. Er befand sich auf dem Weg nach Hause.

75

In dieser Nacht quälte ihn der Traum erneut und fast noch beängstigender als je zuvor. Er wollte aufwachen, konnte es aber nicht, und eine Zeitlang meinte er sogar, es nie mehr zu schaffen. Er wußte, daß er träumte, konnte aber nichts dagegen tun. Das Gefühl, hilflos zu sein, alle Kontrolle verloren zu haben, verstärkte seine Furcht noch.

Zu Beginn war der Traum wie immer. Dunkles Wasser, ein glühender Himmel, ein nebliger Dunst über dem Wasser. Er konnte nicht sagen, ob es sich um den Ozean oder den Fluß handelte. *Seltsam,* dachte er. *Das habe ich mich bisher noch nie gefragt.* Ein leichter Nieselregen fiel herab, so schien es, aber eigentlich schwebte er nur in der Luft. Dicke Nebelschwaden durchdrangen alles und machten eine durchnäßte Welt noch nasser.

Er wurde vom Strom des Wassers mitgerissen. Sein Paddel ... *ja, es mußte ein Kanupaddel in seiner Hand sein* ... war gegen den starken Sog der Strömung nutzlos. *Eine Strömung ... dann muß es der Fluß sein!* Und gerade als ihm dies bewußt wurde, immer noch in seiner seltsamen Doppelrolle als Beobachter und Hauptfigur des Traumes, geschah es. Dunkle Fangarme erhoben sich aus dem schwarzen Wasser, krümmten sich ...

An dieser Stelle war er bisher immer erwacht, diesmal nicht. Panisch erkannte er, daß er in seinem Traum gefangen war. Das tastende Ding aus den Tiefen des Flusses richtete sich auf ihn, langte nun *über* ihn hinweg und griff nach der Gestalt, die unter ihm lag.

Dies war das erste Mal, daß eine andere Person in seinem Traum auftauchte, aber er konnte sie nur vage durch den Nebel erkennen ... Eine Frau. Suchende Arme schnappten nach ihr. Nils wollte ihr eine Warnung zurufen, aber es war zu spät. Die Frau drehte ihren Kopf, und das Entsetzen in ihren Augen war schrecklich mit anzusehen.

»Taube!« schrie er.

Und in diesem Moment schlug etwas von hinten auf ihn ein, umfaßte ihn und zog ihn nach unten. Die schwarze Kühle des Wassers schloß sich über ihm, und er ertrank. Er wand sich, trat um sich und kämpfte, versuchte, die Oberfläche zu erreichen. Aber er wurde immer tiefer gezogen, fest umklammert von den Fingern der Kreatur unter ihm. Er kämpfte weiter, selbst als das Bewußtsein ihn langsam verließ ...

»Wolf! Wach auf!«

Taube schüttelte ihn und nahm ihn in ihre Arme, und die Dunkelheit um ihn herum war die Dunkelheit des Hauses, nicht die des Wassers. Dankbar holte er tief Luft.

»Taube ... ich ...«

»Was ist los, mein Mann?«

Jemand warf ein paar Zweige in die Glut des Feuers, und ein gelbes Flackern erleuchtete den Innenraum. Es war eine große Erleichterung, die vertraute Umgebung zu sehen.

»Was ist los?« rief Rotes Reh aus ihrer verhängten Nische in der Nähe.

»Eine Nachtvision vielleicht«, antwortete Taube. »Ich weiß es nicht.«

»Ja ... ja, es ist jetzt gut«, murmelte Nils verlegen. »Es war nur eine Nachtvision.«

Die Menschen um ihn herum sanken wieder in die Arme des Schlafes zurück. Es gab verärgertes Gemurmel, aber nicht viel. Die Ernsthaftigkeit einer Nachtvision wurde durchaus akzeptiert, und abgesehen davon handelte es sich um eine sehr private Angelegenheit. Entschied sich der Träumer, sie ihnen mitzuteilen, so sollte es so sein, andernfalls wäre es ein ernsthafter Verstoß gegen die Sitten, danach zu fragen.

»Ein Traum? Eine Nachtvision?« flüsterte Taube.

»Ja ... ich werde es dir sagen ...«

»Schsch ... Das brauchst du nicht.«

»Ja, aber ich will es. Du kommst darin vor.«

»Später. Ruh dich jetzt aus.«

Sie legte sich neben ihn und nahm ihn wieder in ihre Arme, und es war gut.

Für eine lange Weile lag er in der Dunkelheit und starrte auf das schummrige Geflacker des Feuerlichtes auf den Wänden rund um das geschwärzte Rauchloch. Taubes Muskeln entspannten sich, ihr Atmen wurde regelmäßig, und er wußte, daß sie wieder eingeschlafen war. Er wollte ihr am nächsten Morgen von seinem wiederkehrenden Traum berichten. Inzwischen schien es unwahrscheinlich, daß er noch einmal einschlafen konnte. Der Traum … *was konnte er bedeuten?*

»Du hattest eine schlimme Nacht?« fragte Odin beiläufig am nächsten Morgen.

Beide Männer waren nach draußen gegangen, um ihre Blasen zu entleeren. Niemand anderes befand sich in Hörweite. Nils war klar, daß Odins Bemerkung nicht wirklich eine Frage war, sondern eine Feststellung, und daß er versuchte, damit ein Gespräch über den Vorfall, der das ganze Haus geweckt hatte, in Gang zu bringen.

»Ja«, antwortete Nils. »Odin, ich wollte mit dir darüber sprechen … wieder diese Nachtvision. Für den Stamm ist so etwas doch sehr wichtig.«

Odin sah überrascht aus. »Für deine Leute nicht?«

»Nicht genau so. Aber das ist jetzt etwas, worüber Ton Bescheid gewußt hätte.«

»Das ist wahr, aber wir haben keinen Ton.«

»Laß mich dir von diesem Traum erzählen, Odin.« Schnell gab er die wichtigsten Teile des Traumes wieder, und Odins Auge weitete sich vor Erstaunen.

»Der gleiche Traum, nur endet er jetzt mit dem Ertrinken. Vielleicht *ist* dies eine Warnung, Thorsson!«

Für Nils war es fast eine Erleichterung, diesen Verdacht wirklich ausgesprochen zu hören. Nun wurde ihm klar, daß er vielleicht unwillig oder vielleicht auch unfähig gewesen war, dieser möglichen Bedeutung ins Gesicht zu sehen. Odin stand versonnen da. Ein anderer Mann näherte sich ihnen verschlafen und nickte einen Gruß, während er sich darauf vorbereitete, seinem natürlichen Drang zu folgen.

Odin bedeutete Nils, ihm zu folgen. Hier würde bald reger Verkehr herrschen. Aber für dieses Gespräch brauchten sie Ungestörtheit. Sie entfernten sich ein wenig weiter von den Häusern.

»Ich denke«, begann Odin, »daß wir den Rat eines heiligen Mannes brauchen. *Eines anderen* heiligen Mannes. Ton ist fort.

In dem anderen Clan gibt es auch einen. Gebrochener Schwanz wird uns helfen können. Aber du darfst nicht zu ihm gehen.«

»Warum nicht?«

Odin sah ihn mit Mißfallen an. »Es würde *deine* Macht verringern. Zwar nicht in Wirklichkeit, aber man würde dich anders ansehen hinterher. Nein, das können wir nicht riskieren.«

»Aber Odin, ich ...«

Odin winkte ab. »Nein, Wolf. Du hast den Stamm von deinen Gaben als heiliger Mann überzeugt. Wenn du jetzt von dem alten Gebrochenen Schwanz Hilfe erbittest, würde das so aussehen, als seien deine Mächte geringer als seine.«

»Aber sie sind es doch auch!« versuchte Nils zu protestieren. »Ich besitze keine besonderen Gaben.«

»Ah, natürlich besitzt du sie«, beharrte Odin. »Nur deswegen sind wir noch am Leben. Aber es ist natürlich gut, daß du nicht zu stolz darauf bist. Dennoch, du mußt sie anerkennen. Wenigstens für dich. Und nun laß uns darüber nachdenken. Du brauchst die Hilfe von Gebrochenem Schwanz, kannst aber nicht darum bitten.«

Er schien in Gedanken verloren, aber dann hellte sich sein Gesicht plötzlich auf.

»Ah!« rief er aus. »Ich weiß ... Du kannst ihn nicht darum bitten, ohne Schwäche zu zeigen, aber *ich* kann es!«

»Was meinst du, Odin?«

Odin wurde zusehends begeisterter, wie immer, wenn er eine neue und aufregende Idee hatte.

»Ich werde ihm sagen, es sei *mein* Traum!«

»Du denkst ...«

»*Ja!* Das ist es, Wolf. Ich muß alles über deine Nachtvisionen wissen. Dann erzähle ich sie ihm und gebe sie als meine aus!«

Nils begann, ihn zu verstehen. Dies war zwar nicht so gut wie ein Gespräch erster Hand mit dem heiligen Mann, aber es mußte reichen. Sie gingen noch ein Stück weiter, und er berichtete Odin alle Einzelheiten, an die er sich erinnern konnte, vom ersten Mal, an dem er den Traum gehabt hatte. Odin war sehr beeindruckt.

»Ja, das ist wirklich eine große Sache«, bemerkte er. »Eine Warnung, denke ich. Und du erlebst das Ganze außerhalb deiner selbst?«

»Nun ja, vielleicht, Odin. Ich kann beobachten, was mit mir passiert, aber ich *fühle* es gleichzeitig selbst.«

Er schauderte bei dem Gedanken an das Gefühl des Gefangenseins, an das Gefühl, unter Wasser gezogen und ertränkt zu werden. Odin nickte. »Und jetzt«, sagte er, »erzähle ich dir den Traum, so wie ich ihn Gebrochenem Schwanz erzählen werde. Und du gibst acht, ob alles richtig ist: Ich hatte diesen Traum zum ersten Mal, nachdem wir die Chalagees verlassen hatten ...«

Odin saß dem heiligen Mann an einem kleinen Feuer gegenüber. Er fühlte sich unter dem Blick des Mannes sehr unbehaglich. In den Augen von Gebrochenem Schwanz lag offensichtlich ein Verdacht.

»Warum kommst du zu mir?« wollte Gebrochener Schwanz wissen.

»Unser heiliger Mann, Ton, hat während des Hungermondes sein Leben für die Kinder gegeben. Er ging nach draußen, um mit Der Die Kälte Schafft zu kämpfen.«

»So wird es gesagt. Aber du hast doch noch den großen heiligen Mann, Weißen Wolf, nicht wahr? Bist du nicht derjenige, der Odin genannt wird, sein Helfer?«

»Das ist wahr, Onkel.«

»Aber als du zu mir gekommen bist, hast du dich selbst Wandelnder Vogel genannt. *Warum?*«

»Auch das ist wahr. Aber ich wollte nichts Böses. Das *ist* mein Name, oder besser, er war es, bis ich von dem Volk des Weißen Wolfes Odin genannt wurde. Ich habe meinen alten Namen benutzt, Onkel, denn es handelt sich um eine persönliche Sache.«

Odin entging nicht, daß der alte Mann noch immer recht mißtrauisch dreinschaute. Er hatte sich vorgenommen, mit seiner Geschichte so nah wie möglich bei der Wahrheit zu bleiben, aber schon war er in den Lügenstricken verfangen. Es würde nicht einfach werden.

»Warum wolltest du zu mir kommen«, bohrte Gebrochener Schwanz weiter, »anstatt den großen Weißen Wolf zu fragen?«

In seiner Stimme lag eine Spur von Spott. Odin erkannte, daß sich sein Mißtrauen gegen den Weißen Wolf richtete.

»Onkel«, begann er, »Weißer Wolf will dir weder Böses tun noch deine Macht stehlen. Er wird bald flußabwärts reisen. Ich werde ihn ein Stück des Weges begleiten. Aber in meinem Traum geht es um den Fluß. Ich muß mit einem heiligen Mann reden, der *nicht* mit uns reist.«

Gebrochener Schwanz dachte für einen Moment nach, bevor er zögernd nickte. »Vielleicht ist das so. Und du hast Weißem Wolf nichts von deinem Traum erzählt?«

»Nein, Onkel.« Er haßte es, eine direkte Lüge auszusprechen, aber ... Nein, es war wahr. Er hatte *seine* Träume nicht weitererzählt, er hatte noch nicht einmal welche.

»Nun, laß mich davon hören. Er handelt vom Fluß, sagst du?«

»So ist es, Onkel. Er begann, als wir bei den Chalagees überwinterten. Und jedesmal sitze ich im Wasser, in einem Boot vielleicht ...«

Er fuhr fort und erwähnte alle Einzelheiten, an die er sich erinnern konnte, während sich die Augen des heiligen Mannes vor Erstaunen weiteten.

»Und diesen Traum hast du viele Male geträumt?« fragte Gebrochener Schwanz.

»Ja, Onkel. Und das letzte Mal gestern nacht. Und dies war das erste Mal, daß ich das Gefühl hatte, ich würde ertrinken.«

Gebrochener Schwanz nickte wieder. »Und dann bist du aufgewacht?«

»Ja, Onkel.«

»Hm ... das ist eine Warnung ... Laß mich meine Knochen befragen.«

Gebrochener Schwanz kramte in seinen Besitztümern und zog schließlich einen schmalen Behälter hervor, in dem es klapperte, als er ihn bewegte. Odin waren solche Zeremonien vertraut, und es stellte sich heraus, daß diese sich nur wenig von denen unterschied, die er bereits miterlebt hatte. Mit einer schwungvollen Geste warf der heilige Mann die winzigen Fetische auf eine bemalte Haut, so daß sie hin und her sprangen. Und dann erfolgte eine genaue Auslegung.

»Nun«, sagte er zum Schluß, »es *ist* eine Warnung. Da gibt es etwas, das ich nicht verstehe. Es ist, als würde jemand anders gewarnt ... Ich weiß es nicht. Und ich sehe Tod, aber nicht für dich.«

»Für *wen*?« platzte Odin heraus.

»Ich kann es nicht sagen. Das ist es, was ich nicht verstehe.«

»Du denkst, Weißer Wolf sollte nicht auf die Reise gehen?«

»Das muß er entscheiden. Das Bild vom Tod ist fern, sowohl der Zeit nach als auch hinsichtlich der Person. Ich habe noch niemals eine solche Botschaft aus den Knochen lesen müssen.«

Odin dankte dem heiligen Mann, erhob sich und wollte gerade gehen, als Gebrochener Schwanz ihn zurückhielt. »Ich denke«, sagte er ernst, »daß du Weißem Wolf von deinem Traum erzählen solltest. Vielleicht hat er dir mehr zu sagen.«

76

Seit Antritt ihrer Flußfahrt hatte Nils seinen Traum nicht mehr gehabt. Er empfand dies, ebenso wie Odin, als gutes Zeichen. Es schien, als habe der alte Gebrochene Schwanz ihnen irgendwie geholfen – trotz der irreführenden Information, die sie ihm hatten zukommen lassen. Der Traum war eine Warnung vor den Gefahren, denen sie auf ihrer Reise begegnen konnten.

»Willst du lieber hierbleiben?« hatte Odin ihn gefragt, nachdem er ihm von dem Gespräch mit dem heiligen Mann berichtet hatte. »Gebrochener Schwanz sagte, daß dort Gefahr droht, vielleicht sogar Tod, aber nicht für mich.«

»Aber er hat gedacht, es sei dein Traum«, stellte Nils fest. »Die Gefahr droht nicht demjenigen, der den Traum hat, und dieser bin ich. Vielleicht bist *du* in Gefahr. Willst nicht *du* lieber hierbleiben?«

Sie diskutierten und stritten miteinander, einigten sich

schließlich darauf, daß sie nichts Genaues wissen konnten. Es war äußerst niederschmetternd.

Nils hatte es für notwendig gehalten, sich Rufender Taube anzuvertrauen, ihr die ganze Geschichte zu erzählen, denn seine Alpträume waren ihr durchaus bekannt. Sie schien nicht weiter besorgt zu sein, selbst nicht, nachdem er ihr von der List berichtet hatte, mit der sie Gebrochenen Schwanz getäuscht hatten. Sie lachte nur darüber.

»Aber es war gut«, gab sie zu, »keine Schwäche zu zeigen. Natürlich *gibt* es auch gar keine«, beeilte sie sich hinzuzufügen. »Aber ich meine ...«

»Ja, Taube, es ist gut«, lachte Nils. »Aber was meinst du wirklich?«

»Ich denke«, sagte sie nüchtern, »daß der Traum, ganz gleich, wer ihn hat, nur bedeutet: ›seid vorsichtig‹. Und ist das nicht genau das, was Gebrochener Schwanz dir geraten hat, Odin?«

»Ja, das ist vielleicht wahr«, entgegnete ihr Bruder. »Er hat den Tod erwähnt, aber nicht für mich. Oder nicht für Wolf, besser gesagt.«

»Könnte er andere der Gruppe treffen?«

»Möglich. Aber auf jeder Reise gibt es Gefahren, nicht wahr? Ein heiliger Mann ist beinahe gezwungen, so etwas zu erwähnen. Aber nicht für uns, denke ich.«

Taube erhob sich, klatschte in die Hände und lachte.

»So«, sagte sie einfach, »laßt uns aufbrechen!«

Es war ein schöner Tag. Warmes Frühlingssonnenlicht umflutete Nils, als die Sonne stieg und Richtung Süden wanderte. Drei Tage verbrachten sie nun schon auf dem Fluß, und Nils hatte das Gefühl, daß sie gut vorankamen. Die Arbeit war leicht, kaum daß es welche gab, denn sie mußten sich nur in der Hauptströmung halten, so daß genug Zeit blieb, um den Tag zu genießen. Der Frühling kam schließlich mit einer Wucht, die sie verblüffte. Bäume, Gräser und frühe Blumen schienen alle mit einem Mal zum Leben zu erwachen.

Als der Mond des Erwachens langsam dem Mond des Grüns wich, zogen die langen Linien der Gänse, die mit lautem Gekreische ihre Anwesenheit kundtaten, hoch über ihnen nach Norden. Seit Beginn ihrer Reise hatten sie eine große Vielfalt von Wasservögeln in kleinen Gruppen oder Paaren entdeckt; mindestens ein Dutzend verschiedene Arten von Enten, außerdem Reiher, Kraniche, Gänse und unzählige kleinere Ufervögel auf den Sandbänken und Steilufern.

Auch Tiere kamen an den Fluß, um zu trinken, und starrten die vorbeifahrenden Kanus an. Es gab reichlich Hirsche, und Büffel sahen sie regelmäßig in kleinen Gruppen oder größeren Herden.

»Es ist gut«, bemerkte Odin. »Wir werden keine Probleme haben, wenn wir Fleisch brauchen.«

Natürlich trafen sie auch auf Raubwild. Bären waren ebenfalls weit verbreitet, vor allem die vertrauten Schwarzbären, deren Fell von honigfarben bis zu tiefem Schwarz variierte. Einmal jedoch, die Kanus folgten gerade einer sanften Biegung, erblickten sie einen Bären, den nicht einmal Odin kannte. Er war offensichtlich auf der Suche nach Schalentieren oder anderen kleinen Kreaturen, die die Tümpel hinter den Sandbänken vielleicht bevölkern mochten, und bestimmt erheblich größer als alle anderen, die sie bislang gesehen hatten. Sein Fell war schwarz, aber über dem schwarzen Unterhaar schimmerte der gesamte Pelz grau, als sei er mit Rauhreif überzogen. Aber am eindrucksvollsten war die Reaktion des Tieres auf ihre Anwesenheit. Es blieb nicht auf allen vieren, sondern erhob sich auf seine Hinterbeine. Selbst wenn sie das Wasser, in dem es stand, in ihre Schätzung miteinbezogen, war es klar, daß dieses Tier sehr viel größer war als ein Mann, vielleicht anderthalb Mal so groß. Es zeigte überhaupt keine Furcht, sondern nur Neugier, als die Kanus vorbeiglitten.

»Ah! Das ist ein *wahrer* Bär!« rief Odin leise.

Später begegneten sie noch einem Muttertier mit Jungen. Die Skraelinge waren sehr beeindruckt von diesem ›Bär, der wie ein Mann geht‹, und Nils nicht weniger. Er hatte noch nie ein so majestätisches Geschöpf gesehen.

Es gab zudem eine große Vielfalt an Pelztieren, wie Nils aufmerksam registrierte. Es war gut, wenn er sie später im Hinblick auf Handelsbeziehungen auflisten konnte: Ottern,

Biber, verschiedene Füchse, große gefleckte Katzen mit kurzem Schwarz und buschigen Ohren; einmal beobachteten sie sogar einen Löwen mit langem Schwanz, der sich zum Trinken am Ufer niedergekauert hatte. Ja, dieses Land konnte sehr interessant für den Pelzhandel werden. Wenn er einen Hafen an der Mündung dieses großen Flusses finden könnte ... Eine andere Möglichkeit wäre, ihn mit ihren nordischen Schiffen zu befahren ... bis hierher vielleicht nicht mit *Knorrs,* aber sicherlich mit Langschiffen. Der Gedanke an die Information, die er liefern konnte, sobald er in die Zivilisation zurückgekehrt war, erregte ihn erneut.

Wie gerne hätte er sich irgend jemandem mitgeteilt. Er vermißte Sven, der in den letzten Jahren als einziger seinen Eifer verstanden hatte. Er fragte sich, wie es ihm und dem Stamm ergehen mochte. Großer Baum hatte den Eindruck erweckt, daß sie nicht mehr lange weiterziehen würden, nachdem sie den Fluß einmal überquert hatten. Aufgrund der guten nachbarschaftlichen Beziehungen mit den Hidatsa blieben sie vielleicht in deren Nähe, zumindest für ein oder zwei Jahre. In Nils' Hinterkopf hielt sich der Gedanke hartnäckig, daß er den ungefähren Aufenthaltsort des Stammes kennen sollte für den Fall, daß er und Rufende Taube zurückkehrten. Das schien ihm logisch. Taube wollte sicherlich ihre Familie nicht für immer verlassen, und es wäre schön, ihnen eines Tages einen Besuch abzustatten. Allerdings mußte er sich notgedrungen eingestehen, daß sie seine eigenen Leute möglicherweise gar nicht fanden. Doch selbst dann konnten er und Taube wiederkommen und sich dem Stamm wieder anschließen.

Aber das alles lag in weiter Ferne. Er tauchte sein Paddel ein und lenkte den Bug des Kanus sanft in die Strömung zurück, um zu verhindern, daß es sich querstellte. Es war eine angenehme Art zu reisen, und das Tempo machte es einfach, die Umgebung zu beobachten. Gestern hatten sie ein Dorf von ansehnlicher Größe passiert. Eine Weile lang war er ängstlich gewesen – unnötigerweise. Odin hatte mit Handzeichen Frieden bekundet, und die Menschen am Flußufer hatten mit den gleichen Zeichen geantwortet, und schon waren ihre Kanus vorbeigetrieben.

Zweimal hatten sie Lager oder Dörfer mit nur ein paar Häusern oder Hütten gesehen. Es gab keinen Grund, dort haltzumachen, sagte Odin. Später, wenn sie Informationen über den unteren Flußlauf brauchten, konnten sie ja einmal anlegen.

Nils wandte die Augen von einem weißköpfigen und -schwänzigen Adler ab, der auf einem toten Baum thronte, und ließ seinen Blick über die Reisegefährten in seinem Kanu gleiten. Taube saß im Bug. Ihr schwarzes Haar schimmerte wie der Flügel eines Raben, als sie ihr Paddel hielt, bereit einzuspringen, wenn es nötig war. Nun wandte sie sich halb um, um Himmels Aufmerksamkeit auf den Vogel zu lenken.

»Siehst du den Adler?«

»Ja. Ich würde gern noch einen ›Bären, der wie ein Mann geht‹, sehen.«

»Vielleicht begegnen wir noch welchen. Ich denke jedoch, daß wir nicht unbedingt einen aus nächster Nähe sehen wollen, oder?«

»Er würde eine gute Schlafdecke abgeben«, gab Heller Himmel zurück. »Wenn ich erwachsen bin, werde ich einen für dich erlegen.«

Taube lachte ihr tiefes, kehliges Lachen. »Heb dir das für deine Frau auf, mein Sohn. Ich bin nur deine Mutter!«

Nils mußte schmunzeln. *Das Leben ist gut,* dachte er. Diese zwei, mit denen er sein Kanu teilte, waren zu den wichtigsten Menschen für ihn geworden. Er konnte sich kein Leben mehr ohne sie vorstellen. Was für ein großes Abenteuer für Heller Himmel, in seinem Alter eine solche Reise zu machen! An einiges davon würde der Junge sich nicht mehr erinnern können, aber vieles für den Rest seines Lebens bewahren. *Mein Sohn,* dachte Nils, immer noch erstaunt, wenn er begriff, daß er als Familienvater nach Hause zurückkehren würde. Er fragte sich, was seine Eltern wohl zu Rufender Taube sagen würden. Sie hatten eigentlich ein anderes Mädchen in Stadt im Auge gehabt ... Wie war noch ihr Name gewesen? Egal, sie konnte Taube nicht das Wasser reichen. Er blickte auf ihren Rücken, auf die graziösen Linien ihres Körpers. Er hatte noch nie eine so begehrenswerte Frau gesehen.

Er mußte unbedingt an etwas anderes denken – es wäre

nur frustrierend, gerade jetzt zu großen Appetit zu entwickeln. Er suchte die Bäume entlang des Ufers nach neuen und anderen Geschöpfen ab, auf die er seine Aufmerksamkeit richten konnte. Kleine bunte Vögel sangen, ein Eichhörnchen hüpfte durch die Äste einer mächtigen Platane.

Eine Weile fand er es belustigend, drei Krähen zu beobachten, die eine große Eule, den Jäger der Nacht, verfolgten und schikanierten. Nils fragte sich, wie die Eule vom Tageslicht ohne Schutz überrascht werden konnte. Schließlich entkam der verärgerte Jäger seinen Peinigern. Er flog *über* den Fluß, ganz knapp über dessen Oberfläche. Die Krähen konnten nicht auf die Eule hinabstoßen, ohne zu riskieren, über ihr Opfer hinauszuschießen und selber ins Wasser zu fallen. Einmal auf der anderen Seite, segelte die Eule graziös in ein dickes Zederngebüsch. Die Krähen gaben die Verfolgung auf und flogen zurück über den Fluß, noch immer laut schimpfend.

Heller Himmel lachte. »Kooskooskoos ist klug«, bemerkte er.

»Ja«, antwortete Taube, »aber nicht allzu klug. Sie hat sich vom Tageslicht überraschen lassen, als sie eigentlich in ihrem Haus sein sollte!«

Nils lächelte, erfreut darüber, daß ihr Sohn so aufmerksam und lernwillig war. Was für eine wunderbare Lehrerin er in Taube hatte! Nils' Herz verlangte es nach ihr, er sehnte sich danach, sie in den Armen zu halten. Viele Dinge waren bei einer Kanufahrt weniger erfreulich. Der Frau, die er liebte, so nah zu sein, fast nah genug, um sie zu berühren, und das für lange Stunden, sie aber nicht berühren zu können … Er fragte sich, ob ihn eine andere Frau jemals so anziehen würde. *Hatte* er sich jemals von einer Frau so angezogen gefühlt? Bestimmt nicht. Gewiß, die blauäugige Göttin in Straumfjord hatte ihn damals beeindruckt, aber glücklicherweise war es mit ihr zu nichts gekommen! Im nachhinein hatte er begriffen, daß eine Frau wie Ingrid nur Ärger brachte. Sie hätte wahrscheinlich mit jedem geschlafen, der ihr eine Rückkehr nach Hause ermöglichen würde. Einmal mehr bemitleidete er Olaf, den Böttcher, ihren elenden, hart arbeitenden Ehemann. Dennoch, was für ein Gesicht, was für ein Körper!

Odin, der mit seinem Kanu Kurs auf flacheres Wasser nahm und Nils längsseits kommen ließ, unterbrach seine Gedanken.

»Meine Beine sind steif!« rief er. »Sollen wir auf der Sandbank dort vorne anlegen?«

»Das ist gut«, rief Nils zurück und lenkte sein eigenes Kanu aus der Hauptströmung heraus. Es würde eine Erleichterung sein, seine Beine zu strecken. Bestimmt würde auch Himmel etwas Bewegung begrüßen.

Die beiden Kanus fuhren Seite an Seite auf die Sandbank zu. Schlange und Taube stiegen aus und zurrten sie fest, während die anderen auf den sandigen Streifen sprangen.

»Ah, endlich aufstehen!« sagte Taube. »Das ist gut, mein Bruder.«

Odin warf einen Blick auf die Sonne. »Mittag ist gerade vorbei«, bemerkte er. »Laßt uns ein Feuer anzünden und etwas essen.«

Das Feuer diente auch dazu, ihre Anwesenheit hier bekanntzumachen. *Hier lagere ich.* Es würde dazu beitragen, jeglichen Gast, der diesen Platz bewohnen mochte, zu besänftigen. Kleine Bissen Nahrung würden durch das Feuer geopfert werden und vielleicht eine Prise Tabak. Man konnte nicht vorsichtig genug sein …

77

Nils lag, in seine Schlafdecken gekuschelt, auf einer Sandbank am östlichen Ufer des großen Flusses. Neben ihm ließ der regelmäßige Atem von Rufender Taube auf deren erholsamen Schlaf schließen. Er konnte die Umrisse der anderen, die um die Kohlen des sterbenden Feuers lagen, klar und deutlich erkennen.

Er selbst fand keinen Schlaf. Der Mond war voll und überflutete die gesamte Welt mit seinem silbernen, sanften Licht. *Was geschah nur in solch einer Nacht?* Auch in ruhigen, mondbeschienenen Nächten auf See oder an den Fjorden seines

Heimatlandes, hatte er sich diese Frage gestellt. Es war eine Zeit der Aufregung, der Ruhelosigkeit, die er sich nicht erklären konnte. Möglicherweise hatte es etwas mit dem hellen Mond zu tun. Es war, als wolle er nicht schlafen, weil vielleicht noch irgend etwas im Zauber des Mondlichtes passierte. Etwas so Wunderschönes, das ihm alle Mysterien des Universums erschloß.

Er wollte den Mond anheulen wie sein Bruder, der Wolf, den er von ferne über den Fluß heulen hörte. Ein Kojotenrudel, das viel näher sein mußte, antwortete mit dem kichernden Glucksen, das sich nie nach zwei oder drei Tieren, sondern immer nach einem Dutzend anhörte. Odin hätte sich darüber amüsiert. Odin ließ ihn niemals jenes bizarre Ereignis vergessen, die Berserkergeschichte, bei der Nils sich den Namen Weißer Wolf erworben hatte. Seitdem hatte der einäugige Skraeling ihn wegen seiner Verbundenheit mit den Wölfen immer wieder sanft geneckt. »Dein Bruder, der Wolf«, bemerkte Odin jedesmal, wenn das schaurige Geheul dieser Tiere über die Berge und Schluchten erscholl. Und obwohl Odin dies mit leichter Belustigung sagte, hatte Nils immer das Gefühl, daß er es durchaus ernst meinte. Seit jenem Tag hatte es in irgendeiner Form eine geistige Übereinkunft zwischen ihnen gegeben. Nils hatte Odin oft dabei beobachtet, daß er anderen Stämmen von diesem Vorfall berichtet hatte. Er wußte, daß es Odin hauptsächlich darauf ankam, die Fremden mit der Macht des heiligen Mannes seines Volkes zu beeindrucken. Aber manchmal hatte es auch den Anschein gehabt, daß Odin wirklich an seine Geschichte glaubte – daß der hellhaarige Nordmann sich wirklich in einen weißen Wolf verwandelt *hatte*.

Manchmal fragte Nils sich das selbst. Etwas *war* geschehen an jenem Schicksalstag, als ihnen der Tod so nahe gewesen war. Es war beunruhigend, daß er sich noch immer nicht daran erinnern konnte. Odin sagte ihm immer, er solle sich darüber weder Sorgen machen noch versuchen, es zu verstehen.

»Manche Dinge sind nicht dafür gedacht, sie zu verstehen«, sagte Odin. »Genieße nur ihre Folgen!«

Vielleicht war das wie eine Vollmondnacht. Dieser

Gedanke kam ihm, als er die noch immer aufregende Nacht um sich herum betrachtete. Die alten Frauen zu Hause in Stadt hatten Mondsüchtige als verrückt bezeichnet. Genauso fühlte er sich heute nacht, aber es war eine wunderbare, erregende Art der Verrücktheit, die ihm das Gefühl gab, er sei zu allem fähig. Er drehte sich auf die andere Seite und setzte sich auf, sorgsam darauf bedacht, die schlafende Taube nicht zu wecken. Er wollte besser sehen können, diese Nacht erfahren. Im Westen ging der Mond langsam unter. Seine Farbe änderte sich von Silber zu Gelb, während er sich den dunklen Baumspitzen auf der anderen Seite des Flusses näherte. Sein Spiegelbild auf dem Wasser war wie eine Spur, wie ein Pfad, der mit Zauber benetzt schien. Die kleinen Wellen auf der Wasseroberfläche verzerrten dieses Bild, so daß es schimmerte und tanzte. Er hatte das seltsame Gefühl, seine Füße auf jenen silbernen Pfad setzen und nach drüben gehen zu können, über den Fluß und nach oben, über die dunklen Bäume auf der anderen Seite hinauf bis zum Mond selbst.

Er hatte sich fast entschieden, es zu versuchen, da war der Gedanke auch schon verflogen. Er schüttelte den Kopf. Wurde er langsam verrückt? Mondsüchtig, was auch immer dies heißen mochte? Oder hatte in diesem seltsamen Land, das sich so sehr von dem seiner Jugend unterschied, der Mond eine andere Wirkung auf die Menschen? Erneut betrachtete er die Umrisse der Menschen um ihn herum. Er war der einzige Nordmann hier. *Hat der Mond nur auf Nordmänner eine solche Wirkung?* Heller Himmel schlief friedlich neben seiner Mutter. Himmel war zur Hälfte Nordmann, dennoch schien er unbeeinflußt zu sein.

Odins Worte kamen ihm wieder in den Sinn. *Versuche nicht zu verstehen … Genieße es …*

Vielleicht war das die Antwort. Nils war mit dem Wissen und Verständnis über die neuesten Errungenschaften der Nordmänner groß geworden. Er verspürte den Drang, alles was er sah oder tat zu verstehen. Die Menschen des Stammes hingegen hatten nicht das Bedürfnis, die Dinge des Geistes zu verstehen, sondern sich an ihnen zu erfreuen. Manchmal hatte er Odin um seine Fähigkeit, einfach zuzuhören und die Geschichten der anderen Stämme zu genießen, ohne sie zu hinterfragen, beneidet. Nils' christliche Lehrer wären wahrscheinlich von seiner Toleranz gegenüber Legenden anderer entsetzt gewesen. Aber sein Großvater hätte ihn verstanden. Vielleicht war es das, was er mit all den Geschichten der nordischen Götter und Göttinnen versucht hatte, ihm zu vermitteln. Damals hatte er sich Großvaters Widerwillen, die neue christliche Religion zu ernst zu nehmen, nicht erklären können. Jetzt aber ... Ja, so mußte es sein ... Großvater hatte Angst davor gehabt, daß die neue Religion die Vorstellungskraft einschränken würde. Wenn nur eine Geschichte die richtige war, mußten alle anderen Versionen verlorengehen. Nils war sich bewußt, daß die Generation seiner Eltern die Geschichten seines Großvaters insgeheim mißbilligt hatten. Aber erst jetzt verstand er warum. Sein Großvater hatte ihm ein reiches Vermächtnis hinterlassen, das ihm sehr dabei geholfen hatte, mit den Menschen des Stammes leben zu lernen.

»Ich danke dir, Großvater«, flüsterte er dem untergehenden Mond zu.

Der Mond stand jetzt tiefer, zum Teil verborgen hinter den Bäumen. Als er verschwand, war der silberne Weg rötlich geworden und brach in trübe, rostige Bruchstücke auf. Das Graugelb der Dämmerung bleichte den östlichen Himmel; der Tag kam, und es war gut.

Er blickte noch einmal auf den Fluß, der ihm leise zumurmelte. Jenseits eines Baumstammes, der flußabwärts zur Hälfte auf dem Ufer lag, sprang ein Fisch hoch, und irgendwo hörte Nils das Klatschen eines Bibers. Die Kojoten schwiegen jetzt, bereit, die Welt wieder den Geschöpfen des Tages zu übergeben. Eine Eule schwebte geräuschlos über ihn hinweg, eine geisterhafte Erscheinung auf sanft ausgebreiteten Flügeln.

Der Fluß ... sein Traum ... Er hatte seit ihrem Aufbruch noch nicht einmal mehr daran gedacht. Die Reise ging gut voran, das Wetter war günstig gewesen, und er hatte überhaupt nicht geträumt. Konnte es sein, daß er, da er bereits gewarnt worden war, nun keine Warnungen mehr empfing? Was für ein seltsamer Gedanke!

Aber der Fluß und der Traum! Auch kein anderer hatte die

Gefahr, auf die sie der alte Gebrochene Schwanz aufmerksam gemacht hatte, seit Beginn ihrer Reise erwähnt. *Sollten* sie Angst haben? Oder zumindest besorgt sein?

In diesem Moment begann Taube, sich hinter ihm zu rühren, und setzte sich schläfrig auf.

»Du bist wach«, sagte sie.

»Ja«, sagte er ihr. »Ich habe den Mond beobachtet.«

»Aber er ist fort«, sagte sie verwirrt.

»Ja, gerade eben.« Er wünschte, er hätte sie geweckt, um mit ihr die Schönheit der Nacht zu teilen. Aber möglicherweise wäre sie, schlaftrunken, nicht in der Lage gewesen, seine Gefühle zu verstehen.

Aber jetzt fragte er sich etwas ganz anderes. Damals, als Odin mit Gebrochenem Schwanz über den Traum gesprochen hatte, war Taubes Reaktion seltsam gewesen. Sie hatte zugegeben, daß der Traum auf eine Gefahr hinwies. Und dennoch war sie begierig auf die Reise gewesen und hatte ihn nicht wieder erwähnt. War ihm irgend etwas entgangen?

»Taube«, begann er, »du erinnerst dich doch an meinen Traum vom Fluß?«

»Ja! Hattest du ihn wieder?« Sie schien besorgt zu sein.

»Nein, und das ist seltsam. Aber du hast etwas gesagt ... Gebrochener Schwanz sprach von Gefahr, aber nicht für mich oder den Träumer. Du erinnerst dich, daß Odin ihm den Traum erzählt hat.«

»Ja.« Sie lächelte. »Das war klug von dir und meinem Bruder.«

»Es war seine Idee. Und es *hat* neue Fragen aufgeworfen. Gefahr ... Für *wen?* Nicht für denjenigen, der träumt, dachten wir.«

»Ich erinnere mich.«

»Aber Taube, wir haben seitdem nicht mehr darüber gesprochen, du und ich. Hast du keine Angst vor der Gefahr?«

»Ich habe nicht darüber nachgedacht«, gab sie zurück.

Warum nicht? Er wollte am liebsten schreien. *Du hast eine Warnung erhalten, aber du bist nicht besorgt?* Er machte einen erneuten Versuch.

»Taube«, sagte er, »ich frage mich, wer wohl in Gefahr ist.

Ich habe den Traum geträumt, von dem Gebrochener Schwanz gehört hat, und er sagte, daß die Gefahr nicht mir galt. Odin glaubt nicht, daß er derjenige ist. Vielleicht gilt sie dir oder unserem Sohn ...«

Taube schwieg eine kurze Weile und antwortete dann langsam und nachdenklich.

»Wolf«, begann sie. »Ich weiß, daß du ein großer heiliger Mann bist.«

»Nein«, protestierte er. »Das ...«

Sie winkte ab. »Ich verstehe, daß ein heiliger Mann bescheiden sein muß, seine Gaben vielleicht sogar leugnen muß, wie du es tust. Das ist Teil deiner Gaben, Wolf. Und die heiligen Männer in deinem Volk sind wahrscheinlich auch noch anders.«

Ja, dachte er. *Du hast gar keine Ahnung.*

»Und jetzt«, fuhr sie fort, »denk an deinen Traum und daran, was dir irgendein heiliger Mann über ihn oder die Reise zu sagen hätte.«

»Was meinst du damit?«

»Erinnerst du dich, daß wir übereinstimmten, daß jede Reise Gefahren mit sich bringt?«

»Ja, aber ...«

»Jeder heilige Mann wäre ein Narr, wenn er sie nicht erwähnte. Wenn jemand verletzt oder getötet werden sollte, müßte der heilige Mann ihn vorher warnen. Er verliert den Respekt der anderen, wenn er es nicht tut. Und so sagt ein heiliger Mann so etwas immer, nicht wahr? Wenn niemand getötet wird oder stirbt, denkt keiner mehr daran. Vielleicht ist man sogar voll des Lobes, weil er es verhindert hat!«

Nils begann zu verstehen. Wie klug Taube doch war!

»Taube«, beharrte er, »da ist noch etwas anderes. Gebrochener Schwanz hat vor Gefahr gewarnt, nicht für den Träumer, nicht für mich oder vielleicht Odin, sondern für jemand anderen. Wie konnte er das wissen?«

Sie lächelte. »Erstens, ich weiß nicht so gut über die Wege heiliger Männer Bescheid wie du. Vielleicht kennt Gebrochener Schwanz einen, um so etwas zu erfahren. Aber denk darüber nach. Wenn du einen Traum erklärst, würdest du irgend jemandem und insbesondere dem Anführer der Gruppe sagen, daß er sterben wird?«

Er schwieg und dachte angestrengt nach.

Taube fuhr fort: »Natürlich nicht. Es würde den Erfolg in Frage stellen. Aber du *würdest* vor dem Tod warnen, für den Fall, daß jemand getötet wird. Geschieht das nicht, ist die Sache ein Erfolg, weil der Tod vermieden wurde. Wird jemand getötet, hat der heilige Mann es so vorausgesagt.«

»Aber was ist, wenn der Anführer getötet wird?«

»Ah, dann hat der heilige Mann davor gewarnt, aber nicht klar sehen können, um *wen* es sich handelt. Oder etwas anderes ist dazwischengekommen, und der heilige Mann hat noch immer recht.«

»Du meinst, Taube, daß eure heiligen Männer keine wirklichen Kräfte *besitzen?«*

Ihre Augen weiteten sich vor Staunen und Beunruhigung. »O nein, natürlich nicht, Wolf. Wie kommst du auf diese Idee? Natürlich besitzen sie die Macht, Dinge geschehen zu lassen und vorauszusagen. Aber sie müssen auch wissen, wie sie das den anderen erklären. Ist das bei euren heiligen Männern nicht so?«

Nun war Nils verwirrter als je zuvor.

»Doch, vielleicht«, stimmte er zu.

Die heiligen Männer des Stammes *besaßen* Kräfte irgendwelcher Art. Er hatte Dinge gesehen, die *nicht* hätten geschehen können. Dinge, die er nicht erklären konnte, die aber Wirklichkeit waren.

»Es ist wie mit deinem Sonnenstein«, sagte sie. »Ich weiß nicht, woher er immer weiß, wo Norden ist. Aber *du weißt es.* Und das ist der Grund, warum du ein heiliger Mann bist.«

Er sah keine Notwendigkeit, ihr zu erklären, daß er nicht wirklich ein heiliger Mann war und daß er keine Ahnung hatte, wie der Sonnenstein den Nordstern immer finden konnte.

78

Nachdem er das Gespräch über die Warnung und den Traum hinter sich gebracht hatte, begann Nils, die Reise noch mehr zu genießen. Auf dem langen Zug über Land hatte er die Freuden, die eine Bootsfahrt insbesondere für einen Nordmann mit sich brachte, fast völlig vergessen. Er war vollauf damit beschäftigt gewesen, sich der Kultur des Volkes anzupassen und nach seiner Heirat an sein Familienleben zu gewöhnen. Gut, das war *wirklich* eine Ablenkung gewesen.

Und nun ging ihre Fahrt gut und leicht vonstatten. Der Fluß nahm ihnen die meiste Arbeit ab, und er hatte Zeit genug, um sich umzuschauen, nachzudenken und die Kreaturen zu beobachten, die in dieser Gegend lebten. Die Tage waren durch und durch erfreulich, erfüllt von warmem Sonnenlicht, gelegentlichen frischen Brisen und wunderbaren Düften. Nie zuvor war ihm bewußt gewesen, daß die Blüten der Weinreben einen süßen Duft, ähnlich dem des Honigs, verbreiteten. Ihr Aussehen war nicht sonderlich bemerkenswert – klein und von grünlicher Farbe –, aber ihr Duft schien ihn zu betören. Er verbreitete einen Hauch von Sinnlichkeit, der ihm auf besondere Weise ständig die Anwesenheit seiner Frau bewußt machte. Vielleicht war es zum Teil sogar ihr natürlicher Duft, der mächtige, aber fast unmerkliche Duft der Frauen, der solche Wirkung auf ihn hatte.

Aber viel wahrscheinlicher, weil sie Rufende Taube war, seine Frau, seine Freundin, die Mutter seines Kindes. Es fiel ihm sehr schwer, aus einer Entfernung von kaum mehr als einer Armeslänge ihre geschmeidigen Bewegungen zu beobachten, ohne sich davon erregen zu lassen. Er wußte, wie sich diese wohlgeformten Arme, die das Paddel eintauchten, anfühlten, denn wie oft hatten sie ihn umarmt. Das Gefühl, diesen sinnlichen Körper in den Armen zu halten ... Er sollte solche Gedanken nicht jetzt hegen. Vielleicht konnten sie sich heute abend für eine kleine Weile vom Lager entfernen.

Taube warf ihm über die Schulter einen Blick zu und lächelte. Er lächelte zurück und fragte sich, ob ihre Gedanken sich auf derselben Wellenlänge bewegten. Er hoffte es. Dennoch, es war früh am Morgen, und sie würden noch eine weite Strecke zurücklegen, bevor er die Wahrheit darüber herausfinden konnte.

Sie fuhren auf einer glatten Wasserfläche, die sich ohne irgendeine spürbare Strömung südwärts erstreckte. Aber er wußte, daß es trotzdem eine gab, denn er konnte den Sog spüren.

Einer der großen, weißköpfigen Adler erschien hoch über dem Wasser. Nils betrachtete den Flügelschlag des Tieres und überlegte, wie man ein Segel nach Backbord oder Steuerbord ausrichten mußte, um genau den richtigen Wind einzufangen ...

Plötzlich legte der Adler seine Schwingen an und stürzte sich in hohem Bogen auf das Wasser hinab, schneller und schneller, wie ein Pfeil im Flug. Konnte sich der Vogel noch rechtzeitig abfangen? Dann nahm der Adler eine leichte Veränderung des starren Winkels seiner Flügel vor, und sein Flug endete nach einem kraftvollen Bogen direkt über dem Wasser. Ein oder zwei Schwingenschläge, und der Vogel schwebte kaum eine Handspanne hoch über der glatten Oberfläche. Eine seiner Klauen schlug nach unten, es gab ein leises Platschen, und der Vogel erhob sich mit einem Fisch in den Klauen.

Es war ein großer Fisch, der sich noch verzweifelt wand, und es kostete den Adler einige Anstrengung, wieder an Höhe zu gewinnen. Einen Augenblick nur dachte Nils, er würde seine Beute fallen lassen. Aber er drehte den Fisch nur mit dem Kopf in den Wind.

Ja, dachte er. Der Fisch hat die Form eines Bootes. Er verteilt den Wind wie der Bug eines Schiffes! Wie klug von dem Adler, sich beim Tragen dieser Last solche Prinzipien zunutze zu machen. Er gewann zusehends an Höhe, während er auf ein Nest in einer alles überragenden Pappel in der Biegung des Flusses vor ihnen zuflog. Nils konnte ein oder zwei kleine Köpfe erkennen, die sich über den Rand der Zweige erhoben, das zurückkehrende Alttier begrüßten und um das Futter bettelten, das es mit sich brachte.

Nils lächelte. Er hatte festgestellt, daß sein Beobachtungsvermögen besser geworden war. Vor nicht allzu langer

Zeit hätte er diesen Adler noch nicht einmal bemerkt, während er jetzt eine tiefe *Freude* über dessen erfolgreiche Jagd verspürte; ihm am liebsten dazu gratuliert hätte. Was war es nur, fragte er sich, was ihm mehr Einblick, mehr Freude an der Welt um ihn herum erlaubte? Er dachte an Odin und seine Fähigkeit, alles und jedes zu sehen und zu verstehen, selbst mit nur einem Auge. Es mußte so sein, daß die Menschen des Stammes die Welt etwas anders betrachteten ... Aber er konnte nicht genau sagen *wie*. Vielleicht wie ein guter Seemann? Im Gegensatz zu einem unerfahrenen, der versuchen würde, gegen den Wind und die Wellen und die Strömung anzukämpfen, hatte dieser gelernt, all diese Kräfte zu nutzen, eins mit ihnen zu werden.

»Du mußt mit seinem Geist reden«, hatte Odin ihm gesagt. Und genau so war es gewesen. Hatte das Gespräch erst einmal begonnen, war das Kanu zu einem Teil von ihm geworden, und er von ihm. Konnte es sein, so fragte er sich jetzt, daß es mit der *Welt* das gleiche war? Irgendwie hatte er sich selbst, genauso wie jeder andere, als außerhalb der Welt seiend empfunden, oder zumindest von ihr getrennt, obwohl er in ihr lebte. War es das, was er in der Art, wie sich das Volk der Welt näherte, sah oder fühlte?

Schließlich dämmerte ihm die Lösung. Es war etwas, das sich nicht in Worte fassen ließ. Aber der Stamm schien nicht das Bedürfnis zu haben, es zu verstehen. Es mußte so sein, als wolle man den Geist eines Kanus verstehen, wenn es zitternd und wackelig die Sinne des Unerfahrenen testete. Dann wurde er eins mit dem Kanu und ...

Nils wurde klar, daß er der Einstellung des Stammes zur Welt jetzt sehr nahe gekommen war. Nicht daß er sie verstanden hätte – das würde ihm vielleicht nie gelingen –, aber er *erlebte* sie, hatte sie, ohne zu wissen, wann oder wie es genau geschehen war, übernommen. Er lebte nicht mehr *in* der Welt als etwas von ihr Geschiedenes, sondern war *Teil* von ihr und sie Teil von ihm. Ihre Geister waren eins geworden, obwohl sie sich noch immer voneinander trennen ließen, und das bereitete ihm sowohl Freude als auch Wohlbefinden, ja sogar eine gewisse Erregung. Er sah mehr, begann die Geister der Kreaturen, die er auf seiner Reise sah, zu spüren, die Stimmung des Bibers zu verstehen, der mit dem Schwanz auf das Wasser eines ruhigen Tümpels schlug, wenn er tauchte.

Zum ersten Mal begriff er die Bedeutung der Entschuldigung für eine Tötung.

Bitte verzeih uns, daß wir dich töten, mein Bruder,
aber unser Leben hängt von deinem Fleisch ab …

Wir sind nicht in der Welt, sondern Teil von ihr! dachte er. Er mußte diese Lektion innerhalb der letzten Jahre gelernt haben; sie hatte seine Sinne geschärft und sein Wahrnehmungsvermögen gesteigert. Dies zu entdecken, empfand er seltsam und aufregend.

»Wolf!« rief Odin ihm zu.

Es lag keine wirkliche Dringlichkeit in der Stimme, nur der Versuch, seine Aufmerksamkeit zu erregen. Nils schaute hinüber, einen Steinwurf weit zu seiner Linken. Schlange, der im Bug von Odins Kanu saß, sagte nichts, sondern wies nur mit seinem Paddel nach Nordwesten. Nils warf einen Blick über seine Schulter. In großer Entfernung lag eine Wolkenbank tief über dem Horizont, grau und häßlich. Nun bemerkte er, daß die Luft stillstand und die warme und sanfte Brise, die sie fast den ganzen Tag über begleitet hatte, erstorben war. Böen aus allen möglichen Richtungen bewegten die Spitzen der Weiden.

»Laß uns ein Lager aufschlagen«, rief Odin und zeigte mit seinem Paddel auf einen langen Wiesenstreifen entlang des Ufers. »Der Regenmacher kommt.«

Ein kalter Wind kam im Nordwesten auf, noch während sie den Strand ansteuerten. Als sie anlegten, hatte die ferne Wolkenbank bereits alarmierende Ausmaße angenommen. Gelbe Blitze flackerten in der blaugrauen Masse auf, in der es tief grollte. Man konnte es eher fühlen als hören. »Regenmachers Trommel«, grunzte Schlange, als er die Kanus weit den Strand hinaufzog.

»Sammelt etwas Holz«, rief Odin. »Wir machen ein Feuer, noch bevor der Regen kommt.«

Wie sich zeigte, hatten sie dazu keine Gelegenheit mehr.

Der Wind blies die Funken fort und löschte sie aus, bevor sie den Zunder anzünden konnten.

»Egal«, rief Odin gegen den immer stärkeren Wind. »Aber ... haltet das Holz trocken!«

Sehr schnell bauten sie ein Behelfslager auf. Die beiden Kanus wurden umgedreht und an einen dünnen Ring von Weiden gelehnt, der nur dürftigen Halt bot. Zumindest würde dies einen Teil des Nordwestwindes, der gegen sie drückte, brechen.

Ihr Gepäck und das hastig zusammengesuchte Feuerholz wurden unter eines der Kanus geschoben, während die Menschen unter dem anderen Schutz suchten. Sie wickelten sich in ihre Decken und drehten dem Ansturm des Sturmes den Rücken zu. Heller Himmel kroch zwischen seine Eltern.

Regenmachers Trommel war wesentlich näher, und den einzelnen Blitzen folgte der Donner jetzt schneller. Die ersten dicken Regentropfen prasselten auf die umgedrehten Kanus nieder. Sie konnten das Herankommen der Sturmfront auf der Oberfläche des Flusses beobachten. Der Wind rührte die glatte Oberfläche zu kleinen Wellen auf. Das Wasser wurde vom niederprasselnden Regen zu Schaum geschlagen.

Die Sturmfront näherte sich ihnen von hinten und drehte in dem Augenblick, als sie sie passierte. Der Regen fegte östlich von ihnen den Fluß entlang, bevor er sich mit voller Kraft auf sie warf.

Auf einer schmalen Landzunge am anderen Ufer des breiten Flusses stand ein einzelner Baum, eine riesige Pappel. Nils beobachtete, wie ein Blitz einen gekrümmten Feuerfinger gleich aus dem glühenden Himmel herabstieß. Er fuhr in die Spitze des Baumes, und die Hälfte des majestätischen Riesen löste sich und krachte schwerfällig zu Boden. Einen Herzschlag später erreichte der betäubende Donner ihre Ohren. In der nächsten Sekunde war die gesamte Szene von einem grauen Vorhang aus peitschendem Regen verdeckt.

»Es ist besser, nicht unter solchen Bäumen zu lagern«, bemerkte Schlange. »Regenmachers Feuerspeere werden von ihnen angezogen.«

Nils war eifrig darauf bedacht, seine Decke um Taube, sich selbst und Hellen Himmel zu legen, und schenkte solcher

Weisheit wenig Aufmerksamkeit. Es war sehr viel später, als Odin ihm versicherte, daß die Pyramidenpappel *tatsächlich* die feurigen Speere des Regenmachers anzog.

Sie kauerten zusammen unter dem Kanu und versuchten so gut es ging, trocken zu bleiben. Der Wind zerrte an ihnen und trieb den Regen manchmal waagerecht vor sich her. Dann herrschte plötzlich Ruhe, und Odin steckte seinen Kopf nach draußen.

»Was ist los?« fragte Rufende Taube.

»Ich weiß es nicht, irgend etwas stimmt nicht«, antwortete Odin. »Der Geist ...«

Sie konnten es alle fühlen. Es lag Erwartung in der ruhigen Luft. Der Himmel glühte in einem seltsamen Grün, und alles, was etwas weiter entfernt war, schien verzerrt und jenseitig.

»Wir sollten jetzt ein Feuer anzünden«, sagte Odin. »Laßt uns unsere Anwesenheit hier bekanntgeben, bevor noch mehr passiert.«

Er zog trockenen Zunder und dünne Zweige unter dem anderen Kanu hervor und holte seine Reibehölzer aus dem Gepäck. Bevor jedoch die Flammen wirklich aufflackerten, durchbrach ein Geräusch die Stille, ein Rumpeln wie ferner Donner. Es wuchs an und ließ die Erde erbeben. Sie tauschten erschrockene Blicke, und Heller Himmel kauerte sich an seine Mutter. Der Lärm glich dem Brüllen von Hunderten von Büffelbullen auf einmal. Das Beängstigende war, daß seine Quelle immer näher zu kommen schien – aus dem Südwesten. Odin beeilte sich, sein Feuer auflodern zu lassen, und Schlange stand mit nach oben gerichteten Armen und geschlossenen Augen da und sang ein Gebet für ihre Sicherheit.

Nils war wie die anderen völlig verwirrt und verängstigt. Dies war ein Geräusch, wie er es noch nie gehört hatte, eine Kombination aus dem Dröhnen der Erde unter ihnen und dem wilden Schrei einer riesigen Kreatur, vermischt mit den Donnerschlägen eines Gewitters, das ohne Pause vorankam.

Nach wenigen Momenten wurde klar, daß die Ursache des Geräusches südlich ihres Lagers vorbeizog. Sie konnten seinen Kurs verfolgen, als es von Südwesten her den Fluß erreichte und ihn dann, scheinbar ohne anzuhalten, überquerte.

Der Sturm hatte wieder eingesetzt, und obwohl sie angestrengt in die Ferne spähten, konnten sie die Quelle dieses entsetzlichen Brüllens nicht ausfindig machen. Ihre Sicht war zum Teil verdeckt durch den dichten Baumbestand flußabwärts, aber auch von den tiefhängenden Wolken, die über das Wasser jagten.

Und dann war das Brüllen ebenso geheimnisvoll, wie es begonnen hatte, verebbt, während es sich gen Osten entfernt hatte. Sie sahen einander ratlos an.

»Was war das?« fragte Nils. Welches riesige, lebende Wesen war vor Wut heulend an ihnen vorübergezogen? Wieder dachte er an die nordischen Geschichten von übernatürlichen Ungeheuern. Nidhug, der große Drachen aus Nifl-heim. War dies das Ende der Welt?

Auch in Schlanges Bemerkung, die er gerade in diesem Moment machte, war keine Zuversicht zu spüren.

»Seltsame Geschöpfe müssen hier leben!«

79

Bis zum nächsten Morgen hatte die kleine Reisegruppe ein wenig von ihrer Zuversicht zurückgewonnen. Der Sturm war vorüber, und der Tag dämmerte hell und sonnig herauf. Jetzt erschienen Nils seine Ängste vom Vortag ein wenig närrisch; sie im neuen Sonnenlicht eines neuen Tages ernst zu nehmen fiel ihm schwer. Vielleicht war es doch nicht so schlimm gewesen. Die Vögel sangen, und der Fluß beantwortete die sanfte Brise in den Weiden in seiner eigenen Sprache. Es war gut.

Keiner sprach von dem furchtbaren Erlebnis des vergangenen Abends. Sie beluden die Kanus und setzten ihre Fahrt fort. Es dauerte jedoch nicht lange, bis das Ereignis ihnen gewaltsam in Erinnerung gebracht wurde. Sie hatten gerade, nur wenige Bogenschüsse weiter flußabwärts, eine Biegung hinter sich gelassen, als Schlange plötzlich nach vorne zeigte.

»Seht!«

Auf dem Westufer des Flusses öffnete sich der Wald in einer Schneise bis zum Wasser hin. Es war keine natürliche Lichtung, sondern eine frisch gerissene Schneise, vielleicht einhundert Schritt breit. Sie zog sich von einem Hügel herunter, der in einiger Entfernung vom Fluß lag. An dessen Kuppe waren alle Bäume aus dem Boden gerissen und nur vereinzelt gezackte Stümpfe stehen geblieben. Einige davon mochten so dick sein, daß ein Mann sie mit seinen Armen gerade noch umfassen konnte.

Nils schauderte. Es fiel nicht schwer, sich eine riesige Kreatur vorzustellen, die aus dem Fluß kroch. Aber nein, hatte sich das Geräusch nicht *auf* den Fluß zubewegt? Vielleicht war es herausgekommen und dann auf demselben Weg zurückgekehrt? Verbarg es sich jetzt direkt *unter* ihnen? Bei diesem Gedanken standen ihm die Haare zu Berge. Der Traum … Nein, dies schien nicht …

»Seht nur! Auf der anderen Seite des Flusses«, sagte Taube mit gepreßter Stimme. »Dort, wo es wieder herausgekrochen ist!«

Alle Augen richteten sich auf das ferne östliche Ufer, an dem sich die Schneise in gerader Linie fortsetzte.

»Es hat den Fluß *überquert!*« meinte Schlange. »Ist es geschwommen?« Es folgte ein Moment des Schweigens, bevor er der ersten Frage, die noch immer unbeantwortet war, eine zweite hinzufügte. »Oder ist es *geflogen?*«

Niemand tauchte mehr die Paddel, die Boote trieben dahin, und ihre Insassen konnten die Blicke nicht von den furchtbaren Spuren der unbekannten Kreatur an beiden Ufern wenden.

»Sollen wir anhalten?« fragte Nils Odin. Der Gedanke an das, was vielleicht in dem trüben Wasser lauern mochte, war nicht gerade beruhigend. Ein derart gigantisches Wesen, gewaltiger als der größte Wal, der jemals gesehen worden war! Und die Bäume … was war mit ihnen geschehen? Hatte das Ungeheuer die riesigen Bäume *gefressen?* Er konnte sich an keinerlei Überlieferung erinnern, was den Speisezettel von Nidhug, dem Drachen, betraf. Er hatte jedoch die Wurzeln der riesigen Esche Yggdrasil, des Lebensbaumes, angenagt. Aber das war sicherlich nur eine Geschichte … oder doch nicht?

»Laßt uns weiterfahren«, schlug Odin vor. »Es gibt keinen Grund, hier auf seinem Wechsel zu bleiben. Vielleicht kommt es zurück.«

Schnell war die frisch geschlagene Schneise durch den Wald außer Sicht. Aber es dauerte seine Zeit, bis alle wieder etwas leichter atmen konnten.

In dieser Nacht schliefen sie in hoffentlich sicherer Entfernung flußabwärts einen erschöpften Schlaf. Nils bezweifelte, daß er sich wirklich ausruhen konnte, und fürchtete sich davor, daß sein Traum zurückkam. Aber es geschah nichts.

Es war am folgenden Abend, als sie eine Ansammlung von Häusern am Ufer erblickten, nicht mehr als vier oder fünf, aber als sie um eine größere Landzunge herumtrieben, tauchten mehr und dann noch mehr auf.

»Eine Stadt!« murmelte Nils mehr zu sich selbst.

Weiter im Norden hatten sie Gerüchte über ein ›großes Lager‹ am Zusammenfluß zweier Flüsse gehört. Ein anderer großer Fluß solle in diesen münden, so wurde behauptet. Und zwischen diesen gebe es ›viele Leute, große Häuser‹. Das Ausmaß dieses Bevölkerungszentrums hatten sie nicht geahnt. Durch den Dunst über dem Fluß konnten sie Erdterrassen und große Wälle ausmachen, die offenbar von Menschenhand errichtet waren, sowie eine Vielzahl großer Gebäude. *Eine Stadt!*

Die meisten dieser Gebilde aus Erde lagen auf der Halbinsel zwischen den beiden Flüssen. Er konnte den Fluß, der sich mit ihrem vereinte, deutlich erkennen. Er war fast genauso breit und schien von Westen zu kommen.

Das andere Kanu kam längsseits.

»Wolf«, rief Odin. Ein wenig Sorge klang in seiner Stimme mit. »Ich denke, daß wir hier nicht anhalten sollten!«

Nils war überrascht. Odin hatte bislang selten gezögert, auf irgend jemanden offen zuzugehen. Was war hier anders?

»Warum?« fragte er erstaunt.

»Laß uns später darüber sprechen«, antwortete Odin hastig. »Laß uns jetzt auf die andere Seite fahren.«

Er wartete noch nicht einmal auf eine Antwort, sondern stieß sein Paddel in das Wasser, und mit einem oder zwei kraftvollen Stößen lenkte er das Boot in die Strömung. Nils folgte ihm. In einem Punkt hatte Odin durchaus recht: Wollten sie die Stadt umgehen, mußten sie jetzt auf die andere Seite, bevor die Strömung sie dorthin trieb.

Als sie auf das Ostufer zuhielten, befanden sie sich beinahe gegenüber den Wällen und Dämmen der Stadt. Den wenigen Booten auf dem Fluß, deren Insassen offensichtlich fischten, würden sie nicht zu nahe kommen.

»Nun«, sprach Nils Odin an. »Was ist los? Warum sind wir auf diese Seite gekommen?«

»Vielleicht gibt es dafür keinen Grund«, sagte Odin, »aber ich denke, es ist richtig so. Menschen, die so etwas bauen, sind sehr mächtig. Wir sind zu wenige, um uns zu verteidigen. Meine Schwester ... dein Sohn ... ich dachte, es wäre einfach sicherer.«

Das schien logisch. Sie hatten keine Möglichkeit herauszufinden, welche Art von König oder Stammesfürst über einen solchen Ort herrschen mochte, und ihre Neugier zu befriedigen konnte durchaus gefährlich werden. Nordmänner waren es gewohnt, von einer Position bewaffneter Stärke aus mit anderen Nationen zusammenzutreffen. Im Gegensatz dazu wußte Odin nur zu genau, was es bedeutete, bei einem solchen Treffen unterlegen zu sein.

»Es ist gut«, stimmte Nils zu. »Laßt uns weiterfahren.«

Bis zu einem gewissen Grad war er enttäuscht. Er hätte es aufregend gefunden, die Straßen dieser Stadt entlangzuwandern, sich ihre Bauten genauer anzuschauen und mit ihren Anführern zu sprechen. Nun, vielleicht bekam er später noch Gelegenheit dazu. Es war offensichtlich, daß ein Langschiff, vielleicht sogar eine *Knorr* den Fluß hinaufsegeln und an einem dieser Dämme anlegen konnte. Das würde er mit den Erikssons erörtern. Wenn sie die Erikssons bald trafen, konnten sie vielleicht noch in diesem Sommer zurückkehren.

Die Stadt blieb hinter ihnen. Abgesehen von ein oder zwei winkenden Bootsleuten, an denen sie vorbeitrieben, gab es keine weiteren Kontakte. Die Häuserdichte nahm ab, und gegen Mittag sahen sie fast gar keine mehr. Es war spät am Abend, als sie zu einer kleinen Gruppe strohbedeckter Häuser kamen und Odin vorschlug, hier eine kleine Weile Rast zu machen.

»Sie können uns vielleicht von den Leuten flußaufwärts berichten«, meinte er.

Die Kanus drehten bei und wurden am Strand von einer Gruppe Menschen, die sich ihnen vorsichtig näherte, begrüßt.

»Sie scheinen freundlich zu sein«, bemerkte Odin, als er seine Handfläche mit dem Zeichen für friedliche Grüße erhob. Es war offensichtlich, daß von einer Gruppe, die mit einer Frau und einem Kind reiste, keine Gefahr drohte, und so zeigten die Menschen nur wenig Mißtrauen.

»Ihr seid Händler?« fragte einer der Männer durch Gesten.

»Nein, nur Reisende«, antwortete Odin ihm.

Die Menschen aus den Hütten wirkten etwas enttäuscht, bedeuteten ihnen aber mit Winken auszusteigen.

»Wohin reist ihr?«

Odin zuckte mit den Achseln und drückte dadurch seine Zweifel aus.

»Wie weit ist es bis zu dem großen salzigen Wasser?« fragte er mit Zeichen.

Die anderen lachten. »Noch oft schlafen«, gab einer zurück. »Vielleicht viele Monde.«

»Viele *Monde?*« fragte Nils laut. »Ist es das, was er gesagt hat?«

»Ja. Ich werde ihn noch mal fragen.«

»Vielleicht nicht Monde«, gab der Mann zur Antwort. »Aber oftmals *schlafen.*«

»Es ist vielleicht weiter weg, als wir denken«, dachte Nils laut nach.

»Stimmt. Aber vielleicht geben sie das nur vor«, antwortete Odin.

»Frag sie nach der Stadt«, schlug Nils vor, und Odin kam der Anregung nach.

»Ja, sehr groß«, antwortete der Mann.

Daraufhin folgte ein reichlich unbefriedigendes Gespräch mit Handzeichen. Sie erfuhren nur, daß die Menschen der Stadt einem anderen Volk angehörten und manchmal gefährlich waren.

»Können sie uns etwas über das Ding, das die Bäume abgebrochen hat, erzählen?« fragte Nils.

Odin gab die Frage weiter, und der Mann nickte aufgeregt.
»Ja, ja ... im Sturm!« bedeutete er.

»Sie wissen davon«, sagte Nils. Er wandte sich an den Mann und benutzte Handzeichen. »Was für eine Art Geschöpf ist das, das große Bäume ißt?«

Als Antwort lachten die anderen.

»Der Wind«, gab ihr Sprecher zurück.

»Nein, kein Wind würde das tun«, protestierte Nils.

»Ja, ja! Windgeist«, beharrten die anderen. »Sehr mächtig!«

Der Mann fuhr mit dem Zeigefinger in einer schnellen kreisenden Bewegung und wies auf den Boden.

»Meint er vielleicht einen Wirbelwind?« wollte Nils wissen.

»Ein besonderer Wind?« Odin stellte die Frage an die anderen.

»Ja, er frißt alles!«

»Aber er ist kein *Tier?*« fragte Nils.

Der Mann sah einen Moment lang zweifelnd drein und schüttelte dann seinen Kopf. »Kein Tier«, bestätigte er. »Windgeist.«

Zumindest beruhigte es sie etwas. Die schreckliche Furcht vor einer unbekannten Kreatur aus den Tiefen des Flusses ließ ein wenig nach. Ein Wind, selbst ein zerstörerischer Wirbelwind, war eine Sache. Eine gigantische Schlange oder ein Drachen oder ein unbekannter Bewohner im Schlamm war durchaus etwas anderes.

»Wir sollten mehr über den unteren Flußlauf in Erfahrung bringen«, regte Nils an. »Nicht seine Entfernung, sondern was uns dort erwartet.«

Odin wandte sich erneut an den Fremden.

»Noch mehr Fluß ... Dörfer ... Leute.« Der Mann benutzte das Handzeichen für Stamm und Volk.

»Gefahr?« fragte Odin.

»Einige.« Der andere zuckte mit den Achseln. »Es gibt immer einige.«

»Welcher Stamm?« fragte Odin.

Der andere Mann wiederholte das Zeichen für Menschen oder Volk, und dann folgten einige Zeichen, die den reisenden unbekannt waren.

»Da, wo wir herkommen, werden wir Flußleute genannt«, berichtete Odin ihm. Es war offensichtlich, daß der Mann mit dieser Aussage nichts anfangen konnte.

»Vielleicht sind alle Menschen hier Flußleute«, sagte Nils. Odin stimmte ihm zu.

»Welche von den Stämmen, von denen du uns berichtet hast, könnten gefährlich sein?« fragte er den Mann.

Als Antwort bekam er einen eigenartigen Blick, gefolgt von einem der Zeichen, das der Mann schon einmal benutzt hatte, das ihnen aber nicht vertraut war. Dabei legte dieser beide Handflächen auf die Stirn und schob sie dann über seinen Kopf, als würde er das Haar zurückkämmen.

»Das kenne ich nicht«, bedeutete Odin. »Haar?«

»Ja«, nickte der andere. »Schneiden ... Haar.«

»Die Leute, die ihr Haar schneiden?«

»Ja. Sehr kurz schneiden.«

»Wo leben diese Menschen?« fragte Odin.

»Flußabwärts. Vielmals schlafen.«

»Bei dem salzigen Wasser?«

»Nein, nicht so weit.«

Sie setzten ihre Fahrt fort, etwas beruhigt über den Wirbelwind. Nils stellte fest, daß dies die einzige beruhigende Information war, die sie bekommen hatten.

80

Von dem Windgeschöpf, das eine solche Schneise der Zerstörung in den Wald geschlagen hatte, sahen sie nichts mehr. Nils konnte nicht anders, als sich zu fragen, was mit Menschen geschah, deren Häuser oder Dörfer zufällig in seinem Weg lagen. Eine Kraft, die mächtige Eichen und Ahornbäume entwurzeln konnte, würde wohl vor nichts haltmachen. Die tiefverankerten Erdhäuser des Stammes, so seltsam sie ihm zu Anfang auch vorgekommen waren, schienen nun eine durchaus praktische Antwort auf solche Bedrohung zu sein.

Die anderen sprachen nur sehr wenig von diesem Erlebnis.

Sie waren dankbar, einer Gefahr entkommen zu sein, und da gab es nichts mehr zu bereden.

»Da gab es nichts, was wir hätten tun können, Wolf«, sagte Taube. »Warum sollten wir uns darüber noch Gedanken machen? Es geschieht so oder so, nicht wahr?«

Diese Sichtweise schien sinnvoll. Sie leugnete weder die Gefahr, noch ergab sie sich ihr in hilfloser Resignation. In einem Notfall, in dem man etwas tun *konnte,* wäre es immer gut, irgendein Stammesmitglied an seiner Seite zu wissen. Auf vielerlei Weise erinnerte ihn diese Einstellung wieder an seinen Großvater: *Tu, was du kannst, und stelle dich dem Rest ohne Bedauern.* Großvater hätte dieses Volk gemocht.

Was für eine seltsame Vorstellung, sagte er zu sich selbst.

Aber es gab noch vieles mehr, das ihn beschäftigte: die Reise, die gelegentlichen Ruhepausen von ein oder zwei Tagen, um frisches Fleisch zu erbeuten; das warme Sonnenlicht auf dem Fluß, kühle Abende am Lagerfeuer, Nächte, in denen der Mond fast voll war und die Welt in Silber badete … Und natürlich auch die Fragen, die seine Gedanken in Aufregung versetzten: Wo waren seine eigenen Leute? Würde er die Erikssons tatsächlich treffen? Welcher der beiden Brüder mochte die südlichen Küsten bis zur Mündung des großen Flusses erforschen? Leif, manchmal auch Leif der Glückliche genannt, war auf seinen Reisen gewiß kühn und mutig genug, vom Glück begünstigt. Nils hatte ihn selbst niemals kennengelernt, aber die Begeisterung seines jüngeren Bruders, Thorwald, hatte ihn tief beeindruckt. Dieser war allerdings wesentlich mehr an der Erforschung des Landes, das sie Vinland nannten, interessiert.

Ja, wahrscheinlich würde Thorwald derjenige sein, der versuchen würde, die Küste zu kartographieren; Leif würde wahrscheinlich eher die Inseln kolonisieren. Nils stellte sich erneut vor, auf welch amüsante Weise er Thorwald begrüßen würde. *Einen guten Tag, Thorwald. Wie geht es Dir?* Er lächelte bei dem Gedanken an die Überraschung, die sich auf dem Gesicht Erikssons abzeichnen würde.

Natürlich konnte ihr Treffen auch ganz anders ablaufen. Vielleicht würden sie ihn in einer ähnlichen Siedlung wie Straumfjord vorfinden. Er hatte keine Ahnung, wer der

Anführer einer solchen Kolonie sein konnte. Nun, er würde es sehen ...

Von Zeit zu Zeit machte er sich leichte Sorgen: Keiner der Eingeborenen, mit denen sie Kontakt aufgenommen hatten, schien auch nur zu ahnen, wie weit es noch bis zum Ozean war. Noch immer reisten sie auf dem Fluß, der sie zurück ins Meer bringen würde; und er begann, sich zu fragen, ob er vielleicht in ein Meer floß, das auf der *entgegengesetzten* Seite dieses unbekannten Landes lag. Verschiedene Dinge jedoch sprachen dagegen. Der andere Fluß, der in den ihren gemündet war, kam aus dem *Westen.* Seine Größe ließ auf weites Hinterland schließen. Außerdem fuhren sie noch immer fast direkt in südliche Richtung. Wäre der Fluß inzwischen nach Westen abgebogen, hätte Nils davon ausgehen müssen, daß seine Theorie falsch war – und wäre umgekehrt.

Als er diese Möglichkeit erwog, fiel ihm ein, daß Odin nicht gesagt hatte, wann er und Schlange umkehren wollten. Schließlich fragte Nils ihn. »Ich weiß es nicht, Wolf. Ich hab' gedacht, vielleicht jetzt um diese Zeit. Willst du zurückfahren?«

»Nein, nein, ich dachte nur ... Du bist jetzt schon lange von deiner Familie getrennt ...« In Wahrheit hatte er eine Rückkehr überhaupt noch nicht in Erwägung gezogen, wurde aber nun gezwungen, darüber nachzudenken. Vielleicht war diese Sache einfach eine Nummer zu groß für ihn. Es stand bereits fest, daß Vinland wesentlich größer war, als irgendeiner von ihnen es sich hatte vorstellen können. »Meinst du, wir sollten?« fragte Nils.

Odin zuckte zweifelnd mit den Achseln.

»Vielleicht fahren wir noch ein bißchen weiter. Was Schlange und mich anbetrifft, meine ich. Du kannst dann weiterfahren oder mit uns umkehren. Was sagt Taube?«

»Ich habe noch nicht mit ihr darüber gesprochen, aber ich werde es tun.«

Doch er schob dieses Gespräch immer wieder hinaus. Er wußte nicht genau, warum – abgesehen davon, daß er sich nicht sicher war, was Taube wollte; eigentlich, weil er sich nicht länger sicher war, was er selbst wollte. Die Reise war angenehm und leicht. Flußaufwärts zurückzukehren würde sehr viel schwieriger werden. Es hatte einige wenige Sommerstürme gegeben, wenn auch keiner so schlimm gewesen war wie jener erste, als diese Windkreatur sich ihren Weg durch den Wald gebahnt hatte. Tag für Tag stellte er die Entscheidung zurück. Auch Odin schien nicht willens umzukehren.

»Noch ein wenig weiter«, sagte er jedesmal. »Dann werden Schlange und ich zurückkehren.«

Aber sie taten es nicht. Inzwischen war es Mitte des Sommers, und sie hatten einen langen Weg zurückgelegt. Nils wurde immer enttäuschter. Erst gestern hatten sie wieder eine Stadt, wie jene an dem Zusammenfluß der beiden Flüsse, passiert. Und wieder wollten sie nicht haltmachen, weil ihre Gruppe so verwundbar war. So hatten sie sich jedesmal, wenn sie an einer solchen Siedlung vorbeigekommen waren, verhalten, und im vergangenen Mond waren es vier oder fünf gewesen. Jedesmal hatte Nils die Hafenanlagen beobachtet und sich gefragt, ob Schiffe hier anlegen konnten. An einigen Stellen hielt er dies durchaus für möglich. Wie herrlich wäre es, um eine Flußbiegung zu kommen und auf eines der nordischen Langschiffe an einer Werft irgendeiner dieser unbekannten Städte hier auf dem großen Fluß zu treffen! Zu schön gewesen, um wahr zu sein!

Sie unterbrachen ihre Reise ein weiteres Mal, um die Bewohner von strohgedeckten Häusern am westlichen Ufer zu befragen. Das Gespräch gestaltete sich wie üblich. Man unterhielt sich mit Handzeichen, und sie erhielten nur wenige Antworten, die sie zuvor noch nicht gehört hatten. Ja, es gab dort ein salziges Meer, das große Wasser. Weit flußabwärts? Wie weit? – Noch viele Male schlafen. Was noch? Ein großer Fluß aus dem Westen, der mit diesem zusammenfließt … zwei, vielleicht drei Nächte entfernt.

Nils war verwirrt. Für einen Moment hatte er das Gefühl, als wiederholten sich Abschnitte ihrer Reise. Sie war nicht unerfreulich gewesen, abgesehen von ein oder zwei Stürmen, aber langsam wurde er doch ungeduldig. *Nichts passiert,* dachte er verärgert. *Es ist jeden Tag dasselbe, Tag für Tag.*

Manchmal hatte er das Gefühl, als ob der Fluß im Kreis flöße und sie dazu verdammt wären, für immer und ewig zu reisen, alle paar Tage haltzumachen und mit Handzeichen Gespräche zu führen, die genauso verliefen wie das letzte. Sie schienen ihrem Ziel nicht näher gekommen zu sein. Vielleicht hätte er darauf *bestehen* sollen, daß sie in einer der Städte anhielten. Ihre Bewohner hatten sicherlich mehr Erfahrung mit Händlern und wußten vielleicht auch, was an anderen Orten vor sich ging. Sie mochten sogar von Kontakten mit Nordmännern flußabwärts wissen. Es lag vornehmlich an Odins Widerwillen, daß sie nicht in einer jener Städte angelegt hatten. Auch das war untypisch für diesen Mann. Wußte Odin etwas, das er nicht weitergab? Schließlich fragte Nils ihn direkt.

»Nein«, antwortete Odin offen. »Aber ich bin der Meinung, daß keine Hilfe, die wir dort bekommen könnten, die Größe der Gefahr, die uns dort drohen könnte, aufwiegt.«

Er sagte dies mit solcher Überzeugung, daß Nils die Sache nicht weiter verfolgte. Als Familienvater hatte Odin sich sehr verändert. Er war vorsichtiger geworden und nahm weniger leicht ein Risiko auf sich als früher. In gewissem Sinne fragte Nils sich, warum Odin überhaupt zugestimmt hatte, sie zu begleiten. Vielleicht hatte das Gefühl der Verantwortung gegenüber seiner Schwester Taube oder gegenüber seinem Fast-Bruder, Weißem Wolf, den Ausschlag gegeben. Odin hatte ihm vor langer Zeit einmal das Leben gerettet, aber es mußte eine schwere Entscheidung gewesen sein, seine Familie zu verlassen, um dem, was Odin als seine Verantwortung ansah, nachzukommen.

Aber dennoch. Noch bevor sie eine weitere Stadt sahen, nahm Nils sich vor, Odin von der Bedeutung einer Befragung ihrer Bewohner zu überzeugen. Wenn nicht, würde es wohl so wie jetzt endlos weitergehen.

Bei ihrem letzten Aufenthalt war ihnen von einem weiteren großen Fluß berichtet worden. Er versuchte, auf einer Karte die Mündungen der Ströme, an denen sie entlanggekommen waren, zu skizzieren. Die hier lebenden Menschen schienen vor allem von der *Größe* des Flusses, der sie nach zwei oder drei Tagesreisen erwartete, beeindruckt zu sein. Vielleicht mußte Nils ein weiteres Mal seine Vorstellung von der Größe Vinlands revidieren. Alles, was sie bisher gesehen hatten, deutete auf eine riesige Weite des Landes im Westen hin. Nun, sie würden es bald wissen, zumindest bezüglich des Flusses.

Sie erkundigten sich auch nach anderen Gefahren im weiteren Flußverlauf. Nehmt euch vor Stürmen in acht, wurde ihnen gesagt. *Natürlich,* dachte Nils verärgert, *das ist uns bereits bekannt!*

»Ach ja«, fügte der andere noch in Handzeichen hinzu, als sei es ihm gerade eingefallen, »ihr wißt, welche Menschen dort leben?«

»Was für Menschen?« fragte Odin ihn mit Zeichen.

Die Antwort war das Zeichen für Stamm oder Nation, gefolgt von einem, das sie nicht zum ersten Mal sahen. Es war das Handzeichen, als würde man das Haar über die Stirn nach hinten wegstreichen oder wegschneiden.

»Die Haarschneider leben flußabwärts?« fragte Nils.

Der andere nickte.

»Jenseits der Mündung des großen Flusses«, erklärte ihnen der Mann. »Wo die beiden zusammenfließen.«

»Und sind sie gefährlich?« fragte Nils.

»Manchmal. Manchmal nicht.«

So, die Haarlosen waren also in der Gegend, zwei Nächte stromabwärts, und sie konnten gefährlich sein – zumindest waren sie nach Angaben dieses Mannes unberechenbar.

Aus irgendeinem Grund hatte sich Nils bei dieser Nachricht gut gefühlt. Zumindest bedeutete es eine Chance. Selbst etwas Riskantes kam ihm besser vor, als die ewige Gleichförmigkeit, die ihm so unerträglich geworden war.

Und außerdem bot sich hier noch eine weitere Möglichkeit: Eine so große und weithin bekannte Nation, die selbst viele Nächte stromaufwärts bekannt war, mußte große Macht besitzen – und auch gute Kenntnisse über das Land. Vielleicht wußten sie von dem fernen Meer und vielleicht sogar von Drachenschiffen.

Nils hoffte, Odin von der Bedeutung dieser Kontaktaufnahme überzeugen zu können. Er mußte mit ihm sprechen, noch bevor sie diesen neuen ›großen Fluß‹ erreichten.

81

Das schlechte Wetter kam unerwartet. Anfangs fiel nur ein leichter Regen, der mit der wilden Attacke und dem zerstörerischen Wirbelwind flußaufwärts überhaupt nichts gemein hatte.

Jener Angriff der Mächte von Regenmacher, an den sie sich so gut erinnern konnten, war mit lautem Getöse über sie hereingebrochen, mit grollendem Donner und Feuerspeeren. Diese Schlechtwetterfront jedoch kam während der Nacht fast unmerklich herangekrochen. Sie wachten auf und fanden die Welt von einer grauen Decke aus tiefhängenden Wolken bedeckt, still und düster. Sie hingen über ihnen, schwarz und drohend, weiter nichts. Alles schien zu warten.

Als der Regen einsetzte, konnte man ihn kaum wahrnehmen. Die Windrichtung wechselte nicht, weil es überhaupt keinen Wind gab. Der feine Nebel, der in der Luft schwebte, schien mehr ein schwerer Tau zu sein, der sich auf die Blätter und Büsche um sie herum und auf die umgedrehten Kanus legte. Die Wassertropfen wurden immer größer, bis sie unter ihrem eigenen Gewicht von den Blättern rollten und auf dem Boden zerplatzten.

Das Lagerfeuer bildete in dieser feuchten Welt eine Quelle der Annehmlichkeit. Die kleine Reisegruppe kauerte sich unter den notdürftigen Schutz der Kanus um die Flammen. Es war nicht wirklich kalt an diesem Morgen, aber der Anblick der Nebelschatten war deprimierend. Die Feuchtigkeit ging jedoch bis auf die Knochen.

Sie hatten nur wenig Feuerholz, denn eigentlich wollten sie im Morgengrauen aufbrechen. Nun schien eine Weiterfahrt allerdings nicht empfehlenswert. Sie wagten sich gerade lange genug hinaus, um mehr Holz zusammenzusuchen. Es war natürlich feucht und naß, aber Schlange schichtete einiges davon rund um das Lagerfeuer, so daß es trocknen konnte, bis es gebraucht wurde. Die Flammen zischten und knisterten, der Dampf vermischte sich mit dem aufsteigenden Rauch und legte sich über den dunkel vor sich hin brütenden Fluß.

Gegen Mittag hatte es sich eingeregnet. Kein heftiger, peitschender Regen, wie sie ihn schon früher erlebt hatten, sondern ein stetes, gleichbleibendes Prasseln, das kein Ende zu nehmen schien. Er hielt bis in die Nacht an. Das erste Tageslicht des nächsten Morgens enthüllte ihnen nur wenig Veränderung. Sie begannen, sich über eine drohende Überflutung Gedanken zu machen.

»Sollen wir uns in höheres Gelände zurückziehen?« fragte Schlange in die Runde.

Schließlich antwortete Odin ihm. »Das Tal ist breit. Wenn das Wasser steigt, so steigt es langsam, nicht wahr? Wir haben dann Zeit genug.«

Dies schien eine logische Schlußfolgerung zu sein. Sie richteten sich darauf ein, weiter zu warten. Am Abend des zweiten Tages wurde Nils ungeduldig. Er wußte sehr gut, daß es unklug war, sich während schlechten Wetters auf unbekannte Wasser hinauszuwagen, aber ... Nun, vielleicht war es morgen endlich besser. Aus irgendeinem Grund dachte er an einen alten Seemannsspruch, den er oft von seinem Großvater gehört hatte. *Drei Tage Regen leeren jeden Himmel.* Galt eine solche Weisheit auch in diesem seltsamen Land, dieser neuen Welt?

Er wußte es nicht, aber während dieses Sommers auf Reisen hatte er gewisse Eigenarten dieses Landes bemerkt, wobei ihm seine Erfahrungen auf See beträchtlich halfen – solche Dinge waren Seemännern zur zweiten Natur geworden. Alle Unwetter schienen hier aus dem Westen zu kommen; manchmal mehr aus dem Nordwesten, hin und wieder auch aus dem Südwesten, aber es gab eine generelle Wetterregel. Mit diesem Gedanken im Hinterkopf begann er, den westlichen Horizont zu beobachten, um herauszufinden, ob einige Fetzen helleren Blaus ein Ende des Regens ankündigten.

Dieses Mal suchte er vergeblich nach einem solchen Zeichen. Die graue, schwere Wolkendecke schien einfach bewegungslos dort zu hängen. Er hatte das seltsame Gefühl, daß ihr Gewicht jeden Wechsel verhinderte. Vom Charakter her war sie sanft und massig und breit. *Wie weit nach Westen dehnt sie sich aus?* fragte er sich.

Sie ähnelte einer Person, deren Ausmaße so groß waren,

daß sie sich nur langsam bewegen konnte. Er oder *sie* … Frau Johannson, eine Freundin seiner Mutter, kam ihm in den Sinn, denn sie war so fett gewesen, daß er ihre Größe bestaunt hatte, als er noch ein kleines Kind gewesen war. »Groß«, sagte seine Mutter immer, aber Nils wußte … *fett*. Die Beine der Frau glichen Schinken, und ihre Oberarme waren dicker als Nils' Taille. Es war faszinierend, die Frau zu beobachten, wenn sie aus einem Stuhl aufstand, und ihr Fleisch wabbelte und schwabbelte. Seine Mutter hatte ihn ermahnt, sie nicht anzustarren, aber das war ihm sehr schwergefallen.

Er lächelte trostlos. Es war amüsant, wie seine Kindheitserinnerungen zu den seltsamsten Zeiten wieder auftauchten.

Am Morgen des vierten Tages gab es Anzeichen für ein Ausdünnen der Wolken im Westen. Wenn sie weiterfuhren, konnten sie vielleicht unter dieser verdammten grauen Decke hindurchschlüpfen. Sie entschieden sich, einen Versuch zu wagen, und waren schnell wieder auf dem Fluß. Sie machten sich die Hauptströmung in der Mitte des Flusses zunutze. Erfreulicherweise schwamm dort nur wenig Treibgut; demnach würde das Wasser nicht weiter ansteigen; zurückgehendes Wasser lagerte die Trümmer an den Ufern ab.

Erst am späten Nachmittag keimte in Nils der Verdacht auf, daß doch nicht alles zum Besten stand. Eigentlich hätte der Himmel inzwischen längst klar sein müssen. Aber die blauen Flecken, die sich dann und wann gezeigt hatten, waren stets schnell wieder verschwunden. Es wurde wieder dunkler, die Wolkendecke schien sich gesenkt zu haben und wirkte bedrohlicher. Er wollte gerade vorschlagen, nach einem Lagerplatz zu suchen, bevor der Regen wieder anfing, als Odin mit seinem Paddel nach vorne wies. Nach vorne und nach rechts. Von ihrer Position so tief auf dem Wasser war es schwierig, weit zu sehen, aber Nils erfaßte die Situation schnell. Selbst in diesem trüben Licht konnte er erkennen, daß sich der große Strom plötzlich weitete. Sollte dies der Ozean sein, den sie suchten? Nein, natürlich nicht. Der erwartete Fluß vom Westen? Ja, dies mußte seine Mündung sein. Nun konnte er vage eine Baumreihe auf dem anderen Ufer ausmachen. Eine Nebelbank oder vielleicht auch ein kleiner Regenschauer schien sich auf sie zuzubewegen.

»Laß uns das Ufer anfahren«, rief Odin.

Sie drehten in Richtung Westufer, um irgendwo anzulegen, bevor sie in die Strömungen der zusammenfließenden Wassermassen gerieten. Aber es war schon zu spät. Nils merkte bald, daß sie in die Mündung hineingetrieben wurden und nicht mehr anlegen konnten, aber er machte sich deswegen keine großen Sorgen. Sie würden einfach in der Hauptströmung bleiben, bis sie die Mündung passiert hatten. Er wollte Odin gerade seine Überlegungen mitteilen, als dieser ihm zu verstehen gab, daß sie weiter flußabwärts anlegen würden.

Nun konnte Nils auch die Stelle sehen, an der die Wasser sich zu vermischen begannen, denn ihre Farben waren anders – der mitgeführte Schlamm wies eine unterschiedliche Schattierung von Rotbraun auf. In der Mitte des Flusses aus dem Westen schwamm viel Treibgut, ganze Haufen ineinander verkeilter Zweige, Blätter, Grassoden – Müll, der vom steigenden Wasser mitgerissen wird. Manchmal auch größere Baumstämme, umgestürzte Bäume und oder auch der aufgeblähte Kadaver eines kleineren Tieres. *Die Flut steigt doch,* dachte er, ohne ernsthaft beunruhigt zu sein.

Das änderte sich schlagartig, als er sah, wie sich die Oberfläche des Flusses direkt vor ihm, dort, wo die beiden mächtigen Strömungen aufeinandertrafen, in eine Unzahl heimtückischer Wirbel und Strudel verwandelte. Baumstämme und anderes Treibgut wurden in die Strudel hineingezogen und unter Wasser gesogen. Die leichteren, schwimmfähigeren Trümmer würden dahinter wieder an die Oberfläche stoßen, die schweren ein Stück weiter flußabwärts.

»Nach links rüber!« schrie er Odin zu, der etwas rechts hinter ihm fuhr. Wenn sie wieder weit genug in die Hauptströmung ihres Flusses kamen, konnten sie die gefährlichen Punkte umgehen.

Vor ihm versuchte Taube bereits, den Kurs zu ändern. Nils kam ihr zu Hilfe. In ihrem Eifer taten sie aber zuviel des Guten. Die mächtige Strömung erfaßte das Heck des Kanus, riß es nach rechts, fast breitseits zur Strömung des Flusses. Nils kämpfte verzweifelt um die Kontrolle über das jetzt unstabile Kanu. Ein schneller Blick zurück zeigte ihm, daß Odin und Schlange direkt auf eine wirbelnde Masse aus

Baumstämmen, Ästen und Müll zugezogen wurden. Dann hatte Nils keine Zeit mehr, an etwas anderes zu denken als an die Gefahr, die seinem eigenen Kanu drohte.

Er schaffte es schließlich, den Bug zumindest zum Teil wieder in eine Linie mit dem Strom zu bringen. Die alarmierenden Schwingungen des Bootes ließen etwas nach, und er konnte wieder einen Blick vorauswerfen. Sie waren fast weit genug nach links geraten, um dem berechenbaren Wirbel der sich vermischenden Strömung zu entkommen. Ein wenig weiter nach ...

Genau in diesem Moment passierte es. Direkt vor ihnen drehte sich ein großer Strudel. Vielleicht lag dort eine Sandbank tief unter der Oberfläche. In dem riesigen Mahlstrom tanzten lange Baumstämme und Trümmer herum wie lebende Wesen und wurden unter Wasser gesogen. Vergeblich bemühte er sich zu manövrieren.

Dann sah er zu seinem Entsetzen einen großen, klauenähnlichen Arm aus den kreisenden Wassermassen auftauchen und nach dem Kanu greifen. Es war natürlich nur der Ast eines riesigen, alten Baumes, der von der mächtigen Strömung getragen wurde. Aber seine zerbrochenen Zweige hatten eine deutliche Ähnlichkeit mit zugreifenden Fingern. Als Taube sich unter einem Ast hindurchduckte, versuchte er, seitwärts vorbeizukommen, aber es gelang ihm nicht mehr, denn neben ihm stieg ein anderer zerbrochener Stumpf aus den Tiefen empor, nahe genug, um ihn zu berühren. Seine verrottende Rinde glitzerte vor Schlamm und Schleim. Der Stumpf knirschte an der Seite des Kanus entlang, knurrte wie ein lebendes Tier. Das Kanu erschauerte unter diesem neuen Angriff, und ein Ast des alten Riesen durchstieß seinen Boden, spießte es auf und riß es mit sich.

In panischem Entsetzen erkannte Nils, daß die Strömung den Baum erfaßt hatte, und im gleichen Augenblick wurde das Kanu langsam gedreht und unter Wasser gezogen. Er hörte Hellen Himmel schreien, der Schrei scharf abgeschnitten, als das Wasser sich über dem Kind schloß, und er sah noch, wie Taube einen Satz nach vorne machte, um nach dem Jungen zu greifen. Und dann wurde er selbst hinuntergezogen. Er trat um sich und kämpfte verzweifelt darum, sich aus den Greifarmen der Kreatur seines Traumes zu befreien. Dies war also die Bedeutung des Traumes gewesen. *Nicht* der riesige Blutegel ... Natürlich ... *Dies!* Er kämpfte orientierungslos, ohne zu wissen, wo die Wasseroberfläche war ... Panik ...

So war es also, zu ertrinken ...

82

Rufende Taube war eine gute Schwimmerin. Sie gehörte zum Volk der Flußleute und hatte ihr gesamtes Leben am Wasser verbracht. Die Kinder des Volkes konnten fast schwimmen, noch bevor sie gehen lernten. Als das Unglück seinen Anfang nahm, hatte sie nicht sofort Angst um ihre eigene Sicherheit. Sie besaß das Selbstvertrauen, das in solchen Notfällen notwendig war. Sie wußte oder glaubte zumindest, daß sie sich selbst retten konnte. Ihre Sorge galt zunächst einmal ihrem Sohn und dann ihrem Ehemann.

Sie machte einen Satz nach vorne, griff nach dem Jungen, bevor er nach unten gezogen wurde, und befreite sich selbst mit Tritten von dem vertrackten Kanu. Ihre Schulter prallte gegen einen der Äste des sich drehenden Baumes, und sie stieß sich von ihm ab, während sie einen Blick nach hinten warf. Sie sah, wie Weißer Wolf unter Wasser gezogen wurde, gefangen in den klauenartigen Zweigen. Sie wollte vor Qual aufschreien, gab aber keinen Laut von sich. Es wäre nicht angemessen, ihre Kraft auf etwas so Sinnloses zu verschwenden.

Sie schwamm Richtung Ufer und hielt dabei Hellen Himmel mit einer Hand fest. Er selbst half, schwamm mit starken Zügen. Sie empfand einen momentanen Stolz auf seine Fähigkeiten und sein Durchhaltevermögen. Ihr Herz und ihr Geist suchten nach ihrem Mann, aber sie war im Moment nicht in der Lage, sich darauf zu konzentrieren. Sie versicherte sich selbst, daß er stark und tapfer war und daß seine Kräfte als heiliger Mann ihm helfen würden. Zumindest hoffte sie verzweifelt, daß es so sein möge.

Mutter und Sohn wurden von der Strömung rasch flußabwärts getragen, und Taube kämpfte darum, deren Sog zu entkommen. Wenn sie nur die ruhigeren Gewässer in der Nähe des Ufers erreichen könnte, wäre es nicht mehr so anstrengend. Sie fühlte, daß Himmel bereits ermüdete. Das andere Kanu konnte sie nicht entdecken. Zu allem Übel ging plötzlich ein Regenschauer nieder, der ihnen fast die Sicht nahm und die Oberfläche des Flusses zu schaumiger Gischt aufrührte.

Aus dem Nebel und Regen tauchte ein Baumstamm auf, der wie jedes andere Stück Treibgut flußabwärts getragen wurde. Taube hielt darauf zu. Dieser hier war nicht wie der mächtige Baum mit den klauenartigen Ästen. Es war eher ein Baumstumpf, nicht länger als vier Schritte und teilweise verrottet. Man konnte beinahe seine Arme um ihn legen. Sie griff nach einem kurzen Aststumpf, der aus seinem Stamm ragte und legte Himmels Hand darauf. Er griff eifrig danach und hielt sich fest.

»Klettere nicht hinauf«, mahnte Taube. »Halt dich nur fest.«

»Sieh nur«, sagte Himmel und wies mit einer Bewegung seines Kopfes die Richtung.

Dort, am anderen Ende des Baumstammes, saß zusammengekauert eine lange, gefleckte Großkatze. Sie war um einiges größer als der Junge und potentiell recht gefährlich. Ein Luchs, ein Tier, das bekannt war für seine Wildheit, wenn man es in die Enge trieb; ebenso für seine Schnelligkeit – und für seine Unberechenbarkeit.

Taube fixierte die gelben Augen und bemerkte die flach an den Kopf gelegten Ohren. Das Tier war bereit zum Kampf.

»Bewege dich vorsichtig«, mahnte sie Himmel leise. »Oder beweg dich gar nicht.«

Die Katze bleckte ihre Zähne mit einem herausfordernden Knurren, rührte sich aber nicht. »Mein Bruder«, sagte Taube sanft. »Wir haben dasselbe Problem wie du. Wir wollen den Baumstamm mit dir eine Zeitlang teilen, und dann gehen wir wieder getrennte Wege, nicht wahr?«

Die einzige Reaktion war ein tiefes Zischen und der fortgesetzte starre Blick.

»Es ist gut«, sagte sie, als hätte sie die ersehnte Antwort bekommen.

Sehr langsam und bedächtig begann sie zu schwimmen und stieß den Stamm vor sich her, auf das nicht sichtbare westliche Ufer zu. Sie hielt inne, um einen Blick auf ihre Umgebung zu werfen, nach irgendeinem Zeichen von den anderen, aber sie sah nichts. Einmal vermeinte sie, einen Ruf zu hören. Sie hätte gern geantwortet, wagte aber nicht, die Katze am anderen Ende des Baumstammes in Aufregung zu versetzen. Das Tier konnte sich nur zu leicht bedroht fühlen und sich entschließen, die Menschen anzugreifen.

Es schien eine Weile vergangen zu sein, bevor der Regenvorhang sich etwas lüftete und eine Reihe von Weiden vor ihnen enthüllte. Und es dauerte noch länger, bis sie sich dem Ufer näherten. Sie hatte wahrscheinlich gar keine Wahl, würde aber wenigstens versuchen, an einer Stelle an Land zu gehen, an der sie sich nicht gerade einen Weg durch ein Dickicht erkämpfen mußten.

Vor ihnen tauchte eine Sandbank auf. Fast gleichzeitig lief der Baumstamm mit einem Stoß, der sich eher fühlen als hören ließ, auf Grund. Im selben Moment sprang die große gefleckte Katze auf die Sandbank und war im nächsten bereits im Dickicht am Ufer verschwunden.

Nun konnte sie sich bemerkbar machen, ohne Angst davor zu haben, irgend etwas Schlimmeres heraufzubeschwören. Sie gab einen langen Ruf von sich, wartete auf Antwort und versuchte es nochmals. Aber sie vernahm nur das leise Murmeln des Flusses und die Schreie der Vögel, als diese nach dem Regen hervorkamen.

Nun, sie würde es später noch einmal versuchen. Jetzt gab es anderes zu tun. Sie mußte versuchen, ein Feuer zu entzünden, was mit dem durchfeuchteten Holz nicht einfach sein würde.

»Komm, Himmel, wir müssen ein bißchen trockenen Zunder suchen.«

»Wird mein Vater uns finden?« fragte der Junge mit klappernden Zähnen.

»Natürlich. Wolf kann alles. Wir müssen ein Feuer machen, um ihn zu leiten.«

Taube wünschte, sie wäre so selbstsicher, wie sie sich dem Kind gegenüber gab. Aber dies war gewiß nicht der rechte Zeitpunkt, um zu trauern. *Wir sind getrennt worden,* sagte sie sich, *das ist alles.* Es war unmöglich für sie, von ihrem Mann, der so kühn und stark war, anderes anzunehmen. War er nicht in seinem Volk ein Anführer gewesen? Odin setzte großes Vertrauen in ihn, oder nicht?

Sie vermochte jedoch das letzte Bild von ihm, als er hinten im Kanu gesessen und versucht hatte, die klauenartigen Arme des alten Baumes abzuwehren, nicht aus ihren Gedanken zu verbannen. Die Äste und Zweige hatten nach ihm gegriffen wie ein lebendes Wesen, das auf seine Vernichtung aus war. Sie war sich sicher, daß das Kanu zerstört war. Sie hatte es auseinanderbrechen hören. Eine Träne stieg ihr ins Auge, als sie daran dachte, wie ihr Mann hinuntergezogen wurde …

Ich will so etwas nicht denken, herrschte sie sich selbst an. Das wäre nicht nur illoyal, sondern sie schuldete es auch ihrem Sohn, irgendwelche Zweifel, die sie vielleicht hegte, nicht offen zu zeigen.

Und wie war es den anderen ergangen? Sie hatte keine Ahnung. Odins Kanu war nicht in diesen heimtückischen Strudel geraten. Oder doch? Sie hatte kaum etwas sehen können, so schnell war alles gegangen.

»Komm«, sagte sie zu Himmel. »Da liegt ein Baumstamm, in dem vielleicht ein Mäusenest ist.«

Das könnte als Zunder dienen, dachte sie. *Wenn wir eines finden.* Aber dann würde sie auch trockene Zweige und etwas weiches Holz für die Reibhölzer benötigen. Sie besaß ein schmales Messer, das sie immer in einem Beutel an ihrer Taille trug. Glücklicherweise hatte sie es nicht verloren. Aber der Tag neigte sich dem Ende zu, denn sie hatten schon eine ganze Weile auf dem Fluß verbracht, bevor das Unglück geschah.

Und wo sollten sie ihr Lager aufschlagen? Die Sandbank wäre der beste Platz für ein Signalfeuer, das von jedem auf dem Fluß gesehen werden konnte. Aber die Flut stieg noch immer. Vielleicht stand sie gegen Morgen bereits unter Wasser. Nun, sie besaßen ja noch nicht einmal ein Feuer. Sie mußte eines in höherem Gelände anzünden und dann ein weiteres auf der Sandbank machen …

»Wir werden hier lagern«, sagte sie und wies auf eine teilweise geschützte Graskuppe. Sie verwendete einen Augenblick darauf, eine Rückzugsroute zu höher gelegenem Gelände festzulegen für den Fall … Nun, dazu würde es vielleicht gar nicht kommen.

Bei jeder Gelegenheit ließ sie ihren Blick über den Fluß schweifen und hoffte auf irgendein Zeichen, aber es gab nichts. Schließlich wandte sie sich den vordringlichen Aufgaben zu. Ohne ein Feuer würde es eine kalte, lange Nacht werden. Selbst in diesem warmen Herbst konnte die nächtliche Kühle recht unangenehm werden, und sie besaßen keine Decken mehr. All die Dinge, die ihnen das Leben bequemer gemacht hätten, lagen wahrscheinlich auf dem Grund des Flusses oder hatten sich in irgendeinem Gewirr von Treibholz weit flußabwärts verfangen. Ein langer, toter Baumstamm lieferte ihnen nicht nur den trockenen, fein zerbissenen Zunder eines Mäusenestes, sondern auch einen ganzen Armvoll kleiner, trockener Zweige, die eine Buschschwanzratte dort versteckt hatte. Taube stellte behelfsmäßige Reibstöckchen her, und nach einer kurzen Weile, es dämmerte bereits, hatte sie ein Feuer entzündet, wofür sie sehr dankbar war. Sie löste den Lederstreifen von dem Reibestock und steckte ihn zurück in ihren Beutel. Vielleicht brauchte sie ihn noch einmal.

Sehr vorsichtig nährten sie das Feuer mit den trockenen Stöcken, bis es zu brennen begann. Als die Dunkelheit hereinbrach, trocknete ihr Vorrat an Feuerholz für die Nacht dampfend an der Hitze des Feuers. Seine Wärme verbesserte ihre Stimmung ein bißchen.

»Wann werden die anderen kommen?« fragte Himmel.

»Ich weiß es nicht. Vielleicht können wir ein Signalfeuer machen!«

Taube sprang auf ihre Füße, um den Plan in die Tat umzusetzen. Zumindest würde das ihre Gedanken beschäftigen.

Sie trugen angetrocknetes Holz auf die Sandbank und bauten eine Pyramide kleiner Stöcke mit dem Zunder in der Mitte. Dann legten sie größere Zweige darum, deren Spitzen sich berührten. Schließlich holte sie einen glühenden Stock aus ihrem Lagerfeuer und stieß ihn in den Zunder. Diesmal sprangen die Flammen fast sofort hoch und griffen nach dem teilweise trockenen Feuerholz. Himmel rieb seine Hände in der Wärme, während Taube aufsah und den Fluß entlangblickte. Sie konnte nichts entdecken.

»Mutter, ich ...«, begann Himmel, aber sie unterbrach ihn.

»Schscht ... Ich dachte ... Hat jemand gerufen?«

Beide lauschten ein wenig, hörten aber nichts.

»Vielleicht war es nur ein Nachtvogel«, sagte sie schließlich. »Nun, machen wir aus diesem hier ein richtig großes Feuer. Wir bleiben dann selbst bei dem anderen. Hier weht ein kalter Wind.«

Sie war sich fast sicher, daß sie einen Ruf gehört hatte, zögerte jedoch, es auszusprechen. Vielleicht würde zuviel Zuversicht die Hoffnung zuschanden machen! Sie konnte – wenn auch im schwindenden Licht nicht besonders gut – ein Stück flußauf- und flußabwärts sehen. Das Signalfeuer lag an einem guten Platz. Sie mußten noch mehr Holz auflegen, bevor es völlig dunkel wurde, damit es lange Zeit brannte. Kurz bevor sie das Feuer für die Nacht verließen, rief sie noch ein paar Mal und wartete auf eine Antwort, die nicht kam.

Sie stiegen wieder hinauf zu ihrem Lagerfeuer, wo von der kalten Brise am Fluß nichts mehr zu spüren war. Taube setzte sich davor und zog ihren Sohn dicht an sich heran, um ihm die Wärme ihres Körpers ebenso wie die des Feuers zu spenden. Ihre Lederkleidung war durch die Bewegung und die Hitze beider Feuer größtenteils wieder getrocknet, und sie fühlte sich ein wenig wohler.

Sie hoffte inständig, daß die anderen ihr Signalfeuer gesehen hatten. Aber es gab keine Möglichkeit, dies mit Sicherheit zu wissen. Sie und Himmel würden hierbleiben und die Feuer weiter unterhalten. Morgen mußte sie sich um etwas Eßbares kümmern für den Fall, daß sie nicht gefunden wurden. Den nagenden Zweifel, ob die anderen überlebt hatten, versuchte sie zu ignorieren.

Himmel schlief ein, eng an sie gekuschelt. Ihre Muskeln verkrampften, aber sie wollte ihn nicht stören, und der Boden war zu naß, um sich richtig hinzulegen. Schließlich streckte sie im Sitzen ihre Beine aus, um sie etwas zu entspannen. Sie schaffte es, noch ein oder zwei Stöcke auf das Feuer zu werfen und bemerkte, daß die Sterne am Himmel standen und die Wolken in Richtung Osten zogen. Das laute Platschen eines Bibers war vom Fluß zu hören und aus einiger Entfernung der Ruf des Nachtreihers. Dann ein Kojote.

Sie nickte gerade ein, als sie von einem Schrei ganz in der Nähe aufgeschreckt wurde. Es brauchte einen Moment, bis sie eine Quelle erkannte. Eine jagende Katze ... Vielleicht sogar die, mit der sie den Baumstamm geteilt hatten. Sie lächelte und wiegte ihren schlafenden Sohn sanft.

»Gute Jagd, Bruder«, murmelte sie.

Eine Weile später gab es ein weiteres Geräusch, den Todesschrei eines Kaninchens. Ihr Freund, der Luchs, hatte eine gute Jagd gehabt.

Nun, wenn sich auch ihre eigene Situation so zum Guten wenden würde ...

83

Odin beobachtete, wie das andere Kanu von dem sich drehenden Baum erfaßt und zerschlagen wurde. Die greifenden Arme ... Erst viel später begriff er die Bedeutung des Unglücks in Zusammenhang mit Wolfs Traum.

Aber in diesem Moment war er vollauf damit beschäftigt, sein Leben und das seines Freundes zu retten. Gefangen in einem seltsamen Wirbel, der Querströmung des einmündenden Flusses, war ihr Kanu unkontrollierbar an dem gefährlichen Strudel vorbeigeschossen. Er spürte, wie die mächtige Strömung der beiden Flüsse, in die sie geraten waren, es erfaßte, beschleunigte und dann an dem Boot von Wolf und Taube vorbeirasen ließ. Er konnte nur einen kurzen Blick auf jemanden erhaschen, der im Wasser kämpfte. Er konnte nicht einmal sagen, um wen es sich handelte.

Ihre Paddel waren viel zu winzig und nutzlos gegen die Kraft der Strömung. Das Kanu schien zu einem völlig eigenen Leben zu erwachen, während es flußabwärts schoß. Odin rief nach ihnen, doch er erkannte, daß es sinnlos war. Er wußte noch nicht einmal, ob es überhaupt noch jemanden gab, der ihn hören konnte.

Erst eine ganze Weile später brachten die beiden Männer, erschöpft und durchgeschüttelt, das Kanu in ruhigeres Wasser nahe dem Westufer. Schlange schaute über seine Schulter zurück, die Augen geweitet.

»Laß uns anlegen.«

»Es ist gut!« antwortete Odin, obwohl es in ihrer Lage nur wenig gab, was einen solchen Ausspruch rechtfertigte.

»Hast du es gesehen?« fragte Schlange.

»Ja. Wir müssen nach ihnen suchen.«

»Der Baum ... er lebte!« murmelte Schlange, tief getroffen von der Tragödie, die er gerade hatte beobachten müssen.

Sie zogen das Kanu ein Stückchen das Ufer hinauf und streckten sich, noch immer heftig atmend, auf dem Boden aus. Odin stellte fest, daß er am ganzen Körper zitterte, als seine Muskeln sich nun nach der ungeheuren Anstrengung entspannten.

»Ich hab' gesehen, wie deine Schwester nach dem Jungen gegriffen hat«, keuchte Schlange. »Ist sie ans Ufer gekommen?«

»Ich habe es nicht gesehen«, antwortete Odin. »Aber sie ist eine gute Schwimmerin. Vielleicht hat sie's geschafft.«

»Und was ist mit Weißem Wolf?«

»Ach, ich weiß es nicht, Schlange. Er war gefangen ... nach unten gezogen. Ich fürchte um ihn.«

»Aber der heilige Mann hat gesagt ...«

»Ich weiß. Aber wir wissen auch, was wir *gesehen haben.* Dennoch, seine Gaben sind mächtig. Ich habe gesehen ...«

»Ja, ja! Du hast gesehen, wie er sich in einen Wolf verwandelt hat, nicht wahr? Vielleicht kann er sich auch in einen Biber oder einen Otter oder sogar einen Fisch verwandeln.«

Odin sah, daß auch Schlange von den geheimnisvollen Mächten ihres Gefährten tief beeindruckt war.

»Ja, vielleicht«, stimmte er zu. »Aber Schlange, selbst wenn Wolf große Macht hat, er braucht Hilfe. Und wir müssen meine Schwester finden.«

Langsam erholten sie sich und atmeten wieder normal. Der

Schmerz in den überanstrengten Muskeln ließ langsam nach.

»Wir müssen los«, sagte Odin, erhob sich steif und begann, das Kanu zurück ins Wasser zu schieben. Bald würde es dunkel werden.

»Laß uns nah am Ufer bleiben«, sagte Odin, als sie ins Kanu stiegen. »Wir kommen gegen die Strömung nicht an.«

»Meinst du, daß sie so wie wir in die Mitte gezogen wurden?« fragte Schlange.

»Ich kann es nicht sagen.« Odin zuckte mit den Schultern. »Aber vielleicht nicht. Wir sind an ihnen vorbeigeschossen ... Nein, ich denke, sie sind alle noch hinter uns, tot oder lebendig.«

Er haßte derartige Gedanken, aber sie mußten realistisch sein. Die Chancen, daß irgend jemand aus dem anderen Kanu überlebt hatte, waren sehr gering.

Langsam fuhren sie das Ufer ab und suchten nach irgendeinem Zeichen für Überlebende. Das war wesentlich sinnvoller, als das Treibgut in der Hauptströmung zu beobachten. Alles, was während des Unglücks dort hineingeraten war, würde jetzt weit stromabwärts sein. Und wenn es sich um einen Menschen handelte, dann konnte er nicht mehr am Leben sein. Aber trotzdem warfen sie von Zeit zu Zeit einen Blick auf die Mitte des Stromes, konnten aber keine menschlichen Körper entdecken. Zumindest das war erfreulich.

Es war schon fast Abend, als Schlange plötzlich aufschrie und nach vorne wies. Zwischen den Wurzeln eines riesigen Baumes, der zum Teil im Wasser stand, war etwas Helles gefangen.

»Das Kanu«, sagte Schlange leise. »Ein Teil davon.«

Sie hielten in einem Bogen darauf zu. Die Birkenrinde leuchtete in der sich vertiefenden Dunkelheit wie gebleichte Knochen. Es war ein unheilverkündendes Zeichen.

»Laß uns ein bißchen näher heranfahren«, schlug Odin vor. »Ist das der vordere oder der hintere Teil? Es ist auseinandergebrochen.«

Sie fuhren näher heran. Es war ein Endstück, vielleicht ein Drittel des gesamten Kanus.

»Der hintere Teil«, sagte Schlange. »Es hat keine Augen.«

So konnte es nicht sehen, dachte Odin. Die symbolischen

Augen waren auf den Bug gemalt worden, um nach vorne zu schauen. Und dies war der rückwärtige Teil des Kanus gewesen. *Der Teil, in dem Weißer Wolf gesessen hatte.* Schlange konnte jetzt die aufgerissene Haut berühren. Plötzlich sprang er auf. Seine Bewegung war so unvermutet und heftig, daß das Kanu gefährlich schwankte.

»Was ist los?« fragte Odin, der nichts Genaues sehen konnte.

»Jemand ... es ist jemand da drunter!« rief Schlange.

Nun konnte auch Odin sehen, was seinen Gefährten in Aufregung versetzte. Unter der Rindenhaut ragte eine Hand hervor, die im Tode nach den Wurzeln des Baumes griff.

»Wer? Kannst du es sagen?«

Schlange zog das zerstörte Kanu vorsichtig zur Seite. Es trieb sofort davon und gab einen menschlichen Körper frei.

»Weißer Wolf!« Schlange schnappte nach Luft. »Seine Kräfte ...«

Odins Herz wurde schwer. Sie hatten so viele Gefahren überstanden, waren so weit gekommen. Und ein Mann des Wassers, einer, der das Meer überquert hatte ... Vielleicht war dies sogar ein passendes Ende ... Aber sie waren fast wie Brüder gewesen. Die greifende Hand, die immer noch das Wurzelgestrüpp der Pappel umklammert hielt, zeigte ihm, mit welcher Intensität Weißer Wolf am Leben gehangen haben mußte. Er konnte sich vorstellen, daß dieser Griff, als Nils' Bewußtsein schwand, eher fester geworden war als sich gelöst hatte. Das mit der Strömung hin und her fließende gelbe Haar und der Bart waren voller Schlamm und farblos. Tränen stiegen Odin in die Augen, und er hob seinen Kopf, um den Gesang der Trauer für seinen Fast-Bruder zu beginnen.

»Er lebt!« Schlange konnte es kaum glauben.

Eilig wischte Odin sich die Tränen aus den Augen und sah genauer hin. Ja, es war deutlich, Wolf versuchte seinen Kopf zu heben. Es folgte ein leises Stöhnen.

Ein oder zwei Paddelschläge brachten das Kanu an den Strand. Schlange zog es aufs Ufer, während Odin zurück ins Wasser sprang.

»Wolf! Odin ist da! Wach auf!« Odin versuchte, die steifen Finger aus den Wurzeln zu lösen und zog seinen Freund halb tragend, halb schwimmend an Land.

»Wir brauchen ein Feuer«, sagte er zu Schlange.

Schlange ging davon, um nach Holz und Zunder Ausschau zu halten, während Odin damit begann, Wolfs kalte Glieder zu reiben und zu massieren. Wolf öffnete die Augen, aber der halb bewußtlose Blick blieb unstet.

»Taube?« flüsterte er. »Wo ist Taube?«

»Wir werden sie finden, Wolf«, sagte Odin tief gerührt und wünschte, er könne mehr Zuversicht ausstrahlen, als er in Wirklichkeit empfand.

Schlange kam mit einer Handvoll trockenen Grases und ein wenig Rinde und Zweigen zurück und fing an, alles zum Feuermachen vorzubereiten. Odin griff in seine Tasche und suchte nach dem Feuerzeug. Bei ihrem Abschied weit flußaufwärts hatte Feuermann darauf bestanden, daß er den Stahl und den Feuerstein bekam. Das würde jetzt sehr viel schneller gehen, als wenn sie versuchten, Reibebogen und weiche Feuerhölzer herzustellen.

Gerade als die willkommene Wärme des Feuers sich auszubreiten begann, vernahm Odin einen fernen Ruf. Er antwortete, aber er hörte nichts weiter. Der feine Nieselregen schien jetzt ein bißchen schwerer zu werden, und er kroch näher ans Feuer. Sie hatten eine Decke ausgebreitet und legten sie nun Weißem Wolf, der langsam seine Sinne wiedergewann, um die Schultern.

»Was ist mit Taube und Himmel?« fragte er wieder.

»Wir wissen es nicht, Wolf«, sagte Odin. »Es ist zu dunkel, um jetzt nach ihnen zu suchen. Aber sie ist stark. Sobald es hell ist, werden wir sie finden.«

Als Taube ihre Augen öffnete, schien die Sonne, und es war warm.

Sie hatte gar nicht erwartet, Schlaf zu finden, aber die Erschöpfung hatte ihren Teil dazu getan. Es mußte schon fast Morgen gewesen sein, als sie schließlich ihre Augen für einen Moment geschlossen hatte, und nun ... Sie wandte sich um, schaute nach Hellem Himmel. Er lag zusammengerollt neben ihr und schlief.

Was ist mit den anderen? fragte sie sich besorgt. Das andere Kanu? Weißer Wolf? Sie erhob sich und warf eine Handvoll halbverbrannter Stöcke in die Glutreste des Feuers der letzten Nacht. Was sollte sie als erstes tun? Die anderen suchen oder sich um etwas Eßbares bemühen?

Taube schaute erneut nach ihrem Sohn, der immer noch friedlich schlief, und ging dann die paar Schritte zurück zur Sandbank. Das Feuer war heruntergebrannt und sie dachte daran, es neu auflodern zu lassen. Aber nein, ein Signalfeuer am Tage war nicht so sinnvoll. Aber *Rauch* ... Ja, das konnte sie mit dem anderen Feuer machen. Sie warf einen langen Blick flußauf- und flußabwärts und kehrte dann zu ihrem Notlager zurück. Noch ein paar Stöcke, jetzt mit Absicht die feuchteren, und eine Handvoll grüner Blätter und Gras. Dicker gelber Rauch stieg gerade auf, in einer dicken, fetten Wolke, die erst hoch über dem Erdboden in einer sanften Brise, die sich hier unten nicht spüren ließ, auseinanderfaserte.

Das ist gut, dachte sie. Fürs erste würde sie hierbleiben und vielleicht nach einem Kaninchen oder einigen Fröschen Ausschau halten. Wenn niemand kam, würde sie später woanders weitersuchen. Sie fand einige Beeren, an denen die Vögel sich gütlich taten. Diese Früchte waren ihr unbekannt, aber normalerweise konnte man sie bedenkenlos zu sich nehmen, wenn auch andere Geschöpfe sie ohne Schaden verzehrten. Himmel war erwacht, und eine Zeitlang pflückten und aßen sie zusammen. Die Beeren enthielten viele Samen, aber sie schmeckten gut. *Alles würde jetzt gut schmecken,* dachte sie.

Es war schon fast Mittag, als sie das Geräusch herannahender Schritte hörte. Ihr Herz schlug schneller. Wer ... Ihr Bruder? Ihr Mann? Sie sprang dort, wo sie das Feuer unterhalten hatte, auf und wandte sich einem kaum sichtbaren Wildwechsel zu, der über die Lichtung führte. Das sanfte Rascheln hielt an und kam näher. *Was ist, wenn es ein Bär ist?* An diese Möglichkeit hatte sie nicht gedacht. Die Büsche teilten sich, und ein großer, fast nackter Krieger trat auf sie zu, gefolgt von drei weiteren. Alle vier waren mit Bogen bewaffnet, und sie sah, daß ihr Haar sehr kurz geschoren war, abgesehen von einem Haarstreifen, der von der Stirn zum Hinterkopf reichte. *Die Haarlosen,* dachte sie. Mit der Handfläche nach vorn machte sie das Zeichen für Frieden und fuhr mutig mit anderen Handzeichen fort.

»Ich bin Rufende Taube von den Flußleuten«, teilte sie ihnen mit. »Wie werdet ihr genannt?«

Die vier starrten sie für einen Moment an, und dann begann einer der vier, ebenfalls mit Handzeichen zu sprechen. Er beantwortete ihre Fragen nicht, sondern stellte selber welche.

»Wo ist dein Mann? Was tust du hier?«

»Wir waren auf dem Fluß. Unser Kanu ist in der Strömung zerstört worden. Werdet ihr mir helfen, ihn zu finden?«

Einige Momente lang herrschte Schweigen.

»Dafür besteht kein Bedarf. Er ist wahrscheinlich tot. Wir werden einen Mann für dich finden«, erklärte der große Krieger, der mit ihr gesprochen hatte, schließlich.

Ein paar der anderen lächelten bei diesem grausamen Witz ihres Anführers. Rufende Taube mochte weder ihr hämisches Grinsen noch die Art, wie ihre Augen über ihren Körper und ihre Beine glitten. Außerdem, und das war noch schlimmer, besaß sie keine Waffe außer ihrem kleinen Messer.

84

»Sie sind hier an Land gekommen«, sagte Odin und zeigte auf die Spuren im Sand und im Kies der Bank. »Hier haben sie in der letzten Nacht ein Signalfeuer angezündet.«

»Beide?« fragte Nils ängstlich. Er fühlte sich immer noch ein bißchen schwach, erholte sich jetzt aber schnell. Das warme Sonnenlicht schien seiner Genesung zusätzlich förderlich zu sein.

Odin nickte. »Beide sind auf den Beinen, Wolf. Es ist gut. Ich denke, daß sie vielleicht auf jenem Baumstamm dort hierhergekommen sind.«

»Aber wo sind sie dann?«

»Ich weiß es nicht. Wir wollen uns ein wenig umsehen. Irgend etwas stimmt nicht.«

»Warum haben wir ihr Feuer nicht gesehen?« fragte Schlange.

Odin blickte in beide Richtungen. »Wir waren weiter flußabwärts. Und dort ist eine kleine Biegung im Fluß. Sieh nur die Bäume ... das Feuer war davon verdeckt.«

»Aber sie haben die Nacht nicht hier im Freien verbracht«, gab Schlange zurück. »Wo sind sie hingegangen?«

»Sie hatten noch ein zweites Feuer«, entschied Odin. »Bleibt hier und laßt mich nach den Spuren schauen.«

»Sollen wir nach ihnen rufen?« fragte Nils.

»Nein«, wies Odin sie an. »Laßt uns erst noch mehr erfahren.«

Er nahm seinen Bogen auf und verschwand in dem baumbestandenen Uferstreifen. Obwohl es Nils wie eine Ewigkeit erschien, dauerte es nicht lange, bis er zurückkam.

»Ich habe ihr Lagerfeuer entdeckt«, sagte Odin schnell, und Sorge zeigte sich auf seinem Gesicht.

»Was ist los?« fragte Nils.

»Sie sind fort. Da gibt es Spuren von anderen, von vielleicht drei oder vier Männern. Kommt.«

Schnell zogen sie das Kanu an Land und verbargen es im Dickicht.

»Was ist, wenn die Flut steigt und es mit sich nimmt?« fragte Schlange.

Sie zögerten nur kurz. »Bind es an«, sagte Odin. »An jenem Baum dort. Aber wichtiger ist es, meine Schwester zu finden.«

Sie folgten dem kaum sichtbaren Pfad bis an eine Lichtung, über der noch schwach der beißende Geruch toter Asche hing.

»Hier war ihr Feuer.« Odin wies auf die Stelle. »Die Asche ist noch warm. Hier haben sie heute nacht gesessen.« Er wies auf ein wenig niedergedrücktes Gras neben dem Feuer.

»Sie hatten keine Decken«, bemerkte Nils.

»Stimmt. Aber ein gutes Feuer. Taube ist klug, Wolf. Aber

schau, hier. Spuren, die nicht die ihren sind … Siehst du … drei zumindest. Ich denke, sogar vier Männer.«

»Aber es gibt keine Spuren eines Kampfes«, bemerkte Nils. »Oder doch?« fügte er hinzu, seiner Fähigkeit, Spuren zu lesen, nicht sehr sicher.

»Nein«, stimmte Odin zu. »Sie sind ohne Kampf gegangen. Es gab keinen Grund dafür. Sie waren ihr an Zahl überlegen, und sie hatte keine Waffe.«

»Ihr Messer«, sagte Nils. »Sie hatte bestimmt ihr kleines Messer.«

»Ja, wenn sie es bei dem Unglück nicht verloren hat. Aber kommt, wir müssen hinterher. Sie haben diesen Pfad genommen.«

Er zeigte ihnen einen Wildwechsel, der ungefähr nach Westen zu führen schien.

»Laßt mich vorangehen und nach Spuren suchen«, schlug Odin vor. Er untersuchte den Pfad, bevor sie den dunklen, tunnelartigen Weg durch die Bäume einschlugen.

»Ah«, rief er. »Sie hinterläßt Zeichen! Sie gehen zwar gegen ihren Willen, werden aber nicht mißhandelt.«

In Nils Ohren klang das nicht sehr beruhigend.

»Wie kannst du das sagen?« wollte er wissen.

»Kein Kampf. Sie hatte keine Wahl, als mit ihnen zu gehen. Aber sie hinterläßt Zeichen für uns, die die anderen nicht sehen.«

»Was?« fragte Nils.

»Wir müssen uns beeilen, Wolf. Schau doch nur … dieser Zweig. Er ist abgebrochen, aber nicht, weil jemand daran vorbeigestreift ist. Jemand hat ihn in die Hand genommen und ihn *nach oben* gebogen, bis er brach. Aber kommt, laßt uns gehen.«

Odin verschwand im trüben Schatten des Waldes. Nils betrachtete den Zweig, der lose an einem dünnen Streifen Rinde baumelte, eingehend. Er folgte Odin, und Schlange bildete die Nachhut.

»Hier haben sie haltgemacht«, zeigte Odin ihnen viel später.

Es war fast Mittag, und diejenigen, die Taube und Hellen Himmel gefangengenommen hatten, bewegten sich jetzt rascher. Es gab hier eine Quelle, der Wildwechsel war zu einem Pfad geworden.

Die drei ließen ihr Gepäck fallen und stillten ihren Durst, setzten sich dann, um auszuruhen, während Odin weitere Beobachtungen erklärte.

»Ich denke, daß es eine Gruppe von Jägern war«, erklärte er. »Vier Männer. Dessen bin ich mir jetzt sicher.« Er hielt einen Moment inne, um auf die Spuren von Mokassins neben der Quelle zu zeigen. »Sie sind wahrscheinlich nur noch eine Nacht von ihrem Dorf entfernt, und dieser Pfad ist ihnen bekannt. Die Quelle ...« Die anderen nickten, und er fuhr fort. »Taube hinterläßt noch immer Zeichen; demnach sind sie nach wie vor Gefangene. Diese Männer wollen sie nicht auf uns warten lassen.«

»Denkst du, daß sie ihre Häuser noch vor der Nacht erreichen?« fragte Nils.

»Ich denke, so ist es, Wolf. Aber bis zum Abend werden sie brauchen. Sie beeilen sich nämlich ein wenig.«

»Vielleicht glauben sie, sie werden verfolgt«, bemerkte Schlange.

»Das ist wahr«, stimmte Odin zu. »Wir müssen uns vorsehen, daß wir nicht in einen Hinterhalt geraten. Aber ich glaube: Sie meinen, ihre Sicherheit liegt darin, ihr Zuhause zu erreichen. Und das veranlaßt sie, sich zu beeilen.«

Beim nächsten Halt war Odin sich nicht mehr so sicher.

»Ah, das ist nicht so gut. Sie haben bemerkt, daß Taube eine Spur für uns legt.«

Er wies auf einen Busch neben dem Pfad, an dem viele Zweige abgebrochen waren, als hätte ein großes Tier ihn mit Gewalt beschädigt. Odin zog einen knüppelartigen Stock dahinter hervor. Offensichtlich hatte dieser dazu gedient, den Busch, der seine Aufmerksamkeit erregt hatte, zu beschädigen. Er warf den Knüppel beiseite und untersuchte den Busch.

»Ah! Hier!« murmelte er. Er wies auf einen einzelnen Zweig, dessen Spitze vollständig fehlte. Aber das Stückchen Rinde an dessen Ende bewies eindeutig, daß dieser absichtlich abgebrochen worden war.

Nils begriff. Einer von Taubes Wächtern hatte Taube erwischt und den Zweig daraufhin völlig abgerissen und den Busch verwüstet, um ihr Zeichen zu verwischen.

»Laßt mich ein Stück des Weges vor uns erkunden«, schlug Odin vor und verschwand.

Er war schnell zurück. »Sie beeilen sich noch immer. Vielleicht sogar noch mehr«, keuchte er. »Ihr Dorf muß nah sein. Wenn es noch weiter weg wäre, würden sie anhalten und kämpfen. Das ist nicht gut. Sie laufen jetzt schneller. Wir müssen anhalten und einen Plan schmieden.«

»Anhalten?« Nils' Geduld war beinahe am Ende. »Sollten wir uns nicht noch *mehr* beeilen?«

»Schau mal, Wolf: Sie erwarten nun, daß wir ihnen folgen. Wir wissen nicht, was Taube ihnen erzählt hat. Laß uns darüber nachdenken. Taube versucht vielleicht, sie in die Irre zu führen, behauptet, sie sei mit ihrem Mann alleine gewesen und fürchte, er habe sich verirrt.«

»Aber sie weiß, daß sie vielleicht zwei Kanus gesehen haben«, erinnerte Schlange. »Vielleicht sagt sie ihnen auch, daß da noch mehr sind, *viele* Krieger.«

»Das ist wahr.« Odin warf einen Blick auf die Sonne, die im Westen niedersank. »Sie haben ihr bisher nichts getan. Ich denke, wir sollten sie ihr Dorf erreichen lassen und dann weitersehen.«

Nils war mit dieser Entscheidung nicht glücklich, aber er erkannte, daß es nur wenig Alternativen gab.

»Welche Waffen haben wir?« fragte Odin. »Zwei Bogen, meinen und Schlanges ... Wolf, es ist gut, daß dein langes Messer an deinem Hals hing. Sollen wir einen Speer daraus machen?«

Nils trug noch immer die kurze, schwertähnliche Waffe, die sie nach dem Massaker gerettet hatten. Alle Stämme, denen sie unterwegs begegnet waren, hatten sie bestaunt, denn keiner von ihnen war, abgesehen von Kupfer, das sie meist nur für Schmuck benutzten, mit metallenen Objekten vertraut gewesen.

Während seiner Flußreise hatte er die Waffe einmal in flaches Wasser fallen lassen. Es war einfach gewesen, sie wieder herauszuholen. Hätte er das auch geschafft, wenn das Wasser tief gewesen wäre? Von jenem Tag an trug er das große Messer an einem Lederriemen um seinen Nacken, eingehüllt in eine Lederscheide. Dies hatte seine Vor- und Nachteile gehabt. Einen Moment lang, während er befürchtet hatte, ertrinken zu müssen, war er geneigt gewesen, sich von dem Gewicht zu befreien. Aber er war froh, es zu haben.

»Nein, ich will es so, wie es ist, wenn es zum Kampf kommt«, sagte er zu Odin. In einem Kampf, so wie er ihnen vielleicht bevorstand, wäre ein Schwert, selbst ein kurzes, schneller als ein Speer.

Sie gingen weiter und waren sich der Möglichkeit, daß diejenigen, denen sie folgten, sie vielleicht beobachteten, durchaus bewußt. Die Dunkelheit war noch eine Weile entfernt, als sie vor sich eine rauchige Dunstwolke sahen.

»Das muß ihr Dorf sein«, sagte Odin. »Ich gehe voraus, um nachzusehen.«

»Nein, ich gehe«, protestierte Schlange. »Du bist ein Fährtensucher, aber ich habe zwei Augen. Das ist besser, wenn man in die Ferne schaut. Ich werde gehen.«

Er machte kehrt und entfernte sich.

»Aber ...«, begann Odin.

Schlange drehte sich um und lächelte. »Das ist nicht die richtige Zeit für einen Streit, mein Bruder.«

Daran gab es keinen Zweifel, und Schlange war ein durchaus fähiger Späher.

»Wir treffen uns auf der Erhebung dort im Westen der Stadt, nach Einbruch der Dunkelheit.« Schlange wies die Richtung. »Seid vorsichtig.«

Und er war fort.

»Fast-Bruder«, sagte Odin ernst. »Laß uns einen Plan schmieden. Wohin wir uns wenden wollen, wenn wir sie befreit haben.«

»Wie können wir denn planen?« fragte Nils.

»Wir sollten verabreden, wo wir uns treffen. Der Hügel, wo wir uns mit Schlange treffen wollen, ist vielleicht gut geeignet.«

»Aber das ist noch weiter weg vom Fluß!«

»Natürlich. Sie werden erwarten, daß wir zurückgehen. Aber wir wenden uns nach Westen. Das verschleiert unsere Absicht, denn sie werden nicht darauf kommen, daß wir dorthin gehen wollen. Aber wir wollen uns dort auch nur treffen.«

Nils nickte.

»Odin, wer sind diese Leute?« Odin zuckte mit den Achseln.

»Wer weiß? Ich denke, daß sie vielleicht diese Haarlosen sind, von denen wir gehört haben, die unberechenbar sein sollen.« Er erhob sich. »Nun, treffen wir uns mit Schlange.«

Sie erreichten den kleinen Hügel mit Einbruch der Dämmerung.

»Sei vorsichtig«, warnte Odin. »Vielleicht benutzen sie diesen Hügel auch als Ausguck.«

Aber sie fanden keine Spuren von Spähern. Die Aussicht auf den Ort war gut und das Licht der hinter ihnen untergehenden Sonne ein großer Vorteil für sie.

»Ihre Häuser«, stellte Odin fest, »sind kleiner als unsere. Sie sind gedeckt mit … was? Häuten?«

»Kein Stroh«, antwortete Nils. »Vielleicht Gras. Ja, Grasmatten. Wie quadratische Decken aus Gras, die über Pfosten gezogen wurden.«

»Das ist aber nicht sehr warm im Winter.«

»Stimmt. Aber mein Bruder, wir sind jetzt weit im Süden. Vielleicht sind die Winter hier wärmer?«

Plötzlich tauchte Schlange aus der sich vertiefenden Dämmerung auf.

»Sie sind hier«, sagte er. »Ich habe sie gesehen. Sie sind unverletzt.«

»Wo?« fragte Nils rasch.

»Im Haus dort in der Nordecke.« Schlange wies darauf hin. »Sie werden bewacht, aber nicht sehr streng. Dort gibt es viele Krieger.«

»Können wir sie herausholen?«

»Ich weiß es nicht, Wolf. Die rasierten Köpfe wissen vielleicht, daß wir kommen. Sie haben viele Krieger unter Waffen.«

»Es sind also die Haarlosen?« fragte Odin.

»Ja, ich habe sie gesehen.« Schlange machte das Haarschneidezeichen.

Wir können sie nicht angreifen, dachte Odin laut nach. »Ich

meine, wir sollten morgen einfach hingehen, um nach Frau und Kind zu fragen.«

Nils war überrascht. »Vielleicht töten sie uns! Was versprichst du dir ...«

Odin hob eine Hand, um ihn zum Schweigen zu bringen. »Fast- Bruder«, sagte er mit einem Lächeln. »Kannst du dich nicht mehr erinnern, wie deine Macht die Flußabwärtsfeinde vor langer Zeit beeindruckt hat? Du hast doch den Sonnenstein noch immer, oder? Und ich kann Feuermanns Zeremonie ausüben. Ja, das ist gut. Und abgesehen davon lassen wir meine Schwester so auch wissen, daß wir hier sind.«

»Wir haben nichts, um mit ihnen zu tauschen«, bemerkte Schlange.

»Ein Kanu, eine Tagesreise entfernt«, sagte Odin.

»Aber dann müssen wir zu Fuß gehen.«

»Das müssen wir im Moment ohnehin, Schlange.« Odin lächelte. »Laß uns sehen, was morgen geschieht.«

Nils verbrachte eine schlaflose, unangenehme Nacht, sehnte sich nach einem Feuer und wünschte sich vieles. Leise sandte er ein Gebet gen Himmel an alle Götter, die vielleicht helfen konnten, und fragte sich, ob Odin vielleicht mehr ausgeheckt hatte, als es schien. Er hoffte es verzweifelt.

85

Die drei betraten das Dorf der Haarlosen mit großer Würde. Noch vor Tagesanbruch hatten sie einen Bogen zurück zum Osten geschlagen, damit es so aussah, als kämen sie aus dieser Richtung.

Nils' Hände waren feucht und verschwitzt. Die Gefühle und die Ungewißheit der Situation lasteten schwer auf ihm. Ein schneller Blick über die Häuser ... da, da war das Haus ... In diesem Haus saßen seine Frau und sein Sohn gefangen. Er durfte nicht noch einmal dort hinschauen, denn die Haarlosen sollten nicht erfahren, was die Neuankömmlinge wußten.

Verwegen gingen sie an einem völlig überraschten Krieger vorbei, der Wache stand und offensichtlich nicht wußte, was er tun sollte. Sollte er stehen bleiben, das Trio herausfordern oder es nur ins Dorf bringen? Der Mann entschloß sich zu einer halbherzigen Herausforderung und begleitete die drei, während er mit Hilfe der Zeichensprache Fragen stellte. *Gut,* dachte Nils. Es war gut, wenn man einen Gegner im Ungewissen lassen und überrumpeln konnte.

Odin hielt an.

»Euer Anführer?« fragte er eindringlich und wies aufs Geratewohl auf eines der größeren Häuser.

Der Krieger nickte, und Odin ging selbstbewußt darauf zu, während sich langsam eine Menge versammelte. Eine Frau warf einen Blick aus der Tür und zog sich blitzschnell zurück. Von innen ließen sich schnelle Fragen und Antworten hören, und dann trat ein großgewachsener Haarloser nach draußen. Als er die Neuankömmlinge erblickte, straffte er sich.

»Meine Grüße, mein Häuptling.« Odin versuchte, einen Vorteil zu gewinnen, indem er das Gespräch mit Hilfe der Zeichensprache eröffnete. »Wir kommen in Frieden. Unser Anführer hier ist Weißer Wolf, ein berühmter heiliger Mann. Wir suchen …«

Er wurde von einer ungeduldigen Geste des Anführers der Haarlosen unterbrochen.

»Halt! Wer bist du? Und was tust du hier?«

»Das ist es, was ich dir sagen will, Onkel. Wir werden die Flußleute genannt.«

»Hier gibt es keinen Fluß.«

»Das ist wahr. Wir waren auf dem großen Fluß, und dann geschah ein Unglück … Unser Boot wurde zerstört.«

Der Ausdruck auf dem Gesicht des Haarlosen war grimmig. »Was hat das mit uns zu tun?«

»Nichts, Onkel. Aber wir suchen eine Frau und ein Kind. Die Frau unseres heiligen Mannes hier. Wir wurden während der Flut getrennt, und die Frau und das Kind sind hier entlanggekommen.«

»Es gibt keine solche Frau hier«, bedeutete ihm der andere. »Du bist im Irrtum.«

»Er lügt«, sagte Schlange leise. »Ich habe gesehen ...«

Odin unterbrach seinen Gefährten mit einer Handbewegung. »Ich weiß«, stimmte er zu. »Aber laß mich ...«

Er wandte sich wieder an den Haarlosen. »Das ist gut zu wissen, mein Bruder. Aber die mächtigen Gaben unseres heiligen Mannes haben uns den Weg hierher gewiesen. Wir möchten dich um Erlaubnis bitten, hier zu lagern und unsere Reise morgen fortzusetzen.«

Der Anführer der Haarlosen schien sich nicht sehr wohl zu fühlen. »Was für Gaben?« fragte er. »Wer ist dieser alte Mann mit dem weißen Haar im Gesicht?«

»Ach, du hast niemals von dem großen Weißen Wolf gehört, Onkel? Dem mächtigsten aller heiligen Männer?«

»Das kann jeder sagen«, gab der andere spöttisch zurück. »Ich habe bislang nichts von seiner Macht gesehen!«

»Wir werden dir davon berichten«, verhieß ihm Odin. »Aber laßt uns ein Ratsfeuer abhalten. Hier! Ich werde eines anzünden.«

Er wählte einen offenen Platz, um sich niederzulassen, nahm eine Handvoll Zunder und zog sein Feuerzeug heraus. »Kann jemand noch mehr Holz holen?« fragte er.

Nur wenige Sekunden später hatte sein Zunder Feuer gefangen. Schlange, der einige fingerlange Stöcke mit sich getragen hatte, reichte sie Odin, der es damit fütterte.

Einen Moment herrschte absolute Stille, vor Erstaunen waren die Zuschauer eine Weile sprachlos. Dann erhob sich ein aufgeregtes Murmeln.

»Was soll das?« forderte der Anführer zu wissen. »Das ist deine Gabe? Jeder kann ein Feuer anzünden!«

In fast naiver Überraschung blickte Odin auf. Es war offensichtlich, daß der Anführer der Haarlosen beeindruckt war, sich aber entschieden hatte, es nicht zuzugeben. Odin beschloß, alles auf eine Karte zu setzen.

»Das hier?« sagte er. »Nein, nein. Natürlich nicht. Dieses Feuer ... Weißer Wolf hat mir gerade genug Macht verliehen, um mit meinen Händen ein Feuer zu entzünden. Das ist sehr viel einfacher als mit Reibehölzern.«

Der Glatzkopf nickte, als sei dies nichts Außergewöhnliches. »Erzähl mir von eurem heiligen Mann«, verlangte er

»Sein Haar ist das eines alten Mannes. Seine Augen sind blind, aber seine Haut ist die eines jungen Mannes.«

»Seine Augen?« Odin täuschte Überraschung vor. »Nein, nein, Onkel. Diese Augen sind nicht blind! Sie sehen nur anders als andere. Der Weiße Wolf kann in die Seelen der Menschen blicken!«

Ein Raunen lief durch die Menge, aber ihr Anführer blieb unüberzeugt.

»Kann er nicht für sich selber sprechen? Ich habe nach wie vor nichts von seiner Macht gesehen.«

»Ah, ich hatte gehofft, das würde nicht nötig sein«, gab Odin per Zeichen ängstlich zu verstehen. »Er ist manchmal ein wenig gefährlich. Ich bin sein Helfer und spreche für ihn, so daß er an heilige Dinge denken kann, aber ...«

»Genug geredet«, unterbrach ihn der Haarlose. »Zeige es mir!«

»Onkel, es soll sein, wie du sagst. Ich habe mit meinem eigenen Auge gesehen, wie dieser heilige Mann sich in einen Weißen Wolf verwandelt hat, daher der Name. Aber dann ist er gefährlich. Die Leute, die Kinder hier ... Ein Anführer mit deiner Weisheit sollte auch um die Gefahren des Mißbrauchs solcher Kräfte wissen, nicht wahr?«

Odin bemerkte die zunehmende Ungeduld des Haarlosen. Sie mußten mit dem Plan, den sie sich ausgedacht hatten, fortfahren.

»Es ist Zeit für den Stein«, flüsterte er Nils zu.

»Hier, Onkel«, wandte er sich wieder an den Haarlosen. »Es gibt etwas ganz Einfaches, das Weißer Wolf dir zeigen kann. Er ist in der Lage, die Farben von Steinen zu verändern, indem er sie in der Hand hält.«

Nils trat einen Schritt vor und nahm den Sonnenstein aus dem Beutel an seiner Taille. Mittlerweile wußte er, worauf es ankam. Man konnte den Stein natürlich sehr schnell gen Norden richten, aber je langsamer dies geschah, desto eindrucksvoller war es. Er hielt ihn hoch, damit alle ihn sehen konnten, hob ihn dann über seinen Kopf und begann, ihn zu drehen.

»Ein Lied wäre gut«, sagte Odin leise. »Ich werde es singen.«

Er erhob seine Stimme zu einem langen und zittrigen Singsang und erwartete, sofort unterbrochen zu werden. Aber die Haarlosen konnten ihn natürlich nicht verstehen.

»Wir sind gekommen, dir zu helfen, meine Schwester. Sei bereit zum Aufbruch, wenn wir kommen. Halte Ausschau. Wir wissen noch nicht, wie es vonstatten gehen wird.«

Er fuhr mit seinem Gesang fort, bei dem er Unsinn mit Wiederholungen der Botschaft an Rufende Taube mischte.

Langsam näherte sich der Stein der Linie, die seine Farbveränderung einleiten würde. Nils wußte ungefähr, wo Norden lag, und war bereit. Das matte Grau des beinahe durchsichtigen Steines ging von einem bläulichen Ton in ein leuchtendes Blau über.

Bis hierhin war Nils den Anweisungen Odins gefolgt, aber nun hatte er eine eigene Idee. Als der Stein direkt nach Norden ausgerichtet war, bemerkte Nils, daß er fast genau auf einen großen Baum auf einem fernen Kamm wies. Nun erhob er seine Stimme zu einem sanften rituellen Gesang.

»Odin, der Baum auf dem Kamm im Norden … Der Stern muß genau über ihm stehen. Ich werde ihnen das mitteilen.«

»Es ist gut …«, sang der Helfer des Heiligen Mannes zurück.

Nils ließ den Stein sinken und wandte sich zum ersten Mal selbst an den Anführer der Haarlosen.

»Die Farbe des Steines bedeutet nichts«, gab er zu verstehen. »Sein Zweck ist es, mich auch am Tag die Sterne sehen zu lassen.« Er vollführte eine schwungvolle dramatische Geste mit dem Arm. »Dort!« fuhr er fort. »Dort ist der Stern, der sich nicht bewegt, der Nordstern. Dort über dem Baum!«

Es dauerte einen Moment, bis die Zuschauer die Bedeutung dieser Äußerung begriffen. Alle starrten nach Norden und versuchten angestrengt zu sehen, was offensichtlich *nicht* zu sehen war. Langsam dämmerte ihnen, daß dieser seltsame heilige Mann recht hatte. Er war noch niemals hier gewesen. Er konnte nicht wissen, daß der Nordstern tatsächlich direkt über dem Baum auf jenem Hügelkamm stand.

Ihr Anführer konnte nicht anders, als beeindruckt zu sein, bestritt dies jedoch nach wie vor. »Das ist nur eine Vermutung«, antwortete er. »Warum sollte ich dich nicht töten und diesen hübschen Stein an mich nehmen?«

Selbst seine eigenen Leute waren geschockt. Einen heiligen Mann mit derartigen Kräften herauszufordern ... Ah, brachte er sie nicht alle in Gefahr?

Ihr Gast, der heilige Mann, zuckte mit den Achseln und lächelte. »Mein Bruder weiß, was es bedeutet, wenn man versucht, die Gabe eines anderen zu benutzen«, erklärte er mit Handzeichen. »Willst du das riskieren?«

»Ich habe nur gefragt«, antwortete der Glatzkopf rasch. »Es ist gut ... Ihr könnt heute nacht hier bleiben. Das ist eine andere Sache. Aber wir haben keine Frau. Unsere jungen Männer werden euch jetzt zeigen, wo ihr lagern könnt. Aber es wird spät, laßt uns zusammensitzen und reden, und unsere Frauen werden uns etwas zu essen bringen.«

Das folgende Gespräch, das sie ausschließlich mit Handzeichen führten, handelte zum großen Teil vom Wetter und war mehr oder weniger seichtes Geplauder. Sie tauschten ihre Schöpfungsgeschichten aus, eingeschlossen Nils' Geschichten von den nordischen Eisriesen und Odins Geschichte von dem Weinstock. Die Haarlosen waren sehr beeindruckt. Ihre eigene Geschichte berichtete von einer Rasse von Untermenschen, die an einer riesigen roten Eiche aus der Unterwelt hochgeklettert waren, bis sie schließlich über drei weitere Ebenen des Lebens, einen Platz im Himmel erreicht hatten, wo ihnen Seelen gegeben wurden. Dann stiegen sie zurück auf die Erde und teilten sich in zwei Gruppen, den Friedensstamm und den Kriegsstamm. Alle Haarlosen stammen von diesen beiden Gruppen ab, berichtete der Geschichtenerzähler.

»Das ist eine gute Geschichte«, lobte Odin. »Sagt uns ... von welcher der beiden Gruppen stammt euer Volk hier ab?«

Der Anführer der Haarlosen gab ein verächtliches Grunzen von sich. »Vom Kriegsstamm natürlich!«

Es war lange nach Einbruch der Dunkelheit. Die Menschen des Dorfes hatten nach dem Nordstern Ausschau gehalten und ihn bestaunt, als er genau dort erschienen war, wo der heilige Mann es vorhergesagt hatte. Sie waren schlafen gegangen, nachdem sie darüber diskutiert und gestritten hatten.

Den Fremden war ein Platz außerhalb des Häuserkreises zugewiesen worden, an dem sie ihr Lager aufgeschlagen hatten. Sie waren ruhig und gaben vor zu schlafen. Aus einiger Entfernung beobachtete eine Wache sie.

Weißer Reiher hatte eine Handvoll der höchstrespektierten Männer zu einer leisen Versammlung zusammengerufen. Nach einer kurzen Rauchzeremonie eröffnete er das Gespräch.

»Ihr habt unser Problem gesehen. Was sollen wir mit diesen Fremden tun?«

Eine Weile lang antwortete niemand.

»Otter«, sagte ein alter Mann. »Du solltest ihnen die Frau und den Jungen geben.«

Schwarzer Otter schnaubte. »Nein! Sie gehört uns! Diese Männer werden morgen weiterreisen.«

»Aber Otter … Der heilige Mann kann die Sterne am Tage sehen. Er weiß, daß du die Frau hast«, sagte ein anderer.

»Er kann nicht durch die Wände meines Hauses sehen«, gab Otter zurück. »Wir haben dafür gesorgt, daß sie ruhig ist. Meine Brüder und ich haben sie gefunden. Sie gehört uns.«

»Ich denke«, sagte das ältere Ratsmitglied, »daß sie Unglück bringt. Du solltest sie aufgeben.«

»Und wenn ich mich weigere?«

Reiher breitete seine Hände in einer Geste der Hilflosigkeit aus. »Dann ist das dein Problem. Deines und das deiner Familie. Wir werden nicht zulassen, daß du dem gesamten Stamm Ärger bringst.«

»Du würdest den Fremden sagen, wo die Frau ist?« forderte der zornige Otter zu wissen.

»Vielleicht sollten wir die drei Männer töten«, schlug ein anderer vor.

»Aber dieser heilige Mann scheint gefährlich zu sein«, mischte sich ein anderer ein.

Schließlich beendete Weißer Reiher die Diskussion. »Laßt uns schlafen und warten, ob sie morgen weiterziehen. Aber Otter, du und deine Familie, ihr habt uns das eingebrockt. Wenn es noch mehr Ärger gibt, dann trägst du dafür die Verantwortung!«

86

Taube saß in der dunklen Ecke des Hauses, ihre Augen waren auf ihren Sohn und ihre Gedanken auf die Gefahr, die ihm drohte, gerichtet. Sie war vollkommen hilflos, da ihre Hände hinter ihrem Rücken gebunden waren.

Und die Bedrohung war sehr real. Eine alte Frau kniete hinter Hellem Himmel und hatte, während er zwischen ihren Knien saß, mit ihrer linken Hand in sein Haar gegriffen und seinen Kopf zurückgezogen, um die Kehle zu entblößen. Ein Feuersteinmesser in ihrer rechten Hand hielt sie unterhalb von Himmels linkem Ohr, bereit für den tödlichen Schnitt.

Vor wenigen Momenten war einer der Männer zu Taube gekommen und hatte ihr die Situation mit groben Handzeichen klargemacht. »Ein Ton von einem von euch, und die Frau schneidet ihm die Kehle durch. Sag das dem Jungen.«

Taube sprach sanft, aber eindringlich. »Sei ganz ruhig, mein Sohn. Gib keinen Laut von dir.«

Kurz nach ihrer Ankunft hatte sich die Atmosphäre im Dorf verändert. Sie und Himmel waren nicht verletzt worden, obwohl man sie grob hin und her gestoßen hatte. Aber dann war eine wachsende Aufregung in dem Benehmen der Haarlosen spürbar gewesen, und sie hatte den Eindruck gewonnen, daß sie auf irgend etwas oder irgend jemanden warteten. Schnell war ihr klargeworden, daß was oder wer immer dies sein mochte, in direkter Verbindung zu ihr und ihrem Sohn stand. Es mußte etwas sein, daß diejenigen, die sie gefangen hatten, als Bedrohung ansahen. Und das konnte nur eines heißen: Es gab noch andere Überlebende ihrer unglückseligen Reisegruppe, und die Männer waren ihrer Spur zerbrochener Zweige gefolgt.

Den ganzen Tag lang war ihr Herz schwer gewesen, je weiter das Gebiet, in dem sie nach den Überlebenden hatte suchen wollen, zurückgeblieben war. Ihre größte Sorge galt ihrem Ehemann, aber sie wußte, daß Wolfs Medizin stark war. Der letzte Blick, den sie auf Odin hatte werfen können, hatte ihr gezeigt, daß sein Kanu flußabwärts getragen wurde. Er und Schlange hatten höchstwahrscheinlich überlebt.

Sie hatte keine Ahnung, ob die Überlebenden als Gefangene kamen oder welchen anderen Status sie haben mochten. Als sie darüber jetzt nachdachte, begann sie zu begreifen: *Wenn sie Gefangene wären, gäbe es keinen Grund, uns ruhigzustellen!* Ihr Herz schlug erst vor Hoffnung schneller und dann vor Furcht. Die Männer gingen vielleicht direkt in eine Falle. Sie mußte ... Aber sie konnte sie *nicht* warnen, ohne zusehen zu müssen, wie ihr Sohn in den Händen grausamer Fremder starb. Tränen des Zornes, der Frustration und Angst stiegen in ihre Augen und flossen ihre Wangen hinunter.

Die Aufregung draußen nahm zu, und ihr wurde klar, daß die Neuankömmlinge oder der Neuankömmling das Dorf betreten haben mußte. Himmel richtete seine Augen auf sie, und sie schüttelte warnend den Kopf. Er *durfte* keinen Laut von sich geben.

Ihr Platz war so ausgewählt worden, daß sie nicht nach draußen sehen konnte. Aus demselben Grund konnte auch niemand von draußen die Gefangenen sehen. Sie lauschte dem Geraune zwischen den Haarlosen und begriff, daß ihre Anführer sich in Zeichensprache mit den Neuankömmlingen unterhalten mußten.

Sie warf einen weiteren schnellen Blick auf ihren Sohn. Der unbeteiligte, gleichgültige Ausdruck auf dem Gesicht jener alten Frau zeigte ihr, daß sie die Kehle des Jungen ohne Zögern durchschneiden würde, wenn die Situation es erforderte. Auf Himmels Gesicht, obwohl es Angst und Sorge zeigte, lag gewiß keine Panik. Taube bemühte sich, zuversichtlicher auszusehen, als sie sich fühlte, und nickte ihm tröstend zu.

Wer war dort draußen und versuchte, mit ihren Peinigern zu verhandeln? Taube zwang sich selbst, ruhiger nachzudenken. Daß sie hier waren, zumindest jedoch einer ihrer Gefährten, mußte bedeuten, daß sie von ihrer Festnahme wußten. Natürlich, sie waren dem Pfad gefolgt. Sie würden vorsichtig verhandeln, denn sie wollten in Erfahrung bringen, wo sie und Himmel gefangengehalten wurden. Wahrscheinlich hatten sie dies bereits herausgefunden, denn alle drei waren klug und wachsam.

Sie fragte sich bang, wer von ihnen überlebt hatte. In dieser Hinsicht galt ihre größte Sorge ihrem Mann. Sie hatte *gesehen*, wie er unter Wasser gezogen wurde. Aber von den dreien besaß er die mächtigste Medizin. Sie mußte an dem Glauben festhalten, daß er lebte. Ob aufgrund seiner großen körperlichen Stärke oder durch seine Geisterkräfte, das spielte keine Rolle. Er konnte sich selbst in einen weißen Wolf verwandeln. Warum nicht auch in einen Fisch, wenn er dies wollte, und aus der Gefahr herausschwimmen? Draußen schien man eine Art Entscheidung getroffen zu haben. Es war Bewegung in die Menge geraten, und sie vernahm aufgeregtes Lachen. Dann eine lange Pause. Schließlich konnte sie das Knacken eines frisch entzündeten Feuers hören. Ja, natürlich. Sie würden ein Ratsfeuer brauchen, und wahrscheinlich würde Odin dieses mit dem Feuerstahl anzünden und daraus eine großartige Zeremonie machen.

Wie als Antwort auf ihre Gedanken begann draußen ein Singsang. Schnell erkannte sie die Stimme ihres Bruders.

»Wir sind gekommen, dir zu helfen, meine Schwester. Sei bereit ...«, sang Odin. Sein Lied vermischte sich mit unsinnigen Tönen, um den Rhythmus zu halten. Nun hörte der Gesang auf, und die Menge schnappte hörbar nach Luft. Das Feuer? Nein, das war bereits im Gange. Etwas anderes ... Sie wußte nichts vom Schicksal ihres Mannes, aber nun wurde diese Frage auf wunderbar beruhigende Weise beantwortet.

»Odin, der Baum auf dem Kamm im Norden ...«

Tränen der Erleichterung flossen über ihre Wangen, und sie versuchte, die Freude über den Klang seiner Stimme zu unterdrücken. Demnach mußten alle drei am Leben sein.

Draußen folgte noch mehr Konversation, aber mit Handzeichen, so daß sie nicht sagen konnte, was geredet wurde. Aber ihre Zuversicht wuchs, denn sie glaubte fest daran, daß die anderen einen Plan entwerfen würden. Sie mußte bereit sein.

Die Ratsversammlung zog sich hin. Wahrscheinlich tauschten sie Geschichten aus, und das war gut. Es gab den Männern ihres Volkes die Chance, so viel wie möglich über diese Haarlosen zu erfahren. Auch ihre eigene Lage entspannte sich etwas. Die alte Frau legte das Messer beiseite und ließ den jungen Himmel los, der hinüber zu seiner Mutter kroch. Per Handzeichen wurde ihr noch mehrmals gedroht, und Taube nickte verstehend. Sie sprach sanft und kurz mit ihrem Sohn und drängte ihn, weiterhin Schweigen zu bewahren. Die alte Frau starrte sie finster an und bedeutete ihnen schließlich ein letztes Mal, ruhig zu sein. Taube nickte wieder. Nun mußten sie warten. Sie und Himmel mußten bereit sein.

Die drei Männer machten sich für die Nacht fertig. Sie breiteten ihre Schlafdecken rund um das kleine Lagerfeuer aus, sammelten einen Stapel Zweige und schienen sich niederzulassen. Sie brachten sogar ein wenig Glut von dem Ratsfeuer herbei, um ihr kleines Feuer anzuzünden. Den Feuerstrahl nochmals zu verwenden, hätte Aufmerksamkeit erregt, und sie wollten sich so unauffällig wie möglich benehmen.

Nun begann das Pläneschmieden.

»Hast du das Haus gesehen, in dem sie gefangengehalten werden?« fragte Schlange.

»Schau nicht hin«, warnte Odin.

»Natürlich. Aber sieh, es liegt am Rande des Dorfes. Wir können von hinten herankommen.«

»Darauf werden sie achten«, protestierte Nils. »Sie beobachten uns wahrscheinlich jetzt schon.«

»Das ist wahr. Wir müssen sie ablenken. Vielleicht mit einem Feuer?« Schlange nickte zum nächstgelegenen, grasgedeckten Haus.

»Ja!« stimmte Odin zu. »Aber das wird sie sehr wütend machen.«

»Sie werden uns ja sowieso töten wollen, wenn wir Taube befreien«, sagte Nils.

»Ja. Wir müssen bereit sein, alle zugleich zu handeln«, stimmte Odin zu. »Und vielleicht sind sie gefesselt.«

»Laßt sehen, was ich herausfinden kann«, schlug Schlange vor. »Wenn das Feuer etwas niedergebrannt ist, werde ich gehen. Ich denke, daß uns einer von den Bäumen dort im Norden aus beobachtet.«

»Ja, den habe ich auch gesehen«, sagte Odin.

Die Herbstnacht war unangenehm kühl, aber sie machten ein großes Gewese darum, noch mehr Feuerholz zu sammeln und ihre Betten vorzubereiten. Sie liefen durcheinander, wechselten ihre Plätze und versuchten alles, um ihre Wachen zu verwirren, während sie vorgaben, nicht zu wissen, daß sie beobachtet wurden. Sie rollten sich in ihre Decken und erlaubten dem Feuer, herunterzubrennen. Dann erhob sich einer, um nochmals Holz aufzuwerfen.

Im neu aufflammenden Licht sah der Beobachter zwei andere schlafende Formen auf dem Boden, bemerkte aber nicht, daß in einem jener Betten niemand lag. Mit Stöcken und einem Ledersack hatten sie die Decke so hingelegt, daß es aussah, als schliefe jemand darin.

Schlange kehrte zurück, als das Feuer wieder niedergebrannt war, schlüpfte in sein Bett und arrangierte die Decken um sich. Dann setzte er sich auf, warf eine Handvoll Zweige auf die Glut und begann, den anderen zu berichten.

»Einer beobachtet uns von dort, so wie wir gedacht haben«, sagte er. »Ein anderer ist in der Nähe des Hauses postiert, wo Taube und der Junge sind. Aber der schläft fast, dieser hier ist gefährlicher. Ich denke, wir müssen beide niedermachen.«

Sie sprachen leise miteinander, während sie sich offensichtlich an dem wieder auflodernden Feuer wärmten. Die Position der sieben Jäger sagte ihnen, daß mehr als die Hälfte der Nacht vorüber war.

»Wir sollten uns nach Osten wenden, wo wir hergekommen sind«, schlug Odin vor. »Das erwarten sie nämlich. Dann schlagen wir einen Bogen, treffen uns auf dem Hügel und gehen in Richtung Nordwesten.«

»Aber da wollen wir eigentlich nicht hin«, protestierte Nils.

»Das ist wahr, und sie wissen das«, erklärte Odin. »Das ist auch der Grund, warum wir diese Richtung nehmen. Das Wichtigste ist jetzt, diesen Haarlosen zu entkommen. Dann entscheiden wir, was wir als nächstes tun.«

Nils mußte zugeben, daß das richtig war. Sie reckten sich, gähnten und legten sich wieder hin. Sobald es wieder dunkel genug war, schlüpfte Schlange aus seiner Decke. Die anderen zwei warteten auf Schlanges Signal, den Schrei eines Nachtvogels. Das würde ihnen zeigen …

»Da!« rief Odin. »Das Signal. Wir gehen!«

Sie trennten sich. Odin lief mit dem Feuerstahl zum nächstgelegenen Haus, und Nils schlich hinter den Häusern entlang, um an die Rückseite des Hauses zu gelangen, in dem sich seine Frau und sein Sohn befanden. Dort würde er sich mit Schlange treffen, der bereits die Wache, die sie beobachtet hatte, die gefährlichere von beiden, erledigt haben sollte. Der Schrei des Nachtvogels hatte ihnen die Vollendung jener grausigen Tat angezeigt. Vorsichtig näherte sich Nils dem Haus. Er wußte nicht, wo die andere Wache geblieben war. Bei jener kleinen Baumgruppe? Er vernahm das Geräusch eines Handgemenges und dann Stille. Er kniete nieder; gegen den klaren Himmel konnte er die Silhouette einer auf ihn zukommenden Gestalt ausmachen. Er gab ein leises quiekendes Geräusch von sich, ähnlich dem einer Hirschmaus, und sah, daß sich die dunkle Figur ihm zuwandte.

»Schlange?« flüsterte er.

»Hier!«

Der Krieger kniete sich neben ihn, sein Atem ging ein wenig heftig.

»Es ist getan«, sagte Schlange. »Nun warten wir auf Odins Feuer.«

Taube lag in der Dunkelheit, lauschte und wartete. Sie konnte die Atemzüge der anderen Menschen im Haus vernehmen und auch die sanften Schnarcher der alten Frau, die sie bewachte. Heller Himmel kuschelte sich an sie, zuckte nervös in seinem Schlaf. Sanft berührte sie ihn mit ihrem Ellbogen. Sie wußte nicht, ob er oder sie selbst lange genug leben würden, um den Morgen zu sehen. Sie wußte nur, daß die anderen irgendwann vor der Morgendämmerung versuchen würden, sie zu befreien.

Sie wünschte, ihre Hände wären frei, so daß sie sich selbst und ihren Sohn, wenn die Zeit kam, verteidigen konnte. Wolf mußte wissen, daß sie hilflos waren. Sie würde wachsam bleiben, bereit sein und inzwischen daran arbeiten, ihre Fesseln zu lösen. Nun richtete sie ihre Aufmerksamkeit auf die Türöffnung, die mit Häuten verhängt war. Es schien ein Lichtschein hindurchzufallen, der immer heller wurde. Sicher war es noch nicht Morgen, nein, ein Feuer! Natürlich! Ihr Herz machte einen Sprung, und sie setzte sich auf. Heller Himmel wurde schläfrig wach.

»Schsch, mein Sohn«, flüsterte sie. »Halt dich an mir fest und bleib bei mir. Dein Vater wird bald hier sein.«

Nils beobachtete und wartete auf den Funken, der die Ereignisse in Gang setzen würde, die zu ihrer Flucht oder zu ihrem Tod führen konnten.

»Dort«, flüsterte Schlange, der neben ihm kauerte.

Flackerndes Licht glühte am weit entfernten Ende des Dorfes auf. Es dauerte nur wenige Sekunden, bis ein erster Ruf und dann ein zweiter erscholl. Die Menschen liefen schreiend durcheinander, das ganze Dorf war erwacht. Sie mußten sich beeilen. Als Nils die Grasmatte an der Rückseite des Hauses zur Seite riß, mit seinem kurzen Schwert auf sie einhackte, betete er darum, daß niemand dafür abgestellt worden war, die Gefangenen bei einem Fluchtversuch zu töten.

Halb kroch, halb rollte er durch die Öffnung und stieß in der Dunkelheit mit jemandem zusammen.

»Taube!« rief er sanft. »Wo bist du?«

»Hier ... genau hier. Meine Hände sind gefesselt, Wolf!« Rasch schnitt er die Riemen durch, und sie umarmte ihn schnell.

»Wo ist Himmel?« fragte er.

»Direkt neben mir. Er weiß Bescheid.«

Ein dunkler Schatten warf sich auf sie, die Waffe erhoben, und Nils schlug mit seinem Schwert nach ihm. Sein Angreifer schrie und fiel.

Das Feuer verbreitete in einiger Entfernung ein wachsendes, flackerndes Licht. Als jemand die Türhaut beiseite riß, zeichneten sich die Silhouetten der Menschen im Haus gegen das hellere Licht des Türvierecks ab.

»Nach draußen«, drängte Nils. »Schlange wartet draußen.«

Eine Frau bewegte sich auf sie zu und schwang ein kurzes Messer. Taube wandte sich um.

»Warte!« Sie gab nur dieses eine Wort der Erklärung. Mit der Wut einer Wölfin stürzte sie sich auf die Frau. Taube packte den ausgestreckten Arm und zog die Frau nach vorne, ließ sie stolpern und entwand ihr das Messer, alles mit einer einzigen Bewegung. Sie hielt einen Moment inne, offensichtlich überlegend, was sie ihr antun konnte, als die alte Frau schwer atmend in die Knie ging.

»Taube! Komm!« schrie Nils und stieß Himmel durch das Loch ins Freie.

Widerstrebend wandte Taube sich ab.

Draußen nahm sie ein paar tiefe Atemzüge der kühlen, frischen Nachtluft, und Schlange führte sie aus dem Dorf hinaus.

»Wo ist mein Bruder?« fragte Taube alarmiert.

»Er hat das Feuer gelegt«, erklärte Nils. »Er wird später zu uns stoßen. Nun laßt uns eilen!«

87

Sie waren aus der näheren Umgebung des Dorfes schon fast heraus, als Schlange, der die Gruppe anführte, sich plötzlich einem riesigen Hund gegenüber sah. Das Tier schien ihn nicht sofort angreifen zu wollen, sondern gab nur Laut. Schlange hob seinen Bogen und schoß einen Pfeil ab, um es zum Schweigen zu bringen. In dem schlechten Licht traf er jedoch sein Ziel nicht richtig. Er schoß auch nicht ganz daneben, was in diesem Fall vielleicht sogar besser gewesen wäre, wie sich herausstellte. Der Hund ließ ein schmerzerfülltes Aufheulen hören und verfiel dann in ein dauerhaftes Jaulen in den höchsten Tönen, lief im Kreis herum und biß nach dem Pfeil in seiner Flanke. Dieses Geheul würde mit Sicherheit jeden Verfolger auf den Fluchtweg der Gruppe aufmerksam machen.

Nils rannte vor, schwang sein Schwert, und das Schmerzenjaulen des Hundes riß unvermittelt ab.

»Beeilt euch!« rief er.

Nun kamen Menschen näher. Vielleicht drei oder vier Krieger. Nils konnte hören, daß sie sich gegenseitig etwas zuriefen. Er wandte sich an Taube.

»Wir treffen uns mit Odin auf jenem Hügel«, wies er ihr den Weg. »Geh weiter. Wir werden folgen.«

»Nein!« beharrte sie. »Wir müssen zusammenbleiben.«

Nun erst sah er im dämmrigen Sternenlicht, daß sie eine Kriegskeule trug. Offensichtlich hatte sie diese an sich genommen, als sie das Haus verlassen hatten.

»Es ist gut«, sagte er, obwohl er vom Gegenteil überzeugt war.

Nun konnten sie die Krieger sehen, die auf sie zuliefen. Schlange schoß einen Pfeil ab, und der erste ihrer Verfolger stolperte und fiel.

»Hinter den Baum dort, Himmel!« schrie Nils und gab dem Jungen einen sanften Stoß. Dann fuhr er herum, um einem Angreifer, der mit einer Keule oder Axt auf ihn zustürmte, entgegenzutreten. Nils duckte sich unter dem Schlag des Angreifers hindurch und war diesem dann zu nah, als daß dessen Waffe noch wirksam sein konnte. Sie rangen miteinander, kämpften um einen Vorteil. Nils stieß mit dem Schwert nach den Beinen des Mannes und bemerkte an dem Zurückweichen des anderen, daß er getroffen hatte. Er rammte dem Feind das Knie in den Unterleib, und als der Haarlose sich zusammenkrümmte, hämmerte er das Heft seines Schwertes auf dessen Hinterkopf. Er ließ noch einmal die Klinge herabsausen, bevor er sich nach den anderen umsah.

Schlange wurde gerade mit dem anderen Angreifer fertig, aber ein anderer ging von hinten auf ihn los. Nils eilte ihm zu Hilfe, aber bevor er in den Kampf eingreifen konnte, trat Taube mit der Kriegskeule hinter einem Baum hervor.

Wahrscheinlich sah der Haarlose sie überhaupt nicht. Als die Keule ihn im Gesicht traf, gab es ein Geräusch wie von einem reifen, zerplatzenden Kürbis. Er taumelte zurück und ging mit einem dumpfen Laut zu Boden.

»Kommt«, sagte Schlange, »wir müssen weiter.« Ihre Spuren würden verfolgt werden, aber damit konnten ihre Verfolger erst bei Tagesanbruch beginnen. Und bis dahin konnten sie weit entfernt sein.

Die Dämmerung hatte noch nicht begonnen, als der hastig einberufene Rat zusammentrat. Weißer Reiher schäumte vor Wut.

»Drei Männer, eine Frau und ein kleines Kind!« schrie er. »Und wir haben sechs, nein, sieben tote Krieger! Vier in den Wäldern, zwei Wachen und einen in seinem eigenen Haus!«

»Aber Otter ...«, begann jemand.

»Dies ist nicht länger nur Otters Angelegenheit!« geiferte Reiher. »Sie haben uns gedemütigt. Wir müssen sie fangen und sie lehren, daß niemand unserem Volk so etwas ungestraft antut.«

»Und sie alle töten? Die Frau und das Kind auch?« fragte ein anderer.

»Sie gehört mir«, protestierte Otter.

»Otter, in dieser Angelegenheit hast du jetzt nichts mehr zu sagen!« knurrte Weißer Reiher. Er hielt inne und dachte nach. »Vielleicht lassen wir einen laufen, damit er weitererzählen kann, daß man uns besser nicht herausfordert.«

»Vielleicht die Frau, nachdem die Krieger mit ihr fertig sind?« schlug jemand vor. Es gab ein oder zwei Gluckser, aber keiner wagte viel zu sagen, solange sich Weißer Reiher in der gegenwärtigen Stimmung befand.

»Vielleicht«, stimmte Reiher zu. »Aber erst fangen wir sie ein. Ich werde die Führung übernehmen; ein paar Krieger genügen ... nicht so viele ... zehn, zwölf ... ein Fährtensucher ... Ist Frettchen hier?«

»Ja, Onkel«, antwortete der Fährtensucher.

»Gut! Kommst du mit?«

Der Fährtensucher nickte. »Das ist gut. Sowie es hell wird, brechen wir auf.«

Als das erste gelbe Licht des Tages anbrach, legten die Flüchtlinge auf dem Hügelkamm eine Pause ein. Sie hatten bis dahin die meiste Zeit damit verbracht, eine falsche Spur zurück zum Fluß zu legen.

»Nicht zu offen, aber laßt Spuren von uns allen sehen«, hatte Odin sie angewiesen. Nicht lange nach dem Zusammenstoß in den Wäldern war er zu den anderen gestoßen. Jetzt ruhten sie sich aus und warteten auf Tageslicht, bevor sie sich in unbekanntes Terrain wagten. Die Pause durfte nicht lange dauern, wenngleich sie jedes bißchen Kraft würden in den nächsten Tagen brauchen können. Schlange saß ein kleines Stück von den anderen entfernt, den Kopf gesenkt. Odin warf ihm einen Blick zu, dann einen noch längeren, stand auf und ging zu ihm.

»Schlange ... was ... aiee! Du bist verletzt!«

Auf Schlanges Lederhemd zeichnete sich rund um ein Loch ein breiter Blutfleck ab.

Schlange nickte. »Ein Pfeil ... Er steckt noch immer drin.«

»Warum hast du nichts gesagt?«

»Was hätte ich sagen sollen? Da gibt es nichts mehr zu tun.«

»Du hast den Pfeil abgebrochen?«

»Nein, herausgerissen. Die Spitze ist drinnen geblieben. Ich spüre sie, wenn ich tief einatme; es fällt mir jetzt schwerer.«

»Was können wir tun, um dir zu helfen?«

Schlange lächelte. »Nichts. Und du weißt es, mein Freund. Heute werde ich auf die Andere Seite gehen und meine Frau wiedersehen.«

Er hustete und wischte danach Blut von den Lippen. Odin erkannte, daß seine Lungen sich langsam mit Blut füllten und er allmählich erstickte.

»Ich werde hier warten«, fuhr Schlange fort. »Wenn sie die Spur zu schnell finden, kann ich vielleicht ein oder zwei mitnehmen.«

Nils gesellte sich zu ihnen. »Was ist los?«

»Ein Pfeil«, erklärte Odin. »Er stirbt.«

»Aber ... wann? Wann ist das passiert?«

»Das spielt keine Rolle, Wolf.«

Schlange wurde allmählich schwächer. »Geht weiter«, sagte er zu ihnen. »Ihr könnt bei Einbruch der Dunkelheit weit entfernt sein.« Er hielt inne, um wieder zu Atem zu kommen, und lächelte grimmig. »Und ich auch, denke ich.«

Es gab nichts mehr zu tun oder zu sagen. Sie machten es dem Verletzten so bequem wie möglich, ließen ihm ein wenig Wasser und ein paar Bissen getrockneten Fleisches zurück.

»Das werde ich nicht mehr brauchen«, protestierte Schlange.

»Das ist für deine Reise auf die Andere Seite«, sagte Odin.

»Aber es ist nur eine kurze Reise, mein Freund.« Schlange lächelte schwach.

Taube hielt einen Moment inne und versuchte, ihre Tränen zurückzuhalten. »Ich danke dir«, sagte sie mit tränenerstickter Stimme.

»Es ist nichts«, antwortete Schlange ihr.

Sie überquerten den Kamm und fanden einen Pfad, der in Richtung Nordwesten führte.

»Wir wollten nicht zu viele Spuren zurücklassen«, warnte Odin sie. Er würde die Nachhut bilden und versuchen, so viele Spuren zu verwischen, wie er konnte.

Ihre Herzen waren schwer, als sie weitergingen.

Schlange war schläfrig zumute. Er hatte das Gefühl für die Zeit verloren, wußte aber, daß er geschlafen hatte, aufgewacht und wieder eingeschlafen war. Nun hatte ihn etwas geweckt, der Warnschrei einer Krähe auf einem Baum in der Nähe. Er schaute hoch zu dem Vogel. »Danke dir, Großvater«, murmelte er.

Er befeuchtete seine Lippen, wartete und sah den Hang hinunter auf den Pfad, der zum Dorf führte. Gut, daß die Sonne tief im Westen stand. Das freute ihn aus einer Reihe von Gründen. Es bedeutete, daß seine Freunde jetzt schon eine gute Strecke zurückgelegt hatten. Es bedeutete auch, daß die verfolgenden Haarlosen einen ganzen Tag damit vergeudet hatten, die falsche Fährte zu deuten. Außerdem hatten sie jetzt die Sonne gegen sich und würden ihn nicht sehen, bis es zu spät war.

Er legte einen Pfeil an die Sehne, hob den Bogen und hoffte, noch genug Kraft zu haben, um sie zu spannen. Der erste der Kriegergruppe trat zwischen den Bäumen hervor und rannte auf ihn zu. Die Krähe flog davon, laut krächzend.

Der führende Mann schien völlig arglos, als Schlange den Atem anhielt und Pfeil und Bogen an den Kopf hob, bis die Schmerzen in der Brust ihn zusammenzucken ließen. Die Sehne surrte, und Schlange wußte, daß sein Pfeil auf dem richtigen Weg war. Otter stürzte nach hinten, der gefiederte Schaft des Pfeiles ragte direkt unterhalb seiner Rippen aus dem Bauch. Die anderen Krieger verstreuten sich und warfen sich auf den Boden, als Schlange seine Stimme zum Todesgesang erhob.

Erde und Himmel bestehen für ewig,
aber heute ist ein guter Tag zum Sterben.

Er versuchte, einen anderen Pfeil anzulegen, aber seine Sicht trübte sich, und seine Finger wollten ihm nicht mehr gehorchen. Er starrte auf seine Hände, als gehörten sie jemand anderem, als sähe er sie in diesem Moment zum ersten Mal.

Die Krieger verteilten sich über den Hang, aber es dauerte eine kleine Weile, bevor ihnen klar wurde, daß ihnen nur ein einziger Mann im Wege stand – oder eher im Wege lag. Als sie ihn schließlich angriffen, fanden sie ihn mit einem zufriedenen Lächeln auf dem Gesicht und gebrochenen Augen, die in die Sonne blickten.

Weißer Reiher starrte auf den toten Mann, und für einen Augenblick sah es so aus, als wolle er sich auf die Leiche stürzen.

»Sohn eines kotfressenden Hundes«, zischte Reiher zwischen zusammengebissenen Zähnen hervor. »Du hast uns geschlagen. Aber deine Freunde werden es bereuen, wenn wir sie fangen.«

88

»Ich denke, daß wir für unseren Freund Schlange eine Trauerzeremonie abhalten sollten«, sagte Rufende Taube, nachdem sich die Flüchtlinge bei Einbruch der Dunkelheit entschlossen hatten, ein Lager aufzuschlagen, denn diese Nacht würde kein Mond scheinen.

Ihr Vorsprung mußte noch immer groß sein.

Das Feuer und der Tod der Haarlosen hatten ihre leise Hoffnung, daß es vielleicht gar keine Verfolgung geben würde, zunichte gemacht. Die einstigen Peiniger von Taube und Hellem Himmel würden eine solche Niederlage nicht so einfach hinnehmen.

Die Flüchtenden hatten jedoch zumindest im Moment noch einige Vorteile auf ihrer Seite. Zunächst war die Befreiung der Gefangenen überraschend erfolgt; es mußte eine Weile gedauert haben, bis die Haarlosen die Verfolgung organisiert hatten; hinzu kamen Odins kluge Tricks mit den in die Irre führenden Spuren. Wenn Schlange noch am Leben gewesen war, als die Haarlosen die Fährte zum Fluß als falsch erkannt hatten, würde er sicherlich einen Weg gefunden haben, sie noch weiter aufzuhalten.

Aber all das waren nur kurzfristige Vorteile, wenn man ihre gesamte Lage bedachte. Sie sprachen zwar nicht darüber, aber sie waren verzweifelt. Es ging vielleicht gar nicht darum, ob es ihnen gelang zu entkommen, sondern nur darum, wie lange sie überleben konnten. Nils wußte, daß sie heute abend darüber sprechen würden.

»Ist es weise?« fragte er als Antwort auf die Bemerkung seiner Frau, »den Trauergesang laut zu singen?«

Odin zuckte mit den Achseln. »Warum nicht? Wir sind ihnen weit voraus, vielleicht sogar einen ganzen Tag. Wir haben keine Anzeichen auf andere Menschen hier bemerkt. Ja, ich denke, wir sollten um unseren Bruder trauern.«

»Wir können es nicht richtig machen, nicht drei Tage lang«, gab Taube zu. »Aber wir können zeigen, daß wir es aufrichtig meinen.«

Und so veranstalteten sie eine stark verkürzte Trauerzeremonie, dort in der Dunkelheit eines kalten und unbequemen Lagers.

»Können wir nicht ein Feuer anzünden?« fragte Himmel. »Es ist kalt.«

»Nicht heute nacht«, entgegnete Odin seinem Neffen. »Wir wissen noch nichts über den Geist dieses Landes.«

»Aber ist es nicht der Sinn eines Feuers, Onkel, etwas über seine Geister zu erfahren?«

»Ja, Himmel, aber da sind auch die Männer, die uns jagen, und wir wissen nicht genau, wo sie sind. So ... vielleicht morgen. Hier, wickel dich in deine Decke.«

Bald darauf war der Junge eingeschlafen, müde von dem langen Tag und dem schnellen Lauf. Die drei Erwachsenen setzten sich etwas abseits, um über ihre Situation zu sprechen. Ihnen allen war klar, daß ihre Zukunft, wenn sie denn eine hatten, nicht sehr vielversprechend aussah.

»Laßt uns zuerst entscheiden, wo wir hingehen, und dann, wie wir es am besten tun, ja?« schlug Odin vor.

»Wir haben das Kanu«, bemerkte Nils. Noch immer kam sein nordisches Erbe durch. *Ein Mann ohne Boot …*

»Aber es ist nicht hier«, sagte Taube. »Es ist zweimal Schlafen weit weg, und zwischen uns und dem Kanu sind die Haarlosen.«

»Das ist wahr«, gab Nils zu. »Aber wäre es nicht gut, sie noch einmal zu täuschen, indem wir umkehren?«

»Ich denke«, grübelte Odin, »daß sie das erwarten. Laßt uns nun überlegen … Die Hauptsache ist jetzt, unseren Verfolgern zu entkommen. Vielleicht verlieren sie unsere Fährte, aber daran glaube ich nicht recht. Und sie kennen das Land, während es uns völlig unbekannt ist.«

»Was schlägst du vor?« wollte Nils wissen.

»Wir müssen am Leben bleiben, um das Kanu benutzen zu können. Und es ist möglich, daß sie es zerstört oder weggenommen haben. Wir können uns nicht darauf verlassen. Lassen wir das Kanu erst mal beiseite.« Er unterbrach sich selbst und lachte grimmig. »Jedenfalls den Gedanken an das Kanu.«

Nils nickte zustimmend. »Und?«

»Und«, sagte Odin einfach, »die Haarlosen sind da, in dieser Richtung, und wir gehen dorthin, in die andere.«

»Weiter weg von unserem Kanu!« meinte Nils verärgert.

»Bis wir sicher sind, daß sie uns nicht mehr folgen«, antwortete Odin. »Und dann können wir, wenn wir wollen, zurückgehen und es suchen.«

Es war offensichtlich, daß das Kanu, das für Nils die Antwort auf all ihre Probleme darstellte, für Odin eine völlig andere Bedeutung besaß. Er betrachtete eine Rückkehr dorthin, wo sie das Boot zurückgelassen hatten, offensichtlich als ein größeres Problem als das, welches Nils damit zu lösen hoffte. »Aber wir wissen nichts über das Land, das vor uns liegt«, argumentierte Nils.

»Und wir werden nie etwas darüber erfahren, wenn wir tot sind«, gab Odin zurück. Dann redete er in einem etwas überzeugenderen Ton weiter. »Sieh, mein Fast-Bruder. Einiges wissen wir über dieses Land. Es gibt einen Fluß nördlich von uns, denjenigen, der in den großen Fluß mündet – denjenigen, der dein Kanu zermalmt hat! Wir können auf unserer Flucht nach Nordwesten auf diesen Fluß stoßen und dann entscheiden, ob wir ihm flußabwärts folgen, wieder an den Haarlosen vorbeiziehen, oder in die andere Richtung zu unserem Volk zurückkehren.«

»Aber unser Volk ist weit flußaufwärts auf dem großen Fluß.«

»Ja, aber auf dieser Seite. Wir müssen in jedem Fall irgendwo anders überwintern, Wolf. Ich möchte nicht in der Nähe der Haarlosen bleiben.«

»Ich hatte gehofft, diesen Winter in der Nähe von *meinen* Leuten zu verbringen, Odin.«

»Ich weiß. Aber es scheint, Wolf, daß wir ihnen nicht näher gekommen sind, seit wir unser Volk verlassen haben. Wir werden sie in diesem Jahr nicht mehr finden.«

Es war das erste Mal, daß dieser Gedanke ausgesprochen wurde, und er kühlte Nils' Hoffnung ab wie das Stück eines Eisberges, das in das Nordmeer stürzt. Außerdem enthielt er den unausgesprochenen Zweifel, der ihm stets bewußt war: Wenn wir sie *jemals* finden!

»Wir werden es wieder versuchen, mein Bruder«, sagte Odin sanft. »Aber in einem anderen Jahr. Jetzt müssen wir diesen Haarlosen entkommen, nicht wahr?«

Nils schwieg einen Moment. Wie immer hatte Odin einen größeren Realitätssinn. Er mußte ihm natürlich recht geben und fragte sich, wie es gekommen war, daß er selbst das Offensichtliche so lange übersehen hatte.

»Es ist gut«, sagte er resigniert.

»Es ist zumindest das, was wir tun müssen«, stimmte Odin zu. »Nun laßt uns ausruhen. Wir müssen los, sobald das Licht es erlaubt.«

»Ihr Fährtensucher ist sehr geschickt«, sagte Weißer Reiher. »Das muß der Einäugige sein. Ich glaube immer noch nicht, daß der Weißhaarige mit seinen blauen Augen gut sieht.«

»Er sieht einige Dinge«, sagte einer der anderen. »Die Frau ist seine.«

»*War* seine«, schnappte Reiher zurück.

»Vielleicht war der Mann, der Otter getötet hat, ihr Fährtensucher. Das würde alles einfacher machen.« Weißer Reiher sah den Sprecher mit unwilligem Hohn an. »Der lag schon im Sterben, als sie die falsche Fährte gelegt haben«, erklärte er. »Abgesehen davon ist es niemals einfach, wenn der Feind geschickt ist.«

»Wenn der Weißhaarige wirklich ein heiliger Mann ist«, sagte ein anderer, »ist das hier nicht gefährlich?«

Wieder wurde Weißer Reiher wütend. »*Ich* bin gefährlich!« schrie er. »Wenn wir diejenigen, die unsere Krieger getötet haben und unsere Häuser in Brand gesteckt haben, nicht fangen oder töten können, dann sind wir keine *Männer*!«

Es war spät am Tag gewesen, als sie Schlange gefunden hatten. Selbst im Todeskampf hatte er noch einen anderen starken Krieger mit sich genommen. Und aus Vorsicht hatten sie noch mehr Tageslicht verbraucht, bis sie sicher gewesen waren, daß niemand anders mehr im Hinterhalt lag. Schließlich hatten sie begriffen, daß ihre Beute entschlüpft war.

Dann hatte immer noch die Notwendigkeit bestanden, sich zu vergewissern, daß die Flüchtlinge weiterhin in Richtung Nordwesten flohen.

»Warum gehen sie in diese Richtung? Sie müssen doch zurück zum Fluß!«

Sorgfältig hatten sie die verschiedenen Spuren, den offensichtlichen Abdruck eines Mokassins hier, einen abgebrochenen Zweig dort, entwirrt. Doch aufgrund der vielen Tricks und falschen Fährten waren sie den Verfolgten bei Einbruch der Dunkelheit nicht sehr dicht auf den Fersen gewesen. Jede dieser falschen Fährten hatte Weißen Reiher noch wütender und noch entschlossener gemacht.

Nun waren falsche Fährten nicht mehr zu erkennen und sie hatten für die Nacht ein Lager aufgeschlagen.

»Morgen werden wir es besser machen«, versprach Reiher.

»Wir kennen sie jetzt besser, und sie sind uns noch nicht einmal einen Tag voraus.«

Es bestand kein Zweifel mehr, daß diejenigen, denen sie folgten, wirklich nach Nordwesten flüchteten. Ein alter, von Hirschen und Elchen benutzter Wildwechsel schlängelte sich in diese Richtung. Er verlief grob parallel zu einem stärker benutzten Pfad entlang des Flusses. Obwohl er offener und einfacher zu begehen war, konnte er zu bestimmten Zeiten tief und verschlammt sein. In diesem Jahr hatten die schweren Herbstregen eine Flut hervorgerufen und einige Stellen unpassierbar gemacht. Dann war es durchaus üblich, auf den höheren Weg auszuweichen. Dieser Hochlandpfad war zwar felsig und teilweise sehr steil, aber es gab auch Vorteile für die Flüchtlinge. Neben besseren Aussichtspunkten, die ihnen erlaubten, den Pfad zu überblicken, konnten sie ihre Fährten leichter verwischen. Außerdem bot ihnen das felsige Gelände auch mehr Möglichkeiten für einen Hinterhalt, so daß ihre Verfolger vorsichtig sein mußten. *Aber woher wußten sie das?* fragte Weißer Reiher sich selbst zornig. *Sind sie etwa keine Fremden hier?*

In seinem Hinterkopf begann der kleine Funke eines Zweifels zu glimmen. War dieser seltsame, hellhaarige heilige Mann *wirklich* so mächtig, wie sein einäugiger Helfer behauptete? Sicherlich nicht. Die Farbe des Steines zu verändern ... ein Trick. Wie er den Stern, der sich nicht bewegt, gesehen hatte ... eine glückliche Vermutung. Feuer aus einem Stein schlagen ... Nun, Reiher konnte nicht leugnen, daß es sich so zugetragen hatte. Vielleicht war es der glänzende Talisman gewesen, der in der Hand des Einäugigen gelegen hatte.

Aber selbst als Reiher nun über all diese Dinge nachdachte, kam ihm kein Gedanke an Umkehr. Im Grunde war er sogar entschlossener denn je. Er konnte es niemandem durchgehen lassen, ihn dermaßen zu beschämen.

Ursprünglich hatte er gegen die Gefangennahme der Frau und des Kindes durch Otter und seine Brüder kaum etwas einzuwenden gehabt. Vielleicht war es sogar ganz amüsant, eine wunderschöne Frau aus einem völlig anderen Volk im Dorf zu haben. Otter oder einer seiner Brüder konnte sie zur Frau nehmen und den Jungen, der stark und behende aussah, adoptieren. Reiher hätte nichts dagegen gehabt.

Aber nach der Ankunft der Männer, die auf der Suche nach der Frau und dem Kind waren, hatte er seine Einstellung geändert. Ganz offensichtlich unterschieden sich die Fremden sehr stark von allen anderen, die jemals in ihrem Gebiet gewesen waren. Reiher hatte sich in ihrer Gegenwart sehr unwohl gefühlt und Otter dazu gedrängt, die Frau freizulassen. Und das, so wußte er jetzt, wäre das Beste gewesen. Aber Otter war stur gewesen und die Frau *seine* Gefangene.

Wären die folgenden Ereignisse vorauszusehen gewesen, hätte der Rat Otter vielleicht dazu gezwungen, seine Gefangenen aufzugeben. Aber die Fremden, selbst wenn zu ihnen ein Weißhaariger mit seltsamen Kräften gehörte, schienen nur eine kleine Bedrohung zu sein. Alles in allem waren es schließlich nur drei Männer, einer mit nur einem Auge und einer, der sehr alt wirkte und vielleicht sogar blind war …

Noch bevor jener erste Morgen herangedämmert war, lag es auf der Hand, daß Reiher sie falsch eingeschätzt hatte. Offensichtlich hatten die Fremden von Anfang an gewußt, daß sich die Frau im Dorf befand. Sie hatten sie und den Jungen befreit, sieben Menschen getötet, eines der Häuser niedergebrannt und tatsächlich fliehen können. Das konnte er noch immer nicht so recht fassen.

Reiher versuchte, sich selbst zu trösten: Zum einen waren die Fremdlinge nicht ohne Verluste entkommen. Der Krieger, der von den dreien der Fähigste gewesen zu sein schien, war tot, selbst wenn dieser Mann es noch geschafft hatte, Otter mit auf die andere Seite zu nehmen. Zum anderen würde die Rache süß sein! Er hoffte, daß sie alle lebend fangen konnten, und er malte sich in Gedanken aus, welche Demütigungen er ihnen auferlegen würde. Langsam … ja … Sie konnten sich für die Folter und für die Erniedrigungen alle Zeit der Welt lassen. Erst die Frau zusehen lassen, wie man ihren Mann seiner Männlichkeit beraubte und dann *ihn*, wie die Krieger *ihre* Bestrafung vornahmen. Reiher lächelte; der Ausdruck auf seinem Gesicht spiegelte nichts als rachsüchtigen Zorn wider.

89

Jeder Tag schien ihnen nun ein wenig heller zu sein, ein wenig hoffnungsvoller. Vor drei Nächten hatten sie Schlange zurückgelassen. Später würden sie dazu kommen, um ihn zu trauern, und für diesen Freund, der sein Leben für sie gegeben hatte, zu singen.

Sie vermieden es, mit irgendeinem der Dörfer oder Siedlungen, an denen sie vorbeikamen, Kontakt aufzunehmen. Ohne Probleme konnten sie solche Behausungen umgehen. Manchmal trafen sie auf dem Pfad auf andere Reisende und konnten einen kurzen Austausch mit Handzeichen nicht vermeiden. Es bestand immer das Risiko, daß diese nach ihrer flüchtigen Begegnung auf die Haarlosen treffen und ihnen über das Befinden der Flüchtlinge berichten würden. Aber das ließ sich nicht immer vermeiden.

Sie waren nicht sicher, ob sie noch immer verfolgt wurden. Nach jenem Tag unternahmen sie nicht mehr so viel, um ihre Fährte zu verwischen. Ob man nun hinter ihnen her war oder nicht, es gab nichts mehr, was sie daran ändern konnten. Sie konnten nachts sogar ein Feuer anzünden, etwas abseits vom Pfad und vor neugierigen Blicken gut verborgen. Das erlaubte ihnen, jede Beute, derer sie auf ihrer Reise hatten habhaft werden können, zu kochen: Kaninchen, Eichhörnchen, einmal auch ein Truthahn. Die Erwachsenen hielten abwechselnd Wache, damit jeder sich ausruhen konnte. Sie fielen in einen immer wiederkehrenden Trott aus Reise, Jagd und Schlaf.

Dennoch existierte dieser nagende Zweifel, ob sie verfolgt wurden.

»Wir haben sie schwer getroffen«, bemerkte Nils. »Hält sie das nicht vielleicht davon ab?«

»Ich denke«, sagte Taube, »daß es vielleicht *genau das* ist, was sie uns folgen läßt. Diese Haarlosen sind stolz. Sie werden auf Rache aus sein.«

Odin nickte. »Das wäre möglich. Taube konnte sie länger beobachten, und sie hat recht. Vielleicht sollten wir uns Gewißheit verschaffen.«

»Wie stellst du dir das vor?«

»Nun, wie weit könnten sie hinter uns sein?« überlegte Odin. »Einen Tag? Ich werde zurückgehen und nachschauen.« Er warf einen Blick auf den Stand der Sonne. »Es ist kurz nach Mittag. Bei Einbruch der Dunkelheit sollte ich ihr Lager für die Nacht erreichen. Und gegen Morgen bin ich dann wieder bei euch.«

»Aber so wirst du überhaupt nicht zum Schlafen kommen«, protestierte Nils.

»Das ist nur wie eine längere Wache«, sagte Odin. »Wir müssen es wissen, Wolf.«

Er erhob sich von dem Fleck, auf dem er sich ausgeruht hatte, winkte kurz zum Abschied und war verschwunden. Taube schulterte ihren Packen. »Laß uns gehen«, sagte sie einfach.

Nils fühlte sich nicht wohl dabei, aber ihm war klar, daß es sein mußte. Mit ihrer eigentlichen Flucht hatten sie Erfolg gehabt, aber es war wichtig für sie zu wissen, ob sie noch immer von rachsüchtigen Haarlosen verfolgt wurden – nicht nur für den weiteren Verlauf ihrer Reise, sondern auch für ihr Überleben.

An diesem Abend schlugen sie ihr Lager recht früh auf, nicht weit vom Pfad und ohne Feuer. Nils übernahm die erste Wache und Taube die zweite, nah genug am Weg, so daß sie Odin gegen Morgen begrüßen konnte. Sie hatten abgesprochen, daß sie aufbrechen würden, wenn er bis zum vollen Tageslicht nicht bei ihnen eingetroffen war. Odin würde sich wieder zu ihnen gesellen, wenn es ihm möglich war.

Wenn er kann, dachte Nils, verdrängte diesen unerfreulichen Gedanken jedoch sofort wieder. Odin war erfahren und hatte wiederholt bewiesen, daß er ein Meister im Überleben war. Nils lehnte seinen Rücken in einer bequemeren Position an den Baum und warf einen Blick über seine Schulter auf die zwei schlafenden Gestalten hinter sich. Er fühlte sich schuldig bei dem Gedanken an die Gefahr, die er über seine Frau und seinen Sohn gebracht hatte.

Aber beide hielten sich sehr gut. Es kamen keine Klagen von Himmel, der ihre Flucht wie die Reise auf dem Fluß als ein Abenteuer aufzufassen schien.

Und Taube ... Sein Herz war voller Liebe für sie. Er mußte sich glücklich schätzen, eine solche Frau gefunden zu haben, hier, in dieser seltsamen Welt, so fern von seiner eigenen. Gab es *irgendwo* auf der Welt noch eine solche Frau? Und er hatte ihre Liebe und ihr Vertrauten mit dieser Situation vergolten. Als Flüchtlinge war ihrer aller Leben bedroht, doch sie schien ihn noch nicht einmal dafür verantwortlich zu machen, was seine Schuldgefühle nur noch verstärkte.

Taube rührte sich, setzte sich auf und warf einen Blick auf den Himmel. Die sieben Jäger, die in einem Kreis rund um den Nordstern standen, zeigten ihr an, daß es etwa Mitternacht war. Sie verschwand hinter ein paar Büschen, denn sie hatte vor dem Schlafengehen extra viel Wasser getrunken, um ihre Blase zu zwingen, sie für die zweite Wache aufzuwecken. Dies war eine übliche Methode des Stammes, die er selbst auch schon ausprobiert hatte.

Sie kam zurück, um ihre Decke aufzunehmen. Dann ging sie zu ihm und kuschelte sich an ihn.

»Alles in Ordnung?«

»Alles gut. Ich habe nichts gesehen.«

»Unser Sohn schläft.«

»Ja, es ist ein guter Sohn, Taube. Er ähnelt seiner Mutter.«

Er öffnete das eine Ende seiner Decke und zog sie zu sich ins Warme, hielt sie fest in den Armen und wärmte sie beide.

»Gut! Du bist warm«, sagte er.

Seine Frau kicherte. »Hast du gedacht, ich wäre kalt?« fragte sie.

»Nein. Aber es ist gut, daß du warm bist.«

Sie kicherte nochmals, ein sanftes musikalisches Geräusch, das sein Herz wärmte und seine Phantasie beflügelte.

»Und du?« sagte sie. »Bleibst du eine Weile hier, um *meine* Decke zu wärmen?«

»Ich denke, Frau, daß es nicht deine Decke ist, von der du wünschst, daß ich sie wärme«, sagte er ernst. Er küßte sie auf den Mund, feucht, warm und begierig ...

»Du mußt ein bißchen schlafen«, sagte sie eine kleine Weile später. »Ich hätte dich nicht davon abhalten sollen.«

»Ich habe mich nicht beklagt«, erinnerte Nils sie. »Ich werde gut schlafen.«

»Und ich muß wach bleiben«, seufzte sie, um ihn zu necken.

»Möchtest du, daß ich deine Wache übernehme?«

»Nein, nein. Du weißt, ich wollte dich nur ärgern. Du weißt, ich habe geschlafen.«

Er gab ihr einen letzten Kuß und erhob sich, um seine Schlafdecke genau dort auszubreiten, wo Taube zuvor gelegen hatte.

Es war noch einige Zeit bis zur Morgendämmerung, als Taube auf ein Geräusch aufmerksam wurde, das sich auf dem Pfad näherte. Schnell stand sie auf und griff nach ihrer Kriegskeule. Aber dann erkannte sie die einsame Gestalt, die im trüben Sternenlicht auf sie zugelaufen kam.

»Odin?« rief sie sanft.

Der Mann hielt mitten auf dem Weg an und wandte sich ihr zu.

»Taube?«

»Ja. Hier. Setz dich.«

Beide ließen sich nieder. Odins Atem ging etwas schnell von dem langen Dauerlauf. »Sie kommen«, sagte er nur.

»Ich habe es mir gedacht. Wir haben dich nicht vor dem Morgen erwartet. Sind sie so nah?«

»Nein, aber nah *genug*. Ein halber Tag, vielleicht weniger.«

»Wie viele?«

»Zehn, zwölf.«

»Sollen wir Weißen Wolf aufwecken?« fragte sie.

»Nein, laß ihn schlafen.« Odin warf einen Blick auf den Himmel. »Vielleicht werde ich ein wenig schlafen. Ist mit dir alles in Ordnung?«

»Natürlich. Wolf hat die erste Wache übernommen.«

»Das ist gut. Ich schlafe jetzt.«

Odin breitete seine Decke aus und rollte sich für einen kurzen Schlaf ein.

Beim ersten Dämmerlicht waren alle vier wieder auf dem Weg. Es überraschte sie nicht wirklich, daß man sie weiterhin verfolgte. Es war sogar irgendwie eine Erleichterung, denn nun wußten sie, wovor sie sich fürchteten. Es ist wesentlich besser, sich einer realen Gefahr als dem Unbekannten stellen zu müssen!

»Wir werden versuchen, sie zu täuschen«, sagte Odin. »Aber nicht ständig. Nur manchmal. Dann müssen sie vorsichtig sein, *alles* in Erwägung ziehen, denn sie wissen nicht, welche Spur falsch und welche richtig ist.«

Sie gingen weiter, Odin hielt ab und zu an, um irgendwo einen strategisch günstigen Fußabdruck zu hinterlassen. Bei einer dieser Gelegenheiten starrte er lange Zeit auf einen umgestürzten Baum, der gefährlich labil an einem steilen Abhang über der Quelle balancierte, aus der sie tranken.

»Was ist los?« fragte Nils.

»Kannst du dich an das Volk erinnern, das so gut Fallen bauen konnte«, fragte Odin langsam. »Wir haben einen Winter bei ihm verbracht.«

»Ja. Was ...«

»Sieh dir mal den Baumstamm dort an. Eine Falle, die groß genug für einen Bären wäre. Die Felsen darüber ...«

»Odin, wir haben keine Zeit, um Bären zu jagen.«

»Nicht Bären. Haarlose.«

»Du meinst das *ernst*?«

»Ja, vielleicht. Etwas, das sie ein wenig aufhalten wird.«

»Aber es wird auch *uns* aufhalten.«

»Nur kurz, aber wenn es dann ein paar weniger von ihnen gibt, hilft uns das auch.«

»Sie würden niemals in eine solche Falle tappen!«

»Das ist wahr«, stimmte Odin zu. »Es darf nicht aussehen wie eine Falle. Der Köder muß irgendwo anders sein.«

Er stand auf, ging ein wenig hin und her und sah sich die Sache aus verschiedenen Blickwinkeln an.

»Sie werden diesen Platz bei Einbruch der Dunkelheit erreichen«, sagte er halb zu sich selbst. »Das ist gut ... das Licht ...«

In Gedanken begann er bereits, die Falle aufzustellen.

Kurz vor Einbruch der Dunkelheit kam Weißer Reiher mit seinen Kriegern den Pfad entlang. Vor langer Zeit war er schon einmal hier gewesen, und er erinnerte sich an eine Quelle, eine Lichtung – ein guter Platz, um die Nacht zu verbringen.

Offensichtlich wußten die Flüchtlinge jetzt, daß sie immer noch verfolgt wurden. Frettchen hatte die irreführenden Fährten gewissenhaft enträtselt, aber das hatte sie Zeit gekostet.

»Sie sind sehr klug«, hatte der Fährtensucher protestiert, um sich vor dem Zorn seines Anführers zu rechtfertigen. Gerade eben hatte er eine ganze Weile damit verbracht, sich zu vergewissern, daß diejenigen, denen sie folgten, noch immer geradeaus gingen. Frettchen hielt das für wahrscheinlich, aber er hatte erst einen abgebrochenen Zweig und einen halben Fußabdruck mehr suchen müssen.

Jetzt näherte sich jedoch die Zeit, um für die Nacht ein Lager aufzuschlagen. Der Fährtensucher ging voran, damit die anderen nicht irgendwelche wichtigen Spuren oder Zeichen zerstörten. Außerdem war er sich ziemlich sicher, daß sie den Flüchtlingen näher kamen. Die Spuren schienen frischer zu sein.

Ah ja, dort vorne war die Quelle, von der Weißer Reiher gesprochen hatte. Natürlich war es auch ein guter Platz für einen Hinterhalt. Darüber machte er sich jedoch keine weiteren Gedanken, denn drei Erwachsene und ein Kind würden nicht einen halben Tag verschenken, um ein Dutzend gut bewaffneter Krieger anzugreifen.

Und so ging er mit einem gewissen Selbstvertrauen voran, bereit, sich für die Nacht zu entspannen. Reiher folgte ihm im Abstand von nur wenigen Schritten, und der Rest der Gruppe ging einzeln oder zu zweit hinter ihnen. Frettchen hatte bereits die Mitte der Lichtung erreicht, als er einen Blick auf etwas erhaschte, das nicht dort hingehörte: den Schatten eines Mannes, halb hinter einem Baum verborgen …

»Vorsicht!« schrie Frettchen und warf sich zu Boden. Die Reihe der ihm folgenden Männer brach auf, als diese hinter den Büschen am Abhang in Deckung gingen. In ihrer Eile stießen sie gegen den straff gespannten Riemen. Die Falle schnappte zu, und der fallende Baumstamm schien die Erde zu erschüttern, während weitere Baumstämme, Büsche und Felsbrocken die Krieger in einer Staubwolke unter sich begruben.

Zwar waren letztlich nur zwei von der Trümmerlawine erschlagen worden, aber andere trugen Wunden davon. Reiher, der sich direkt hinter dem Fährtensucher befunden hatte, entkam unverletzt. Als sich der Staub endlich legte, hatte Frettchen begriffen, daß die Gestalt hinter dem Baum nur eine Puppe war, hergestellt aus einem leeren Ledersack, Stöcken und trockenem Gras.

90

Die Tage und Nächte wurden zu einem verschwommenen Einerlei. Alle hatten das Gefühl, als müsse etwas geschehen, um die Spannung endlich zu lösen. Irgendwann würden die Haarlosen gewiß umkehren, oder nicht? Doch im Gegenteil, jedesmal, wenn Odin nachsah, wo ihre Verfolger ihr Lager aufgeschlagen hatten, waren sie ihnen ein klein wenig dichter auf den Fersen.

»Ich denke«, sagte Odin ernst, als er wieder einmal zurückkam, »daß sie *niemals* zurückgehen werden.«

»Aber sind wir denn immer noch in ihrem Gebiet?« fragte Nils.

»Ich weiß es nicht, Wolf«, sagte Odin, und seine Erschöpfung zeigte sich deutlich in seiner Stimme. »Das hat nichts mit einem Ort zu tun. Nicht mehr. Wir haben sie beschämt. Abgesehen davon denken die Haarlosen vielleicht, daß *alles* ihnen gehört, wenn sie es sich nehmen wollen.«

Nils antwortete nichts, fühlte sich aber auf unbestimmte Art und Weise unwohl. Das letzte Mal, daß er einen solchen Gedanken ausgesprochen gehört hatte, war in Straumfjord gewesen, und ... Nun, das spielte jetzt keine Rolle mehr.

»Wie viele sind es noch?« fragte er, um das Thema zu wechseln. »Vielleicht zehn. Aber das ist schwer zu sagen, wenn man nicht nahe genug heran kann. Ich glaube, daß wir zwei mit unserer Falle getötet haben. Ein weiterer hat gehinkt, aber er ist verschwunden; vielleicht ist er nach Hause gegangen.«

»Aber sie sind uns jetzt näher?« fragte Taube.

»Ja. Für sie ist die Jagd einfacher als für uns. Wir müssen eine Rast einlegen, und sie können immer in Bewegung bleiben, während ein oder zwei auf die Jagd gehen und dann wieder aufschließen.«

»Irgendwann werden wir uns ihnen stellen müssen«, sagte Taube.

Beide Männer waren betroffen. Beide hatten gezögert, diese Tatsache in Erwägung zu ziehen, noch nicht einmal vor sich selbst. Und jetzt mußten sie hören, wie diese sanfte Frau sie gelassen aussprach ...

»Vielleicht nicht«, beeilte Nils sich zu sagen. »Vielleicht drehen sie doch noch um.«

Aber er wußte, daß das eine trügerische Hoffnung war. Es war so, wie Odin gesagt hatte. Sie würden *niemals* umkehren.

Er dachte über andere Möglichkeiten nach, ihre Feinde abzuschütteln. Sie *hatten* die Anzahl ihrer Verfolger verringert. Aber nicht in ausreichendem Maße. Ihre Falle war ein glücklicher Zufall gewesen. Noch einmal würden sie eine solche Chance nicht bekommen. Und abgesehen davon würden die Haarlosen jetzt auf solche Fallen achten. Es würde nicht noch einmal funktionieren.

Eine gute Taktik, eine Gruppe von Kriegern zu entmutigen, wäre es, ihren Anführer zu töten. Odin hatte herausgefunden, daß es der große Mann war, mit dem sie ihre Schöpfungsgeschichten ausgetauscht hatten. Weißer Reiher war sein Name, und er hatte den Eindruck eines sehr sturen Menschen erweckt. Wahrscheinlich waren es seine Stärke und seine Entschlossenheit, die die anderen vorantrieb. Ihn zu töten wäre sicherlich eine Hilfe, aber ... Nein, es war zu riskant. Wenn Reiher fiel, würde die ganze Gegend vor Kriegern wimmeln, die auf Rache aus waren.

Der Fährtensucher ... Sie wußten nicht, wie er hieß, aber er war ein guter Mann. Die falschen Fährten, von denen Odin geglaubt hatte, sie seien perfekt gelungen, hatte er sogleich erkannt oder in sehr kurzer Zeit enttarnt. Den Fährtensucher zu töten ... Nein, auch das war unklug. Sie müßten beide töten, den Anführer und den Fährtensucher, und das gleichzeitig. Nein, das war zu gefährlich und undurchführbar.

Und so gingen sie weiter, erschöpft, entmutigt und hungrig. Taube hatte recht. Es würde der Tag kommen, an dem sie kämpfen mußten. Ein Vorteil blieb den Fliehenden jedoch, ganz egal wie klein er auch war: Sie konnten sich Ort und Zeit dafür aussuchen.

Das war nur ein kleiner Trost.

Reiher betrachtete die schlafenden Gestalten. Zehn! Zehn, mit ihm selbst. Als sie das Dorf verlassen hatten, waren sie vierzehn gewesen. Jedesmal, wenn er seine Leute durchzählte, wurde er wütend. Sieben hatten sie bei der eigentlichen Flucht verloren, noch bevor die Kriegergruppe sich gebildet hatte. Dann der sterbende Mann auf dem Hügel ... jener, dem Respekt gebührte, da er Otter mitgenommen hatte ... *Acht.*

Die Falle, die die Flüchtlinge aufgestellt hatten, war eine Überraschung gewesen. Sie hatte das Leben von zwei weiteren guten Männern gefordert. *Zehn.* Hochfliegender Habicht war immerhin so schwer verwundet worden, daß er heimkehren mußte, und nun waren nur noch zehn übrig. Und einige davon hinkten immer noch.

Von Zeit zu Zeit drängte sich ihm wie durch eine innere Stimme eine vage Warnung auf. Vielleicht waren die Mächte dieses seltsamen heiligen Mannes ... *nein*, so etwas würde er nicht zulassen. Das waren nur Menschen, die durch Gaukeleien und Glück *seine* Leute hatten dumm aussehen lassen. Sie mußten sterben. Und noch mehr als das. Sie mußten langsam sterben, um ihren Tod *flehen*. Nur dann wäre seine Rache befriedigt.

Er warf einen weiteren Zweig auf das Feuer, sah zu, wie er zu dampfen begann, Feuer fing und schließlich brannte. Zwei Männer kamen zu ihm, und er sah auf und bemerkte ihre sorgenvollen Gesichter.

»Wir möchten mit dir sprechen, Reiher.«

Er war überrascht.

»Ja. Was ist los?« Seine Stimme klang ein wenig angespannt und ärgerlicher, als er beabsichtigt hatte.

»Mein Häuptling, wir haben über all das gesprochen.«

»Über was?«

»Über diese Gruppe. Es ist nicht so, wie wir es erwartet haben.«

Reiher spürte Zorn in sich aufsteigen.

»Was meinst du?«

»Wir ... Nun, es ist so: Es sah aus, als wenn dies ein kurzes und einfaches Unternehmen würde, Reiher. Drei Männer, eine Frau, ein Kind. Eine schnelle Sache, vielleicht ein oder zwei Tage. Ein bißchen Ehre, ein bißchen Spaß, und dann nach Hause, um zu singen und zu tanzen und von dem Sieg zu berichten. Aber so war es nicht. Einschließlich Otter sind drei gestorben. Hochfliegender Habicht wurde ...«

»Schweig!« zischte Reiher durch zusammengebissene Zähne. »Du bist ein Feigling!«

Der junge Krieger wurde rot.

»Das ist nicht wahr, Reiher. Du weißt, daß ich mir schon viele Ehren erworben habe. Und auch Elch hier. Unsere Tapferkeit ist nie in Frage gestellt worden. Aber das hier ist etwas anderes.«

Reiher hatte sich erhoben und durchbohrte den anderen mit wütenden Blicken. »Der Unterschied ist, daß du vorher noch niemals zum Feigling geworden bist. Hast du Angst vor diesen Fremden?«

»Ich ... nein, mein Häuptling. Aber die Macht dieses Weißhaarigen ... Siehst du es nicht? *Zehn sind bereits tot,* Reiher! Und drei davon sind nach unserem Aufbruch gestorben. Ist es nicht dumm, eine solche Macht herauszufordern?«

»Nennst du mich einen Narren?« wollte Reiher wissen. Für einen Moment lang sah es so aus, als wolle er den jungen Mann schlagen. »Nein, Reiher. Ich stelle nur Fragen. Wie wichtig ist es, diese Menschen zu fangen?«

»Sie haben Schande über uns gebracht!« brüllte Reiher. »Dafür müssen sie büßen!«

»Aber wir sind es, die büßen! Wie viele sollen noch durch die Kraft dieses heiligen Mannes sterben?«

»Es ist so, wie ich sagte«, tobte Reiher. »Du hast Angst!«

»Nicht vor dem Kampf oder dem Sterben, Reiher. Vor den seltsamen Mächten des Weißen Wolfes, ja! Er ist nicht von dieser Welt. Ich denke sogar, daß er uns jederzeit alle vernichten kann, wenn er will.«

Reiher grunzte verächtlich.

»Ha! Er konnte nicht einmal seinen eigenen Helfer retten, denjenigen, der auf dem Hügel gestorben ist.«

»Denjenigen, der Otter getötet hat«, nickte der junge Mann. »Die Macht des heiligen Mannes kann so etwas nicht immer verhindern. Was geschehen soll, geschieht. Aber bedenke dies, Reiher: Sie haben einen verloren. *Wie viele haben wir verloren?*«

Wieder sah es für einen Moment lang so aus, als würde Weißer Reiher den jungen Mann schlagen. Die anderen starrten sie an, fasziniert und ungläubig. Reiher erhob tatsächlich die Hand zum Schlag, der nicht für den anderen Krieger unehrenhaft gewesen wäre, sondern für ihn selbst. Ein Mann schlägt niemals einen anderen aus seinem Volk; das verstieß gegen eines der höchsten Gebote.

Erst im letzten Moment, so schien es, begriff Reiher, daß seine Führerschaft in Frage stand. Er ließ seine Hand sinken und versuchte, seine Fassung wiederzugewinnen. Als er wieder das Wort ergriff, überschlug sich seine Stimme beinahe. »Wenn du meine Führung in Frage stellst, steht es dir frei, zurückzukehren. *Jedem* von euch!«

Es folgte eine lange Stille, und schließlich sprach einer der anderen Männer.

»Laßt uns alle darüber schlafen, Reiher. Wir stellen deine Führung nicht in Frage.«

Die Konfrontation war vorbei, aber eine gewisse Spannung blieb. Weißer Reiher ging an diesem Abend zwischen den Kriegern umher und unterhielt sich über Belangloses, versuchte Witze zu machen und gab vor, daß es gar kein Problem gebe. Aber der Konflikt lauerte wie ein Bär im Winterschlaf, jederzeit bereit, mit fürchterlicher Zerstörungswut aufzuwachen. Ein paar von den Männern, davon war Weißer Reiher überzeugt, würden bedingungslos ihr Leben für ihn geben. Er war sich sicher, die Unterstützung von sechs Männern zu haben. Zweien, so spürte er, vielleicht auch dreien, konnte er nicht trauen. Den Kontakt mit Schwarzvogel, der ihn herausgefordert hatte, vermied er völlig. Eigentlich wäre es sogar *besser*, wenn die Feiglinge gingen. Zwei, drei ... Er würde trotzdem noch eine starke Kriegergruppe haben, sieben fähige Männer. Außerdem wären sie gegenüber den Flüchtlingen immer noch drei zu eins in der Überzahl. Selbst wenn die Frau sich am Kampf beteiligte, war ihr Sieg gewiß.

Schließlich rollte Reiher sich in seine Decke, und sein Zorn kühlte ab. Nun, da er allein war mit seinen Gedanken, mußte er feststellen, daß auch er etwas unsicher war. Es stand außer Frage, daß irgend etwas mit diesem Weißhaarigen anders war und daß er gewisse übernatürliche Mächte und Gaben besaß. Selbst wenn man die erwartete Übertreibung seitens seines einäugigen Helfers in Betracht zog, war er ein mächtiger, heiliger Mann. Die Fremden hatten ein paar eindrucksvolle Kunststücke vorgeführt. Konnte es sein, daß dieser heilige Mann sich wirklich in einen Wolf verwandeln konnte? Nun, dann sollte es so sein. Er, Reiher, hatte schon viele Wölfe getötet. In der Tat, der Pelz eines weißen Wolfes würde sich auf seinem Lager gut machen.

Dennoch, so ein Wolf konnte unsterblich sein. Und wenn das so war, konnte man ihn nicht töten. *Unsinn*, sagte er sich selbst. *Alles kann getötet werden. Ein Wolf ... aber was ist, wenn ein solcher Wolf verrückt ist?* flüsterte ihm der leise Zweifel zu. Das wäre etwas völlig anderes. Der winzigste Kratzer durch die Fänge einer solchen Kreatur brachte unabdingbar den Tod.

Er versuchte, solche Befürchtungen beiseite zu schieben und sich auf seine Wut zu konzentrieren, die er gegenüber dem verräterischen Schwarzvogel und seinen feigen Freunden empfand. Dieser Gedanke lenkte ihn zwar ab, ließ ihn allerdings nicht schlafen. Es war schon fast Morgen, als er endlich in einen unruhigen Schlummer fiel und von einem wolfsähnlichen Geschöpf träumte, das im trüben Licht einer falschen Dämmerung auf ihn zukam. Die Kreatur warf sich auf ihn, und er konnte ihren heißen Atem fast fühlen, als er in das haarige Gesicht mit den blauen Augen ... *blau*!

Reiher setzte sich auf, erleichtert, wieder in seiner Welt zu sein, zitterte aber immer noch. Es hatte so echt ausgesehen! Inzwischen hatte die Dämmerung wirklich eingesetzt, und die anderen standen auf, gingen ihren natürlichen Bedürfnissen nach, gähnten und streckten sich. Ein Mann kam herbei, der in dieser Nacht auf Wache gewesen war.

»Zwei sind gegangen, Reiher.«

»Gegangen? Was?«

»Sind vielleicht nach Hause gegangen. Schwarzvogel und Lächelnder Elch.«

Reiher sprang auf seine Füße, und Zorn flackerte in ihm auf. Schließlich hatte er sich zumindest teilweise unter Kontrolle und versuchte, durch seine zusammengebissenen Zähne gleichgültig zu klingen.

»Das ist gut.«

»*Gut*?«

»Ja. Bei uns gibt es keinen Platz für Feiglinge.«

Acht, dachte er. *Nur acht sind übrig.*

91

Vielleicht konnte Weißer Reiher glücklich sein, daß ihm überhaupt noch jemand folgte. Man munkelte, daß er verrückt geworden sei und das ganze Unternehmen keinem anderen Zweck als der Rache diene.

Wahrscheinlich hätte Reiher das sogar freiwillig zugegeben. Er war fest entschlossen, die Flüchtlinge zu fangen und zu bestrafen. Er wußte, daß einige in seiner Gruppe unzufrieden waren, aber es interessierte ihn nicht wirklich. Es gab schließlich auch Männer, auf die er sich bei allem, was er zu tun wünschte, verlassen konnte. Sie würden die anderen in Schach halten. Und die, an deren Loyalität er zweifelte – Schwarzvogel und der andere –, waren fort. Feige Hunde! Er war *froh*, daß sie sich abgesetzt hatten. Die sieben, die geblieben waren, acht mit ihm selbst, waren auf jeden Fall zuverlässig. Auf sie konnte er zählen.

Und warum sollte es da überhaupt ein Problem geben? Seine Gruppe war gegenüber den Flüchtlingen vier zu eins in der Überzahl. Selbst wenn die Frau sich als eine Kriegerin erwies, was durchaus möglich schien, konnten die drei sich nicht gegen acht geübte Krieger wehren. Er hoffte fest, daß sich herausstellen *würde,* daß die Frau Kampfgeist besaß. Es würde ihre Unterwerfung wesentlich interessanter machen. Und natürlich *war* sie wirklich wunderschön. In diesem Punkt stimmte Reiher mit dem unglücklichen Otter überein. Selbst erschöpft und schlammbedeckt, die Hände auf den Rücken gebunden, strahlte sie Würde und Stolz aus. In ihren Augen lag der Blick eines Adlers. Diese Frau wäre viel zu gut für Otter, seine Brüder oder ihresgleichen gewesen. Vielleicht war dies der Grund, daß Reiher anfangs das starke Gefühl gehabt hatte, daß man die Frau freilassen sollte.

Jetzt sah die Sache allerdings anders aus. Ihr Schicksal war angesichts der Rache gegenüber den Männern, die Schande über seine Krieger gebracht hatten, nur zweitrangig. Trotzdem hoffte er, die Frau lebendig zu fangen. Vielleicht konnte er Anspruch auf sie erheben. Ja, das wäre gut.

»Kommt«, rief er den schläfrigen Männern zu. »Laßt uns aufbrechen. Vielleicht kriegen wir sie heute. Und wenn nicht, dann morgen.«

Die Flüchtlinge waren schon auf dem Weg; sie wußten nur allzugut, daß sie keinen großen Vorsprung mehr hatten. Der Mut verließ sie immer mehr. Die Nahrung wurde knapp, denn viele Tage lang hatten sie schon nicht mehr anhalten können, um zu jagen. Der Tag würde kommen, an dem die Verfolgung in einem Kampf auf Leben und Tod enden mußte. Ihr Ziel war es, die Kontrolle über die Umstände jenes letzten Treffens zu behalten, so gut es eben ging.

Odin, der sie anführte, blieb stehen und schien den Weg vor sich genau zu mustern.

»Was ist?« rief Nils von hinten. Er kam nach vorne gelaufen, und die vier sammelten sich an dem Punkt, an dem sich der Weg teilte. Es war keine offene Weggabelung. Den schmaleren der beiden Pfade konnten sie nur vage und schwierig erkennen; er wand sich durch die Büsche, die dort in reichlicher Fülle wuchsen. Eine Stelle, wie Odin sie vorher oft ausgewählt hatte, um eine falsche Fährte zu legen.

»Sollen wir ein paar Zweige abbrechen?« fragte Nils.

»Nein«, sagte Odin. »Das haben wir vorher schon getan, und es hat sie kaum langsamer gemacht. Ich denke dennoch ... Was ist, wenn wir angeblich eine falsche Fährte legen und ihr dann doch *folgen*?«

»Wo führt dieser Pfad hin?« fragte Taube.

»Das weiß ich nicht, meine Schwester. Im Moment führt er weg vom Fluß. Sie wissen, daß wir dem Fluß folgen, und wenn wir ihn verlassen, täuscht sie das vielleicht. Wir können uns für eine Weile nach Westen wenden und dann wieder nach Norden, wenn wir sie abgeschüttelt haben.«

Wenn wir sie abschütteln, dachte Nils. Aber es zu versuchen, würde nicht ihr Schaden sein, ihre Situation konnte sich nicht mehr verschlimmern. Odin lief nun einige Schritte den Hauptpfad entlang und hinterließ ein oder zwei offene Fußabdrücke. Dann wandte er sich nach links und machte einen großen Schritt auf einen großen Stein.

»Wolf, würdest du auch ein oder zwei Schritte in diese Richtung und dann zurück in deinen eigenen Spuren gehen, und ihr drei folgt weiterhin dem kleinen Pfad. Brecht Zweige ab, macht es offensichtlich. Ich werde dann quer rüberkommen, um euch auf dem Pfad zu treffen.«

Das war in kurzer Zeit erledigt; durch rauhes Gelände entfernten sie sich vom Fluß und hofften, daß es ihre Verfolger einige Zeit kosten würde, die List zu durchschauen. Vielleicht konnten sie mit etwas Glück sogar endgültig entkommen. Daran glaubte zwar keiner von ihnen wirklich, aber es war ein gutes Gefühl, eine Unterbrechung in der Monotonie der ewig gleichen Tage.

Und es wurde noch besser, denn Odin bot sich am Abend die Gelegenheit, einen Hirsch zu erlegen. Das Tier war plötzlich vor ihnen auf den Pfad getreten, ein fetter Jährling, dessen spitze Hörner wie gen Himmel zeigende Finger nach oben wiesen. Er wandte sich um, wollte fliehen, hielt jedoch an, um einen zweiten Blick auf die seltsame Gruppe zu werfen, und das war sein letzter. Odins Pfeil traf ihn direkt hinter den linken Rippen und durchstieß das Herz und die Lungen. Das Tier fiel, fast ohne noch einen Schritt getan zu haben.

Hastig schlachteten sie es und schnitten so viele Fleischstücke heraus, wie sie tragen konnten. Sie hielten nur kurz inne, um die rituelle Entschuldigung zu vollziehen, dann wickelten sie das Fleisch in Teile der Hirschhaut; selbst Heller Himmel trug sein eigenes kleines Fleischpaket. Ihre Stimmung war wesentlich besser, als sie weiterzogen.

Hinter ihnen drehte ein Geier einen Extrakreis und ging über der Lichtung auf dem schmalen Wildwechsel ein wenig tiefer. Der Vogel legte seine Schwingen an und ließ sich schließlich in einer toten Kiefer nicht weit von dem Kadaver nieder. Ein anderer Vogel, jetzt noch ein kleiner Fleck in der Entfernung, drehte in dessen Richtung ab, ein weiterer folgte ihm. Aus einer Entfernung, die für Menschen zu Fuß eine Tagesreise bedeutete, begannen die großen schwarzen Kreaturen sich zu sammeln.

»Was ist los, Frettchen?« fragte Weißer Reiher. »Eine weitere List?«

Der Fährtensucher stand da und starrte auf den dämmrigen Wildwechsel, der von der Hauptroute abzweigte.

»Ich bin nicht sicher. Aber ich denke, daß diese offensichtlich gelegten Spuren die wahren sind.«

»Was? Das macht keinen Sinn!«

»Doch, bleibt alle zurück. Diese List, uns auf diesen schmalen Pfad zu führen, ist vielleicht zu einfach. Laßt mich den Hauptweg noch ein Stück weitergehen.«

Frettchen setzte seine Schritte sehr vorsichtig, um die Fährten, die er suchte, nicht zu zerstören. Er verschwand zwischen den Büschen und geriet eine Bogenschußlänge entfernt außer Sicht. Reiher wurde langsam ungeduldig. Plötzlich erschien Frettchen wieder und ging auf dem Pfad weiter, ohne auf die Spuren zu achten, und wies in Richtung Westen.

»Sie haben diesen Pfad genommen«, sagte er.

»*Weg* vom Fluß?« wollte Reiher wissen. »Warum sollten sie das tun?«

»Vielleicht, weil wir denken, daß sie es nicht tun. Der Mann ist sehr schlau, Reiher. Er hat bei den *falschen* falschen Fährten nur ein wenig übertrieben. Fast hätte ich sie übersehen.«

Sie eilten voran, Frettchen führte.

Gegen Mittag legten sie auf dem Kamm einer Erhebung

eine Rast ein. Der Fährtensucher blieb stehen und starrte in den Himmel vor ihnen.

»Was gibt es, Frettchen?«

»Geier. Irgend etwas Großes ist getötet worden. Seht ihr?«

Mindestens sechs bis acht der riesigen Vögel kreisten mit ausgebreiteten Flügeln in den aufsteigenden Luftströmungen über einem Ort.

»Das ist ganz schön weit weg«, bemerkte einer der Krieger.

»Ja«, stimmte Frettchen zu. »Aber es könnte mit den Flüchtlingen zu tun haben. Vielleicht haben sie etwas getötet, vielleicht *sind* aber auch sie selbst die Getöteten.«

Er wandte sich an Reiher. »Ich denke, daß wir uns jetzt beeilen sollten. Dieser Pfad scheint in die Richtung zu führen, und wir können ein bißchen Entfernung gutmachen, wenn wir schnell gehen.«

»Das ist gut«, grunzte Reiher.

Sie brachen auf und fielen in Laufschritt.

Auf einer anderen Erhebung, jenseits der kreisenden Schar von Aasfressern, legte Odin ebenfalls eine Pause ein, um einen Blick auf den Weg zurückzuwerfen, den sie gekommen waren.

»Wir haben einen großen Fehler gemacht, Wolf«, sagte er traurig.

»Was?«

Odin wies auf die kreisenden Vögel. »Sie werden den Haarlosen von uns berichten.«

»Was?«

»Die Geier über unserer Beute. Auch den Haarlosen werden sie nicht entgehen, Wolf. Sie sehen, was wir sehen. Sie werden inzwischen wissen, welchen Weg wir genommen haben, und daß diese Geier vielleicht etwas mit uns zu tun haben. Das wird sie zur Eile antreiben. Da wir reichlich Zeit benötigt haben, um unsere Beute zu zerlegen, werden sie jetzt schon ziemlich nah sein.«

Nils nickte zustimmend und begriff die Lage, noch bevor Odin mit seiner Erklärung fertig war. »Und was sollen wir nun tun?«

Odin zuckte wie üblich ausdruckslos die Achseln und sagte dann langsam: »Ich glaube, es heißt für uns, daß wir uns stellen müssen.«

»Ihnen stellen? Odin, das ist verrückt. Sie werden nicht mit uns sprechen. Sie jagen uns wie Tiere, um uns zu töten.«

Er warf einen Seitenblick auf seine Frau und seinen Sohn und dachte an das Unheil, das diese beiden erwarten mochte.

»Ja, ich weiß. Wir müssen um unser Leben kämpfen.« Er schwieg und kicherte dann unvermutet. »Wolf, wir haben schon Schlimmeres durchgemacht.«

»Aber es waren keine Frauen und Kinder bei uns. Und wir hatten Svenson.«

»Das ist wahr. Aber genauso wie damals können wir die Zeit und den Ort bestimmen. Für eine Weile können wir ihnen noch entkommen, und dann sehen wir weiter. Vielleicht greifen wir *sie* an, während sie schlafen.«

»Nein, das ist viel zu gefährlich. Zu viele ...«

»Vielleicht auch nicht, Wolf. Es sind nicht mehr als neun oder zehn. Laß uns des Nachts einen oder zwei töten. Ein Pfeil aus der Dunkelheit ... Bald sind es nur noch sieben.«

»Aber wir müssen uns trennen, oder wir versuchen alles zusammen. Nein, das ist zu gefährlich«, protestierte Nils.

»Ich könnte zurückgehen und ihr Nachtlager finden«, beharrte Odin.

»Und wenn dir etwas zustößt?«

Odin lächelte amüsiert. »Das ist wahr. Dann bist du hilflos, nicht wahr?«

Nils lächelte. »Nein, aber ...«

»Ich verstehe schon, Wolf. Aber laß mich erst herausfinden, wo sie sind. Dann gehen wir weiter. Irgend etwas wird uns schon einfallen.«

Es war schon dunkel, als Odin wieder zu den drei anderen stieß.

»Wie sieht es aus, mein Bruder?« fragte Rufende Taube begierig.

»Einer weniger«, sagte Odin. »Ihre Wache. Das wird sie vorsichtig machen und ein wenig aufhalten.«

»Wie viele sind es noch?« fragte Nils.

»Darüber muß ich auch mit euch sprechen«, sagte Odin und klang etwas verwirrt. »Ich habe nur acht gezählt. Jetzt natürlich nur noch sieben. Ein paar müssen nach Hause gegangen sein.«

»Aber warum?« fragte Nils.

»Wer weiß schon, was ein Haarloser denkt? Aber vielleicht verliert ihr Anführer an Macht. Ich denke, das ist vielleicht gut, Wolf.«

»Aber es sind immer noch sieben«, erinnerte Taube sie trocken.

»Ja, meine Schwester. Aber vergiß nicht, wir werden die Zeit und den Ort zum Kämpfen wählen. Kannst du deine Kriegskeule noch immer benutzen?«

Sie wollte gerade eine scharfe Erwiderung geben, als ihr klar wurde, daß ihr Bruder sie nur neckte.

»Vielleicht«, sagte sie. »Aber nur, wenn du Hilfe brauchst.«

Trotz dieses Scherzes war allen der Ernst ihrer Lage bewußt. Am nächsten Morgen verließen sie ihr Lager, bevor es richtig hell war, und beschleunigten ihre Schritte. Bestimmt würden auch ihre Verfolger so früh wie möglich aufbrechen, denn mit dem Tod der Wache hatte Odin den Haarlosen ein weiteres Motiv für ihre Rache geliefert.

Doch daran ließ sich nichts ändern. Einen Vorteil hatten die Flüchtlinge an diesem Morgen: Es war nicht länger notwendig, falsche Fährten zu legen, da ihnen die Verfolger zu nah auf den Fersen waren, was natürlich auch den Haarlosen zugute kam. Nun gab es nicht länger einen Wettstreit der Fähigkeiten und des Verstandes, sondern lediglich einen der Geschwindigkeit.

92

Die Landschaft hatte sich verändert. Die breite, flache Überflutungsebene entlang des Flusses war in rauheres Gelände übergegangen. Scheinbar endlos wechselten sich felsige Hügel und Schluchten miteinander ab. Das Gehen wurde schwieriger, aber als Ausgleich für diesen Nachteil fanden sie hier mehr und bessere Plätze, um sich zu verbergen oder Verfolgern zu entwischen.

Der Pfad, dem sie folgten, schlängelte, wand und verzweigte sich und lief vorübergehend mit anderen zusammen. Es war praktisch unmöglich herauszufinden, welches der Hauptweg war, wenn es denn überhaupt einen gab. Teile dieser Wege waren wahrscheinlich Wildwechsel, seit Anbeginn der Zeit von Tieren und später auch von Menschen benutzt.

Odin beharrte darauf, daß sie ihren Kurs nach Nordwesten hielten; er würde sie vielleicht ihrem Volk näher bringen und, so hofften sie, am schnellsten aus dem Land der Haarlosen führen.

Ihre Lage wurde immer hoffnungsloser. Sie hatten nicht darüber gesprochen, aber es war offensichtlich, daß sie nicht für immer in diesen felsigen Hügeln und Tälern Katze und Maus spielen konnten. Die Nahrung wurde knapp, und sie konnten immer nur kurze Zeit pausieren, weil ihnen die Haarlosen dicht auf den Fersen waren. Viele Male hatten sie die Krieger bereits hinter sich gesehen, wenn diese die kahle Kuppe eines Hügels überquerten, die sie selbst zuvor überwunden hatten.

Sie waren müde, ausgezehrt und abgespannt, und manchmal hatten sie das Gefühl, nicht mehr weitergehen zu können. Sie machten Rast und fielen aus schierer Erschöpfung für einen Moment in den Schlaf. Nur die Furcht vor denen, die ihnen folgten, brachte sie dazu, ihren Weg fortzusetzen. Alle Erwachsenen wußten jedoch, daß sie bald einen Platz für ihren letzten Kampf auswählen mußten. Wahrscheinlich eher früher als später, weil sie von Tag zu Tag schwächer wurden.

Das flache, grasbestandene Tal an sich war ein erfreulicher Anblick. Sie stießen von Süden her darauf, und es zog sich eine ganze Strecke vor ihnen nach Norden hin. Zu ihrer Rechten begrenzte es eine Hügelkette, die derjenigen ähnelte, die sie seit Tagen überquerten.

»Es ist einfacher, in offenem Gelände zu gehen«, bemerkte Nils.

»Das ist wahr. Aber ich denke, man kann uns dort auch besser sehen.«

»Wir sollten es bei Nacht überqueren«, sagte Taube. »Das Mondlicht sollte ausreichen.«

»Vielleicht«, stimmte Odin zu. »Aber die Sache ist die ... Wie nah sind uns unsere Verfolger?«

Eine Weile schwiegen alle, und dann Odin erneut. »Ich denke, wir sollten das wissen. Ich werde es herausfinden.«

»Aber ...«, protestierte Nils.

Odin winkte ab. »Nein. Ihr geht weiter, ich werde euch einholen. Bleibt am Fuße dieser Hügel auf der rechten Seite und folgt ihnen nach Norden. Seht ihr den Einschnitt, der fast bis zum Kamm reicht? Wartet darunter auf mich.«

Er machte sich auf den Weg, und die anderen drei stapften weiter.

Rufende Taube war müde, und sie wußte, daß es den anderen genauso erging. Direkt vor ihr folgte Heller Himmel seinem Vater beharrlich Schritt für Schritt. Der Junge hatte sich niemals beklagt, doch ihr war klar, daß es sehr schwer für ihn gewesen sein mußte.

Mittag war längst vorbei, als Weißer Wolf sie nahe dem Einschnitt am Kamm haltmachen ließ. Erst nach Odins Rückkehr konnten sie entscheiden, ob sie in Richtung Westen das Tal überqueren oder entlang der Hügelkette weiter nach Norden gehen oder aber versuchen würden, in den Hügeln selbst Zuflucht zu suchen.

Sie mußten nicht lange warten, bis Odin auf ihrer Fährte auftauchte. Er lief, und es war offensichtlich, daß er es ungewöhnlich eilig hatte. Er stand einen Moment da und rang vor Erschöpfung nach Atem, nachdem er sie erreicht hatte.

»Sie ... kommen ...«, schnappte er nach Luft und wies in die Richtung.

Taube konnte die Kriegergruppe zwar nicht sehen, wußte jedoch, daß es sein mußte, wie Odin sagte. Ein weiteres Mal hatten die Haarlosen gegenüber den Flüchtlingen aufgeholt. Der letzte Kampf war noch näher gerückt. Im Moment konnten sie das Tal nicht überqueren, nicht einmal bei Mondlicht. Ebensowenig konnten sie weiter am Fuß der Hügelkette entlang nach Norden gehen. Ihre Verfolger waren zu nahe, und man würde sie auf jeden Fall sehen. Es blieb nur die Zuflucht in den Hügeln.

Odin, der jetzt etwas ruhiger atmete, hievte sich seinen

Beutel auf den Rücken und fing an, den Abhang hinaufzusteigen. Dabei folgte er einem kaum sichtbaren Pfad, der sich in südöstlicher Richtung emporwand. Taube wollte gerade Einwand erheben, als sie die Situation begriff, da dies der schnellste *Weg* nach oben war. Sie mußten jetzt nur ein geeignetes Versteck finden; am besten natürlich eines, das man verteidigen konnte.

»Wartet«, sagte Odin plötzlich. Er ging zur Seite und schlenderte zwischen den Sassafras-Büschen umher.

»Was ist los?« rief Nils.

»Vielleicht nichts. Hier ist eine Schlucht.«

Die großen alten Bäume machten sie fast unsichtbar. Eichen, Ahorn, Nußbäume und das dichte Unterholz hatten eine tiefe und enge Kluft am Hang des Hügels beinahe vollständig überwuchert. Selbst die Kronen der riesigen Eichen, die am Grunde dieser Kluft wuchsen, lagen tief unter ihnen.

Der Pfad führte jetzt fast nur noch über Stein, einen dunklen Kalkstein, der der Hauptbestandteil des gesamten Kammes zu sein schien. Sie würden also keine Spuren hinterlassen.

»Vielleicht können wir sie noch ein weiteres Mal narren«, sagte Odin. Er bog einen Sassafras-Busch zur Seite und bedeutete den anderen, die steile Schluchtwand hinunterzusteigen. Nils führte und wandte sich um, um seinem Sohn zu helfen.

Der Pfad war nach unten kaum noch auszumachen. Odin folgte Taube und versuchte, alle Spuren hinter ihnen zu verwischen.

Sie erreichten den Grund der Schlucht, und Taube vernahm das sanfte Murmeln von Wasser. Sie war erhitzt und durstig, und das Geräusch war äußerst erfreulich. Der gesamte Platz wirkte friedlich, geschützt und ruhig. Nur Vögel ließen sich hier und da hören. Sie fühlte sich geborgen, im Schutze dieser massiven grauen Wände und dem Gewölbe der Blätter über ihrem Kopf. Obwohl es spät im Jahr war, zeigten die Farne und Gräser an diesem geschützten Platz noch immer ein sattes Grün.

Taube schaute sich um und schnappte nach Luft. »Seht!«

Am Ende der Schlucht lag ein massiver Felsvorsprung über der Kluft und formte eine Höhle. Sie war so hoch, daß man aufrecht darunter stehen konnte, und mehrere Schritte breit. Sie würde ihnen Bequemlichkeit und Schutz bieten. Die vier erschöpften Reisenden wankten in die Höhle und ließen ihre Sachen auf den sandigen Boden fallen.

»Ein Feuer?« fragte Taube.

»Vielleicht später«, sagte Odin. »Laß uns erst mal abwarten. Wir können Wasser holen und ausruhen und vielleicht sogar etwas Schlaf kriegen.«

Neben der Höhle gab es eine Sickerquelle, und ein Wasserbach ließ auf größere Tümpel weiter unten schließen. Taube nahm einen Wasserschlauch und ging hinunter zum Tümpel. Sie bemerkte die zerklüfteten Wände der Schlucht. An vielen Stellen waren große Steinplatten, ähnlich der, die das Dach ihrer Höhle bildete, vom Kamm gebrochen und bis auf den Grund der Schlucht gerutscht. Eine davon war ungefähr drei Schritte lang, genauso breit wie hoch und von der Dicke eines Männerarmes und lehnte fast aufrecht an der Wand der Schlucht.

Ihr Mann kam ihr nach. »Es ist ein seltsamer Platz«, sagte er ruhig.

»Ja. Aber sein Geist ist gut.«

Er nickte, und sie sahen sich schweigend um. Angesichts der Macht der Gefühle, die sie hier überkamen, schien alles, was sie sagen konnten, unwichtig zu sein. Taube wußte nicht, ob es sich um die Tiefe ihrer eigenen Gefühle oder um den mächtigen Geist des Ortes selbst handelte. Doch sie wußte, daß er genauso empfand. Alles paßt zusammen, dachte sie. Einen solchen Ort zu finden an einem Tag, der ihr letzter sein konnte!

Sie war überrascht, als ihr Ehemann einen ähnlichen Gedanken aussprach.

»Dies hier«, sagte er sanft, »ist kein schlechter Platz für unseren letzten Kampf.«

Taube sah ihn scharf an. Sie dachte an die Worte des Todesliedes: ›Heute ist ein guter Tag zum Sterben‹. Und vielleicht ein guter *Ort*.

»Vielleicht finden sie uns nicht«, sagte sie.

Er legte einen Arm um sie und drückte sie einen Moment an sich. »Vielleicht nicht.«

Aber sie wußten es beide besser.

Es war spät am Nachmittag, als die Krieger sich am Rand der Schlucht entlangbewegten. Die Menschen unten in der Schlucht waren völlig ruhig und hörten das Scharren ihrer Füße und vereinzelte Wortfetzen ihrer Gespräche, die sie nicht verstanden. Odin stand da, wo der felsige Pfad auf den Grund der Schlucht führte. Einen Augenblick hörte es sich an, als hätten die Haarlosen ihre Spur verloren und seien weitergegangen. Nein – es ertönte ein kurzer Ruf, dem völlige Stille folgte. Der Sassafras-Busch am Rand der Schlucht wurde vorsichtig beiseite gezogen, und ein Gesicht schaute herunter. Es gab einen Moment des gegenseitigen Erkennens, als der Fährtensucher direkt in Odins Auge schaute. Odins Bogen surrte, und Frettchen hatte keine Zeit mehr, sich zurückzuziehen. Er stolperte vorwärts und rollte über Felsen und Büsche, bis sein schlaffer Körper am Baumstamm eines Hickorybaumes auf halbem Wege hängenblieb.

Leise eilte Nils an Odins Seite. Odin wandte sich um, ein grimmiges Lächeln auf dem Gesicht.

»Das«, sagte er, »war wohl ihr Fährtensucher.«

Beim Hammer Thors, dachte Nils. Er denkt noch immer, daß wir entkommen!

93

»Sie werden im Morgengrauen angreifen«, sagte Odin bestimmt. »Jetzt, kurz vor der Dunkelheit, ist nicht die richtige Zeit dafür. Sie werden noch andere Wege in die Schlucht suchen und dann wahrscheinlich aus verschiedenen Richtungen über uns herfallen, wenn sie können.«

Es war fast dunkel, und die Flüchtlinge saßen in der Öffnung der Höhle und wärmten sich am Feuer. Es gab keinen

Grund mehr, darauf zu verzichten. Ihre Verfolger wußten jetzt, wo sie waren. In der letzten Nacht ihres Lebens konnten sie es ebensogut bequem haben.

Selbst Odin schien jede Hoffnung aufgegeben zu haben. Die Haarlosen konnten sie in dem Canyon festhalten. Es wäre möglich, dort für eine kleine Weile zu überleben, mit Wasser und kleinen Beutetieren. Früher oder später jedoch würde sie ein Pfeil aus dem Hinterhalt treffen oder ein Messer in der Dunkelheit, und es gab einen weniger von ihnen, und dann noch einen.

Aber weder Odin noch Nils hatten das Gefühl, daß es so sein würde. Das entsprach nicht der Art der Haarlosen. Nein, aller Wahrscheinlichkeit nach hatten sie vor Einbruch der Dunkelheit den Rand der Schlucht sehr sorgfältig untersucht, jeden möglichen Pfad hinunter längst gefunden und einen Angriff geplant, um die Flüchtlinge zu überwältigen.

»Warten sie vielleicht noch einen Tag?« fragte Nils.

»Vielleicht«, antwortete Odin. »Aber wir müssen morgen früh bereit sein. Wenn sie dann nicht kommen, kommen sie sicher am nächsten Tag.«

Nils nickte, tief in Gedanken. Er fastete jetzt seit einem Tag, nicht unbedingt, weil er es so wollte, sondern weil ihre Vorräte so gut wie aufgebraucht waren. Er hatte seinen Teil für das Kind aufgehoben. Nun bemerkte er, daß er die Hungergefühle der ersten Stunden überwunden hatte und in die nächste Phase des Fastens eintrat. Und diese rief, wie er schon einmal erfahren hatte, eine Schärfe all seiner Sinne hervor, eine helle, frische Klarheit der Gedanken. Er sah noch immer keinen Weg, ihre momentane Situation zu überleben, konnte aber die ganze Situation objektiver beurteilen.

Wenn sie sich ihren Verfolgern in einem letzten Kampf stellen mußten, sollte es so sein. Er konnte mit der Waffe in der Hand wie ein wahrer Wikinger sterben und seine Gefährten ebenso. Letztlich unterschied sich ihre Art nicht wesentlich von seiner. *Aber wenn ein Kampf auf Leben und Tod unvermeidlich ist, dann soll er nach unseren Regeln ablaufen,* dachte er. Die Idee formte sich schnell.

»Odin, greifen wir *sie* an!«

»*Angreifen?*«

»Natürlich. Das bringt uns einen Vorteil. Keinen großen, aber wir *haben* keine andere Möglichkeit.«

»Das ist wahr. Sie angreifen, bevor *sie* damit rechnen.«

»Ja! *Vor* der Morgendämmerung. Kurz davor ...«

»Wir können nach oben klettern und über den Rand steigen. Sie werden ein Lagerfeuer haben, schläfrig sein, gerade vor dem Aufstehen! Das ist gut, Wolf.«

Gut nicht, dachte Nils. »Aber besser, als darauf zu warten, getötet zu werden.«

Sie begannen sich vorzubereiten, obwohl es nicht viel zu tun gab. Ihre Waffen hatten sie seit vielen Tagen kaum mehr aus der Hand gelegt. Die Vorbereitung war eher emotionaler und persönlicher Natur. Rufende Taube hatte sofort erklärt, daß auch sie mit ihnen hochklettern würde, und die Art, wie sie jetzt ihre schwere Kriegskeule ergriff, ließ keinen Zweifel daran.

»Ich habe nicht vor, eine Trophäe für das Bett eines Haarlosen zu werden«, sagte sie kurz. Auch nahm sie Hellen Himmel für eine letzte Unterweisung zur Seite.

»Ich kann mit dir gehen«, flehte er unter Tränen. »Ich kann helfen.«

»Nein, nein, mein Sohn. Hör mir genau zu. Du mußt hier in der Höhle bleiben. Wenn wir wiederkehren, ist es gut. Wenn die Haarlosen kommen, versuch nicht, sie zu bekämpfen. Mach alles, was sie sagen. Aber wenn du größer wirst, erinnere dich daran: Egal, was man dich lehrt, *du bist ein Mann unseres Volkes.* Darauf mußt du stolz sein und dich an unsere Art zu leben erinnern. Und wenn du kannst, geh nach Hause zu unserem Volk.«

Ihre Rede enthielt vieles, was er vielleicht nicht verstehen würde, aber sie hoffte, daß er sie behalten konnte.

Odin flocht sein Haar neu und machte sich bereit für den Übergang vom Leben zum Tod. Nils wußte, daß auch Taube dies tun würde. Er fragte sich, wie er selbst sich auf dieses letzte Ereignis vorbereiten konnte.

Er wünschte, er könnte seiner Familie eine Botschaft senden. Aber sie hielt ihn wahrscheinlich sowieso für tot. Sie hatte bestimmt schon vor langer Zeit um ihn getrauert und sich von ihrem Verlust erholt. Jahre waren vergangen.

Dennoch hatte er das Gefühl, er sollte einen Beweis für seine Anwesenheit hinterlassen.

Vielleicht würde irgendwann einmal ein anderer Nordmann hier entlangkommen, und vielleicht war es dann von Interesse, zu sehen, daß einmal ein Nils Thorsson hier gewesen war. Ein paar Kerben auf einem Stein, vielleicht auf der Felsplatte unten am Bach. Sie war so massiv, daß niemand sie bewegen konnte, und dennoch besaß sie eine flache und weiche Oberfläche. Er konnte sie im Stehen bearbeiten, und irgendwann in der Zukunft konnte jemand im Stehen sie lesen.

Ein Werkzeug ... Alles, was er hatte, war sein Kurzschwert. Nun, dessen Spitze war sehr fein gehämmert und würde in dem Kalkstein sehr gut schneiden. Sie würde zwar stumpf werden, aber er konnte sie wieder schärfen. Bei Sonnenaufgang würde das sowieso nur noch eine unwesentliche Rolle spielen.

Nun, *was* sollte er einkerben? Seinen Namen? Selbst wenn er sehr lang war? Es sollte etwas sein, das ihn identifizierte? Die Kolonie in Straumfjord hatte gewußt, daß er ins Binnenland verschwunden war. Und auch Thorwald Eriksson hatte das gewußt. Wenn er nur ein Datum hinzufügen könnte! Der einfachste Weg zu beweisen, daß die Botschaft von ihm stammte, bestand darin, sie in Form eines Reimes abzufassen. Eines Reimes, den nur ein anderer Nordmann verstehen würde. Und er konnte die *alten* Runen benutzen, wie sein Großvater sie ihn gelehrt hatte. Wie sehr würde er sich darüber freuen!

Nils befaßte sich erneut mit der Schwierigkeit, ein Datum festzulegen. Das exakte Datum? Er müßte es schätzen, denn Svens Birkenkalender war bei dem Unglück mit dem Kanu verlorengegangen.

Er zählte die Tage an seinen Fingern ab. Es mußte früher November sein, der Mond des Wahnsinns für das Volk. Dies kam ihm wie ein ironischer Witz vor, und er mußte laut lachen. Aber spielte das eine Rolle?

»Was ist los, mein Mann?«

»Das ist schwer zu erklären, Taube. Ich dachte an meinen Großvater. An Dinge, die ihm Spaß gemacht hätten.«

»Wahrscheinlich denkt er gerade jetzt an dich.«

»Großvater ist seit langem tot, Taube.«

»Natürlich. Wie sonst könnte er dir jetzt helfen?«

Die Haare in seinem Nacken stellten sich auf. Die Leute des Flußvolkes waren so gerade heraus. Sie verstanden so viel. Nein, sie verstanden nicht. Das kann niemand *verstehen*, entschied er. Sie akzeptierten es. *Natürlich* hatte Taube gesagt, und sie hatte recht. Er lächelte. »Ich danke dir, Großvater«, murmelte er. Dann wandte er sich den anderen zu.

»Da gibt es etwas, das ich tun muß«, erklärte er. »Ich möchte auf dem Stein am Bach eine Botschaft hinterlassen.«

Die anderen nickten. »Ich werde Wache halten«, sagte Odin.

Nils ging zu dem Felsen, steckte seine Fackel in eine Spalte und fuhr mit der Hand über die weiche, graue Oberfläche, während er überlegte, wohin er seine Runen setzen sollte. Ja ... insgesamt neun würde er brauchen. Er richtete die Spitze des Schwertes auf den Felsen und schlug mit einem Hammerstein, den er sich aus dem Bachbett gesucht hatte, sanft auf das Heft. Ein kleines Stück Kalkstein brach heraus und hinterließ eine kleine, schmale Furche. Ein weiteres und noch eines ... Jede Rune würde ein bißchen länger sein als die Länge des Fingers eines Mannes.

Nils meinte, das Lächeln seines Großvaters über seiner Schulter zu *spüren.* Tatsächlich sah er sich um. Da gab es nichts von seinem Großvater, aber der gerade wieder abnehmende Mond stieg langsam auf. Er fühlte eine Ruhe in sich und zur selben Zeit Aufregung und ein Hochgefühl.

Er fragte sich, was die Haarlosen dachten, wenn sie die metallisch klingenden Geräusche hörten, die er verursachte. Zweifellos würden sie an irgendein Ritual denken. Und außerdem hatte Odin sie auch noch höchst freiwillig mit der Geschichte des Weißen Wolfes versorgt. Die gesamte Situation kam ihm jetzt wie ein großer Witz vor, einer, der durchaus zum Mond des Wahnsinns paßte. Er unterbrach seine Arbeit einen Moment und legte den Kopf in den Nacken, um ein langgezogenes, zitterndes Wolfsgeheul von sich zu geben. *Das* sollte die Phantasie der Haarlosen anregen.

In diesem Moment schien sich vor seinen Augen alles zu einem Ganzen zu fügen. Es war immer noch wahrscheinlich, daß sie alle am nächsten Morgen sterben würden. Aber war es letztendlich nicht Zweck des Berserkers, mit Ehren in Glanz und Gloria hinauszutreten? Und erfüllte der Todesgesang des Stammes nicht auch diesen Zweck? Es war fast dasselbe, abgesehen von der Raserei, die in dem nordischen Berserker angelegt war.

Gleichsam als Antwort schwebte die schwermütige Melodie des Todesgesanges, ein kleines Stück entfernt, den Canyon entlang.

»Die Erde und der Himmel werden für immer bestehen ...«

Nils hob erneut seinen Kopf und ließ ein weiteres Wolfsgeheul aus voller Kehle steigen. Er hätte schwören können, daß von irgendwo jenseits des nächsten Kammes eine Antwort kam.

»Was tun sie?« wollte Weißer Reiher von seiner Wache wissen.

Das Weiße in den Augen des jungen Mannes zeigte sich offen im Mondlicht. Er wirkte ängstlich.

»Ich weiß es nicht, Reiher. Irgendeine Zeremonie vielleicht. Dieses Geräusch, wie wenn man Steine aufeinanderschlägt, ist schon vor einer Weile verklungen. Ich habe nichts gesehen.«

»Ha! Sie versuchen, eine mächtige Medizin zu machen, denke ich.«

Der junge Krieger nickte. Es war offensichtlich, daß er es vorgezogen hätte, diese Nacht irgendwo anders zu verbringen, nur nicht hier.

Nun erhob sich von einer anderen Seite in der Schlucht ein Gesang.

»Wie viele sind da?« fragte die nervöse Wache, als wolle er sich selbst vergewissern.

Reiher schnaubte verächtlich. »Du weißt, daß da nur zwei Männer, eine Frau und ein Kind sind.«

»Ich … ich dachte … Es hört sich nach mehr an. Kann sich irgend jemand zu ihnen gesellt haben?«

»Keiner von dieser Welt«, knurrte Reiher und wünschte sofort, daß er das nicht gesagt hätte. »Möchtest du über den Rand schauen.

»Nein, nein.«

Er verspürte keinen großen Reiz, seinen Kopf über den Rand zu hängen, nach dem, was Frettchen passiert war. Bei dem Gesang und dem Wolfsgeheul wollte niemand ein großes Risiko auf sich nehmen.

»Das sind alles Gaukeleien«, erklärte Reiher. »Wir werden sie morgen töten, und das wissen sie. Sie besitzen keinen Zauber, der sechs Krieger aufhalten kann.«

Er sah den Zweifel in den Augen des jungen Mannes.

»Blauer Hund ist auf der anderen Seite«, informierte Reiher die Wache. »Wir wissen nicht, ob noch ein Weg dort hinunterführt, aber wir müssen aufmerksam sein. Ich will nicht, daß sie noch einmal entkommen.«

»Und wir werden sie in der Morgendämmerung angreifen?« fragte die nervöse Wache.

»Ja, sobald es hell ist«, antwortete Reiher und drehte sich um.

94

Es war noch lange vor der Morgendämmerung, als Reiher aufstand. Er hatte, wie fast alle anderen, nicht schlafen können. Bald würde die Wache von der anderen Seite sich wieder zu ihnen gesellen, und sie wären bereit für den Angriff.

Sie hatten keinen anderen Weg nach unten finden können, und deshalb sollten zwei Bogenschützen dem ersten und zweiten Krieger, die in die Schlucht hinunterstiegen, Schutz bieten. Alle kannten diesen allgemeinen Angriffsplan.

Die Geräusche aus der Schlucht waren schon vor einiger Zeit verklungen, kurz nach dem Gesang und dem Wolfsgeheul, das auf jeden Fall beunruhigend gewesen war. Bei der Erinnerung daran kroch ihm ein Schauer über den Rücken.

Eine ganze Weile danach hatten sie ein beständiges Kratzen oder Schaben aus dem Canyon vernehmen können, als reibe jemand etwas sehr Hartes gegen einen Stein. Einen Knochen oder einen Feuerstein. Er konnte sich nicht vorstellen, zu welchem Zweck. Zweifelsohne handelte es sich dabei um die rituelle Medizin jenes seltsamen, wahrscheinlich verrückten heiligen Mannes.

Nach wie vor fiel es ihm schwer, diesen Mann als eine ernste Bedrohung aufzufassen, und zwar aufgrund seines weißen Haares und seiner blauen Augen. Diese kennzeichneten ihn zwar als alten und wahrscheinlich gebrechlichen Mann, doch seine Haut schien tatsächlich jung zu sein. Aber auch der Pelz im Gesicht des heiligen Mannes war weiß und verlieh ihm ein seltsames Aussehen. Nun, egal. Wenn der Mann menschlich war, würde er bluten und sterben wie jeder andere Mann. Wenn er sich tatsächlich in einen Wolf verwandeln konnte, sollte es so sein. Auch Wölfe bluten und sterben, nicht wahr?

Der Mond spendete immer noch ein wenig Licht, als Reiher auf der Wache in der Nähe auf das oberen Endes des Pfades zuschritt. »Irgendwas passiert?« fragte er.

»Nein. Ein paar leise Geräusche von unten. Nicht wie davor.«

»Das ist gut. Bist du bereit für einen Kampf?«

»Ja«, kam die Antwort.

Zumindest zeigte der junge Mann jetzt mehr Selbstvertrauen als vorher. »Du kannst einer der Bogenschützen hier oben sein«, sagte Reiher sanft. »Die anderen stehen auf. Also, bis bald!«

Reiher wollte gerade gehen, als er aus den Augenwinkeln heraus eine Bewegung in den Sassafras-Büschen am Ende des Pfades bemerkte. Etwas Weißes kletterte über den Rand, eine wolfsähnliche Kreatur, die sich mit ihren Vorderpfoten über den Rand zog. Dann *sah* sie ihn und erhob sich auf die Hinterbeine, um sich auf ihn zu stürzen. Etwas – eine Waffe? – hielt die Kreatur in ihrer rechten Klaue, und ihre weiße Haut glänzte im Mondlicht. Die Waffe fing die Strahlen des Mondes ein und reflektierte sie wie das Aufblitzen einer silbrigen Elritze in einem klaren Bach. Blaues Feuer schien um ihre Kanten zu flackern, und der weiße Wolfsmann erhob sie, um zuzuschlagen. Reiher wußte, daß er verloren war, noch bevor das schreckliche, schreiende Geheul aus dieser halbmenschlichen Kehle kam. Er konnte den heißen Atem des Geschöpfes fühlen und sah ihm eine Sekunde lang in sein haariges Gesicht. Die Augen, wild und zum Fürchten – *blaue* Augen. Hinter der Wolfskreatur kamen andere dunkle Gestalten über die Kante, und er vernahm den Gesang, wie er ihn zuvor schon gehört hatte. All diese Dinge geschahen auf einmal, schossen wie Blitze durch seine Sinne. Das Geräusch rennender Füße und, nach dem Surren einer Bogensehne, das eines fallenden Körpers. Aus dem Augenwinkel heraus sah er, wie die Wache von einer jener dunklen Formen niedergeschlagen wurde.

Und dann traf ihn die Waffe in der Hand des nackten Wolfsmannes. Er fühlte keinen Schmerz in diesem Moment, nur eine Taubheit, die dort begann, wo sein Nacken in seine linke Schulter überging. Er konnte den Arm nicht mehr heben. Die blauen Augen starrten für eine weitere Sekunde in die seinen, und, als er fiel, sprang die Kreatur hoch über ihn hinweg, um einen anderen Feind anzugreifen.

Reihers Sicht trübte sich schnell. Er versuchte zu zählen … wer war übrig? Irgend jemand? Und in seinen Ohren mischte sich der seltsame Klagegesang mit einem weiteren unirdischen Heulen …

Es war ruhig jetzt, die Sonne stieg glutrot hinter den Bäumen auf der gegenüberliegenden Seite der Schlucht auf. Odin betrachtete die Szene, die toten Körper und wandte sich dann erneut an Weißen Wolf.

Dieser saß auf dem Boden und erwachte nur langsam aus dem tranceähnlichen Zustand, den er schon einmal vor vielen Jahren erlebt hatte. Odin war nicht sicher gewesen, daß sie diesmal würden überleben können. Wahrhaftig, der Nordmann *mußte* mächtige Medizin besitzen.

»Wir sind nicht tot?« fragte Nils verwirrt. »Wo ist Taube?«

»Taube geht es gut. Sie ist wieder hinuntergestiegen, um nach ihrem Sohn zu sehen.«

»Das ist gut. Die Haarlosen?«

Odin schaute sich erneut um. »Die meisten sind tot. Ich denke, daß auf der anderen Seite der Schlucht noch eine Wache war, aber wir haben sie nicht entdeckt. Das hier ist ihr Häuptling, den du erschlagen hast.« Er wies auf eine stille Gestalt ein paar Schritte entfernt.

»Werden sie zurückkommen?« fragte Nils matt.

»Da gibt es niemanden mehr, der zurückkommen kann, Wolf. Die Wache ist wahrscheinlich schon auf halbem Wege nach Hause und rennt noch immer. Sie wird die anderen vor deiner Macht warnen.«

Nils schüttelte seinen Kopf, um wieder klar zu werden, und wandte sich Taube zu, die über den Rand der Schlucht hinaufstieg und Hellen Himmel an der Hand hielt. Sie lächelte und kniete sich neben ihn.

»Fühlst du dich jetzt besser?«

Er nickte. »Was also nun?« fragte er.

Odin zuckte mit den Achseln. »Was immer wir wollen. Ich denke jedoch, daß dies ein Zeichen ist. Wenn wir uns von unseren Leuten entfernen, geschehen schlimme Dinge, nicht wahr?«

»Sprich weiter«, bat Nils.

Odin zögerte einen Moment. »Nun ... Möchtest du durch das Land der Haarlosen zurückgehen, um dein Kanu zu finden?«

Nils überlegte einen Moment, während seine Gedanken sich langsam klärten. Irgendwie erschien ihm viel wichtiger, daß seine Familie in Sicherheit war.

»Wir können uns wieder auf den Weg machen«, sagte Odin halb zu sich selbst. »Und nördlich von hier bei irgendwelchen Leuten überwintern. Jeder kann zwei Extrajäger gebrauchen, und mit deinen Mächten, Wolf ... Und dann brechen wir im Frühling wieder Richtung Norden auf.«

Nils sah auf seine Frau und seinen Sohn. Selbst, zu wissen, wo die Erikssons in diesem oder im nächsten Jahr sein würden, oder was vielleicht in Straumfjord oder Stadt passiert war, hatte kaum noch Bedeutung. Er legte einen Arm um die Schultern von Rufender Taube und den anderen um Himmel.

»Es ist gut«, sagte er mit belegter Stimme. »Laßt uns zum Stamm zurückkehren.«

EPILOG

1

Im flackernden Licht des Lagerfeuers sprach Schwarzer Bär zu seinen Kriegern. Es war ein ganzes Stück entfernt von dem Punkt, an dem die Flüchtlinge in die Schlucht hinabgestiegen waren.

»Laßt uns jetzt überlegen, meine Brüder. Sollen wir warten, bis diese Leute wieder herauskommen? Oder sollen wir im Morgengrauen angreifen?«

»Es wird gefährlich sein, sie anzugreifen«, stellte Der Alles Sieht fest. »Ihr Fährtensucher ist sehr geschickt. Wir müssen davon ausgehen, daß er noch mehr Tricks auf Lager hat.«

»Die Frau auch«, sagte ein anderer. »Die Frauen vom Volk dieser Menschen aus der Ebene kämpfen wie Männer.«

»Denkst du, daß dieser Fährtensucher ihr Mann ist?« fragte ein anderer.

»Nein«, antwortete Der Alles Sieht. »Ich denke, daß wir ihren Mann schon getötet haben. Ich habe sie beobachtet. Aber das Kind gehört zu ihr.«

»Ja. Aber sie ist hübsch, nicht wahr? Vielleicht möchte sie morgen gerne einen neuen Mann haben«, sagte Gefleckte Katze und grinste anzüglich.

Leises Gelächter im Kreis war die Antwort.

»Denkst du, daß du Manns genug bist für sie, Katze?«

Noch mehr Gelächter.

»Wir werden es sehen, wenn der Morgen kommt.«

»Genug!« sagte Schwarzer Bär ernst. »Es sind Entscheidungen zu treffen.«

»Ich sage, daß wir warten«, meldete sich ein älterer Krieger. »Es gibt nur ein paar Stellen, an denen sie heraufklettern können. Wir können ein oder zwei Männer in jeder ...«

»Wie kannst du das wissen?« wollte ein anderer Krieger wissen. »Bist du schon einmal in der Schlucht des Wahnsinnigen gewesen?«

»Nein, aber was hat das damit zu tun?« fragte der andere.

»Einige sprechen hier so mutig davon, sie anzugreifen. Ist es etwa nicht gefährlich, einen Geist wie diesen herauszufordern? Möchtest du der erste sein, der in die Schlucht hinabsteigt?«

»Das sind Geschichten, um Kinder zu ängstigen«, schnaubte ein anderer Krieger verächtlich. »Ich sage, wir sollen hinuntersteigen.«

Das Schweigen, das auf diese Bemerkung folgte, sagte mehr aus als Worte. Sie waren vielleicht tapfere Krieger, aber sich mit Geisterdingen anzulegen ... Nur wenige behaupteten, daß es das Risiko wert war. Viele zweifelten, und nicht alle wußten Genaues über diesen machtvollen Geist. Eines der jüngeren Mitglieder der Gruppe ergriff das Wort.

»Mein Häuptling, können wir mehr erfahren über die Geschichte dieses Ortes und seines Namens?«

Schwarzer Bär nickte und wandte sich an einen der älteren Krieger.

»Kranich, du bist ein Geschichtenerzähler. Kannst du diese Frage beantworten?«

Kranich erhob sich mit großem Selbstbewußtsein. Er nahm den Platz ein, an dem der Feuerschein, die Schatten und das dünne Licht des halben Mondes den größten Effekt versprachen. Aus den Wäldern hinter ihm drangen die Schreie der Nachtvögel und der hohle Ruf einer jagenden Eule. Es war nicht gerade beruhigend.

»Es war vor vielen Menschenaltern«, begann der Geschichtenerzähler mit seinem Singsang. »Viele der Einzelheiten sind jetzt vergessen, aber die Geschichte lebt noch immer.

Ein Volk, das hier lebte – vielleicht unsere Vorfahren –, hatte einige Eindringlinge gefangengenommen. Einer von ihnen war ein sehr seltsamer Medizinmann mit mächtigen Gaben des Geistes. Und er war vielleicht ein wenig verrückt. Es wird gesagt, daß er die Farbe von Steinen nur dadurch, daß er sie in seiner Hand hielt, verändern konnte. Seine Gruppe war von denjenigen, die sie gefangengenommen haben, verschont worden, denn man fürchtete seine Macht.

Aber die Gefangenen entkamen, angeführt von diesem

Verrückten und seinem Helfer, der nur ein Auge hatte, das in der Mitte seiner Stirn saß. Sie wurden verfolgt und flüchteten sich hierher in diese Schlucht, als der Abend begann.«

»Genauso wie diese hier es getan haben?« fragte der junge Krieger beklommen.

Der Geschichtenerzähler blickte ihn streng an. Nicht nur weil er ihn unterbrochen hatte, denn die Ähnlichkeit war nicht zu übersehen. Der Geschichtenerzähler entschied sich, die Frage zu ignorieren und mit seiner Geschichte fortzufahren.

»Als die Dämmerung anbrach«, erzählte er, »wurden die Krieger von dem Verrückten, dessen Kräfte ihm erlaubten, sich in einen Weißen Wolf zu verwandeln, angegriffen. Viele wurden getötet, bevor die anderen fliehen konnten und den Großteil ihrer Vorräte und Besitztümer zurückließen.

Seit dieser Zeit haben die Menschen Angst, in diese Schlucht zu gehen. Und das ist der Grund, warum sie die Schlucht des Wahnsinnigen genannt wird. Die Macht seines Geistes ist immer noch hier. Man kann sie *spüren.*«

Kranich setzte sich nieder. Und der Kreis um das Feuer wurde enger. Niemand sprach. Der Alles Sieht warf einen weiteren Ast auf die Glut, und ein Funkenregen stob nach oben, während die Schatten rund um das Lagerfeuer näherrückten.

Schwarzer Bär wollte etwas sagen, aber seine Stimme klang angespannt und überschlug sich fast. Verlegen räusperte er sich und versuchte es mit größerem Erfolg noch mal.

»Und nun, meine Brüder, laßt uns entscheiden, was wir tun sollen.«

2

Noch bevor es dämmerte, erhob sich Fährtensucher. Es war unbedingt nötig gewesen, ein wenig zu schlafen. Er hatte sehr viel Wasser getrunken, bevor er sich hingelegt hatte, so daß er sicher sein konnte, daß seine Blase ihn früh aufwecken würde. Er kam diesem Bedürfnis nach und warf danach einen Blick auf die schlafenden Gestalten der anderen im trüben Licht des untergehenden Halbmondes.

Es schien sinnlos, weiter zu fliehen, aber er wollte eine Ahnung von der Stärke des Feindes bekommen und wissen, wie eifrig sie darauf bedacht waren, anzugreifen. Vielleicht konnte er seine kleine Gruppe den Hang hinauf und über die andere Wand der Schlucht führen. Der Angriff würde sicherlich nicht vor der Morgendämmerung beginnen. Aber bestimmt hatten sie Wachen aufgestellt. Fährtensucher hatte sich in der Dunkelheit immer wohl gefühlt. Vielleicht konnte er ein oder zwei ihrer Späher finden und sie leise töten. Das würde die Verfolgung verlangsamen, denn die Gruppe der Krieger brauchte dann mehr Zeit, weil sie vorsichtiger sein mußte.

Er war gerade erst gegangen, als Elchfrau erwachte und sich schnell umsah. Hirschmaus schlief noch, aber Geistwandler rührte sich bereits und wurde sehr schnell wach. Das Gelbgrau der frühen Dämmerung warf gerade seinen ersten geisterhaften Schein über die Schlucht.

»Wo ist Fährtensucher?« fragte der heilige Mann.

»Ich weiß es nicht, Onkel. Ich denke aber, er hält Wache.«

Der alte Mann hustete und spuckte aus, um seine Kehle vom Schleim zu befreien.

»Onkel«, begann Elchfrau zögernd. »Ich habe geträumt.«

Sofort war er aufmerksam und auf der Hut.

»Und was hast du geträumt, Tochter?«

Noch zögerte sie. Würde er sie für wahnsinnig halten?

»Ich – ich«, stammelte sie. »Es bedeutet wahrscheinlich nichts, Onkel. Ein seltsamer Traum von einem Krieger, der weißes Haar hatte, obwohl er irgendwie jung aussah. Er ... und das ist der seltsame Teil ... schien sich in einen Wolf zu verwandeln und den Feind anzugreifen. Heulend lief er den Pfad hinauf …« sie hielt inne, verwirrt. *Diesen* Pfad hier, Onkel!« Sie wies auf den felsigen Wildwechsel, auf dem sie in die Schlucht hinabgestiegen waren.

Das Licht wurde nun stärker und sie bemerkte, daß sich seine Augen weiteten.

»Was hat dies zu bedeuten, Onkel?« fragte Elchfrau verwundert.

Der heilige Mann schüttelte seinen Kopf.

»Ich weiß es nicht Tochter«, sagte er gedankenvoll. »Vielleicht ist es jener Mann gewesen, der die Kerben in den Stein geschlagen hat.« Er schwieg eine Weile, bevor er gedämpft, beinahe ehrfürchtig weitersprach.

»Ich hatte fast genau denselben Traum.«

Fährtensucher erreichte den Kamm dort, wo der Weg über die Kante kam, und verhielt eine Weile, um zu beobachten und zu lauschen. Nichts. Er hatte die besten Plätze für Wachtposten der Haarlosen bereits ausfindig gemacht, aber sie alle schienen verwaist zu sein. Verwirrt kundschaftete er jeden Punkt aus, bevor er sich auf die Suche nach ihrem Lager machte. Er hatte eine recht genaue Vorstellung davon, wo dieses sein würde, auf flachem Gelände nach der Stelle, an der grasbewachsene Tal an die bewaldeten Hügel stieg.

Zweimal zog er einen Kreis und wunderte sich, keinen Feind vorzufinden. Schließlich, er hatte nach wie vor die Befürchtung, das Ganze könne eine List sein, trat er auf die noch warme Asche ihres Feuers. Nichts wies darauf hin, daß hier irgend jemand geschlafen hatte. Aber er eilte zur Schlucht zurück, in Sorge darüber, daß das Lagerfeuer selbst eine Täuschung gewesen war. Nein, im ständig grauer werdenden Licht der Dämmerung konnte er nach wie vor keine Anzeichen auf seine Verfolger entdecken.

Er kletterte bis zu einem Punkt, der ihm einen guten Überblick bot und hielt in alle Richtungen Ausschau, bis die langen Strahlen der aufsteigenden Sonne das Tal und die Hügel ringsum beleuchteten.

Diese Sonne, das wußte er, stieg auch über den fernen, geheiligten Hügel der Hochprärie auf. Schnell lief er zu der Höhle in der Schlucht zurück. Er warf einen kurzen Blick in Richtung des Steines, dessen Geist dem Ort etwas Geheimnisvolles verlieh.

Sein Herz war froh, und zum ersten Mal seit vielen Tagen eilten seine Gedanken ihm voraus. Er war begierig darauf, wieder bei denen zu sein, die dort unten warteten. Es war schwierig gewesen für sie, so wußte er, aber sie hatten sich nicht beklagt.

Er war sicher, daß die Medizin des alten Geistwandlers geholfen hatte, sie zu führen. *Aiee,* welche Weisheit war in dem Herzen jenes alten Mannes.

Und auch das Kind, so müde es auch sein mochte, hatte sich niemals beklagt und mehr als seinen Teil getragen. Hirschmaus glich sehr seinem Vater, Der Weit Schießt. Es war hart gewesen, Frau und Familie und einen solchen Freund wie Der Weit Schießt zu verlieren.

Ein Kloß bildete sich in seiner Kehle, während er auf die Schlucht zuging. Er dachte an Elchfrau, die Witwe seines Freundes. Sie hatte dasselbe Leid tragen müssen wie er, trotzdem war sie nie verzagt. Sie hatten noch keine Zeit gehabt zu trauern. Nun konnten sie vielleicht gemeinsam um das trauern, was sie verloren hatten.

Es würde seine Zeit brauchen, aber diejenigen, die soviel Leid zusammen ertragen hatten, sind einander tief verbunden. Er schätzte vieles an ihr; sie war stark und mitfühlend. Und sie war wirklich sehr hübsch. Nun, es würde sich zeigen …

Fährtensucher stieg den Pfad hinab und sah, daß die anderen in der Öffnung der kleinen Höhle auf ihn warteten. Im Vorübergehen schaute er auf den Stein mit seinen seltsam gekerbten Zeichen, und wieder fühlte er die Macht seines Geistes. Er verstand sie nicht, aber mußte man immer alles verstehen?

Aiee, Elchfrau stand groß und stolz da im Licht des neuen Tages! Er näherte sich dem wartenden Trio.

»Sie sind fort«, sagte er einfach.

»Die Haarlosen? Fort?« fragte Geistwandler.

»Ja, Onkel. Sie sind letzte Nacht gegangen.«

Der heilige Mann nickte, als hätte er nichts anderes erwartet.

»Es ist gut«, sagte er.

Fährtensucher schaute in Elchfraus Gesicht, auf dem ein hoffnungsvoller Ausdruck lag, obwohl Tränen an ihren langen Wimpern hingen.

»Ja«, sagte Fährtensucher sanft. »Es ist gut. Wir gehen nach Hause.«

ENDE

NACHWORT

Vielleicht haben die Leser sich über den Runenstein gewundert. Gibt es ihn wirklich an diesem Ort? Ja, es gibt ihn, wie beschrieben, etwas außerhalb der Stadt Heavener in Oklahoma.

Ich hatte von diesem Runenstein gehört und mir schließlich ein paar Tage Zeit genommen, um ihn mir selbst anzusehen. Ehrlich gesagt, ich erwartete nicht gerade, beeindruckt zu sein. Es gibt mehrere Runensteine an verschiedenen Plätzen in Nordamerika, von denen einige als Fälschungen bekannt sind, und ich war mißtrauisch. Aber nachdem ich ihn gesehen hatte, war ich vollkommen überzeugt – ganz gleich, was es mit den anderen auf sich hatte –, *daß dieser hier echt war.* Der Geist dieses Ortes, wie meine indianischen Freunde sagen, ist sehr mächtig. Ich entschied mich, weitere Nachforschungen anzustellen, um meine Eindrücke zu verifizieren oder zu widerlegen.

Und damit begannen schließlich acht Jahre währende Forschungen (mit Unterbrechungen natürlich), die den Aktenordner mit der Aufschrift ›Wikinger?‹ immer dicker werden ließen. Ich erfuhr, daß die Choctaws, als sie kurz nach 1800 in diese Gegend kamen, schon von diesem Runenstein wußten und ihn bereits damals für uralt hielten.

Die Übersetzung seiner Inschrift aus dem frühen 11. Jahrhundert wurde nicht vor Ende des 2. Weltkrieges vollendet, denn einige der Runen schienen nicht korrekt zu sein. Alf Monge, ein norwegischer Kryptograph, der sich mit diesem Geheimnis beschäftigte, stellte die Theorie auf, daß beide Runenalphabete, das ›alte‹ und ›neue‹, benutzt worden seien. Das neue System wurde im 9. Jahrhundert eingeführt, demnach konnte jemand zum 11. November 1012 beide Alphabete gekannt haben.

Aber wo waren die Nordmänner damals? Ich brauchte nicht lange, um herauszufinden, daß die Zeiten, in denen die Wikinger die Inseln überfallen hatten, schon hinter ihnen lagen und sie sich der Kolonisation und dem Handel zugewandt hatten. Offensichtlich war das Klima etwas milder, und die Langschiffe überquerten den Nordatlantik regelmäßig und kolonisierten Grönland, Island und Neufundland. Straumfjord ist historisch belegt. Archäologische Ausgrabungen in L'Anse aux Meadows, Neufundland, in den achtziger Jahren deuten stark auf die Existenz dieser Kolonie hin. Und es gibt auch einige Beweise für Handel entlang der Ostküste Nordamerikas, der möglicherweise im Süden bis nach Carolina betrieben wurde.

Aber *Oklahoma?* Ich studierte Karten, und zu meinem Erstaunen entdeckte ich, daß man bis auf wenige Meilen auf zwei verschiedenen Wegen zu Wasser an den Runenstein herankam. Nun hatte die Idee hoffnungslos von mir Besitz ergriffen.

Ungefähr gleichzeitig hörte ich von einem nordischen epischen Gedicht mit dem Titel ›Der Tod Thorwalds‹. Thorwald Eriksson, der Bruder von Leif, wurde bei dem Versuch, das ›*Innere*‹ des Kontinents zu erforschen, von Eingeborenen getötet. Die Beschreibung des Ortes deutet sehr stark auf den Golf des St.- Lorenz-Stromes hin. Das Datum seines Untergangs und das des Runensteins trennten keine zehn Jahre. Außerdem, glichen laut Beschreibungen nicht die runden Boote aus Häuten, die von jenen Eingeborenen benutzt wurden, bemerkenswert den später von den Mandan benutzten ›Bullbooten‹? Aber die Mandan lebten am oberen Missouri, nicht an der Ostküste!

Ich wollte die Mandan in den Roman, der langsam in meinem Kopf Gestalt annahm, eigentlich nicht verwickeln. Dieses Volk war schon immer das Objekt wilder Spekulationen gewesen, weil es als ›anders‹ galt. Es gab Theorien, daß es sich um die Nachkommen des walisischen Entdeckers Modoc, einen der verlorenen Stämme Israels oder alles mögliche dazwischen handele. Ich widerstand der Versuchung, mich solchen Phantasien hinzugeben, entschied jedoch, ein wenig Zeit in die Erforschung der Mandan zu investieren. Und wieder wurde ich überrascht. Die Sagen der Mandan erzählen von einer Zeit, als sie weit im Osten lebten, an einem *salzigen* Ufer. Ihre Schöpfungsgeschichte berichtet von Männern, die auf den Wurzeln eines riesigen Weinstockes aus dem Inneren der Erde kletterten. Sie traten ins Sonnenlicht hinaus und sahen, daß die Welt bedeckt war von Weinreben, die Trauben trugen, und sie nahmen einige dieser wohlschmeckenden Früchte mit hinunter, um sie den anderen zu zeigen. Ist es ein Zufall, daß der Name, den die Nordmänner dem neu entdeckten Kontinent im Nordwesten gaben, *Vinland* war – aufgrund der Trauben, die sie dort vorfanden? Ich fand Hinweise darauf, daß die Kolonisten Wein gekeltert haben, und gab die Idee eines fiktiven Nordmannes, der Florida umsegelt und den Mississippi hinauffährt, auf. Es wäre durchaus möglich gewesen – heute fahren hochseetüchtige Schiffe zwei Tagesreisen von dem Heavener Runenstein entfernt den Fluß hinauf. Der Hafen von Catoosa in der Nähe von Tulsa, Oklahoma, liegt einige hundert Meilen weiter *flußaufwärts.* Nordische Langschiffe hätten den Arkansas River befahren können.

Aber ich fand es wahrscheinlicher, daß ein versprengter Nordmann mit wandernden Stämmen nach Westen gezogen war. Bis in die jüngste Vergangenheit war es bei den Indianern durchaus üblich, einen Besucher oder sogar einen Gefangenen zu ›adoptieren‹. Es brachte gewisse Vorteile mit sich, einen weiteren Jäger oder Kämpfer in den Dorfverband aufzunehmen. Und schließlich erfuhr ich auch, daß viele der Sioan-Stämme, wahrscheinlich einschließlich der Gruppen, die zu den Mandan wurden, um etwa 1000 n. Chr. tatsächlich nach Westen gewandert sind. Anschließend versuchte ich zu rekonstruieren, auf welche anderen Stämme und Völker sie vielleicht getroffen sein konnten. Sehr wahrscheinlich waren das in den nördlichen Alleghenies die Cherokees. Ich habe die Begegnungen mit ihnen in die Geschichte einbezogen und ihnen, mit Rat und Zustimmung Robert Conleys, eines Cherokee-Schriftstellers, der sein Volk selbst Chalakee nennt, einen der vielen unterschiedlichen Namen gegeben, nämlich Chalagee.

Ebenso schienen die Mandan und die Hidatsa seinerzeit bereits in enger Verbindung gestanden zu haben, möglicherweise auf dem Zug nach Westen. Es schien logisch, auch davon zu berichten, aber in einer untergeordneten Rolle. Ich habe daher ein Treffen zwischen den Mandan und den Hidatsa dort stattfinden lassen, wo beide den Mississippi überqueren. In meiner Geschichte befanden sich die Hidatsa bereits am anderen Ufer, während die Mandan dabei waren, am Ostufer Boote zu bauen, um im darauffolgenden Frühling überzusetzen. Zwischen beiden gab es begrenzten Kontakt.

Ich war daher einige Zeit später sehr überrascht, als ich in einem beinahe ein Jahrhundert alten Nachschlagewerk eine Erwähnung jener frühen Verbindung zwischen diesen beiden Stämmen entdeckte. Das Mandan-Wort für Hidatsa war Minitari, ›Die Das Wasser Überquert Haben‹. Das Mandan-Wort für sie selber jedoch war ›Die Leute Am Ufer‹. Nur einige Monate zuvor hatte ich es genau so, in – wie ich dachte – fiktionalem Zusammenhang, geschrieben.

Jedenfalls hätte die Wanderung der Menschen unseren versprengten Wikinger bis zum Mississippi gebracht, immer noch voller Sehnsucht nach dem Meer und nach der Heimat. Flußabwärts und dann die Nebenflüsse hinauf konnte er zu dem Ort des Runensteines gelangen. Ein Unglück, eine Gefangennahme oder Verfolgung mochte ihn an einem Fluß wie dem Arkansas flußaufwärts geführt haben, vielleicht auch nur pure Neugier.

Heute gibt es nur noch sehr wenige Mandan. Sie wurden im 19. Jahrhundert durch die Pocken dezimiert. Aber ich habe mit Indianern aus Völkern gesprochen, die einstmals ihre Nachbarn waren. In einem waren sich die untereinander verschiedenen Nachbarkulturen einig: Sie alle sahen die Mandan als fremdartig an. Helle Haut, eine andere Struktur der Knochen, einige sogar mit lockigem Haar ... ›Eben anders‹. Ich hatte gerade mit einem Mann darüber gesprochen, und als ich gehen wollte, gab er mir noch etwas zum Nachdenken mit.

»O ja«, sagte er. »Weißt du, daß sie grüne Augen hatten?«

Ich selbst fühlte mich nicht recht wohl bei diesen Geschichten über die Mandan in Verbindung mit den Wikingern. Es hatte viele, größtenteils spekulative Theorien gegeben, einschließlich derjenigen von Hjalmar Holand, der durch die Existenz des Kensington-Runensteines in Minnesota zu der Überzeugung gelangt war, daß die Wikinger diesen Ort im 12. Jahrhundert besucht hatten. Er beharrte darauf, daß sie in Richtung Westen über den Kontinent gezogen, mit den Mandan in Dakota geblieben und daher für einige Anomalien physischer und kultureller Natur unter den Mandan verantwortlich waren.

Holand schrieb mehrere Bücher, um seine Theorien zu verteidigen. Der Kensington-Stein galt als nicht besonders glaubwürdig: Man hielt ihn für einen modernen Streich eines gewissen Olaf Ohman und einiger seiner humorigen Nachbarn. Die historische Gesellschaft Minnesotas besitzt die Bandaufnahmen eines Interviews mit Verwandten Ohmans, die von der Fälschung wußten. Aber Holand zweifelte bis zu seinem Tod 1963 daran.

Es ist nicht ausgeschlossen, daß die besonderen Charakteristika der Mandans einfach das genetische Ergebnis von Mischehen sind. Ebensogut ist es möglich, daß sich hier der Einfluß anderen genetischen Materials bemerkbar macht. Mir erscheint es allerdings wahrscheinlicher, daß ein solcher Kontakt *vor* oder während des prä-mandanischen Zuges nach Westen um ungefähr 1000 n. Chr. stattgefunden hat. Die Nordmänner hielten sich damals erwiesenermaßen in dem Gebiet, in dem Prä-Mandan lebte auf. Und von dort hätte ein adoptierter Wikinger sie durchaus auf ihrer Wanderung nach Westen begleiten können. In der Tat scheinen viele von Holands recht phantasievollen Beobachtungen in bezug auf die Mandan besser zu dieser als zu seiner eigenen Theorie zu passen.

Um 1300 fand in Amerika ebenso wie in Nordeuropa ein Klimawechsel statt. Die Winter wurden kälter, und die Überquerung des Nordatlantiks wurde gefährlicher. Seefahrende Mächte waren nun eher die Nationen des südlichen Europas, von wo aus der direkten Überfahrt nach Amerika fast unüberwindliche Entfernungen entgegenstanden. Die Kontinente waren wieder nahezu isoliert, nicht so sehr durch kulturelle als durch klimatische Veränderungen.

Aber bei meiner Arbeit an diesem Buch erwartete mich eine weitere Überraschung. Nachdem das Manuskript fertiggestellt war, hörte ich von einer jüngst veröffentlichten Übersetzung der kryptischen Botschaft auf dem Stein. Dr. Richard Nielsen lehnt die Übersetzung von Monge ab und glaubt, daß es sich bei der tatsächlichen Botschaft nicht um ein Datum, sondern um einen Namen handelt: ›Glome's Schlucht‹. Ich habe weder mit dieser noch mit irgendeiner anderen Übersetzung Probleme. Das ist nicht mein Sachgebiet. Meine Intention war es, eine Geschichte zu erzählen, und diese Geschichte handelt nicht davon, *was* die Inschrift auf dem Stein besagt, sondern *wie* sie dort hinkam.

Und was hat Nils Thorsson in meiner Geschichte auf den Stein geschrieben? Wir wissen es nicht. Ein Datum? Einen Namen? War Glome der Name seines geehrten Großvaters? Oder von Helge Landsverks Vater?

Das alles sind Spekulationen. Und ich bin sicher, daß viele meine Vorgaben sehr schnell kritisieren werden. Aber natürlich ist ihre Kritik auch Spekulation, denn sie muß sich innerhalb desselben historischen Rahmens und derselben geographischen Gegebenheiten und kulturellen Realitäten bewegen, in die ich meine Arbeit eingebettet habe. Ich nehme für mich nur in Anspruch, daß es innerhalb dieses Rahmens bekannter Tatsachen so gewesen sein *könnte.*

Don Coldsmith, 1995

Spannung und Nervenkitzel Großer Thrillerautoren

Als sie ihren ersten Roman an einen amerikanischen Verleger schickte, schrieb dieser zurück, er glaube nicht, daß dieses Werk von einer Frau geschrieben sei. Aber der Verlag konnte sich bald davon überzeugen, daß GAYLE LINDS sehr wohl eine Frau ist – die allerdings so hart und spannend schreiben kann wie früher nur männliche Schriftsteller. Vielleicht liegt es daran, daß Gayle Linds mehrere Jahre beim Geheimdienst arbeitete, in einem abgeschotteten ›Mind-Control‹-Institut in Santa Barbara, bevor sie Journalistin und schließlich Schriftstellerin wurde. Das Erscheinen ihres ersten Romans, an dem sie vier Jahre lang geschrieben hatte, löste in den USA hitzige Diskussionen über moderne Formen der Gehirnwäsche aus.

Band 13 911 · DM 12,90
GAYLE LINDS · MASKERADE

Für die junge Frau ist es ein unheimliches Erwachen: Sie kennt das Zimmer nicht, in dem sie liegt, und der Mann, der sich Gordon nennt und sie so rührend umsorgt, ist ihr auch gänzlich unbekannt. Selbst der eigene Name klingt für sie seltsam fremd: Liz Sansborough. Stimmt es wirklich, daß sie an Amnesie leidet, an einem Gedächtnisschwund, der durch einen Sturz von den Klippen ausgelöst worden sei, wie Gordon behauptet?
In der Nacht dringen drei Männer in ihre Wohnung ein und versuchen Liz umzubringen. Gordon rettet sie und eröffnet ihr, daß sie bis zu ihrem Klippensturz beim Geheimdienst

gearbeitet habe – als seine Kollegin. Zum Beweis führt er Liz in ein entlegenes CIA-Camp in Colorado, wo sie verlorene Fähigkeiten durch gezieltes Training zurückgewinnen soll. Aber in diesem Camp geschehen merkwürdige Dinge, und als Liz heimlich die ärztlich verordneten Medikamente absetzt, steigen Erinnerungsfetzen in ihrem Bewußtsein auf, die nicht zu Gordons Behauptungen passen ...

Unbedingt empfehlenswert: Dieser Thriller läßt einen schon nach wenigen Seiten nicht mehr los‹

(Cosmopolitan)

P. T. DEUTERMANN diente sechsundzwanzig Jahre in der amerikanischen Navy und stieg bis zum Generalstabschef auf. Als er sich vom Dienst zurückzog, erregte er gleich mit seinem ersten Roman großes Aufsehen. Heute gilt P. T. Deutermann in den USA als ein Autor, der wie kein anderer die Gattung des Militärthrillers von altmodischem Waffengerassel entstaubt und zu neuem Leben erweckt hat. Seine Romane sind spannend und rechnen kritisch mit den Intrigen und Skandalen im Pentagon ab.

nomen nachzuspüren. Hundert Meilen vor der Küste macht er alarmierende Entdeckungen. Aber seine Vorgesetzten wollen davon nichts hören. Sie haben den eigenwilligen Montgomery auf hohe See geschickt, um ihn für eine Weile los zu sein. Und so muß er ganz allein die Herausforderung des unsichtbaren Feindes annehmen ...

›Authentisch bis in die Details und spannend‹

(The New York Times)

Band 13 836 · DM 14,90
P. D. DEUTERMANN · DER KRIEG DER OFFIZIERE

Zwei Menschen, wie sie unterschiedlicher kaum vorstellbar sind: der Marinekommandant Dan Collins, ein Mann ohne Illusionen, der seine Ruhe über alles liebt, und Grace Ellen Snow, die junge vor Ehrgeiz brennende Anwältin. Zusammen sollen sie einen Mord in der US-Marine aufklären. Was anfangs wie ein Routinefall aussieht, entwickelt sich zu einem brisanten Skandal, der hochrangige Führungskräfte im Pentagon bloßstellen könnte. Dan Collins und Grace Snow merken bald, daß es auf der Welt nichts Gefährlicheres gibt, als an gutgehüteten Militärgeheimnissen zu rühren.

Kaum ein anderer Autor hat über einen so langen Zeitraum sein ständig wachsendes Leserpublikum so zuverlässig, überzeugend und phantasievoll unterhalten wie DEAN KOONTZ: Sein Ruhm gründet nicht auf ausgefuchsten Werbestrategien, sondern auf der simplen Tatsache, daß er mit jedem Roman eine neue, kaum für möglich gehaltene Steigerung an Spannung, Sprachgewalt und Intensität bietet.

Band 13 715 · DM 12,90
DEAN KOONTZ · EISZEIT

Seit Jahren schwören internationale Wissenschaftler auf die Möglichkeit, aus den Eisbergen der Antarktis Wasser zu gewinnen, das man in Dürreperioden gebrauchen könnte. Jetzt haben Harry Carpenter und vier weitere Forscher den entscheidenden Schritt gewagt und nehmen Sprengungen in der Antarktis vor. Ein Seebeben löst jedoch den Eisberg, auf dem die Forscher sich befinden, aus dem Gefüge und treibt ihn in die arktische See, auf ein Sturmgebiet zu. Verzweifelt kämpfen Harry und seine Kollegen ums Überleben und müssen bald feststellen, daß in ihrer Gruppe gefährliche Feindseligkeiten gären.
Hilfe für die Forscher könnte nur von einem russischen U-Boot kommen, das sich auf einer Routinefahrt befindet. Kapitän N. Gorov wittert die Chance, durch eine große Rettungsaktion Ansehen für sein wirtschaftlich marodes Land zu gewinnen. Er nimmt Kurs auf den Eisberg ... und ahnt nicht, welche Gefahren er damit für sich und seine Besatzung heraufbeschwört.

Band 13 929 · DM 16.90
DEAN KOOTZ · DUNKLE FLÜSSE DES HERZENS

Spencer Grant läuft vor den Schrecken seiner Vergangenheit davon. Er lernt die geheimnisvolle Valerie kennen, möchte sie wiedersehen und gerät dadurch ins Fadenkreuz der ›Agency‹, einer geheimen, technisch hochgerüsteten US-Regierungsbehörde, die ihre Macht auf Mord und Bestechung gründet. Und die nur das eine Ziel verfolgt: Fehler der Regierung zu vertuschen.
Es scheint, als wüßte Valerie ein paar Details zuviel über diese Einrichtung ...

JON LAND ist der Meister des Katastrophen-Trillers! In seinen action-geladenen Romanen gerät die Welt an den Abgrund, und es liegt an einem Mann, ob sie noch einmal davonkommt. Lesen Sie Jon Land – wenn Sie sich trauen!

Band 13 883 · DM 12.90
JON LAND · DAS DISNEY-WORLD-KOMPLOTT

Virusexpertin Dr. Susan Lyle hat in ihrer noch jungen Laufbahn schon einige Leichen untersuchen müssen. Aber nichts hat sie auf den fürchterlichen Anblick der Opfer des tödlichen Virus CLAIR vorbereitet, der in Massachusetts wütet. Ein Teenager, ein Wunderkind, hat mit seinen Experimenten diese Seuche ausgelöst, die zweitausend Bürger dahinrafft.
Auf der Suche nach dem untergetauchten Jungen schließt Susan Freundschaft mit Blaine McCracken, den Ex-CIAler und Troubleshooter von Dienst. Die Jagd führt die beiden von einer Küste zur anderen und endet schließlich in einem atemberaubenden Showdown in Disney World.

Band 13 759 · DM 12.90
JON LAND · VERSCHWÖRUNG DER SIEBEN

Schon in seiner Kindheit lernte Harlan Fryre, daß alles möglich ist. Er betete um den Tod seines Stiefvaters, und drei Tage später schlief dieser am Steuer ein und starb bei dem Autounfall.
Als Erwachsener führt Fryre seine Racheaktionen im größeren Stil durch. Er hat eine Sekte um sich geschart, die sich das KÖNIGREICH DER SIEBEN nennt und bei verschiedenen Terroranschlägen ihre Hand im Spiel hat. Ihr jüngstes Ziel: Das Labor von Karen Raymond.
Die junge Wissenschaftlerin hat einen Impfstoff gegen AIDS entwickelt – eine Plage, von der sich Fryre noch einigen Nutzen verspricht ...

Band 13 923 · DM 14,90
GORDON THOMAS · DIE GIFTSPUR

In der spätkommunistischen UdSSR wurde er als Wunderkind gefeiert – jetzt ist er nur noch ein skurriler Naturwissenschaftler, für den das moderne Rußland keine Verwendung mehr hat: In seiner Verzweiflung flüchtet sich Sergei Bodor in die Welt der Drogen.
Als er schon alle Hoffnung auf bessere Zeiten aufgegeben hat, meldet sich ein geheimnisvoller Auftraggeber, der von Bodors heimlichen Experimenten gehört hat. Der Fremde geizt nicht mit Geld und Lohn, und so macht sich Bodor zum willigen Objekt einer Verschwörung, die sich gegen die umfassenden Umweltschutzpläne des amerikanischen Präsidenten richtet.
Die US-Behörden sind in diesem Fall überfordert. Der Präsident wendet sich daher an David Morton, dem James

Bond der 90er Jahre, der durch die bittere Schule der Geheimdienste gegangen ist, bevor er selbständig zu arbeiten begann – für Ideen und Ideale, die ihm persönlich etwas bedeuten.

Band 13 965 · DM 12,90
DAVID PESCI · AMISTAY

›David Pesci verbindet die Genauigkeit des Historikers mit dem großen Atem des meisterhaften Romanciers‹
(Los Angeles Times)

Amerika, 1839: Der Import von Sklaven ist offiziell verboten. Aber skrupellose Unternehmer haben einen Weg gefunden, wie sie über die Zwischenstation Kuba, wo die Sklaverei noch gesetzlich abgesichert ist, Eingeborene aus Afrika nach Amerika schmuggeln können. Neununddreißig dieser unglücklichen Schwarzen befinden sich auf dem Schiff Amistad, das in New London, Connecticut vor Anker gehen soll. Doch dazu kommt es nicht. Angeführt von Singbe-Peh proben die Sklaven den Aufstand und reißen die Gewalt über das Schiff an sich. Sie wollen wieder in ihre Heimat zurücksegeln, werden aber von der US-Navy aufgetrieben und landen im Gefängnis. Ihr Schicksal scheint besiegelt. Zu ihrer grenzenlosen Überraschung erhalten sie bald gewichtige Fürsprecher.

Schon lange bevor Spielbergs Film zum Fall Amistad in die Kinos gelangte, erreichte dieser Roman in Amerika die Bestseller-Liste.
